百年广西多民族文学大系

BAINIAN GUANGXI DUOMINZU WENXUE DAXI

（1919—2019）

短篇小说卷

（1949—2019）

（下）

⑧

总主编 ◎ 黄伟林　刘铁群

本卷主编 ◎ 黄伟林　曾攀

GUANGXI NORMAL UNIVERSITY PRESS

广西师范大学出版社

·桂林·

2000 年代

幸福嫁衣

凌
洁

浔 桥

水洼村凹在一窝山的脚根下，杯盖盖在锅底上一样。因地势低，村边上恰好又有一个半圈海大的湖，春夏两季常闹水灾。水洼村人是多年前从外省迁来的客家，因生存环境恶劣，很多住户不得已再往南迁。现在住着不到百来户的人家。从水洼村到城镇须先步行半个小时到大队，乘拖拉机颠上一个多小时到一个山坳，那里停有破旧的小巴，再乘小巴走上近一个小时，便是小镇了。

伊含就在镇上读的高中，因交通不便，每个礼拜来回跑，山路很不安全。伊含的数学和英语成绩太差，她觉得自己上大学太没把握。加上家里经济不算好，父亲去世后，母亲带两个弟弟在家，弟弟还小，白天他们上学，陪伴母亲的就她那架老掉牙的缝纫机。伊含觉得母亲很孤单。于是她决定退学，其实家里那样的环境也并没什么不好，上不了大学，同样能做点别的。伊含母亲当时表示了一下她的意见，她说还是多读点书好，

作者简介

凌洁(1967—)，原名谢凌洁，广西北海人，曾在北海金融部门工作，2000年辞职北上，考入鲁迅文学院。2001年开始发表小说，现居比利时安特卫普，以写作和中文教学为业。有长篇小说《双桅船》、中短篇小说集《辫子》、散文集《藏书，书藏》等。中篇小说《一枚长满海苔的怀表》在第三届"中山杯"《中国作家》华侨华人文学奖评奖中获得新人奖。

作品信息

原载《北京文学》2001年第2期，《小说选刊》转载。

特别是女孩子。伊含觉得母亲和别的女人就是不同，村里的女人恰好和母亲相反，她们大多认为女孩读书没用，是"赔本生意"。仅从这点，伊含就觉得母亲不是村里鼠目寸光的女人们能比的，心里自然感到很安慰。可伊含灰了心了，再读下去也只是耗费青春，伊含就告诉母亲，说读烦了，读怕了。母亲对她的状况也清楚的，就由了她。高三第一学期伊含就卷了铺盖回来了。

伊含是高中生，在大队里响当当的。她前脚到家后脚便来了人，大队那边爆竹厂来人请她去上班。伊含有文化，领导让她在车间当了个主任。深山里的工厂来了女领导，且还长得清秀水灵。自古深山凤凰飞，现在是凤凰回到深山来了，这让近邻的男人们多少生出些安慰。山里的男人一生最难的是娶媳妇，外面的姑娘不肯嫁进来，山里的又留不住，要娶个女人真比上天还难，很多父母看着自己孩子从少年走向中年，眼看他很快就滑向老年了，不得不从人贩子手中高价买一个回来续烟火。现在伊含的回来，着实让一度丧失信心的男人们找回了尊严和信心，尽管伊含才一个，到头来是谁的还难以定论，可终究要比个高低。于是，追求伊含的人多了起来。伊含长到这个年岁头次面对这样的事，有点不知所措，就回家找母亲。不知伊含是个爱依赖母亲的人，还是母亲是个好依赖的人，反正伊含没了主意就回家找母亲。母亲眼睛不好，四十才过就戴了老花镜了，她坐在缝纫机前，听伊含说着她的得意和烦恼，两个脚照样踩她的缝纫机哒哒哒、哒哒哒地响，一会她抬了抬头，她说你看好就好。母亲爱理不理毫不关心的样子，让伊含很着急，可母亲又埋头做她的活去了。

提亲的人隔三岔五就来，人离了门槛伊含就问母亲，这一个那一个"印象"如何，母亲还是那句话：你看好就好。伊含以为母亲看眼花了，没一个特定的对象她难以下结论，伊含就说，妈你觉得那个高个、眼睛大大鼻挺挺的那个怎么样？母亲说哪个，我看都鼻子挺挺眼睛大大的。伊含真觉得母亲是个没主没次的人，一点也不像是个母亲。把伊含给气坏了。

你看好就好，这句话是母亲的口头禅。父亲在世时，也是个潜意识里把母亲当主心骨的人，比如猪栏里的猪什么时候该出栏，田里苗子什么时候该施肥等，父亲总要问：他娘你看栏里的猪——？那地里的苗——？母亲在父亲话没完就把答案给父亲：你看好就好。好像她早知道父亲要说什么而她的答案时时备着似的。父亲看起来起码比母亲老二十岁，倒像母亲的父亲。他太苍老了，整天心事重重似的，对母亲宠爱又敬畏的样子。伊含觉得母亲挺随和的，父亲一点也用不着那样。比如母亲帮村里人做衣服，本是按照衣服主人原意做的，可待那人来取时，又说不喜欢这个款了，要改改领子袖子什么的，母亲说好好，一点怨言也没有，又一针一针将线挑起，然后再重新缝制。碰着穷苦人家，母亲的劳动就成了义务的，人家过意不去，捎上一窝鸡蛋来，母亲就说礼重了，这窝鸡蛋孵出来的是一大群鸡呢。最后人家还是得把鸡蛋和衣服一起捎带回去。

母亲的母语是什么，从没人知道。母亲的话在乡亲们的耳朵里分成三部分：一部分听得很清楚，一部分听得模棱两可，一部分是省略的空白——这部分母亲通常用手势来表达。这三种情况可以这样解释：听得清楚的那部分是和普通话发音相同或相似的字，模棱两可那部分是发音不准确而字音上下都有点沾边的字，省略部分就是完全不懂发音只好跳将过去的空白。这些空白母亲得心应手地用手划动几下，乡亲就很明白了一样，乐着点头了。乡亲们把母亲的这种情况比作唱歌，有些人只是半吊子哼呀哼的，听起来却也悦耳赏心，有些人一字不留地吼起来，却像牛喊。乡亲们说母亲肯定是讲普通话，而且是很标准的普通话。讲标准的普通话的地方离山旮旯里的水洼村就不知远在什么天涯海角了。在水洼村，除了广播和电视外就没听到过一句普通话，连伊含上的中学还是用土话上的课。这样，村人对说普通话的母亲就多了几分羡慕敬仰，平时村里有些什么不大不小的事都爱来找母亲，捞妹捞妹地叫得亲热，要母亲去参考参考。

可母亲对自己女儿的终身大事怎么就不给参考一下呢？伊含觉得母亲怪怪的。伊含决定不再向母亲讨主意了。

过些日子后，伊含开始和自己相定的男孩约会。在农村，恋人约会还是很保守的，一般是晚饭后到村口的桥头接头，站着说说话，一两个时辰就忙着赶回去了。家长管得严，甚至还有盯梢的。恋人之间只要彼此觉得还过得去，不管约不约会，也不管相见质量如何，彼此来往够一段时间，就要成亲了。伊含就不同了，这种不同首先来自母亲，母亲才不管她这些呢，伊含毕竟是有文化的新时代女孩，就更不管这些了。伊含每天下班回来，和母亲一道做饭，然后一家人开开心心吃饭，完了，母亲准说忙你的去吧，然后快手快脚去收拾餐桌，还时不时给伊含投来一个慈祥的笑。伊含知道母亲和自己是心照不宣了，乐得心里蜜一般甜，一路轻唱着邓丽君的歌在澡房里洗完澡换上漂亮衣服，轻松愉快地收拾完毕，就打着手电筒朝后山去了。母亲在伊含出门前顶多说一句：别去得太晚，注意安全。伊含就得意地说，少操心，有人保驾护航呢。

母亲就是这样的人，好像什么都漫不经心，却也什么都瞒不过她似的。伊含后来渐渐明白母亲并不是不把她的事当事，母亲不过让她自己做主罢了。这样也好，轻松多了，不像村里的姐妹，自己的事倒像是父母的事了。伊含对母亲敬佩起来。

和伊含恋爱的是个刚转业到派出所的兵哥，叫张磊。这兵哥长相当然不俗，浓眉大眼里透着阳刚气，人品不错，善良率真，沉稳，这都是伊含喜欢的。张磊在部队里曾多次立功，这让伊含对他有了一份崇拜和仰慕。伊含和张磊在一起，很多时候也谈自己母亲，伊含有时觉得母亲处理一些事情，方法总和别人不同，伊含就把她感到纳闷的地方告诉张磊，让张磊掂量一下。张磊的意见是，人出生背景不同，所处环境不同，受的教育不同，对同样的事情就有不同的看法，这不该感到奇怪。伊含又说起父亲和奶奶，父亲和奶奶好像是同一个人似的，他们有时把母亲看成是犯人，有时又当宝。比如奶奶总是拄着拐杖形影不离候在母亲身边，像个忠实的家狗看守主人的家园一样，母亲下田或到山上找柴火，奶奶拄着拐杖去不了，就让母亲带上我们任何一个孩子。家里需要买些什么家用，还有母亲做活用的线脑、针顶什么的，奶奶就要母亲列了单子让父亲到镇里去一次捎回来；偶尔母亲要买些东西，而父亲做不了主的，比如我们姐弟的课外书、布料、鞋袜等，母亲非要亲自到镇上去，奶奶就一定要父亲陪着走。可奶奶和父亲对母亲的好，伊含看着也很感动的，比如奶奶手上一直戴着的一个玉镯子，说是从她祖上的坟里挖出来的陪葬品，她就一定要送给母亲，母亲觉得那东西贵重，说什么也不接受，奶奶就扯着母亲的手，把从自己手腕上摘下的镯子死活给戴上，还拍了拍母亲手背，说你就做我女儿吧。父亲也一样，无论什么时候，也无论从哪回来，只要母亲暂时不在他眼皮底下，就满山去找，破着嗓子喊。有时待母亲好得让她过意不去，比如父亲每次到镇上去，准要给母亲捎些零嘴，让母亲一个人在家做活时解闷。母亲就说我不是孩子了，别费这个钱。然后把零嘴分发给我们。

张磊听伊含这样说着自己母亲，觉得伊含母亲肯定不是个一般的女人，张磊说你妈肯定很优秀，而且肯定是你们一家的中心。伊含觉得张磊对母亲评价很到位，她感到张磊会很喜欢自己母亲的，母亲该再也不会说"没印象"了。伊含又想起那些提亲的人，他们不管文化多少，可穿着、仪表都不差，而伊含每次问她这个那个怎么样，母亲就说："没印象"，看来母亲在乎的是品性的、内涵的，而不是表象的、时尚的。而这些内质的东西是需要深交才能了解的，而这种了解又是任何人也帮不上忙的，难怪母亲要自己"看好就好"。伊含从心里对母亲生出一份敬重。

过了些日子，伊含给母亲汇报：我们准备过些日子结婚。母亲踏在缝纫机踏板上悠然晃着的脚一下停了下来。哦，闪电呢。母亲说，地下活动进展得蛮有效果嘛。伊含给母亲逗笑了：母亲今天好年轻，且活泼可爱。

母亲第二天走出了村子。母亲穿着自裁自缝的衣裳，提着布袋从村口一直往大队那边走。伊含觉得母亲今天是这样美丽，高贵，母亲的脚步是如此从容，果断。

这天，母亲很晚才回到家，她到镇上去了。这是母亲头一次独自离开村子到镇上去。母亲去了一整天，把伊含的嫁衣料子、嫁妆等各种物品，全买了回来。

这天夜里，母亲早早就坐到裁缝桌前给伊含裁嫁衣。布料是枣红暗花缎子，这是伊含见过的最漂亮的布，她想这肯定也是母亲半辈子买过的最华贵的布。伊含把手放在上面摩挲着，很柔软，很舒爽，就像从水面上轻轻滑过一样。

含含，你过来。母亲脖子上挂着软尺，手上拿着画粉。伊含走到母亲跟前，脸有点红，心有点跳。母亲定了定伊含两肩，从肩上拉下软尺，从伊含肩、胸、腰、臀、臂、腿等，一一细量，最后还把尺子围过伊含的脖子圈了圈。伊含穿了十九年的衣服，每一件都是母亲给裁给缝的，母亲给她做了这么多年衣服，很多时候不给伊含量身，只是做好了衣服她就拿过来，说含含穿上妈看看。奇怪的是这样做出来的衣服居然尺寸分毫不差。母亲一般隔段时期给伊含姐弟们量一次身，一年或两年，伊含每次站到母亲下巴前都觉得很平常，母亲要求的几个动作无非是平视、挺身、平肩、垂臂，而每次母亲都胸有成竹似的，她指尖按住软尺，两指轻轻一弹，一捻，再用粉饼块往布匹上画几下，有时甚至记也不记。伊含好几次还真担心母亲记错了尺寸，如果她把臂长当成腿长胸围当成臀围怎么办。可今天，母亲要伊含正正规规站到跟前去，要求伊含左转，右转，用尺子一再在身上比来比去，还每量一次就在布上记一下。

母亲量完就忙摊布画线去了。母亲干起活来就是这样不管不顾的，动作干脆利索。母亲一手把尺，一手持画粉，一纵，一横，一弧，自有准则。母亲弓腰俯首，那么专心。伊含站一旁，眼睛随着母亲的手游移在那一汪暖暖的红里。伊含很想知道母亲给自己做的什么款，以前母亲偶尔也问她"喜欢什么款"，那时，伊含的眼皮就亮得双双的，学着母亲口气，说，只要是妈妈喜欢的就好。而这次母亲却不征求她意见，这么大的事怎会不问自己呢？伊含就觉得母亲有时怪得矛盾。伊含越想越害怕，出嫁的日子没几天了，万一做糟了怎么办，何况还是那么好的布料，一坏可真让人心疼的。

伊含实在受不住了，问妈你给我做什么装？母亲好像料到伊含会这样问。她的视野余光里注意着伊含，一直远不远近不近地站着，舍不得走开。你说呢？母亲说。伊含说我也不知道，反正求你别把这料子弄砸了。咋会呢！母亲又说。母亲知道今晚如果不告诉伊含她是不回房间睡觉的，就弯着眼说，旗袍怎样？伊含没想到母亲居然会想到给自己做旗袍，心里既高兴又不安。伊含说妈这是农村，人家都穿裤子呢，村里人会笑我的。母亲说谁不穿裤子呀，裤子天天穿。伊含给母亲说得好笑。母亲又说你脖细，长，腰也是，双肩和臀部滚圆，这样的身段不穿旗袍白长了。伊含给母亲这一说，乐得直想朝地上打几个滚。

此后的几个晚上，伊含总陪着母亲在缝纫机前做嫁衣，她知道国服的旗袍穿起来很显身条，很美，但不知穿在自己身上是怎样，更让她心里没底的是旗袍母亲从没做过，她会不会做得不地道，尺寸把握得准不准确。万一真把胸围当腰围或臀围了，那就糟透了。伊含坐一旁，专注地看着缝纫机上针头的走线，看母亲微伏在缝纫机前的单薄的身影，还有一上一下随着前进的布片不停活动着的手。母亲的手把玩在布片上就像陶塑家的手把玩在陶浆上，一抹一掠，动作很优美。伊含自小看到母亲坐在这部老掉牙的机子前，缝缝补补，大多时候都是给村里村外的乡亲们做衣服，人家有钱就给，没钱的捎来一窝鸡蛋，母亲又不要。所以伊含就不觉得母亲的劳动有多大价值，现在真觉得不能小看母亲这一行了。

母亲看伊含傻呆呆的，夜深了，就劝她，说，晚了，睡吧，睡好了，皮肤不用化妆。伊含不肯进门去，她觉得母亲近来说话整个姑娘似的，一点不像以前的样子。伊含一直很依赖母亲，读小学的时候，学校就在对面山上，有时候课间十分钟她都要往家里跑，母亲给她塞上一个鸡蛋，或几颗梅子，看铃快要响了，母亲就催她：快跑！到了初中、高中，离家远了，就没机会了。现在，过几天自己就要和自己爱的人走了，自己将要离开母亲和两个弟弟了。再也不能和现在一样每晚可以陪着母亲坐在她的缝纫机前，看她两只脚从容地踏着踏板的样子了。以后母亲白天给弟弟赶做几顿饭，晚上辅导完他们的功课，待他们都睡了，母亲独自守着这盏萤火虫一样的油灯，独自听着缝纫机吧嗒吧嗒，那该是多孤独啊！伊含想着，心里隐隐有些说不出的滋味，很复杂，做不出取舍，理不出好坏，乱糟糟的。以后有了张磊我还会常回来看母亲吗？伊含突然想到这个问题。哦，是的，母亲怎么从没提过回去看她爸爸妈妈呢，父亲也没提过，母亲像是天上掉下来的似的，伊含曾经怀疑母亲是孤儿。比如，年前年后，村里女人们就赶着做糍粑、宰猪杀羊，猴急急地挑着担子回娘家去，她们大多是从外省娶过来的，娘家很远，她们带个吃奶的孩子一回就待上十天半月，留下男人和稍大点的一窝孩子在家"守年"。伊含家是没有这种情况的，母亲把家里的日子调理得清水一般闲静，这份闲静首先来自母亲，她什么时候都一样，没有什么大喜大悲，生活很条理，规律。逢着过年，她和平时一样早起，把厢房从上到下打扫干净，然后烧水给两个弟弟洗澡，弟弟一个读四年级，一个读二年级，按年龄他们是可以自己提水到澡房去的，可母亲朝桶里逐个倒满水，还要问一下，提得起吗？话没完自己却提起桶往门外走了，边走边说，再过两年吧再过两年吧。

就这样一种安详、平静和幸福，让伊含忽略了自己家和邻居们的差异，忽略了母亲的特殊。可现在细想，倒是觉得母亲的身世是个谜了。

妈，你以前出嫁，你妈也这样给你做嫁衣吗？母亲像是犹豫了一下，点点头。

也是旗袍吗？

母亲也点点头。

那时爸爸用轿子抬你是不是也晃得很凶？伊含想起《红高粱》里的镜头：九儿坐在轿子里盖着红头布盖，给几条光膀汉子往死里晃，那真浪漫！可惜轮了一代又一代，到了自己这些美好的东西却变得粗糙了，俗气了。人生就结一次婚，确实应该坐坐轿子的，那样显得隆重，艺术，让人回味。

伊含的这次问话，母亲没听见似的，她头也不抬一下。伊含就又说，妈，你们那时也穿旗袍顶头盖吗？

母亲愣愣的，什么头盖？伊含觉得自己和母亲的交流常常是这样的状态：自己绞尽脑汁，生怕冷场，一句接一句，而母亲总是漫不经心，似听非听。伊含就觉得没趣，不想说这些了。过了一会，伊含改变了话题，伊含说你未来的女婿说要来看看未来的岳母大人呢。爱的甜蜜让伊含的嘴巴也变得甜起来。母亲说让他到家里来坐坐好了，给我封那么大的衔！伊含说他还要送彩礼来呢。母亲说什么彩礼？伊含说就是过门前男方送到女方的财物呗。母亲说还有这个，现在他送了以后你过去再还债呵。伊含说这是风俗。母亲就说什么俗啊，就叫他那天亲自来接你就好！伊含觉得母亲最后这句话讲得很强调，这是母亲说的唯一一句最强调的话。

确实是张磊提出要去看伊含母亲的。张磊的登门出于两个意愿，一是和伊含来往了这么久，确实是该来看看她母亲了，看伊含说得自己母亲那样，更对她产生了一份敬重和欣赏；另外，张磊上回听了伊含说起的那些家事，她奶奶和父亲那些做法，凭职业嗅觉，他有点敏感，对伊含母亲除了有着那么点隐隐约约的好奇和同情外，他心里也有种怪怪的感觉。他感到伊含说的只是事情表面，而内在肯定另有原因，却又说不出来，况且也不能对伊含说。为此他真想亲自来看看。

张磊并没有像伊含说的送什么彩礼，他只是听伊含说她母亲的缝纫机总是"老掉牙老掉牙的"，就一直想给她送一台，另外还要送她一副漂亮的老花镜。这个计划他没有告诉伊含。

张磊那天捎上那台缝纫机就到伊含家去了。张磊骑着所里的边三轮载着纸箱，一颠一颠往伊含家里去。伊含母亲觉得女儿还没过门人家就载了这些东西来，心里过意不去，她不知该怎么办似的，搓着两只手，说怎能这样呢，怎能这样呢？我这辆二手机用了二十几年了，还管用呢。伊含母亲的话混得有点南腔北调了，张磊听着感觉和村人一样，都认为伊含母亲母语应该是普通话。张磊知道伊含母亲是个不爱多话的人，也尽可能不说什么，对那台缝纫机的来历他拐了弯子，说是家里买的，用不着，顺便捎了来。伊含母亲对年轻人的好意只能表示感谢了，她满怀诚意和感激的眼神让张磊觉察出不凡的素养内质。这样的女人怎么嫁到这种地方来呢？张磊心里有了一个疑问。

转过身，张磊突然觉得这双眼睛很熟悉，他一定是在哪里见过，且不止一次。

还不快进去，含含等你等糊了呢。

"等糊了"？这种话不是一般人能讲出来的。张磊摇摇头。

张磊走进内屋，眼前一亮，一种新鲜的喜悦把他一下淹没了，他觉得时间真是可以跨越的。伊含穿着合体的旗袍在裁缝室的衣镜前扭来扭去，她后脑上端正地盘着一个发髻，高贵极了。张磊远远站着，欣赏着他的新娘，感叹着新娘的美。伊含脸上泛起大片红晕，伊含说如果我母亲穿上它会更美！张磊说这发髻盘得太好了，你自己盘的吗？伊含说我才不会呢，是我母亲。张磊心里闪电一样亮了一下。

告别伊含，张磊径直回所里，翻开那堆卷宗，面前桌子上摆着的就是那双他刚刚见过的眼睛，尽管这双眼睛现在周围布满了细细密密的皱纹，但它永远那么亮，那么有神。岁月不饶人啊，一个十多岁的姑娘现在变成了风烛残年的女人，本来她过的该是另一种生活的，而事实是这样残酷，她被绑到这个地方来，卖给一个目不相识、彼此没有半点相当的男人做女人，给他生下一窝的孩子，从此在这里了了一生。可是伊含就是她给自己带来的呀，难道伊含真的一点也不知道母亲的身世吗？她一直觉得自己母亲是平静的幸福的。

张磊才转业到所里不久，这件案子又不是他主办，在所里搁了有二十年了，多年来，干警根据伊含母亲提供的地址无法找到她要寻找的亲人，案子一直没结。张磊从存档的调查笔录中知道，伊含母亲名叫含舒，并从中了解了她的身世。含舒出身高干家庭，17岁被人贩子绑架到水洼村，卖给伊含父亲。开始也逃过，几次都给抓了回来，后来得知伊含父亲一直和他的寡妇老母亲相依为命，他们为买她变卖了所有的家当，还欠下一屁股债，伊含母亲就认了命了，留下来。多年来，她为不惊扰家人，把日子调得水波不兴，暗地里却四处打听亲人的下落。

张磊次日就主动约了伊含。张磊和伊含坐在山坡上，第一句话张磊就说伊含你真幸福。伊含觉得张磊懵头懵脑的话说得很糊涂。

伊含说你也幸福呀。

张磊说你快做新娘了，心里是怎样的感觉？

伊含说你也快做新郎了，心里是怎样的感觉？

张磊说这是我的秘密（张磊私下里觉得和伊含父亲比起来，自己幸福多了）。

伊含也说这也是我的秘密。

张磊说你问过你母亲做新娘的感觉吗？

还真没有，我今晚回去就问。

还是不问算了，不同的人有不同的感受吧。张磊说。

伊含说这种时候感觉应该都一样的吧？

张磊又问，你见过你妈流眼泪吗？

伊含说没有，我从小就觉得妈妈很慈祥宽容，很坚强。但记得我几岁时，陈家那个被拐来的媳妇娘家和派出所来解救她回去，她娘家和婆家的人拽着她和她怀里吃着奶的孩子拉拉扯扯大哭大闹时，母亲躲回家里暗暗流泪。张磊不知该不该告诉伊含她母亲的事。他以后会亲自处理这个案子，他知道自己一定会为含舒——伊含母亲找到她的亲人。

伊含出嫁的日子到了。家里这一天显得喜气洋洋，正逢着周末，两个弟弟在家里蹿上蹿下地乐，陪着伊含说这说那。他们都穿着母亲做的新衣服，显得很整洁，这让快要离家的伊含感到心里很踏实。伊含坐在镜子前，母亲为她盘髻，伊含面前一个别致的藤条编织的小筐里，装着各种颜色的发夹子，金闪闪的。母亲的手把玩在伊含浑圆的脑袋上，把发朵盘过来，盘过去。伊含看着镜子里的母亲满脸慈祥，想起张磊的话：问过你妈妈做新娘的感觉吗？伊含就真想问，可想到后来张磊又叫她最好别问，就罢了。母亲一只手按住发朵，另只手的拇指、食指、中指并着将一个个夹子从不同方向别进发丛，她的眼神专注，含情，伊含觉得这时的母亲像没了她自己一样。伊含就想，当年的母亲做新娘的时候，她妈妈肯定也这样为她小心翼翼地盘一个高贵的发髻，母亲穿着这样美丽的旗袍，盘着这样高贵的髻，肯定比镜子里的自己更美丽动人。

| **作品点评** |

《幸福嫁衣》可能是谢凌洁最早发表的小说，也是谢凌洁写得很纯美的小说。这个小说至少有两个意义维度。一个是写女儿感受到的母亲的爱。这种爱在谢凌洁笔下写得非常动人，非常优美。当小说写到母亲为女儿伊含做嫁衣的时候，这种纯美之爱已然达到高潮。写母爱的小说很多，谢凌洁能写成这样，确属不易。但从另外一个角度看，母爱作为文学作品一个司空见惯的主题，写起来确实也很难创新。因此，小说的第二个意义向度就变得特别重要，因为，小说中的母亲曾

经是一个被拐卖的年轻女子。伊舍的母亲生在一个历史悠久的古城，有一个幸福优越的家庭，父母是中学教师，风华正茂的年龄被拐卖到了深山里的水洼村，嫁给了一个大她许多目不识丁的山里男人，虽然拼着命逃过几次但终于被抓了回来，最后生儿育女做了母亲。

这是一个身世悲惨得催人泪下的女性，同时又是一个善良克己、对儿女充满大爱的母亲。这种充满了矛盾的女性身份，使小说获得了令人震惊的效果。小说明线抒写母爱之美写到了极致，小说暗线隐藏的失去女儿的痛苦以及被拐卖嫁人的屈辱，也就被衬托得触目惊心。谢凌洁写女性，走的不是用身体体验去引诱读者的路线，她仍然关注女性的命运，这当然是一个更有震撼力的主题。

——黄伟林：《澎湃而来 澎湃而去——论谢凌洁的中短篇小说》，《南方文坛》2011 年第 5 期

不道德的人

纪 尘

我盯着他看了很久。五分钟、十分钟，或者更长一些。

用这么长的时间盯着一个男人看似乎有些不合情理，何况那还是一个老男人，一个又脏又丑的老男人。而我是一个性取向绝对正常的年轻小伙儿。

那男人，脸上尽是皱纹和疙瘩，一只眼睛已完全凹入深深的眼窝里，另一只，泛白的内障斜盖在眼球上，完全遮住了瞳孔。他黝黑、干瘪、瘦小，背靠在那堵涂满脏话的墙上，从侧面看去，活像一具去掉了水分的干缩的木乃伊。

我盯着他看了很久，然后把目光锁定在他面前的那只碗上。

其实那只碗也没什么特别之处，既不是什么价格不菲的古董，也不是精美的工艺品，而只是这世上任何地方任何乞丐都通用的那种劣质瓷碗，碗边缘的某处，也总是照例地缺上那么一个可怜兮兮的大口。

我盯着他看这么久的目的只有一个，那就是——为了碗里的五毛钱。

作者简介

纪尘(1957—)，原名蒋月英，维吾尔族名字乔丽盼，广西贺州人，瑶族，2000 年开始文学创作，2004 年参加鲁迅文学院全国少数民族作家班，广西第五届签约作家，著有长篇小说《缺口》《美丽世界的孤儿》、短篇小说《不道德的人》、中篇小说《回声》《九月》等，曾获全国首届"华夏作家网杯"文学大赛一等奖。

作品信息

原载《作家》2003 年第 6 期。

那大概是这世上最孤独也最落魄的五毛钱了，不仅形只影单，右下方还被磨掉了一个小角，宛若一叶被抛弃的用钝了的薄刀片。

瞎老头、破碗、五毛钱。这三者与那堵灰墙结合得是如此完美，就像人类世代流传下的一句成语，超出时间之外，处于永恒之中。

我又花了五分钟、十分钟，或是更长一些的时间盯着那只碗看了一阵，然后在心里做出了一个决定：拿走那五毛钱。

说到这，我觉得有必要向大家郑重地声明一下：是拿，不是偷。

这么说似乎有点儿一厢情愿，然而绝非自夸。要说清楚这件事的前因后果也许得花上一番口舌，不过没关系，对于一个时运不济而又没什么远大志向的小人物来说，一件原本只有十厘米的事可以拉长到一百米——这是慷慨的老天爷赋予小人物们的一种特有的消磨生命的方式。

虽然老天爷很公平地给了每个人两只耳朵一张嘴，一个躯干四个肢体，可对他们的命运就安排得天差地别了。比方说有些人一生下来便能摸到金子，而另一些人则可能还来不及绞断脐带就被放进垃圾箱，比方说有些人可以一餐吃掉一辆宝马，而另一些人则只能一辈子赶着牛车面朝黄土背朝天。但不管是金子还是垃圾，不管是宝马还是牛车，在此刻和这五毛钱相比都只是些微不足道的小事。

是什么让我羁留在这儿？又是什么促使我决定拿掉碗里的那五毛钱呢？

是我的胃。不，更确切地说，是我的膀胱。

我得承认胃和金钱有很大关系。当饥饿像个忠诚的情人在一个明确的地点等着你时，金钱的魅力便变得和情人的笑一样大了，甚至比情人的笑魅力还大。至少到目前为止，我还没见过哪个情人在饥肠辘辘时还能笑得如花灿烂。

然而，促使我做出这个决定的真的是我的膀胱。

事情是这样的。本来今天是一个好日子，一个让人心情愉快甚至该感恩戴德的好日子。虽然今早一出门我就被石头磕掉了一颗门牙，虽然今天阳光强烈得几乎能将岩石熔化，可仍然不失为一个好日子。想想吧，对于一个时时要赴"饥饿"这个完美情人的约，而那种一夜暴富鲜衣怒马的大好风光又永不可能落到头上的小人物来说，还有什么比得到一份工作更快乐的事呢？

今天我一共去了二十家公司应聘。当我从最后一家，也就是第二十家公司面试出来的时候，我的膀胱便装了不下500毫升的水。

这样说丝毫没有怠慢我的胃的意思。之所以话题又回到"胃"，是因为在此之前绝没有任何人知道我有多么憎恨这个器官。一直以来，我都认为上帝在造人时犯了一个不可饶恕的错误，那就是——他不该在我的体内装上"胃"。他可以给别的人装，比如那间豪华办公室里那个长着双金鱼大泡眼的总经理；比如刚才开着小车，一手搂着个女人一手握着方向盘并将我溅了一身污水的男人；甚至就是给那只朝我不断狂吠的势利的小狗装也不应给我装。

众所周知，胃是用来装食物的，而食物，又是机体存活的必需条件。可我活了二十四年，所有的积蓄除了一沓沓的诗外就再没有别的了。诗歌固然令人荡气回肠，可不要忘了，胃是文盲。你若硬要将这种散发着油墨味道的东西塞进肚里，它绝对拒绝，不但拒绝，也许还要吐个翻天覆地让你痛不欲生。

对我来说，这世上最至高无上的事情就是饥饿，它就像某种一年四季都保持着新鲜的水果，从未腐烂过。民族大道上，我一边晃荡着细瘦的双腿，一边不时地往嘴里大口灌水——这是我对付"饥饿情人"惯常使用的伎俩。旧的饥饿又不断繁衍出新的来，每从一间办公室走出，我便往嘴里灌上几大口的冷水。其实我蛮可以买一个面包或是喝上一小碗冰镇槐花粉，因为我口袋里还有五毛钱——唯一的五毛钱。然而我还是宁愿继续喝水。因为在第二十间办公室，也就是那个说话慢条斯理，长着双金鱼大泡眼的男人终于同意留下我的材料，让我下星期到百货大楼门口发传单。而且——主要在这儿，我要为我的"饥饿情人"买一朵最后的玫瑰！

生平第一次，我发觉这令人憎恶的夏天竟也有多情妩媚的一面，而平淡无味的自来水，喝起来似乎也别有滋味，就像陈年的好酒一样，香气四溢。啊哈，喝吧！啊哈，为告别我的完美情人干杯！

我带着一种令人眩晕的陶醉感边走边喝，直至这只碗的出现。

也正是这停留，使我发现了上帝犯下的另一个错误——他也给这个可怜的瞎子装了该死的胃！而那只碗，在强烈的阳光下，就像一个巨大深幽、迫切等着五谷杂粮落入的漏斗。

坦白地说，我并不是一个大公无私的人，从来都不是。然而那一刻我的胃欺骗了我，满肚子咣当作响的水让我产生出一种近乎幸福的错觉来，似乎我刚才不是从一间办公室，而是一家酒足饭饱的大饭店里走出来一般。

这错觉让我决定放弃玫瑰，这错觉让我毫不犹豫，极为阔绰地将那五毛钱丢进了那个漏斗里。然后，我像个气质潇洒的大亨般拍拍手，愉快而心满意足地继续上路。可就在我将最后一口水一气咽下时，我才发现另一个要命的问题：上帝不仅在我体内装了胃，还安装了小肠和膀胱。那灌入的 500 毫升水从食管到胃到小肠最后齐齐汇集在了我的膀胱内，并且，随着步伐越来越饱满，越来越茁壮。

这大概是我一生中遇上的最尴尬的事了，极度充盈的膀胱狞笑着惩罚我对它的忽略，它让我痛苦地领略到，自己体内还有一个比胃更可恨也更不容置疑的器官。

我可以用灌水的方法来对付饥饿，但对膀胱，我可是一点儿办法也没有。要知道，我是个有羞耻感的青年，做不出随地大小便这样低俗的事，何况宽畅明净的民族大道上，每隔五十米就有一个身着橘红色制服的清洁工。我也不可能像个不谙世事的孩童，在裤裆里溺泻了事，而此刻眼前那个比五星级大酒店更具吸引力的"WC"门口，偏又坐着个犹如一尊蔑视一切的神般的老太婆。她面前的木牌上清清楚楚地写着：小便，五角/次。

多么令人懊恼的五毛钱！多么让人瞠目的五毛钱！胃与金钱的关系是打我一出娘胎就明白了的，可膀胱与金钱的关系，却是二十四年来头一回领略。

尽管体内水的流速渐渐缓慢，痛苦却仍难以承受。于是，在痛楚迸发之前的最后时刻，我做出了一个重大决定：从碗里拿回那五毛钱。是的，拿。我是这样想的：这只是五毛钱，以我的饥饿经验来说，它不仅填不饱肚里的那个漏斗，还极有可能带来更迫切更令人难以忍受的新的饥饿。再者，这五毛钱原本就是我的，就算它在那个碗里静静地躺了半小时，就算这行径的确不怎么光明磊落，可到底不能算偷。况且，这老头又是个瞎子，他根本就对发生的一切一无所知啊。

老头依然一动不动地蹲在原地，干瘪的脸上凝固着佛门圣者般的漠然表情。但那五毛钱就不同了，它一扫那种灰头土脸的形象，宛若一片诱人的金叶，在阴暗的角落里朝我熠熠闪烁！

我用两个手指心不在焉地摩挲着自己的膝盖，脸上努力挂出一副从容的笑。这笑容既是为了过往的行人，也是为了让自己更坦然更放心。我把这种默不作声的局面拖了好久，其实完成这个过程也许只需要一秒，可不知为什么，那只布满白翳的眼球仿佛充满了某种秘密意义的语言，它让我感到惊慌，甚至在心里产生出一种最初的怀疑。而我摩挲着膝盖的手，不知不觉间也显出一些心里有鬼的迹象来。可我再也不能等了……

就在我的手触到那张钞票的时刻，我飞快地瞥了老头一眼，而他似乎也刚好和我的目光相接。一个瞬间……夜幕降临了：那只什么也看不见的瞳孔好像在告诉我——脸上的微笑和体内的痛楚已经是从我生命的另一个阶段传过来的……

就像我所期待的那样，我从那个碗里成功地拿回了五毛钱，然后将它交到那个老太婆手上，再勒紧裤带从那间伟大的"WC"里走出来。

一切都很顺利，事情进行得无声无息天衣无缝，既没有人因此停下脚步，也没有人上前来扭住我的胳膊。就好像那个破碗一直都那么空着，就好像那五毛钱从不曾离开过我口袋半步。然而，我的生活却从此改变了。

我也不知道那个念头是从什么时候开始钻进我的脑子的，说起来没有任何目的，也没有任何冲动的情感。

也许，命运有时就是一张白纸，一旦不慎插入打字机，现实就改变了。

从前，生活虽然像我的胃一样，尽管有种种不尽人意，但仍然是美好而简单的，就像天上安静的白云，就像白云投射在明净湖面上的倒影。而今，却有一种令人生厌的东西滞留在了生活被语言和笑容掩藏的阴暗毛孔中。这东西好像能与一切阴郁的事物共鸣，让我怀疑地徜徉于过去和现在之间，有时竟跨进未来世界的一片混沌里。

这真是种令人惶惑的感觉，每当一想到它，我浑身血液就会变得冰凉。为此，我一遍遍回顾自己的人生：半年前借张三的五十元钱早就还了，李四的自行车昨天刚修好，和王五打过架但后来赔给他我一个月的工资，周六的女朋友爱上我难道是我的错？……我确信自己是清白的，对这世上的人也没有任何亏欠。然而这解释却显得很勉强。那东西仍无所不在，它仿若一种无形无色的强力胶性物质，围困着我，将我按倒在地，甚至撕成两半。

我决定将注意力转移到工作上来。

那时我已工作两个月了，为了好好弥补那一度被饥饿袭击的胃，我兢兢业业，任劳任怨。这刻苦的工作态度很快便有了回报——我被调到公司任出纳，而再不用每天站在百货大楼门口死皮赖脸地往别人怀里塞传单了。

然而随着时间的流逝，这份使我欣喜的工作也日渐成了一项令人不堪负荷的重担。当我写字时，那东西会随着我的手指起伏，当我看书时，那东西便挡在我和纸页之间，甚至就连上厕所，我都觉得它躲在一层可怕的白翳后面向我悄悄地逼来……这让我心烦意乱，工作也开始频频出错。一天，当我在清算数据时，竟鬼使神差地漏掉了一笔数目不小的账单。我发誓我从没有过任何挪用公款的愚蠢念头，可谁会相信我呢？事实就摆在面前。没有人会相信这么明显的错误是因为一种谁也看不见摸不着的东西造成的。结果自然是我的胃又重新回到了它的情人身边。

然而这些都不是最可怕的，可怕的是，我对这东西一无所知。

有时，夜里我毫无睡意，就瞪着大眼对着天花板冥思苦想。可无论我有多么努力，那东西始终不肯现形却也从不轻易逝去，甚至就是在最为荒诞无稽的梦中，在当任何思想都失去理智的力量时，它也会忠实地出现在我的心灵深处。在这东西无所不在的笼罩下，我的内心充满了战栗和对外界的恐惧。我时而在自己的灵魂黑暗中摸索，时而透过不明晰的雾霭凝望惨淡的世界。就连肆无忌惮的风似乎也尊重这可怕的东西，从来不把它的面纱吹起。

难道是我疯了吗？不，绝不能让生活这样继续。

我决定回到从前。回到那种被荒废许久但却一度伴我度过窘境的生活——诗歌。我想也许诗歌能让这见鬼的东西远离我，就像饥饿时，它能产生出佳肴般美妙的幻觉。

我开始投入狂热的写作中，我攥紧手中的笔，把全身重量都压在上面，试图进入墨迹那狭窄的空间，我决不能让那东西把我和诗歌的幸福平静分离……

我写啊写，写啊写，努力把自己想象成一位被生活的不幸折磨着的作家。在曾经看过的影片中，楼梯上总是站着一位一脸关切的漂亮女主角，然而，在现实的围观者里，除了那东西依稀可辨，没有任何人在楼梯的平台等我……

有时，为了驱赶它，我绷紧肌肉，在灿烂的阳光下走路。可那东西以同样令人绝望的缓慢速度一厘米一厘米地在我的前方打开，并牢牢地把我的身影钉在地上。我咬紧牙关，疾步行走，以至最后不得不撒腿狂奔起来……沉重的拖拉大卡车从斜坡上冲下来，随着驾驶室里发出的一声短促的被扼住的叫骂，而我也在几十米外的地方恢复清醒时，才意识到自己几乎命丧车底。

几年过去了。

由于那我至今仍没见过却始终存在的东西，几乎没有人愿意接近我。人们都说我那忧郁的声调中的每一个颤音都会令听众心悸，不仅如此，伴随颤抖而来的还有一种意想不到的恐惧的悲怆。虽然我的形体，举止和面容和以往并没什么两样。

人们不仅不愿接近我，还刻意地疏远我。记得一次，我应邀参加一位街坊的婚礼。以前，哪怕我算不上是个开朗乐观的人，但在这种场合总会有一种平静的喜悦，我也曾因这一特点赢得人们的喜爱。可那次婚礼却出人意料。当我一进门，那位美丽的新娘的脸便开始发白，仿佛看到的不是祝福而是一朵滚滚而来的乌云。从前，仪式过后，在向新人祝福时，我的微笑总像炉火中快乐的火花，照亮人们幸福的脸，然而此次，当我举起酒杯，新娘不仅脸苍白得像死人一样，而且全身发抖，仿佛我出席的不是婚礼而是丧葬一样。远处，人们在窃窃私语，面前，新郎的神情谨慎愠怒，这情形不由使我也卷进了一种莫名的恐惧中，我低下头，从宁静的酒杯里看到了自己的面容——那是一张交织着非凡恐惧经纬的脸庞，是一堆罪孽和哀痛的混合物。这一令人惊悸的陌生形象让我把尚未品尝过的酒洒在地毯上，而直冲入茫茫黑夜里……

我变得落落寡欢性情孤僻。我不知究竟是什么地方出了差错，那个东西不动声色却又无比顽强地将我挡在了人群之外，它就像一副即使就是这世上最强劲的溶剂都溶化不了的遗骸，用一种阴郁而荒谬的方式把我留在了生命最脆弱的边缘。

然而，尽管如此，尽管我成了街谈巷议的材料，却还是有一位勇敢的姑娘，带着自己个性坚强的力量勇敢地走到我身边。这姑娘就是我的未婚妻小柳。

我得承认，自小柳出现在我生命中以后，我曾有过一段无比幸福平静的日子。这是个有着宛如成熟的石榴果般香甜躯体的女人，她婀娜的身段和丰满的乳房就像一个无底深渊，一遍遍激起我心底深切的探索欲望。不仅如此，小柳还嘴能吞剑、口能食火。在她的叙述里，再平淡无奇的事都会变得生动有趣。她就像个出色的魔术师，一点点将我被改变的部分还了原。

在那段时间，我也不大写诗，我写一些小故事。然而无论故事讲的是什么，似乎总与躲藏有关，而且多半是在半梦半醒间才能构思出来。

这样过了大约一年。

那是个静谧的夏夜，小柳在我身下安卧着。她的美在黑夜里散发得那么淋漓尽致，浓密的黑发泼泻在毯子上。她柔软的胴体潮润地朝我摊开着——五月的和风——我在里面流连忘返。然而，就在我沉醉得最深的一刻，我突然又看到那东西像一道微光从墙壁的阴暗处透了出来。

这道突如其来的光线就像一记响亮的耳光，将我的欲望一抽而空。

那个晚上，小柳红着眼睛睡去了，而我，则在屋里巡视了一夜，关紧了百叶窗。

我和小柳分手了。这真是件悲哀的事。可我有什么理由责怪小柳呢？她是那么年轻那么朝气蓬勃，我怎么可能要求她嫁给一个有性功能障碍的男人？尽管我曾为此做过不懈的努力，可每一次，那东西都让我像个举步无力的老人，往往才迈出家门一步，所有的力气便已消失殆尽。

一些日子过去，而另一些日子来临。

随着时间的流逝，那东西日渐一日地渗入我的每一个细胞，我对它也越来越熟悉，越来越漠不关心。而我的面容，亦随着它散布在房间的各个角落里。在一些地方，墙纸开始模仿我的习惯性痉挛；桌布上的花卉图案排列得好像我悲哀的微笑；衣柜里的皮大衣发出沉重的喘息，致使那些噬咬着毛皮的小虫子惊慌无措地滚滚流过，消失在毛皮的折叠中；若将耳朵贴上床板，还可以听到那种熟睡式的轻微呜呜声……

白天，我还能用体内剩下的一点力量来抵制它的入侵，但是夜晚，我就被完全控制住了。或者说，我已经为此着迷了。这东西使我的生命完全漂浮在了生活的边缘，在半现实的领域中，在存在的边际。在那里，生活中的一切既是偶然，亦是命定。谁也说不清为什么会出现这样荒谬的事情，甚至就连灵魂也无法诠释。

我就这样度过了漫长的一生。我的行为无可指责，但永远有阴暗的怀疑笼罩着我，我仁慈厚道，但不为人所爱。流年似水，我的额头开始降下白霜，终于有一天，我的生命到了黄昏的尽头。我身边没有亲人，没有护士，只有一个嗜诗如命的好心小伙子陪在床前。

我已神志不清许久了，时而发高烧，时而痛苦痉挛，我迷惘的灵魂渐渐疏忽，濒死的精神和极度疲乏的肉体在痛苦中辗转反侧。那东西究竟是什么呢，竟能在沉默和孤独中经受了岁月的寒霜而持久不衰？那东西究竟是什么呢，竟悬在我与世人之间并隔绝了人情温暖和爱情幸福，终其一生？那东西，那东西……那东西就是瞎老头的眼睛！没错！我想就是它——那只呆滞的，上面蒙着厚厚白翳的眼睛！

命运对于过错总是盲目的，不幸仅仅归咎于微不足道的小事。只要稍有放纵，命运就会将生活改变得面目全非。几秒钟内，甚至只是一个眼神，便可将你置于完全不同的世界。在那种生活中，昨日的伙伴们将自由高飞，撇下你在寒夜里孑然独行。尽管你极力保持住微笑，但在你眼中将永远闪动着任何温情都无法掩饰的绝望。人们渐渐习惯现实赋予你的名称，最终一致将你定格在这种可怕的新外貌中。

实际上，回想起来，在拿走那五毛钱之前，我并没有发觉那只眼有什么可怕之处，可为什么之后就变得让人发抖呢？不仅让人发抖，与之伴随而来的还有一种无法避离的令人恐惧的东西。这东西让人好像在被催眠的昏迷状态中承认和接受在正常环境中蓄意隐藏的罪行，并把它们吞没在它的结构中。也正是这不可避离的东西，使得我感到那不是一只盲眼，而是看得见的、能发出电源一样清晰光芒的眼球。

是的，其实那只眼睛毫无可怕之处，然而却能使男人们躲开，女人们没有恻隐之心，儿童们尖叫着跑掉。一切的一切，仅仅是因为人们妄想逃开造物主的眼睛，卑鄙地藏匿自身的罪行。而也正因为此，我才成了这令人绝望的怪物的象征物！

"可敬的张贤德先生，"那位小伙说道，"像您这样一位毕生致力于慈善事业，思想行为圣洁高尚的人，在走向永生之际，请告诉我您最想说的话吧。"

"我是一个不道德的人。"

阴郁的雾霭一扫而空，一束明净的光芒从破败的屋顶射下。

感谢上帝！

我微笑着幸福地闭上了双眼。

| 创作评论 |

瑶族的纪尘是广西非常具有艺术天性并特立独行的女作家，她的女性成长和苦难的小说系列，持续地提供着对于女性历史与个人的经验思考，尤其对女性精神成长的探索，颇具先锋意义，如《缺口》《美丽世界的孤儿》等。她注重女性身体性写作，追问选择与被选择的关系，质疑女性自我的出路，没有盲目地张扬女性

背叛与反抗，是一种女性精神自我的深度写作，充满了灰暗、紧蹙、憋闷、无力反抗的灵魂绝望，让人窥见当下生活在光鲜背后的暗角，女性灵魂深处的悲剧意识，以及女性成长所经历的疼痛和超越疼痛的能力。纪尘的文风颇似10年前的林白，一如没有止息的南中国的阴雨，反复地述说和倾诉，密度却很大。她女巫般敏锐感性的叙述，是以散文诗般的语言和绚烂的意象见长，带着浓郁南方气息的本土化，它们在南方的神秘和残酷的外表下，掩藏着一颗渴望幸福和温情的柔弱心灵。

也许纪尘更多流淌着瑶族人善于迁移行走冒险的血性，近年，从来只听从远方呼唤的她依然灵气逼人，一以贯之地不畏劳顿艰险，不畏不可知的下一秒，独自穿越欧亚大陆和中东，以身心独行远方，以细腻透彻的生命体验、热烈沉郁的精神思索，自内向外地实践着她的身体中的灵魂写作。

——张燕玲：《值得期待的广西少数民族青年作家》，《文艺报》2013年7月5日第007版

对于作家纪尘来说，写作和行走一直是她生命的姿态，也是她激情的载体。在《海市蜃楼》《爱与寂寞》《乔丽盼行疆记》《蔗糖沙滩》等一系列作品中，纪尘都写出了女性倔强、执着的行走姿态以及"在路上"的女人所具备的独特的美。在小说《冰之焰》中，行走也是罗烈焰的生命姿态，她的坚强和倔强注定了她无法停止行走，无尽的行走使她必须面对孤独，而孤独的行走的历程让她逐渐实现了女性的成长和对生命的自觉。

——刘铁群：《在烈焰与冰寒中成长——论纪尘的长篇小说〈冰之焰〉》，《广西民族师范学院学报》2017年第1期

你不知道她有多美

东西

春雷说：不，我不是那个意思。我不是说废墟有多美，更不会说地震是美的。你只要看一看我身上的这些疤痕，就知道我不会说地震的好话。傻瓜才会说地震有多美、有多震撼。我是说女人，那个叫向青葵的女人。

她是发生地震那年的春节嫁给念哥的，也就是1976年。念哥姓贝，大名贝云念，是我们家的邻居。年初二，我还睡在床上做梦，他就把我叫醒了。他说春雷，咱们接嫂子去。那年头时兴婚事简办，越简办越体现生活作风健康。念哥是等着提拔的机关干部，当然不敢铺张浪费，说实话，他也没有铺张浪费的能力。

他很简单，就踩着一辆借来的三轮车驮着我去医院接嫂子。他身上的棉衣已经半旧，脚上蹬着洗得发白的球鞋，只有脖子上的那条红围巾是新买的。青葵姐比我们起得还早。我们赶到时，她已经在宿舍楼下等了半个小时，连鼻子都冻红了。念哥把脖子上的红围巾取下来，捂到青葵姐的脸上，驮着她往回走。三轮车被念哥踩得飞了起来，他不时回头看看青葵姐，眼睛笑成一道缝。

我和青葵姐面对面坐着，头一次离得那么近。我看见她长长的睫毛上像沾着水雾，眼珠子比蓝天还清亮，红扑扑的两腮挂着酒窝，一直挂着，

作品信息

原载《作家》2004年第2期，《中华文学选刊》2004年第4期转载；收入程德培主编《名家推荐2004年最具阅读价值短篇小说》(上海社会科学院出版社2005年版)。

没有停止过。谁都知道青葵姐漂亮，但那一天她是最漂亮的。后来我观察，只有笑的时候她才有酒窝，这证明那一天她都在笑。

念哥的三轮车越快，打在我脸上的风就越大。我的脸好痛。我缩了缩脖子。青葵姐看见了，从包里掏出一盒雪花膏，抠了一点抹到我脸上。她说你看你，脸都冻裂了。她的手像温热的水在我脸上流淌，我舒服得几乎晕了过去，脑海里突然跳出两个字：天使！原来青葵姐是仙女下凡。我甚至想是不是因为有了她，人们才把医生称作天使？现在说出来不怕你笑话，青葵姐这么擦过之后，我三天都没洗脸，甚至还伸出舌头舔了脸上的雪花膏。我一直认为雪花膏的味道，就是青葵姐的味道。

那天，我比念哥还高兴。好多人来吃喜糖。他们来了又走，只有我一整天坐在念哥的屋里。到了晚上，念哥说又不是你娶媳妇，瞎乐什么？快回去睡吧。我恋恋不舍地站起来，怪天黑得太早。青葵姐从里间拿出一个塑料皮笔记本，说你累了一天，这个送给你吧。要知道，像这么高档的塑料皮笔记本那时并不多见。我母亲没有工作，全家靠我父亲的工资，即使看见过这样的本子，我也舍不得买。但这个礼物放在这个晚上给我，我一点也不高兴，它像一道逐客令，我收下之后就再没理由待在他们的屋子里了。

很快，整幢楼都知道了青葵姐的美丽。按现在的说法，她很具杀伤力。当天晚上，我的父母就吵了起来。我父亲说你看看人家娶的媳妇，要身材有身材，要胸口有胸口，还是个医生，现在的年轻人真有福气呀！我母亲说人家娶媳妇，看把你急成什么样子了。我就知道你那老毛病没改，想要漂亮的先把我离啦。他们小声地吵着，以为我是聋子。

几天后，三楼的孙家旺也跟她媳妇吵开了。她媳妇怪他看青葵姐看得太傻，看得眼珠子都快爆裂了，说他故意在楼下等青葵姐，还为青葵姐提南瓜。孙家旺可不像我父母那样低声下气，他站在走廊上大声地跟媳妇对骂，其中说得最多的一句就是：我喜欢她，你又能把我怎样？大不了咱们离！那时我觉得孙家旺不要脸，这样的话都说得出口。但到了现在我才明白，他是故意说给青葵姐听的。他是明修栈道暗度陈仓。大约过了两个月，孙家旺真跟他媳妇离了。后来孙家旺想打青葵姐的主意，我听他对青葵姐说是因为你，我才离的。

这些事我都写到了青葵姐送的笔记本上，但写得最多的还是青葵姐。我想她雪花膏的气味，想她软绵绵的手，想娶她这样的媳妇，想跟她说话，想天天到她家去串门。我还在笔记本上画她，开始画得一点都不像，后来越画越像，画得比她的相片还像。如果不是因为崇拜她想做一名医生，也许她送的笔记本早把我培养成画家或者作家了。不知道什么原因，自从青葵姐住进这幢楼，周围的夫妻常常莫名其妙地拌嘴，冷不丁就会从某个窗口传来摔碟砸碗的声音。这是用预制板搭建的大板房，基本上没什么隔音功能。好几次念哥出差了，孙家旺赖在青葵姐的屋里不走。青葵姐就隔着墙壁叫：春雷，你把我的相册拿过来。或者这样唤：春雷，你念哥不是说今天晚上回来吗。

我哎哎地应着，跑到她的屋子里跟孙家旺比坐功。他不离开，我就一直坐着。有时候，那个赖在屋子里的不一定是孙家旺。我不太记得他们的名字了，反正只要念哥一出差，来的男人就特别多，特别复杂，不是孙家旺就是李家旺，不是李家旺就是贺家旺。不管什么男人，青葵姐都叫我过去陪他们，让他们没有下手的机会。青葵姐的那本相册被我拿过来又拿过去，成为到她家去的借口。有好几次那些垂涎欲滴的男人走了，我还不想走，青葵姐就给我热她做的水晶包子，让我一边吃一边听她说念哥的好。我听着，好想让她再给我擦一次雪花膏。但是天气已经不允许了，热了。我的脸也光滑了，再也没有理由了。于是我就装病，不上学也不去医院。母亲没有别的办法，请青葵姐在家里给我吊针。你不知道那样的时刻有多幸福。为了能让她给我扎针，我恨不得天天生病。

当然这不是我接触她的唯一方式。我帮她从楼下提过水，跟她学过打针，为她拆过毛线，还故意站在廊上朗诵毛主席的《沁园春·雪》。如果我读错了，她会着急地跑出来帮我纠正读音。有时我故意把字读错，她并不知道我的伎俩。但是念哥看出来了。念哥是多么聪明的人呀！他拍着我的脑袋说鬼精灵，你要是跟我一样年纪，那青葵姐就是你的啦。我心里暗暗得意，朗诵的声音越来越高亢。放暑假时，我获得了全校朗诵第一名。我把奖状拿给青葵姐看，她说要不是我指导，你哪会获奖？快请客。

我没钱请她下馆子，就买了一根雪条给她。你没看见她吃雪条的样子，用你们的行话来说，简直是一门艺术。一根雪条在她嘴里比在任何人嘴里待的时间都长，她不像我们用牙齿，而是用舌头慢慢地舔，用嘴轻轻地含。如果雪条融化得太快，她就抽出来让它歇一会，等雪条上凝聚了水滴，她又及时把它含住。雪条在她嘴里滚来滚去，直到只剩下那根木片。就是木片，她也要含一会儿才舍得丢掉。我母亲说看青葵吃雪条，就知道她是一个懂得节俭的媳妇。

十天之后，我们唐山就发生了震惊全世界的里氏 7.8 级地震，你们都应该听说过。即使死了我也不会忘记那个时间：1976 年 7 月 28 日凌晨 3 点 42 分。当时，我不知道自己是怎么醒的，反正我醒了，身上只穿着一条裤衩。父母尖叫着跑出门去，一块水泥预制板砸在他们的身后。泥沙俱下，生死攸关，他们把我这个独生子留在屋里。我并没有急着逃命，真的。我也没有父母那么胆小怕事，好像我这条命不值得珍惜，或者我这条命应该献给什么人。

我闪到墙角，竖起耳朵听隔壁的声音。我想有可能的话，我会冲过去救青葵姐。但是速度太快了，还没等我行动，那边就传出了她的惨叫，紧接着是楼板坍塌的巨响。完啦！青葵姐肯定被砸死啦。整幢楼剧烈地摇晃起来，就像人哭到伤心处发抖那样。我被抛出窗外，和那些泥沙、门板、玻璃一起往下掉。这是一幢四层高的楼房，我们都住在四楼。奇怪的是我掉到地上之后，竟然没有死，只是那些落下的玻璃纷纷扎到我的身上。站起来的时候，我变成了一个长满玻璃的刺猬。这要在平时早就痛死了，但那时我却不知道痛。我看见人们惊慌地从楼道里跑出，看见有的人从楼上摔下，像石头那样嘭地砸在地上，再也没有起来。喊叫声中，我跟着人群跑去，刚跑出去几十米，回头一看，那幢楼就不见了。

除了惊叫和哭泣，就是喊爹叫娘、呼儿唤女的声音。操场上的人越来越多，我也想喊几声，但是我把父母的名字给弄丢了，怎么也想不起来。他们也没喊我。我想青葵姐怎么就死了呢？她那么漂亮那么水灵怎么就舍得死呢？我试着拔出腿上的玻璃，一股热乎乎的血流下我的小腿肚。我不敢拔了，得等医生来拔，要不然血会流干的。

人们不知道下一步该怎么办？我也不知道。忽然，响起一个大嗓门，他叫大家不要惊慌，毛主席会派飞机来接我们。这句话像炸弹，把人群炸得东倒西歪，稀里哗啦。好多人说那干等着干什么？还不快去飞机场！人群往飞机场的方向走去。我跟着他们。他们越走越快，我越走越慢。我不知道为什么慢，我又不感到痛，为什么会慢？现在我当了医生才知道，肯定是那些玻璃在作怪。你想想肉里戳进那么多三角形的、四边形的、多边形的玻璃，我敢保证，就是施瓦辛格演的"终结者"，插上了这些玩意也快不到哪里去。

走了一阵，父母找到我了。他们又惊又喜，摸我的脸，拍我的肩，看看我是不是哪里少了一块？当他们的手被我刮痛之后，才知道我的身上插满了玻璃。父亲想背着我走，但他怕把玻璃压进我的肉里，加剧我的疼痛。母亲想抱起我，但她的手刚伸过来，就听到玻璃砸进肉里的噗噗声。我头上长角，身上长刺，只要力气一碰上我，那些透明的多边形就会毫不客气地往肉里钻。母亲哭了，父亲叹气。我告诉他们我一点都不痛，叫他们别管我。可是他们不听，陪着我慢慢地走。父亲从地上捡起一根别人掉下的三角拐杖，递到我手里。母亲催促我加快速度，说太慢了就坐不上毛主席派来的飞机。

地下又动了起来，后来我才知道这叫余震。人群顿时乱成一团，全都向前狂奔。父母被人流裹挟着往前冲。我听到母亲喊：春雷，你快一点，我们在飞机场等你，我们到飞机上去给你抢座位！逃命的人像洪水一样从我的身边拥过去，很快就把母亲的声音淹没了。我没他们那么怕死，避到路边慢腾腾地走着。我不知道哪来的胆量，一点也不害怕丢掉性命。青葵姐都死了，我活着还有什么意思？

从医学的角度讲，当你全身都是伤口又淋了一场雨的话，是很容易得破伤风的。这就叫作屋漏又遭连夜雨，行船偏遇顶头风。真倒霉呀！那雨说来就来，也不商量一下。逃命的人在雨里奔跑。那么多雨滴一起敲打我身上的玻璃，好像在演奏一件乐器。我没感到痛，反而觉得雨打玻璃的声音很好听。就是到了现在，我都还佩服那时的勇气。渐渐地大部分的人消失了，只剩下一些老弱病残、行动不便的走在雨里。我听到有人喊春雷，喊了好久，我才明白是喊我。

那不是别人，是青葵姐的丈夫念哥。他的一只小腿被预制板压断了，只能爬行。他的全身都是泥巴，断的地方还流着血。我把手里的三角拐杖递给他。他从地上爬起来，扶着我的肩膀歪歪倒倒地往前走。他的血流到地面，跟着那些雨水往低凹处流去。我说青葵姐死得好可怜，我听到了她的惨叫。他把手从我的肩膀上拿开，用拐杖支撑着单腿跳跃前进。我跟上他，谁也不说话，只听见雨打玻璃。

念哥越跳越快。我被他甩在身后。我说念哥，你等等我。他说不能再等了，再等，我身上的血就不够用了。念哥和他们一样怕死，为什么都那么怕死？他们只管往前跑，却从来没回头看一眼留下来的亲人。念哥为什么不留下来陪青葵姐？我看见一只狗死的时候，另一只狗就不会离开。我像是有点清醒了，对着念哥喊：你一个人逃命吧，我可要回去陪青葵姐。他突然停住，扭头看着我：谁说你青葵姐死了？谁说的？我说是从她的惨叫声判断出来的。他说你的青葵姐没死，她已经跑到前面去了。

我好惊讶，说她没死吗？没死，她为什么不等你？他说是我叫她先走的，现在关键是看谁能抢到飞机的座位，毛主席派来的飞机是有限的，只不过才十几架，谁抢到座位，谁就能活命。这么说青葵姐和我母亲一样，是抢座位去了。既然青葵姐还活着，既然她还活着……我的身体立即有了力气，快步追上念哥。两人在积水中呱嗒呱嗒地蹚着。我仿佛听到了青葵姐的喊声。喊声从前面的人群传来。我说这是她在喊吗？念哥听了一会儿，说她叫我们走快一点。

我们把所有的力气和精力都用来走路。

我说青葵姐的歌唱得真好听。念哥说她什么时候唱歌了？我说晚上呀？难道你没听见吗？半夜的时候她总会唱那么一小段，你睡在她的旁边都没听见吗？念哥说那不是唱，是哼，是哼歌，等你结了婚就明白了，女人都喜欢那么哼。我说别的歌也好听，但青葵姐的是最好听的，虽然没有歌词，就是好听。念哥说你青葵姐不光歌好听，还暖和。我说什么叫作暖和。念哥说像冷天被窝里放了个热水袋，这就叫暖和，明白不？我说明白。念哥说那水晶包子呢？青葵姐做的水晶包子好不好吃？我说你不说还好，你一说我就流口水了。念哥说你青葵姐没一处不好，就连她洗的球鞋也特别白，我妈都洗不过她。她的身子比香水还香。她的眼睛，她的酒窝，她细白的脖子，没有一处不好。她的腰那么细，屁股却那么壮实，人人都说她能给我生大胖小子。算命的说，她至少能活到 80 岁，我会死在她的前头……念哥越说越激动，竟然哭了起来。我说你怎么啦？他说没、没什么，是我的腿痛得太厉害了。

我们默默地走了一程，步子越来越沉重。念哥说等你长大了，我也给你找这么个好媳妇。我说除了青葵姐，谁也不要。念哥说傻瓜，她已经是我的人了，谁叫你妈不早点把你生出来。我说等我长大了，你能把她送给我吗？他说不行。我说那你能不能不搬家？让我一辈子做你们家的邻居。他说哪里还有家呀？全都塌了。这时我才想起家没有了。我说飞机真的会来接我们吗？他说毛主席的心里装着人民呢。我说毛主席会重新给我们一个家吗？他说会的。我说如果有了新家，你一定要让我住在你们家的旁边。他说就让你住在旁边吧！

雨停了。天边开始露出淡淡的白光。好几次我都想趴下了，但是念哥说，每往前走一步，就离飞机近一步，没准你青葵姐已经为我们占了好几个座位，没准一上飞机就能躺到青葵姐的腿上美美地睡一觉。我想这一次又不是装病，青葵姐准会让我躺的。我好想躺到她的大腿上睡一觉呀！我想着青葵姐的大腿，跟着念哥一步一步地走下去。我们就这样离飞机场越来越近，渐渐地看到了黑压压的人群。当我们走到人群的边缘时，念哥却不行了，他像一棵大树哗啦地栽到地上。他的血已经流干了。他最后对我说：春雷，如果你还能活下去，拜托你找到青葵姐的尸体，替我好好安葬她！

这时，我才确信青葵姐死了。念哥是用她来鼓励我，也鼓励他自己走到了飞机场。要不是想着青葵姐，我准在半路就趴下了，那今天我也不能给你讲这个故事了。我记得当时胸口一阵痛，泪水叭叭地涌出眼眶。我哭了，在我的哭声中，痛觉一点点地回来，身体像着了火，痛不欲生。我真的看见身体着了火，那是太阳的光线，它们照射到插在我身体的玻璃碴儿上。我看上去是那么的透明，那么的闪闪发光。在太阳的光芒中，人群围了上来，以我为圆心围成一个圈。这个圈随着人群的加入越来越大。我看见整整一飞机场的人全都没穿衣服，他们冷得瑟瑟发抖。我多么希望青葵姐还活着，她就赤身裸体地站在人群中。我是多么地想看一次她的裸体。

你想想，太阳照着整个飞机场的裸体那会有多壮观。那都是活活的生命呀！半夜里为了逃命，他们根本没顾得上穿。后来有人告诉我，发生地震时凡是顾着穿衣服的，基本上都没跑出来，他们一共有 24 万人。

终于，我听到天上传来轰隆隆的声音。我想那一定是飞机的声音。但是还没等看到飞机，我的腿就软了，就支持不住了。我倒下去，那些插在我身上的玻璃碎的碎，断的断，撒落一地。突然，有一只手，就像青葵姐软绵绵的手，拽了我一下。我飞了起来，在站满裸体的上空。又突然，那只手一松，我跌回了地面。

值得庆幸的是我没有得破伤风。我被帐篷搭建的部队医院救活了。出院后，我回到那个倒塌的家。遍地都是破烂的预制板，水泥块里露出钢筋头。我估摸着，开始在废墟上寻找青葵姐的尸体。我搬开石头、水泥块，挖了三天，把手掌都挖出血了，连青葵姐的影儿都没找到。后来，每年的 7 月 28 号我都要到那里去看一次。从那里逃出来的人这一天都会回去，有好几十个。他们默默地站在那里，悼念死去的亲人。在这些悼念的人群中，我也没有发现青葵姐。当悼念的人们离去后，我坐在废墟的石头上闭上眼睛，就这样轻轻地闭上眼睛，青葵姐准会出现在我的面前：她站在我床头，用软绵绵的手为我扎针。她离我是那么的近，我看见她长长的睫毛上像沾着水雾，眼珠子比蓝天还清亮，红扑扑的两腮挂着酒窝，一直挂着，没有停止过……

对不起，每一次我说到这里就抑制不住流泪。当泪水涌出我的眼眶，我就得立即睁开眼睛。这就像影碟机的暂停，我希望青葵姐以这样的画面永远停在我的脑海。事实就是这样，直到今天，我已年过四十都还没娶媳妇。我见过好多漂亮的女人，但没一个有青葵姐漂亮。

在另一个短篇《你不知道她有多美》中，东西书写了一种类似"牛犊恋"的纯洁而又深入骨髓的情结。作为街坊的念哥娶了公认的美人青葵姐，但作为少年的"我"，也就是春雷，却在陪同娶亲的这天早上，在三轮车中近距离地审视这位美人时也深深地爱上了她。在此后的交往中，少年的"我"都在无意识中坚信她与自己有某种特殊的关联，常常涌起爱、依恋和保护她的冲动。但不幸的是，她居然死于那场人所共知的大地震。在余震中满身伤痕的"我"，因为对她的爱的激励，才随着人群艰难地走出了废墟。这篇小说显然是对自己童年某个记忆的祭奠。

——张清华：《在命运的万壑千沟之间——论东西——以长篇小说〈篡改的命〉为切入点》，《当代作家评论》2016 年第 1 期

《你不知道她有多美》有一个与主流思维分道扬镳的构想。小说以那场举世瞩目的唐山大地震为题材，但小说显然没有落入通常灾难小说的俗套。主人公春雷在地震到来的那一瞬间全身插满了玻璃而身负重伤，而支持他超越死亡困境的却是他对邻居念哥妻子青葵姐的偏执暗恋。因为对青葵姐的爱，春雷失去了本该感觉到的剧烈痛感，唤起了超人式的求生意志，最终战胜了死亡成为灾难中不可思议的幸存者。这是一个很独特的个案。依照主流社会文化形成的规则，春雷对青葵的暗恋显然是不合规范的，是一种畸恋、变态之爱。但对于春雷而言，正是这种不合规范的爱使之幸存。显然，在这一点上，东西是深思熟虑，有意为之的。显然，在这里，穿不穿衣服完全可以作为一个隐喻，隐喻灾难中的人文化规范的遵守与疏离。遵守者失去了生命，疏离者成为幸存者。东西或许是在暗示人们，我们司空见惯的强大的文化躯壳并不一定像我们想象的那样能够为我们提供终极的护佑，相反，某种时刻，脱离文化的引力，卸掉文化的重负，倒有可能让我们幸存。正因此，我们看到的东西小说中的人物，与我们司空见惯的理性的人物不

同，他们更接近自然、更执着感性，换言之，东西在塑造人物时，有意让其人物与现实理性人物拉开距离，其方法就是直接呈现身体的存在。

  ——黄伟林:《东西:直击人性秘密的剑客》，载蓝怀昌主编《世纪的跨越:
  广西文学艺术十三年现象研究》(上)，广西人民出版社，2007，第97页

狐狸十三段

林
白

听说狐狸吃老鼠，想到它又是从下水管道上来的，真不知怎样对它才好。

忽然它说：我不吃老鼠，我喝粥。我问：花生红枣粥吃吗？它点头。这样我就放下心来了。花生红枣粥是我每天的中午饭，我不喜欢炒菜，主要是怕油烟。听说花生富含维生素 E，而红枣则是维 C 之王，合起来一起煮粥，自然比维生素 EC 合剂美妙。

我洗干净电饭锅，抓了一小把花生，十几颗红枣，米也比平常多放了一点。此外还有咸萝卜干和榨菜，取出其中的一样就行了。

狐狸到底比人好打发。

没等我把盛好的粥放到阳台上，狐狸就自己坐到桌子前，我只好跟它面对面吃饭。唯一不同的是，我用筷子，它不用。本以为狐狸不用吃菜，光喝粥就可以，犹豫着分给它一点青菜，看它吃

作者简介

林白(1958—)，原名林白薇，广西北流人，中国"女性主义文学"重要作家之一。1970 年代开始写作，1997 年出版《林白文集》4 卷。著有诗集《过程》，长篇小说《一个人的战争》《说吧，房间》《万物花开》《妇女闲聊录》《致一九七五》等，出版中短篇小说集《子弹穿过苹果》《致命的飞翔》《同心爱者不能分手》《回廊之椅》等，散文随笔集《丝绸与岁月》《德尔沃的月光》《像鬼一样迷人》等。其中，《妇女闲聊录》获华语文学传媒大奖年度小说家奖；《北去来辞》获十月文学奖、《当代》年度长篇小说"五佳"、新浪中国好书榜年度十大好书之一、第三届人民文学长篇小说双年奖、第五届老舍文学奖，曾获首届及第三届中国女性文学奖和第九届茅盾文学奖提名奖，作品被译为日、韩、意、法、英等文字在海外出版。

作品信息

原载《人民文学》2004 年第 3 期，《新华文摘》2004 年第 10 期转载，收入何锐主编《大地的高度——中国名家小说选》(江苏文艺出版社 2012 年出版)，林建法选编《2004 中国最佳短篇小说》(辽宁人民出版社 2005 年出版)。

得也很舒服。此后几天，我吃生黄瓜、生西红柿，它也都表现出很大的兴趣。

饮食趣味如此接近，狐狸大概是雌性的。

其实我跟狐狸没有任何瓜葛，在动物中，我比较欣赏狮子，特别是那种超现实的狮子。在晴朗的夜晚，身披月华，目光炯炯飞翔在天空中的狮子，我曾经在梦里看到过。

但我从未梦见过狐狸。

要说我跟狐狸仅有的一点联系，想来想去，也就是剪纸。

那年我接受了一项考察黄河的计划，一家出版社给我一笔可观的旅费，考察内容随我自定，到时写出一部书即可交差。就是那次考察，我碰到了山东农村一个姓吕的老太太。

老太太有九十多岁了，是个神秘的剪纸大师，她的几个徒弟都上了中央电视台，一个在法国得了奖，一个在德国得了奖。老太太平日身体不好，脾气也古怪，外面来的人也渐渐不太找她，所以大多数人认为这个古怪的老太太早就死掉了。

这些都是事后听人说的。

我碰到她完全是凑巧，事前既没有查县志，也没找当地人当向导。那次我到黄河边上的一个村子转悠，那里的房子盖在一种人工的高台上，十分奇怪。当地人称这种高台为"避水连台"，是用土筑一个与黄河大坝齐高的连台，所有的房子都盖在台子上，洪水一来，"避水连台"就相当于农民们的挪亚方舟或航空母舰生活区。在连台上，房子都连着盖在一起，但也有一两个像棚子一样的低矮屋子，跟众人不在一处。

我从一家刚生了孩子的人家里出来时，正好看见老太太在不远处的棚屋晒太阳。

她坐在阳光下晒她的手，两只手在膝盖上摊着，头发像隔年的稻草，又干又白，却编着辫子。这么苍老的头发而能编成辫子，简直是奇观。

说什么好像她都听不见。我手里拿着两袋方便面，一次比一次大声地告诉她，用开水泡了就能吃。屋子里有一张床，蚊帐是黑的，席子下面露着麦秸秆，没有凳子，有一只麦秸编的坐墩。老太太自言自语地说：我快死了，死了我就不剪纸了。我站着，一时不知所措。她又说：我的鼻子灵着呢，你是个好闺女我知道。然后她就摸到床边，把手探到席子底下，摸索起来。

她的手从席子底下出来的时候，带出了一张红色的纸，是一种罕见的火焰的红色。火焰在她的手上跳荡，轻盈、柔韧。她的另一只手举起来的时候，我看到了一把剪刀，形状普通，但色泽阴沉，看上去有一点诡异。

两只手瘦得只有几根光秃的骨头，连皮都没有包上，鬼的手大概就是这样的。这种手锋利而寒冷，是另一把剪刀。红纸顷刻被折成了长方条，红面在内，白底朝外，火焰熄灭了，灰烬在转动。只一会儿，老人抖开红纸，一只红色的火狐狸就从纸上跳了出来。我捡起掉到地上的纸，拆开，这样我又看到了另一只狐狸，那只是实，这只是虚，一只是另一只的影子，或者相反，实的是虚的这个的影子。这样诡秘的事情以前我竟没有发现，真是太愚钝了。

从老太太家出来不远，就等到了一辆载客的摩托车，我先到县城，又从县城到了山东淄博。

淄博不是我特意选定的一个地方，因为要去黄河入海口，考察河口地区，而河口在东营，去东营必须路过淄博。在淄博我看了地图，才知道此地有一个蒲家庄，是蒲松龄的故居。《聊斋志异》是一部狐狸出没的书，蒲松龄则是一个与狐狸有关的人。

我所能想起的全部跟狐狸的瓜葛，也就是这些了。

和狐狸的话题主要有两个：一是狐臭更臭，还是我们小区的下水道更臭？二是我是否应该改变自己的生活，前往狐狸的故乡？

有关第一个问题，狐狸说，我们狐狸身上的气味是很迷人的。我问它，有贝克汉姆迷人吗？不料狐狸并不知道贝克汉姆，我费了许多唇舌，也未能让它明白。隔天，电视里的英超联赛，是曼联的主场，贝克汉姆穿着红色的球衣，在绿色的球场上奔跑，英姿勃发，万众欢腾。我告诉狐狸，这个身穿七号球衣的男人就是贝克汉姆。

狐狸盯着七号看了一会儿，说，这个贝克汉姆，就是我们狐狸变的。看我不快，便又改口说，换个说法也行，他的前世是一只狐狸。你看他长得多像火狐，还穿红色球衣，谁都能看出来。为了跟狐狸保持区别，我坚持认为贝克汉姆穿上白色球衣更俊美。狐狸怏怏不乐，想了一会儿，说，穿白色球衣也是狐狸变的，不过不是火狐，而是银狐。

至于狐狸的故乡，我并不想去。但我想到亚热带的果林去，那是我视作家园的地方。头顶悬挂着硕大的杧果和木瓜，有叶如剑戟的地菠萝和阔叶的木菠萝。这些果子的形状就隐藏着我的故乡，在我家的后门长着高大的龙眼树和荔枝树，它们是园子里古老的皇帝和皇后，零星的黄皮、杨梅、枇杷、番石榴如一群少女，在果熟时分发出尖叫，招惹路人。

狐狸问：那你为什么不回家乡呢？我不想回答这个问题。因为家乡早就没有了，老树一旦砍光，就不存在故乡了。

狐狸又说：我可以带你到亚热带果林去的呀！我问它：怎么去呢，坐飞机？飞机上不让带宠物！

狐狸说：不坐飞机，骑自行车去！

它让我晚上不要吃得太饱，我本来想炒两只鸡蛋，听了它的劝告，便也免了。晚上我们吃了胡萝卜炒青椒，醋炒空心菜梗，此外还有前一天剩的煎鱼。吃过饭后，它一跳就跳到了西窗的窗台上。窗外是另一个小区的锅炉房和烟囱，晚霞浓郁，即使穿插着丑陋的烟囱也能感到天空的无限美好。我觉得，如果不计较狐狸身上的气味，它其实是一个不错的伙伴。

这段时间，每天傍晚七点多，天空的颜色像狐狸身上的颜色一样，从特定的角度看过去，它们融为一体。这时我会想到山东那个剪纸的老太太，她手中的红纸，红纸中脱落的狐狸。如果她的红纸像半个天那么大，那她就是造物主了吧。

西边的光线慢慢变暗，狐狸也变成了一片灰色的影子，它仍坐在窗台上。所谓骑自行车去亚热带的事，大概不会是真的。

月亮升起在南边阳台的屋顶间，房间里有一点微光。狐狸说，我们走吧。我们摸黑走下楼梯，在小区里潜行。我听不见自己开自行车锁的声音，但能听见狐狸说话，它说让我站在你的车后架上。我马上感到背后热烘烘的像穿上了一件毛衣。已经是秋天，又在夜里，这种温暖的感觉很舒服。它两只前爪搭在我的肩上，然后我蹬上自行车在黑夜里走。脚下很轻，几乎感觉不到车轮与地面的摩擦。我们沿着温榆河向北，污染的河水发出阵阵恶臭，辣得眼泪水都快出来了。但恍惚之间，恶臭就消失了，脚下越来越轻，背上的狐狸也没什么分量，只是感到一片轻柔的皮毛。

前方一片橙红色的光亮从树林内部透出来，远看像一只巨大透风的灯笼。狐狸说，到了。话音刚落，我就感到自己被一阵暖风裹了一下，顷刻落到了一个什么地方。我先闻到了一种异香，是一种流动的气味，直入肺腑，使人沉醉。过了一会儿，眼睛适应了这里的光线，果然看到周围正是我熟悉的亚热带果园的景象，肥阔的芭蕉叶间隐藏着类似炮弹的蓓蕾，细高的木瓜树上累叠着硕大的木瓜，有青有黄，杧果从高大的树上垂下，参差错落，荔枝、龙眼和枇杷，则从近处的缝隙间时隐时现。自行车和狐狸却都不见了。

这样的果园是奇怪的。我从小跟所有这些水果一起长大，它们开花结果，树叶更替，我知道它们的秘密，它们不可能同时出现在树上，除非它们已经死去。

异香在空气中浮动，我微笑起来，我已经辨认出这是一种什么气味，熟透的菠萝和裂开的杧果，以及别的水果。总而言之，这种香气超越季节难以捉摸。我从杧果身上看见我小时候的院子，杧果树就在水龙头的旁边，如果是大片的杧果林，则是在小学的后门，果熟时分，高年级的同学要去守园子。枇杷树在我母亲单位的门口，一共两株，杨梅在县委会的深处，我的幼儿园也在那里。龙眼树在后门的河边，荔枝树和杨桃树在大园。我的亲人、邻居、故旧，他们在果树间出入，亚热带的阳光照耀，皮肤黧黑。

他们从果核里出来，变大，又缩小。我的外婆也是这样，她只有一只木瓜那么高，她领着一个挑木柴的人向我走来，一边走，一边变大。一担木柴全是圆圆的小松木，整齐地码在一起。八角钱一担，还是七角？外婆走到我跟前，她变得像我一样高，我叫她，她听不见，我再看那担木柴，这时已变成一担黑色的木炭。我明白，是时间把木柴烧成了炭。

但是外婆没有停下来，她转身走了，越走越小，最终消失在一只枇杷里。异香缭绕，狐狸仍不见踪影。我在树林里穿行，又看到了有一层楼高的剑麻和一株木棉树，树上挂着哈密瓜那么大的木棉花。看到木棉花我就想起了自己的枕头，那是我上高中那年母亲专门做的，枕心里装满了带籽的木棉，枕套是绿色的精纺棉布衬上手工钩花。

有一朵木棉花从树上掉下来，我走到跟前，正想捡起，却发现树底下有一张狐狸皮，这是它蜕下来的，还留有余温。我想它大概就在附近。我喊它，我的声音又细又薄，刚出口就被高大的剑麻挡回来了，传不到远处。

我没有找到狐狸，但我在一株芭蕉树底下看见了我的自行车，车没有锁，我刚把脚撑打开，狐狸就从我头顶跳下来了，原来它藏在这株芭蕉树上，它顺着一梳青芭蕉溜下来，像猴子坐滑梯，直接滑到了我的后架上。

回到小区，天刚刚开始有点亮，有几个老人在遛狗，他们神情呆滞，行动缓慢，像幽灵一样。我累得要命，就像刚刚步行了四公里，回到家里倒头便睡。

醒来不知是什么时候，窗帘外面似乎还亮着。我躺在床上，感到骨头酥松，十分惬意。忽然听见窗外有动静，九蛋的脑袋从没有关紧的窗帘后晃来晃去，看样子，他是沿着下水的管子，从一楼爬到了五楼。

九蛋住一楼，他爸爸得病死了，妈妈改嫁了，他跟奶奶从农村老家来，住在叔叔家。第一次看见九蛋的时候，他身边正围着一群狗，里外挤成了一个大疙瘩，就像全小区的狗都聚到了一起。我冲里一看，一个头发乱糟糟的男孩光着身子和狗厮混在一处，他跳狗也跟着跳，他跑狗就跑在他的前面。

我冲着窗帘喊：九蛋！你趴在那儿干什么？小心掉下去摔破脑袋。九蛋说：

我找狐狸呢！我看见一只狐狸在房顶上，是红色的，现在不见了，准是跑到你屋里来了。有关狐狸的事，我不想搭理他。

不料九蛋开始敲我的窗子，他说，你拉开窗帘让我看看。我不理他。他又说：不拉，我就点火了，不骗你，我有打火机。我只好下床去拉窗帘。九蛋在窗外使劲动了动他的鼻子，说：你身上有一股狐狸的味道。九蛋的纠缠让我心烦，我告诉他，这是木菠萝的气味，是木菠萝，不是什么狐狸。我又从抽屉里拿出饼干塞给他，终于把他打发走了。

我走到阳台、门厅、厨房，到处都没有看见狐狸，接着我把床底下、顶柜、门背后也看了一遍，还是没有。

便只做一个人的晚饭。放两把米，水放到第三格，从冰箱里翻出一根广东香肠，整根放进米里。

一个人吃晚饭实在无趣，本来早就习惯，但狐狸来过几天，就又有点不适应了。好在晚上有足球，曼联跟利物浦争夺足总杯冠军，利物浦穿红色球衣，曼联穿白色球衣，全身雪白的贝克汉姆在草地上跑来跑去，我要看的就是这个。想到狐狸曾说贝克汉姆是狐狸变的，现在看来不无道理。如果跟狐狸无关，怎么能成为一个万人迷呢？我看足球主要是看此人，至今我仍弄不清什么叫越位，我也不想弄清，至于战术什么的，更是一片盲区。此人在场上飞奔，完全超越了足球，他的面容艳丽如花，比美女更像尤物。

球赛结束，曼联输了，狐狸还是不见人影。心里郁闷，加上白天睡够了，不想上床睡闷觉，便东翻西翻，结果翻出了走黄河那年，山东老太太送我的剪纸，剪成的和丢弃的都被我折成原样，好好地夹在一本《红楼梦》里。我拿到桌上小心摊开，一只红色的狐狸和一只空的狐狸并排出现了。我把这一虚一实两只狐狸举起来，又放下，不知拿它们怎么办才好。夜一深，事情就会变得诡异，人也容易脱离现实。

无端觉得这剪纸有点像狐狸的魂魄。

这样一想，自己也觉得有点走火入魔。但在睡意蒙眬之中还是止不住半眯着眼满屋子找盘香，那是在八大处爬山时顺手买的，从未用过。但找来找去，只找到了蚊香。蚊香是俗物，用来熏蚊子，跟魂魄什么的毫无关系，它的作用是往我后脑勺猛敲一棍，使我回到现实中。

我的现实是：外省来京，没有户口，每六个月要去办一次暂住证，每次交一百八十元。刚来的时候曾到一家杂志当招聘编辑，干了半年，心里极不平衡，比正式人员多干一半的活儿，却比他们少拿一半的钱，而且没有医疗养老保险。

这期间我认识了一个写电视剧的人，他是一个著名编剧的枪手，名编剧接了活儿，分给他干，稿酬分成。有一次他忙不过来，让我帮了两集，他发现我比他写得好，交上去很容易通过，以后他接了就让我干，编一集电视剧，署名的编剧拿大头，他拿中头，我拿小头。我觉得这活不错，虽然层层剥削，但到手的钱毕竟不少。一在小区买了二手房，我就把杂志的活儿辞掉了。但很快，电视剧的活儿少了下来，大概那人找到了要价更低的枪手。好在我花销不大，每月写上一点生活类文章，过日子就绰绰有余了。

暂住证这件事，本来也不介意，但出了孙志刚收容致死案，我顿时感到自己毫无保障。

跟孙志刚相比，他有工作单位，我没有，属"无正当生活来源"，如果不办暂住证，"三无"即占"两无"，虽有固定住处，若遇上收容站要创收，被胡乱抓进收容站，也不是没有可能的。

秋风起了，大白菜还没下来，九蛋家在门口的水泥地上晒了一地辣椒，是那种尖头长辣椒，比一般辣椒要辣。九蛋有时候光着脚丫在上面跳，踩烂的居然不多，但辣气照样呛到五楼，我只好白天关着窗户，夜晚再开窗透气。

这段时间九蛋的叔叔没活儿干，整天看见他在辣椒旁边的空地上摆弄一只木笼子。这笼子有点奇怪，很高的靠背，跟底面有平行的隔板，板子较厚，中间挖了一个圆洞，两侧则各削掉了一大块，看上去正好能塞进人的两条腿，中间的圆洞似乎是用来拉屎的。他家的孩子已经长大，谁还要坐这样的笼子呢？再说笼子大小也不像是小孩子坐的，要大一倍多。

九蛋的叔叔正在给笼子装木轮，刚装了一只，另有三只躺在旁边，疑惑间，他问我：你要不要一只？连工带料，一百块！这话问得突然，我一时有点慌乱，因为那一瞬间我想到了狐狸。我说，我不要，我要笼子干什么。

即使有笼子，也关不住它的。这狐狸段位甚高，非一般狐狸能比，谁又能关得住它呢。

狐狸走后，有点无所事事，便整日骑着自行车四处游逛，却不知道自己到底要去哪里。我沿着温榆河向北，妄图找到狐狸带我去过的亚热带果林，但一路只闻到污染河水的臭气，看不到奇妙之处，河床灰白，岸边不多的几株柳树正在掉叶子，用不了几天就会掉光，到那时，就更没什么景色可言了。

有天太阳不错，天是蓝的，在房间里能看见西山，我便又骑车出去。远远看见几排房子，不知是干什么的。有木栅栏，是削尖的圆树干，带着树皮，觉得应该是一小型农场，抑或是养猪场宿舍，我骑车到跟前，看到栅栏门口有一个牌子，上面写着：晚霞敬老院。

如果将来能活到七十岁，养老院这种地方多半是要来的吧。这样想着我就把自行车放在门口，自己探头探脑地走了进去。栅栏围得很大，够圈五百只羊的，用作养老院，未免太大了一点。

还没走到跟前，平房里就有人嚷嚷着出来了，一个老太太叫道：运动会啰，运动会啰！她花白的头发扎成了两只刷子，胸前沾了一颗米饭粒，门牙掉了两个，她满心欢喜，嘴一张，口水就掉下来了。她用衣袖蹭了蹭，又接着叫嚷。

终于，出来了十几个老人，还有几个家属和工作人员，他们分成了两拨，一拨面对着墙根，比赛单腿直立，双手扶着墙，一只腿抬起来，看谁坚持得最久。另一拨则在空地上比赛倒走，差不多所有的老人都违反比赛规则，走一步，就回头看一步。有一个老头拧着不回头看，他怒气冲冲地瞪着那些违反规则的人，一边跺着脚往后走。一个中年妇女冲他喊道：安全第一！安全第一！慢慢来，每一个人都有奖品！大家都有份！另一个妇女则兴冲冲地告诉我，这是一个先进养老院，在别的地方是没这么多活动的。

正觉得无趣，就听见一阵锣鼓声从平房漫了出来。

鼓声散漫绵软，鼓和锣各打各的点，敲不到一起，并且一会儿快一会儿慢，像是几个三四岁的小孩子在胡闹。我走近窗口，只见一个大房间里有八九个木笼子，正是九蛋的叔叔做的那种有木轮的坐笼。每只木坐笼里坐着一个老人，看上去略有些痴呆，斜歪着头，嘴角流口水，目光茫然，各种情况都有，他们每人手里举着一块绸布，有的红，有的绿，一下一下地朝空中扬起来，敲鼓的是三个老人，他们太老了，力不从心。

实在是很奇怪的一个场面。

难以想象。这难道是最新研究出来的，用来延缓老年痴呆症的一种方法吗？或者仅仅是游戏？如果是游戏，又太荒唐了。这时工作人员又推进来两只笼子，边推边说，扭秧歌了，扭秧歌了。原来这是一种木笼秧歌，真是奇思异想。但鼓点却停了下来，敲鼓的老人用衣袖捂着脸说：臭，臭。估计是有人把屎拉在了木笼里。但别人并不理他，过了一会儿，他便又继续敲鼓了。

想到自己老了以后将要过这样一种滑稽的生活，一直到夜里也没能缓过劲来。

秋天的风一阵又一阵，雨也下起来了，一下就是三天，我缩在被窝里，不知道做些什么才能更好受些。如果这时候狐狸来，让我跟它到所谓的狐狸的故乡，大概我也会去的吧。以我的想象力，我认为到狐狸的故乡也许是这样两条路：一是像上次到亚热带果林那样，在某个夜晚，由它带领，骑上我的自行车，沿温榆河往北；第二条路或许也不远，就在野外的某一处沼泽地，陷入地底下，大概是所谓的狐狸的故乡了。

第一条路像是一个梦，不甚真实，第二条路则又太像死亡，而且自虐。或者还有第三条通道，把自己变成剪纸？一个虚的留在世间，一个实的前往他乡。完全是异想天开。

　　天晴的时候辣椒的气味又飘荡在空气中，九蛋家的木笼子派上了用场，他奶奶坐在那里面被推出来晒太阳。我第一次看见他奶奶，她瘦且小，脸上皱得像一只核桃，白发稀疏地披在脑后，看上去像一只古怪的猴子。九蛋从自家的窗台上蹦下来，他拣了一只最大的辣椒举到奶奶跟前，他慢慢地从左边晃到右边，又从右边晃到左边。他边晃边对奶奶说：这是甜的，不骗你，你摸摸，软软的，跟柿子一个样。说着他就把手中的辣椒凑到奶奶鼻子跟前，又塞到她的嘴边，非要她尝尝。奶奶一边躲一边咳嗽，正好这时九蛋的婶婶看见了，骂他雷劈的杂种，绝八代！九蛋扔了手里的辣椒，嘟囔着说：我想试试她是不是真的痴呆了，她还知道躲呢。

　　看见我，九蛋说，你的狐狸又来了，我看见它了。

　　我不理会他，但希望是真的。

　　一个多星期没看见它，狐狸这个词听上去有点生疏怪异，那种跟它共处一室的真实也不复存在，回想它的面容，也较模糊，只记得细长的眼睛和棕红色的大尾巴。

　　锁车，上楼，渐渐兴奋起来，带着好奇和期待。

　　刚上到四楼的拐弯处，忽然，一团棕红色的东西从楼上跳荡着，眨眼之间就到了我跟前。嘿，狐狸，真的是它！它不说话，只是像一只狐狸犬，摇着尾巴，双腿直立。我想到，这时若被九蛋看见，说它是狐狸犬是最恰当不过的了。

　　这次它既然不是从下水管道上来，感觉上就没那么诡异了。开了门，它在门厅、房间、厨房、阳台转了一圈，回来小心问道：你的男朋友来过了，是吗？

　　男朋友的话题并不使我愉快，我们之间本来就不够相爱，只是一个月见两三次，每见一次，总是吃一顿饭，上一次床，之后分手。但我希望他爱我多一点，我也爱他多一点。交往一年多，觉得此事越来越难，却又不甘心。一旦上床睡过觉，这件事就更难了。更糟的是，现在不但没有什么爱情，连性欲都淡薄了。

这次给狐狸取了名字，叫翠花。原则是，既要响亮，又上口易记，还要有人间烟火味，以便冲淡它的诡异。

我去买鱼，又买了卤鸡爪，我想这些都是翠花爱吃的。但它只吃了一点点，我吃得比它还多。我吃完了鱼，就用手抓着鸡爪，又啃又吮。看我一副美滋滋的样子，翠花说，阿姐不知道自己的前世是什么吗？我啃着鸡爪问道：是什么？翠花说：是狐狸呀！

原来如此。

晚上把狐狸独自留在家里，我一人出来散步。

晚霞满天，小区门口照例聚了四五个摊子，烤羊肉串、水果摊、茶叶蛋和煮花生各一，另有一名妇女蹲在地上，她跟前的塑料袋装着一袋煮玉米，热气从袋口冒出来，甜丝丝的。

到门口买东西的人五花八门，打扮新潮古怪的"北漂"，衣着过时的退休老人，普通居民模样的拆迁户，还有两个黑人，穿着一身白色长袍，猛一看吓人一跳。大家嫌超市里的东西贵，都喜欢在门口的摊上买吃的。

我迎着晚霞向西走去，一路上是各种新建的小区，有大量空楼待售。有的小区改了电暖气，电费昂贵，有人在面街的阳台上挂了大幅标语：坚决取消电供暖！有的则写了此房转让。而旁边的窗户却又有标语道：不能买某某小区的房！一路想着，如果把狐狸牵出来，像别人遛狗一样，那感觉定是美妙无比。这样想着，已经到了西边的广场，广场大而无当，一个人走着，实在有点傻，只好折返。

问题是，狐狸跟狗可不一样。

即使把它叫作翠花，也无法把它当成狗，更难当成朋友。它身上的气味有时使我头昏，刚开始的时候天天熏香，后来干脆熏艾草。好在艾草大大的有，窗外的玉米地空了有一两年，听说是一个香港影星买了要盖影视城，却一直空着。那上面长了各种草，最多的是野苋菜，其次就是艾草。我无事可干，隔天就去采艾草，就地编成辫子带回，晾在阳台。熏艾的时候用一只破搪瓷脸盆，熏完客厅熏卧室。

艾草的气味很好闻，有乡野的感觉

但狐狸不喜欢，它说艾草长在地里还不错，采回来也无碍，只是烧起来的烟受不了，眼睛发疼，身上发痒。

只好让它到阳台待着，关起门。

男朋友一进门就闻到味道了，他到处看，不明白这股子怪味从何而来。告诉他说，是熏蚊子，用的是艾草。在微烟中，他捂着嘴，我也捂着嘴。

彼此看上去都有点怪。烟散净了也仍然怪。好像烟还在我们中间，在房子里。

一时无话。好容易想起来问他点什么，刚一张口，却又忘了。突然他眉毛扬起来，我以为有什么有趣的话题，结果说的是他老婆出差去了。

便上床。

上次他来，我就没什么感觉，这次再来，还是那样。而且变本加厉，不光没感觉，意识还不停地跑出身体外，像一个不相干的人看自己，越看越觉得无聊。两个男女，大白天的在床上弄来弄去，真是可笑。身体也是干涩的，怎么都不行，两人都不知道说点什么好。

之后在小区的饭馆吃的晚饭，要了一个红烧鱼，酱油太多，黑乎乎的，一个排骨冬瓜汤，像刷锅水，炒油菜，看上去不错，却咸。饭后把人送到小区大门，看样子他未必再来了。

狐狸身上的气味在越来越稀薄的艾草烟中一阵一阵浮上来，不知怎么，竟也不感到太难闻。

天已经暗了，狐狸还没有吃东西，我又懒，便在厨房乱翻，翻完之后又翻冰箱，心里不怎么顺畅，脑子木木的，手上也不知在翻什么。总算翻出一根胡萝卜，扔到盘里给它了事。晚上下起了雨，淅沥的雨声使房间异常清冷，我便又点起了艾草。

灰白的烟像蛇一样在房间里游动，缓慢地，轻而软，看在眼里，有一点委婉和妥帖。狐狸靠近我坐在沙发上，隔着艾草的烟，我们挨得很近，它的毛发盖着我的腿，全身暖洋洋的。渐渐地，也不觉得它的气味难闻了。

烟在时间中走过，雨下了又下。一个人和一个狐狸在一起，人觉得自己变成了狐狸，狐狸也觉得自己变成了人吗？

搜捕无证犬的事过后没两天，我发现狐狸脑袋上有一块毛的颜色变黑了，从棕红变成浓黑，实在匪夷所思。这难道跟搜捕有什么关系吗？

一直听说要搜捕无证犬，以为说说而已，没想到他们真的到家里来看了。半年前，"非典"席卷全国，都说与野生动物有关，后来又说跟宠物犬也有关，眼下为了加强管理，全市犬只要统一重新登记，交钱、领证、打针，一旦发现无证犬，格杀勿论。小区门口张贴了布告，有狗的人家纷纷行动起来，防疫站排起了长队。

我并不认为自己养了一条狗，而且也没人见过狐狸。但物业的人看见我，意味深长地提醒过，说是狐狸犬也要去登记的。虽然风闻要成立打狗队，我并不相信。

他们在吃中午饭的时候来了，由居委会的老太太领着，要我把无证犬交出来，我说没有，但人家轻而易举就发现了阳台上的"狗屎"，又有人找到了脱落的棕红色毛发。铁证俱在，无话可说，只好由他们在厨房厕所卧室看了一遍，没有找到。

此外，九蛋失踪也是搜捕过后发生的怪事之一。

不知是被拐卖了，还是被收容了。大家说九蛋这种男孩不要紧，即使收容，也不过是挨一顿打，家里人给点钱就能放回来，大不了到昌平筛沙，筛上个十天半月，也就放回来了，不像女孩那么让人揪心，大家还记得，有一年警察在石景山区那边的一个酒家救出了十几个被强迫卖淫的女孩，都是酒店老板从江苏徐州收容站"采购"来的。

连续几天，九蛋都没有回来，他的叔叔也没功夫去找他，只有坐在木笼子里的奶奶，久不久的，喊上几声。老人的声音断断续续，喊了停，停了再喊，声音是瘪的，但断断续续，像柳絮一样飘在空中。

九蛋家晒在门前的辣椒已经收干净，空气中也没有呛鼻子的辣气了。我最后一次看见九蛋的时候，他站在正对着门洞的地方，身边没有了狗，人显得孤零零的。没有钱交养犬证，他家的狗也被弄走了。九蛋耷拉着脑袋靠近我，说想去五台山学功夫。我问他为什么不去上学，他说上学没有用，功夫有用。

狐狸说，用不了多久，它身上的毛就全都变成黑色，只要头上一开始变化，全身变化的速度会越来越快，等到身上最后一根毛都变成黑色，它就要走了，它将回到狐狸的故乡。

你跟不跟我去呢？

它问。

洗澡的时候发现自己身上新长了一些毛，腋下和两腿间的新毛较多，说得上是茂密，棕红的颜色，坚硬、闪亮。肚脐周围也长了一层绒毛，柔软的，浅棕色。我从镜子里看到自己的眉眼也有些变了，眼睛变得细长，眯缝，跟狐狸的眼睛多少有点相像。我端详来端详去，觉得这样也好，看上去脸上有笑意，心里慢慢就会快乐起来。

既然天晴了，我就让狐狸带我到上次去过的亚热带的果林，那样奇异美好的地方，后来又在我的梦中出现过，可惜一直没有机会再去一次。

狐狸说，再去你就要想好了。

想好什么？我问。

因为再去你就回不来了，狐狸说。

我不太相信，上次我不是平安回来了吗？再说那不是我的故乡吗？我的亲人和我的果树，即使回不来，也没什么可怕的罢。

但狐狸说，那也不是你的故乡。

我早就知道，用不着狐狸来告诉我，故乡已经死去了，就像我的外婆，就像一担木柴，在时间的深处，从这头到那头，一担木柴就变成了木炭。木炭打死它也变不成木柴了。

狐狸告诉我，有另外一条路，不再骑自行车，而是跟着它，走窗外的那片野地，从一处隐秘的沼泽下去。

但那不是狐狸的故乡吗？我问。狐狸说，它的故乡就是我的故乡，因为我是一只流落人间的狐狸，在这世上压根就是异类。

狐狸的毛色虽然变了，但它的气味不但没有减弱，反倒更浓了，我要在冬天到来之前多采些艾草，至于它能否坚持到冬天，这样的疑问一旦冒出来，我就把它压下去。

采回来的艾草来不及编辫子，统统堆在阳台上，熏艾的时候就抓一把放进脸盆里。熏出的烟也不像原来那样蜿蜒，那样袅袅婷婷的了，有点像我的心情，乱糟糟的一片。

随着狐狸毛色的变化，它的口味也变了。

先是不能放油和盐，说那样皮肤会发痒和掉毛。于是只好留心，炖鸡翅的时候，炖烂了先捞起来，剩下我的那份再加料酒红糖和油盐。蔬菜则一律吃生的，我给自己准备了一小碟作料，实在嫌淡就蘸着吃。

它对贝克汉姆也提不起精神来了。跟它议论小贝会不会从曼联转到皇家马德里，到底是曼联想卖了他赚钱，还是他自己想走，我饶有兴致地说了半天，结果它一声不吭，眼睛看着天花板。

有时候白天找不到它，我怀疑它是到什么地方逮老鼠去了。

一只吃老鼠的狐狸，这件事情实在是越来越正常的。

但想到自己将变成一只狐狸，也每天以吃老鼠为最大的享受，的确不能令人心情舒畅。只愿意跟它骑上自行车，到那个温榆河边的亚热带果林去，在橘黄色的光线中，成为一只体态轻盈的狐狸，不食人间烟火，更不吃老鼠，浓缩在时间的深处，不生不死。

但那不是真实的。

狐狸全身红色的毛都变成了黑色，只剩下一根尾巴是红色的，这使它看上去比开始时好多了。若它把尾巴藏起来，就像一只长了狐狸脸的黑豹子，机警、聪明，深不可测。刚开始的时候，黑头红身，房间里陡添一种恐怖，后来半红半黑，又感到怪诞。

我身上的毛发也在加重，不是黑的，是棕红色，我不知道这意味着什么，跟狐狸有关，还是走火入魔了？

有天想试试生鱼，去超市买了，又弄了些芥末和酱，觉得不行，又加了生姜大蒜，再倒了一杯红酒，还是不行。放到嘴里就觉得不对劲，勉强嚼了两下，满嘴都是异样感，连忙吐掉了。

这样才清醒了一点。

但满屋都是狐狸的气味，我已经说不上是喜欢，还是讨厌，艾草早就不熏了，统统堆在阳台的墙角，有时候它们会呜呜地响上一阵，像刮风一样。

狐狸全身变黑之后，房间的光线好像暗了不少，四十瓦的灯就像十五瓦，在白天，晴天就像阴天，阴天则像傍晚。如果带它出门，是否就像随身带着一朵乌云？

有时会想象最后的时刻，想象着，一旦它尾巴上的最后一根毛变黑，房间里的光线就会顷刻被吸走，在黑暗中，我将和它一同沉入沼泽地，去往所谓狐狸的故乡。但这种预想不但没有给我带来故乡的温暖，反倒感到是与狐狸同归于尽。

到晚上，阳台上的艾草一发出风的呜呜声，我就会听见屋顶上狐狸走动的声音，轻盈，然而密集，不是一只，而是有许多只。按说狐狸的足垫够厚，富有弹性，它们走在屋顶上不会发出很大的声音，但我听得清清楚楚。我知道那都是些黑色的狐狸，跟黑夜的颜色一样。

这时候，狐狸的气味从天花板上的那些缝隙直钻下来，肉眼看不见的缝隙里，狐狸的骚味浓得变成了水滴。

我躺在床上，觉得自己的身体一阵冷，又一阵热。心脏好像也松动起来，像一只青蛙，一会儿跳到嗓子眼，一会儿又跳到肚子里，有一次还跳到我的尿道口，想尿尿的感觉也一阵一阵的，要不是使劲憋住，恐怕就要尿床了。

我有点害怕。

我怕死，来世变成什么我不操心，我要活着，吃煎鱼，吃柚子，吃烤红薯，吃米饭，我要给每个朋友写信，给每一座山取一个温暖的名字：劈柴、喂鸡、种白菜。

狐狸坐在西边的窗台上，满窗都是红色的晚霞，只有狐狸是黑色的。这景象有点怪异，又使我想起了剪纸。这时候狐狸像一只剪剩下的红纸上的黑色空洞，有着狐狸的形状，但谁也不能抓住它。

天已经全黑，房间里跟外面一样黑。狐狸最后一次问我，是否跟它到狐狸的故乡去。

我想不清楚这件事，时常想去，却又患得患失，内心深处有所惧怕。在黑暗中消失，前往未知的世界，即使那里有无限魅力，也仍然是异乡。

狐狸再也不吭声。一片浓黑之中，只听见楼下的老太太呼唤九蛋的声音，一声长，一声短。

| 文学史评论 |

90 年代最先成为一种重要现象的，是所谓"女性写作"。林白、陈染、徐坤、徐小斌、海男、须兰等，在 90 年代前期风光无限，文学界耳熟能详的"个人写作""私人写作"，就是由她们所引领。

——洪子诚：《中国当代文学史》（修订版），北京大学出版社，2007，第357 页女性写作在小说方面的主要作家有陈染、林白、海男和徐小斌等，她们都在90年代写出自己的代表作，如陈染的中篇小说《无处告别》《与往事干杯》和长篇小说《私人生活》，林白的长篇小说《一个人的战争》《说吧，房间》和中篇小说《回廊之椅》等。这两位女作家都着力于探询女性生存的私人空间。

……

林白的小说更多地写出了女性感性世界的丰富与美丽，她的《一个人的战争》是写女人的个体成长经历，主人公多米在性意识的成熟过程中不断遭到男性世界的打击与伤害，最终转向了自我恋，如小说题记中所说："一个人的战争意味着一个巴掌自己拍自己，一面墙自己挡住自己，一朵花自己毁灭自己。一个人的战争意味着一个女人自己嫁给自己。"作品里直接地写出了女性感官的爱，刻画出女性对肉体的感受与迷恋，营造出了至为热烈而坦荡的个人经验世界。与此相应的叙事方式也呈现为非中心化的零散、片段式形态，并由于情绪与感受的层叠聚合，虽然无序但却令人处处感到深情灵动的轻盈美感，或者也可以说是创造出了女性写作独特的审美精神。

——陈思和主编《中国当代文学史教程》，复旦大学出版社，1999，第 352 页

以陈染、林白为代表的具有典型性女性主义特征的私语化倾向。这也是 90 年代中国女性文学最引人注目、遭非议最多的一脉。在这些作家的作品中，女性意识不仅得到了明确的体认，而且开始从性别的自觉过渡到了话语的自觉，这也使中国文学中反传统叙事、反男权经验写作的真正的"女性叙事"初见端倪。

——朱栋霖、丁帆、朱晓进主编《中国现代文学史》（第二版），下册，高等教育出版社，2012，第 168 页

| 创作评论 |

在 90 年代文坛上众多的女作家中"林白"的名字虽然不能算作显赫，但它的

确以其强烈的个性色彩在读者记忆中留下深深的印痕。林白总是默默地经营一篇又一篇的小说,这种不露声色的创作态度给她本人和她的创作都蒙上了一层神秘的色彩——这神秘成为一种诱惑,使得我们试图拨开林白文本之上的朦胧面纱而进入那个女性的神话世界。

  ——丁帆、齐红:《月亮的神话——林白小说中女性形象的"原型"解读》,《当代作家评论》1994 年第 3 期

  她所虔诚师从的,乃是天性而非经典——自我的天性,万物的天性。她从它们的密码中汲取灵性的源泉、书写的素材乃至作品的形式,不为意义世界的规范和文学史的督促,去驯化自己的写作。"生命"被她置放在凝视与想象的中心位置,而近乎她的宗教。它的每一细节、呼吸、感念、悸动,每一饱满而痛楚的瞬间,无不受到她热狂的礼赞。她的作品是血液之歌,生命的欢乐颂,有时,是酒神的附体。在初民式的郑重和喜悦里,她呼喊生命过往中的每一颗微粒——在语言的魔法中,它们旋转而微醺,意欲化作一颗颗独一无二的巨大星辰。

  ……

  林白小说大致涉及三种内容:一、故乡往事,一些作品由此引申出对"文革"时代的独特观照,如中篇小说《北流往事》《回廊之椅》,系列小说集《青苔》,长篇小说《致一九七五》等。二、"自我"的成长,由此扩展为一种共通的女性身心经验与创伤的探讨,这是被评论界阐释最多且给她带来巨大声誉的部分,如中篇小说《我要你为人所知》《子弹穿过苹果》《瓶中之水》《致命的飞翔》,长篇小说《一个人的战争》《守望空心岁月》《说吧,房间》《玻璃虫》等。三、社会底层的生存与灵魂境遇,如短篇小说《去往银角》《红艳见闻录》《狐狸十三段》,长篇小说《万物花开》《妇女闲聊录》等。在这些小说中,林白创造了一种感官化的主观叙事。

  ——李静:《论林白》,《南方文坛》2009 年第 3 期

跨入 90 年代后，一道新的风景线浮现出地表，那就是林白的写作。林白以一种纯粹的女性主义写作的姿态出现，用女性化的写作为中国当代女性文学写下了新的一页。在林白之前，中国当代女作家们大多在追求"超越性别"的写作目标，尽管她们不愿认同女作家的身份和女性文学的归类。在女性文学的批评话语刚刚兴起的时候，甚至引起她们的反感和拒绝。在人与女人、作家与女作家、文学和女性文学之间，她们宁取前者而不取后者。……这种创作态度当然是可取的，是力求摆脱女性角色的限制、开阔创作视野、容纳社会生活的表现；但是，另一方面我们也要看到，这是当代女性文学处于不自觉状况的表现，是女性意识没有完全觉醒的表现。在女性文学的发展链中，缺少女性化写作的一环。而现在，林白正手握着这一环走向女性文学，成为 90 年代女性文学的新景观。

——金燕玉：《林白与女性化写作——兼论 90 年代女性文学的新景观》，《文艺争鸣》1998 年第 2 期

红艳见闻录

林
白

来银角之前的事情，我几乎不记得了，仿佛记得，认真一想，却又什么都想不起来。姐妹们开玩笑说，我们都是番薯变的。

这样我倒是想起了一首民谣：北流鱼，陆川猪，石镇番薯。这是银角之外，我最早想起的三个地名。

也有人把番薯叫地瓜，或叫红薯、甘薯，还有，叫苕。到银角来的人，什么地方的都有，第一次听到有人说地瓜的时候，我一点不懂，但他老说：地瓜，地瓜，你身上有一股地瓜味。这是一个五十岁上下的中年人，头发半秃，头皮暗红发亮，正是我认为的瓜类。我说，什么地瓜，你才像地瓜呢！这人脾气很好，他边在我身上闻着边说：好好好。

我现在已经知道了，什么样的男人都有。有的男人喜欢我们把他当小孩子，抱他在怀里，把胸口咂得啾啾响，像是真的，其实什么都没有。有的男人，比如地瓜，特别喜欢女人抢白他，骂他"地瓜"，就像叫他"老板"似的。当然大多数男人还是喜欢"老板""经理"一类称呼。

凡是身上折起来的地方地瓜都爱，两边的胳肢窝，两腿之间，以及脚指头缝。他每次来都要从上到下掰开，像狗一样把鼻子探进去，之后还

作品信息

原载《上海文学》2004 年第 6 期，收入《红艳见闻录》（武汉出版社 2006 年出版）。

要伸出舌头来舔，弄得我身上湿漉漉的怪黏糊。但我从来不说，高兴的时候我会假装哼哼，若无聊，我就抓一把葵瓜子，把瓜子皮往他身上吐，我一不高兴就嗑瓜子，一高兴也嗑瓜子。我的瓜子存在床头柜里，一伸手就有了。

地瓜是我的熟客，大约每个月来一回。这人身上有一股清漆的味道，时浓时淡，每次，他一到门口我就闻到了。用不着他开口，妈咪就会喊道：红艳——

地瓜的怪毛病多，花的时间也比别人长。妈咪说本来要多收地瓜的钱，看在他是熟客的份上，就免了，所以地瓜更是每次都来找我。我估计他是搞装修的，不然就是做家具的，小老板一个。他老婆如果跟他同岁，就是个老太婆了，不是干得像腊肉，就是松得像豆渣。

这些事我一概不打听。

还有个熟客喜欢把红薯叫"苕"，是湖北那边过来的。起先我也弄不清"勺"是什么意思，他说：一股苕味。我心想，勺子是什么味？铁锈味吧！

苕很年轻，嫩，细皮嫩肉说的就是像苕这样的后生仔。但他反过来说我嫩。他像女人一样留着长指甲，他用拇指甲掐我的屁股，问我多大了，我说十九。他马上高兴得像吃了糖，连连说道，太好了，我二十，你十九。他又问我到银角多久了，我说也就十多天。这类问话时常有人问，谁问我都这样答，男人们听了无不欢喜。苕也一样，他听了就不用指甲掐我的皮了，他捧着我连连吹气，就像我是一块刚出锅的水豆腐。

实际上，我来银角很久了。到底有多久，一年，还是两年，我也不怎么清楚。至于我是不是十九岁，这件事情更费脑筋。我仿佛觉得，自己似乎早就过了三十岁，但我照镜了，看脸和脖子，洗澡的时候又看胳肢窝和肚皮，说是十九岁也不会有人起疑心的。也许我被整过容了，打了一种毒针。听说美国的明星就经常打这种针，到六十岁还很嫩，如果她们要卖，照样能卖得出去。

我不操心这些事。

妈咪说，在银角的姐妹是不会老的，永远都是十九岁。我看她说的也不是假话，姐妹们个个肉嫩爽滑，如花似玉。

不过我也不是没有在银角见过老女人，只不过她住在河边的一幢白房子里，从来不到这边来。姐妹们大概没有谁见过她。

那天天阴，气很闷，姐妹们都在睡午觉，我睡不着，独自一个人出来走走。我心里总模糊地觉得有一天，我是要离开银角的，我要回到家乡，去找我的亲人和朋友。至于我的家乡在哪里，亲人朋友又是谁，等到离开银角，总会慢慢想起来的吧。

很多个午后我都是一个人在街上闲逛，这个时间的银角空荡荡的，没有一个人，死静死静。歌舞厅、发廊、洗浴中心，家家都门窗紧闭，一点人的气味都没有，就像一座空城。而且，男人们的汽车也一辆不见。那他们是怎样来的，又是怎样走的呢？地瓜说过他有一辆黑色的桑塔纳，苔则是骑摩托车来的。

每次我找到一条路走出镇子，自以为越走越远，但最后总是走回那个奇怪的路口，那里长着茂密的鸡冠花，有半人高，像电影里的芦苇，随风摇摆。鸡冠花的上空，悬着两只大大的气球，上面有字，一只写着"欢"，另一只写着"迎"，看上去，就像两个把门的小鬼。

银角不过是个巴掌大的地方，只有两个大一点的十字路口，一个叫东门口，一个叫西门口，重要的街道也就两条：火烧桥、水浸桥，我实在想不出，它到底有何奥秘。

只有河边我没有去过。

其实也差不多去过的。那次我顺着东门口下来，在拐弯处看到一个古怪的店铺，门面是土黄色的旧木板，不像别处，波浪形的铝合金门，哗啦一声放下来。木板上有许多暗红发黑的木节，我凑上去，闻到隐约的松木气味。

仿佛有人在心里头摸了一把，松木的气味使我想起了木垛，还有松毛、码头、船，我感到这个店铺似曾相识。我依稀记起，这个店铺我小时候常来，那时候，这是一个杂货铺，火柴、蜡烛、草纸、豉油、盐、豆豉、黄糖，都在这里卖。它旁边紧挨着一个酸嘢摊，条案上摆着一排圆筒玻璃缸，装了酸萝卜、酸木瓜、酸姜、酸阳桃。萝卜雪白，顶上有缨，沾上金红色的辣椒酱。那时候，我经常在这买豉油，敞口的瓦钵，有一个带把的扁木片，两分钱一小刮、五分钱一大刮，用干桐油叶包着，拎着叶梗回家。

和杂货铺有关的一切我都想起来了，那是在石镇，杂货铺的老板是个矮人，他的老婆外号白骨精。只是不知道他们都到哪去了。我看了看店铺的招牌，上面有几个字：王老吉脚疗。

真奇怪银角怎么跟石镇如此相像，银角难道是另一个石镇吗？或者，石镇是实的，银角是虚的不成？这事有点意思，但我并不愿深想。妈咪说，银角的女孩子一想事就偏头痛，然后就会变丑，然后就没有熟客上门了。

没有多想我便从木门进去。到底是时代变了还是地方变了，我不知道，总之是那些杂货统统没有了，王老吉凉菜的味道也不像王老吉，有一股塑料味。天井的墙根摆着一溜洗脚盆，倒都是木盆，只不过太新了，没有人气。

每个房门都关着，一个人都没看见。走廊又深又长，墙壁有点潮，而且暗，只有天井透进一点光。我一直往里走，过了三个天井，然后就到了后厅。那里有厕所和冲凉房，但没有闻到大粪的气味。木板的后门吱呀一声自己打开了，把我吓了一跳，却也并不害怕，因为我从后门看到了沙街，那是我从小住的地方。沙街上的老房子拆得多，街面也铺上了水泥，我仍认得它，是因为水运社的牌子还在，白底红字，但上面的红漆已经剥落了。

我就是在那次看见老女人的。这么老，还穿着一件大格子衣服，她头发中分，扎在脑后，像个普通家庭妇女，但她走路的样子有一股煞气，而且夹着一只男人的黑色公文包。她大步走在沙街上，沙街也就不像我熟悉的沙街了。

管红薯叫番薯的人最多，石镇也是这样叫的，但这些客人我一个都不认识，也无所谓。他们在我身上狠劲撞，我往他们身上吐瓜子皮。奇怪的是，我并不喜欢他们，但身里的水还是一波一波涌出来，自己也觉得滑溜溜的很是畅快。我一点也不别扭，妈咪很满意。她私下跟我说，到年底评"镇花"，也叫"银角小姐"，她一定推荐我当候选人。虽然没有多少奖金，这样的荣誉我也是很欢喜的。

近几个月来，或者半年来，在通往"镇花"的道路上我出落得越来越水灵了，我风情万种，价格越来越高。妈咪一高兴就送我一种牌子叫"邪魅"的护肤品。我只听说过"资生堂""兰蔻""水分子"，从来没有听说过"邪魅"，我怀疑是伪劣产品，几次想扔了。但妈咪讲，这是一种高科技产品，是银角的高科技车间研制的，因原料极其有限，一直没有扩大生产。这种配方除了高科技，还有泰国的古老秘方，泰国的人妖，还有韩国的变性人河莉秀，都用过这种护肤品。

据说这种"邪魅"还有一种特殊的效果，抹脸能紧肤，涂胸则可丰乳。简直有点像见了鬼。以我的状况（妈咪称为资质），脸完全可以不抹了，丰胸则可一试。我一直瘦，本来可以当骨感模特，却不知怎样到了银角。河莉秀的照片我见过，她的胸挺馋人的，连我都想伸手摸一把。想到自己的胸将变得丰满挺拔，就感到本人离"银角小姐"的桂冠越发近了。

地瓜和苕和番薯轮番在我身上滚过，我感到自己的肉体丰饶，像大地一样结实，我身体里的水源源不断地涌流，浇灌着他们，也浇灌着我自己。我们也结出果子来，那就是，钞票。钞票比孩子好，钞票是实的，孩子是虚的，银角的姐妹们全都这样认为。或者说，养儿防老是虚的，养钞票防老是实的。不过，在我们银角，姐妹们一个都不会老的，因为我们有高科技。这里的高科技车间比外面的先进许多倍。我们不会老，也不会死，钞票只是我们的荣誉。

但甘薯不这样看。

一个把红薯叫作甘薯的人，有一天来到了我的房间。他戴着一顶黑色帆布棒球帽，是阿迪达斯的冒牌货。后来我才知道，像甘薯这样的社会工作志愿者，使用真名牌是他们的耻辱。

社会工作志愿者，这是我听了几遍才记住的词。这个人有点神经，不知道别的志愿者是否也这样。他坚决不坐我的床，就像我的床单上沾着屎。他也不坐沙发，我想他肯定看见那上面的几根卷曲的黑毛了。那是怎么弄的，谁都想得出。有些客人们不喜欢在床上干事，长沙发就是为这些人准备的。甘薯坐在方木凳上，侧着身子对我说：你不要毁了自己。我说：我怎么毁了自己？甘薯说：这样下去不好。我说：怎么不好？到年底我就要当银角小姐了。甘薯问什么是银角小姐，我想了想答道：客人最多，价格最高，相当于先进工作者吧。

甘薯自己摇了摇头，又自言自语道：银角真是个死角啊，太不觉悟了。见我瞪大眼睛看他，便又劝我学缝纫，或者学绣花，说有一种十字绣很好学，并且专门有人收购成品。我不理他，只是追着问：什么是死角？什么是死角啊？到底什么是死角！他犹豫着说：就是大家都不觉悟。我又问：什么叫觉悟？他想了想说：就是像人一样生活，不要像鬼一样生活。

什么是人，什么又是鬼呢？我问他。我不是故意为难他，我对这件事向来有点兴趣，甘薯却回答不出来，他有点烦，说：这个跟你讲不通的。我往他身上蹭，打算坐到他膝盖上。他挪开身子躲我，一边气喘吁吁说，我是不干这种事的。他说只是跟我聊聊，钱会照付。

于是就聊，聊的是戴套的事。甘薯说他是一个国际民间组织派来的，任务是让所有的性工作者都使用安全套，当然，是指让男人戴上套，这样能有效预防艾滋病和乙肝。我故意逗他，问能不能预防禽流感。他一本正经解答道：那是呼吸道传染。

不知这个国际民间组织怎么会派这种二百五来，一根筋、三八，神经、苕。但我心情不错，看他是个老实人，就好心告诉他，银角这个地方跟别处不同，别处得的病这里都不会得，因为银角有高科技。

甘薯瞪大眼睛看我，说：这种鬼话你也信！你仔细观察观察，看看银角的姐妹，哪一个不是过一段时间就不见了，不过是失踪多少就补多少，身高长相也差不多，你看不出来罢了。

观察这个词我很久没听说过了，乍一听有点生，一转身又感到有点耳熟，似乎是以前我经常听到和使用的一个词。这么说，我以前也是一个有知识有文化的人。这个想法像一根又细又软的蜘蛛丝，在我眼前飘动起来，我在脑子里用手抓它，一会儿抓着了，一会又抓没了。最后总算有了一点眉目，我依稀记起自己从前是上过电大的，也就是说，多少算是一名大学生。

甘薯不知什么时候走了，我脑子累得要命，好像干了一天重活。其实因为下雨，只有甘薯一个客人，他又没跟我干事，但不知怎么，我连身子也感到累沉沉的。

下着雨，天有点暗，我躺在床上闭着眼。雨点打在遮阳篷上，密密地响成一片。我想，今天不会再有客人来了。但过了没多久，我感到有人在掰我的脚趾头，睁眼一看，原来是地瓜来了，清漆的气味也跟着罩到了床上。我困得很，半点也不想动。他便也不吭声，只是动手解我的衣服，然后又像以前那样，使劲掰开我的腿把鼻子凑上去。只一会儿，我忽然感到不对，定眼一看，地瓜手里竟拿着一片刀片！极薄，十分锋利，闪着暗光。他像一个耍魔术的人，把刀片亮到右边，又亮到左边，高举过头，又画了一个圆圈。然后他勾着头，那刀片在我的左胸上划拉，几下就把我的左乳切下来了。他一手拿着刀片，一手抓着那只切下来的左乳，像啃地瓜那样送到嘴里啃起来，那"地瓜"竟也发出生脆的嘎嘣声。

我大惊，猛地坐起来，四周没有一个人，我捧着左乳仔细看，仍好好地长在我的左胸上，但那上面沁出了一层细细的汗珠，拔凉拔凉的。我起来走到大镜子跟前，镜子里的人半敞着怀，披着长发，嘴唇涂成殷红，眼圈是黑的，脸是白的，跟鬼差不多。我怎么是这种样子呢？本来我又是谁呢？或者，我压根就是一个鬼？

这个闪念使我心惊胆战。

雨停之后刮起了大风，河边半人高的鸡冠花风起云涌，暗红的浪头翻滚起伏，远看几乎看不见河面。我觉得，河边大概会是银角的一个出口。我曾问过地瓜，也问过苔，他们说，坐上车就来了，坐上车就走了。但我从来没有找到过停车场，另一个出口是在地下吗？

我顶着风往河边走，越靠近河风越大，有一阵几乎要把我掀翻了。只有邪风才会这样猖狂！而且奇怪，从沙街到河边，看上去并不远，看着快走到了，却还是没走到。我背过身倒着走，累得不行，走了一阵回头目测，觉得反倒离岸边的那片鸡冠花更远了。

怪不得，姐妹们谁都没去过河边。

心里十分丧气，却又不甘心，只好先到水运社骑楼的柱子后面挡挡风。

正在这时，那个夹着公文包的老女人在沙街口出现了，她仍然穿着那件大格子外套，脚下踩着一双半筒的橡胶雨鞋。我心里立即亮了一下，我知道，机会来到了。这双雨鞋就是我的指路明灯，它黑色的胶面在狂风中一闪一闪，来到了水运社的大木门跟前。

门里凉飕飕的，比外面的气温骤然低了几度。奇怪的是既听不见老女人雨鞋的吱扭声，也听不见我自己的脚步声，更听不到风声。声音被吸走了，只剩下身形，身形在门洞的昏暗中轻飘飘的，跟鬼影差不多。

我有点紧张，又有点兴奋。不觉一片亮光出现在眼前，原来已到了水运社的后门。我站在后门的台阶上，看到了河。正是暮春，河水很满，有一点点浑浊，但不脏，反倒深厚丰满。河面上漂来一杈柚加利树枝，上面的树叶闪着黄绿的水光，有一张甚至是金色的。河水浩浩荡荡，对岸是一片马尾松，马尾松后面是大片大片萝卜地。一个穿着碎花衣服的小女孩，光着脚丫走在沙滩上。她抬起脚丫，细小的石英沾在皮肤上，闪耀着碎银的光芒。

那就是从前的我。从前的一切，漂浮在大河上，从前对岸有船厂，河上有船队，贴着河面立着大木桥，现在这些都不见了。我坐在台阶上，一时明白，一时糊涂。我想起来，我其实不叫红艳，但到底叫什么，却无论如何都想不起来了。

走下台阶，两边视野更觉开阔。固然对岸有我小时熟悉的景象，但此岸，却不是这样。我四下张望，没有看到那几棵高大的柚加利树，树上米色的小花，树底下散落的花柄，这些更加没有。只有大片半人高的鸡冠花，黑压压地立在河岸上。

我找到了一条小路，沿着河边往下游走。我记得下游有一处地方比较窄，夏天里卷起裤腿就能走到对岸。这样我就几乎进入到鸡冠花地里去了。

已经是正午，太阳直射在花冠上。我定眼一看，这哪里是什么鸡冠花，分明是红薯叶子！桃形的薯叶，正面是绿色，背面是紫色，比普通的薯叶大一倍，而且也肥厚硬朗一些，但确是薯叶。所不同的是，红薯藤应该在地里爬着长，这里的薯藤却立着长，藤秆也像芦苇秆那样又粗又硬，有一种凶猛的气势。我甚至想起了虎背熊腰这种形容词。

这样壮硕，这样不像真的，肯定是高科技的什么玩意新品种！

前两天下雨，没什么客人，妈咪因为新选上了行业协会副主席，心情特别好，我给她捧了一把奶油白瓜子，两人就聊起天来。她先刻薄了一番地瓜和苕，又顺便说起了甘薯。她看上去漫不经心，实际上是试探我。

甘薯长得有点像梁朝伟啊。她看着自己的指甲盖说，就好像那上画贴着梁朝伟的照片，其实涂的是一种黑色的指甲油。

我说我不喜欢梁朝伟，我喜欢齐秦。妈咪把瓜子往嘴里一扔，说，不就是那个北方的狼吗！有什么好的，连王祖贤都不要他了。男人双眼皮是很难看的。她把一颗瓜子扔进嘴里，又补了一句。

我不作声。

妈咪突然问：甘薯跟你说什么了？我马上说：没有啊，什么都没说。她还盯着：那他干得咋样？那玩意儿？我想了想说：蔫的，进都进不去。妈咪呸的一下，把瓜子壳吐在了对面的门框上，说：软货！我心想这人半天在那嘀咕什么呢。

看她身子靠到了椅子背上，我就开始猛夸我们陵城娱乐中心的房子，说它如何有气势，白墙灰瓦，古古的，不像水漫社那边，连门口都贴着瓷砖，像公共厕所。妈咪最爱听这些话。她兴奋起来，说这房子装修就是她参加的。她说：我是谁？我也是有文化的人啊！

就是在这次，她一不留神说了许多银角的事，我才第一次知道，河边的两幢白房子是银角的高科技中心，以前叫科研所，现在叫中心，有农科所和生科所，前者称一所，后者称二所。

那个老女人大概就是科研所的人了。

我站在薯地里，四下里一个人都没有，薯叶凶猛，房屋死寂，我木愣着，不知如何是好。错眼一看，只觉得每张薯叶都长着一张怪异的脸，像无数的鬼，在阳光下睁着眼睛，它们隐隐跳荡挣扎着，但谁也挣不脱，地底下粗壮的薯根就是它们的命。

我有点害怕，想起姐妹们说过我们都是红薯变的，我怀疑这不是一句玩笑话，说不定是真的。特别是，前天做的那个地瓜手拿刀片的梦！腿有点发软，我一下就坐到了地上。

天一下子暗了许多，仰头看，只见硕大的薯叶交错摇晃，天光都成了碎片。不远处有窸窸窣窣的声音，像是有人在刨地。想来虽是高科技，有不少事也是要人工的。我找到了一根棍子，就在脚下挖了起来。

土是沙质土，疏松易挖，不一会儿薯根就露出来了。皮是紫红的颜色，刮开一点，肉是米黄的，这使我放下了心。所谓高科技红薯，看来也没什么稀奇。我准备揪起一个尝尝。

挖开一大片土，才挖到薯根的边缘。这么大的红薯，大概只有银角才有吧。但突然，我发现这只红薯有点奇怪，像女人的一条腿，大腿粗一点，小腿修长瘦削，甚至也有脚板。这样诡异的红薯我从来没见过。我壮着胆，又挖开了另一兜红薯的薯根。这次我看到了一只碗大的凉薯，心形，像一只大桃子。但凉薯的皮是白的，我认定，这还是只红薯。我正要把薯藤揪断。却发现，这只红薯怎么有点像女人的乳房！真是出鬼了，也许我再挖一兜薯根，就会挖出一张女人的脸。

冷汗一下冒了出来，后背心凉飕飕的，脑袋一片混乱。觉得是在做梦，却又明白是真的。我感到有一簇火苗烧着我的心，一下一下的，火烧火燎。我披头散发，疯了似的开始挖下一兜薯根。我不知道这一次将挖出什么东西，但我预感到，这片薯地里，肯定埋着那种脸状红薯，那是一些女人的脸，不见天日，饱受憋闷。

想到那些脸状薯，一只只的有鼻子有眼，却没有躯干和四肢，不禁越发惊恐。我觉得自己看到了它们，那是些没有身体的脸，它们的眼睛睁着，嘴巴一张一合，像是在说什么，但是没有声音。

我不愿意真的看到它们，却又想试试。于是疯挖一阵，又戛然停住，再疯挖，再停住。就在我停手的瞬间，那个老女人突然出现在我面前。她压低声音说：这里不能久留，快跟我走。

　　她抓着我在红薯地里钻来钻去，像两只老鼠，窜回了水运社。

　　正惊魂未定，突然墙上的挂钟"当"地响了起来，七点了，姐妹们已经吃过晚饭，正在准备化妆，妈咪肯定发现我不见了。她是要派人把我找回来，还是让我从此消失？如果消失，我会怎样消失呢？

　　心里的火苗开始向全身蔓延，到处乱撞，冲到脑门，又冲到肚子，全身上下都是热烘烘的。我意识到自己发烧了。

　　在黑暗中，老女人飘到我跟前，她摸摸我的额头，然后就在对面坐了下来。我拿不准她到底想帮我，还是不帮。

　　我的体温在升高。

　　如果她是一个巫婆，就会看见我身体里的火从红色变成金色，再变成蓝色，而我的骨头也被烧得嘎嘎响，身子冒出烟来。金星在眼前乱闪，我想我快要烧熄了，老女人还是坐着不动。

　　身子越来越软，我有气无力地求老女人，让她给我吃一点退烧药。但她只是让我躺下来，在我嘴里塞了一根体温计，连一口水都没有给我倒。

　　后来我才知道，只有当我的体温升到四十五度，并且持续三个小时，先前植入我大脑的记忆干扰芯片才能融解失效，我原先的记忆才能逐渐恢复。不过每个人的情况不一样，只有少部分人的体温能升高到四十五度又能坚持三个小时，大多数人都会在中途丧命，或者在退烧之后变成傻瓜。发烧到三十八度就吃退烧药，这是银角通常的做法。

　　我迷迷糊糊地躺着，感到自己正在穿越一片大火。我光着脚，赤身裸体，没有遮拦，地上是尖锐的石头，身边是大片卷曲的红薯叶子，天上的云也在燃烧，喷着长长的火舌。红薯叶子也在燃烧，有些已经烧过了，只剩下黑乎乎的残骸，像一些鬼怪，发出吱吱的声音。我全身都疼，又烫又疼，我想叫，却叫不出声。我挣扎着往前跑，拼着最后一点力气，我知道，前面就是河了。

　　圭江河！我忽然记起了这个名字，这正是我们石镇的河呀。我从小就住在河边的沙街，过了这条河肯定就能回到石镇了。一丝凉风从河水里吹来，碰到了我的额头。哔剥燃烧的薯叶退到我身后了，对岸的马尾松和柚加利树郁郁葱葱，我看到了它们。

烧开始退了，老女人给我泡了一大壶菊花茶，让我一杯接一杯喝下去。见我神志清醒，老女人就给我讲了以下两个故事，一个是关于一个女人，另一个故事则关于高科技车间。

有一个女人，夫妻两人是大学同学，他们一起分配到科研机构，又一起辞职下海办公司，他们共同研制出一种新产品，获得了巨额赢利，日子越过越红火。但就在她五十岁那年，丈夫下毒把她毒死了。这个丈夫是科技进步奖获得者，有许多人呼吁此案要慎重。最后法院就以证据不足为由，判丈夫无罪。

第二个故事说的是银角的二所，即生命科学研究所。这个所打的是生研所的招牌，实际上是个车间。每每有拐卖来的，或者是糊涂自己来的女子，只要在十五岁到四十五岁之间，也就是说，只要卵巢功能正常，车间就会在她大脑植入一个记忆干扰芯片，然后注射一种强力黄体酮，强化她的卵巢功能，等体内的性激素达最高值时，车间就给她换肤，从深层肌肉到表皮，统统换掉，用的原材料就是一所培植的特种红薯。这种红薯品种优良，成本极低，碳水化合物的密度极高。这样，银角的女子看上去个个都十九岁，光鲜水灵的。

喝光了一壶菊花茶，老女人又起身去泡第二壶。她虽然额头上皱纹多，步子却是很矫健的。说是老女人，但不见得真的老了。也就是五十岁上下吧。

五十岁，我心里忽然像闪电似的亮了一下，那个被丈夫毒死的女人会不会就是她呢？如果是，那我又是谁呢？顿时，我感到毛骨悚然。

女人端着茶回来，她的脸浮在黑暗中。

我紧张地望着她，不知道她是人是鬼，也不知道自己是人是鬼。

她笑笑说，你不要怕，怕也没有用，世界就是这样。

菊花茶在我们之间袅袅上升，寂静的暗夜更加深不可测。我的体温越接近正常，脑子就越迷茫。记忆虽然有所恢复，但我并不知道将要去哪里，也没想起自己的名字。女人说，这好办。她打开那个经常带在身边的黑色公文包，里面有一个小巧的掌上电脑。我报出现在的身份住处：陵城街三号，陵城娱乐中心19号服务员，钟红艳。老女人按了几下键盘，我的档案就出来了，崔红，三十五岁，古镇人，N城某厂图书管理员。

崔红，原来我是崔红啊，我已经三十五岁了，我念叨着自己的名字和年龄，往事像雨点，大颗大颗落到我身上，它们从我的皮肤进入，充满我的骨髓和血液。我的额头也变得清凉起来。

我走在密密的红薯地里，脸上又是泪水又是汗，头发乱糟糟的，薯叶不停地打在我身上，我奋力拨开它们。我就是一个疯女人，谁也别想拦住我。我要在黎明之前赶到下游岸边的一块大朱砂石那里。女人告诉我，在每个月的初一、十五那天，在后半夜到天亮前的这段时间，从朱砂石这个地方下水渡河，就可以回到石镇，今晚正是十五，一轮满月悬在天边，月光下的圭江河水闪着蓝灰色的光，对岸的马尾松和柚加利树黑黢黢的。我知道，我将站在那块石头上，向着沉沉大河，纵身一跃。

| **作品点评** |

林白的《红艳见闻录》（《莽原》2005年第3期）是一篇以女性为叙述视角的短篇小说。风尘女子红艳的现实感知和梦魇臆想交糅为一体，一个人内心的困境被大量世俗的景象（银角的气氛以及红艳的身份）和意象（"番薯""地瓜"等等）包裹，庸常的现实场景和怪诞的梦幻情形让小说故事在似真似幻之间游走，带来一种阅读上的不确定感。林白的"见闻录"笔法的确透着一股从容的气息，让这些很难贴合的情景不露痕迹地得到舒畅的融合与表达。在小说故事的发展过程中，红艳内心深处的那点微弱晃动的希望之光，在质疑、惊恐的气息中仍然能够让人读出。这是一位成熟作家的功力所在。

——阎晶明：《我愿小说气势如虹》，作家出版社，2009，第176—177页林白是一个深知小说奥妙的人，她的小说《去往银角》《红艳见闻录》(《上海文学》2004 年第 6 期）中所描写的"银角"等地，奇怪的植物，空寂的街头，可怖的娱乐场所，隐喻着当代人类生活的某种真实处境，但叙述者却一再说："我感到此地气氛诡异，缺乏真实感。""看上去不像在真实的人间。"其实，林白所展示的景观正是当代社会的场景，如果以习惯的方式直接写来，费尽笔墨，也觉得似曾相识、随处可见。但林白省略了场景中的陪衬部分，以夸张、变异的手法，直接放大能够体现某些特征的鲜明地方，比如四处弥散的欲望的气息，人的深层意识中的兽行，高科技消解人的记忆问题，这样，那些熟悉的场景以陌生的面目呈现，人们的记忆将重新确认曾经熟悉的事物，它们的原初新鲜感激发了读者的思考和想象。

　　——周立民：《闲花有声——当代文学研读札记》，海豚出版社，2015，第
　　103—104 页

李壮回家

李约热

我弟弟李壮站在我家的船上，对着这一网闪光的银鱼，摘下眼镜。每当他要看非常近的东西的时候，他都要摘下眼镜。他凑近渔网。他说，哥，这能卖多少钱？这能卖不少钱吧？

老实说，我从来没有看到自家的渔网里捞出这么多的银鱼，爹一网撒下去，收网时就闪了腰，瘫在船上。我把这一网银鱼拖到船上时我还有点不相信，我以为银鱼下面会有几颗大大的欺骗我们的石头——如果真的是石头的话我爹的腰算是白闪了。我的两手急忙插进银鱼堆里摸了一遍，里面没有石头。这时候别提我有多开心，我一口浓痰就吐在这鄱阳湖上，这鄱阳湖，一直都在欺负我们，今天，总算开了眼了。

我突然听见我弟弟喊了一声，爹，你这是干什么？

我家的船晃了一下，我回头一看，我爹已经

作者简介

李约热(1967—)，原名吴小刚，广西都安县人，壮族。《广西文学》副主编，广西作协副主席。短篇小说《青牛》获《小说选刊》(2003—2006)优秀小说奖，中篇小说《涂满油漆的村庄》获第二届《北京文学·中篇小说月报》奖，短篇小说《你要长寿，你要还钱》获《民族文学》2015年度小说奖，中篇小说《戈达尔活在我们中间》获第五届广西文艺创作铜鼓奖，小说集《涂满油漆的村庄》获第六届广西文艺创作铜鼓奖，中篇小说《一团金子》入选中国小说学会"2008中国小说排行榜"。著有小说集《涂满油漆的村庄》《火里的影子》《广西当代作家丛书·李约热卷》《我是恶人》《侬城逸事》。

作品信息

原载《上海文学》2004年第6期，入选《21世纪年度小说选：2004短篇小说》(人民文学出版社2005年出版)、《名家推荐2004年最具阅读价值短篇小说》(上海社会科学院出版社2005年出版)、《中国当代乡土小说大系》(农村读物出版社2012年出版)、《中国乡土小说名作大系》(中原农民出版社2014年出版)。

游在水里。

爹说，下来，你也下来。

我弟弟李壮不明白爹为什么叫他下去，他问，下去干什么，摸鱼吗？我爹说，摸你的头！现在哪里还能摸到鱼，你快下来，别把我们家的船弄沉了。

我爹是有点过分了，我家的船不是那么容易就沉掉的，就是再有一网这么多的银鱼我家的船都不会沉掉。这也怪不得他，好久已经捕不到鱼了，久得他已经不相信自己家的船了。

我弟弟李壮看了我一眼，意思是要不要下去？这还用说吗，爹叫你下去你就下去。我弟弟站在船尾，哆嗦着脱掉衣服和裤子，露出他那当老师的白花花的身子。你也别说，也许真的是他给我们带来好运气。他从来都没想到要跟我们去捕鱼，今天鬼使神差却跟我们上了船。他说他要给学生布置一篇作文，让他们写一写秋天的鄱阳湖，他要跟我们的船去看一看。他说现在的学生很难教，你让他写鄱阳湖，没准他写出来的却成了黄河。开始我不想让他跟我们去，写鄱阳湖就到鄱阳湖去，哪天你让他们写美国，难道还要亲自去一趟美国不成?!

我弟弟李壮跳进水里，和我爹一起扶着船，看他们的样子，好像我家的船走得多么吃力，没有他们在后面推就根本走不动似的。事实是，我家 2.5 匹马力的渔船载着我和一网活蹦乱跳的银鱼，拖着我爹和我长了一身白肉的弟弟，向岸边的家进发。

后来我的朋友唐精说，你懂得你为什么捕到那么多的银鱼吗？一网下去，就网住了银鱼的老窝？是因为你的弟弟是一个童男子。是童男子给你带来了好运气。我想一想确实有道理。现在，童男子们都到城市里打工去了，这鄱阳湖上，除了我腰不好的爹和我这样瞎了一只眼睛的废人，有谁还在打鱼？

说到童男子，我的弟弟李壮真的是一个童男子。为什么说他是童男子，因为他喜欢的女人总是在很远的地方。去南昌读师范时他是全班最小的学生。其他同学谈恋爱，他去帮送信，送完信只知道偷笑，也不知道为自己找一个。看了都让人着急。这也难怪，他读师范的时候根本就没有发育，一个人瘦瘦地待在那里，看其他的男同学和女同学在眼前亲热都不知道是为什么。一直到最后一个学期，他才像做了一场梦似的惊醒过来，但是已经晚了，他刚喜欢上同班的姑娘王小菊，手都还没拉一下就被分配回了老家，所以他只能没完没了地给王小菊写信了。他喜欢写信的毛病就是那时落下的。去年镇长杨家强想招他当上门女婿，爹和我都认为这是一门好亲事，都想等着沾光，可是这个糊涂蛋就是不愿意，一心恋着远在南昌的王小菊。我去问他，杨美有什么不好？杨美是杨家强的女儿。开始他不说，后来我逼急了他才说，杨美有狐臭。我说千张镇的每一个女人都有狐臭，这不算什么理由。他说，杨美一只腿长一只腿短。杨美小时候患小儿麻痹症，由于医得好，瘸得不怎么厉害，如果不细心看，根本看不出。我说，杨美虽然一只腿长一只腿短，但是她的爹爹是镇长，腿短一点又有什么关系？李壮看见我不死心，最后说道，哥，我告诉你吧，杨美已经跟了十二个男人睡觉，你说，她还能不能当我老婆。他这么一说我的头皮就麻了。我不相信杨美已经跟了十二个男人睡觉，我跑去问唐精。唐精说确实是这样，还把跟杨美睡觉的人的名字告诉我。我还不相信，找了其中的几个去了解，他们都承认他们曾经跟杨美睡过觉，这下我才死心。但是杨家强没有死心，他不停地托人来找我弟弟。我弟弟最后给杨家强写了一封九页的信，解释他不愿意当他的女婿的原因，其中有一条就是：我已经有女朋友了。杨家强把信撕了，说不愿意就不愿意，还那么多废话。之后我的弟弟李壮就从一个镇小教师变成了村小教师。为此，我和我爹生了一个冬天的闷气。不过话又说回来，如果我弟弟李壮答应当杨家强的女婿，他就是十个童男子也早就完蛋了，这样今天在鄱阳湖上，我们也许就打不到那网百年一遇的银鱼了。

　　银鱼可真是件好东西，我看见它们，我就感觉我那只被摘掉的眼球又回到我的眼窝里。告诉你吧，我的眼睛就是炸银鱼时被炸瞎的，如果我的眼睛不是炸银鱼时被炸瞎，今天我看到这网银鱼时我就不会如此激动。瞎了一只眼睛之后，我看东西的感觉跟以前大不一样，一斤重的东西我会认为那是两斤重的东西，一百条鱼我会认为那是两百条鱼，这只眼睛没瞎之前，鄱阳湖是有岸的，这只眼睛瞎了之后，鄱阳湖就无边无际了，以前我老是想到海边去，瞎了眼之后，鄱阳湖就跟海一样宽了。

我告诉你这一网银鱼我将怎么样处理。我要将它们全部烤干，之后我不会急着出手，我要等到市场上连银鱼的腥味都闻不到，那些想吃银鱼想得发疯的人哇哇叫时我才出手，这样，一斤的银鱼我就能卖三斤的钱。将这些银鱼卖掉之后，我要到南昌给自己配上一只假眼，我的一边眼窝空了好几年了，很不好看，这回我要让它亮起来。他们说可能要配上狗眼或者猫眼，管他是狗眼还是猫眼还是牛眼，配在我眼窝里就是我的眼，我要好好地对待它，虽然它看不见。

我家 2.5 匹马力的船突突突地朝岸边驶去，我的感觉好得不得了，因为从今天起，我几乎又算是一个同时拥有两只眼睛的人了。

一连十天，我和我爹成了千张镇最牛 B 的人，尤其是我爹，他的腰杆贴着三张膏药，歪着腰走路，笑起来哎哟哎哟直叫唤，也不觉得疼。那些银鱼贩子，他们肯定长了一只猫的鼻子，我家装银鱼的箩筐还在吧嗒吧嗒地滴水，他们就开着车到我家来了，他们围着我家的银鱼转了又转，恨不得将我家所有的银鱼一口吃掉。我都懒得跟他们说话。这十天，我说得最多的话就是：不卖！不——卖！

但是到了第十一天，我就狠狠地将我家的银鱼卖掉了。

我的朋友唐精看见我往银鱼贩子的车子上装银鱼，跑过来说，不是说不卖吗？怎么又卖啦？我以为他会看我脸上的表情，但是他根本不看，又说，老鼠不留过夜食，你是不是急着给自己装上假眼？

去你妈的唐精，老鼠不留过夜食跟装上假眼有什么关系？再说了，我是急着给自己装上假眼的人吗？现在是秋天，要装假眼，那也得等到春天，到春天时装上假眼，就像春天种草种树容易生根发芽那样容易成活，这么简单的医学知识都不知道，真笨。这也怪不得他，他根本就不看我的表情，我的表情当然是十分的愉快啦，本来我不想跟他多啰唆，但是如果我不告诉他，他肯定一直围着我说个不停，为了让他闭嘴，我只好把那个消息告诉他了。我说唐精，我的弟弟李壮，要到北京去了。

你们不知道这个秋天我们老李家运气有多好，刚刚打上一网银鱼，我的弟弟李壮就接到去北京学习的通知。到北京去学习，我敢说整个鄱阳湖边任何一个村小老师都没有那个福分，他们的福分最多只能到地区去学习，而且是自带伙食。他们要到北京去学习，只有在做梦的时候了。当李壮把这个喜讯告诉我和我爹的时候，我们都不相信，就像当初不相信我们自己能打到一网银鱼一样。我问李壮，为什么是你？他说，因为我教书教得好。是镇上让你去的？我问。不是，是北京的老师点名要我去的。也是，你别指望镇上那些混蛋让李壮去北京学习，镇长杨家强恨不得把李壮开除才好呢。北京的老师怎么知道你？我说。我的弟弟李壮从他的箱子里翻出一本杂志，飞快地翻到印有他名字的那一页递了过来。我接过来一看，不知不觉就念出声来：《乡村小学素质教育初探》，李壮。哎唷，李壮，我的弟弟，他的名字印在了纸上。这些天我一直认为我和我爹是千张镇最牛 B 的人，没想到，最牛 B 的人竟然是我的弟弟李壮，《乡村小学素质教育初探》，白纸黑字，如果谁不服气，我就拿着这白纸黑字去抽他耳光。说实话，我和爹对李壮不愿当杨家强的女婿一直不高兴，他从镇小老师变成村小老师我都觉得活该。现在，就是他回心转意想当杨家强的女婿我都不答应。因为，我弟弟李壮是一个不简单的人。而杨家强的女婿，算个什么东西?! 我的弟弟李壮说，我现在还没有决定去还是不去。我说，为什么？李壮说因为去北京需要一大笔钱，我们家没有太多的钱。我和爹对看了一眼，爹喘了一口粗气，我咬了一下嘴唇。最后，我和爹几乎同时说，去，一定要去，就是卖掉银鱼也要去。我弟弟半天说不出话来，他眼镜后面闪着点点泪光，当时我还以为他是因为我们的支持而感动，为有这样的爹和这样的兄弟而感动，到后来我才知道，他在自己哭自己。

我的弟弟为什么自己哭自己？后面我才讲给你听。现在他亮出他要去北京学习的牌子时，我和我爹马上把这件事当成我们老李家的骄傲，逢人便说，我的弟弟要到北京去了。要不是我弟弟李壮制止，我们还要请客呢。

在我往银鱼贩子的车上装银鱼时我以为唐精已经知道这一喜讯，没想到唐精这个笨蛋竟然把传遍整个千张镇的好消息丢在脑后，以为我是为了急于装假眼而卖掉银鱼。我真想大声地告诉他，不是，我不是为了我自己，我是为了我的弟弟李壮，只要他更加有出息，就是卖掉我的一只肾，我都愿意。

我和我爹到南昌火车站去送李壮。我爹为了让他的腰骨不影响他走路，又在上面加了两块膏药，三块膏药加上两块膏药，变成了五块膏药，五块膏药，那就是一根腰骨的长度啦。果然，火车开动时我爹跟着火车边喊边跑，那五块膏药，真的起作用了。我没有听见我爹喊什么，我只看见车厢里有一副眼镜一闪而过。我的弟弟李壮真的到北京去了。他要在北京待上一年。我和我爹都希望他在北京好好学本事，一年之后脱胎换骨，回千张镇时不再被人欺负。

送走我弟弟之后，我和我爹仍然到鄱阳湖上打鱼，我仍然希望一网下去，能捞上来我的一只假眼。但是我们已经没有这个运气，因为我的童男子弟弟，已经到北京去了，他不可能再和我们一起到鄱阳湖上打鱼了。好在我是瞎了一只眼的人，看东西的感觉跟他们不一样，我把一条鱼看成两条鱼，我把一斤重的东西看成两斤重的东西，我把鄱阳湖看得跟大海一样。所以我平静得很。在鄱阳湖上打鱼，打到鱼的时候少，打不到鱼的时候多，我又不是第一天才知道。

前面我已经说过，我的弟弟喜欢写信，他一到北京之后，就给我们写信啦。如果你没有看过我弟弟李壮的信，你就不知道他到底有多啰唆。他拒绝当乡长的女婿一共写了九页信纸，到北京之后给家里写信一写就是十几页。而且每隔几天就写一封。开始的时候我和我爹很高兴，接到他的信后，我们狠狠地打开，然后高声朗读，恨不得让整个千张镇的人都知道。一个月之后我们就有点烦了，为什么呢？那是因为我的弟弟太啰唆了，一开始的时候他告诉我们一些关于长城故宫天安门的事情，一个月之后还是这些东西，看来他不是被这些东西吓傻了就是被这些东西迷住了，一张口就是长城故宫天安门，一个月了还是改不了。我在心里说，李壮啊李壮，这些东西我们在电视里都看了一千遍了，你也说了二十几遍了，该换点别的了。你要是想吓唬吓唬千张镇的人，你最好还是说点别的，比如说中央领导接见你啦之类的。你知道，千张镇的人基本上是不关心风景的。但是我的弟弟李壮已经停不下来啦，北京的风景，已经灌得他晕头转向，每一封信都要大说特说一番。弄得我和我爹都不耐烦了。我爹说，王府井关我们什么事？颐和园关我们什么事？开始的时候他的来信我们每一封都要高声朗读，愉快得不得了，后来我们的声音慢慢低下来了，再后来干脆就没有声音了。这样还不算，我们阅读信件的速度也越来越快，开始还逐字逐句，后来一目十行，再后来只是飞快地看一眼之后就干其他事情去了。最后我们干脆不是每封信都看，而是抽样看。因为看一封和看十封都差不多，我们干吗要浪费那么多的时间?！我见邮递员一两天就往我们家跑怪辛苦的，我就钉了一个木箱，上面写上我爹的名字，让邮递员挂在千张镇的邮局里，让他把我弟弟的来信都投到里面，然后由我一个月去取一次。我们以为这样做以后邮递员会感激我们。没想到邮递员不高兴啦，现在，已经很少有人写信啦，邮递员的邮包，已经瘪得跟老母猪的肚皮一样，如果再没有我弟弟的来信，说实话，邮递员就要失业啦。但是我们哪里管得了那么多，我还是把写有我爹名字的木箱让邮递员挂在千张镇的邮局里，到月底的时候，我手里拿着钥匙到千张镇的邮局里吧嗒一声将木箱打开，我弟弟的信雪片般地从箱子滑落，这时我会在心里嘀咕一句：这个李壮。

我和我爹不喜欢读我弟弟的信，因为他信里的内容全是虚的，完全没有我们关心的东西，他没完没了地歌颂北京，有什么用啊，北京早就伟大了，你不歌颂它也伟大，还是多写一写你在北京都做了些什么吧，吃的什么饭？睡的什么床？长没长冻疮？我弟弟李壮冬天长冻疮是千张镇的人都知道的事情，每到冬天，他的两只耳朵肿得跟如来佛的耳朵一样，手肿得像是戴了一副肉手套，腿就不用说了，一到冬天就冻瘸了，因此他最怕过冬。我爹经常跟人说，我家李壮，一到冬天就残废。北京比我们这边冷，他肯定躲不过长冻疮这一关的。他的来信没有提到他长没长冻疮，我和我爹非常不满意。我几乎看见我的弟弟李壮一瘸一瘸地在天安门一带溜达，他的两只耳朵被北风烤红，他的双手缩在衣袖里，但是他的脸上却挂着兴奋的表情，一点不觉得自己在给北京丢脸。我的弟弟，快给我们来一点实在的吧。

有一个人喜欢读我弟弟的信，那就是唐精。每隔几天，他就到我家，问，李壮来信了没有，这时候我们已经厌倦了我弟弟千篇一律的来信，已经不是每一封都读了。我说，来了，就随便扔几封信给他。他喜滋滋地看，一个字一个字地念，好像那信是自己的弟弟写的。然后他说，哎唷，北京变化真大呀。他生怕我们忘了他当年曾经去过北京。这个唐精，刚刚分田到户的时候，他到北方去卖狗皮膏药，有一次到北京的时候他就不走了，想试一试他的狗皮膏药在北京好卖不好卖，可他在北京火车站刚转几圈，还没来得及摆摊就被遣送回来了。都二三十年了，他还好意思说北京。后来我懒得到邮局去取我弟弟的信时，干脆把钥匙交给唐精，让他去邮局打开那个木箱，我告诉他，唐精，你不是爱读我弟弟的信吗？钥匙给你，你爱读哪一封就读哪一封。我敢说，后来在千张镇流传的关于北京的消息就是由唐精散布出去的。

一转眼半年就过去了。这半年我们千张镇有很多变化，最大的变化就是，我们整个千张镇，就要迁到广东去了，说是生态移民，而且很快就要实施，一年之后，我们千张镇就要从地图上消失啦。我和爹在鄱阳湖上打鱼的日子就要到头啦，我和爹的心一下子就乱了起来。爹让我写信告诉李壮，我没有像我弟那么啰唆，那封信我只写这么几句：李壮，我们家要搬到广东去啦，你什么时候回来？少写信多来电话，0796-68843215(隔壁黄洪家的电话)。接下来我和爹每天都竖起耳朵，等黄洪喊我们去接电话，他家的电话铃响得很，跟学校的上课铃一样响，每响一次，我和爹的脖子就伸长一次，就等着黄洪喊我们。但是黄洪就是不喊我们，整整一个月都是这样。我跑去问唐精，唐精，最近我弟弟的信都说些什么？其实我并不指望能从李壮的信里知道他的近况，他连在北京冬天长没长冻疮都没告诉我们，他还会告诉我们什么?!果然，唐精说，李壮近期喜欢上十三陵和卢沟桥了，关于十三陵的信写了两封，关于卢沟桥的信写了三封，你看。唐精递过来几封信，我每一封都看了一遍，全是关于十三陵和卢沟桥的事，把我气坏了，也不知道我的信他收到没收到？我把李壮最近喜欢十三陵和卢沟桥的事告诉爹，爹说，看来他真的被北京的风景砸昏了。爹又说，要不就是他有什么心事不想告诉我们，专门用北京的风景来对付我们。我一想，爹说的有道理，我弟肯定有什么事不想让我们知道。他连电话都不敢打回家，肯定是遇到什么事了。我走了十几里路到李壮的学校去问他的同事。没想到他们却告诉我这样一个消息，他们说李壮已经不是他们学校的人啦，他已经被镇上开除啦，我们正要去通知你呢。我以为他们跟我开玩笑，他们拿出一份文件，《关于李壮同志擅自离岗的处理决定》，一看到这份文件我几乎瘫倒在校园里。我说李壮不是去进修吗？你们弄错了吧，你们为什么开除一个到北京去进修的人？他们说，他根本不是去进修。我说他就是去进修，他收到去北京进修的通知书。他们笑了起来，纷纷拿出一封封信，说，我们每一个人都收到这样的通知书。他们这么一说我的头就大起来了。我说不是去进修那他到北京去干什么？他的一位同事跟我说，那是因为王小菊到北京去了，王小菊，是他最最喜欢的姑娘，他要和王小菊在北京比翼双飞。我的脑海里马上出现那位南昌姑娘王小菊，我曾经在我弟弟的教案本里见过她，她长得确实漂亮。他的另一位同事说，除了王小菊之外，李壮还讨厌千张镇，他就是因为讨厌我们千张镇他才去的北京。

我几乎是哭着跑了十几里。自从瞎了一只眼睛，我经常想，没有了眼球，眼睛还会不会流泪，现在我总算知道了，会，他妈的会。我的那只眼窝，由于没有眼球的阻拦，眼泪流起来顺畅多了，比没瞎的那只眼流的泪还多一倍。回到家里，我没有把这不幸的消息告诉爹，我想当务之急是瞒着我爹，能瞒多久算多久。回家的路上我又遇见唐精，唐精说你的弟弟今天给我们介绍北京的防空洞，他说北京的防空洞大得跟鄱阳湖一样。我没说什么，我只想马上跟唐精要回钥匙，不想再让他每天读着李壮的信丢人现眼。但是我不知怎么开口，我只好跑到邮局去，把那只写有我爹名字的信箱摘下来。这样唐精再去取我弟弟的信时，就找不到地方了。

接下来的日子我太难过了，我不知道我的弟弟李壮在北京到底怎么样了。他肯定在受苦。我真的太想他了。我真的想到北京去看他，但是我没有钱，我只好干着急了。着急到什么程度呢，我也不怕你们笑话，我到鄱阳湖上打鱼，一网撒下去，捞起来的我都不希望是银鱼，而是我的弟弟李壮。不过话又说回来，他没了工作，如果他回来，在千张镇他肯定像个废人一样。我也是个废人，但是我会撒网。李壮不会，虽然他是个童男子。所以，有些时候，我不得不在心里喊，李壮，在北京你要好好干呀！为了不让爹知道这件事，我想着法儿骗他，我对他说，爹，学校里的人说，李壮在北京好得很，学习又有进步啦。一夜之间，李壮那些专门介绍北京名胜古迹的信就变得重要起来，虽然我不喜欢读那些信，但是那些信至少告诉我，我的弟弟还活着。如果几天没见到他的来信，我就心惊肉跳。唐精在邮局看不到写有我爹名字的信箱，跑来问我，我说，唐精，从今以后，你不要再看我弟弟的信了。他问为什么？我骗他说，李壮说了，从今以后，他不再介绍北京的风景啦！很短的时间我就连骗两个人，我真的是迫不得已呀。

在我想念我的弟弟李壮的时候，千张镇的标语多了起来，内容只有一个，要到新家去过中秋节。新家就是广东。千张镇大规模搬迁的日子就要到来了。每天，装有高音喇叭的汽车在大街小巷里来回广播，负责广播的不是别人，而是镇长杨家强。千张镇的很多人不愿搬到广东去，所以杨家强就将自己的声音录起来，每天来回播放，以示对这件事情的重视。本来我们很想搬到广东去，但是杨家强的声音每天都在我的耳边响起，那阵势好像我们不搬就把我们杀死一样，我就有点反感了。我心里想，我们搬到广东去过中秋，那我的弟弟李壮从北京回来，就找不到家了，怎么说我也要等到他回来。不知道他知道不知道千张镇要搬迁的事情，他再不回来，他真的找不到家了。

为了等我的弟弟，我和爹决定推迟搬到广东的时间，我不止一次地对来我家动员我们搬迁的干部说，我要等我的弟弟李壮，他现在在北京。

但是他们根本不管我的弟弟还在北京，来了几次之后，刷刷刷，就把我爹的名字，写在第一批搬迁的名单上。我和我爹就不干啦，我们不走，看你们能把我们怎么样?! 这段时间别人家都在收拾东西，而我和我爹每天吃了就睡。但是哪里睡得着哟。李壮的信还在源源不断地寄回来。我在心里说，李壮，你现在到底怎么样啦？

我和爹没有等到我的弟弟。到第一批移民搬迁的那一天，我和爹仍然躺在床上发呆，一辆车就开到我家门口，一群人来到我家中。他们什么话都不说就去收拾我家的东西，我和爹要上去阻拦，有一台摄像机就朝我们照射过来，我和爹就怕了，我怕这台摄像机把我们拍到《焦点访谈》上曝光，北京人看见之后会说，看，这是李壮的父亲和哥哥，我家李壮在北京就没法混了。我和爹老老实实地坐在家里，任凭他们帮我们收拾东西。有一个干部问我们，这个米缸带不带走？爹说，带走。一个人就去扛我家的米缸。干部说，这几根木柱子带不带走？木柱子是晒渔网用的。爹说，带走。干部说，老李，到广东之后就不用晒渔网了，带这些木柱子干什么？爹说，这些木柱子跟我几十年了，我舍不得。干部一挥手，几个人就去扛那些木柱子。爹说，你们得把我家的渔船也带走。干部说，船可没法带走，你的渔船值多少钱？爹说三千块。干部当场就叫人数三千块钱给爹。后来爹说他后悔当时没有叫五千块，爹说如果他叫五千块他们肯定会给。就这样，我和爹和我家拉拉杂杂的一堆破烂一起，全都上了车。车子即将开走的时候，我突然想起来，我们走后，我弟弟的来信怎么办？我冲着镇上的干部说，信，我弟弟的信。他们冲着我喊，所有寄到千张镇的邮件，都会转到广东那边，你弟弟的信也一样，别担心你弟弟，只要他一回来，我们就让他到广东找你们。我和爹虽然点了点头，但是我们的心还是没有放下来。一路上，我的心扑通扑通地乱跳，好像我们离开了千张镇，就再也见不到我的弟弟李壮一样。

广东的家确实很好，比我们在千张镇的家好上十倍。刚到的第二天，就有人来宣布我和爹成了玩具厂的工人。但是这个消息没有让我高兴。我跑到当地的邮电局，看有没有我弟弟的来信。没有，他们说，没有。我的心一下子就抽紧了。在一个月的时间里，我几乎天天都往邮局跑，但是都没有问到一封信。

千张镇的人陆陆续续迁到这边来了，他们也没有带给我任何有关我弟弟的消息。我的朋友唐精最后一批迁过来，他说自从我们搬来以后，我弟弟的信就断了。他的话把我吓坏了，我的弟弟李壮不会出了什么事吧？接着唐精从口袋里掏出一本书，递给我，书名为《北京名胜古迹录》。我不知道唐精为什么让我看这本书，我问唐精你这是什么意思？唐精说你自己看吧，你先看看这本书，再看看你弟弟以前写的信，你就明白怎么回事了。我照他的话将书和信都看了一遍。我发现我弟弟的信跟书上写的一模一样，连标点符号都差不多。我就明白是怎么回事了。我的弟弟李壮，根本没有去过他信里写的那些地方，为了让我们放心，他就到书上去抄，他不敢给我们打电话，他怕他在说话的时候露马脚。

我决定去找李壮，我不去北京，也不去南昌，而是去千张镇——那里已经不是我家啦。我选择中秋节的时候去，是因为中秋节的时候，我的弟弟会想家，一想家就可能会回家，而回家他只有回千张镇了。

我在中秋节那天来到千张镇，这里已经变成废墟啦。一群群水鸟在我头上飞，有点像乌鸦。我走得很辛苦，因为这里已经没有人，所以已经没有班车发过来。我从有车的地方走到千张镇，差不多用了十几个钟头。我走在熟悉的街道上，脚下沙沙作响，我没想到街道这么快就长草了，照这样的速度，几个月之后再来，得拿刀开路了。我在心里想，李壮啊李壮，要回来你就现在回来，过几个月回来，老鼠和蛇就要咬你了。

我来到我家，我家还在，空空地冒着凉气。我把随身带来的铺盖打开，先睡一觉再说，我希望醒来的时候，就能看见我的弟弟。

这一觉睡得很沉，当我醒来的时候中秋节都过去了。

我在千张镇等我弟弟。我身上背着一个装有油饼的袋子，饿了我就吃油饼，渴了我就跑到鄱阳湖边喝水。几天过去，我在千张镇转了一圈又一圈，也没有见到我的弟弟。后来，我突然冒出一个念头，这个念头是我躺在我家冰冷的地板上想出来的，我想一天换一个地方睡觉，我在我家睡了四十年了，现在，我要睡到别人家去，看看是怎样的一种味道。千张镇好几百间房子，够我睡的。

我决定先睡单位的房子，单位的房子结实。我先到镇政府大楼睡了五间房子，然后就去睡银行、工商、税务、医院的房子。有时睡到下半夜我觉得睡不踏实，我又卷起铺盖换个单位睡。单位的房子很快就睡腻了，我就去睡私人的房子，你们猜我先睡哪一家？当然是镇长杨家强家啦，他家的小楼跟单位的房子一样结实，睡在里面我好像睡在广东。睡完第一天之后我觉得不过瘾，又睡了第二天第三天第四天，到第五天的时候我干脆睡到他家的阳台上，也就是在杨家强家的阳台上，我看见我的弟弟李壮回来了。

那天天刚刚擦黑，就下起雨来，杨家强家的阳台很好，雨根本打不着。我站起来，看见远处的鄱阳湖灰蒙蒙的。（以前我还指望它能给我装上一只假眼，现在已经不能了，现在我只能指望广东了。）这时候我看见鄱阳湖的湖面印出一个人影，朝杨家强家走来，我的心猛一沉，使劲眨了眨眼，那人眼镜映出两束光。我知道，我的弟弟李壮回来了。李壮！李壮！我放声大喊，喜出望外。

李壮没有回答，他仍然朝杨家强家走来。我终于看清楚他啦，他的头发很长，衣服脏得不得了，那个旅行袋裂了一个口子，里面的东西差不多要掉下来啦。

李壮！李壮！我又喊了一遍。

这时候雨越来越大，我的弟弟李壮停下脚步，我看见他摘掉眼镜，朝杨家强家空空荡荡的房子喊道：

杨美，我爱你！

杨美，我爱你啊！

那个有狐臭的杨美，那个一只腿长一只腿短的杨美，那个已经和十二个男人睡过觉的杨美，现在被我的弟弟声声呼唤。

我赶忙冲下楼去，冲进雨里，雨水打在我的脸上，我那只没有眼球的眼窝被雨水灌满，像一只装有烈酒的酒杯那样，火辣辣的。

| 创作评论 |

"李约热"（壮族）这个名字也有可能是暗仿李约瑟，那个极著名的科学史家；或许是自讽巴西那个著名的海港城市。但有一点是无疑的，李约热也是要走奇异路线，他发表的一系列作品，比如《戈达尔活在我们中间》《涂满油漆的村庄》《青牛》《李壮回家》等，都让人觉得作者笔力矫健，卓尔不群，有一股韧性和拗劲。贺绍俊曾评价《戈达尔活在我们中间》说："这是当时我读到的最精彩的小说。"此话不算夸张，读过此小说的人，都会留下深刻印象。

——陈晓明：《如此荒诞，又如此真实——评李约热的〈我是恶人〉》，《文艺报》2016 年 3 月 9 日第 007 版

　　入围"华语文学传媒大奖·2005 年最具潜力新人"的李约热是广西近年闯入文坛的一匹黑马，从他被连连转载的《戈达尔活在我们中间》（载于《广西文学》2004 年第 1 期）、《李壮回家》（载于《上海文学》2004 年第 6 期）、《涂满油漆的村庄》（载于《作家》2005 年第 5 期），到《巡逻记》（载于《广西文学》2006 年 5、6 期合刊），完成了一个从以隐喻虚拟自己精神世界的聪明的写作者，到渗透着自己现实经验与生命体验思考的尖锐而朴素的精神叙事者。这条成长之路，凸显在李约热对那些留在土地上的父老乡亲的人生的深切关注之中。

——张燕玲：《失血的村庄——读李约热的〈巡逻记〉》，《广西文学》2006 年第 8 期

┃ 作品点评 ┃

　　关于"回家"的观念，不久前，我还读过一篇小说，描写了比较亲近的内容。那是发表在《上海文学》今年第六期上，一位年轻的写作者李约热写的，名为《李壮回家》。小说写中国内省鄱阳湖畔一个叫千张镇的小镇，那里有个青年叫李壮。李壮在省城读了师范，在乡村小学做一名教师，他一心一意要离开他的家乡。这是一个衰败的家园，鄱阳湖里的鱼越来越少，父亲捕鱼捕得伤了腰，哥哥炸鱼没炸到什么鱼，倒炸瞎了一只眼睛，镇上愿意嫁给李壮的姑娘杨美有狐臭，患过小儿麻痹症，所以一条腿长一条腿短，而且，已经和十二个男人睡过觉了。有一日，父亲和哥哥在鄱阳湖里捕到一船银鱼，这大约是鄱阳湖最后一船银鱼，爸爸没有用来治腰病，哥哥也没有用来装假眼，而是给李壮做了盘缠，李壮终于去了北京。去了北京之后，他每隔几天就给瞎眼哥哥和驼背爸爸写信，一写十几页，描述北京的长城、故宫、天安门、王府井、颐和园，或者是十三陵、卢沟桥，北京的防空洞。而家人最关心的事情，李壮在北京长没长冻疮，信上却一字不提。

父亲说："王府井关我们什么事？颐和园关我们什么事？"而李壮的身影却完全掩藏在北京的风光之后，看不见了。后来，令人吃惊的事情发生了，家人们发现，李壮信中所写的一切，其实都是从一本《北京名胜古迹录》里抄来的，那么，李壮到底在哪里呢？在做什么？有什么遭际？就在这时候，家乡发生了最后也是最彻底的变故，那就是政府决定，对千张镇进行生态移民，就是说这地方已被科学家论证不适合人类居住，因此就把居民全部迁徙到邻省广东去。父亲和哥哥为了等李壮回家——他们相信李壮一定会回家，而他回家，就只能回千张镇，于是，他们一直拖延到最后一刻，才恋恋不舍地离开了千张镇，去到广东省内的新家。可是，到了中秋节，瞎眼哥哥独自一人又来到千张镇，他想中秋节这样团圆的节日，李壮一定会回家。我以为这是小说中最抒情也是最有意味的图画——瞎眼哥哥——就是小说中的"我"——"我在中秋节那天来到千张镇，这里已经变成废墟啦。一群群水鸟在我头上飞，有点像乌鸦。我走得很辛苦，因为这里已经没有人，所以已经没有班车发过来。……我走到熟悉的街道上，脚下沙沙作响，我没想到街上这么快就长草了……"瞎眼哥哥在空荡荡的街道上游荡，房屋都空着，他今天睡在这里，明天睡到那里，然后有一天他睡到了那个想嫁给弟弟李壮的有狐臭、跛脚、和十二个男人睡过觉的杨美家。就在这天夜里，天下大雨，李壮回来了。他头发很长，衣服很脏，旅行袋破了口子，东西几乎要掉出来。他冒雨穿过空无一人的街道，直冲杨美家的阳台，越走越近，大声地喊道："杨美，我爱你！"

这是一个年轻的回家者，可似乎他又十分苍老，因他延续的是几代人的命运，走出去，然后走回来，回家者的命运似乎都不怎么样。看来，小说对未来确实难以描摹，因它总有一种对现实的负责精神，所以，它对未来又容易是悲观的，它给我们的期许是有限的，仅就是回家。可这一点，也为我提供了展望的立足点，现在，我可以立足于此来展开我对未来的希望。我希望能有这样的幸运，当我们终于回家时，家乡还没有变成荒凉的废墟；或者说，不要等到我们的家乡耗尽耗干，我们再回家；第三种说法是，我们不要挥霍到一无所有了，才想到回家。

——王安忆：《中国和日本的未来》，《上海文化》2005年第1期回家的李壮就真能在现实中找到自己的理想吗？小说并没有提供一个肯定的答案。这是对的，事实上，关于理想与现实的关系本来就应该具有多种可能性。问题在于，现实也在发生着变化，这种变化是拉拢我们与理想的距离还是疏远我们与理想的距离呢？也许很难预料。小说中的李壮，当他再次回家时，家园已经变成了废墟。这多像一个充满哲理的寓意：在回家的路上我们丢失了家园。我以为这是李约热最为精彩的一笔。事实上，生活在现实中的哪怕很平庸的人也有着对理想的向往，就像李壮的爹爹和兄弟，以及他们的朋友，我以为这几个普通的小人物都写得非常有感染力。

——白烨主编《中国文情报告（2004—2005）》，社会科学文献出版社，2005，第30—31页

把他送回家

光盘

阿德。

有人叫喊。阿德四下张望，却没有见到那个叫他的人。阿德自己叫了一声：阿德。声音很大，身边行走的人停下脚步看看他，发现没什么好看的便继续走路。阿德揉揉脖子继续往前走，汗水紧裹他的身子，他越来越分不清前后两个"阿德"声音是不是一样，他怀疑根本没人叫他，前后都是自我叫唤。阿德双手拍打虚弱的夕阳，说今天不该到镇上来，遇上自己叫唤自己肯定不顺。

阿德说得不错，前方走过来的人，使阿德后来的生活很不顺起来。

那人手里提着一个黑布包，后来阿德才知道，这是骨灰盒，里面装着骨灰。

把他送回家。

那人对阿德说。那人脸上绽出亲切的笑容。阿德接过布包，然后接过那人递过来的钱，友好地回敬那人几个笑。

阿德提了黑布包往家走，速度不快不慢。他

作者简介

光盘（1964—），原名盘文波，广西桂林人，瑶族，与朱山坡、田耳合称"广西后三剑客"。中国作家协会会员，广西作家协会理事，桂林市文联兼职副主席，广西壮族自治区党委宣传部第四、六、七、八届签约作家。著有长篇小说《英雄水雷》《王痞子的欲望》《请你枪毙我》《摸摸我下巴》《毒药》等，出版有中短篇小说集《广西当代作家丛书·光盘卷》《桃花岛那一夜》，曾获第十届《上海文学》奖，第五届广西文艺创作铜鼓奖，广西第三、四届少数民族文艺创作"花山奖"，第七届广西青年文学独秀奖等。

作品信息

原载《上海文学》2004年第6期，收入《广西当代作家丛书·光盘卷》（广西人民出版社2012年4月出版）。

的家离镇子一公里，按现在的行走速度，步行回家可能只需四十五分钟。夕阳照在阿德脑门上，火红火红。行走一两百米，阿德意识到忘记了一件事，"他"的家在哪里呢？没有地址怎么送"他"回家？阿德就地蹲下，回头望着镇子。他想，那个交代他办事的人会追上来作一些补充说明的。

路上行人稀稀拉拉，他们注意到了阿德怀中的黑布包。有人说，你抱着什么？阿德只是笑笑并不作回答。问的人多了，阿德也想知道包里的秘密。他悄悄打开布包，又打开了盒子。看到里面的骨灰，阿德心静如水。再有人问他时，他就说，骨灰，我抱着骨灰。

前面那座山挡住了夕阳，那人还是没来。那人可能不会来了。别人对他说，天就要黑了，快回家吧。

第二天阿德又来到镇上。今天人比昨天少了许多，阿德能看清每一个人的脸。不过那人长什么样阿德想不起来了，就算那人搁在面前他也认不出来。阿德慢悠悠地在路上走动，他甚至把黑布包举到了几个人脸上。那些被强迫观看黑布包的人对黑布包无动于衷，说明他们都不是那人。

天又黑下了，阿德必须回家了。阿德交代镇上一个居民，说，见到那人一定要告诉他。居民说，怎么样才知道就是那人呢？阿德把黑布包递过去，并准备存放在居民家。居民给了阿德一巴掌。阿德摸摸下巴走进另一户居民家。这是一个布店，阿德买了几尺黑布，里面包裹一块与骨灰盒一样大小的砖头。见到那人一定要告诉他。阿德交代老板。老板说，好的。阿德对老板的好心很是感动，从兜里掏出一些钱给老板。收了钱，老板说，我给你挂在最显眼的位置。

那个位置真的很显眼，前来买布的都能一眼看到黑布包。老板对前来的每一个顾客都要说上一句"把他送回家"。顾客听得抓耳挠腮，老板指着黑布包再次重复"把他送回家"。顾客在黑布包上抓一把，摇摇头，走开了。

大耳朵顾客来到布店。老板说过两遍"把他送回家"后，大耳朵说，这些天真是邪了门了，你这里挂一个"把他送回家"，街上有一个人提着"把他送回家"；这些非常举动是不是预示着要地震了？

听大耳朵说话，你就知道，数天已经过去了。那人还是没来告诉阿德"他"的家在哪里。

大耳朵说过话，灵感就来了。他说，不行，不能让阿德提着骨灰成天在镇上东游西荡，否则全镇人要倒霉。他奔出布店，伙同一帮人到铁皮厂弄出一个大手掌，再把大手掌绑在一根长长的竹竿上。此时阿德正朝这边走来，大耳朵用力扫过去，铁皮手掌扫在阿德脸上。阿德说，你们不能平白无故打人。大耳朵说，肉掌打你我嫌脏！你知道你错在哪里了吗？大耳朵的铁皮手掌挨近阿德的黑布包。阿德低下了头。由于时间仓促，大耳朵一帮人没能把铁皮手掌做得像手掌，倒像一只蜻蜓，现在阿德脸上就有了一只乌红色的蜻蜓。

阿德不甘心，过了一天他又来到镇上，骨灰盒他不提了，他提砖头。在黑布包里他也放着与骨灰盒一样大小的石头。石头很沉，致使他走起路来一拐一拐的。但是没有人告诉他"他"的家在哪里。

又过了些天，阿德不再徒劳地到镇上会那人，他积极开动脑筋。他认为这里面包含一道智力题，答案就是"他"的家庭住址。阿德思考半天，没有找到答案。他把儿子叫到跟前。

儿子，你聪明吗？

儿子说，不比你笨。

儿子，你会破译密码吗？

儿子说，会。

阿德将儿子带到黑布包前。黑布包挂在老屋里，这里曾经停放过阿德爷爷奶奶父亲母亲的尸体，黑布包挂在这里阿德对得起"他"。阿德说，儿子你看到了黑布包了吗？儿子说，看到了，黑布裹盒子，盒子装骨灰。村里人镇上人都知道你得了一个骨灰。阿德说，看来你知道的不少，省去了我许多说明。

"把他送回家"，你明白是什么意思吗？阿德说。这是一道难度很大的智力题，也是一份从天而降的密码。

儿子的眼神凝固在墙脚，口里反复咀嚼"把他送回家"。

老婆过来了，阿德将考题抛给老婆。阿德说，谁找到答案我就给谁重奖。

老婆和儿子自以为是，可是很多天后他们不得不承认智商一般。

阿德说，题目太难，你们做不出也是正常的，我不也没做出来吗？只是这奖金要落到外人手里了。那天早晨，阿德去找全镇人公认的智者。智者家在镇西一条深深的巷子里，因为名气大，再深的巷子人们也知道他。智者的胡子长长的并且黑白参半，但是很脏。阿德走近智者，向他表示了由衷的敬佩。智者两眼无神，双手却大放光芒。阿德还是第一次见到智者，不懂智者的生活习惯，显出六神无主。

提着什么？智者说话了。

阿德说，砖头，骨灰的替代品。我碰到难题了，今日特意上门求教。阿德将黑布包搁在地上，然后手足无措。智者大放光芒的手向阿德伸伸缩缩。阿德忍不住说，智者，你这是什么意思？智者摇摇头，对阿德有些失望。阿德说，我是凡人，理解不了你的意思，请你谅解。

坐吧。智者叫阿德坐到地上。

阿德坐下了。

"把他送回家"。阿德给智者出题。

智者嘀嘀嘀地发出声音。智者可能会用嘴思考。阿德想。在智者思考的过程中，阿德感到脸上隐隐作痛，铁皮手掌打中的地方在阿德停下思考时就隐隐作痛。阿德很想知道铁皮手掌打在智者脸上会是什么样子，但他想象不出。因为没人敢打智者的脸。

你走吧。智者闭上眼睛。

阿德心里漆黑一片，他说，答案很不吉利吗？

你走吧。智者不耐烦起来。

阿德退出智者家，步子凌乱地走出深深的巷子。

阿德不甘心，第二天又来到智者家。智者闭门不见。阿德使劲敲门，声音在古巷变成海啸。

别敲了。智者被弄得烦躁不安,打开门。智者说,这么简单的问题为什么来问我?阿德说,真的那么简单吗?还是你根本不知道答案?

智者走上前连打阿德几大巴掌。

现在正是秋天,镇子周围那些山岭树叶全部飘落,灰白色的石头因此显露出来,像智者的脑袋。阿德对迎面而来的一个人说,没有树叶的山会思考吗?来人说,不会。阿德说,智者的脑袋就是没有树叶的山,所以他不会思考。来人说,你不可以有这样的结论。阿德说,我碰到一道智力题,"把他送回家",智者找不到答案,还故弄玄虚地说答案太简单。来人看了看周围的山岭,说,我有答案了,答案真的很简单。阿德说,答案是什么?来人笑笑,从阿德身边逃跑了。

这道智力题本来很难,现在他们都说很简单,阿德觉得更加难了。阿德和家里人商量在全镇弄一个大奖赛,谁第一个把"把他送回家"的答案告诉他,他就给谁重奖,后来者按先后顺序再取两名奖励。

启事被阿德贴在镇子几个路口。不多时镇上人全知道了大奖赛。他们从不同的方向拥向阿德,阿德得意扬扬,认为答案马上就要揭晓了。阿德举着钱,说,说吧说吧,谁先说对我把钱给谁。他们一步步逼近阿德,嘴里发出不同的笑声。阿德最后被逼到墙角,他们说,阿德你说,答案是什么?!阿德说,我要你们说。他们说,答案太简单,我们不说!秋雨下起来了,他们一哄而散。

阿德闷闷不乐地回到家里,无限感慨地说,我们全家人智商不如别人啊。老婆不承认自己的智商比别人低,一听阿德说这种话,便火冒三丈。她说,我们低在哪儿了?你把骨灰挂在家里,带来一股股晦气,还说我们智商低。我们低在哪儿了?老婆手脚乱舞,不小心将挂着的骨灰盒弄到地上。

老婆看着掉在地上的骨灰盒,说,哈哈,我有答案了。"他"的家在大地,你把"他"埋在地下,不就送"他"回家了?

阿德听后,摇头说,这个答案不对,这算什么答案呢?

阿德半信半疑地又来到镇上,他对镇上人说,我知道答案了,"把他送回家"就是把"他"埋在地下。别人听了不置可否,中性地笑笑走开。

一道智力题难的还在于答案出来了，你却不知道对不对。

阿德当然拗不过老婆，心想把骨灰盒埋了也许就一了百了了。阿德提着骨灰盒来到村西的铁皮山，挖了一个坑，将骨灰盒埋下。阿德按常规给"他"垒起一个大坟墓，秋阳下坟墓十分显眼。

傍晚的时候，屋里来了一伙人。他们是村里的领头人和村民代表。

你们家谁死了？领头人说。

谁也没死。阿德说。

那铁皮山上埋的是谁？

"他"，无名氏。

"他"是哪里人？

不知道。

既然不知道"他"是哪里人，你为什么要埋在村里的土地上？一寸土地一寸金，寸金难买寸土地。不是本村人，谁也不得占一寸土地。你明天必须把那东西给挖出来。

阿德低下头，村里人说得有道理。但是埋下去的人怎么可以挖呢？当夜阿德无眠，天亮他想出来一个办法。他拆下一块门板，用石灰写上一行字：

秦阿德之墓。

阿德把门板埋在"他"的墓前，完工后，阿德对山下喊，就当我死了还不行吗？！

阿德这么一喊，别人再没有意见了。但他回到村里，儿子说，你把自己的墓地让给了"他"，以后你真死了怎么办？叫我把你埋哪儿？

阿德觉得真是个问题。

老婆说，你就不能把"他"丢掉吗？

阿德想不出别的办法，只有按老婆说的去做。他提着黑布包穿越镇子来到沱巴河边。此时天已经黑了，秋风无语，水面上没有一只船。阿德将骨灰盒抛入江中。

秋雨一连下了三天，在地上湿漉漉一片。这个午后，你看到村里的领头人带着几个外地人来到阿德家门口。一个外地人手提黑布包。

你还认得它吗？来人对阿德说。

阿德惊诧不已，抛出去的骨灰盒又被人送回来了。

| 创作评论 |

追问真相，应该是记者的基本职责。光盘是一名非常称职的记者，追问真相，常常成为光盘小说构思的基本思路。他在小说中经常绘声绘色地描述真相在当下社会里的尴尬处境。

光盘追问真相的勇气有时会使他的作品变得格外尖锐，因为他不得不将现实华丽的外衣撕开，让人们看到残酷的真相。

——贺绍俊：《追问真相与追逐故事之间——读光盘的小说》，《文艺报》2015
　　年 10 月 19 日第 007 版

光盘的小说主要取材于上个世纪 90 年代以来的中国社会现实。上个世纪 90 年代以来的中国是一个大转型的中国。一方面是经济上的计划经济转型为市场经济，另一方面是偏于保守的社会转型为急剧开放的社会。社会的大转型造就了人心的大动荡。光盘置身于这样一个大转型、大变革的时代，社会的光怪陆离、人性的变幻莫测、命运的云谲波诡以及价值观念的跌宕起伏，种种生活的资源，经过他小说家思维的演绎，形成了其小说两个很醒目的特点，即情节的荒诞和人物的变态。

——黄伟林：《价值体系重建的寓言——瑶族作家光盘的小说创作》，《广西
　　民族师范学院学报》2013 年第 2 期

光盘的感觉是细腻而深刻的，他敏锐地洞察到了人类心灵深处哪怕十分微小

的秘密，并用一种推向极致的书写无情地展览人性的罪恶与荒诞。当我们蓦然发现亲情、良知、尊严这些原本人类生存的力量之源在人的欲望面前显得苍白而无力时，我们该有一种怎样发自内心的震惊？可以说，光盘在一种平平淡淡的故事讲述中，始终在思考着我们时代最深刻的问题，始终以最深情的目光注视着在悲苦的命运中挣扎的人们。他以直面现实的勇气，真实地裸现了一幅幅人生百态图，展示了人类在荒诞现实中的生存之痛与心灵之伤，在一个更深层次的维度上，思考着关于人、关于存在、关于灵魂的话题。

　　——杨荣：《荒诞背后的生存之痛——瑶族作家光盘小说论》，《民族文学研

　　究》2009 年第 2 期

草暖

黄咏梅

草暖今年三十岁了，她给自己未来的十个月定下一个庄严神圣的任务——每一天她都要想两个不同的名字，一个男的，一个女的。当然最前边的那个字是根本不需要考虑的，"王"字是她肚子里的宝贝今生今世的定语，当然也是草暖她今生今世最前边的一个姓氏。"王陈草暖"，这是草暖在二十七岁结婚后的名字。

王明白对草暖说，其实真的不需要这样，结个婚难道连老爸姓什么都给丢了不成？我姓王，你姓陈，过去姓陈，现在还姓陈，只要你还姓陈就是我姓王的老婆。

草暖说，那还是不一样啊，我是你王家的人了，当然跟你姓啊，你看香港新闻台经常出来的那几个女人，什么陈方安生、叶刘淑仪啊，不都是跟丈夫姓的么？再说我也没有丢掉我老爸的姓啊，陈字还不是排在王字后边，不是还在那儿吗？别人一看就能知道我老爸姓陈。

王明白没有吭气。他一个大男人每天应对公

作者简介

黄咏梅(1974—)，曾用笔名草暖，广西梧州人，毕业于广西师范大学中文系，曾供职于广州《羊城晚报》。10岁开始写诗，出版诗集《寻找青鸟》《少女的憧憬》等，有"少女诗人""校园作家"之称。著有小说集《少爷威威》《走甜》，长篇小说《一本正经》等。其小说《负一层》《单双》分别进入2005年和2006年"中国小说学会年度小说排行榜"，《病鱼》获第五届汪曾祺文学奖，《父亲的后视镜》获第七届鲁迅文学奖短篇小说奖。

作品信息

原载《人民文学》2004年第7期，收入洪治纲编选《2004中国短篇小说年选》(花城出版社2005年1月出版)，吴义勤主编《2004年中国短篇小说经典》(山东文艺出版社2005年1月出版)，谢冕、朝全选编《跳蚤女孩——好看短篇小说精选》(华艺出版社2005年3月出版)。

司的事情那么多，对这些细枝末节的事情从来不想考究。名字嘛，就是一个人的标签罢了，又不是什么商品的品牌，非做得那么考究干什么？实际上他公司里的同事见到陈草暖都喊她"王太太"，根本没有人知道她姓陈，名草暖，更加没有人知道她把自己唤作"王陈草暖"。

但草暖还是在自己的朋友里边坚持唤自己为"王陈草暖"。多么麻烦的称呼啊，所以那些朋友无论跟陈草暖真熟还是假熟，都一律自觉地喊她——"草暖"。

自从三月份草暖怀孕以来，对名字的执着简直就到了变态的地步，好像十个月以后生下来的是一个名字，而不是一个男孩或者女孩。

变态！有一次王明白真的就这样说草暖。草暖没有说话，眼睛里充满了怀疑，好像怀疑自己肚子里的孩子跟王明白没有任何一点关系一样。王明白那天在公司里跟董事长产生了一些不愉快，心情比较烦躁，所以顺口就说了草暖这么一句。

草暖当然不会跟王明白争吵的，怀孕前不会，怀孕后当然更不会了。草暖说怀孕了不能够发火，要不然会把孩子气掉的，也不知道她从哪里来的根据，但是这毕竟对草暖是件好事情，更不用说对王明白了。草暖这个人就是这一点比较合适当老婆，整个人就像她整天挂在嘴边的那个口头禅一样——"是但啦"。只要有人征求她任何意见，结果别人总会得到她这句话。刚开始别人以为草暖有教养谦让别人抓主意，久而久之就发现草暖真的是很"是但"。在广州的白话方言里，"是但"就是"随便"的意思。结婚后王明白甚至觉得草暖这样"是但"的优点，比草暖煲的汤做的菜，比草暖长的样子穿的衣服，比草暖瘦瘦的小腿尖尖的乳房等等都要好出很多倍。

可是，王明白却不明白为什么草暖什么都可以"是但"，唯独对姓名这东西却不肯"是但"，对"王陈草暖"以及无限个还没有确定下来的"王××"，她从来没有说过"是但啦"。

从小学读书开始，草暖就有一个绰号——"公园"。因为在广州，草暖等于公园，这是谁都知道的。草暖公园位于广州的越秀区，东风路的末尾，火车站的旁边，是广州流动最多人的一个地方，所以，草暖公园既是一个公园，也是一个公交车站的站牌。草暖不喜欢人家喊她"公园"，公园啊，听起来就像公厕那么糟糕，再往下想草暖就会更加不高兴了。

因为这个名字，草暖问过她的妈妈，她记得很清楚，就那么一次，后来妈妈跟爸爸离婚了以后，她想再问，就找不到妈妈了。那一次草暖放学回家，看到妈妈在家里熨衣服，那种很笨重的铁熨斗，底部经常被草暖用来当镜子照的，那个年龄草暖比较喜欢照镜子，只要能看到自己的脸的发亮的东西，都可以被草暖当作镜子来照，不管是一扇放学经过的橱窗还是一小片窝在阳台上的积水。草暖长得很像她的妈妈，越大越像了。草暖的爸爸也是这样说的，包括草暖后来的妈妈也是这样悄悄跟草暖的爸爸说的。也就是说，草暖一天一天地照着镜子长大，奇迹还是没有发生，她太像妈妈了，而妈妈长得太普通了。

当草暖问妈妈为什么要给自己取一个公园的名字的时候，草暖的妈妈稍微愕然地抬起头看着已经高到自己肩头了的草暖，然后放倒了铁熨斗，熨斗的底部正对着草暖的脸，草暖依旧习惯地朝着熨斗照了照。

草暖记得妈妈是这样回答的——起个名字，是但好听就得了，草暖，几好听啊！

妈妈很"是但"的回答令草暖很失望。说实在的，她多么希望妈妈能给她一个浪漫的解释或者气派的解释，比如说她跟爸爸是在草暖公园认识的，比如说她跟爸爸在草暖公园散步的时候想到给未来的她取这个名字的，比如说草暖公园那个时候是他们单位共同修建的，比如说草暖公园有一棵杧果树是当年他们将核埋进土里然后长成的……

但是草暖是个公园啊，妈妈。草暖不死心，总希望妈妈隐瞒了事情的真相，像她看到的很多言情小说一样有着一段爱恨缠绵的情节。

公园？公园不好么？春天来了，草最早就暖了。你不记得了，小时候整天缠着爸爸妈妈要带去公园的啊？妈妈继续熨衣服，低着头处理衣服上很难熨到的皱褶。

可是去公园不是去看草啊，公园有游乐场啊。草暖还要继续追问。

那你就当你自己是个游乐场好了！妈妈笑着刮了刮草暖的鼻子。草暖的鼻子跟妈妈的一样，塌塌的，刮在上边，跟刮在一张平脸上没有什么区别。

如果草暖是个游乐场，草暖也许就会很快乐了。可是草暖是公园里的草啊，春天来了，草就长了，暖了，春天走了，草就矮了，黄了。一年春天有多长啊？尤其在广州，冬天和春天简直没有任何界限，冬天走了一暖就叫热了，成夏天了。

再说了，妈妈后来也没怎么带草暖到游乐场。在草暖十三岁那年，草暖的妈妈就搬离了草暖的家，她不知道妈妈为什么要离开草暖和爸爸，她从来没有听到过爸爸和妈妈吵架，但是妈妈却忽然消失了。草暖什么感觉也没有，好像妈妈只是离开她一阵，过几天就会回来的。直到不久学校召开"单亲家庭家长会"，老师递给草暖一份油印的通知书，爸爸参加了，回来的时候摸摸草暖的头说，明年，明年我们就不参加这个会了。果然，到了第二年，草暖又有了新妈妈。

长大一点草暖才知道妈妈跑到香港了，跟她一个从小一起长大的表哥一起，说是去发展。谁知道呢？总之，草暖再也没有妈妈的消息。

不知道为什么，草暖总认为是爸爸不要妈妈的，因为爸爸长得比妈妈好看，妈妈能找到爸爸那么好看的人，也算是前生修来的了，妈妈有什么资本挑剔爸爸啊？妈妈也更加没有资本嫁到香港去才对啊。关于这些，草暖和爸爸没有任何交流，因为新的妈妈一来，草暖的妈妈简直更加人间蒸发得彻彻底底了，只是草暖这张脸偶尔会成为某种记忆的禁区。大概因为这张脸的缘故，草暖觉得爸爸不是很希望她结婚后再经常回家。

还好有王明白，他可以顺利地将草暖的人生从春天过渡到夏天以及其他别的季节，反正只要春天过了就好，过了就是说开好了头了，开好了头后就没什么大不了的了。

王明白既是草暖的初恋也是终恋。草暖二十六岁遇上王明白，那时候王明白从学校分配来广州，是一个外来人口，没有户口本，只有一张户口纸，夹在公司一沓厚厚的集体户口里边，轻飘飘、乱糟糟的。

　　草暖跟邻居一起认识的王明白，本来也没有什么相亲的意思，只是周末单身汉约着一起凑热闹，打发打发，人越多越好，所以邻居就把草暖拉上了。那次是到白鹅潭的酒吧街吃烧烤，大约有十个人，彼此都不是太熟，一个带一个就组成了一帮。邻居向他们介绍陈草暖，照例有人提到了草暖公园，草暖照例笑了笑没作什么解释，后来不知道是谁接着问草暖有没有弟弟，草暖纳闷地摇摇头说没有啊。那人说，如果有的话应该取名陈家祠。于是人群就都有了笑声。草暖也笑了，头一回有人将她跟陈家祠联系起来。陈家祠跟草暖公园相隔远着呢，在中山八路，是过去西关大户陈氏的旧址，里边是老广州的生活模式，已经成为文物被保护起来。

　　人群挨着珠江边吃起了烧烤，样子都不是特别雅观，但各自都跟各自靠近的聊起了天，边吃边聊，一直到了都看不清脚底是陆地还是珠江了。

　　草暖混在里边，属于人问一句自己答一句的那种。历来如此，草暖在人群中就是不起眼的，样子不起眼，说话也不起眼。

　　旁边居然有人很准确地喊她，陈草暖，要不要来瓶可乐？

　　草暖很惊诧，侧过脸去看那个人，一张陌生的脸。虽然刚才每人都被介绍过了，但是草暖一个也没记住。

　　这个人居然能记住草暖的姓和名。

　　草暖回家以后是这么想的，既然这个人能完整地喊出自己的名字，那就是说这个人注意到自己了，注意到自己了也就是说对自己有好印象了。相反，草暖不是太能看清楚这个人的样子，在夜色里只是觉得这个人不算高，有一张稍圆的脸。

　　所以第二天王明白打电话约她出去吃饭的时候，草暖自然就去了。

　　后来王明白就有秩序地跟草暖交往起来。

　　一年以后，草暖跟王明白去登记了。草暖带着登记有草暖的爸爸和新妈妈的户口本跟王明白到民政局登记那天，是夏天，广州的热浪熏得草暖觉得很不真实，好几次草暖回过头看王明白圆圆白白的脸上挂着几粒黄豆大的汗珠，每次快要滚下来的时候，草暖都用自己的白手帕将它们接住了，然后换到另外一面再给自己擦擦。到了民政局，王明白从胸前的口袋里掏出那张薄薄的户口纸摆在桌上，跟草暖那个有封面的户口本一起。草暖翻到有自己名字的那一页，摊开了，看看自己的名字，然后看看王明白的名字，心里才开始一阵高兴——自己嫁给王明白了。

在王明白二十七岁到三十岁之间，不仅身边多了个草暖，而且还多了很多下属，短短三年，王明白像坐直升机一样，一下子蹿到了部门经理的位置。草暖笑嘻嘻地过上了好日子，换了一百多平方米的大房子，最近王明白还买了车。

"旺夫呗，有什么好说的？"草暖美滋滋地对自己的朋友说。她结婚后跟女朋友交往比过去密切了很多，话也自然多了。

实际上，草暖那张一点特色也没有的脸，实在看不出什么"旺夫益子"的端倪来。鼻子不高，天庭不饱满，两颊无肉，下巴不兜，怎么看怎么普通。幸亏草暖不喜欢张扬，要不然妒忌她的人不准会说出什么话来损她。基本上她的朋友在她身上得出的结论是——好人还是有好报的。草暖是个好人，好人的定义在她们看来就是：不刻薄，不显摆，不漂亮，不聪明。所以草暖这个好人过上了幸福的生活。

关于草暖的"旺夫益子"论，王明白虽然嘴上不以为然，但心里还是有一些相信的。客观地说草暖这个老婆还不错，很顾家，不奢求，不多事。可是王明白更多地想到自己一个大学生，这个时候不冒尖，这辈子要冒尖就很难了，看看周围跟他经历类似的年纪也差不多，现在不像那种熬资历的年代了，更多的讲究抓机遇，机遇错过了就回家带孩子好了。这听起来好像比较残忍，但事实如此。

而草暖只是不偏不倚地与王明白的机遇同时出现而已。

关于王明白的机遇论，草暖虽然没有回应很多，但是心里也还是承认的。从这个角度来看，王明白就是草暖的机遇。还有，草暖现在肚子里的"王××"，也是一个机遇。怀上了"王××"，草暖才明白，人要寻找机遇并且逮住机遇，是多么微妙的一件事情啊。

怀孩子是草暖提出来的。

王明白刚买车那一阵特别喜欢带草暖出去,打打牙祭,吹吹山风。有时是为了吃陈村的粉开车一个小时到佛山,有时是为了泡泡温泉开车到清新去,有时甚至为了吃一个牛肉丸开车到潮州……只要离广州半径不超过五小时车程的,王明白都喜欢带草暖出去。草暖坐在王明白的身边,系着安全带安静地听王明白车上放孟庭苇的歌,这个孟庭苇据说是王明白学生时代的偶像,一直喜欢到他当上了经理,并且开上了私家车了,还是初衷不改。草暖不喜欢这个孟庭苇,她还是比较喜欢听粤语歌,什么梅艳芳、刘德华的,她都喜欢,她觉得用粤语说话,高高低低,长长短短,味道都很婉转,光是说话就像唱歌,更何况唱歌?

这一次王明白带草暖到东莞说是看一场内衣秀。草暖不是很想去,可是王明白想去,他说他们公司有几个经理都会带家属开车去看。这样一说,草暖就觉得有必要去了。草暖是王明白的家属啊,能不去么?再说,看的是内衣秀啊,当然要带家属去了,难道要几个男经理一起去?不太好吧?草暖当然去了,而且穿得很整齐,好像不是去看内衣而是去看自己一样。

到了东莞,草暖跟另外几个家属坐在一桌,男经理们则坐在另外一桌。那些穿着内衣的"内模"让草暖看得很陶醉,草暖觉得真美,不是内衣美,而是身材美,女人美,她承认,女人美起来真的连女人都会被打动的。其中有一个草暖就特别喜欢看,每次轮到她上场草暖的目光都不会离开她。草暖看那女人的时候偶尔也会想想自己,如果自己穿上那些内衣也会这么好看吗?其实这还用问,当然不会啦。草暖小时候很喜欢照镜子,长大以后就不怎么喜欢照镜子了,穿着外衣的时候不怎么照,更不用说穿着内衣照镜子了,草暖早就记下了镜子里的那个自己,普通得没有任何奇迹的机会。

真是美啊,男人们不知道会怎么想?其中一个家属由衷地叹。

美有什么用?她们很惨的,找不到好老公才抛个身出来给人看的。另外一个家属接话,有些嫉妒的成分。

也是,她们就是因为找不到好老公才出来当"内模"。草暖在心里这样认同但没有附和。侧过头去另外一桌看王明白,他跟几个经理一起,讲讲笑笑,也猜不出在说台上的还是别的什么。

看完内衣秀回家的路上，草暖的手机响了，是草暖一个久不联络的表妹，刚说不了几句，手机就没电了，于是草暖用王明白的手机给打过去，并吩咐表妹将她家里的电话发短信到王明白的手机上。王明白不经心地瞥了一眼短信就把手机闭了。回到家，草暖问王明白表妹家的电话是多少，王明白看也没看手机就把号码背了出来，草暖不相信，要王明白拿手机给她看，王明白给她看了那条短信，居然一个号码不差！草暖心里忽然有一种恐慌，莫名其妙的、王明白的记性原来是天生的好！

那当然，我的记性一直在读书的时候都是班上最好的。王明白很得意地笑了。

一直都那么好，那么准，那么牢？草暖求证。

又准又牢，所以考试总是考得好，现在记客户名字和电话也记得很准确。王明白大概觉得这是自己的绝活，也是自己升职的一个诀窍，沾沾自喜地窝在沙发上，跷起二郎腿翻报纸。

草暖想起那个白鹅潭的夜晚，王明白准确地问她，陈草暖，要不要可乐？连名带姓的。

王明白不认识草暖这个表妹，也许压根都不知道草暖还有这个表妹。草暖并不害怕王明白认识这个表妹，她只是害怕王明白的记性。

这种害怕随着草暖几个月后踏进三十岁一起踏进了草暖的心里，就跟三十岁这个年龄一样，赶都赶不走了。

三十岁生日那天，草暖觉得有必要去发廊修修头发了。草暖平时做头发喜欢在附近的一个小店里，店不大，也不是什么名店，但是对付草暖那简单的一把长头发，绰绰有余了。草暖习惯到那里，一是因为师傅都熟悉了，二是因为师傅都不爱跟客人说话。是的，草暖刚开始以为师傅是不爱跟自己说话，后来她观察过了，他也不太跟别的客人说话，只是喜欢在镜子里盯着客人的头发而不是眼睛看，这让草暖感到很自在，师傅专心对付的仅仅是一把头发甚至是一把乱草而已。她不喜欢别的那些发廊,无论是师傅还是小工都围着自己团团转,一会儿问她的工作怎样,一会儿看着镜子里的她夸她脸上的某个器官,一会儿还问她家里的先生如何,诸如此类的。草暖是个人问一句就答一句的人,即便不会多说,但总是不忍心不回答不理会,所以但凡问了就会回答,而且回答大多准确。所以,草暖只去这家发廊剪头发,喜欢这样无声无息地坐在椅子上,偶尔看看镜子里的自己,更多的时候是翻看理发店的杂志。

吃饭前,草暖的头发就被洗湿了。照例拿起一本时尚杂志来看,一翻就翻到了一页,大概因为人翻的次数多了,所以不由得草暖的手控制,一滑就滑到了那一页。

这一页是心理测试题。标题是——看看你生命中的最爱是什么?

类似这样的测试题,草暖看过无数次,几乎翻开每一本时尚杂志,做得光鲜、花哨的,基本上后边都会有不少这样的测试题,测感情的,测理财的,测魅力的……不需要看对象的,叫 DIY,就是自测的意思。

在每道题选择答案的地方,都有人用笔打了钩。其中有一道很简单,上面有五个人的字迹。

题目是这样的:

如果你在沙漠里迷路了,不得不按顺序放弃你身边所带领的动物,它们是:老虎、大象、狗、猴子、孔雀,那么你放弃的顺序是怎样的?(结果请查看 121页)

草暖看了看已经有人选择的顺序,有两个选择将老虎放在前边,有一个是猴子,有两个是孔雀。

草暖不知道那代表着什么结果。

此时师傅将草暖头顶那绺头发暂时掀到了前边,这样草暖的整个脸就被挡了,埋在头发里,草暖将那些动物排了个顺序:老虎——大象——狗——猴子——

孔雀。

她设想，自己在沙漠里，没有食物、没有水，自己都顾不上自己了，当然要先舍弃一些大块的包袱了，要不然跟它们揽着一齐死不成？也许，放了它们它们还能够凭本能逃生呢，而猴子和孔雀是最需要保护的。

草暖生怕自己忘记了这个顺序，在嘴上喃喃地念了两遍。

脸上的头发被拨走了，后边的师傅看了看草暖，草暖的眼睛在镜子里正好跟师傅的眼睛对接了一下，草暖的脸一下子红了起来，而师傅却没有任何表情，把眼光挪回到了草暖的头发上，大概是习惯客人都会翻到这页做这道题吧。

没准师傅是最早做的一个呢。草暖心里偷笑。

按照题目后的提示将杂志翻到了有结果的 121 页，也是很容易一翻就到了。

草暖看了一看，心里就乐了。

这些动物原来分别代表着每个人人生里的一些东西：大象——财富，老虎——事业，狗——父母，猴子——孩子，孔雀——伴侣。

草暖心里一乐，接着就糊涂了，她记得自己的顺序前边是老虎，接着是大象，后边是狗，没有错，但是最后两个，是猴子在前还是孔雀在前的？她有些犯糊涂了，翻回到题目那页看题目，老虎、大象、狗、猴子、孔雀，这是题目的顺序，自己不可能按照题目的顺序一成不变地选择的啊，那就是老虎、大象、狗、孔雀、猴子？好像也不是啊。

草暖就这么犹豫着。

如果按照答案，那么转换成的结果就是：事业——财富——父母——伴侣——孩子（或者孩子——伴侣）。

草暖还真没有想过在伴侣和孩子之间，自己到底会先放弃谁。但是，她从来没有想到过要放弃王明白，而孩子，因为没有出现，更加谈不上放弃了。

知道答案以后，草暖就再选不了最终的结果了，到底是猴子在前孔雀垫底，还是孔雀在前猴子垫底呢？草暖永远没有自己的答案了。

头发终于做好。师傅拿出一个小镜子，让草暖对着眼前的镜子反看后边的头发形状，草暖很笨拙，小镜子总是对不准后边的头发，有好几次从大镜子里看到的小镜子里竟然是身边的师傅一张严肃的脸。草暖有些尴尬。

很好了，谢谢。其实草暖压根就没有看到自己后边的头发。师傅当然也知道，但是没有吭声，笑了笑，说，下次再来啊。

走出发廊，草暖不知道是因为修理过了头发还是什么，居然觉得感觉良好，风一吹，有些许飘逸的味道。草暖路过橱窗看了看，年轻了一些似的，依稀看到了少年时代满马路找橱窗照的那个自己。

晚上王明白带她到花园酒店的扒房吃西餐庆祝生日。

两人在烛光下吃到一半，忽然草暖想起了那道简单的测试题，就同样拿来让王明白选择。

王明白想了一下，给草暖一个顺序：孔雀——猴子——狗——大象——老虎。

草暖一听，愣在了那里。

她问的时候没有想到过王明白的答案，现在王明白做了答案，就出问题了。换算对应的顺序是：伴侣——孩子——父母——财富——事业。

草暖心里很不舒服。

我的顺序刚好和你的颠倒过来。现时，草暖可以肯定她最后放弃的是孔雀而不是猴子，并且是坚定地肯定，为了跟王明白完全颠倒。

这些东西骗人的，亏你还去相信。王明白看出了草暖的不舒服。

可是这是你心里选的，除非是你心里骗自己？草暖反问王明白。

你想想看，这是常识嘛，在沙漠里迷路了，当然先甩掉那些没有帮助的甚至拖累自己的东西了，保存实力，出去了再返回来拯救它们啊，像孔雀猴子狗之类的。王明白跟草暖辩白。

可是，那些有实力的自己可以自救啊，先放弃它们或许还可以活命啊，像老虎大象之类的，放弃那些弱小的，返回来肯定找不着了。

王明白想了一下，把手中切割好的一块牛扒放到草暖的碟子上，说，这简直都不是一个维度上的比较，完全两种思维，你不要去踩这些陷阱，会扰乱人心的，更加不要庸人自扰啊。

草暖想再说些什么。但看到王明白把肉放到了自己跟前，不由得就动手去叉那块肉来吃，黑椒酱是王明白的最爱，草暖逐渐也喜欢上了那股胡椒的辣味。

那天晚上回家后，王明白要做爱，草暖就决定要有个"王××"。

一决定了，草暖就怀上了，王明白既不知道草暖的决定也不知道草暖那么容易就怀上了。

那就生下来吧。王明白无任何疑问。

那样，草暖的肚子就一天一天地自由散漫地大了起来。

草暖肚子里的"王××"还没有来到草暖和王明白的生活里，古安妮就先一步来到了草暖和王明白的生活里了。

王明白的女秘书叫古安妮，像一个混血儿的名字，可是草暖知道她不是混血儿，是江苏人，长得高瘦，头发乌黑发亮，脸上光光白白的，眉毛淡淡长长的，说不上很美，但是很有味道。对于草暖这样长相普通的人来说，古安妮算是一个打不败的对手了。当然，古安妮不是草暖的对手，她只是王明白的秘书，是在上班时间照顾她丈夫王明白的人。

草暖不是没害怕过古安妮跟王明白会成为那种"经典关系"，但事实证明他们不是这样的关系。

这是事实。

王明白有一天回来很气愤地对草暖说他的秘书古安妮肚子大了。

当时草暖的肚子也开始大了，可以从肚子的外形想象孩子的头手脚了，所以她一听到王明白气鼓鼓地说有个女人肚子也跟她一样大了，她首先想到的就是，有多大了？几个月了？孩子踢妈妈没？

很显然王明白并不是想跟草暖说古安妮的肚子，而是说古安妮。古安妮是谁？

古安妮是我秘书，去年来的。

古安妮的肚子大了又怎样？

古安妮是江苏人，我面试的时候将她招来的。显然，王明白真的不愿谈古安妮的肚子。

古安妮的肚子大了不能在你那干了么？草暖关心的是古安妮的肚子。

古安妮很能帮忙，做事情很有条理，而且态度好。王明白还要跟草暖说古安妮这个人，可是草暖并不太想知道古安妮这个人，只想知道她的肚子，因为她不认识古安妮，也从来没有见过。

但是后来草暖还是见着古安妮了，这个大了肚子的女人。草暖代表王明白去找古安妮，当然王明白并不知道。

草暖想到要去找古安妮，并不是因为古安妮跟自己一样都是大肚子的女人，也并不是因为古安妮的肚子跟自己的肚子有什么关联。只是，这个大了肚子的古安妮影响她的丈夫王明白的睡眠质量了。

自从王明白告诉草暖说他的秘书古安妮肚子大了之后，草暖发现王明白就在一种焦虑状态中，吃不香，睡不安，最重要的是，经常莫名其妙就义愤填膺，也经常莫名其妙就很无奈。

古安妮的肚子跟你有什么关系吗？草暖问王明白。但是她相信不会有什么关系，倒不是草暖有多自信，只是因为王明白下班一进门就告诉草暖这件事了，让草暖觉得好像是他们夫妻俩要共同面对的一些杂事，比如汽车被人撞坏了车灯要索赔，比如小区的管理混乱经常有传销商进来很不安全，诸如此类的。王明白就是当成一件事来告诉草暖的。

当然没有。王明白很坦白。

那，古安妮的肚子跟谁有关系？

她说是董事长的。

那，你为什么要生气？草暖有些纳闷。

我生气是因为她不告诉我，她居然跟董事长有一腿。王明白像个受伤的小孩。

这种事情还要汇报你，经得你同意？草暖真觉得王明白有时候很令人哭笑不得。

她是我的秘书，我亲自招来的。

可，她又不是你的人。

王明白听草暖这么一说，就更加来气了，在房间里走来走去，不坐也不站。

草暖后来才一点点地知道，古安妮告诉王明白，她被董事长看上后两人就同居了，董事长开始承诺会跟他老婆离婚娶她的，谁知道，她等了一年也没见董事长有什么离婚的动静，于是就故意怀上个孩子来威胁董事长，已届中年的董事长不吃她这一套，压根就不当回事。眼看着肚子一天天大起来了，她只好警告董事长说，如果不跟她结婚她就把孩子的事告诉她的直接上司王明白，让他身败名裂。董事长听了之后，冷笑一声说，他王明白算个球，我开了他！

关键不是古安妮的肚子，而是董事长那声冷笑。当古安妮把董事长的话照搬给王明白听之后，古安妮的肚子已经不是一个已婚男人和一个未婚女人的庸俗故事了，成了一个男人和一个男人之间的纠葛了。

男人和男人之间的纠葛，当然不是指情感的纠葛啦，权力、金钱、尊严等等等等更能成为男人和男人之间的纠葛。

那个中午，两个挺着肚子的女人，桌子前放一杯清水，那是草暖的，古安妮喝的是咖啡。草暖很想告诉古安妮书上说怀孕的时候喝咖啡对胎儿不好，可是草暖克制住了，这不是这场谈话的重点。

我觉得你这样行不通的。草暖说话开门见山。

他会心软的，他是爱我的，只不过放不下他的孩子。古安妮说话跟接电话时一样好听。

可是你和他的孩子还在你自己肚子里啊，他又看不到的。

可那终究是我和他的孩子啊。

他的孩子已经会代替他太太撒娇了，你的还没出生。

可是孩子终究是会出生的啊。

要么你辞职把孩子生好了跟他结婚，要么你辞职把孩子打掉离开他。草暖接连用了两次辞职，她希望这个美丽的古安妮能离开王明白的公司，不管她要不要这个孩子。好像只有古安妮辞职了，王明白跟董事长的纠葛就从此烟消云散了一样。草暖是这么认为的。

没想到过了几天，草暖就真的听王明白说，古安妮辞职了。

草暖心里一阵惊喜，也顾不上问古安妮的肚子是不是还在。

王明白看上去却有些怅然。

吃饭的时候，草暖问王明白，那个古安妮美不美的？

王明白想都没想就回答草暖说，美的吧。

草暖的肚子越来越大，已经进入生产倒计时了。她忽然有些舍不得她的孩子离开她的肚子，好像孩子出生了，她的肚子就空空洞洞了，而她每天琢磨的那个"王××"一落地，性别、模样、名字，这些，就在世界面前揭晓并且尘埃落定了，也许孩子在肚子里的种种理想就会变成神话，每天过得都像等待奇迹一般，而草暖知道，等待奇迹的日子其实并不很好过的。

那个黄昏，草暖就这样伤感地想着，坐在沙发上，也不知道时间什么时候过去的。直到王明白下班开门走了进来。

草暖慢慢撑着腰走过去接王明白的公事包，然后拉着王明白的手说，我想好了，要是生个男孩就叫他王家明，要是个女的，就叫她王家白，好不？

王明白没来得及细想，心头就一阵感动，点了点头。等到自己换好了拖鞋转过身来，看到他的老婆，王陈草暖，挺着个大肚子，窝在浅绿的沙发上，穿一身红底黑点的裙子，像极了附在草叶上的一只披挂着铠甲的大甲虫。

| 文学史评论 |

以卫慧、棉棉为代表的70后女作家以描写个人私生活著名，生于70年代的黄咏梅与她的同代女作家有所不同，这种不同主要表现在这样三个方面：一是她没有把目光锁定于女性私生活，而是将目光投向了需要人们关注的城市草根市民的生活，体现了一个作家的人文情怀；二是她的小说具有浓郁的粤文化风味，与她生长的地域环境有深刻的联系；三是她的小说既有中国传统乡土文学的情景诗意又有现代小说的内心探究，体现了将传统与现代熔为一炉的努力。

　　——黄伟林：《多元共生》，载刘硕良主编《广西现代文化史》，广西师范大学
　　　出版社，2016

｜ 创作评论 ｜

　　也许是因为黄咏梅对当今小说这种"无心"叙事的状态有较清醒的认识，才有她的创作由新闻式的猎奇到追求"动心"的转变。论黄咏梅的创作者，多离不开"日常"二字，但这"日常"的取材，在她那里，却不是没心没肺的"零度情感"，而是用全部身心去体贴笔下的人事，也借此去体贴读者的心灵，即由"日常"而深入"日常"覆盖下的人心。以在下的眼光看来，这既是黄咏梅的创作深得人心之处，也是所有为文学者"入人""化人"的不二法门。

　　　　　　　　——於可训：《主持人的话》，《小说评论》2017 年第 4 期

　　黄咏梅从少年就开始诗歌写作，进入新世纪以来才开始集中进入中短篇的领域。我以上所谈论的基本上是她近十年来的创作精粹，可以看到她很少重复自己，一直在进行种种探索，本身也构成了一种在路上的写作状态。也许多年以后，我们可以看到她像《父亲的后视镜》中那个走遍千山万水的父亲，在回望风景时看到天地无限，最后畅游在河流之中，从心所欲而又不逾矩。

　　　　　　——刘大先：《状态与情绪——黄咏梅论》，《新文学评论》2017 年第 2 期

｜ 作品点评 ｜

　　《草暖》则以坚实的写实性话语，非常从容地一层层剥开了草暖的内心世界。不刻薄、不显摆、不漂亮、不聪明但是却善解人意的草暖，总是试图用"是但"(随便)作为自己的生活准则，以便使自己的心绪能够调整到最温和的女性状态。然而现实又不可能让她永远地"是但"下去，尤其是丈夫王明白作为一个商业时

代的成功人士，总是在不经意中让她惴惴不安。小说的精妙之处就在于，作者紧紧地扣住草暖内心中那种极为隐蔽的不安而缓缓滑行，使人物内心深处的爱与忧缜密地缠绕在一起，柔软，轻逸，敏感，却又骚动，迷惘，自卑，具有一种纯厚绵长的回味空间。

  ——洪治纲：《小说的全面探索和再度开拓——序〈2004 中国短篇小说年选〉》，《小说评论》2005 年第 2 期

  草暖是一个女孩子，长相平平，才华、姿色、见识都没有什么过人之处，连名字也与广州一公园的名字相同，但在偶然之中认识了小职员王明白，便初恋也是终恋地结了婚。婚后王明白一步步做到了部门经理，日子一天天好起来，除了王明白因为与公司里的另一个女职员古安妮有一点在想象中被夸张了的有惊无险的事情，整个日子可以说毫无波澜。但草暖却在慵懒中让日子有了意义，草暖对生活没有什么要求，她的口头禅就是"是但啦"，也就是"随便"，但就在这随便中她会认真地去做发，认真地做看似无聊的心理测试题，认真地陪丈夫出入社交场合，然后认真地决定生孩子，做胎教，认真地给将要出生的孩子起一个好的名字，"我想好了，要是生个男孩，就叫他王家明，要是个女的，就叫王家白，好不？"草暖就是过着这样的平凡人生与家常日子，她觉得她的机遇好极了，她的这种心态也感染了王明白，他们忠厚地相信一个世俗的道理："好人还是有好报的。草暖是个好人，好人的定义在他们看来就是：不刻薄，不显摆，不漂亮，不聪明。所以草暖这个好人过上了幸福的生活。"我们没料到黄咏梅对日常生活能有如此的积累观察与准确的描绘，对世道人心能有如此的体察与感悟，她的文字能有如此的烟火气与家常味。

  ——汪政、晓华：《论黄咏梅》，《南方文坛》2008 年第 1 期

戴罪杀人与我无关

潘莹宇

一

救命啊，救命——

快来人啊，

戴罪自杀了！

刀一样尖利的呼喊不知从哪里骤然响起，陷入睡梦深渊不能自拔的我，心脏仿佛遭受重重一拳，嘣地跳起来……四周一片黑暗，眼睛稠糊糊的像一锅玉米粥。我使劲地摇动脑袋，脑袋就像时钟的摆子，挣脱不了绳子的束缚。呼救声在凄厉，恐惧犹如决堤的洪水，铺天盖地地覆盖着。

我想我必须呼叫，只有叫声才能让我苏醒：

"救命啊救命——自杀啊自杀！"

呼叫立即把稠浓的黑暗震得四处开裂。一股新鲜的风立即吹进来，我像溺水的婴儿，一头扑向那根救命的稻草！我感觉到自己的身子在不断地膨胀变化起来，我的脑子越来越明亮——

"戴罪是谁，戴罪是干什么的？"

作者简介

潘莹宇(1973—)，壮族，广西都安人，1992 年毕业于河池巴马民族师范学校，历任中共都安县委宣传部副部长、都安县文联主席、都安县政协副主席。出版有诗集《灵魂与家园》、小说集《跨越门槛的一种姿势》。

作品信息

获首届《上海文学》文学新人大赛短篇小说新人奖佳作奖，收入赵丽宏、陈思和主编《新锐十八·文学新人榜》(文汇出版社 2004 年出版)，中国作家协会编《新时期中国少数民族文学作品选集·壮族卷》(作家出版社 2014 年出版)。

"戴罪是著名的摇滚乐队鼓手！"

"戴罪怎会自杀呢！"

"他受不了祖宗的欺骗和司法的践踏。"

摇滚乐队鼓手戴罪霎时在我记忆中突然似曾相识，透过脑海里微弱的阳光，我仿佛看到他长发疯甩，瘦细的双臂正舞动着两根油亮的鼓槌，如痴如醉敲击着那些重金属般音符，让人无端扭动、兴奋、狂热……但是，一个摇滚乐队鼓手怎会在拘留所自杀？

记忆中戴罪是来自一个叫危城的叛逆者。危城是一个僻远的山城，终日刮着阴冷而发霉的风或阳光，让厌学的戴罪一片压抑。他喜欢疯狂的节奏，喜欢在疯狂的节奏中扭动屁股摇动脑袋，然后吞下一颗摇头丸……一个偶然的机遇他被一个不知来自何方的瞎子收为徒弟。瞎子说他是一个遥远年代里的鼓王，想把一身技艺流传下去，于是便选择了戴罪这个疯狂的少年。从此，戴罪撕烂书包里的课本，送给瞎子卷烟。四年之后，当戴罪的父亲逼他跟一个世交的女孩子订婚时，他便从危城逃出来，加盟一个取名为"去你妈"的乐队，从此穿行在省城的灯红酒绿和垃圾之间，与世俗的欢乐格格不入。

他们穿着一堆印着肮脏恶心图案的肮脏的衣服，留着肮脏的头发，用着肮脏的嘴巴，为城市里肮脏的人，歇斯底里地唱念着肮脏的摇滚……他们乐队的队歌是一首肮脏绝顶的念词摇滚，题目叫"我去你妈的……"粗痞下流的词儿，常常在摇滚粗壮的音符撞击下，歌迷的情绪便像勃起的阳具，高涨起来——他们挥动着手臂，拉着头发，吹响刺人寒噤的哨声，扯开薄薄的衣服，把绿的红的白的黑的内裤、乳罩之类最能表达自己的狂热和暧昧的东西，扔到舞台，把乐队罩成一个个准备登机驾驶的飞行员……

2002年3月1日那一天，乐队一个叫戴小小的歌手把一封电报递到戴罪的眼底。那时戴罪刚从鼓手的位子歇下来，一滴腺臭腺臭的汗啪地砸到电文上，戴罪便被内容震慑了：祖父重死速归报仇戴树芳！

戴树芳是戴罪的父亲，可是，谁是祖父呢？戴罪记忆里蓄存着的家，是遥远的危城一座挤在窄窄脏脏的小巷的瓦房，矮小猥琐的父亲和丰腴茁壮的母亲以及忧郁焦躁的他，成天都在不断地怄着气，谁也不想理谁。家里几乎没有来客，父亲的女客人和母亲的男客人们每一次光临总是在巷口一晃眼，父亲或母亲便屁颠屁颠地出去了，然后一夜不归。戴罪不知道什么叫祖父，怎么冒出一个祖父来。

　　祖父是什么东西，戴罪不想知道，戴罪只能认为，祖父就是父亲戴树芳的一门穷亲戚，如此而已。但是，既然那人与戴树芳有关，他可能也就难以逃脱关系，何况人家大老远地重死一趟，自己活着也不能不重返危城一趟吧？

　　我想着想着，越想越觉得不像记忆中的戴罪了：我是不是把他搞混淆了，这哪里是摇滚乐队鼓手戴罪呢，简直是个白痴。

　　我开始对自己的记忆产生怀疑，我想我应该把它掐断，先把目光盯视到自己置身的地方来再说。

　　这是一个封闭得严严实实的空间，空气里泛满潮气和霉味，整个房间除了高高天花板上那个开口很小、戒备森严的透风窗外，就找不到与外界连通的地方。透过窗棂投射下来的路灯光影，可以看到墙角放置一个锈迹斑驳的铁皮桶。桶里，小半高的黄液上，一截截黄乎乎的东西像漂浮的车厢，一动不动。铁皮桶旁边此刻趴着一具灰色的躯体，两手两脚像四扇张开的翅膀，活脱一只巨大的怪鸟。怪鸟的头顶上汩汩地流着鲜红的血，而他身上的黄马甲还印着"7 号"两个字。我吓了一大跳，难道我杀人了，难道是我杀了人？我瞬时被眼前的景象吓得不知所措：怎么办？不行，我没有杀人，我得赶快离开现场，趁着四处正静悄悄的时候，赶快溜走……

　　我发现了门，一扇厚厚重重的铁门，关得紧紧的。我好一阵摸索，才找到一条细缝。于是，我拉细了身子，像一根细绳一样穿隙而出，谢天谢地，我终于逃出这间恐怖的房间了。

　　我立即迈开轻盈的脚步，开始沿着院子的墙根小跑而去。路灯昏弱，就像一层暗黄的粪便涂在水泥地板上。很快，我便跑到一对高而窄并长满红锈的门前，一条条手臂般粗大的铁栏上，焊着厚厚的钢板，扎得我两目生痛。这是什么地方呢？我努力地想着，但总想不出所以来，于是，索性故伎重演，一头钻出大门去。

危城拘留所！左边水泥柱子上的牌子，几个大字便像一团团大铁球，恶狠狠地砸进我的眼眶。

我怎么来到这个地方，难道我是个犯人，杀人犯？此刻拘留所里警报声大作，我顿时被吓得魂飞胆破，撒腿就跑了，转眼间又钻了回去……

二

7号被一股清凉的东西注进脑壳，惊慌失措地打了一个寒战，急忙把眼睛睁开了。首先投入7号眼帘的是一个个晃动的白帽子灰帽子，还有焦虑的面孔和蒜臭的大嘴。

我怎么来到这里呢？我应该关押在7号监才对啊！7号使劲地想，这是怎么一回事。

见到7号醒过来，抢救人员立即开骂起来：7号，老子操你妈去，你这孬种，杀人都敢，刚关一个月就吓得没命；要死你也得看地方，别在这里连累我们，一年奖金知道不？你再敢这样，老子就把你吊起来，每隔一个小时给你几鞭，看你还把头往哪里撞！

我怎么杀人了？7号翻着眼皮说，你们得说清楚，不然我还得死！看守一把拉住7号的衣领，啪地就掴了他一个巴掌：你装什么疯卖什么傻，你一斧把王吉栋劈死了，还把头砍下来，拿去给你爷爷灵台祭供，现在你还装蒜，想吓唬谁啊？告诉你，在我这个地盘，没谁能翻案当金刚钻，你试试看！

又是一阵恍惚：我杀人了，我杀了谁呢？我怎会杀人，我不是一直待在这里吗？想着想着，脑袋又要开裂了。霎时，一股生硬如同石头的东西在狂乱中砸进7号的脑袋：父亲、祖父、撬墓、复仇、梦、仇人、斧头、血……支离破碎的意象在翻转、滚动，时而汹涌澎湃，时而死寂吓人：砍头，杀人；杀人，砍头！

7 号陷入迷幻之中，突然，他抓住了一个名字：戴罪！杀人者，戴罪也！

7 号狂叫起来：是戴罪杀人，不是我；我是 7 号，是危城拘留所的 7 号，这里已经没有戴罪这个人了，他早已被你们逼死了，他是个傻瓜，他杀人与我无关！7 号为自己的发现而叫喊着，喧嚣着。

杀人凶手是戴罪，不是我，我冤枉呀，冤枉！

看守和医生被 7 号突然的疯狂惊住了，他们不想再惹麻烦，相互递个眼色，狱医立即拿出他的专用凶器，飞快地给 7 号一针。几秒钟，7 号便像下水的面条，蔫了。

7 号躺在洁白的床单上，床单很白，白得像婴儿的裹尸布，他静静地畅游其中。我不禁被这些奇异怪事勾起浓浓的好奇心，我想我应该再一次把我以前对戴罪的回忆，翻出来，探他一个究竟！

戴罪是"去你妈"乐队鼓手没错，他粗通文字并且能唱那首《我去你妈的……》也没错；在危城拘留所，戴罪和 7 号也曾经有过一段亲密无间的生活，那时他们相依为命相互重叠，把戴罪"追寻祖父之梦，将撬其祖父之坟的凶手王吉栋的脑袋一斧砍断，血洗家族之耻，然后向公安机关投案自首的壮举"津津乐道。那些日子他们形影不离。后来，他们分裂了，原因来自公安机关的一份刑侦报告。

报告说，根据有关证据表明，戴罪砍杀之人可能是个无辜村民，而不是戴罪所指控的掘墓元凶。

7 号知道这件事后，勃然大怒，要求戴罪向他提供可靠的证据，证实死者是罪有应得、死有余辜的。否则，他将无法同戴罪待在一起，一道去接受审判。其实，戴罪也十分清楚错杀的严重后果，他知道错杀比滥杀无辜罪孽更深重，他将成为一个连上帝都无法原谅的蠢货，与灵魂一道钉进地狱永恒的耻辱之柱。当他知道报告的内容后，顿时如遭闷棍，懵住了。

为了寻找证据，戴罪在 7 号监里连日蒙头大睡，恳求着祖宗的重临，在梦中说明事情的真相，或是给他一个充分的理由。但是，一切努力都是徒劳的，祖宗之梦成为他绝梦之梦。祖父远遁无影，梦更是如弃敝帚，把他彻底抛弃，扔在那个难熬的拷问中。

7号变得疯狂起来，吼叫，摔东西，吵得整个拘留所不得安宁，禁闭也解决不了问题。戴罪绝望了，于是，在一个沉闷的深夜，他闭上眼睛把自己当成一只巨鸟，张开双臂，蹬着两腿向牢房的错乱的墙壁撞击……在巨大的疼痛中，将戴罪彻底消灭。

那一夜，正是我懵懵懂懂出生之日。

三

7号决定找出戴罪杀人的经过，不能让狱警们无端诬蔑。此刻，他撅着屁股，匍在阴暗的稻草上，艰难地修复那部废弃的脑子。那是戴罪走前留下来的唯一的信息，7号经过一天一夜的修复，成功地启动了戴罪的脑子——

他看到戴罪正吭哧吭哧地踏上那条红土沙路，艰难地往一个叫戴家村的地方赶去，他的姿势就像鸭身兔脚一样，难看死了。

看着戴罪慢吞吞心不甘情不愿的步伐，7号心中便来气。

戴罪，你这个白痴，走快点行不行，像头阉牛，害我还不够吗!

戴罪你牛什么皮，你以为杀了人就了不起;告诉你，老子火了也能给你一斧头，就像砍死王吉栋一样! 7号又骂，稍不满意就骂，就像吞下火药似的。

骂声很大，把整个监号轰得隆隆作响，吵得别人不能安宁!

7号你有什么了不起，不就是掌握戴罪的一些录像资料吗? 老子照样有，一点也不比你差，咱们比比看。看着7号那牛皮样我不禁有些火了;于是，我也把脑子一点一滴地放大，我也要把戴罪了解个透彻光净。

戴罪离开乐队，赶回危城家中。他想，戴树芳一定在家里等着他(马兰花已经死了。马兰花是他的母亲，死于子宫癌。戴树芳说是那群奸夫把马兰花的东西捣烂了，死有余辜)。然而，出现在戴罪眼中的家，是空空荡荡的阴沉沉，没有一丝活人的气息。

戴罪记得，家里有个隐蔽的地方，那是戴树芳在床头挖出的一个暗格，把钱藏在里面，然后用枕头或棉被遮掩。戴罪一翻，果然找到那个地方，拉开暗盖，几张卷边破旧的毛票下边，压着一张潦潦草草的、就像一场阴谋的便笺，等待戴罪自投罗网：

戴罪吾儿：

为父先赶回去给我父亲办理丧事，不等；你随后赶去，商量复仇大计。

路线：危成客运中心开往沈河县班车，在谷镇白地匝道口下车，沿沙路走，左拐右转再往前直走半小时即到戴家村。

此致

敬礼！

戴树芳即日

即日！戴罪一看便来气：这是什么日期，全他妈的屁话。但是没办法，既然已经来了，戴罪只能继续往戴家村赶去。戴家村可能是戴姓的一个窝点吧？

沿着戴树芳留下的线路，戴罪问了三个男人，又问了三个女人，再骂了三声丢你娘，终于找到窝藏在山脚的戴家村。村口，竖着两条龙幡，在阴沉的天空中迟钝地翻动；幡旗下，有一户人家正在举办丧事。戴罪忐忑不安走过去。

那是一间低矮的摇摇欲坠的泥房子，外墙被迫用一根根木头抵支着。大门门板已被卸下来，张开空洞洞的大嘴。门边，一个吹鼓手把一支长长的铜号架在桌上，凸着腮帮粗着脖子火热地吹着一些音符；于是，一曲现代流行的歌曲便面目全非地、以凄惨的形式飘扬在哭丧着脸的天空。

戴罪的鬼头鬼脑立即引起守丧人的警惕，一个头缠白巾身穿孝服肩披麻片腰结草绳脚踏草鞋的男人跨出门槛，一脸严肃而警惕地问：你找谁？戴罪说：我找戴树芳，你把他叫出来。男人说：你是谁？戴罪说了自己的名字。男人立即堆满笑容，伸出一双粗大长茧的手，一把抓住了戴罪，连连道：大侄子，你可回来了，

687

我是你堂叔，你爹正盼着你呢，怕你回不来；我还数落他呢，戴家哪能有那样不肖子孙，瞧你不就回来了！说着牵着戴罪的手进屋去。

戴罪挣扎不过，就进去了！

看，这是我儿子，叫戴罪，是省城著名的音乐家，为了给他爷爷报仇雪恨，推掉所有的演唱会，专程赶回来！戴树芳每每有客人前来，总不断地夸耀着，戴罪听得鸡皮疙瘩都冒出来，在忍无可忍时刻他打断戴树芳的话头：

爷爷？爷爷是谁！

爷爷是谁！爷爷是你的祖父。

祖父是谁？

祖父就是灵堂上供的祖德公。

祖德公是谁？

祖德公就是你父亲的父亲，知道不，我是他的儿子。

没听说过。

你发什么疯癫啦！紫色的血顿时涌上戴树芳的脖子，紫红他的脸面。他一把揪住戴罪的衣领，公牛一样把他往里屋顶：你，你——戴罪你疯啦！……

不，我没有疯，我是因为太明白了，所以我要问个究竟，看看这糟老头跟我有什么关系！

那好，我告诉你，戴祖德在二十六岁那一年，在他老婆肚子里丢下他的种子；种子经过十月怀胎，就生下了我。我就成了他的儿子，他就成了我的父亲，知道不！

那跟我有什么关系？

怎么没关系，我在二十六岁那年又在马兰花肚子里射进我的种子，生下来就是你这兔崽子。你就是他的隔代种子，叫他做爷爷，明白不，你这杂种！

那我从来没见过他吧？

兔崽子你想见到他？老子还在娘胎时，他早死啦！

那凭什么给他报仇呢，我们都没见过他，也没吃过他的饭，更没花过他的钱！

别忘记你也是他的种！我们不给他报仇，还有谁给他报仇！

那我不管，人死了，一了百了，还报个屁仇！

胡说！你爷爷精着，他正在阴间盯着我们的举动，小心他掐死你这小崽子。

要有这么厉害，他还能让王家的人把窝都端了，把骨头丢到荒山野岭去。

你——你这逆种，你想把老子气死啊！你以为别人撬了你爷爷阴宅，是针对死人吗？死人算得了什么，他们是成心干给活人瞧，打心眼儿不把我们当人看，当我们是只懂吃喝拉撒的畜生。如果我们不把凶手的血放了，当开水喝；不把凶手的头割下来，当猪头供到灵堂上，你就冤枉活在世上，白白把泥土踏踩了；王家的目的是让你从此把头揣进裤裆里去，见不了太阳了，知道不，你这头蠢猪！

戴树芳这么一骂，倒把戴罪骂得一愣一愣的，原以为不就是一座坟墓吗，没想到暗藏这么多玄机，听戴树芳这么一说，戴罪倒想通了，原来要自己去为戴祖德手刃仇人也不算是平白无故给一个死人卖命，而是为自己终生荣誉而报仇，说得过去。于是他也同其他人一样在戴祖德灵前发誓。他的誓言是：砍死凶手，血债血还！

戴罪的狠话博得戴家村的喝彩，年轻人简直把他当成复仇之神来拥戴，把他围在中间。当夜，戴罪在戴祖德的灵堂前，大唱那淫荡而激情的队歌《去你妈的……》。唱累了就在灵堂前呼呼大睡，把鼾声打成爵士鼓般响亮。

四

戴罪的脑子在鼾声中卡壳了。7号急得像热锅上的蚂蚁。其实，说卡壳也不准确，因为图像仍在播放，但是，戴罪就像一具死尸，横睡在7号脑光荧的中央，无声无息。

戴罪已遁入梦中，神游去了。

7号不是戴罪，他虽然可以驱动戴罪的脑子，却无法打开戴罪的梦。那是潜意识的领域，就连世界上大名鼎鼎的弗洛伊德先生也只能连蒙带猜说出点滴毛皮，疯疯癫癫的 7 号就差七万八千里了。

7 号使用了许多办法,都无济于事。梦是 7 号所要寻找的证据的关键部分,失去梦的片段,那就意味着这段时间的努力将前功尽弃,成为杨白劳打工。

7 号就像困兽一般,在监号里团团转,摔东西、踢稻草、大骂戴罪是蠢猪、白眼狼、窝囊废、不知抬举的烂东西……他几乎把他所记得住的狠毒名称都用上了,但是,一切都无济于事。

对 7 号的举动,我躲得远远的。我们虽然是室友,但不是志同道合的人。我有一个变化无穷的身子,羽毛一样轻,想吸附在哪里就在哪里,水一样柔软,粗细都可以,犯不着跟他争这十平方米的空间。我想,我目前最好是看戏。

想到"戏"这个名词,我突然产生一种表演的欲望,于是灵机一动,我摇身变成戴罪的破烂模样,跳到 7 号的眼前。

嗨,老 7!我说。

7 号顿时打个激灵,先是退了一步,然后疯狂地把我抱住,虚胖的双拳热情如火地捶打着我的背,连连道:戴罪,是你,是你啊;可把你盼到了,你没死啊;你不是去死了吗?

我推开 7 号,说:你想让我死吗?没门!

7 号便讨好地堆满笑容:就是,就是!旋即发觉自己的话有些毛病,立即慌乱改口:哪能,哪能。

我自然不会同 7 号在这些鸡毛蒜皮里纠缠,因为我是个假戴罪,戴罪的一切与我无关。目前,我只想过过戏瘾罢了。

我说:你不是想知道梦的经过吗?我可以告诉你,但是你得保证不插嘴不提问。我神态严肃。

7 号说:戴罪,你就说吧,只要你肯说出事情的经过,不要说不插话,就是让我哑巴一辈子都行,我在这里受够了。看到 7 号这么虔诚的恳求我差点把自己当成戴罪。于是,我闭着眼睛将一篇关于那场凶杀案的报道念出来:

4 月 20 日，我市发生一起家族凶杀案，犯罪嫌疑人沈河县谷镇白地村的戴氏家族戴罪相信其祖父的托梦，认定同村王氏家族的王吉栋盗掘其祖父之坟，于是用斧头把王活活劈死，并残忍地将其头颅割下，祭供其祖父灵堂。

戴王两家地属毗邻，田垅相交；但是，两家自古不和，相互仇视。据沈河县志记载，清光绪以来发生械斗达 13 次，死 15 人，轻重伤无数。解放后，政府加强引导，情况有所改变。

但是，由于封建迷信思想又有所抬头，多年来，双方因风水、坟地、山林等多次发生纠纷，关系十分紧张。4 月 13 日，戴罪的祖父戴祖德之坟被人撬开，尸骨被盗，这件事成为双方矛盾的导火索。戴家认为是世仇王氏所干，戴祖德的儿子戴树芳从危城赶回，大肆为父亲操办新丧之祭，发誓要血债血还，手刃凶手。其儿子——摇滚乐队鼓手戴罪也从省城返回，为祖报仇。4 月 20 日，戴罪竟根据一个荒唐的梦，认定王家王吉栋为掘墓凶手，独自向王吉栋寻仇，戴罪在田畦找到正在割马草的王吉栋，立即举斧劈杀，把王吉栋劈死后，又把其头割下，使人送回戴家祭供；自己则到沈河县公安局投案自首。由于案件复杂，牵连面广，公安机关已把凶手押至危城拘留所收审，刑侦工作正在开展之中。

据危城有关部门统计表明，近年来危城地区的封建思想、宗族势力有所抬头，形成扩张趋势。去年以来，已酿成流血事件 102 起，严重危害群众的安定团结；希望有关部门采取有力措施，防止悲剧重演。

随着我的背诵，7 号的脸色开始变化，先是全神贯注，把耳朵伸得像鬼耳般长，跟随在我身后转；接着，他脸上开始出现困惑，脸色开始变幻起来，一会儿青，一会儿红，最后竟抢到我的跟前，大嚷起来：闭嘴，你这个骗子，你不是戴罪，你是冒牌货！

我一愣，7 号这家伙竟识破我的诡计：7 号，我警告你，不许打断我的话，我不是戴罪，谁是戴罪？不说跟你没完！

我决定把 7 号逼急了，看他怎么办。7 号果然急了，手不断抓向他那破脑袋。

脑袋已被剃得精光，一滑一滑的，映出一道道爪迹。我面带笑容，看耍猴戏一般：7号你哪里斗得过我！

不料，被我逼得走投无路的7号，脑子竟然闪出灵光，他一下子惊醒了，蓦然哈哈大笑起来，指着我的脑门说道：你骗不了我啦，我才是戴罪，货真价实的戴罪！

你是戴罪，那我是谁呢？

你？我记得了，你就是危城晚报社那个叫潘莹宇的记者，这报道是你写的，怪不得你背得一字不差，差点把老子蒙骗了。7号得意扬扬。

我说：7号，你这是强词夺理，我根本不是什么记者，更不是潘莹宇，难道我长得像他？

不，你不像，你倒有点像我；但是，你骗不了的。你来卧底是不是？收集我的材料，然后拿到《危城晚报》披露，哗众取宠！

7号——不，不是7号，是戴罪，我绝对不是潘莹宇，因为我也不知道我究竟是谁，是个什么东西……

老兄，你别怕，我虽然是个杀人犯。但是，那是为洗清别人对我的侮辱才做的，我不会乱杀无辜的。更何况，我曾经是你的读者，你写的那篇关于我的报道，我狱中看了许多遍，虽然很操蛋，但我尊重新闻自由。

你说什么呀，就不能相信我一下。我急了。

戴罪冲我摆摆手，说：我背诵给你听听，别以为摇滚乐手都是疯子，那是偏见、傲慢以及无知！

戴罪真的把那个晚报记者写的新闻一字不漏地背了出来。

戴罪背完，得意地望着我不语，等待我的折服。我只能说：你的记忆力让我惊叹，你确实不是个笨蛋，戴罪！

戴罪说：彼此彼此！

五

"找回"戴罪的7号，终于如愿以偿地找回了那个梦。

那天夜里，戴祖德从黑沉沉的空气中如烟升起，脸上尽是虚假伪劣的笑，他一把抓住了沉睡中的戴罪。

乖孙子，你可回来了，戴家中我就喜欢你！

老头子，别来这一套；凭什么说我是你的孙子，你不说清楚，报仇的事免谈！

牛脾性，像我！你是我儿子的种，所以，你就是我的孙子！

你儿子会播种，难道别人就不会吗？马兰花有的是男人。

马兰花是个浪蹄子，当姑娘时便同野男人乱搞，结婚以后仍不思悔改；但是，有我戴祖德在，她就别想给我儿子戴绿帽子，我就天天盯住她，只要她勾引上谁，我就使法术把他们弄成阳痿，软巴苶的，谁也别想干成那回事。所以，乖孙子你放心，你绝对是戴树芳的种子；马兰芳那两分地，只有戴树芳才能耕种。

真卑鄙！

量小非君子，无毒不丈夫；戴家绝对不能有个杂种。

即使那样，也不能完全证明我就是你的孙子，也许，你的儿子本身就是杂种！

乖孙子，这个你不用担心，我这样的人，难道自己的老婆都管不住，你太小看爷爷的能耐。我同我老婆成亲的那一晚，就验证她是大闺女，之后我便给她穿上带铁锁的裤衩，把它锁得严严实实的，钥匙就掌握在我一个人手中，谁也碰不到。怎么样，绝吧？

戴罪顿时哑口无言。戴祖德捋动着他那山羊胡子，阴阴地笑道：乖孙子，这回你跑不掉了，好不容易从省城回来，给爷爷报仇是天经地义，责无旁贷的。

如果我不肯呢？

乖孙子，你怎么不想想，别人干吗把我的阴宅撬了，我这糟老头子都死了六十多年了，还能跟谁有冤仇？人家敢那么干，就是成心要在你们这些当儿当孙的大活人头上拉尿，把你们当母马骑，你是我的亲孙子，你能遭受这份侮辱？如果你不报仇，你就不是人，更不是男人，今晚你就滚回"去你妈"乐队，唱你那鸡巴歌去。到那时，你还有什么鸡巴可唱！

那好，你就把仇人的名字说出来，我把他的脑袋砍下来就是。

不愧是我的乖孙子，有种！

有屁快放，有话快讲。

好，好，我告诉你：掘墓人就是王家的王吉栋，他的叔祖在一次械斗中被我们用三叉刺穿脑门，大肚青蛙一样摔死于地，所以，他十分仇视戴家的人，看不得戴家发达。

那我又凭什么相信你说的是真是假？你的为人卑鄙得让我恶心。

想证明这个容易，王吉栋把我的尸骨扔在大王山的巴仙洞里，你们明早到那里找找便会找到，用一只麻袋装着。

好，明天我就去证实。

戴罪你的疑心也未免太大了，连爷爷都信不过，真是的！

戴祖德摇摇头隐进黑暗之中，戴罪从梦中醒过来……

戴树芳这些日子急火攻心，活如被烧着屁股的猴子，上蹿下跳，卜卦求神，律师鬼师什么师都请来，什么愿都许。但是，一切均无济无事，案子就像预先设置好了的程序，丝毫不差地向终点驶去。

滑头的戴树芳万万没有料到，本想让戴罪在戴家人面前做一下姿态，给自己露露脸，哪里想到竟为此丢掉儿子性命，断绝了自家一脉香火。如果早知道是这样一个代价，打死他也不会把戴罪从省城召回。

从戴祖德的托梦中醒来，戴罪不再合拢眼睛。他想自己这辈子可能就报这么一次仇罢了，必须把计划做周全一些。于是，他绞尽脑汁冥思苦想……当太阳在东山露出嫩脸时，一个完美的复仇计划搞掂了，他叫上村里两个兄弟，让他们带他去大王山巴仙洞。那个偏野之地，戴罪走了两个小时，果然在山洞里把戴祖德的骨头找了回来。骨头的确装在一个旧黄旧黄的麻袋里。戴祖德年轻时曾失过足跌下山，左腿骨折断了，结着一个骨痂，殓骨的戴家的人都记得这个标记。当真找到戴祖德的骨头，戴树芳和戴氏家族顿时一片欢呼庆幸，反把戴罪当成局外人。

戴罪没有吱声，报仇的计划已制定，完美的实施才刚刚开始，他直直走向村前的禾田，一声不吭就出去了。他脚步轻快得像让鬼牵引一样，把在田畦割马草的王吉栋逮个正着，并举斧砍断那贼脑袋。

六

自从又承认自己是戴罪后，7号显得更加固执了。他拒绝戴树芳任何的苟且主意，包括戴树芳要他装作精神病患者，包括戴树芳花大价钱雇来一位妓女，收买看守把她送到监号里完成传宗接代的行为。戴罪说：你们真的想救我，那就去证实王吉栋是掘墓元凶，他被我干掉是公平、正义的，是注定的，我的复仇是完美无缺，也是必要及时并富有历史意义的。你们要不惜任何代价，也要揭穿王家的阴谋，他们编造谎言，害我陷入不义之地，目的是叫我死不瞑目，他们是一群卑鄙的小人……

王家这招的确高明，全村人宁愿受罚款也一口咬定，事发的那几天，王吉栋一直在邻居家聚众赌博，人证物证俱在。外村也有人作证明，那人就是王吉栋的老同，叫韦克证。这些证人因与本案件有千丝万缕的关系，公安人员不能把它当成充分证据。而在坟墓被撬现场，的确没留下王吉栋任何痕迹，当然，也没有其他人的痕迹。那几天下着雨，把一切都冲刷得干干净净了。

七

铁门沉重地咣咣巨响，缓缓地逼进牢房的阴暗之中。窄小的空间仿佛颠簸一下，把戴罪从假寐中惊醒，他双眼红肿，像一对烂桃。认定戴罪这身份以后，一股焦躁便紧紧地把他逼入死角，一刻也不放过。

杀人是他的自由选择,戴罪甘愿承担带来的后果,接受死亡的审判。但是,他无法容忍误杀一说,这简直把他的选择全部抹杀了。

一切黑白都被颠倒了,危城的公检法。戴罪躺在床板上,一脸气愤满肚乱糟糟。

7号,出来!进来的是两名邋遢的看守。

戴罪陌生地看着他们。

叫你呢。我提醒戴罪。

不!我不是7号,我叫戴罪,杀人犯戴罪!

7号,你想造反不是!在这个地方,你就是7号,记住了没有?

别犯傻了,你就是7号,赶快承认;不然,他们又要把你禁闭了。同老鼠、蟑螂、跳蚤同床共枕,我可受不了。我又一次提醒他。

戴罪一愣,神情有些恍惚,禁闭的滋味他尝过不止一次。他看了看我,又看了看看守,小声嘟哝句"原来我不是戴罪,那他到哪里去了呢",然后在东张西望中慢慢进入在押犯7号的角色。他把两手平平地交出去,交到看守的那副暗淡无光的手铐里,然后迈开习惯的步伐,走进了传讯室。

一高一矮两个负责戴罪案件的公安坐在大字下,见到7号进来,便像见到熟人一样,努努嘴,示意他在对面坐下。然后,矮个子从赭红色公文包里掏出纸和笔,摆好,便向高个子点点头。

窗外的阳光很晃眼,他们的动作虚浮虚浮的,像演皮影戏一样。

戴罪,你把你作案的动机、经过再复述一遍。高个子说。

戴罪?7号一愣,怎么又是戴罪,那7号又是谁?这些日子,一会儿是7号,一会儿是戴罪,把他弄迷糊了。

问我?

不问你难道问我自己?高个子反问道,自以为幽默地牵动一下脸颊,装出一个笑模样来。

那从什么地方开始?

就从梦开始吧。

好好好，我就从那里说，可是没有什么可说，我曾经努力查找戴罪的梦。但是他躺在家门口那椅上，就一动不动了。我什么都看不出呀……

停，停下来！高个子越听越不对劲：戴罪，你怎么搞的，今天一个说法，明天又一个说法，糊弄谁啊！

戴罪？我是戴罪！甩了甩脑袋，戴罪重新把自己的身份确定下来，脑子一下子就通电了，于是，他握紧拳头，重重往自己的脑袋捶了一拳。咔嚓一声，记忆被打开了……

击鼓、唱歌、做梦、戴祖德、争论、王吉栋、巴仙洞、斧头、杀人、砍头。戴罪每说一个细节，高个子都把头点了一下，最后说到用斧头把王吉栋劈死并剁下脑袋时，他们十分满意地说：很好，很好！还有什么补充吗？

没了！戴罪说，我已经变成无梦人，戴祖德这衰人再也没来过，新证据一时搞不到，但是，我认为这些证据已经足够了。

高个子不做表示，他说，有关王吉栋是撬墓元凶还是无辜受害者的争议，目前已拖得太久了，我们压力很大，社会影响十分不好。你们各执一词，但在法律上都站不住脚。由于日程紧迫，我们专案组决定用最原始也是最公平的方式，在公证部门现场监督的状态下，已通过抓阄儿来做最后决断：王吉栋是无辜受害，你误杀他人。今天你也没有提供什么新证据，案子就这样定，马上移送检察机关起诉，省得拖拖拉拉误事；同时，我们衷心希望你能理解并给予支持。反正，你杀人罪名已成立，杀人偿命，这是千古不变的道理，至于正杀与误杀，那都是一个样。形式和过场而已，不要再浪费纳税人的钱财了，你说是吧。你，你就签个字吧！说着把笔递给戴罪。

戴罪听着听着，如遭五雷轰顶，懵住了：这个世界是怎么啦，一会儿审戴罪，一会儿叫7号；一会儿是揭开真相，一会儿抽签决定一切……他们是些什么东西，吃我们纳税人的饭，却随心所欲诬蔑一个无辜的人，凌辱一个弱者？

不，不——我不能做戴罪，我是7号，我没有杀人，我一直关在危城拘留所里，你们要找戴罪，就去他妈的找他去，老子不干了……7号霍地站起来，一把抢过文件和钢笔，撕烂折断，摔到高矮两个人的脸上，发出狼嚎一般的叫声！

八

7号彻底地醒悟过来，他决定给自己开个公判大会，为自己寻求判定是非的权利。他认为：人只有获得这个权利，正义和公理才会存在。

7号把公判大会地点选在危城广场，恳求我做他的支持者，唯一的支持。危城广场是危城人民政治、文化、言论中心，民间和官方都在这里拥有一席之地，举办各种盛大聚会。它是7号最佳的选择。

为了把公判大会开成跨世纪的、隆重而圆满的大会，让危城人民开心、欢欣、鼓舞，我和7号进行多次的庭审和辩论。我们都怀着神圣、崇高的心情，对案件进行不偏不倚的引导，把矛头指向案子的实质，等待客观公正的裁决。

A：罪犯主体的确定。即决定被告人是谁的问题。

我认为应该是7号。因为戴罪在完成非法剥夺王吉栋生命权的行为后，已不复存在，转换成关押在监所中的7号；如果把戴罪列为被告人，即对一个已经失去生存意义的事物进行诉讼，将是毫无意义的。

7号对此持反对意见。他认为这是对犯罪事实的曲解和轻蔑，也是对7号生命权的非法剥夺。

他说：7号这个名字一经诞生，就是独立存在的主体，具有独立的思想、人格和承担责任的资格；在戴罪凶杀案中，他应该是无辜遭受牵连骚扰的受害者，对他指控是滥用权力的行为。7号还强调，目前司法对罪犯主体的确定过于含糊、混乱。比如戴罪凶杀案，其实是沈河县谷镇白地村戴王两个家族的事，作为省城摇滚乐队鼓手，戴罪与之无关。戴罪是在被确定为戴祖德隔代种子生成物后，才被卷入其中。但是，那个时刻他还不是罪犯。直至他举斧劈向王吉栋，他才是罪犯。对他的控告应是对这一段时间的生命的控告。

我感到十分为难。7 号的理由是充分的，在法律上的探讨价值是毋庸置疑的。但是，其操作性难度太大，在目前的条件下，几乎是无法进行的，它将造成公判大会失去公判对象，即被执行人，而导致公判大会流产。我们各抒己见，争执不下。最后，由于时间的限制，我们各退一步，即把戴罪确定为罪犯主体，进行缺席判决；完成判决程序后，由 7 号用其肉体承担戴罪罪责，接受法律的惩罚。

我们对这个关键环节最终达成协议表示满意，并明确各自承担的责任。

B：王吉栋身份的确认。即决定其是无辜群众还是罪犯的问题。

我们一致决定推翻公安机关粗暴而轻率的结论，并对有关证据的法律地位进行解释：王家所作的证据均是死者的亲友所为，从法律角度考虑，不予认定；同时，证人与凶手是宿仇，为置其于死地，有做伪证嫌疑，应进行详细侦察，作出公正结论。戴家证词系凶手本人怪梦衍生，貌似荒唐，但是，凶手确实依据梦中其祖父所告诉的地点找到戴祖德骨殖，与事实相符，故不排除宇宙间神秘力量的存在，建议法庭给予充分重视，组织医学专家小组进行研究论证，以此为契点，对人体生命科学价值进行评估，造福人类。

C：7 号身份的确定。

无辜受害者，予以正名。

D：……

……

共同办案过程中，我也获得对方的信任，他认为我这个人客观、公正、狡猾、灵活，建议我往司法方面发展。他决定聘任我为公判大会审判长，宣布对戴罪的终极审判。

我们齐心协力在广场上搭起一座木台，为戴罪这个不存在的罪犯提供尽可能醒目的判决高地，同时也对 7 号舍己为人的义举进行无声的表彰。危城仇恨的人们将在这里获得最仇恨的呐喊，以及最欢畅的发泄。

7 号为戴罪的极刑选择了最具有古典主义色彩和壮美高度的式样：绞刑。只有这样，才能渲染出一个失去选择机会又要承担罪责的生命的悲剧意识。我对 7

号巨细无遗面面俱到的思维深为佩服,他不愧为新生生命。一经醒悟便能立地成佛。

由于条件和时间的限制,审判台搭得有些简陋,但是,相对于危城穷苦死刑犯来说,戴罪已获得尽可能的优待。危城目前正进行司法改革,把刑事审判庭推向市场,刑事案件所有审判、行刑费用均由罪犯个人或其家庭承担,其中包括枪毙犯人所用的子弹,也分为金、银、铜、铁、铝等不同档次按市场价出售,供受刑人选择,因此,许多死刑犯因为家庭经济困难,只能在监狱里卖苦力来给自己买一颗干脆利落的子弹。

九

七月流火,夏日炎炎,站在高高的公判台上,我脚踏大地,头顶烈日,手捧草议的判决书,进行危城有史以来最客观公正的审判。我既是主持人,又是审判长,我将根据客观实际的要求,鞠躬尽瘁,死而后已。

"现在。我宣布,公判大会开始! 大会第一项议程:宣判。"

我把我的嗓门音量调到最高度,以便让沉睡百年的危城百姓听到正义的天籁之声。(注:由于戴罪缺席,7 号用稻草为其扎制假身,并穿上戴罪留给其唯一的纪念品——一条棉裤衩,靠在被告席上,以示对法庭的尊重,本审判长表示满意。)

太阳很高很大,明晃晃地彻照危城大地。我收腹挺胸,庄严履行人民(当然是以 7 号为代表)赋予我的权力。

危城人民公判大会刑事判决书

危字第 0(绝)号

诉讼机关:危城人民

被告人:戴罪

危城人民诉讼沈河县谷镇百地村戴氏家族戴罪执斧劈死世仇同村王氏家族的

盗掘戴祖德阴宅元凶王吉栋，非法剥夺他人生命权一案，本庭依法组成合议庭，现已审结完毕。

戴罪因其祖父戴祖德阴宅被盗尸骨无存，认为是对其莫大侮辱。4月20日被告受其祖父托梦所指，确定王吉栋为掘墓元凶遂起杀意，执斧将在田畦割草的挖坟元凶王吉栋劈死并砍其头去祭供其祖之灵位。本人亦向公安机关投案自首。本庭认为罪犯戴罪杀害王吉栋一案事实清楚证据确凿，罪犯本人亦供认不讳。根据《人民刑法》第132条和第43条规定现判决如下：

判处罪犯戴罪绞刑立即执行。

本判决为终审判决。

> 审判长：本人
> 陪审团：7号(代表)
> 书记员(缺席)
> 0000年00月00日

在宣读判决书时，我尽量使用胸腔发音，像音乐中的美声唱法一样，声音雄厚、响亮，具有巨大的穿透力，预计能传至戴树芳以及戴王两个家族的耳朵，引起震慑作用。7号对我的声音十分满意，不断地击掌回报。宣判话声一落毕，他立即与我相拥抱、亲热，真挚、火热，发自内心深处。

他说：多谢你拯救了戴罪！

我说：军功章有我的一半，也有你的一半！

我们相互恭维一番，才平静下来。时间也不早了，我便对7号说：7号同志，你看是否可以进行议程的第二项？此刻，7号心情前所未有地舒畅，他对前途表现出日月般光明，连连说：可以，可以，耽误你的时间，真对不起！

没关系，咱们都是为了拯救戴罪，把事情办得圆满、完善为止！

"现在进行大会第二项议程：行刑。

行刑人：本人。

受刑人：7号。括弧，肉身，反括弧。"

经过第一阶段的宣判，7号与戴罪已没有任何牵连。判决后，他已把戴罪消失前留给他的唯一遗物——棉裤衩——归还戴罪的假身了，他现在是无牵无挂的新生事物：7号，一个勇于反省、富于正义、善良、智慧、能承担社会责任的新生人类。看着阳光下他那娇嫩的肌肤、无邪而狂热的目光，我几乎不忍心开始。但是，一旦进入角色，一切便没有商量余地，我们必须丝毫不爽地完完全全地投入其中，完成各自命运。

7号，你还有什么事要办？我给他最后的机会。

7号表示感谢，想想，有些遗憾地说：戴罪是省城"去你妈"乐队的鼓手，今天由我代替他献身法律，竟忘记把他们请来，唱他一首壮行曲……

我也懊恼地拍了拍自己的脑门，怎么这么浑，竟把这等大事忘掉！

但是，后悔已莫及，亡羊之后再补牢其实是他妈的胡扯！还是7号果敢，他说：去他妈的不管它，咱们开始吧。

我们齐声宣布：开始！

声音响亮而动人。

眼前的景物倏然一变，我们立即进入各自既定的身份：一个是杀气腾腾的行刑人，一个是为雪耻而杀人的罪犯。我们瞬息之间即由合作者变成一对千古冤家：行刑人与受刑人！

十

一条预先准备好的绳索在我手中化为一条巨蟒，严严实实把戴罪绑住。捆绑押往刑场的死刑犯与捆绑普通犯人的手法不太一样，在捆好死刑犯双手后，还要留出一截绳子，把他的脖子套住，打住一个结，随时拉扯着，防他们当中有人狗急跳墙，喊出对大好形势不符的反动口号来，这会对社会造成不良影响。我突然发觉自己天生是个行刑人，没有人教授便把这些诀窍掌握得八九不离十。

我拉紧绳索，踹了戴罪屁股一脚：走！我说。一种天生对犯人刻骨仇恨的情绪，霎时遍布我的全身。人，天生就是刽子手的料！

戴罪扭了扭脖子，趔趄向前了。

绞刑架已安好，那条黝黑黝黑的结实的绞绳，是用7号的裤腿制成，因为戴罪无法支付刑具费用，我们本着能省则省的原则，反对铺张浪费。同时，我也想尽快完成这件任务，然后领取红包，回家冲个清爽的冷水澡，再到城西小酒店去，炒一碟猪肝，温三两宏慧黄酒，独自酌饮。干这活儿太阴损了，得用酒来驱邪。

就在我们距离绞刑架还有一两步时，突然，一辆黑色的面包车呼啸冲进广场。

有人劫法场？我脑子闪出一个愤怒的念头，身子顿时像弓一样绷起来，正要做出反应，面包车却自动停下了，一群奇装异服、头绑红带的男男女女钻出车门，他们怀抱着奇形异状的东西，嘴中不断地催着：快点，快点，要等不及了。

我觉得这群人不像劫法场的人，而更像祭祀冤魂的样子。果然，一声撕心裂肺的唱念飞上广场的上空：

啊，塔尼亚，你那热乎乎的阴部如今在哪儿？那副又肥又厚的吊袜带、那条柔软而又粗壮……

声音尖利刺耳，像几十支钢针一齐扎进我的脑袋，我差点儿要一脚软跪于地。看看眼前的戴罪，这死到临头的家伙竟然有些骚动起来，看到那一群怪异的人，他竟然沸水一样激动起来。蓦然，他的喉咙竟发出一串长调子：我——去——你——妈——的！

这家伙反悔了！这是我的第一个反应。于是，我当即表现出刽子手天生的素养，拽起手中的绳索狠狠往后一拉，戴罪的声音立即在脖子里打个结，把他死死噎住了。

老实点，给你一个痛快！我说：不然，老子让你求生不得，求死也死不了！

我希望戴罪是个识时务者。但是，事与愿违，在我松下绳索的那一瞬间，一个更大的声音迸出来：我他妈的不要痛快，我要歌唱，我要公平，我要正义，我要自由，我要去你妈的欢乐……

我知道这头倔牛要对我人生首次行刑生涯进行挑战，这是绝对不允许的！面对这种情况，最好的办法是速战速决，尽早把他打发回老家。

我把绳索猛然一拽，右脚往戴罪的屁股一踹。这一踹显示出我作为刽子手的最高水准，戴罪一个跟跄，不多不少，正好冲到绞索底下。于是，我手举套落，一下子套进了戴罪倔强的脖子。

刽子手优秀的品质就是心黑手快、干脆利落。说时迟，那时快，配合手中的动作我左脚向前一滑，准备无误地踩向机关上，陷板立即在戴罪的脚下陷塌。戴罪便像一只麻袋一样，坠落向广场的地板。陷板又弹了回来，恢复原样。只有那条绞索很有分量地绷着，在半空中抖抖地颤动、痉挛！

音乐还在歌唱着，针扎一样刺进我的双膝，我再也撑不住，整个人瘫倒在地上，我真想回望一下这群杂种。但是，巨大的天空仿佛伸出一张巨掌，死死掐住我的细脖，拼命地往上甩，我顿时像烧着了引线的烟花，拼命地往空中钻。

天空很高很高，我的身体一片滚烫、膨胀。接着，一声巨雷从我胸膛迸发，天空在我眼前炸开一道道五颜六色、美如天堂之花的彩虹，潮水一样荡漾，把我堆满、埋葬……

我万万没有想到，戴罪一死，我就在危城破碎的虚空里，成为过往云烟！

附

危城晚报消息摘录：

执斧杀人致死案犯、"去你妈"摇滚乐队鼓手戴罪昨夜在狱中自杀身亡。据现场勘察，该案犯是用床板搭到墙壁形成斜梯，然后用裤腿制成脖套，挂在斜梯上，自己把自己吊死的。

　　潘莹宇继承了先锋小说的创作精神，自觉追求文学语言和形式上的创新。他喜欢用一种冷酷、坚硬、克制的叙述方式，爱用短句，主谓词语经常挪位，同时辅以人物的行为和图像来叙述，语言富于弹性，叙述充满了想象力。"在他关于乡土的叙述中，没有田园诗情的闲适静雅，也很难找到憨醇谐和的乡土人伦，有的只是农村实实在在形形色色的人，他们生存的艰难，生活的沉重，以及在种种境况下挣扎、抗争的伟力，让人仿佛听到历史深处的声声叹息。"

　　——欧造杰：《〈跨越门槛的一种姿势〉的叙事艺术》，《文艺争鸣》2012 年第
　　5 期

| 作品点评 |

　　在潘莹宇的小说中，人物的心理描写丰富多彩，精妙而夸张，有力地塑造了人物形象，揭示了人性中的复杂和荒诞。比如，在《戴罪杀人与我无关》中，作者对人物的心理刻画非常细致而深刻。戴罪的内心在不断挣扎中痛苦着，他反反复复、永无止境地分不清自我与非我，其人性已经到达一种扭曲直至变态的地步。杀人的主人公戴罪被拘留起来，住在拘留所代号为 7 号的房间。在拘留所里的他迷失了自我，他不愿承认戴罪与 7 号之间的联系。为了撇清这种关系，他在不停地、苦苦地与命运挣扎，最后因忍受不了精神上的折磨而自杀身亡。在这夸张的心理对白中，一个逃避现实、人性扭曲的人物形象清晰地展现在读者面前，增添了小说的戏剧性和滑稽感。更为荒诞的是小说主人公为了表演的欲望，谋划了一场"戏"，变身为戴罪的模样，与 7 号进行周旋。7 号为了给自己寻求判定是非的权力而决定自己开个公判大会，"我"成了他唯一的支持者，在一个个违背常理的评审中，7 号迷失自我的程度越来越深，深到给自己行刑，将裤腿制成脖套，结果把自己吊死在拘留所中，荒诞至极。作者对主人公做双重人格分裂的描写，颇具有想象力，也有些病理学依据。正如诗人赵丽宏的评论："扭曲的灵魂，愚昧

的生活。小说展示的是一个荒诞阴暗的世界。"这种精神分析式的心理刻画使小说具有感人的力量,也增添了文本自身的魅力。

——欧造杰:《〈跨越门槛的一种姿势〉的叙事艺术》,《文艺争鸣》2012 年第
5 期

宋响的玫瑰

映川

邕江上起了一阵风。风钻进丽君巷，一路上被树揪掉几缕，又被垃圾桶截了几道，势力渐弱。但步入巷口的宋响仍然得到风热情洋溢的招呼，风灌满他的衬衫，扯直他的裤腿。这巷子是越来越冷清了，风见着个人就满心欢喜。

宋响感觉这风来得正是时候，是个好兆头。他将两腿迈得比原先宽，手臂摆得比原先高，尽力成就一种大旗迎风招展的气势。

巷子入口是一家日杂店，店面的外墙上有白漆写的一个大大的"拆"字，拆字外面还圈了一个圆圈。可以想象当时写字的人很有激情，笔头上蘸了饱满的漆，以至于每一道笔画下面都挂了长长的一条尾巴，好像这个字哭了。再往巷子深处去，一路都是惊心动魄的哭墙。

宋响近段时间经常造访丽君巷，这之前他只来过一次，而且是在十年前，那时他到丽君巷是拜访一位名叫惠重的老师。几个月前，电视新闻报道说市里要拆迁丽君巷，宋响立即想到了惠重老师。

拆迁丽君巷是整顿邕江沿岸市容的重点工程

作者简介

映川（1972—），原名杨映川，广西百色人，毕业于广西师范大学中文系，曾任《广西日报》副刊编辑，1999 年开始小说创作，中国作家协会会员，广西第三届和第六届签约作家。著有长篇小说《婚前的荣灯》《魔术师》《圣堂之恋》，小说集《我记仇》《为你而来》《狩猎季》等。

作品信息

原载《作家》2004 年第 11 期，收入《2004 短篇小说》（人民文学出版社 2005 年 1 月出版）、《下一个是你》（吉林出版集团有限责任公司 2010 年 4 月出版）。

之一。丽君巷属于老城区，基本上是私人住宅，很多房子有些年头了，灰扑扑的像一坨坨牛粪堆在邕江边上。当然也有新近才起的房子，鲜鲜亮亮很抢眼，拆迁工作最大的障碍就是这些新房子。和所有的拆迁方案出台一样，丽君巷的居民在接受拆迁事实之前会有一段时间的争闹，但用不了多长时间，大家会懈怠下来。这就好比一个人知道某个人迟早要离他远去，他放在这个人身上的心会慢慢收回来，不收回来又能怎样？反正也是白操心。

等那些个泪水淋漓的拆字画到丽君巷的每一堵墙上，宋响知道丽君巷居民对巷子的感情马上就要变了，注意力会转落到别处。"这别处"是一个叫"江南一叶"的安民小区。丽君巷的居民都忙着在"江南一叶"里争取最大的利益补偿。这群人里包括惠重老师，也许惠重老师比别人更下力气，谁让他老伴早早去世，留下一个弱智的儿子呢？他要为儿子打点将来。

宋响知道自己是个天才。一个知道自己是天才的真正天才，做起事来绝对能超常发挥，就像一个货真价实的美女了解自己的优势，她用起本钱自然得心应手，杀伤力强。俗话说，天才往往是孤独的。宋响的孤独是他自己选择的。

宋响在上小学的第一天放学回来就找父母谈话了，他说，爸，妈，同学们的书包、笔盒、作业本都是在商店里买的，为什么我的书包、笔盒、作业本都是你和妈自己做的？

宋响的妈宋雪梦听宋响这么一问，怨恨地看了崔康一眼，从床头拿起几团开司米几根织针出门去了。崔康看宋雪梦走了，他就不能再走了，他要留下来回答儿子提出的问题。

崔康的屁股在椅子上晃了晃，左腿架到右腿上说，响崽，我和你妈自己动手生产书包、笔盒、作业本是因为我们家穷。我们吃的青菜、鸡鸭是我们家自己种养的，你睡的床坐的椅子是我敲敲打打弄出来的。如果我们家住在农村我还想用沼气发电，喝井水，这样就不用交这么贵的水电费了。响崽，我们家千方百计不掏钱买东西是因为我们家穷，我们家之所以这么穷是因为爸爸是一个软心肠的人。

十年前我们家里就有一万元钱的储蓄了，你想想，十年前一万元是多么大的一个数目！可是这一万元钱被你的一个远房叔叔骗走了，他当时说要开一家纸厂，会还我们双倍的钱。你这个远房叔叔是我们家族里的能人，想不到他是个骗子，拿了钱就跑了。我为了找他到过云南、贵州，人找不着还赔了路费。说来说去，我们家之所以这么穷是因为你爸太轻信别人了……

宋响皱着小眉头听父亲说话，两只瘦腿在桌子下面像蝴蝶的翅膀扑扑地开开合合，开合的幅度越来越大，小脑袋跟着抖动起来。宋响说，爸，你从乡下收购来的草药堆在我房间里很长一段时间了，草药的味道很大，还有老鼠窜来窜去，我晚上睡得不好，你什么时候才能把它们卖出去？

崔康说，唉，老张说鸡血藤最近能卖好价钱，狗屁！要能赚钱他自己为什么不干？

宋响说，张叔又骗了你，是不是爸爸？

崔康叹了一口气说，崽啊，记住爸爸说的话，千万不要随随便便信了别人，哪怕那个人是你的领导，你的亲人，一个你崇拜的人。说着话，崔康抽空伸脚在宋响的膝盖上踹了一脚说，把你的腿并好，这么抖腿是要把福气抖掉的。

父亲崔康的话给宋响幼小的心灵带来不小的震撼，后来从母亲宋雪梦的嘴里说出来的话更是血泪凝珠，是一个字一个字地刻到宋响的心里去了。宋雪梦是死在宋响怀里的，那年宋响十岁。

宋雪梦是喝药死的。为了不让医院把她抢救过来，她把几种化学药品弄一块像调芝麻糊那样喝了。喝之前，她把宋响招到跟前说，崽啊，你妈白活了快四十个年头，竟然会相信那个男人的鬼话。妈这么老了，他怎么会离婚和我结婚呢？妈这辈子过得窝囊，先嫁了一个穷鬼，又碰上一个负心汉。崽啊，你也不小了，要好好照顾自己。你是儿子，不是女儿，是女儿我又要多操一份心，担心她长大后要被男人骗了……

宋响拉了一张椅子坐在宋雪梦的床前，母亲这几日突然躺到床上好像生病了，晚上不再到街头的广场跳舞了。平时，除了刮风下雨，宋雪梦都要到广场上跳舞，什么三步四步探戈恰恰她都会跳，时常还有人上门来找她教舞。宋响心里惦记着今晚黄金时间播放的武侠电视剧，耳朵竖着辨别从隔壁邻居家里传过来的声响，他两条腿又开开合合地抖动，屁股下面像坐了钉子。宋雪梦伸手摁住宋响抖动的膝头说，崽啊，人的两条腿是不能乱抖的，都说抖腿的人命贱，这个坏习惯你一定要快改过来。你要学好，千万不要跟妈一样犯贱。乖，看电视去吧……

等宋响从邻居家看完电视回来，宋雪梦已经喝了药，正像一只搁浅的大鱼，在床上扑腾扑腾地翻滚。宋响冲到宋雪梦的床前，抱起母亲的头。宋雪梦的嘴大大豁张，从那无底的洞里喷出难闻的气味和泡沫。宋雪梦的身子渐渐软瘫，沉甸。宋响惊吓过度，一声声嚎叫，妈——妈——，崔康和闻讯而来的邻居从宋响手里把宋雪梦抱走，他还在喊。

宋响在母亲去世后热切地盼望长大，他给自己定了很多目标，这些目标都必须是在长大后才能实现的，所以他盼望长大。读了《三国演义》，宋响特别喜欢里面的一句话，并决定把这句话作为自己的座右铭：宁可我负天下人，不可天下人负我。他把这句话抄在笔记本里，课本里，写在蚊帐顶上，厕所的墙上，刻在课桌上……宋响见到这句话就和见到他的手指头一样容易。谁都不知道宋响平时想些什么，他和其他孩子不一样，他独来独往、独善其身、独断专行，吃独食……

一天深夜，宋响家的左邻右舍都听到宋响和崔康在争吵。宋雪梦死后不久，崔康和一个外来打工的妹子搞到一起，经常回家很晚。今天晚上宋响把门从里面反锁上了。崔康在外面先是喊门，喊不开就踢门。崔康说，宋响，你这狗崽再不把门打开，看老子进去怎么收拾你。

宋响把崔康的衣服扎成一包从窗户扔出去说，从今天开始这房子我一个人住，你每个月给我两百块钱生活费，等我满18岁你就不用给了。

崔康气急败坏地踢门说，狗崽，你吃错药了，敢对你老子说这种话，老子不把你劈了就不姓崔。

哐啷一声，又一样东西从窗户扔出来，这次是一把斧头，落到崔康的脚边。宋响说，崔康，如果你不按照我说的做，我以后就不养你的老。斧头给你了，你不敢进来劈我就滚蛋，再闹我把房子烧了……

崔康哑了声，在门外站了半个时辰走了。

丽君巷沿江伸展，弯弯曲曲像条蛇。宋响渐渐步入蛇腹之地。从背影看，宋响是一个正人君子，他一心一意往前走，脚步沉稳，不摇头晃脑，不东张西望，斜背在肩上的皮包一下一下敲打他坚实的胯部。其实，宋响没有放松一秒钟，他像一支箭搭在拉满的弓上，目标直指丽君路 68 号。

丽君路 68 号并不起眼，两层小楼，墙表涂的是石灰粉，有几处已经被长年渗透的雨水浸成煤灰色。窗子是暗褐色的木窗，上面的遮阳棚上长有一蓬蓬枯黄的草。这幢小楼十年来没有什么变化，只是老了。十午前，宋响第一次到 68 号来就觉得惠重老师的家和学校的老教学楼很相像。现在学校那些老教学楼已经拆得差不多，没拆的也成了危房。

一墙之隔的 69 号却很鲜亮。并列的 69 号和 68 号就像一个新进贵族和一个落魄秀才站在一块。69 号有院子，高高的围墙，厚实的保险门镶在墙体里，扣得紧紧的，就像一张闭合得严严实实的嘴，你根本无法从里面掏出什么东西来。路过的人只要抬起头，就可以看见 69 号楼的墙面、门窗用的全是时下最时髦的样式，宽敞开阔的大飘窗影影绰绰地显出高档的内部装修。这么好的房子却似乎没有人住，宋响来了几次从没看见这幢房子有人出入，也没看到楼上有哪一扇窗户是打开的。

68 号到了。宋响瞟了一眼门楣上挂的蓝底白字的门牌，上前用手掌拍了两下门板。门内没有人应声。宋响又把巴掌放到门板上，持续不断地拍了七八下，手掌有点麻辣了，和预想的一样屋里没人。宋响把斜挎的包移到面前，从包里掏出一把锉刀，一根铁丝和一把小钳子。他刚要在门锁上使用这些工具，突然听到一串由远而近急促细碎的脚步声。宋响抬抬手，手中几件东西一齐滑回包里。

一个小男孩一只手举着一张两元钱，一只手提着松垮的裤头从宋响的身边向巷口跑去，那份急迫的样子，不是为了一个冰激凌就是为了一瓶汽水。宋响暗暗吁出一口气。今天巷子里几乎没有走动的人，因为今天是"江南一叶"交房的时间，巷口早些天就贴出通知让各家各户到"江南一叶"领钥匙，很多住户还要当场抽签领房号。这么大的事谁敢掉以轻心啊，丽君巷的住户基本上倾巢出动。

宋响算准惠重老师一定带上他的傻儿子去看新房子。退休后惠老师就和儿子形影不离，早晨锻炼带上，买菜带上，散步带上，串门也带上。他那傻儿子也有四十来岁了，两个头发都花白的老男人手牵着手从丽君巷出出进进，已经成为丽君巷人熟悉的一道风景。

宋响重新把工具从包里掏出来，在门锁上鼓捣了半分钟，锁芯发出轻微的嗒的一声。对付这种生产于20世纪90年代初的门锁，宋响闭着眼睛也能打开。他将门微微推开一小道缝，眼角左右一扫，确定没人后侧身迅速挤进门内，脚后跟向后一撞，又把门锁上了。

一楼是客厅和厨房。宋响一进门就踩到一只空纸盒。地上还有很多大大小小的盒子和箱子。几只敞开的大箱子里放着鞋子、球拍、茶盘、水壶，还有几只脏兮兮的玩具。看来惠老师已经开始收拾东西了。想象得出惠老师在收拾这些东西的时候，他那智商和幼儿园孩子一般的儿子就在一旁玩纸盒子，有时候还会往箱子里扔一两件东西，算是帮忙。

宋响绕过这些纸盒箱子直接上二楼。二楼有三间住房和一个卫生间。宋响每个房间粗略看了一眼，最靠近楼道口的是书房，里面两间是卧室。

宋响决定从书房开始寻找。书房东西两面墙全被书柜霸占，高高的书柜顶挨着天花板。柜子几乎空了，书堆到地板上，用玻璃绳绑成一摞摞的。靠窗的位置放了一张红木书桌，桌面上也堆满了书。宋响走到书桌边，拉开抽屉，里面是些书信、文具。这些东西放得很杂乱，宋响打消了翻看的念头，蹲下身来拉开下面的大抽屉。大抽屉全腾空了，只剩一本相册。宋响把相册拿到手里，一页页翻看。这是一本年代久远的相册，贴在首页的是一张黑白人物照。照片上的人四平八稳地坐在太师椅里，清式打扮，月亮头，长辫子，圆脸，淡淡稀稀的眉毛，细长的眼睛。宋响从这人身上看到了惠老师的影子，想这人应该是惠老师那位在大清邮政局当过差的祖父了。宋响对着照片上的人点头致意，这个老去多年的人，怎么也不会想到他当年随意留下来的一枚邮票会变成价值连城的珍品。

宋响把相册放回原处，又在书房搜寻了一阵子，没找到想要的东西，便转向两间卧室。两间没有女主人收拾的卧室藏污纳垢，宋响一会儿站高，一会儿趴低，头上很快挂满蛛网，脸上衣服上扑了一层灰，两只手也变成乌爪。柜子、床底、天花板、地板、墙壁，凡认为有可能的地方，宋响都搜遍了，那东西了无踪影。宋响怀里的计时器嗡地一阵振抖，提醒他已经用了预定时间的一半。

没有确切目标的盲动只会浪费更多的时间，宋响停止了手上的工作，静止在过道里，汗水从他的发际额头鼻尖兵分几路出发，在下巴处汇合为小溪流，一颗颗掷地有声打在地板上。每一滴滑落的汗水都带走宋响的一分自信，他突然觉得自己身处汪洋之中，那一枚邮票是一叶缥缈无踪的小舟。这一感觉让宋响慌张，他闭上眼睛，深吸一口气，努力把这种感觉压下去，压下去……

宋响一直是自信的。在两层楼里找一张比火柴盒还要小的邮票谈何容易，但宋响就自信能把邮票找出来，因为他抓住了一个有利的时机——拆迁搬家。搬家是家底大曝光的时候，平时藏得严严实实，即便不急于收拾的宝贝，在这当口主人家也会忍不住翻出来看上一眼。如果埋在地底下的，会挖出来，藏在墙里面的，会把砖头撬开。挖开的土会松，撬开的砖头会掉碎渣，怎样都有线索可寻。

难道他错了？宋响站在阴暗，不透风的过道里。他肢体不动，脑子在动，脑子代替眼睛回顾先前看到的景物，从书房到卧室，从地板到天花板，一样一样如电影回放，他遗漏了哪个地方？逼仄的过道让宋响憋气，特别是过道尽头墙上挂的那一帧素描，画上那个五官不突出的人，却有一双特别亮利的眼睛。宋响闭着眼也知道他在看着他。画上的人是惠老师的祖父，这画是临摹了先前宋响在相册里看到的那张照片。一股阴戾之气在宋响周围浮动，他太阳穴的神经猛地抽动，头一阵眩晕，他扶着过道的墙壁站稳。针扎似的抽痛一次一次有节奏地袭击宋响的太阳穴，他混沌的脑子因为这种刺激杀出一条血路，他霍地睁开眼睛与惠祖父对视，他就不相信惠重老师最近没看过那枚邮票。

惠祖父的眼睛其实并不明亮，和他的时代一样，昏黄暗淡了。老去的人被框在镜框子里，挂在墙上，挂得很高。镜框子挂得有些歪，露出一个长年不受日晒风蚀的白三角。宋响的眉头剧烈地跳了一下，像被日头灼烧了。他下意识地往身后的窗户看了一眼，窗外没有太阳。宋响走到画前，踮起脚尖把镜框摘下。当镜框背面的木板夹层被拉开，裹在透明小塑料袋里的龙票显露出来时，宋响看见自己的指头像敲打键盘那样跳动，他控制不了它们。邮票拈在手里立即像一条鱼从指缝间溜出去，忽左忽右飘落到他脚边。宋响不再用手去捏拿眼前这珍宝，他打开皮包，取出一把镊子，这是他用得稔熟的工具，它们是他的另一只手。宋响握拿镊子的手纹丝不动，镊子准确地伸向小塑料袋。

宋响把镜框挂回原处，回到书房，从书桌上拿了一本杂志。他掏出打火机，嗒的一声，红黄的火苗燃起来，他把火苗靠近杂志的边缘，杂志好像被刺痛了，边角蜷缩，勾起黑边，黑边渐渐变成黑带子。宋响把这本作为火种的杂志扔进书堆里，他事先想好了，找到邮票后点上一把火，这一来别人只知道这房子遭了火灾，谁也不知道它曾经遭了贼。

一切按宋响事先计划的进行和结束，他怀里的计时器又一阵振抖，时间到，该是离开的时候了。宋响拍拍手上的灰尘，眼睛随意往窗外看了一眼，很随意很不经意的一眼，这一眼竟然看清了69号院内的景致。高高的院墙里圈着一小片青草地，一条石子路从草地中间穿过。还有一棵有宽阔叶子黄色果子的枇杷树，一粒熟透的果子脱离树枝，穿梭于叶子间，无声地落到草地上。这几秒钟的视象让宋响改变了主意，他的脚飞快地落到燃起火苗的书上，把火踏灭。宋响决定到隔壁的69号走一遭。

宋响从小学到高中的学习成绩一直不错。有一次学校出了一件事，让宋响改变了读书光大门楣的初衷。那学期刚开学，教务处收取学生交来的学杂费，出纳每天都要到银行去存钱，可那天报名的学生太多，等清点完钱数银行已经下班，出纳只能把钱暂时锁在保险柜里，第二天早上发现保险柜给人撬了。

校园里来了一辆警车。除了身穿制服的警察，还有一个干瘦的中年男人从警车上下来。宋响和一大帮同学在旁边围观。他问同学，这个老头是干什么的？同学说，这个老头是大名鼎鼎的刘锁王。宋响说，他来干什么？同学说，刘锁王在110挂了号，随时为公安部门服务，公安局把刘锁王请来是想让他协助破案。宋响说，他有这本事吗？同学说，破案的本事不知道他有没有，但是大家都知道没有刘锁王不能开的锁，人家祖上几代都是锁王，家传的手艺。宋响说，手艺再高超也就是帮人配配钥匙，配一把钥匙才几毛钱，还不如去撬保险柜。话说完，宋响心扑通一跳，他被自己随意说出来的话震动了，偷偷转动脑袋观察左右同学的脸，生怕别人逮到了他的心思。

宋响打听到刘锁王在百货大楼附近开有一家名叫匠心的小店，除了修配钥匙锁头，还帮人修理自行车。第二天一早宋响没有去学校，直奔大街找到匠心小店。快九点钟的时候刘锁王来了，进店先换衣服，换上一套耐磨的蓝布衣裳，围了围裙，套上袖套。宋响耐心地在十米之外的书报摊边等待。刘锁王把柜台清扫干净，接了第一单生意，是配制一把自行车钥匙。然后又配制了几把钥匙，补了一辆自行车的车胎，吃了自带的午饭，修了一把双保险锁……刘锁王把店门锁上，骑着自行车走了。宋响在等待中过了一天，刘锁王走了他才轻松下来。他一整天都躲在书报摊后紧张地排演如何和刘锁王打交道，想象两人之间的对答，怎么也理不出个条理清晰的头绪。

宋响连续逃了几天学。班主任打电话找到崔康，让他注意宋响最近的情况。崔康对老师说，我和宋响已经分家，我只负责他的生活费，把他养到18岁，其他的事我管不了，反正他也不是跟我姓，他是跟他妈姓。班主任心里不痛快，放了电话跟其他老师发牢骚，说想不到还有这样不负责任的家长。晚上，班主任找到宋响家进行家访。班主任不知道宋响的父亲已经不和他住在一起，问宋响，你爸爸到这个时候还不回家？

宋响在外面待了一天又累又饿，刚煮好一碗面，端着碗说，我已经有两个月没见着他了。看着宋响吃面，班主任问，这几天你到什么地方去了？宋响没有回答班主任提出的问题，跑进厨房拿了一瓶豆腐乳，他把豆腐乳的汁拌到面里，边拌边说白水煮面真难吃。班主任说，我小的时候连面都吃不上，宋响同学，你要记住书中自有黄金屋，书中自有颜如玉。宋响把一碗面解决完，扔下筷子说，老师，我不想读书了，我要退学。班主任很吃惊，你这个年纪不读书能干什么？宋响说，不是每个人都要上大学的，很多没有上过大学的人照样活得很好，我也会活得很好。老师，以后我还会报答你，我要做的第一件事就是给你买一台大彩电，你们家的电视太旧了，彩色老变黑白……

宋响的班主任很快让宋响退了学，并在班上宣布：宋响同学受拜金主义影响，思想复杂，自甘堕落，无心向学。

退了学，宋响更心无旁骛地往"匠心"跑，他想这下是逼上梁山了。那天，刘锁王刚把店门打开，宋响大咧咧上前来说，刘师傅，我叫宋响，我想当你的徒弟。

刘锁王一点也不吃惊，拿起鸡毛掸子扫柜台上的灰。你在这里转了不少日子，也看到我的生意一个人能对付，不缺人，刘锁王说。

原来刘锁王早注意他了，锁王的观察力果然和一般人不一样，这一点让宋响佩服，更坚定了他拜师的心愿。宋响说，刘师傅，像你这样有本事的人，应该开几家连锁店，如果你多开几家店面就需要帮手了。

刘锁王说，开一家店够吃就行了，我从来没打算发大财。你要找事做，对面餐馆招人。刘锁王根本没把眼前这个小屁孩放在眼里，他想，也不知道是哪来的小混混，心里面打了什么坏主意，没用鸡毛掸子赶走算客气了。

宋响看刘锁王的神气，知道他不把自己放在眼里，这样客客气气地拜师是行不通的。

刘锁王有个女儿叫刘飞飞，刘飞飞心思单纯，学习用功。刘家几代人就出了飞飞一个能读书的，刘锁王一向以女儿为荣。可刘锁王突然惊闻一个消息，刘飞飞早恋了。

刘飞飞小小年纪就戴了近视眼镜，背还有些微微驼，长相随母亲，宽额头，厚嘴唇，刘锁王左看右看就看不出女儿怎么招惹了别人。刘锁王在女儿下自习回家的路上埋伏，见到了女儿的那个"他"，这个人不是别人，正是来找他拜过师的小混混。

宋响载着刘飞飞，两只脚飞快地踩动自行车脚踏，刘飞飞两手抱着他的腰，宋响回头对刘飞飞说了几句什么，刘飞飞哗地笑起来，身子往前倾，粘住宋响的后背。宋响把不稳羊角，车轮一下向左一下向右。刘飞飞笑得更大声了。

在刘锁王的耳里，女儿的笑声近于放荡，他再也埋伏不下去了，冲出来拦住车子。他张开双手挡在车前，宋响紧急刹车，脚撑地，正好站到刘锁王跟前。刘锁王的右手向宋响的左脸扫了一巴掌，结结实实的一巴掌。宋响捂着脸叫了一声刘师傅。刘锁王骂了一句小流氓。

刘飞飞从车后座上跳下来，上前说，爸，你怎么能随便打人骂人？刘锁王哪受得了女儿的质问，再次扬起巴掌往女儿的脸上招呼。这巴掌没打到女儿的脸上，宋响用肩头挡住了。刘飞飞却觉得父亲那巴掌已经打到她了，恨恨地咬牙转身跑开。刘锁王说，飞飞，你到哪里去？刘飞飞头也不回地跑远了，跑进黑暗中。

刘锁王急得拍大腿。宋响说，刘师傅，你放心，我看着她。说完踩着车子追了上去。

那晚以后，女儿好像是和刘锁王干上了，在一个屋檐下住着，在一张桌上吃饭，就是不叫刘锁王一声爸。刘锁王恼了，数落几句，刘飞飞干脆收拾行李住校去了。

刘锁王认定罪魁祸首是宋响，这小子因为拜师不成来坏他的女儿，用心实在是狠毒。市民出身的刘锁王也想不出什么对付的狠招，心里还有些后悔当初没把宋响收下，惹起祸端。宋响好像知道刘锁王的心思，主动找上门来。

这次，刘锁王认认真真打量这个毛头小子。毛头小子长得挺周正，浓眉、星眼、悬胆鼻，个头比自己还高半个头，身上穿了松松垮垮的 T 恤衫和肥大的裤子。刘锁王想眼下的女孩子都喜欢小帅哥，女儿为这家伙糊涂也是有理由的。

宋响说，刘师傅，我来是要告诉你，我和刘飞飞没干什么坏事，你放心好了。

刘锁王说，她的成绩已经从班上第四名掉到第四十三名，你让我怎么放心？你不要再骚扰我的女儿，她是要考重点大学的。

宋响说，我也希望飞飞好，可是我喜欢跟她待一块，她也喜欢跟我待一块，你说怎么办？宋响的表情严肃而谦逊，好像事情真是出于无奈。

刘锁王鼻子哼了一声说，如果我收你做徒弟，你是不是可以不再骚扰我的女儿？我就这么一个女儿，我老了是要指望她的。

宋响说，刘师傅，你这么说分明是怨恨我，即使做了你的徒弟我也不能学到什么本事，我何苦担这个名声呢？我离开飞飞就是了。

刘锁王的脸涨红了，宋响说的话让他难堪，他想忍不下这一时之气，必有后患。他盯着宋响那张英俊的小脸说，我收你做徒弟一定会把真本事传给你，反正我也没有儿子，本事不会带到棺材里去的。

宋响说，谢谢师傅。

刘锁王说，那，你打算怎么处理和飞飞的事？

宋响说，你放心，我保证飞飞的学习会比过去更好，更能给你挣面子。

宋响也不知道用的是什么办法，刘锁王很快从老师那里得到信息反馈，女儿成绩上去了，几次考试不是第一就是第二。刘锁王很是疑惑，不知道宋响用了什么法子能让女儿回心转意。某日中午醒来他又觉得不对，担心宋响和女儿藕断丝连，让老婆偷偷到学校盯了几天梢，发现女儿一切正常，和宋响没有任何联系，悬着的心真正扎扎实实落了地。

收宋响做徒弟刘锁王本不是心甘情愿，不高兴也不能挂到面上，他还是慢慢将修配的技术教给宋响。到这年头，刘锁王对自己这门手艺也不是特别看重了，他想现在什么都用电脑控制，他的手艺不知道什么时候说废就废了。何况，宋响确实认真刻苦。店里配有电动设备配钥匙，宋响从来不用，他按照印出来的模子，手工打磨，做工又快又好。电动机器配出来的钥匙有时会有客人回来要求返工，可宋响打磨出来的从来没有返过工。

刘锁王的绝活是开锁。祖辈几代人吃的这碗饭，他知道干这行最重要的是心里要有一把精密的尺子，距离不用眼睛来量，不用手来量，而要用心来量。为什么一根铁丝能打开一把锁，那就是用铁丝替代齿牙起伏的钥匙。铁丝伸进锁孔就开始了一个测量的过程，闭上眼睛，用心来量，在什么地方，什么样的曲折，要用多大的力道才能在齿牙交错的锁道里，找到最脆弱却又是最关键的一点。这份精妙是无法言传身教的。

　　刘锁王第一次给宋响演示，用的是一只构造简单的铁锁，铁丝探进锁孔里，锁头几乎立时就开了。宋响盯住师傅的手，手里也拿了一把锁和一根铁丝。这是他最渴求的技艺，他连头发丝那样细小的移动也不愿让眼睛错过。宋响的手轻轻地往锁眼里送铁丝，一毫米一毫米地送，迂回和起伏，他找到了一个点，不偏不倚地进入，锁身微微一颤开了。宋响哇的一声欢叫。刘锁王被这声欢叫吓了一跳，他想这是碰巧，没有人能在这么短的时间悟到开锁的奥妙。

　　宋响把锁头锁上，再来一遍，锁头仍是轻而易举地开了。

　　宋响手中的锁从铁锁换成铜锁，铜锁换成防盗锁，无论什么样的锁头，宋响一时半会打不开，过后一定能打开。宋响对锁的热爱，让刘锁王隐隐感到不安，这么聪明的一个人，这么执着地练习开锁，难道仅为了留在店里给人配钥匙，修锁头？

　　一天，有人把车钥匙锁在车里，打电话来请刘锁王去开锁。刘锁王交代宋响看店面，刚要走，宋响把店面关了说，师傅，我和你去吧。刘锁王心里不情愿，也不好说什么。

　　车子是进口的，刘锁王研究了车锁结构，估摸着开这锁要花上个把小时，就告诉车主说，这锁比较麻烦，可能要费些时间。车主看已经到午饭时间了说，那先吃了午饭再干吧。刘锁王点点头。宋响突然说，师傅，我试试。

　　刘锁王不高兴了，说你在这试吧，我先吃饭去。

　　刘锁王还没走到饭馆，就有人跑来说宋响已经将锁打开了。

　　刘锁王连续几晚上睡不着觉，想了一肚子的话要跟宋响谈，主要是想打发他走。刘锁王对宋响说，宋响，你很聪明，你这份聪明不用在读书上是可惜了，趁现在还没耽误多少时间，你还是回去上学，好好复习考大学吧。宋响说，从小学到高中我已经读了十年的书，够用了。刘锁王说，其实你待在我这里也没多大意思了，我会的全教给你了，你不会以为我还留了一手吧？宋响说，师傅，我从来没有这么想，你这么说不会是想赶我走吧。我又不要工钱，店里多一个人陪你聊天不好吗？宋响这么说，刘锁王实在拉不下脸来坚持让他走。宋响仍然在"匠心"待着。

刚过完 18 岁生日，宋响突然出了一件事。那天他不知怎么弄的，右手大拇指关节被刀片割了深深的一刀。伤口愈合后，拇指的关节竟然不能伸展了，直愣愣地竖着，就好比夸奖人那样竖着。宋响去了很多医院，中医、西医，敷药、针灸、吃药统统无效。

宋响的大拇指不能屈伸，不要说配钥匙这样的精细活，连吃饭他也不得不换了左手抓筷子。刘锁王一开始是有点幸灾乐祸的，心想宋响这孩子太精灵，干这行当难保不结什么坏果子，手指突然废了，也许是老天爷的意思。可日子一长，看宋响整天愁眉苦脸盯着自己僵直的大拇指，刘锁王心软了，劝道，宋响，我们这行说来说去也是三教九流，干不了没什么遗憾的。你还很年轻可以干别的，我有一亲戚在纸厂做领导，他们那招临时工，我介绍你去吧。

宋响说，师傅，你不用赶我，我走。这次宋响是头也不回地走了，刘锁王用眼睛送他，叹了一口气。

宋响 18 岁离开家乡，开始他策划好的事业。

宋响不愿在家乡做他的事业，主要是担心露了行迹。虽然他演了一出指头废掉的戏，但谁敢担保没人想到他呢？

宋响走了很多地方，他从来不在一个地方做太久的停留，找准目标，一得手就走人。他独来独往，不找帮手，自然也没有分赃不均、与人交恶的事情。

宋响不贪心，从小事慢慢做大，一边积累经验，一边积累财富。

几年后，宋响寄了一大笔钱给崔康，让崔康买一套房子住下。宋响在留言处写道，我养你到80岁。

宋响经常回家乡住一段时间，还是住在老房子里，闲时提着一只紫砂茶壶访访邻居，拇指朝天指。邻居就笑他说，宋响，你这指头总这么指，我们老以为你在夸我们。听你爸说，你在外面发财了，还给他买了房子。宋响说，对啊，看来这拇指废得好，它要不废掉我现在只能给你们配钥匙了。

刘锁王的"匠心"还开着，宋响每次回来肯定去探望刘锁王，来也不进店铺里，就坐在外面和刘锁王说话。刘锁王说飞飞成绩不错，已经保送上研究生了。宋响说，不错，这年头，不拿个硕士文凭就跟不上形势了。刘锁王说，这里面也算有你一份功劳，当年你到底用了什么法子，让飞飞一心一意扑在学习上，也不恨我这个做父亲的了。宋响说，很简单，我跟飞飞说，你很疼她，为了我俩好你还把我收作徒弟。飞飞听了很感动，当然一心一意扑到学习上了。刘锁王皱起眉头说，那，难道——你们没有联系？宋响说，以前有，现在当然没有了，飞飞是名校的大学生，我只是一个到处混饭吃的，以前她不懂，现在她自然知道我们的差距了。刘锁王说，你说的都是真的？宋响说，信不信由你。

宋响捧着茶壶仰头喝水，僵直朝天指的拇指上套了一只碧绿的扳指。刘锁王觉得他这个徒弟这些年举手投足间多了一份自如和舒适。刘锁王说，宋响，看来你过得还不错，干的哪一行？宋响说，几乎哪一行都干过了。刘锁王说，凭你的聪明，干什么都成，当年拼命地想跟我学修配，现在想起来是不是有些好笑？宋响说，师傅，说出来你可能不信，我最想干的还就这行。刘锁王笑着摇摇头说，我不信。宋响还是那句话，信不信由你。

宋响越来越不愿出外做事情了，赖在家里躺在床上的时间越来越长。他觉得郁闷得很，不知道是自己太聪明，还是别人太愚笨，想要做的事好像都顺顺当当做成了。没有挑战的生活，自然是憋闷的。他还这么年轻，往后的日子难道就这么对付下去吗？

碰巧有一天打开电视看到丽君巷要拆迁的新闻，宋响记起一件陈年事，让他兴奋了好几天。

宋响在学校的时候曾经是集邮协会的会员。宋响作为集邮协会的会员并没有积累很多邮票,他的心思也不在收集上。他曾经要求崔康给他买一套邮票,崔康说,儿子,那不是你该玩的东西,拿钞票换邮票的人是不缺钞票的人,我们缺的是钞票。宋响很快明白父亲的意思,对邮票的热爱变成了另一种方式。他煞费苦心地把邮票弄到手只是为了转手给其他同学,挣一点差价。例如他知道林同学缺第8张,16张一套的齐白石国画就齐了。他会留个心眼,看哪个人手上有这张邮票,而且是可有可无的,他就动员人家把邮票换给他,他再替这人找一张喜欢的邮票。

校集邮协会有一次请了本校的惠重老师来给大家作讲座,宋响才知道平时给大家上地理课的老头竟然是一个集邮专家。听同学说惠重老师的祖父是清末邮政局的一个官,收藏了一枚龙票。宋响问,好像这龙票全国没几张。同学说,那当然,有人出过100万的价钱跟惠老师买邮票,被惠老师拒绝了。宋响嘴里禁不住叫起来,一张邮票值100万?另一个同学说,100万怎么能买龙票呢?龙票是无价之宝。在宋响听来无价之宝并没有100万那样具体和诱人。

大年初一,宋响特地买了一本笔记本给惠重老师拜年,他只想看一眼那枚值100万的邮票。宋响骑了一个多小时的自行车才到达丽君路68号。他抹了一把汗,用汗津津的手轻轻拍打门板。惠重老师在门里问,是谁?宋响说,我是宋响,你的学生,来给你拜年。惠重老师把门打开一条缝,看清楚宋响了说,你是哪个班的?宋响说,惠老师新年好,我是高一(三)班的。惠重老师说,你等一等。惠重老师把门关上了,宋响在外面又等了七八分钟。等到门重新打开的时候,惠重老师手里拿了两只苹果和一把糖,他把这些东西递给宋响说,谢谢你宋同学。宋响赶紧把手里的笔记本递过去。惠老师说,你自己留着用吧。惠老师的两只手一直连接着两扇门,时刻准备着将门关上。宋响看出了这一点,赶紧问,惠老师,你祖父真的是清朝的邮官吗?惠重老师的脸色开始现出不耐烦,勉强点了点头。宋响说,那你家里是真的藏有龙票了?惠老师不再点头,说对不起,宋同学,我很忙。

说着把门关上了。

宋响站在紧闭的门前，懊恼地踢着巷边的石阶。有一团纸打在他的头上，宋响抬头往上看，看到惠老师家二楼的窗户伸出一颗脑袋，那人冲着他笑。过了一会儿，惠老师出现在这人身边，伸手把窗户关上，窗帘子拉上。后来，宋响才知道这人是惠老师的傻儿子。

宋响想家里放着一张值100万的邮票能睡得着觉吗？惠老师不敢开门，一定是怕人偷了他的邮票。

宋响爬出惠家二楼的楼道窗口，左脚尖刚好够着69号二楼阳台伸出的一根钢筋，他脚抵住这根钢筋，一个飞身，身子趴到69号阳台边缘，再松开手，双脚落到软绵绵的绿草地上。

第一道工序仍是开锁，这家的锁头虽然比惠家的要高级，但在宋响的眼睛里都一样，就是几块铜片加几根弹簧。这家客厅出奇的宽敞，所有窗子紧闭，仅有的微光也被天鹅绒窗帘挡去了，视觉上像进了一间地下室。宋响拧开小手电才看清里面的内容，这家并没有开始收拾东西——客厅天花板中央垂吊着层层叠叠水晶珠串的大吊灯，一架钢琴斜置于屋角，几只长短不一的皮沙发将客厅圈出一个小地盘。两只细跟的白皮鞋搁在这小地盘的中央，一只站着，一只趴着，像一个正在起舞的人崴了脚立在那里。沙发跟前的茶几上摆有橘子，一只剥开皮的已经长了白毛，其余的脱干了水分，瘪了。沙发边上垂挂着一张披肩，拖到地板上。

这里有曾经的狂欢和狂欢过后的落寞，室内阴阴凉凉的空气吸去宋响皮肤上的汗水，他喜欢这种阴暗的氛围。楼阶铺的却是猩红色的地毯，宋响踏上红地毯，像被一只暧昧的手牵着，一步步拾级而上进入主人家的卧室。一进门，宋响的目光最先落到那张铺着白色床单的大床上，因为零乱的被子上躺着一件粉红色的睡衣，猛地看上去以为是一个人躺在那里。睡衣是吊带，鱼尾形的。宋响近前去用手抚了抚，睡衣和他想象的一样柔滑。屋子里的空气飘散着香水和脂粉的味道，它们带给宋响一丝躁动，他环顾四周，希望能找到一张照片，让他知道躺在这床上的，穿着这件粉红睡衣的是一个什么样的女人。可惜他没找到，一张照片也没有。在抽屉里翻找的时候他翻出一叠钱，几件首饰和一部手机，这些东西提醒他他此行的目的。宋响发现自己浪费了不少时间，他赶紧把钱首饰手机装入皮包，离开卧室。

本来一出门右拐就是下楼的阶梯，宋响的眼睛却偏受脚下红地毯的勾引，红地毯向里继续延伸，停在一块大屏风前。宋响犹豫了几秒钟改变脚掌的朝向，他朝屏风走去，推开屏风。这是怎么样的一个世界啊——

五颜六色的墙和横七竖八的照片，还有一个活生生的裸体女人。

女人在给自己照相，她背对屏风，面对着一台相机。宋响拉开屏风的时候正好照相机的响光灯闪了一下。

女人听到声音并没有立时转过身子，因为对面墙上装有一面大镜子，她从镜子里就能看到宋响。女人看清宋响便惊叫着躲到相机后面，窄窄的三脚架和巴掌大的相机对她裸露的身体爱莫能助。女人意识到这点，双手环抱着胸部蹲了下来。

宋响从来没有见过这样美丽的女人。她的身体修长，胸部高挺，皮肤似玉，眼眉如画。她一下让他看到了全部。宋响脸上有朝霞升起，他喉咙枯干，把手捏成拳头才使得十根指头不再颤抖。宋响艰难地咽下一口唾沫说，你，你在这儿干什么？我不知道这里有人。

女人的声音发颤，你不要伤害我，你要钱我可以给你。

宋响说，你知道我是什么人吗？

女人说，贼。女人说完后悔了，又赶快摇摇头说，我不知道，我不知道。

宋响对女人的害怕感到愧意，他想他只有快快离开才能使她平静下来，尽管他舍不得。墙上张贴着很多照片，地上也有很多照片，不过全是破损的，可以分辨出上面的主角原是两个人，一个是女人一个是男人。宋响弯腰拾了其中的一页碎片，是女人的。他小心地把它放进包的夹层，和邮票放到一块。

宋响找了几张纸，弄成团塞进女人嘴里说，我必须把你的嘴堵上，我不是贼，你不要大喊大叫让人捉贼。

女人赶紧摇头，眼神告诉宋响她是不会这样做的。宋响心一软把纸团往外松了松。

宋响又从窗帘上扯了一条布条，把女人的手绑上。女人眼里流出惊恐，身子扭动着要摆脱宋响。宋响小心翼翼不碰触到女人的身体，她的扭动反而将身体送到宋响的怀中。宋响牙齿咬住舌头，他要在没有失控之前迅速完成手上的工作。他绑着，似乎费了很大的力气，气喘如牛。宋响说，你只要到楼下找把刀子，自己就能将绳子割断。

宋响几乎是逃离69号，离开前，他把女人的东西一一归还原处。

按惯例，每做完一桩生意宋响会马上离开当地。宋响事先订了机票，从丽君巷出来他直接打的前往飞机场。宋响坐在候机室的咖啡厅喝了三杯咖啡，喝得嘴巴发酸还等不到登机。他觉得今天的时间过得特别慢，他想把在丽君巷发生的一切赶快带走。

飞机上天落地把宋响带到另一个城市。宋响找了一家高级宾馆住下。躺在床上，他第一件事就是掏出包里的照片，邮票和照片一并被带了出来，宋响把邮票塞回包里，手上只拿着照片。照片上女人美丽的脸在暗黑的背景中凸现，像一枝艳丽的玫瑰。女人的头原先挨着一个肩膀，现在肩膀的主人只留下半只肩膀。宋响小心地把多余的部分撕下来，女人更成为一个独立的不依靠别人的女人了。

宋响做梦也没梦到过这样的女人，这样优雅的好女人不属于他的世界。如果他没有学开锁，没有成为一个小偷，如果他好好读书，上大学找一份正经的职业，他是有机会认识这样的女人的，还可以娶她们做老婆。如果说在这之前宋响从来没有后悔过自己的人生选择，今天他有了隐隐约约的遗憾。

宋响躺在床上起不了身，手脚绵软无力，他认为自己感冒了，让服务员送了药来。药吃了几天，身子还是那么软。宋响从镜子里看到自己脸色桃红，眼睛发亮，原来自己患上了相思病。

几天后的一个夜晚，宋响再次出现在丽君巷。

丽君巷没有什么变化，零散的几个人出入巷子。

宋响在 69 号门前掏出工具，他的手刚往锁上戳，小螺丝刀从手里滑落掉到地上，发出清脆的叮当声。让工具从手上滑落，这是宋响多年来行走江湖第一遭。周围没有人经过，宋响有充分的时间蹲下来找螺丝刀，可怎么找也找不到。没有螺丝刀宋响一样轻而易举地把门打开，因为这门根本没锁实，是虚掩着的。

进入院子，宋响抬头看到楼上透出亮光，他忍不住笑了笑。他不注意自己怎么上的楼，一切既顺利又简单，仿佛上楼不用经过客厅和楼道。那道门前没有屏风挡着了，他刚进入通道就看见他朝思暮想的女人。女人身上穿着粉红色的睡衣，吊带，鱼尾形，柔滑地拖到地上。宋响的手掌也跟着柔滑起来，因为他摸过这睡衣。

女人听到脚步声，转过身，眯起眼认了认人，突然笑了，笑容如绽放的玫瑰。她说，你来了。

这一笑让宋响觉得他的决定是正确的，他没有白来一趟，他要来送她一枝玫瑰。

宋响的嘴里咬着一枝玫瑰。这是他在花市上千挑万选的一朵玫瑰，明艳的红让他想起她。宋响将玫瑰咬在嘴里，是因为他决定屈膝于爱人时，让他亲吻过的花落到爱人的手上，然后，如果她不反对，他再亲吻她的手。

女人的笑将他们的距离拉近了。宋响咬着玫瑰一步步靠近，在跨入门内的时候，宋响突然听到闷钝的一声，僵持了几秒，他才知道这声音从他头上来。

宋响直挺挺往前砸到地上，嘴里还咬着玫瑰。玫瑰的刺扎破他的嘴唇，他的嘴唇湿了，像流口水那样湿了。他连伸舌头舔一舔的力气也没有。他的耳朵还得见人说话的声音。

女人说，我说过他会回来的，就像你，多么野的心不是也回来了吗？

一只脚在宋响的肚子上踢了两脚，脚的主人应该是一个结实的男人。宋响的膀胱一阵剧痛。男人说，你这家伙把隔壁惠家的龙票都弄到手了，还回来干什么？找死啊你。

　　杨映川的小说并不多，但却提供了足以让我们感到新奇的体验。仔细琢磨，杨映川的这些小说带来的新奇似乎都具有本质的、本体的意味，涉及基本观念的重新审视。杨映川从一个个具体感性的现象出发，抵达的却是某种哲学的颖悟。在 20 世纪 70 年代出生的，以书写快乐为特征的美女小说家群体中，杨映川正悄悄地显示了她的特立独行，这种特立独行不仅基于价值判断，而且植根于思维气质。显然，杨映川的小说给我们一种新的信息：女性小说家开始进入一个重新建构的时代。毕竟，一个多世纪以来，我们摧毁了许多东西，我们的心灵或者一无所有，或者满目疮痍。到了又一个人类的新千年，精神建设的呼唤已经若隐若现。

　　——黄伟林：《中国当代小说家群论》，中央编译出版社，2004，第 355 页

　　中国当下的女性文学中，女权主义写作始终强调女性对男权社会的反抗，启蒙主义写作则强调两性的平等，而映川却以自己创造性的写作婉拒这两条惯常之路。在她一批中短篇和长篇创作中，尤其 2004 年的三部小说《宋响的玫瑰》（《作家》第 11 期），以及《人民文学》第 6、8 期推出的两个中篇《我困了，我醒了》《不能掉头》，表述的是现代女性新的精神取向——拯救男性。从《宋响的玫瑰》中那个裸体而优雅的女人对宋响的拯救，到《我困了，我醒了》宽厚美好的卢兰对以沉睡逃避责任的张钉的唤醒，再到《不能掉头》宋春衣对黄羊的拯救。

　　——张燕玲：《以精神穿越写作——关于广西的青年作家》，《南方文坛》2007年第 4 期

　　映川也密切关注底层，关注他们在巨大的生存压力倾轧下的苦难。《宋响的玫瑰》通过宋响一家表现了都市底层的苦难：宋响家穷，家里除了交水电费外千方百计不掏钱买东西；学习用具如书包、笔盒、作业本乃至生活用具如床、椅子等都

靠父母动手生产；而雪上加霜的是，父亲辛苦积攒的钱财被朋友骗走，母亲遭情人负心自杀身亡，孤独的宋响把"宁可我负天下人，不可天下人负我"作为自己的座右铭，并最终滑向盗窃的深渊。

——覃春琼：《文学桂军的女性书写——以林白、杨映川和黄咏梅为例》，
《小说评论》2012年第A1期

《宋响的玫瑰》描绘了一个天才少年走向自我毁灭的过程。宋响的一生刻下了三个女人的痕迹。第一个女人是他喝药自尽的母亲。宋雪梦的临终遗言让宋响早早跨过贫穷窝囊的父亲，让他决心自己塑就可掌握经济大权以对抗消费社会的男人形象。刘飞飞是带有过客性质的第二个女人。通过接近刘飞飞，宋响成功拜师刘锁王学成了开锁的技术，这是宋响选择偷盗的资本，也意味着他与"读书正道"的刘飞飞等普通人以及背后秩序社会的决裂。第三个女人是宋响心中的梦幻，也是唤醒他男性沉睡的"征服"因子的一点光亮。这个宋响入室盗窃时偶然遇见的女人让宋响质疑自己当初的选择，质疑自己偏离轨道的生活，"如果他没有学开锁，没有成为一个小偷，如果他好好读书，上大学找一份正经的职业，他是有机会认识这样的女人的，还可以娶她们做老婆"。可惜这个社会从没有"如果"，宋响重回偷窃现场寻找女人的举动使他落入圈套，惯犯的身份足以使一个天才夭折。宋响的悲剧不仅仅是底层人物生存困境的悲剧，更是现代男性急于立足而遭受无情打击的悲剧。宋响遭遇了女人和社会的双重围剿，宋响反击的路塌陷了，陌生女人不是指引他的救赎之光而是烧灼他的炼狱之火，宋响倒下了，看似独立的他也许需要的正是异性的一句温暖的鼓励。可惜命运中三个女人所对应的三个转折点让宋响在叛离社会的异途上越走越远，直至被现实吞没。

——李佳忆、郑立峰：《喧嚣背后——试论消费语境下映川的小说创作》，
《名作欣赏》2017年第2期

贫民张大嘴的性生活

鬼 子

老张迷恋手里的一副扑克牌，已经很久了，只要没事，就会坐在床边，从枕头下摸出那副扑克牌来，然后按照自己的规矩，规规矩矩地洗上三遍，然后是一对一对地把牌捡出来，有时是上边一张下边一张地捡，有时则是从上到下，两张两张地捡，也有从下边开始往上捡的，但也是两张两张地捡，从来不会只捡一张，也不会捡三张，要是一不小心多捡了一张，他就会从头再来，然后又是规规矩矩地先洗上三遍。

他在为两张牌苦苦地寻找一次成对的机会。

那两张牌，一张是梅花9，还有一张，是方块3。

梅花9是他心中的一个女人，一个很漂亮的女人。在整个院子里，长得漂亮的女人并不少，但漂亮得让人怎么看怎么舒服的，老张觉得就她一人。老张曾想，哪一天她要是嫁走了，或者调

作者简介

鬼子（1958—），本名廖润柏，广西罗城人，仫佬族，中国作家协会会员，一级作家，与东西、李冯合称"广西三剑客"。曾任大型文学丛刊《漓江》执行副主编、广西文学院副院长、《广西文学》副主编，现为广西作家协会副主席。著有长篇小说《一根水做的绳子》，小说集《谁开的门》《苏通之死》《遭遇深夜》《被雨淋湿的河》《上午打瞌睡的女孩》，小说随笔集《艰难的行走》，电影小说《幸福时光》等。中篇小说《被雨淋湿的河》获第二届鲁迅文学奖优秀中篇小说奖、第七届全国少数民族文学骏马奖、《小说选刊》优秀中篇小说奖、中国十佳小说奖、第四届广西文艺创作铜鼓奖，中篇小说《上午打瞌睡的女孩》获1999年《人民文学》优秀中篇小说奖，中篇小说《瓦城上空的麦田》获2001—2002双年度《小说选刊》优秀中篇小说奖，中篇小说《农村弟弟》获第三届广西文艺创作铜鼓奖。

作品信息

原载《小说月报（原创版）》2005年第5期。收入《小说月报原创精品集2005》（百花文艺出版社2006年1月出版）。

到了外地去，那这个院子可能就会因此失色，就会因为没有了她而暗淡无光。梅花 9 有过丈夫，可她的丈夫早就离婚走了。是梅花 9 把老公离走的，还是她的老公把她给离下来的，老张不知道，他也没有问过他人，他只是觉得她实在是长得太好太好了，谁要是能跟了这样的女人，这一辈子可就幸福死了。

那方块 3 呢？就是他老张自己。

在五十四张扑克牌中，最小的牌，就是这张方块 3 了。这是别人告诉他的。他们说，一般情况来说，黑桃是最大的，然后是红桃，再然后是梅花，最小的就是方块。自然，那方块 3 就是五十四张扑克牌里最小的那一张。

当然，他也曾觉得，他老张不应该是这一张最小的牌，在女人的眼里，论模样，他老张在院子里还是挺不错的，就算自己不把自己摆在方块 K 方块 Q 或者方块 J 的位子上，至少也应该是那方块 9 或者方块 8 什么的。方块 3 方块 4 的人多着呢，那几个脸长秃顶手脚短的男人，随便抓一个做方块 3 方块 4，都不会冤枉了他们，只是……只是人家那几个，又偏偏都是什么北京大学浙江大学武汉大学毕业的，每个月的工资都在三五千以上，自己呢？自己只是人家的五分之一左右，而且这五分之一的差事，还是政策照顾的，否则就只能光拿那点下岗的生活保障金过日子了。

至于那漂亮的女人，他也曾想让她站到梅花 K，或者梅花 Q 梅花 J 的位子上，尤其是梅花 Q，可他怎么看，都觉得它们的那些样子不顺眼，就连梅花 10 他看着也不顺眼，觉得那梅花 10 怎么看怎么像是两个人，好像是一个女人的身后还带着一个小孩，人家有小孩吗？人家没有，没有就不能让人家是梅花 10，于是，他就让她成了梅花 9 了。他觉得梅花 9 不错，每天晚上躺下的时候，他都要看一看那梅花 9，觉得那梅花 9 确实是越看越让人身心舒服。

剩下的梅花，他也是一个一个地让它们替代成了其他的女人，而且好玩的是，他把院子里那些离异单身的女人数了数，正好，除了梅花 9，还有十二个，而且，年龄都是要大不大，要小不小的。

然而，让老张感到困惑不解的是，不管他怎么洗牌，也不管他怎么捡牌，从来都没有捡到过一次能跟她梅花9是成对的。

晚了一张的有五十次。

晚了两张的有四十八次。

晚了三张的一共九十一次。

这些都是他在一张纸上做过记录的。

晚了四张五张的，他就懒得记了。如果只按每天玩三次的话，那副扑克牌他已经玩了不下五千次了，都快要玩烂了。

也许，也正因为老是成不了一对，这让老张就越是想跟人家梅花9无论如何也要对上一次。他心想只要有一次，也就满足了。

怎么会一次也没有呢？

有时他就想，也许是自己太有意了。太有意了，往往是得不到的，于是就一副很随意的样子，甚至在洗牌和捡牌的时候，脸都扭到一边去，捡下的牌，也是一对一对地先铺在床上，从那头一直铺往这头，捡完了，再回过头一对一对地看。

结果，还是没有。

有时就烦了，心想对着谁就是谁吧，不就是玩吗？于是在对着梅花2的时候就想一想梅花2，对着梅花5的时候，就想一想梅花5，只是，脑子里却怎么也打不开那个想一想，怎么也想不出什么味道来。

最让他烦的是那梅花3。

她竟然时常地与他捡成一对。

梅花3是谁呀？

他想肯定是院子里那个最烂最烂的女人了，脸上的粉总是扑得厚厚的，像是请了湖南的民工用刷墙的刷子给她刷的，而且说话也是大大咧咧的，嗓门粗得狗听到都跑，这样的女人，老公不离了她才怪呢。有几次，他都恨不能把那梅花3给撕掉算了。

为了满足自己的心愿，他曾换了一种玩法，他先把梅花9和方块3放在了一起，然后闭着眼睛认真地洗了三遍，这样的玩法当然不能再是下边一张上边一张地捡了，只能是直接从上至下，或者从下至上地捡，一捡一对，一捡一对……可不知怎么，他总是自己把它们给洗掉了，有时就觉得是不是洗三遍洗得太多了，只洗一遍或者两遍行不行，但心里又不肯给自己放松，觉得不管什么事情，规矩还是很重要的，没有了规矩还有什么意义呢？

就再一次地放在一起，再洗三遍，再捡。

结果还是捡不到一块。

再试，还是对不上。

每一天，他也只捡三次，他觉得这也是一个规矩，多了，他又怕心里失去了那一份应该保留的真诚。

但梅花3不一样。有时他心里不服，就拿那梅花3来试一试，也是先把自己的方块3和那梅花3放在一起，然后是洗，也是很认真很认真地洗，但竟怎么也洗不掉那梅花3，好几次，

一捡就把方块3和那梅花3给捡成一对了。

这当然让老张很生气，气得肺都要炸了，他为此时常狠狠地把床拍得啪啪地响。

他觉得怪了，难道我老张想女人就只配想一想梅花3那样的？难道像梅花9那样的，就连想都不让想？他也曾怀疑过自己是不是想高了，觉得艳遇这东西也许还真的不是穷人的事，穷人的艳遇真的要有，那也只能是穷人的待遇。问题是，这是谁定的规矩呢，也太他妈的欺负穷人了吧?! 你以为老子就真的想跟人家梅花9那样的有什么艳遇吗？老子也不过就是想一想过过瘾而已，想看看命里有没有那样的福分，真要是遇上了，自己也许还艳不来呢。人家那样的一个大美人，人家说艳就让你艳了吗？艳前或者艳后，人家要是开口让你给买个什么小东西，你买得起吗？美人身上的小东西，哪一样不都是宝贝呀？这一点老张心里还是明白的。

老张有时就想，这东西也许还真的就是命。这种命不光是出现在牌上，就是

在现实的生活里，自己也是难得接近人家梅花9的。有一次，梅花9好像是从香港或是什么新加坡回来，拖着一大箱的东西，从车上下来后，有人跟她抬着，可她竟抬不动，走进院子没有几步，就喊叫了起来。她说谁来帮我抬一抬，我抬不了了，我的手都要断了。这么喊的时候，她一脸笑笑的，笑得真是美死人了。坐在床上的老张一步就射了出去，他想对他来说，那样一个箱子别说是两个人抬，就是他一个人扛着，也是小意思，可是，院子里的另一个人却远远地也冲了过来，嘴里说我来我来。那是院子里的一个小领导，如果拿扑克牌来排名，他可能也就算是方块J吧，但人家梅花9一下就答应了他了。她说老张，你让他抬吧。她说的他就是那方块J。他只好给他放手了。哎，真他妈的方块J，他真的有点恨他，他曾想如何收拾收拾他，他觉得一个人要收拾一个人，只要收拾的动作不是太大，小小的收拾一下是很容易很容易的，但最后他放弃了对他的收拾，他觉得问题还是出在自己的身上，觉得自己没有那接近人家梅花9的命。

但他并没有因此放弃。

他就这样一天一天地从枕头下把扑克掏出来，总是认真地先洗上三遍，然后一对一对地捡，捡不着就再来一次，再捡不着，就再来一次，第三次再捡不着，就把扑克牌塞回枕头的下边，然后等待着第二天的重来。

也许是老天爷有眼，机会终于来了。

但不是在扑克牌上，而是在真实的生活里。

这是一个周末的深夜，该从外边回来的，都回来了，尤其是那些单身的梅花们，她们几乎是一到周末就鸟似的往外飞，而且总是很晚很晚的时候才飞回窝里，有的是自己回来的，有的是有人送回来的，有的还有人一直往窝里送，而且不再出来。但这天晚上她们都回来了，只有梅花9，时间都快深夜一点了，还一直没有看到她回来。但老张还是不肯把院子的大铁门关上，他好像总是感觉她会回来的，也许晚一点，她会回来的。再不回来，那就是被哪个男的拿去用了，他想他再等一下，等到凌晨两点的时候她还不回来，他再把大铁门关上。

就这么想的时候，梅花9回来了。

送她回来的车子没有开到大门前就停下了，停在了一个停车的位子上。看那架势，送她回来的那个男人，今天晚上是打算在她这里过夜了。可是梅花9却死不同意。那男人把她扶下车子没走几步，梅花9就死死地蹲下了身子，就地坐在了绿化带的边沿上，不让那男的再去扶她。那男人却执意要扶她到屋里，他说我不扶你你上不了楼的。梅花9还是不让。她说我怎么上楼不用你管，你走你的，我再也不想见到你了，你也别再想进我的那个家，我不会让你进我家的，你走你的。俩人推来拉去的，全都被老张看在了眼里。他一直远远地看着他们，并不前去过问什么，他知道，那样的场合，轮不到他老张去掺和。

那男人最后竟拗不过梅花9，只好开车走了。

留下的梅花9一直身子勾勾地坐在那里，嘴里胡乱地骂着什么，一边骂最后就一边呕吐了起来。老张一听就知道，她喝多了，就朝她走了过去。他想，他得帮帮她。

他说我扶你回去吧，好吗？

梅花9却好像听不出他是谁。

她问他：你是谁呀？

老张说：我是老张。

她又说：老张是谁呀？

老张只好说：我是大嘴。

因为院子里的人，他们都在暗里叫他大嘴。他也无所谓，小的时候，家里的人也是这样叫他的，他从小就习惯了。

可她还是不知道，她说大嘴？大嘴是谁呀？

老张知道她确实是喝多了，就说，我扶你回家吧。

她说回什么家？你知道我的家在哪儿吗？

老张说知道。

她说好的，那你就，就扶我回去吧。

老张就把她扶了起来，然后半搀半扛地往她住的楼下拖去。但上楼的时候就苦了老张了。她住的是六楼，上不到第二层，她的腿就抬不起来了，他想这样下去，他扶到天亮也许也扶不到六楼，他最后就自己蹲下了身子，把她软软地背到了他的背上，然后低低地勾着腰，一步一步地往上爬。爬到六楼的时候，老张已经累得一头的汗水。

简直把他给累死了。

这是老张没有想到的。

老张没有想到的事，还没有完。

进了屋，他要把她放在沙发上，那是一种很软很软的布沙发，他想，就让她这么躺在沙发上吧，等到她自己醒来了，让她自己到她的床上去吧，可是他还没有把她放下，她却说道：

你把我扶到床上去吧，我不睡这里。

老张就看了看那些开着的房门，然后把她扶进了她的卧室，然后把她放倒在了床上。她的床确实不是一般的床。他的手碰着哪里，哪里都让他感到滑滑的，好像一直地滑到了心里去，那种舒服是一种真的舒服。老张随后想到的就是帮她把鞋子脱掉，免得脏了那样的床。

他刚帮她脱完鞋，她嘴里又说道：

帮我把衣服也脱了，我要洗澡。

老张心里猛地一愣，他急忙说，洗澡你自己洗吧，我走了。

老张还没有转身，她嘴里喊道：

走什么走？你不能走，你帮我把衣服脱了，我要洗澡。

老张想怎么办呢？没想好，她又喊了。

她说脱嘛脱嘛，帮我脱了嘛，快点，热死我了，我要洗澡。

一边说一边就自己撕脱了前边的扣子。

看着她那已经撕开的衣扣，老张突然把心一横：

帮就帮吧，老子今天豁出去了。

就动手帮她脱了起来。

看着一丝不挂的梅花9，老张的目光有一点不够用了。他发现，她不光是脸蛋长得好，而且身子也长得好。他的脑子里突然就闪过了一句话，那是他老婆活着的时候对他说的，但眼下他发现，老婆的那一句话完全的错了。

他老婆说：女人呀，其实都一样，不同的只是那张脸。

怎么一样呢，老婆！

一点都不一样。

老张今天算是开了眼界了。

他发现，一个女人的身子，是跟着她的脸长出来的。

这么想着的时候，老张已经把她扶进了洗澡间，扶进了浴缸里。

但老张没有想到的是，梅花9被水一冲，竟冲醒了，她眼神一晃一晃的，突然就抱住了自己的胸。

她说，这是什么地方？

他说，这是你家呀。

她说，我家？那你怎么在这？

他说，是你让我扶你回来的。

她差点就要喊叫了起来：

我让你扶？我什么时候让你扶？你……你给我出去！

按说，这时的老张应该是被吓得全身都在颤抖的，可是竟没有。老张只是动了动身子，他似乎有点麻木，他还有点不想就这么走人。或者说，是他的眼睛在她的身上还一直下不来。

他说，你不要我帮你了？

她说，不要了！

他说，那你自己能回到床上去吗？

她说，你不用管，你走吧。

但话刚说完，就又把他叫住了。

她说：今晚的事……我可能是喝多了，我怎么叫你把我扶上来的，我也记不得了，但你能帮我保密吗？不要对别人说可以吗？

老张点点头。

他说可以的，你放心吧，我干吗要对别人说呢，我不会对别人说的，你放心吧。

她说那就谢谢了，这样吧，我的酒柜里有很多的酒，你去看一看，喜欢喝什么你自己拿，拿一瓶两瓶拿两三瓶都可以。你去吧，完了帮我把门关好。

老张没有多想什么，转身就往外走去了。

随便拿了一瓶酒，老张回到了自己的床上。

可他没有急着去打开酒瓶，而是从枕头下先掏出了他的那一副扑克牌来。他以最快的速度找出了梅花9，然后又找出了方块3，剩下的，他随手一扔，就把它们给统统地扔到了地上去了。

他就拿着那两张牌，然后不停地看着。

他一会儿把梅花9放在方块3的身下，一会儿又把方块3放在梅花9的身上，一会儿又把它们合在了一起，他觉得，就那两张牌，他怎么组合，他的心里都是快乐的。

他已经很久很久没有过这样的快乐了！

慢慢地，他打开了拿回来的那瓶酒，然后轻轻地喝了一口……啊，太美了……太美了！他把嘴巴咂了咂，然后又细细地去看那两张扑克牌，看着看着，慢慢地又喝下了一口酒。看着喝着，喝着看着，老张觉着实在是美极了。他想这样的事情，怎么就会落到他老张的头上了呢？他想不清楚。但他没有办法否认刚刚发生过的经历。最后，他觉得就那么看着那两张扑克牌，好像味道还不够，就先放下了手里的酒，然后拿起梅花9，在她的腰上慢慢地撕开一条缝，就这一撕，他感觉着自己竟撕出了一种声音来……他觉着那种声音很像是他在帮她脱袜子时脱出的那一种声音，那一种声音好像听不见，但却能一丝一丝地清晰地传进你的脑子里……本来，她是不给他拉的，她让他帮她卷下去，可他想了半天，却不知道怎么帮她卷。他没有卷过。也没看到过哪个女的怎么卷过。他老婆活着的时候，没卷过这样的袜子，也没穿过。最后，她只好对他说，拉吧拉吧，那你就拉吧。他就替她拉了起来，于是，就拉出了那声音，那是一种他从来没有听到过的声音，那声音让他觉得很陌生，但很舒服，就像是从耳朵里从脑子里长出来的，黏黏的……梅花 9 腰上的那条缝撕好了，他就又慢慢地去撕他的方块 3，也是慢慢地撕，他一点都不急，他要让那撕出来的那种声音慢慢地传到他的耳朵里，慢慢地传到他的心上……方块 3 腰上的那条缝也撕好了，他就把他们平放在床铺上，然后细细地看着，然后慢慢地喝了一口酒，又喝了一口，然后，他把酒放了下来，然后去打开梅花 9 腰上的那条缝，然后慢慢地把他的腰交叉在她的腰里，然后，他把他们小心翼翼地放在了床上。

再然后，他慢慢地把手里的酒瓶口举到嘴边，一口一口地喝了起来……慢慢地，就软软地也倒在了床上。

第二天早上，人们发现老张硬在了床上。他手里紧紧地握着一只酒瓶，里边的酒早已喝光。人们想，他一定是喝多了酒，喝死了。然而，谁也看不懂，床上的那两张扑克牌，你插着我的腰，我插着你的腰，那是什么意思？

那是什么意思呢？

前来的警察也弄不懂。

| **文学史评论** |

鬼子、东西、李冯被称为"广西三剑客"。鬼子 90 年代中期才开始小说写作，他的最主要作品是"瓦城三部曲"——《瓦城上空的麦田》《上午打瞌睡的女孩》《被雨淋湿的河》。他和东西在 90 年代后期的创作，都表现了关注底层民众艰难处

境，探索超越个人体验，重新表现历史化现实的道路。

　　——洪子诚：《中国当代文学史》(修订版)，北京大学出版社，2007，第
　　360 页

｜ 作品点评 ｜

　　他的陌生化叙述策略还表现在他对文本间性理论和主体间性理论的运用。鬼子很热衷于对已有的文学文本进行引申、转换、嫁接、反串等"改写"，如"猴子捞月亮""卖火柴的小女孩""贫嘴张大民的幸福生活"等等。这些大家耳熟能详的故事文本经他一改就生成了新的文本：《〈猴子继续捞月亮〉的审稿意见》《卖女孩的小火柴》《贫民张大嘴的性生活》。

　　——石群山：《苦难意识、悲悯情怀与陌生化策略的契合——论鬼子的小说创
　　作》，《河池学院学报》2007 年第 1 期

　　九十年代中后期引起文坛广泛注意的小说家鬼子的作品，在深度方面，已经达到相当惊人的程度。他的主要作品，如《被雨淋湿的河》《学生作文》《上午打瞌睡的女孩》《农村弟弟》等，基本上都属于写实性的一路。他在持纯粹说事的叙述形象之下，将一切思想竭力压到文字的背后，绝不留一丝思想的痕迹。在选材方面，他既不与传统的现实主义同道，又与刘震云、池莉等相异。他所选择的材料，往往是一般人容易忽略而一旦被他写出又使人不得不感到惊心、新鲜与富有张力的材料。加之颇为苍劲的文字，那些看上去依然庸常的生活情状之下，却有着远超他之前的那些写实作品的思想深度。

　　——曹文轩：《20 世纪末中国文学现象研究》，作家出版社，2003，第 135—
　　136 页

1967 年的像章

潘莹宇

9月6日

"贺国庆,'坦白从宽,抗拒从严',你知道不?"

"知道。"

"知道?我看你是假知道!说,为什么把毛主席像章打碎?"

"没有,绝对没有。"

"你敢说没有!别以为我们没证据,群众的眼睛是雪亮的,你的一举一动都逃不脱他们的法眼,就连你拉屎是用棍棍刮还是用纸抹都看得一清二楚;你要放聪明点,给你最后一次机会,如果顽抗到底,那就是死路一条!"

"真的没有,我发誓,如果我打碎伟大领袖毛主席他老人家的像章,就让我出门……被……被枪打死好了!"

"出门被枪打死?做梦吧你,你以为你还能踏出这门槛,打碎毛主席像章,死路一条!你还想隐瞒,把碎片偷偷地藏到画像后面的墙洞里……说,是不是?"

贺国庆的脸唰地白起来,冷飕飕的寒气就像一条刚从冻僵中惊醒的毒蛇,呼地从他腰眼往头

作品信息

原载《上海文学》2005年第7期,收入小说集《跨越门槛的一种姿势》(广西人民出版社2009年出版)。

上蹿，上半身控制不住地战栗起来。

"纯粹是诬蔑好人！"贺国庆争辩。然而声音不像刚才那么干脆了，牙齿和舌头一齐背叛了他，不太听使唤。

"嘴还硬，他妈的，我不相信我们三个审不出你这个小野种，打，给我打！"

连续三天的逼供，两旁虎视的黑黝黝打手早已对贺国庆的顽固愤怒不已，听到头儿一声令下，顿时又把贺国庆当成练武的沙袋，呀呀呀、依哟嘿地发劲，把嘴上的狠痒全部注入一双铁拳上来，然后再像射炮弹一样嘣出去。

唉哟！

妈哟！

痛死啦！

贺国庆的惨叫就像冬天的猫在叫春，瘆人心肺地在谷镇上空划来划去，来回凄厉，从低音到中音，然后上升到高音，连续在屋顶打几个旋，才跌入呜咽……把谷镇一颗颗紧抽的心瘆得麻木。

9月4日

三天前，也是中午，谷镇青皮小伙子贺国庆心神不定地坐在那张脏兮兮的小饭桌前，用竹筷翻挑着一盘炒得"过火"的红薯苗，心不甘情不愿地挟着一根黑乎乎的软巴嗒丢进嘴里，一股猪潲味便把他的鼻嘴撑得满满当当。

"天下第一难吃！"当贺国庆重复这句话到第三次时，右手再也忍受不住，做出一个飞扬的动作，把筷条啪地扔到桌上。

刘寡妇低起眼皮瞄了儿子一眼，心事重重地叹了一口气，又不作声了。

屋内的阳光突然被割断，几个气势汹汹、手臂别着红袖章的大块头，几乎把低矮的门口堵得个水泄不通，背光的脸虽然一片模糊不清，但贺国庆还是感到空气里弥漫着一种叫作肃杀的气息，死死把他包围。贺国庆倏地站起来，四只粗粝的大手唰的一声，把他的双臂缠个结实。贺国庆没有做徒劳的挣扎，而是用质问当武器，砸向这群常在谷镇横冲直撞无人敢惹的"炮打命令部"战士们。他们是谷镇革委会主任梁卫革的造反班底,经常在革委会不宜出现的场面,比如揪斗"当权派",搜集对手黑材料等,将敌人斗死斗残……

"你们要干什么?"

"干什么你心里明白,跟我们到革委会去!"

"我不明白!"

"去你娘的,打碎毛主席像章,死罪,你知道吗?"

一张蛮横的巴掌,厚实地扇到贺国庆苍白的脸上,火火辣辣地蔓延,贺国庆清晰地捕捉到手掌紫红的印记和嘴角淌流的猩红鲜血。但是,他已经无暇顾及这些,人就像中了定身法一样,僵直了。这回完蛋了!贺国庆的脑子里隆隆地碾过这一句话。刘寡妇的脸唰地白了起来,嘴唇霎时变成一张黄纸,它颤嗦嗦地动几下,却什么声音也发不出来,只见她扑通跪到红袖章跟前,啪啪地磕起头来——

一下,

两下,

三下,

四下

……

一声比一声沉闷,就像地洞里发出的空空声响,磕得脸上血色散尽,磕得额头透出血光!

但是,刘寡妇的跪拜没能打动飞扬跋扈的铁石心肠——

"刘寡妇,别来这套,你儿子犯的是死罪,你就是磕出脑浆也没用,赶紧备棺材吧!"

刘寡妇突然听到一阵阵噼啪的碎裂声,紧接着,僵直的身子立即失去骨头的依托,软绵绵地像一只掏空物品的烂麻袋,瘫到饭桌脚跟。她两只眼睛漫散无物,空洞得像假眼一样投射到墙壁上——那里,毛主席的宝像正高高地挂着,面慈目祥,遥遥远远,飘飘悠悠!刘寡妇仿佛从噩梦中惊醒过来,一声凄厉的哭叫顿时飘上谷镇的上空。

红袖章爬上墙壁，揭开了毛主席画像。贺国庆的心不由自主抽缩起来：那画像的后面是一个方洞，以前那个位置是供奉贺家神祇的，后来，运动来了，神们就乖乖地让位；一张油亮油亮的伟大领袖绣像把墙面挡满，而那个曾用来放香炉和香烛的方洞，也给遮挡起来，很隐很秘的，没想到这红袖章竟然也知道。

虽然贺国庆知道里面已经什么也没有了，但是，心里还是像石匠抡的铁锤呀呀地敲个不停。

红袖章一无所获，便狠狠地踹了贺国庆一脚，互相打一个眼神，不约而同地说：

"到革委会再审！"

刘寡妇被吓得发了痴，只顾自个儿喃喃呢呢，忘记了阻拦！

9月7日下午

"贺国庆，出来！"

沉重的大门"吱呀"一声，开了，一个油腻脑袋撞开贺国庆耷拉的眼皮——那张嘴皮干硬地扯动，嵌满残食的黄板牙，一开一合；而那粗恶并夹杂着馊味的声音更是把他吓得一大跳。贺国庆甩了甩头，要把伤痛和疲惫甩到一边去，然后才扶着墙壁站起来。

黄板牙狠狠地瞪了贺国庆一眼，嘴里吐出一句骂，牢门也不关，率先就往前走。贺国庆一愣，心顿时呀呀雀跃起来。

这是一个细微的变化，贺国庆敏感地注意到，如果是提审，最起码来两个打手押送，这回黄板牙竟在前面带路，是不是自己的命运有什么转机了？

满怀着期盼，贺国庆跟跟跄跄尾随到革委会。那是一间贴满红色的房间，正面是一排目光睿锐、智慧闪烁的世界无产阶级领袖画像，画像下面，一个巨大的"忠"字掩映在艳红如血的纸花中。左右两旁的墙面，则是红漆书写的标语："誓把革命进行到底""造反有理，坚决打倒反动权威"，一个个茶盘大小、高高在上逼视着，让贺国庆不禁有一种趔趄的感觉。

黄宝川大马金刀地坐在"忠"字下面，嘴里叼着烟斗，烟锅却没有烟冒出。黄宝川是革委会第三把手、"炮打命令部"总指挥、梁卫革的表弟；自从跟梁卫革造反起家，嗖嗖地爬上这个位置后，以前没有烟瘾的他，便开始烟斗不离手，只有在批斗或者是审问敌人时，他才会装上满满一锅烟丝，吧嗒吧嗒地烧个通红。温文尔雅的烟丝立即化为一只可怕的刑具，烙向敌人的额头、耳朵、乳头、私处，一声声惨叫常常刮得谷镇人瘦了一两圈！

"贺国庆，你好走运啊。"黄宝川斜着眼睛看了贺国庆一眼。

贺国庆一愣，一时不知该怎么回答。嘴巴动了好久，终于吐出一句："我没有打碎像章，我冤枉啊。"

"你冤枉，瞧你这狡猾的样子，拉去枪毙三次都没错，哼！"

贺国庆心里凉了一下，不敢争辩了。

黄宝川又看了看贺国庆，有些不甘心地瞪了一眼，终于说道："给你两天时间，回去把你娘埋了，再回来坦白；不要妄想逃跑，而今是无产阶级造反派的天下，走到哪里都是死路一条……"

"什么？"黄宝川的话霎时把贺国庆脑子砸成一片空白。

"你娘死了，放你回去料理后事，你娘死得真及时，啊——？"

黄宝川把啊音拉得充满意味，贺国庆却像僵硬了一样，一点都没有感觉。

"还不快滚！"

黄宝川的吼声终于把贺国庆的魂吓回来，他飞快地瞪了黄板牙一眼，转过身便像一颗子弹射出这间弥漫死亡气息的屋子和那扇恐怖的大门，扑向那间掩藏在街尾那片低矮破烂骑楼中间的家——

"娘怎么啦？"

"我被抓起来时，娘不是好端端的吗？"

跌跌撞撞的街上，秋风犀利地划过，把贺国庆切成一片片血淋淋的痛。道路两旁，散发着一股肃杀疹人的气息。

跑过语录塔前，贺国庆看到一个奇异的景象，数不清的破破烂烂的大字报正隆成一大堆，像一堆黑白杂乱的小坟，它们上下飞旋起起落落，整个飞舞的姿势，全都围绕着那一丈方圆的地方，经久不息。远远望去，绝对像一群梦中的蝴蝶，在绝迹的花谷中舞动。贺国庆哪顾得上看个明白，眼睛和脑袋呼地就从旁边冲过去了。他要以最快的速度跑到家里，黄宝川说娘死了——

"娘，你怎么啦？"

一把黑黝黝的大铁锁却像一只阴冷的拳头，潜伏在暗黑里，对着小主人血汗泪纷飞的面孔，突然擂出来。贺国庆抽搐了一下，本能地扬起拳头，无意识地擂动那扇陈旧又坚实的木门：

"娘，你在哪里？"

"娘，你怎么啦？"

吱呀的一声响，眼前的门却没有动静，贺国庆愣了愣，脸色僵了好一会儿，才记得转动眼睛投到隔壁家去。

有一丛干枯的头发伸出来，然后是两只惊慌的眼睛，有些不相信地望着贺国庆，死定定地。

良久，干裂的嘴唇张开了。

"你娘被人开枪打死，在语录塔前面，有好大一摊血，你赶快去吧，我们已经报到革委会去了。"

"什么，谁，是……是谁干的？"

"不知道，你自己查吧！"

说着，门"砰"的一声，关上，就像房子闭上了嘴。

贺国庆的两腿霎时像被人抽走了筋，身子紧接着便斜斜地倾倒在紧闭的门板上，大口大口地喘着气。贺国庆觉得胸腔里的肺虚弱得像一位刚从手术台上抬下的产妇，一阵阵窒息，逼得他无处可逃。

很久很久，久远得像一条奔腾不息的河流，贺国庆脑子又回响起邻居的话：你娘被人开枪打死，在语录塔……贺国庆眼前突然浮现起那一堆飞旋的大字报，那隆起的一大摊，一团滚烫的血顿时心口迸出，穿过颈脖，从鼻孔中飞射出来。

鲜红的血光终于把贺国庆唤醒，让他变成一个红袍青年。

只见他嚎叫一声，撒开一拐一拐的双腿，狼一样沿着来路狂奔。

贺国庆身子后面，是一串噼啪打开的窗子，一束束惋惜、怜悯而又怯弱的目光，更像一支支微弱的箭镞，穿过巷道，滑过街墙，闪过拐角，射进那一面巨大的语录塔，和语录塔上那一颗颗鲜红的大字。语录牌上一颗一颗拳头大的红字就像谷镇一颗颗被掏出的反革命分子的心脏，不屈不挠活蹦乱跳着——

炮打司令部

——我的一张大字报

全国第一张马列主义的大字报和人民日报评论员的评论，写得何等好啊！请同志们重读一遍这张大字报和这个评论。可是在五十多天里，从中央到地方的某些领导同志，却反其道而行之，站在反动的资产阶级立场上，实行资产阶级专政，将无产阶级轰轰烈烈的文化大革命运动打下去，颠倒是非，混淆黑白，围剿革命派，压制不同意见，实行白色恐怖，自以为得意，长资产阶级的威风，灭无产阶级的志气，又何其毒也！联系到 1962 年的右倾和 1964 年形"左"而实右的错误倾向，岂不是可以发人深省吗？

毛泽东

1966 年 8 月 5 日

被火红语录映亮的是塔前那一片片黑白相间的大字报，它们像一张长满灵性的翅膀，在寂静的空气里，纵情地飞舞；风起的时候，它们是一群狂热的女红卫兵，围成一个巨大圆圈飞扬手臂摆动腰肢扭忠字舞；风息那一瞬间，它们就变成一群东北大妈，大大的屁股大大的脚步，一跨一跳地蹦着豪情的秧歌……那热热闹闹的场景，就像"文化大革命"之前谷镇一年一度的祭神节。

那一天，男女老少穿上最崭新的衣服，扭着欢快的蛙步，抬着肥大肥大的老母猪，踩着神四敲响的欢乐的鼓点，跟在神四的后面，热烈地踏上秋后的田埂，缓缓向土地庙移动。

神四是谷镇"祭神节"祭司的名称，每代一个，他们的身上都怀着世代相传的一种神奇技能。那一天，神四就身穿大红袍，脸上戴着红木面具，把眼神和面孔全部遮掩起来，然后拿出一根长长的锥子，从左掌心扎进，一直通出左手背，在稀稀滴落的鲜血中，将一面锅盖那么大的铜锣用两根绳子缀好，挂到锥子的两头，然后扭动神奇的蛙步，敲打清亮的锣点，将整个谷镇的激情带到土地庙，给大地保护神献上大礼：

一头肥壮的老母猪；

一捆金黄的糯米穗；

一双用稻草束成的金童玉女；

三炷手臂般大的檀香；

……

神四坐在土地庙的太师椅上，敲打着明快的铜锣，敬神的大礼便摆在庙前的祭台上，谷镇的男女老少踩点着神四的曲调，尽情地摆动着祖祖辈辈相传下来的神蛙舞，一直到太阳落山，他们才架起大鼎锅，将大母猪煮熟，切成连肉带骨头的一块一块，对着一大碗一大碗的苞谷酒，喝得天昏地暗，黑夜垂临……

贺国庆就在邻居们纷繁的幻景中，撞进他们的目光中。眼前的景象倏地变成静悄悄，他们看到贺国庆挥动一轮又一轮的手臂，把大字报的飞舞全部都打落四溅，他就像一只竹鼠，用他锋利的前爪飞快地扒开散落的黑白相间的纸片，"的确良"白上衣便露在阳光之中，鬼祟鬼祟的白，白得晃眼，紧接着是一张苍白的老脸！

贺国庆霎时像语录塔一样僵直起来。

那一瞬间，目光钉在语录塔上的邻居一齐呕吐起来，他们的眼睛，不约而同地浮出一头被褪毛开肚的大母猪来。

那是"祭神节"里的大母猪！

9月7日夜

刘寡妇竖躺在门口半掩的厅堂里,一张崭新的竹席上,直挺挺的。脑畔,一盏昏黄微弱的煤油灯,像一个小孩举着一根树枝,艰辛地撑住黑暗的下沉。贺国庆坐在竹席的一角,一动不动地给老娘守灵。灯光在他们中间燃起一道隔开阴阳两界的墙,让他们从此相对无言。

按照谷镇风俗,伤死的人,尸体是绝对不能进家门的,如果是跌下山死,连翻动尸体也不允许,盖上一张竹席,就地掩埋了。不然就惊醒伤死鬼,沿路回来吵闹,还会拉人去垫底。小镇的人都相信鬼魂的传说。

贺国庆在语录塔前哭呀哭,不知哭了多久,也没有人出来观看。后来太阳变得通红,就像不小心被西边那一座座尖尖的山头刺破了脸蛋,鲜血染红全身。贺国庆这时才回醒过来:娘死得不明不白,不能就这样下埋!

于是,贺国庆磕了三个响头,然后跑来敲开邻居的家门。

"国庆,你是怎么回来的,革委会说你犯了死罪呀!"

"没有,我是被冤枉的。"

"那你是逃出来?"

"他们放出来的。"

"真的?"

"当然是真的。"

"你娘出这样的事,真让人痛心,可是人死不能复生,就入土为安吧。"

"不,我娘是被人开枪打死的,我不查个水落石出,她是不瞑目的。"

"那你把她留在语录塔前?"

"不,我想请你帮帮忙,把她抬回来。"

"你疯啦?你——"

"我要用凶手的头颅供到灵堂上给她当光明灯,让她走到阴间不迷路。"

邻居看着贺国庆那杀意无穷的狂热,吓得一大跳,往后退了一步,"砰"地就把门关上。

从街头到街尾，谷镇一扇扇门，面对贺国庆的哀求，都不约而同地扔下一次次闭门羹。

贺国庆阴着脸，咬了咬牙根，再不把门敲下去，他转回到家。

贺国庆从衣柜的底层，翻出一条大背带来。小的时候，娘就是用这条大背带，在这个没有亲人的小镇里，一天天地把他背大。今天，就让我来报一次恩吧！

贺国庆一个人背着老娘死沉死沉的尸体，一步一个趔趄，一步一个龇牙咧嘴，穿过大字报缤纷的街道，撞开死寂死寂的秋风，跨进自家低矮的门槛。

9月8日凌晨

是谁杀死我的老娘呢？

贺国庆知道，复仇的重任从此只能由他一个人来完成了。贺国庆是贺家一根独苗，老娘生他时，他却赖在子宫里不肯出来，一连折腾了两天一夜，最后只能送到医院里强制执行。贺国庆生下来的那一天，正是国庆节，不知道父亲是高兴得想与国同庆，还是气愤这孽子的不孝，结果，这个既可以说是吉祥如意，又可以说是随手可捡的名称，便成为他的大名。老娘因为剖腹受到损伤，结果再也没有怀上，贺国庆便成为她的心肝宝贝。一个人独占娘亲的爱，也就一个人承担报复的报答，这个道理贺国庆非常明白的。

令贺国庆头痛的是，是谁与贺家有这么大的冤仇，让他们竟敢在光天化日之下，举枪残杀一位连话都不敢大声讲的老实人，而且，还是个女人呢！

暗影中浮动起一张若明若现又死气沉沉的虚晃面孔，让贺国庆有一种被利刃扎进心脏的感觉，难道，是——是自己造的孽，结果触发天怒，殃及娘亲惨遭横祸？

贺国庆脑门一震，目光再一次投向那一堵半明半暗、扎入屋顶的隔墙上，那慈祥而锐利的目光，正像源源不断的阳光，洋洋洒洒地播洒个不停，让他感到全身没有一寸布遮掩的赤条条，裸露在千万道鞭影之中。

"千万不要忘记阶级斗争。"

"坦白从宽，抗拒从严。"

"有则改之，无则加勉。"

……

屋外万籁寂静，除了偶尔一声猫儿叫声的凄惨，贺国庆听不到一丝声响。这个时候，他反而期盼有鬼，如果世间真的有鬼魂，老娘肯定回来同他说说话，老娘只有他一个亲人，这样不明不白地惨死，她肯定有说不完的仇恨和愤慨！可是，什么都没有，脑子里只有粽子一般拥挤的"教导"和"语录"，从小学到现在，让他阵阵寒战。

墙上那双眼睛却穿透满屋的昏黄，火炬一样扎进贺国庆的屋子，巨大的光让贺国庆一阵阵晕眩。贺国庆觉得身上的热气正慢慢消失，只有冷得透骨的寒气往上冒；而脑门却不争气地直冒着汗，渍渍地下滑，像一条条蚯蚓一直钻进颈脖中，滑滑腻腻！

贺国庆想挣扎，身子却像绑在一根树蔸上一样；贺国庆想摆摆头，脖子没有关节；抬抬手，手臂已镶进树蔸中，贺国庆想扭扭腰，腰背已经同身子分离了。贺国庆突然想到谷镇那一场万人批斗大会，县长方正就被五根绳子吊在半空中，五根绳子五个方向，两手两脚，还有一根从腋窝下绕过，缠着颈脖，头顶往上打个结，然后挂到横杆上。

卫革在台上宣读方正的十大罪状：

"第一条，反党反革命！你承认不承认？"

方正说："不承认！"

杀气腾腾的黄宝川立即摆摆手，四名拽绳的打手立即紧绷手中的麻绳。一串惨叫立即像气泡一样冒出。

"你承认不承认？"

"……承……认？！"

"好！第二条，贪污人民血汗钱！你承认不承认？"

……

想着想着，惨烈的场面就像搬到眼前，让贺国庆两腿发颤。

扑的一声，贺国庆一下子跪到画像的面前，噼噼啪啪地扇自己耳光。

"我贺国庆混蛋，不该失手打碎你老人家的像章，更不应该为逃脱罪责，把残骸扔进粪坑去，销毁证据，你要惩罚就惩罚我吧，只要你告诉我仇人在哪里，让我去死也行……"

贺国庆的忏悔和恳求，在形影孤单的夜晚里，像水龙头里的水，汩汩流个不停。他觉得，只有不断地说，不断悔过和祈求，才能让自己冲开那片谜团重重的困扰，甩开膀子，扑到仇人身上。

"毛主席是我们的大救星，他永远永远保佑我们的一切！"这是老娘时常挂在嘴上的一句话。

不知过了多久，贺国庆觉得尸解而去的手、脚、腰，重新又回到自己的身上，成为自己身躯的一个部分。墙上的目光越来越柔和，越来越慈祥，越来越温和，就像深秋里一碗肥肉汤，把贺国庆的身体从内到外清洗了一遍，让他彻底地放松，放松……

贺国庆柔软得像一根羽毛，轻轻贴到竹席上；身边，时益冰冷的老娘，那乌黑的寿衣正散发着土布纯正的味道！

9 月 8 日上午

"东方红，太阳升，中国出了个……"

一曲清亮的《东方红》仿佛自九霄降临，在心力憔悴的贺国庆的耳边打了一个旋，便在厅堂中央照亮开来。贺国庆嗖地弹起来，双手飞快地揉了揉苦涩的眼皮，迅速在四周扫瞄了一圈，脖根连连甩动，脑子才转换过来：这是在自己的家中！

天已放亮，虽然没有鸟儿脆鸣，贺国庆还是有一种如释重负一样的欣喜。几天来，他第一次睡上一次没有梦的觉！

目光慢慢低垂，老娘那张惨白的脸又刺进贺国庆的眼帘，胸口，猩红的血迹在衣服上画着一个醒目的标记，仿佛提醒贺国庆，娘是被枪杀的，一个凶残的仇人，正躲藏在阴暗中，伺机消灭他们贺家！

贺国庆给老娘磕了一个头，走进厨房掬把清凉凉的水往脸泼了泼，又在怀里揣进那阔面菜刀，便跨出家门口。

老娘是在语录塔前被杀的，贺国庆决定从那里查起。柔软的晨光在谷镇映照出早晨的鲜嫩。贺国庆推开门口的那一瞬间，临街的窗子仿佛愣了一愣，噼啪地关上了。

贺国庆没有抬头，他知道，自己昨天的那个决定，已完全得罪谷镇上的人。

得罪你们又怎么样？我贺家还能指望你们什么！

语录塔上的《炮打司令部》依然鲜亮如故，这完全归功于谷镇的造反派——"炮打司令部"！一直在众多派别中占上风的他们，总是定期给这篇名文刷换新装。此刻，地上飞旋的标语不见了，应该留下的那一摊血迹也被人冲洗得干干净净，一切仿佛都没有发生一样！

语录塔前空荡荡的，贺国庆站在那里，满目杀气一时不知射向何处。周围的门都关上了，贺国庆的目光无法将它们敲开。

面对一个把伤死鬼背回家的人，谷镇人微薄的胆量使他们在短暂的几天时间里，是不可能轻易同他有所接触的，谁不害怕让伤死鬼缠上身，把魂魄摄进阎罗殿！

贺国庆看了看四周，四周死静；贺国庆又看了看天空，白云苍苍。贺国庆明白，如果不在这里把自己昨天听到的那串串枪声弄个水落石出，再去别的地方查也枉然！

贺国庆决定把自己站成语录塔前的一座塑像，守候在那里。

远远地，有一个人从街道那边走过来，他的步伐急匆匆，两步并作一步的姿势，让他浑身别扭。

很快，贺国庆看清他的面孔，那是街心的蔡伤，谷镇有名的阄猪佬，每天，他都串村走屯去帮人阄猪，一蹦来回就是一大碗花肠和猪睾丸，谷镇的人家，就他活得最滋润。不过，人们都叫他阉猪佬，从来不叫他的名字。

"蔡叔，你知道昨天谁在这里打枪？"贺国庆终于逮住一个人。

正低头赶路的蔡伤一惊，眼睛倏地从路面抬起来，看到前面正迎来的贺国庆，立即像一只受吓的兔子，撒腿就往回跑。

"蔡叔，阉猪佬，你还没有答话呢！"

蔡伤的身影早已消失在拐角处。贺国庆愤怒地朝着蔡伤钻过的方向，呸地吐一口浓痰，又骂一句，"去你老娘的"，脚步只好停下来。

太阳已经很暖了，语录塔前的街道，却杳无人迹，贺国庆气得牙龈都痒痒的。他想，在这里死守不是办法，不如撕破脸皮开天窗说亮话，看谁还敢做缩头乌龟！

"躲在门背窗后的人听着，你们告诉我，我娘是被谁打死的？不然，我就一一地敲破你们的门，拔掉你们的桃符，让你们不得安宁！"

街上一片沉默。

"我数一二三，你们再不答话，我就不客气了。"

"一"！

沉默。

"二！"

沉默的空气开始晃动起来。

"三！"

一股恐惧和无奈的气息从一扇门窗飘涌出来。

"好，你们逞能，那我就上门去，看谁怕谁！"

说着，贺国庆直直地往对面一扇大门走去，嗵嗵的脚步声，像是踩在一个个跌落在地上的心脏，让街道两旁一串痉挛。

"别，别，你别过来，我们不知道，当时炮打司令部和红色革命军正在打仗，动用武装部的步枪，没有谁敢开门，中午的时候，枪声停了，我们就见你娘倒在语录塔前了。"

"你是说炮打司令部和红色革命军的人干的？"

753

"不，不是，我不是这个意思……"

"那是什么意思?"

"我是说我们害怕革命勇将们打仗，不敢观看。当时他们离这里挺远的，不知道枪子能不能打到这里来。"

"他们在哪里打?"

"铁器社那一带!"

贺国庆停住脚步，回头把眼睛扭到镇北的天空。铁器社在镇北，离这里足足有一公里远，造反派的枪子再厉害，子弹的确不会打到语录塔来。那么，凶手又是谁呢?

贺国庆一时不知道该怎么行动!

9 月 8 日夜

夜深得没有人愿意起来撒夜尿的时候，贺国庆拨开填满谷镇屋里屋外、弥天漫地的黑暗，把脚步和身形提高到野猫一样轻灵敏捷的程度，一跳一闪，一躲一骤步地，蹿向谷镇的中央、那一座漂亮的四合院。

四合院在谷镇的中心、一个开阔的坡地上，推开窗门，如果眼睛能穿过暗黑，你随时随地都可以窥视到谷镇人家的全貌：挑水的一扭一摆、洗菜撅起的大屁股、洗澡时的赤条条，还有做爱时那惊天动地的依嗬呀呻吟……二十多年前，一个从北方南下到谷镇当书记的"四野"连长，动用公款修建起来的一座充满家乡浓郁气息的房子，但他刚刚享受到谷镇野气十足的叫床声时，就被当地的"老游击"一状告到省里，结果灰溜溜地滚出谷镇人的目光，四合院便一直闲置着。

谷镇都说这座四合院风水不好，"炮打司令部"不信这个邪，起家的那一天，他们就扛着"炮打司令部指挥所"大牌往四合院大门一挂，对着高音喇叭敲起锣鼓，吼起大半天的《东方红》《大海航行靠舵手》……这座带有北京风格的屋子，便名正言顺变为他们忠于毛主席的基地!

贺国庆从语录塔回来，骨头就像让一双大手咔嚓咔嚓捏碎了一样，软绵绵地坐在老娘的身边，一动也不动。

贺国庆原以为自己会像一只困兽一样上蹿下跳，钻上爬下，可是没有，连续几天的受刑，早把他疯狂的本钱耗得差不多，他慢慢明白什么叫伺机而动，只有撕破笼罩在贺家顶上的仇恨，他才会找出凶手的身影来。贺国庆知道，仇人肯定就是那个隐藏在人群中披着人皮、面孔狰狞的告密者……子夜那惊心动魄的一幕忽地又闪回贺国庆的眼前。

那一夜，贺国庆正为一个让他仰慕不已的女红卫兵的生日礼物发愁而翻箱倒柜、把母亲的房间弄得比鸡窝还乱时，一个用红绸精心包裹着、脸盆那么大的东西便从木柜底层、贺国庆死鬼老爹的遗物下面"跳"出来，一下子把贺国庆的眼珠粘住了。贺国庆的心怦地炸开——什么东西，什么宝贝？

贺国庆伸出双手，用力搓了搓，双双伸向红绸包。当他的手指尖尖一触碰到绸面，唰的一声响，双臂像通过两道电流一样，让他禁不住缩了回来。贺国庆看着自己的双手想了想，便从嘴里调动出一口清痰，噗地吐到手掌上面，双掌合拢，上下搓动起来，足足搓得掌心通红，才把手掌擦到衣襟上，然后重重地吞下一口痰，抚了抚怦怦的心脏，才伸手到红绸缎的左右边，捧水一样，把那东西捧过来。贺国庆不敢在屋里打开，屋里太暗，他决定拿到厅堂来。

厅堂挂着一颗二十五瓦的灯泡，在这样的光线下面打开红绸，才对得起这个隐藏这么多年的宝物！

宝物就是宝物，一经打开立即把贺国庆双眼射得发直——

这是一个像章！一个贺国庆从来都没有见过的、这么大的像章，白的白得像雪，红的红得像火，那一个高瞻远瞩、智慧无穷的头像，就像一颗金黄的太阳，高高地悬挂在天安门城楼的上空，道道光芒无限喷射，把贺国庆这一间窄小的厅堂映照得亮堂堂！

贺国庆被这个奇异的影像笼罩着，整个人变成一座僵直直的像章架座，他不敢相信，这是一块像章！

大门吱呀的一声，破开寂静无边的夜，撞向贺国庆的脊背。如同一把寒冷的刀同时唰地划过来，一股惊慌的情绪哗地涌上心头，贺国庆止不住自己的身子，呀地蹦了起来——

"叭"的一声碎响，眼前的金光闪闪不见了，老娘扭曲的面孔倏地在贺国庆的侧面无限放大！

静！

死静！

从十八层地狱迸发出来的静，凉飕飕地透骨。

贺国庆和串门回来的老娘眼睛撞到一起，瞬时僵化为两具风干的尸体，竖立在地上。

"这可怎么了得啊，你怎么打碎毛主席他老人家的像章，死罪啊，怎么办?"老娘像僵硬了一冬的老蛇，突然间被谁拎到太阳底下一样，舌头和声音呼地蹿动起来，钻进贺国庆的耳孔。

贺国庆一个激灵，嘣地从噩梦中惊醒过来，他用力地甩了甩脑袋，用锋利的牙齿咬了咬下唇，然后嗖地跳起来，飞快地冲出大门。

外面黑黢黢一片，除了秋风沙沙划动，街上一个鬼影都看不见。贺国庆一头撞进黑幕，在左右两旁的街道来回跑了几百米，的确没有什么活着的东西在这里出现后，才一脚跨进家门，砰地把门关上。

汗水滴滴答答地在脑门飞溅，忽而冷，忽而热，胸口呼呼地凹凸起伏，抑压的气息就像锅炉里冒出的蒸汽，贺国庆的脸由青变红，又由红变白；老娘双腿开始发软，双手捂着脑袋蹲到地上，咻咻地抽噎起来。

怎么办呢！怎么办！贺国庆的脑子就像放电影一样，闪起一个个可怕的场景：上个月，镇里的一个姓韦的干部肚子不舒服，冷不防抽痛就要蹲茅坑；有一次，他实在忍不住，就钻进玉米地去解决问题，当他蹲得头昏眼花，星光灿烂时，随手就撕下手中的《人民日报》当卫生纸用，没想到那页报纸有一条关于党中央毛主席的指示，他的秽物正好涂在上面，结果，群众举报、革委会追查，那个干部立即被打成现行反革命分子，斗得个半死不活，才被送进监狱蹲大牢。贺国庆心里明白，自己这可是打碎毛主席像章，罪加一等。

贺国庆咬破嘴唇，不断地在碎片周围走来走去，脑子像飞轮一样转动着：今夜不想出个万全之策，到了天亮自己只有等死的份！

老娘是指望不上了，头发长见识短。不知过了多久，贺国庆的目光无意中扫到山墙上那一张慈祥睿智的画像上，心里咯噔一下，颤抖抖起来。他知道，画像后面有一个洞，破"四旧"前是用来安放香炉供天地祖宗的，解放后不让搞这种封建迷信后，人家心里总不踏实，家家户户总得有一个神来保佑吧！于是，在谷镇，人们都不约而同地，把毛主席的标准画像，贴到神台的位置；进门有那一道目光注视，出门有那一道目光沐浴，心里就像揣进一碗"牛肉炖土豆加干饭"，踏踏实实的！

对，我们都是他无限忠诚的好孩子，就让他老人家来保佑我吧！贺国庆飞快地做出决定。于是，他找到一张红纸，把像章的碎片一块块一粒粒地捡起来，包好，心里暗自祷告起来，然后爬上八仙桌，轻轻地揭开毛主席的画像，把碎片放到墙洞之中。

老娘哭丧着脸，紧张地盯着贺国庆，嘴里不断喃喃："这能行吗？这能行吗？"见儿子用剩饭将画像重新糊好，她又哆哆嗦嗦地担心："你打碎他的魂，还把碎片藏到他身后面，这可怎么得了，会报应的呀，让我怎么办呢……"

听不得老娘的啰唆，贺国庆心中的火呼地就冒起来，狠狠地瞪了老娘一眼："闭上你的臭嘴，我的死不要你管！"老娘的泪水唰地又珠串砸地，她怯生生地看了看儿子，又看了看墙上的画像，然后慢慢地站起来，迈开她抖嗦嗦的瘦腿，颤巍巍地把僵硬的身子移进阴暗的里屋。

屋内顿时陷入一片死寂，贺国庆直立的身子顿时又变成一只空麻袋，哗地坍塌下来，跌进那吱吱呀呀要散架的太师椅上，大口大口地喘着气……

呜哦嗬！谷镇第一声公鸡打鸣声弯弯曲曲飘起了！贺国庆才一个激灵，立即从假寐中惊醒，他听听四周，四周就像有着一双明亮的眼睛窥视着；再看头顶，那盏电灯还在苦苦地支撑，什么都空空无无。汗水又开始往下流，心儿又开始往嗓子眼钻……贺国庆的脑子像飞轮一样盘旋着，一个又一个的担心和主意，萤火虫的屁股一样忽闪忽闪个不停，就是不能肯定下来。贺国庆只能强忍着，强忍着不动，当他再也忍不住了时，他立即被一个疯狂的举动紧紧拽住，就像十八匹马拉住他一样，让他无法制止自己——

把碎片扔到粪坑里去，看谁还找得到！

贺国庆呼地站起来，跳上八仙桌，伸手唰地把画像扒开，把红纸包抓紧，飞快地揣在怀里，跳下桌子，在东张西望中惊恐地往屋后猪圈里蹿动。黑暗里，猪们正哼哼哈哈地沉睡着。贺国庆拿起粪耙往粪坑里胡搅了几下，手中的红纸包立即准确地沿着耙杆扔下去，再飞快地搅动粪耙，直到死死地确信红纸包破烂碎片和着粪便屎尿一道沉下坑底，贺国庆才停下手中的疯狂。此刻他浑身像落汤鸡一样，湿漉漉地淌着汗滴；但整个人就像便秘了几十年，终于在一朝拉它个精光掏它个干净一样痛快淋漓！

贺国庆万万没料到，这么隐秘的事情，仅仅两天时间，"炮打司令部"的那群杂种还是知道了，只是他们想不到，像章的碎片最后被贺国庆扔进粪坑里！

肯定有人去告密！

告密的人一定是贺家的仇人！

仇人的目的是要铲草除根，不然，他们怎么连老人也不放过！

想到这些，贺国庆浑身有一股拨云见青天的舒畅；他从后院柚子树根，挖出一颗两年前拾到的、用油布包好埋好的手榴弹，揣进兜子里。这是他撬开梁卫革嘴巴的唯一赌注，有了这一个，贺国庆不相信梁卫革还敢保什么密！

贺国庆知道梁卫革的底细，以前他是谷镇中学的一名物理教师，小白脸一个，1966 年因同一个女老师有不正当男女关系，被校长罗教觉察，准备将他处分时，他连夜将一只自装晶体管收音机伪装成发报机，偷偷藏到罗教的柴房，然后带领全校学生去搜查，挖出一个隐藏在校园的台湾大特务，受到谷镇造反派的赏识，被委以领导谷镇中学师生夺权闹革命的重任；梁卫革果然是这块料，仅用铁锤砸阴茎小刑，就把全校领导拔个连根净；后来，他又把成果扩大到造反派内部、谷镇人民公社，很快就连升三级，当上谷镇革委主任，成为危城大红人。

此刻，梁卫革正赤裸裸地躺在四合院中央、一张结结实实的竹椅上，秋风和夜露把他裹得严严实实、静静悄悄，他那肥胖的影子就像一只乖巧的大黑狗，毫无声息地蹲在他脚下。梁卫革的跟前，是一只栲木茶几，上面一闪一闪地，点燃着一排明明灭灭的香烟，梁卫革就在一个个静夜里，像一条在深山里修炼的蛇精，采集日月精华。梁卫革不抽烟，抽烟嘴太臭了，但他喜欢香烟那一股醇香的味道，和着空气慢慢地闻着吮着，身子就像通过一股静电，酥酥麻麻的；又像有一双无比温柔的小手，轻轻地把你拉上云端，让你在天上飞呀飞，一直飞到胯间鼓鼓地炸开，把所有的烦恼和焦虑全部射出去，小手才把他领回人间……

正当梁卫革纵情欢娱，身上每一个毛孔都在张开、每一根汗毛都在舞蹈，让他禁不住要一声声长吟、血脉喷射时，啪的一声巨响，像针刺一样，一下子插进梁卫革的腰眼，梁卫革霎时间像一只被一张巨手摔到水泥地板上的大青蛙，双手双脚八叉地瘫趴着，一抽一搐地颤动着！

谁？——梁卫革惊叫一声，手立即往腰间一摸，空无一物，枪丢在屋子里了。这时，黑影已像饿虎一般扑到他跟前。

别嚷嚷，否则炸死你！黑影恶狠狠地说，一个长酒瓶的家伙沉甸甸地从他手中扬起。梁卫革霎时缩成一团，近来的造反生涯，让他一眼判断出这是一个手榴弹，一旦炸开，他这身骨头只能用火钳捡进棺材了。

梁卫革深深后悔，身边没有留下一两个手下站岗放哨；更后悔自己图一时快乐，怕弄脏内裤，竟然脱得光溜溜，连枪都扔到房间里；真他妈的，终日打雁反被雁啄眼！借着微弱的星光，梁卫革终于看清黑影的面孔，心里更是一个咯噔，凉了一大截。

贺国庆！这个被他们"炮打司令部"整得死去活来的小子，早知道这样，自己就不该有一丝仁慈之心，让他出来料理他老娘的后事！但是，此刻已不是后悔的时候，一切都得活过今夜后再说。梁卫革明智地选择举起双手，从竹椅上站起来——

贺国庆跟前顿时像吊挂一只刚刚吹胀了气、刮净了毛的大肥猪一样,梁卫革那一堆白烂烂的赘肉,抖索索的,简直让贺国庆无法将眼前的人,同那个名字都能把谷镇夜哭的小孩吓住声息的革委会主任形象联系在一起。眼前的这个赤条条的人,竟是一个被吓得全身没有一个地方是挺直的胖猪,腿、手、肚皮、颔、脸上……无一处不抖颤颤,胯下的那个"小老二"更是大肠挂桶边一样,可有可无的!贺国庆真的想笑,但是他扯了扯嘴巴,一点笑容都没有。他只能一脚踏到茶几上,一手攥手榴弹,一手指梁卫革,说一声"老实回答我的话,不然,你别想活出四合院!"

"是,是是——是。"梁卫革把头点得像敬神一样的虔诚。"态度要好",这是梁卫革做人的一个秘诀,尤其是在这种时候。

"说,是谁来告密,说我打碎毛主席像章?"

梁卫革一愣,全身顿时像流过一股狂流一样,让他一下子止住了冷抖,原来是这一件事,原以为贺国庆是来向自己报复的,看来自己是太慌张了,自己吓自己。梁卫革暗暗地吁了一口气。

"别要花招,说!"贺国庆注意到这细微的变化,立即紧了紧"绳子"。

"你真的想知道?"梁卫革开始恢复了常态,同贺国庆平视起来。

"去你娘的,老子不想知道找你干什么?"

"好,那我告诉你,告密的人,哦,不能说是告密,只能算是泄密的人吧,是你老娘……"

"什么?"贺国庆猛地一震,"你她妈的耍我?"

说着抡起巴掌往眼前那张臭哄哄的嘴甩过去:"小心老子炸死你!"

"你不相信?"梁卫革盯住贺国庆的眼神,"我说了,是你娘泄密,不是告密,明白吗?"

贺国庆有些发愣。梁卫革趁机缓解一下自己紧张的情绪:"你打碎了毛主席像章,你娘受不了替你担惊受怕,又见你不肯向组织、向党坦白交代,就偷偷地来找我,让我向毛主席他老人家求情,宽恕你年幼无知,不要降罪于你!"

"你胡说!"

"我胡说,我胡说让我被你炸死,你娘还给我一只玉手镯,让我献给毛主席夫人江青同志,不信,你跟我到屋去看。"

当那只贺国庆熟悉的、布满血红的青玉手镯从梁卫革紧锁的抽屉里,袒露在办公室雪白的灯光下时,一只看不见摸不着的铁拳,像杵头一样轰然砸向贺国庆淌血的心头,让他陷入一片天旋地转之中,脑子一片轰隆隆鸣响……

"你收下玉手镯了,干吗还派人抓我,还让人打死我娘?你说——"贺国庆像只受伤的狼,嚎叫起来。

"你娘的死与我们无关,抓你起来是你老娘的错,这事要是她不说出来,谁也不会知道;要是被谁知道了,给他天大的胆子,他也不敢隐瞒起来!要不是我看在手镯的份上,你早就被打死了,还能出来给你老娘收尸吗?"

每一句话就像是一发炮弹,弹无虚发地直轰向贺国庆虚弱、战栗的身躯,贺国庆眼前是一片血肉横飞、撕心裂肺:自己豁命出去的寻仇,竟然是这样一个结局,让他还能说什么,干什么?

贺国庆就像一只被千万声犬吠围困的无牙老虎,只有闭着眼睛向前冲,它不知道哪里有敌人,哪里是活路……天塌了,地陷了,那里都是敌人,那里都是死路,自己只能做一些无劳的奔跑、逃窜罢了。

身后,梁卫革尖利的狂笑,就像满天坠落的冰雹,把贺国庆砸得严严密密,死死实实……

娘,为什么是这样,难道你不知道,梁卫革是条披着人皮的狼吗?

娘,你怎么这么老实,你知道吗,儿子差点就被他们整死了!

娘,你让我今后还能相信谁,依靠谁?

……

一道道的痛苦和凄切就像一条条蛇,狂窜贺国庆的体内,他恨不得插上翅膀,在地上蹦起来,飞起来;周围全是一片魑魅鬼影,一张张狰狞的嘴喷吐着一股股腥臊臊的气味,让狂奔中的贺国庆,像被一张黏糊糊的大网兜住,怎么甩也甩不开……天空黑乎乎的，像一盒搅满锅灰的玉米粥，贺国庆就在暗黑里东奔西突，左冲左撞，把自己当成一匹错食疯血草的野马，只有毙倒在地才会停止扬蹄！

9月9日上午

低矮的瓦房像只大筛子，把纷纷扬扬的晨光筛得支离破碎，把被单下的刘寡妇照得斑斑驳驳。屋里，贺国庆拖着一拐一瘸的身影忙碌着，神色一片怆然。

他一边烧香汤给老娘沐浴更衣，准备换上寿服；经过昨夜的变故和发泄，贺国庆再也没有前几天的咬牙切齿，仿佛一下子长大了。人死如灯灭吧，也许入土才能为安，至于报复，如今也不知道向谁报了！

一股混合柚子叶、橘子叶、椿叶、艾草、苦楝叶……香味的气息，开始在屋里回荡，由远及近，由淡到浓，搔得贺国庆鼻子痒痒地，响亮地进出一个"啊嚏"，贺国庆知道，香汤熬沸了。

不会有人来帮忙，贺国庆只能自己动手。香汤是采集近百种草叶熬成的，用这种汤汁，可以洗掉死者生前的罪孽和苦难，再穿上干干净净整整齐齐的一身寿衣，踏上黄泉之路，才不会受同伴欺负。

"娘，你听着，儿子给你洗脸了，你别动。"

贺国庆把老娘抱在怀里，开始喊魂起来。眼前是那一张被忧愁消瘦的脸惨惨地张开，两只眼睛睁得大大的，仿佛噩梦中没有惊醒；就在那一瞬间，可恶的子弹就把她定格。贺国庆用抖颤的手抖开热气氤氲的毛巾，轻轻拭过老娘的脸。老娘仿佛愣了一下，慢慢地牵动一下嘴角，漫散的眼神仿佛微微一凝，霎时一股喜悦从脸上泛出，像水滴溅入镜平的湖面一样，冰冻的表情霎时被春风吹开，一颗硕大的泪，顿时像蕴藏了千百年的珍珠，从老娘眼角滚落，叭地砸到贺国庆的膝盖。

"娘——"

贺国庆大叫一声，手中的毛巾同时掉到地上，一股浓浓的战栗冲过他心头，昨夜沉积的绵绵怨恨，霎时化为酸酸涩涩的悲怆！

但是，未等贺国庆再叫第二声，老娘那一片回光早已消失不见，苍白的眼皮就像两扇卸重的大门，慰藉地关上了……

……

"娘，儿子给你洗头了，你别动。"

娘的头发稀落而干硬，像一茬稻草遗留在秋后的田野。贺国庆知道，自己被抓走的这几天，老娘肯定是发疯一样四处奔波，搭救自己。可恨的是，造反派没有给他们母子见上最后一面的机会，这群千刐万割的畜生们，应该剁成肉粒丢到河里去喂鱼。

"娘，儿子给你洗手了，你别动。"

归阴已有数日的老娘，手脚还像在梦中一样柔软，能弯能屈。贺国庆心头又在滴血，他知道这是冤死鬼的最大特点，他们不甘心就这样走了，阴魂附体不散。老娘的手上纵横着一道道疤痕，那是割草的时候、收稻谷的时候、剁猪菜的时候、烧火的时候、上屋修捡瓦的时候……留下来的；当娘又当爹，老娘手上的伤疤比别人多了一倍，小的时候，老娘受了伤总让贺国庆扯下裤裆，掏出小鸡鸡，对着伤口勾扳小水枪；晶莹莹的童子尿立即把烫热的鲜血冲涤得一干二净，那或瘦细或丰腴的伤口就像一张张婴儿的小嘴巴，甜蜜蜜地闭着眼睛，贪婪地吮吸着；如果尿水是浑黄的，老娘立即大惊小怪地叫起来，急急忙忙在药罐里摸出一撮金银花来，生火煮沸，让国庆早晚喝它一大碗……

"娘，儿子给你洗身子了，你别动。"

老娘胸口开着一朵紫红紫红的大花，在素白的衣服上触目惊人，差一点没把前襟淹没。贺国庆小心翼翼地解开胸前的扣子，轻轻把老娘的上衣脱下，一个杯子一般大小的伤口赫然迸裂在乳沟之间，那紫黑的血块、那撕裂的肉条、那击碎的骨头中间，贺国庆看到一股浓黑浓黑的血，在老娘胸腔里回激着，呼叫着，就在他的手指触及那一对被自己吮得干瘪瘪的乳房时，哗地张开血脉相承的手臂，把贺国庆抱个正着……一股消失了十多年的乳香气味，霎时把贺国庆浑身的伤痛、悲愤严严实实地裹住，让他忘记了时间、天地！

"国庆,来给娘尿尿止血!"

"哎,来了!"

"娘,你怎么流这么多的血?"

"娘不小心,让菜刀咬了一口,阿庆乖,以后不要玩菜刀了,好不好?"

"娘,我不怕,我先给您尿尿,等下再去收拾它,看它还敢欺负我娘。"

"唔,我家的国庆长大了,成了大男人,懂得疼爱娘了……"

老娘的脸就像一朵雨后的梨花,水滴涟涟。

"娘,很痛吗?"

"不,不痛。"

"那你为什么哭了?"

"娘高兴,高兴小庆长大了。"

"真的?"

"真的!"

"那我以后就可以帮娘挑水、煮饭啦。"

……

一声撕心裂肺的哭声,像被镇压在深渊中的飞龙,终于找到崩溃的裂口,破壁而出,呼啸而起,冲开屋顶的阻碍,在房屋顶上狂舞起来,在谷镇的长空来回地穿梭,把一滴滴带血的泪,撒向一颗颗干硬、麻木的心头!

9月9日中午

"神四又来了啰,还带那把枪!"

"快看呀,神四要开枪啦。"

枪!枪!!枪!!!

贺国庆的脑子突然刺进一道光,昏昏沉沉中好像抓到一根草绳一样,让他聚蓄全身的力量,把脑袋从祭台上提起来,张开眼皮——

巨大的太阳当眼就给贺国庆一记铁拳,让他双眼黑乎乎地爆起颗颗火星,良久良久才回醒过来。

惊慌而又兴奋的叫声就是从几个邻居小孩的嘴里进吐出来，他们的脸上粘满太阳碎碎的亮光。

神四怎么有枪，神四不是在破"四旧"时，被红卫兵逼疯逼傻、只懂成天游荡乞讨吃喝吗！贺国庆还记得，红卫兵把神四揪出来，然后将一顶用砂纸糊到猪笼上制成的、高达两米的帽子，架到他的头上，让他双手托着这只写有"牛鬼蛇神"几个大字的帽子在街上跑步，嘴里还大声呼喊打倒自己的口号；后来，他们又逼他用剪刀剪碎他的神袍，用柴刀劈烂他的面具，当他们押他到土地庙，要他亲手砸烂蛙神巨像时，只听见神四大叫一声"天杀地杀不是我杀"，一头栽倒在地，不省人事。红卫兵用三桶冷水把他泼得湿淋淋，他醒来却是一脸傻笑，接着就像只青蛙一样，一蹦一跳——疯了！

"神四？神四在哪里——"贺国庆嚯地跳起来，他的心脏仿佛打进一针兴奋剂一样。

小孩们被贺国庆这突如其来的举动吓坏了，呆呆地望着蜷曲在家门屋檐下像只垃圾袋、突然跳起来的贺国庆，仿佛看到一只怪兽一样，小脸变得青一块白一块。

"在语录塔，快跑呀！"不知是谁喊了一声，五六个小孩霎时像闻到枪声的鸟雀，四射而散。

"神四有枪！"贺国庆使劲地甩着那胀痛的脑袋，呆呆地看看天上的太阳，"咔吱"一声，他的双脚顿时像装了弹簧一样，唰地就往语录塔狂奔……

语录塔前，一大圈围绕着的人群把塔身遮剩一个顶顶，在太阳下面熠熠生辉；此刻，那首熟悉的《东方红》沙沙哑哑地从人堆里跌跌撞撞、弯弯绕绕地飞升而起——

东方红，太阳升
中国出了个毛泽东

他为人民谋幸福

呼呀嘿

他是人民的大救星……

顺着歌声的指引，贺国庆掰开人群的圈圈。围观的人们一见是贺国庆，立即像避血屎一样，连连向两旁退后，神四那张痴呆呆、傻乎乎的脸立即映入贺国庆的眼帘，顶上，是一把高高扬起的"五四"手枪，随着双臂踏着歌声，在他手上左右摇摆。手枪下面，是无数个闪亮的红太阳，正在叮叮当当地放射着万丈光芒……神四的脚步也没闲着，正歪歪斜斜跳起来，一会儿是忠字舞，一会儿是扭秧歌，那笨拙的姿势让贺国庆感到，那是一只大肚青蛙胡蹦乱跳，引人发笑。

不过，没有人发笑。大家都紧紧地盯住神四手中的枪，生怕一不小心枪管会指向自己。炮打司令部的黄宝川也带着打手挤在人群中央，贺国庆看他正狠狠地瞪了自己一眼。

"干吗不把枪缴起来!"

"他已经打死好几个人。"

"开枪把他击毙不就成了!"

"你没看见他身上挂满毛主席像章吗，谁敢!"

贺国庆一个激灵，揉了揉眼睛，才恍惚过来，原来那光芒万丈的小太阳，是无数个大大小小缀在衣裤上面的像章，神四就像一位上古的将军，披着一副能阻挡千军万马的铠甲。

"来来来，好玩啊，太好玩了!"

神四停止了歌声，看着围观的人群，笑嘻嘻起来。人们开始往后退，生怕神四会冲过来，把自己逮住一样，脸上是一抹抹粗糙的恐惧。

贺国庆看了看左右人群，又看了看神四那把黑黝黝的手枪，心头好像被谁捣了一下，开始疼痛起来：

语录塔……血泊……娘的尸体……手枪……神四……自己!

一连串的黑白画面就像刻录进放像机一样，飞快地在他脑海里翻滚、撕裂，发出一阵阵惨叫。

　　魂就像被一只手摄住，血，开始在体内奔腾、涌动——

　　"我——"贺国庆用手指着自己的胸口，一个字一个字地说："跟——你——玩！"

　　"我——，跟——你——玩！"神四的眼睛突然眯成一条线，握了握手中的枪管，指着他的胸口，学着贺国庆说话。

　　身后，顿时传起一阵啧笑声来。

　　"玩——什——么？"贺国庆说。

　　"玩——什——么？"神四说。

　　贺国庆心中一跳，神四有模仿别人的嗜好，这可是一个绝好的机会！他的脸不禁有些潮红起来，一条绝妙的计谋立即涌上心头。贺国庆说："玩——脱——衣——服——。"

　　"玩——脱——衣——服——。"

　　身后顿时鸦雀无声，连衣服相搓的沙沙声也没有了。

　　"现——在——开——始，看——谁——脱——得——快。"

　　"现——在——开——始，看——谁——脱——得——快。"

　　贺国庆的心跳开始加快，呼呼地，像一只小鼓在耳根擂响。他慢慢提起双手，提到腹部后，向神四指了指，然后捞起衣襟，从最底下的一个扣子，开始解开。

　　神四饶有兴趣地看着贺国庆，嘴已开始含混不清地笑起来。

　　贺国庆的心跳一蹦一蹦地加速，浑身充满得逞的窃喜。

　　果然，当贺国庆解开第二个扣子时，神四也跟着解开自己的纽扣。

　　一个。

　　两个。

　　三个。

　　四个……

贺国庆脸上的笑意越来越灿烂。

一个。

两个。

三个。

四个……

神四越解越觉得有趣，笑嘻嘻起来。

"一、二、三脱！"贺国庆数起数来。紧接着"哗"的一声，贺国庆把衣襟往两边一翻，双手往后面一伸，左手扯开右衣袖，右手扯开左衣袖，上衣顿时被拉出身子。贺国庆利索地右手一扬，把衣服甩到人群里。

那边，神四也"一、二、三"地打数，把衣襟往两边一翻，双手往后一伸——

人们霎时惊呆了，简直不敢相信自己的眼睛，脱开衣服的神四，身上仍缀着无数个圆圆的章子。人们全都屏息呼吸，双脚好像被钉住一样，一动也不敢动。

听到身后一点动静都没有，贺国庆连忙扭过头来一看，顿时也惊呆了：神四竟把像章扣到皮肉里面，一点血迹也没有，人们仿佛看到祭神节上那个鲜活的祭司，难怪都不肯吱声。

不过，贺国庆很快就回过神了，他已经打碎那么大的像章了，怕什么？

可是，未等贺国庆设计好下一个动作，神四已经扯开衣服扔到地上。而那把黑沉沉的"五四"手枪，已经飞快地握到他手中。

神四笑了，也不知道他笑什么，嘿嘿地，还不时地挥动手枪，这里指一下，那里指一下，人们就像受惊的鸭子，扑扑地往后让开。

不，我不后退，不管他是人还是神，我一定要把那把枪拿过来，不能这样罢休！贺国庆不信这个邪，他不断地给自己打气：这不是一把普通的枪，那是一把沾满血腥的枪，不仅有别人的血，可能还欠老娘的一条命！

想到老娘在语录塔被一枪打死，一股热血又涌上贺国庆的脑门。神四不是爱学着别人讲话、做动作吗？这回我是直接跟他玩枪，玩给枪的游戏，看他还能把枪捏成像章不成!

"来，神四，我、们、玩、枪。"贺国庆提议。

"来，神四，我、们、玩、枪!"神四一字一顿地学。

"把、枪、放、下、来。"贺国庆说。

"把、枪、放、下、来。"神四学。

贺国庆对着神四握枪的手，伸开手掌，跷起大拇指，挺直食指和中指，扣紧无名指和小拇指，一把枪便出现在贺国庆的手臂上。贺国庆慢慢蹲下，然后把手枪放到地上。

神四看了看贺国庆，又看看自己手中的手枪，神色有些疑惑或犹豫起来。

"把、枪、放、到、地、上。"贺国庆拉了拉脸上的肌肉，堆出一个和蔼的笑容来。神四好像觉得挺好玩，也说:

"把、枪、放、到、地、上。"

说着也学着贺国庆的样子，把枪放到地上。

浑身的血液霎时全涌到贺国庆的头上，让他激动得双眼血红，声音也禁不住有些颤抖起来。

"把、手、举、起、来。"

贺国庆松开手指，把"枪"放下，让手掌又回到手臂，慢慢抬起来，做成一个可笑的投降姿势。眼睛紧紧地盯住神四。

"把、手、举、起、来。"神四说。

他盯了盯贺国庆的手，愣了愣，转即又傻笑起来，慢慢地也把手举起来，变成一个投降的姿势。

贺国庆的心霎时掉进裂谷深渊——枪，还在神四的手上，这傻瓜癫子没有放下。贺国庆使劲地咽了三口浓痰，才把自己平静下来。

游戏还得继续玩，玩傻为止，不然就没机会了。贺国庆给自己鼓劲。

于是，贺国庆没有站起来，而是像一只大青蛙一样，一步一步地向神四跳过去:

"跳、起、来。"

跳青蛙自然是神四最熟悉的动作，他脸上霎时闪过一道奇彩，嘴里立即嘿嘿笑起来，一步一步地向贺国庆跳过来。

两只大青蛙在语录塔前，笨拙地跳起来，周围是一圈黑压压的观众，好像是多年前的"祭神节"换了地方，改在这里举办一样；而神四，还是当年众人敬仰的祭司，只是，手里少一面锣，多了一把枪！

距离一步之遥时，贺国庆止住脚步。

"停、下。"

"停、下。"神四也说。

贺国庆又化掌为枪，挥扬两下。

有了这几步青蛙跳，神四激动得嘴唇颤抖抖，满脸通红起来，他也把手枪扬了扬。

"把——枪——给——我——。"贺国庆说。

"把——枪——给——我——。"神四也说。

"给——"

"给——"

贺国庆和神四开始把枪支递给对方。倏地，贺国庆的脸搐动一下，他看见手枪那打开着的保险，正像一颗子弹一样，盯住自己。他突然有些后悔玩这个游戏。

"给——我！"贺国庆强作镇静。

"给——！"神四笑意更浓。

手枪，这把杀人的凶器，这把沾满血腥、吓倒多人的东西，就这样落到自己手中？贺国庆再也止住不了自己内心的狂喜，立即丢开自己的手枪，把手指伸成手掌，把握住枪管。没料到，刚才还笑态可鞠的神四脸色倏地一变（也许他发现贺国庆的手枪不见了而自己的手枪却被贺国庆握住），一股杀气顿时涌上眉头。

贺国庆突然发觉自己犯了一个不可宽恕的错误，为什么放弃自己的手枪，而不用另一手去握住那"五四"呢！

"砰"的一声。贺国庆浑身一抖，他看见一颗乳头一样大小、锐利、深红的东西，刹那间穿越遥远的时空，笔直地指向他的眉心，那烫热烫热的滋味，好比幼时娘亲那甜甜的奶水，慢慢地在他全身泅开。贺国庆不由自主地像一只嗷嗷待哺的小狗仔，身子往前猛地一挣，饥饿的小嘴迎头张开……

奶水倏地变成一股沸腾的开水，烫得贺国庆长长一声惨叫，瞬时满天的阳光全化为血红血红的万丈光芒，把贺国庆微小的身躯圈成一条细丝。

"这是第七枪了，第七枪了，他枪里没有子弹了。"

"冲啊，冲啊，把神四抓起来！"

"神四，你这个杀人恶魔，看你还往哪里逃！"

一时间，冲杀声、呐喊声响成一片，绞成一团，呼啦啦地冲上谷镇的上空，汇成滚滚洪流；暗天黑地之中，贺国庆突然感到有数不清的、或轻或重的脚步，正从自己的身上踩过，像踏上那一根细细丝线，向前冲！

向前冲！

仿佛看到神四被人们撕成碎片的情景，贺国庆心意识里不由得模糊一片——

"你杀了我娘！"

"你又杀了我！！"

"这回子弹打完了……"

| 作品点评 |

潘莹宇则将笔转向"'文革'与成长"，《1967年的像章》展现的是绝望而脆弱地活着的一代人，他唱响的是特殊年代的乡村挽歌。

——张燕玲：《山里山外——〈都安作家群作品选〉杂感》，《广西日报》2005年12月19日第011版

青牛

李约热

我喜欢在水底看太阳。

憋一口长长的气，然后扎下去，抱住水底的岩石，抬头看天。

天像一张蓝绸，柔软地在我眼前漂动，而那个太阳，她全部的光辉已被河水吸干，很舒服地亮着，像梦里的一盏灯。我想在这盏灯的光亮中睡去，但是根本不能，因为我很快就憋不住了，那口气很快就耗完了，我在胸腔就要爆炸的时候蹿出水面，像一条小鱼，被追赶着来到另一个世界，然后，被这个世界的光亮扎得眼睛生疼。

这只是我瞬间的感受。当我远离河水，我就把这些忘了，什么漂动的蓝绸啊，什么梦里的灯啊，什么被追赶的小鱼啊，全都没有了。

更多的时候，我在单位的院子里，对着挂在桃树上的沙袋猛捶。我的朋友韦江告诉我，当你不间断地捶上一百天之后，你的拳头就无坚不摧了。我已经捶了五十天，我还要再捶五十天。捶了五十天的沙袋之后，我的手有事无事都喜欢在胸前晃动，像随时要给什么东西来上那么两下似的。单位里的老同志问我，你的手怎么啦？我说，

作品信息

原载《上海文学》2006 年第 8 期，《小说选刊》2006 年第 9 期转载，入选《21 世纪年度小说选：2006 短篇小说》（人民文学出版社 2007 年 1 月出版）、《2006 中国年度短篇小说》（漓江出版社 2007 年出版）、《2006 中国短篇小说年选》（花城出版社 2006 年 12 月出版）、《2006 文学中国》（花城出版社 2007 年 1 月出版）、《2006 中国小说排行榜》（山东大学出版社 2007 年 10 月出版）、《新世纪优秀短篇小说选：2001—2006》（花城出版社 2008 年 1 月出版）、《新世纪小说大系：2001—2010·青春卷》（上海文艺出版社 2014 年 1 月出版），获《小说选刊》（2003—2006）全国优秀小说奖。

没什么，手这样放比较舒服。

这样讲不久，我就开始了难忘的一次经历。

这次难忘的经历是从韦江骂人开始的。

那天，韦江躺在乡卫生院的一张病床上，骂一个叫蓝月娇的女人。他的右腿缠着绷带，左手扎着输液针——葡萄糖和青霉素一面流进他的身体，他一面骂蓝月娇。他不停地骂，把自己弄得很累，就是医生也不能使他停下来。

头天晚上，韦江跟工作队的几个人一起，去蓝月娇家，要带蓝月娇回乡里结扎。当他们走了四个小时的山路，来到蓝月娇家把蓝月娇带走时，蓝月娇夺路而逃，把离她最近，一只手已经抓住她裤腰带的韦江推下山坡，使他躺在乡卫生院这张冰冷的病床上，变成一个断腿的人。

韦江说应该把蓝月娇抓来结扎两次才解恨，而且，不要打麻药。韦江恨不得变成那个给蓝月娇做结扎手术的人。作为他的朋友，我也恨蓝月娇，你跑就跑嘛，干吗把人推下山坡？你已经结婚，孩子也生了三四个，结婚的滋味早就尝透尝够，而韦江，女人是怎么回事他还不知道呢，万一就这样一去不回头，岂不是亏大啦?! 这个蓝月娇真够坏的。

我不知道怎样安慰韦江，只是跟在他后面骂，他骂一句，我骂一句，他骂一句，我骂一句，时间一长，就像两人在对骂，把送药的护士都逗笑了。

后来我觉得帮韦江骂蓝月娇也不是个办法，韦江是我的好朋友，他的腿都断了，我单单帮他骂几句好像有点对不起他，我得为他做点什么。

我一咬牙就参加了工作队。

我要亲手抓住蓝月娇，完成韦江没有完成的事情。

我踩着我的那架红棉牌自行车吱吱呀呀地到工作队报到，并在第一时间跟他们说出我想亲手抓住蓝月娇的心愿。可是没等我说完，他们就笑了起来。笑得最响的是老张——他笑得跟咳嗽一样。老张说，小李，刚刚参加工作队你就想找到蓝月娇，哪有那么容易的，我都参加三年了，每一年都被派去找蓝月娇，可到目前为止，蓝月娇长什么样我都不知道，她是我们乡的头号钉子户，乡长说了，找到她，顶三个结扎指标。

我说，她这么厉害？难道她有什么过人的本事，找了三年都找不到？

老张说，她打着赤脚抱着一个孩子在山上跑，你能吗？

我的脑海里马上出现一个长发遮面，健壮无比，怀抱婴儿，疾走如飞的女人，她裸着上身，下身缠着树叶，一面跑一面发出呜呜的叫声。我想，如果我出现在她的面前，没准她会毫不犹豫地撕下我的一只胳膊当甘蔗啃了。我自然没有什么好说的，乖乖地站在一边，听他们说关于她的一些事情。

工作队除了老张之外，还有老刘和老兰，这几年他们一直都在找蓝月娇，可最终就像老张刚才说的那样，他们连她长什么模样都不知道，不但不知道，而且还吃了蓝月娇给他们制造的苦头。

说到吃蓝月娇的苦头，老张和老兰捂着嘴笑了起来，边笑边看老刘。

老刘似有什么难言之隐，也跟在他们后面无奈地摇头笑了。

老刘，把帽子脱了，给小李看看你的头。老张的咳嗽停下来后，叫老刘脱帽给我看。

现在是秋天，离戴帽的日子还长着呢，可老刘却戴着一顶解放军帽，刚进来时我就纳闷，以为他病了。原来他帽子底下有故事。而且这故事肯定和蓝月娇有关。于是我就等着老刘脱帽。我很想知道老刘的头到底跟蓝月娇有什么关系。

老刘当然没有脱帽，只是不好意思地笑着。后来我才知道他的头到底是怎么一回事。

事实上老刘那一次已经将蓝月娇带到半路了，而且还和她进行了长时间的交谈。天很黑，为了防止蓝月娇半路上跑了，工作队将一根绳子缠在蓝月娇的腰间，然后将绳子的另一头交到老刘手里，工作队继续去找其他对象，让老刘把蓝月娇牵回乡里。一路上，老刘和蓝月娇就有了交谈。

蓝月娇说，大哥，我们两个一个走在前面，一个走在后面，真像两公婆走夜路赶圩。

老刘说，你想得美，你怎么不说我在牵着一头牛，一头母牛。老刘这么一说就把蓝月娇噎着了，她不得不哀求：

大哥，放了我吧。我保证不生了。

老刘说，你以后生不生不关我的事，你现在老老实实跟我到乡里就行了，你不要求我把你放了，放了你我就犯错误啦，最轻最轻的处分是开除留用。

蓝月娇又说，你就说是我自己跑的，不关你的事。

不关我的事？他们把这根绳子交到我手里就关我的事了，你是女的，我是男的，你跑了，他们肯定怀疑我得了你什么好处。老刘说。

蓝月娇迅速从老刘的话里得到启发，她说，大哥，你想不想得到好处呀？蓝月娇的声音轻柔无比，一点都不像一个要去结扎的人。果然，一只蚂蚁就爬在老刘的心上，但是这只蚂蚁很快就被老刘拍死了，他说：

我的老婆是老师！

老刘是用当老师的老婆来拍死那只蚂蚁的。每当他意志不坚定的时候，他都用老婆来鼓励自己，在野马乡，有一个当老师的老婆是多么的幸福和骄傲啊。老刘想，蓝月娇根本没有办法跟自己的老婆比，她是个什么人啊，她一年生一个，连超三胎，身上早就没有什么"水分"。蓝月娇想在这个漆黑的夜晚抬高自己的身份，然后达到逃脱的目的，老刘当然不上她的当。他手中的绳子拽得更紧了。

蓝月娇又说，我老公说我很好。

老刘不明白她说话的意思，他连蓝月娇长什么样都看不清楚，他问，好在什么地方？你好不好关我什么事？！

蓝月娇说，你看一看我的脸就知道了。你有手电筒，你照一照我的脸不就知道了吗？！

老刘有些好奇，他想打开手电照一照蓝月娇的脸，难道她全部的秘密都在脸上不成？难道她真的长得像仙女？但是他很快就打消了这个念头，她的脸有什么好看嗬，都生了四个孩子了，再说，有规定不准打手电，怕超生对象的亲戚发现了过来抢人。

老刘说，蓝月娇，我承认你是天下第一美女，不，你是仙女，你是刚刚下凡的仙女，得了吧，你不要再跟我说这些没用的话了，只要你好好走路，不出什么意外就行了。老刘抖着手中的绳子，像在教训不听话的牛。

蓝月娇不再说话。

老刘说，这就对啦，我跟你没有什么好啰唆的，你还是安心走你的路吧。

又安静了一下，但是仅仅是一下，蓝月娇似乎在利用这安静的一下来想问题，想好问题之后，她又说话了。

大哥，我要屙尿。

老刘的心咯噔了一下，他意识到他遇到了新情况。但是这样的情况显然难不倒他，天那么黑，反正我什么都看不见，管她要干什么，她就是脱光衣服在我面前我都无所谓，只要这根绳子紧紧地抓在自己手中就行。

屙吧。他说。

蓝月娇就蹲下了。

这荒郊野岭，就有了流水的声音。

听着流水的声音，老刘觉得有点不对劲。妈的，蚂蚁又在心头出现了，而且不止一只。紧接着，他的腰间热乎乎的，好像那里绑着两块正在加热的铁，这两块铁越来越烫，像被放入冰冷的水中那样，唰唰地冒着热气，这热气使老刘很快就支持不住了。蓝月娇还真有一套，她在这个散发着寒气的夜晚放了两块滚烫的铁，使这个夜晚变得潮乎乎的。老刘慌乱地拍打他心上的蚂蚁，他又搬出他当老师的老婆，可这次根本就不管用，他老婆被漫天蒸腾的热气遮了个严严实实，他的手在不知不觉间收网似的收那根绳子，一圈一圈地绞在自己的手上，但是他觉得这根绳子根本不是在他手里抓着，而是在蓝月娇手里，这个蓝月娇，她在收网呢，要不然，自己为什么一步步朝前面移去呢。他已经站在蓝月娇的身后了。

这时候流水的声音没有了，蓝月娇站起来。大哥，走吧。她说。

但是老刘发现自己已经走不动了。

大哥，你怎么啦？蓝月娇回过头，轻轻地说，她嘴巴的热气喷在老刘的脸上。

老刘再也受不了啦，他抱住了超生对象蓝月娇。

你是仙女，你真的是仙女。他说。

蓝月娇似乎早就等待这个时候的到来，她毫不犹豫地放声大喊：

工作队耍流氓啊！工作队耍流氓啊！

老刘的脑袋嗡地响了一声，心头一紧，瘫跌在地。

蓝月娇乘机逃脱。

从那以后，不论春夏秋冬，老刘都戴一顶军帽，他为什么要戴帽，因为那天晚上之后，受到惊吓的他头发就掉光啦，他的头肉红肉红的，看起来很吓人。

老刘的故事是老张跟我说的，他说，蓝月娇一泡尿就放倒了老刘。你们说她厉害不厉害?!

开始我不相信，以为这是谣言，但是老张说，不信你去问老刘，这些都是老刘主动跟工作队说的。我跑去问老刘，老刘说，他们没有骗你，这都是真的，你不要学我，好好去找蓝月娇。我一下子就觉得老刘非常可爱，这是他妈的家丑啊，哪有自己把自己的破事都主动跟组织说的，藏着掖着还来不及呢。老刘太可爱了，把自己当反面教材教育其他人。如今还有这样的人，我的心暖烘烘的。让我感动的还有工作队的领导，他们不但不处理老刘，还继续把寻找蓝月娇的光荣任务交给他，什么叫信任，这就叫信任啊。我眼圈都红了。发誓一定要抓到蓝月娇，替韦江和老刘出一口气，另外顺便看一看，蓝月娇到底是不是仙女。

老兰是我们的领队，他的肩上经常挎着一个电喇叭，这个电喇叭除了拿来跟群众喊话之外，还储存有几首电子音乐，《在希望的田野上》《妈妈的吻》《大海啊故乡》，老兰最喜欢听《大海啊故乡》，但是，《大海啊故乡》偏偏排在第三，要听《大海啊故乡》，你必须听完前面两首，往往听完前面两首，电池就不够了，《大海啊故乡》的调子就变得黄不拉叽的，这个时候，老兰就骂，他妈的，电池又没有了。然后啪的一声，就关掉了。

这一天，我们四人在尖声尖气的音乐声中上路了。有可靠消息，蓝月娇又回到了家中，现在是十月份，她要回家收黄豆。

这次不能让她跑了，老兰说。

老刘走在队伍的最前面,刚走一会儿,他的帽子就开始流汗了,可他并没有摘掉帽子擦汗,而是拿毛巾在帽子和头颅的交界处一圈一圈地擦,像工人认真地保养一个容易生锈的零件一样,不厌其烦。我摸了摸我一头浓密的头发,心想,说什么也不能像老刘一样。

走了两个钟头的山路。音乐早就没有了,不是没有电池,而是老兰说要节约着用,不要到该喊话的时候电池没了影响工作。这两个小时,有半个小时我们听音乐,另外一个半小时我们听各种各样的鸟叫,老兰老刘老张真不愧是老家伙,一有鸟声响起,他们就能说出鸟儿的名字,如果意见不统一,他们就争论,要不然干脆捡起石头朝树梢投去,看飞起的鸟是不是他们说的那种鸟。三个老家伙互相抬杠,大呼小叫的,很是热闹。只有我一言不发,一门心思想着怎么样才能找到蓝月娇。在来之前,我们就设计了怎么样才能找到她,第一个地点我们选在黄豆地。蓝月娇家的黄豆地在一片峭壁之下,只要我们迎面冲过去,她就束手就擒,除非她长翅膀。第二个地点在她家,她家的四周是密密的树林,我们四个人从四个方向悄悄靠近她家,一下子就堵住她家前面和后面的门,这样她就跑不掉了,除非她家有地洞。第三个地方……没有第三个地方,如果前两个地方我们找不到她,那我们只好灰溜溜地回来。这是我最不愿看到的结局。

这段时间,我想得最多的是,如果工作队把蓝月娇交给我带回乡里我该怎么办?我不会犯老刘那样的低级错误,我会在绳子的这一头,将自己紧紧地绑起来,她走一步我就走一步,如果她胆敢要什么花招,我就一拳将她打翻在地,不管犯什么错误,先打翻她再说。

走了两个钟头的山路,我们来到了蓝月娇家的黄豆地附近。我们没有偷偷摸摸,一来我们做的是正经的工作,没有必要偷偷摸摸,二来蓝月娇家的黄豆地地势险峻,就是蓝月娇远远地看见我们,要跑也来不及了。

老兰说,前面就是蓝月娇家的黄豆地,那里好像有人。

我们顺着老兰的手指朝蓝月娇家的黄豆地望去,那里果然有人,一二三四,一共有四个人,都在那里收黄豆。我死死地看着那四个人,猜他们中谁是蓝月娇,但是我很快就失望了，因为那四个人刚刚长得和黄豆秆一样高，他们是小孩。

那里没有蓝月娇，那里只有小孩。我们四个人都清楚这一点。他妈的蓝月娇，她不在这里收黄豆，而是让她的孩子来收，是不是她晓得我们要来找她呢？我们朝她的四个孩子走去——她们看到我们，就停止收黄豆，最小的那个估计只有三岁，她首先喊了起来。当时我不明白为什么是她先喊起来而不是她的姐姐们先喊，后来一想，这个小姑娘，从满月以后就一直都被她的妈妈蓝月娇抱在怀里，翻山越岭，四处躲避工作队的寻找，从小就练就超人的感觉。现在，我们至少离她还有几百米，她就喊起来了：

妈，妈，他们来了！妈，妈，他们来了！她的声音，在山间回荡。

坏了！我心头一凉，放开步子朝小姑娘奔去，我要将她的嘴巴紧紧地封起来，不但这样，我连扇她一记耳光的心都有了。但是没等我跑近我就被老张他们喝住了：回来，我们赶快去她家！

我们四个人飞一样地朝蓝月娇家跑去，不用说，肯定是我跑在前头。这时候的我绝望得很，我想蓝月娇听到她女儿的叫声之后肯定在第一时间夺门而出。我们往她家跑去是为了证明我们的猜想是否正确。

果然，蓝月娇家大门紧锁。那个永固牌锁头还一晃一晃的，肯定是刚锁上不久。我上去咣的就是一脚。蓝月娇家的大门挺坚固的，踢过之后我反而后退了几步。我们四个人在她家门口喘气，非常地不甘心。

老兰不小心碰响电喇叭，《在希望的田野上》尖声尖气地响了起来。老兰恼火地摁灭了音乐，说，他妈的，又让她跑了。他的眼睛东瞧瞧西看看，典型的六神无主。

老刘说，她肯定在附近看着我们，而且一边看一边笑。

老张说，你怎么知道她在附近看我们，而且一边看一边笑？

这还用说吗，她在等我们走，然后继续去收她的黄豆。老刘是我们当中最了解蓝月娇的人，为此他付出了光头的代价，所以我们对他的判断深信不疑。当时我就恼了，我抢过老兰的电喇叭，朝着附近的树林，声嘶力竭地喊：

蓝月娇，你出来！蓝月娇，你快点出来！

我喊了十遍。老刘老兰老张并不拦我，只是相互间看了一下，从他们的神态我看出，他们根本不相信我能将蓝月娇喊出来，他们认为我在喊累之后会自动停下来，然后变得和他们一样六神无主。其实我自己也不相信我能将蓝月娇喊出来，我之所以要喊是因为我是一个年轻人，我得和这三个老家伙有所区别。

蓝月娇没有出来，倒是村里的人都出来了。这下我有点慌了，我以为他们要出来跟我们打架。但是当他们走近时我就放心了，大多是老人和女人，有几个年轻的小伙子，穿着皱巴巴的西装，瘦快快站在他们中间，一看就是外出打工生病了，回家自己拣草药吃的那种。他们对我构不成什么威胁，他们是来看热闹的。于是我决定继续喊，我不管村里人离我们很近，仍然举着电喇叭：

蓝月娇在哪里？你们有谁知道？

没有一个人回答我。

于是我决定一个一个问：

你知道蓝月娇躲在哪里吗？我将这句话重复了二十遍。

迎接这句话的是二十颗摇动的头颅。在他们摇头的过程中，我想接下来我该怎么办，因为我现在的这个模样就像是老张老兰和老刘他们三个老家伙的领导，每问一个人那个人就必须对我摇头，感觉很是不错，虽然没有问出什么。我想这时候如果我把电喇叭交给老兰，就显得我很没本事。我决定，只要老兰没有跟我要电喇叭，我就会滔滔不绝地喊下去。让眼前的这群人彻底地记住我，也让那个躲在附近看我们笑话的蓝月娇彻底地记住我。

我真的这样做了。

我在那只电喇叭前唾沫横飞，声音高亢洪亮，整个村庄全是我的声音。只是那群村民面无表情。我喊的内容他们都很熟悉，所以他们根本就听不进去。我们的老兰老张老刘也面无表情。他们也不知道站出来配合我一下，比如递水壶过来给我让我润润喉什么的，他们似乎在看我的好戏。当我脑子里闪过这个念头时我看了他们一眼。本来我是想喊完一段话后就停下问我们实际上的领导老兰一声我们应该怎么办。但是我发现他们三个人都看着我，一副事不关己的样子。我就有点生气了。这难道是我一个人的事情吗?! 他们一副怕麻烦的样子，如果现在村里人有谁冲上来扇我一记耳光他们肯定不帮我。我想如果我停下来问老兰我们应该怎么办我就是个不折不扣的孙子。我决定就是他现在跟我要电喇叭我也不会给他了。我不能停下来。

我又将喊过的话重喊一遍。

没想到我没有喊累，倒是村里人听累了，他们纷纷转身离去。我一下子就没有了听众。这时候老兰老张老刘就笑了起来。他们似乎在等待这个时刻的到来。

人都没了，我还朝谁喊？我不得不停下。我口渴得厉害，我得先喝水，但是水壶挂在老兰的身上，我不得不走过去跟老兰要水喝，同时不得不将电喇叭交给他。他摁响音乐，音乐黄不拉叽的，电池都被我喊完了。他从包里拿出新电池换上，一试，音乐嘹亮。

老兰说，我们开个会。一说开会，我们几个人的神情顿时就庄重起来了，确实是这样，在这个世界上，再也没有什么比得上开会更让人神情庄重的了。我们四个人就坐在蓝月娇家的门口开会，会议的议题是，是留下来继续找蓝月娇还是回去？当老兰把这个问题提出来后，他们三个人都约好了似的看着我，火辣辣的。我顿时明白，原来他们是在考验我这个刚学唱的嫩鸟、初下河的绒毛鸭仔。这三个老家伙，我今天如果不做出点什么来，他们肯定会小看我，在他们眼里，我肯定不如被蓝月娇推下山坡光荣骨折的韦江。一想到韦江，我全身的血就慢慢地往头上涌。为了他也为了我，说什么今天也要把蓝月娇找出来。

不能回去，今天一定要找到蓝月娇! 我吼了起来。

怎么找？分头到树林里去找？老刘说。

我没有回答，因为分头到树林里去找几乎就是天下最傻的事情。

还是在这里死等？老张接着说。

我还是没有回答，因为在这里死等也是一件很傻很傻的事情，跟到树林里去找蓝月娇一样傻。

那就只有回去了,散会!老兰说,他站了起来,很失望的样子。

我明白,老张老刘老兰,这三个老家伙,像三个老师,在逼着我这个学生说出正确答案。我豁出去了。

砸她家的门!把她家值钱的东西拿走!

我终于将这个正确的答案说出来了。

我的血在胸腔里流得太快,水一样地呛了我一下,我竟在蓝月娇家的门口咳嗽起来。我看见老张老刘老兰的眼睛里放射出光芒。看得出,他们比我还需要这个答案。特别是老兰,我现在简直是他最喜爱最有出息的好学生。

不行,老兰说,主要是做工作,要以理服人……

你别说了,这些我都知道。我打断老兰,防止他说一些假惺惺的话,浪费我的时间。你们走吧,等下发生的事和你们无关,和工作队无关,出什么事我个人负责。我像一个掩护战友撤退的英雄,朝他们挥了挥手。

我以为他们会假惺惺地劝我一番,没想到他们三个人相互看了一眼后,就很听话地走了,临走时,老兰将换上电池后还没有使用过一次的电喇叭交给我,他说,给,你可能用得着它。但是我觉得现在我已经用不着它了。我已经懒得再和蓝月娇喊些什么,我要做的就是砸开她家的门,把她家值钱的东西拿走,然后就在乡里等她去认领自己的东西,我不会马上就把东西给她,她首先得去计生站结扎,然后我才把她的东西给她。

他们三个人很快就看不见了,我知道,他们肯定没有走远,肯定像蓝月娇一样,埋伏在附近的地方,当我需要他们的时候,他们就会及时出现。后来我知道我错了,当我一个人在蓝月娇家折腾时,他们早就踏上回乡里的路,其实他们在躲瘟疫般地躲着我,因为我现在已经不是一个工作队的队员,而是一个准备去砸别人家门的小混混。如果我被村里人乱棍打死,都不会有人来看我一眼。

我动手了,我换了五块石头才将蓝月娇家的门砸开。砸开门后我倒吸一口凉气,她家里只有两张床,床上堆着破衣服,连蚊帐都没有。就这两张床,竟然有一扇很结实的门来保卫,害得我用了五块石头。后来我才明白,蓝月娇之所以用一扇结实的门来守护她只有两张床的家，是为了能在这里一而再再而三地超生。进了门之后，我看了看两张床，猜想哪一张床是蓝月娇和她男人的。但是我猜不出，我干脆把两张床的八条腿都干掉了，跟门不一样，蓝月娇家的床根本就不堪一击，瞬间垮在地上，像睡死人的"矮床"。我们这个地方，一个人在弥留之际，家人就把床腿锯掉，让他(她)躺在上面，接一接地气，积聚力量好上路，这样的床我们叫"矮床"。

我把蓝月娇家的床弄成"矮床"之后，就无事可干了，因为她家根本就没有什么东西值得我拿走。她家的火灶还在冒烟，我走过去看火灶上面的饭锅，饭锅里的玉米粥稀得能当镜子照。蓝月娇和她的男人就是吃着这样的东西一而再再而三地超生的，我想，现在是秋天，就吃这么稀的东西，到了冬天怎么办？估计他们家要吃草了。想想他们对蓝月娇的描述：她能打赤脚抱着一个小孩在树林里奔跑如飞，我认为就是吃草蓝月娇也能生孩子，我认为就是吃草蓝月娇也能把草吃得津津有味。

这时候我听到了牛叫。开始我不相信蓝月娇家有牛叫，我以为我在想蓝月娇怎样吃草的时候我的耳朵产生幻听，但是连续几声，我就兴奋起来了：

蓝月娇家有牛！

我像一个口渴的人突然看到水滴一样，朝发出声音的地方走去。

我要将蓝月娇家的牛牵走，只要我把她家的牛牵走，到时就不是我找她，而是她找我了。只要她来找我，我们组的指标就超额完成了。

那是一头半岁的水牛，灰中带青，这样的牛应该跟在母牛的身后，在山坡上吃草，现在却孤零零地在蓝月娇家里，成为蓝月娇家唯一的活物，有点可怜，但是我管不了那么多，我身上结了一层细细的盐巴，我要赶紧把这头青牛牵走，等蓝月娇来找我之后，我要跳进野马河将细细的盐巴洗掉。

青牛太小，还没有穿鼻子，要牵走它得先穿鼻子。我找来一根铁线，在青牛的旁边用石头将铁线的头捶尖，然后扎了个马步，做出打架的姿势要跟青牛决斗。因为穿鼻子肯定很疼，初生的牛犊连虎都不怕，还会怕我?! 它不将我踢翻才怪。

我拿铁线的手有点打抖。

没想到，青牛竟在我面前卧下了。它知道我要干什么。我的铁线轻轻一碰，噗的一声，就穿破了它的鼻子，它的两个鼻孔之间像隔着一层纱，我根本就没用什么力，就穿破了它们。青牛的鼻子滴血了。这血一滴就没完没了，一直滴到乡里。后来蓝月娇就是沿着血迹来找她的牛的。我迅速将铁线弯成一个圈，然后去拆蓝月娇家箩筐上的绳子，将绳子在铁线圈上绑了个死结，一拍青牛，青牛站起来，被我牵出了蓝月娇家的门。哞——哞——哞，它叫着，我紧握绳子，在它的前面走，就像是它的主人。

一路上青牛叫声不停，嫩声嫩气的，我嫌它走得慢，这样年纪的牛，应该对道路充满好奇，它的四条腿，应该放肆地在山路上狂奔，鼻孔因此而粗粗地喷出青草的气息，而现在，它像头老牛，被我牵在手里，慢腾腾地走着，鼻子的血也没激怒它。我甚至在它身上打了两下，它除了哀叫，还是哀叫。

我刚牵着牛来到乡里，蓝月娇就跟来了。这是我第一次看见她。她的脸很小，但是眼睛很大，她的身子娇小，但是乳房很大，一放粗气乳房就颤动。她属于很能生养的那种人，一点都看不出漂亮在哪里。现在她像被人打了一拳似的，萎缩在我眼前。我知道我赢了。我跑出工作队的办公室，朝老兰老刘老张的房间喊：蓝月娇来啦！蓝月娇来啦！但是没有一个人出来理我。我看见老刘的房门裂了一道缝，门缝后面一双眼睛亮了一下，但是门很快又关了个严严实实。活该他光头。

我被众人簇拥的场面没有出现，因为他们都看见了那头鼻子滴血的青牛，他们都害怕这头被我穿鼻子的青牛，它被绑在一棵松树下，默默地看着我的办公室。我想工作队队员的心里面现在肯定是高兴的，因为蓝月娇这个全乡头号钉子户终于找到了。她一个人就顶了三个结扎指标，真是幸福得很。他们肯定希望我这个小混混再乘胜追击，将蓝月娇带到手术台上，之后万事大吉。但是现在我偏不，因为我有一肚子的话要跟蓝月娇说。

我回到办公室，对蓝月娇说，跑啊，你怎么不跑啦？她动都不动一下，像听不懂我的话似的。我决定先跟她讲老刘怎么光头的事情，来说明我穿青牛鼻子的必要性。我把老刘讲得很惨，不光头发没了，而且大小便失禁。在说的过程中，蓝月娇仍然动都没有动一下，好像老刘的头发是自己掉的，跟她没什么关系一样。我又说韦江被推下山坡的事情，她也依然如故，好像韦江是没事自己跳下山坡一样。没办法，我只好带她去结扎。刚要出门，韦江拄着拐棍来了。

我没想到韦江会来，这个叫我一百天不停地捶沙袋将自己的手练得无坚不摧的家伙拄着拐棍朝办公室走来，我急忙把办公室的门关起来。韦江将办公室的门捶得山响，就像我当初捶蓝月娇家的门一样，他边捶边骂蓝月娇，他说，说什么我也要扇你两巴掌。我叫他回医院，他不回，我们俩就争了起来。我说我已经把她家的牛牵来了，你还要怎么样？我说她都顶三个指标了你还要怎么样？要扇你就扇我两个耳光。韦江没办法，只好走了，临走，他用拐棍在蓝月娇家的青牛身上狠狠地敲了两下。青牛只叫一声。

蓝月娇刚进手术室，她的老公哭哭啼啼地来了，像家里死了什么人一样，看来他还想让蓝月娇给他生孩子。这个故事的主人公这么晚才出场引起我的愤怒，我想照他胸脯捶两拳，但是还没等我动手他就抱住我，将头埋在我的胸口，眼泪和鼻涕涂满我的胸膛，好像我是他久别重逢的亲人一样。

手术结束之后，蓝月娇跟着她老公回家了，后面跟着他们的青牛。这时候夕阳西下，他们真像种田回家的农夫农妇。

几天后，在菜市场，我看见蓝月娇的老公在卖牛肉，肉很少，一看就知道是那头青牛。我问他为什么把牛杀了，这么小。蓝月娇的老公说它自己死掉的，原来就是头病牛。说着，他手中的刀子起落四下，四只牛蹄就滚在地上。一只狗冲过来要啃，被早在一旁等候的乞丐阿黑拿棍子赶跑了。阿黑用一根竹篾将四只牛蹄穿在一起，然后高高兴兴地走了。蓝月娇的老公说，妈的，够他吃一天了。

很久之后的某个晚上，我梦见四只牛蹄。

当时我沉在水里，那四只牛蹄出现在我眼前，它们保持牛的姿势滑过水面朝我的梦境奔来。很快我就憋不住了，没等它们靠近，我就逃命似的钻出水面。

我不是一个好人。

| 作品点评 |

　　李约热以颇具个性化的方式,讲述了一则幽默故事。当现实无力改变时,幽默便成为温柔的抵抗,其批判锋芒对准了自我。

　　　　　　——《小说选刊》2007 年第 2 期对短篇小说《青牛》的授奖辞

　　《青牛》结尾处"我不是一个好人"……表达了李约热对乡村伦理的确认与追思。《青牛》曾获《小说选刊》2003—2006 全国优秀小说奖,是一篇非常耐人寻味的短篇小说,结尾处自告奋勇的"我"完成了计划生育工作队没有完成的艰巨任务,成功地拔掉了乡里的头号超生"钉子户"蓝月娇……理应兴高采烈邀功请赏,然而事实恰恰相反,那头被蓝月娇用主动结扎换回的青牛死后,"我"便遭遇了噩梦,最后"我"得出结论,"我不是一个好人"。何以如此? ……工作队员和蓝月娇整整周旋了三年,深受其苦不说,还背负着完不成结扎指标的压力,难道他们就真的没有对付蓝月娇的办法了吗? 不是的。在"我"牵走青牛那一段的描写中我们能够感受到,牵走青牛并非"我"这个编外工作队员聪明的创举,不难推断,有着丰富经验的工作队不会没有对付蓝月娇的办法,他们之所以之前没这样做,是因为他们清楚地知道,牵走青牛就意味着断了蓝月娇一家的生路,他们不忍心如此,默认"我"的行为,正体现了他们矛盾的内心世界。在善良淳厚的乡村伦理道德和国家政策发生冲突时,默认他人的暴行是他们无奈的平衡和选择后的结果,而实施乡村暴行的"我"那久久挥之不去的愧疚之情和自我内心省察,自然也是认同乡村伦理的情感反应。

　　　　　　——韩颖琦:《悲情书写背后的些许暖意与慰藉——广西作家李约热小说
　　　　　　论》,《南方文坛》2011 年第 1 期

　　从容写作的李约热完成了一个从以隐喻虚拟自己精神世界的聪明的写作者,

到渗透着自己现实经验与生命体验思考的尖锐而朴素的精神叙事者。这条成长之路，凸显在李约热对那些留在土地上的父老乡亲的人生的深切关注之中，凸显在他对这片正在凋敝的乡村故土中丰厚复杂的乡村伦理和人性的独特发现中，而其中最具人性深度和宽度的是短篇小说《青牛》。

    ——张燕玲：《以精神穿越写作——关于广西的青年作家》，《南方文坛》2007
      年第4期

谁在深夜戴着墨镜

黄土路

我和张胜看见他上了楼，就知道他去找陈改花。陈改花住在四楼。这栋楼在临近南郊的一条马路边，马路从城里出来，直直往东拐，然后向南，到这就打住了。楼是 80 年代建的老楼，外墙经过风吹雨淋，斑驳得像一张老人的脸，隐约中透着淡淡的黄色，那几乎是 80 年代每一栋建筑的颜色。原先，这栋楼和后面的那几排平房都住着农场的职工，后来农场搬走了，这里便成了远处闻名的出租屋。说闻名，是因为近几年这里出了许许多多奇怪的事情。先是一个女人疯了，抱着孩子站在八楼的楼顶嚷嚷着要跳楼，结果却是她丈夫跳了；接着，出租屋里又连续两次抬出死尸，一次是煤气中毒，死的是一对年轻夫妇，被发现时还光着身子，另一次是一个老人，他割了腕，还留了一封深情动人的遗书给对门的老太太。最惊心动魄的是上个月，五个民工站在楼顶扯了个横幅，向旁边一个刚开工不久的楼盘的老板讨工钱。这里的居民说，你们要讨工钱，到工地去讨

作者简介

黄土路(1970—)，原名黄焕光，广西巴马人，壮族，中国作家协会会员，广西作家协会理事。作品主要发表于《作家》《花城》《青年文学》《天涯》《上海文学》《小说界》《文学界》《散文》《美文》《诗选刊》《中华文学选刊》等杂志，著有小说集《醉客旅馆》，散文集《谁都不出声》《翻出来晒晒》，诗集《慢了零点一秒的春天》等。曾获第六届全国当代少数民族文学研究园丁奖，第三届广西少数民族文学奖，第四、第六届《广西文学》广西青年文学奖。

作品信息

原载《上海文学》2008 年第 4 期，入选王小王编《新实力华语作家作品十年选·看不到的尽头》(时代文艺出版社 2010 年出版)、中国作家协会编《新时期中国少数民族文学作品选·壮族卷》(作家出版社 2013 年出版)、德语版《在路上——中国当代文学》(德国 DIX 出版社 2009 年出版)等。

啊，站在上面嚷嚷有什么用？民工们七嘴八舌地说，这楼是这一带最高的楼了，我们不上这上哪？上别处有人看见吗？老板还是被派出所的民警生拉硬扯地带来了，民工们和老板说不上两句话，双方就对骂起来了。老板火了，说你们有本事你就跳啊，钱我一分都不给。结果五位民工真的手拉手从八楼跳下来，他们的脑袋先后着地，脑浆掺着血水，洇红楼前水泥地和缝隙间的杂草。后来，这栋楼前面的杂草长得特别茂盛，有人嘀咕，说这是因为五个民工的鲜血浇灌的，五个民工的冤魂不散呢。

每次出事，我都会赶到现场。望着这栋楼斑斑驳驳的外墙，我心里被跳出来的念头吓了一跳：这是不是一栋不祥之楼，死亡之楼？楼下有一排铺面：一个杂货店、一个大排档、一个快餐店和两个米粉店，它们一字排开，正对面就是一个农贸市场。白天的时候，这里鸡飞狗跳，热热闹闹的。不过现在是凌晨两点了，杂货店、快餐店、米粉店都关了门，连路灯也只亮着农贸市场大门边的那一盏。再过两个小时，马路对面的米粉店该有人起床，用石磨咕噜咕噜地磨米浆了。米浆还未磨完，马路上就会响起刷刷的声音，那是清洁工在清扫马路呢；接着机动车会突突突地开来，一辆，二辆，三辆，它们都会停在农贸市场门口的那盏路灯下。接着，就会有几条人影从黑暗处冒出来，围着手拖手忙脚乱地卸白菜、西红柿、菠菜、芹菜、蒜苗。白菜、西红柿、菠菜、芹菜、蒜苗，都是一筐一筐装着的。送来的和卸货的，好像都是干着见不得人的事似的，只默默地干活，一声不吭。

我和张胜蹲守这栋楼已经五天了。五天前，黄小爽把我叫到他办公室，客气地给我沏茶，然后问我最近身体怎样？黄小爽跟我是部队的战友，我们同一年从部队回来，一同分到公安局干刑警，现在，他满面红光，腆着一个大肚子，稳稳当当地坐在掌管着一千多名警察的马城市公安局局长的位子上。而我被岁月折磨得日益消瘦，消瘦得像一根竹竿。对了，公安局的人都叫我老竹竿。老竹竿就老竹竿吧，总比那些长得像大王椰的人，腆着一个大肚皮，看上去整一个贪官相好。

说心里话，我心里十分痛恨黄小爽，因为三十多年来，我老婆一直在我耳朵嘀咕着他，嘀咕他当副大队长了，当派出所所长了，当大队长了，当副局长了，当局长了。我心里知道，我老婆一定后悔自己当初嫁给了我。从她每次在公安局大院门口碰上黄小爽，拉住黄小爽的手跟他聊天时的眼神我就知道。我甚至怀疑我老婆跟黄小爽有过什么见不得人的事情，但我抓不住他们的把柄罢了。

从前，看见黄小爽，我的眼前就晃动着我老婆的影子，她就在他吐出的烟雾里跳着舞。现在，他坐在我的面前，嘴里喷着一股五粮液的气味，还假惺惺地问我最近身体怎样。我的身体当然好了，除了有点哮喘，我的身体几乎挑不出什么毛病。黄小爽说，那好，据可靠的情报，常克己最近可能要潜回马城，现在，马城所有的干警都已经出动了，但人手还是不够，所以我想请你去守农场那栋楼。本来，那栋楼是不用守的，不过据常克己的秘书老熊交代，他带常克己去那里找过一个小姐，所以我们还是以防万一……

黄小爽的嘴巴在我面前一张一合，我一秒钟都不想在他面前多待。我打断他的话说，好，你不用多说，我现在就去。没等黄小爽反应过来，我就离开了他的办公室。我回自己的办公室，把茶杯、笔记本、钢笔什么的，往我随身携带多年的一个黑包里装。这个黑包陪伴我很多年了，上面的白字，也被我的手磨得斑斑驳驳的，隐隐约约还能看见上面的日期：1985.10，这是那年我参加破一起人命案，集体立功时发的。每次执行任务，我都不喜欢带枪，带枪又怎样呢？从前有个警察，枪从来不离手，结果还不是让别人拿自己的枪给打死了。说心里话，我心里十分害怕枪，只要把这个包带在身边，我心里就踏实多了。你说这个包有什么用？我也不知道，但从心里说，我对它的感情，比对自己老婆还要深。

我骑着摩托车刚要驶出公安局的大门，后面有个声音怯生生地叫了我一下：老竹竿，老竹竿。我回头，看见局里新分来才几天的实习警察张胜正向我走来。在阳光下，他的脸白白的，还透着点红，他边走边用五根白葱般的手指撸了一下额前的长发。我心里十分恼火，一个前脚刚踏出校门的毛头小伙，凭什么也叫我老竹竿呢？但我还是把心里的火压住了，我用脚支住摩托车，用喷着火的眼睛等着他走过来。也许看到了我眼中的火，他改了口，说，黄老，局长让我跟你一起去蹲农场那栋楼。他叫我黄老，我的心就软了。我说，上车吧。他一上车，我就把摩托车开得飞快。我喜欢摩托车飞起来的感觉，只有这时候，我才感觉自己是无拘无束的，像一只鸟飞在空气里。不过，很快我就感觉到了张胜坐在后面的那种紧张，他的身体哆哆嗦嗦的，几乎就贴在我的后背上，犹豫了片刻，他竟抱住了我的腰。我心里说，瞧你这个熊样，还想当警察呢。不过我心里对他并不反感，反而感觉他哆哆嗦嗦的样子，在某些方面跟我年轻的时候有些相似。我想，像张胜这样的人，本来就不要当什么警察，最好去做个诗人，憋着一张红红的脸去给女人写诗。

不到半小时，我就把摩托车开到农场的这栋楼前。一从摩托车上下来，张胜的脸就显得松弛多了，他在这栋楼和农贸市场之间走个来回，然后紧张地问我，我们要不要伪装一下，比如在农贸市场门口摆个地摊，给人们修自行车或补鞋。我说不用。因为我心里压根就不相信马城堂堂的常务副市长会在走投无路的时候，投到一个只有一面之缘的小姐的怀里。我带着张胜到农贸市场一楼的工商所办公室，找到工商所的陈所长。陈所长正埋头在一堆票据里，看见我，就用下巴朝门边的那张椅子扬了一下，示意我坐下。我说，我不坐了，你把值班室的钥匙给我一下，我要借用几天。陈所长一声不吭地拉开抽屉，把一串钥匙丢给我。

我带着张胜爬上农贸市场二楼，打开了值班室。门一开，屋里一阵发霉的气味迎面扑来。值班室里有一张床，一张办公桌，一条长沙发，好像是专门为我们蹲守设置似的。我把面向马路那面的窗户打开，让外面的风灌进来。风把窗帘吹得飘飘扬扬的，透过窗帘的隙缝，马路和马路对面的那栋农场的楼就尽收眼底了。

我们监控的那个小姐名叫陈改花，长得倒是挺惹眼的，屁股是屁股，胸是胸，全身流畅成一条优美的曲线。她每天在我们的视线里进进出出，两天后，我们就掌握了她的生活规律。她中午的时候起床，打开窗户后到阳台上伸一下懒腰，然后穿着睡衣到楼下的粉店或快餐店吃东西，或者到马路这边的农贸市场买水果。她喜欢苹果、杜果、香蕉，但好像不喜欢吃梨，因为我们从不见她买过梨。傍晚的时候，她就站在马路边，等着来来往往的男人。有时候还打车去城里，偶尔会带回不同的男人。

张胜总是从我的手里抢走望远镜，他通宵达旦地监视着陈改花。当陈改花走到马路边来的时候，张胜咕噜咕噜地吞着口水，嘴巴嘟嘟囔囔地骂着。作为一个过来人，我知道张胜心里想什么，一定是镜头里的陈改花让他受不了，她鼓起的前胸，或者后翘的屁股，还有那细细的腰，把张胜的眼球都要吸出来了。而且，从二楼的角度，只穿着吊带裙或者睡衣的陈改花，她的乳房总是原形毕露，它们正点燃他身体里某种隐秘的欲望。

窗帘在张胜面前飘飘扬扬，阳光总是把张胜的轮廓勾勒成一道光亮。五天来，我坐在值班室的沙发上，一支接一支地抽着烟，张胜每次转过身来的时候，总是用手在鼻子前扇着什么。我知道他不习惯我抽烟。但像我这样年纪的人，除了抽烟，还有什么能给我带来慰藉呢。

我、黄小爽和我老婆是从小一起长大的，她选择我或黄小爽当中的一个都是正常的。该是选择的时候，她似乎只犹豫了一下，就选择了我。后来她告诉我，她选择我的原因是因为我老实，而黄小爽太精明了，精明得让任何一个女人对他都不放心。结婚后，我们也有过一段和和美美的日子，但自从黄小爽升了副大队长之后，老婆的不满就开始表现出来了。她说，你在部队待了五年，什么都学不会，却只学会原地踏步，你看人家黄小爽！后来黄小爽升大队长，她竟然动手打了我，吵架就更不用说了。那时候刚刚开始改革开放，许许多多人连深圳的"圳"字都还不会念，就一窝蜂地往深圳跑了。我也想跑去深圳，觉得哪怕在那边当一个保安，也比待在家里整天听老婆唠唠叨叨强。但一犹豫，我的女儿就出生了。女儿一出生，我就再也跑不脱了。女儿出生后，老婆的注意力好像都转到女儿身上去了，她不再骂我，也没再动手打我了。但最近几年，她的老毛病又犯了。她先是跟我嚷嚷房子，后来嚷嚷女儿。我们住的房子是一套五十平方米的二居室，一住就住了近二十年了。我女儿的工作也是反反复复的，下岗后再就业，再就业了又下岗。等女儿最后一次工作的宾馆因为城市建设被推掉，她又失业的时候，我老婆就又冲我发火了，她说，你当了一辈子的窝囊废，最大的特点就是没用，连女儿的事情也安排不好。我说，我一个警察，我能做什么呢？尽管我心平气和，但老婆却是歇斯底里的。我知道，我的日子快没法过下去了。我甚至想好了，等我退休了，我就一个人回乡下老家去，种那两亩被丢弃了很多年的地。我把房子和退休金都留给她们，只要她们再也不找我絮絮叨叨就行了。

从年轻的时候起，我最喜欢的工作就是在外面执行任务，这样我就不用待在家里听老婆唠叨了。但这次，可能是我当警察的最后一次蹲守了，这多少使我感到有些失落。而张胜，这是他从警的第一次执行任务，他的注意力紧张地集中在陈改花的身上，他怎会注意到我的失落？

蹲守了五天，在望远镜里，我们几乎对陈改花脸上的每个小痣、雀斑都熟悉得像自己的脸上的痣和斑了，但我们在她的身上看不到一丝常克己的迹象。连张胜都对这种蹲守失望了。天色暗了下来，外面的路灯亮了。张胜下楼，穿过马路到对面的快餐店买快餐，回来的时候他的手里竟还提着一袋沉甸甸的东西，原来，他买了几瓶啤酒和几袋花生。我们在值班室里喝起酒来，地上很快就丢满了花生壳和空啤酒瓶。

喝到半夜，我觉得困了。张胜就说，黄老，你先休息吧，这里有我看着。我说，好，那我先躺下了，不然半夜有人起来扫马路，我就睡不着了。但我刚躺下，就听见张胜说，黄老，我一定眼花了。我说什么眼花了。张胜说，我看见有个人影在路灯下晃了一下，就不见了。我说，可能是等着卸菜的人吧？张胜说，不像，那个人还戴着墨镜哎。我说，谁还在深夜里戴着墨镜？张胜说，我觉得这个影子好像就是常克己。我说，怎么可能，你一定真的是眼花了。但我还是起了床，扑到窗前。通过红外望远镜，我看见一条黑影在对面的楼梯道上不时地闪一下，然后在四楼那里停住了。过了一阵，陈改花房间的灯亮了。陈改花的房子正处在这栋楼的中部，灯一亮，整栋黑黝黝的楼像被谁打穿了一个大孔。但又过了一阵，陈改花的灯又黑了。整栋楼瞬时又变得无声无息的，像一堵黑黝黝的墙，耸立着。

我们面面相觑。张胜说，怎么办？我说，怎么办？张胜说，我们给局长打电话吧？我很快就反应过来，说，干吗给局长打电话？即使那真是常克己，他不过是一个贪污犯，又不是持枪歹徒，凭我们俩还制服不了他？张胜说，那我们现在就冲上去？我拍拍张胜的肩膀，让他冷静下来。我说，没经验了吧？人什么时候最没有戒备？张胜说，睡着的时候！我们要等到他睡着的时候？我在黑暗中点了下头，说，现在二点二十分，我们等天差不多亮的时候动手。

我们在黑暗中望着陈改花的窗户，觉得时间过得真慢。我只听到张胜紧张的呼吸，以及窗外的风声。过了几个时辰，马路对面的粉店开始有人起来了，里面很快传出磨米浆的声音；过了一阵，马路的另一头也传来清洁工清扫马路的声音；但拉菜的手扶拖拉机还没来，这使扫路的声音和磨米浆的声音倒显得有些落寞。

粉店开门的时候我们下了楼，在粉店门前的木凳上吃米粉。吃完米粉，身体就暖和了。我看张胜，他的脸在粉店透出的光里，显得不那么紧张了。我就朝他做了个手势，两人朝农场的那栋楼走去。

天就要亮了，楼道里隐隐约约透进了光线，显得灰蒙蒙的。我和张胜一左一右，站在陈改花那扇朱红色的木板门前。还好，只是一道木门。我朝张胜做了个手势，张胜就上前使劲地敲了起来。但敲了几下，屋子里还是没有一点动静。看来，我们只好破门而入了，我朝张胜伸出了三个手指头。张胜心领神会。于是我开始用手指头来代替读数。我伸三个指头，表示三，伸出两个指头，表示二，我伸出一个指头，表示一，当我把大拇指和食指卷起来，表示 OK 的时候，我和张胜同时提脚，朝门狠狠地踹去。

门砰的一声就被踹开了……

医生，你轻点，难道你对女人都是这么不温柔的吗？

是怎么回事我也不知道啊。昨晚我正睡觉，门砰的一声就被人撞开了。什么人？一个老的，一个年轻的。刚开始我也不知道他们是警察，还以为遇上抢劫呢。我喊道，喂，喂，你们要干什么？干吗半夜闯进别人家里。他们说你别动，然后年轻的用枪指着我，年老的在屋子里搜了起来。他一会儿钻进厨房，一会儿钻进卫生间，还把阳台的门打开，出去转了转。看住我的，长得像个中学生，脸上还有几颗很醒目的青春痘呢。我喊道，你们要干吗？我这没钱。我看得出他也有些紧张。他抖着枪说，你别动，我们是警察。我说，你们是警察？你们有证件吗？他果然用另一只手伸进口袋，掏出一张证件，在我的面前晃了一下，然后问，人呢？哎，怪了，不知道为什么，知道他们是警察，我反而不紧张了。我说，人？什么人？这时那老的转了一圈，没发现什么，也就回到卧室。他指着地上的一堆衣服问，这是谁的？我顺着他的手指看，看半天才发现床边的地上有一堆男人的衣服：一件夹克，一条裤子；裤子的上面是一件背心，旁边是卷成团的内裤。这堆衣服把我也搞糊涂了。我说，我不知道。他捡起床头的睡衣，边丢给我边嚷，穿上，穿上。我穿衣服，穿的时候，才发现自己的肚子变得大了。我的肚子怎么会变大呢？医生，我还以为这是在做梦呢。

　　起来后我觉得冷得要命，就多披了件衣服。我在客厅的沙发上坐下来，才发现睡衣太紧了，把我的肚子勒得很不舒服，然后我就坐在那里，身子扭来扭去的，想让自己坐舒服些。那个老的就喊，坐好，坐好。我说，我不是坐得好好的吗？他们又说，人呢？他们就反反复复问这句话，人呢？我说，什么人？那时候我还反应不过来，不知道他们要找什么人。老的说，穿这衣服的男人。我在脑子里搜索半天穿着这些衣服的男人的样子，但脑子里只有一个模糊的影子，我看不清他的脸。我只好说，我不知道，我见过的男人太多了，不知道你说的是哪个男人，你能不能说得具体一点？那老的说，一米七五左右，瘦高。我说，一米七五，瘦高，很多男人都这样啊。他说，脸上还长着个瘊子。哈，他这样一说，我脑子里的那个人就突然清晰起来了：他就是老常。我说，你们突然撞进我的屋子，把我的脑子都搞蒙了，你们是不是找老常？老的说，对，他人呢？我说，可能走了吧。他说，不可能，我们看见他进了你屋子后，就没有出来过。我说，那我就不知道了，你们都搜过了，屋子这么小，你看他还能藏在哪？

　　一直是那个老的说话，年轻的在旁边盯着我，我知道他的眼睛里有一种好奇。年老的问，老常找你干吗？我笑了，说，男人找我，还能干吗？老的说，你好好想想，窝藏老常，那可不是一般的罪。我说是什么罪？老的说，你知道他是什么人吗？我说不知道，什么人？老的说，一个全国通缉的逃犯。不会吧？我止不住又笑了，就他那熊样，还能是全国通缉的逃犯？老的说，你别笑，老实点。我说好，我老实，有什么你就问吧，能给支烟吗？

老的就丢给我一支烟。我接过来一看，是红梅，靠，这年头还有人抽这种五块钱一包的红梅，但我还是把烟叼在嘴上。老的给我点上烟，我抽了几口，对老的说，有什么你们就问吧！那老的就让我讲我是怎样认识老常的。怎么认识的？我记不太清了。只记得那次他穿一件背心T恤，现在穿背心T恤的男人越来越少了，所以他一脱外套，露出里面的背心，我就憋不住捂住嘴巴偷偷地笑。对啊，所以一年过去了，我对他还有印象。那老的就问我是不是喜欢他？我不喜欢他。我干吗喜欢他？就他那傻样？不过他那样子挺逗的。对，我不讨厌他。干吗讨厌他，他有钱，一看就是乡镇企业家。老的就对我说，不是乡镇企业家，是副市长。我说，靠，还副市长呢，打死我都不信。

那次见他是老熊带来的，对啊，老熊你也知道？好像是市里一个什么长吧。不是？是老常的秘书？我不知道，这么说，老熊还是有头有脸的人呐？开始我还以为他是黑社会的呢。那天，老熊把他带来，给我甩了一把钱。老熊说，花儿，把我们老板服侍好了，还有奖赏。出来干这么久，还没一次挣过这么多钱呢。你说多少？事后我数了，靠，有五千呢。老熊的老板不苟言笑。对，一直绷着脸。身体硬邦邦的。我说，你放松，你会笑吗？他竟然笑了。他笑起来还真好看，憨憨的，像个孩子。他连自己衣服都不会脱，我就动手给他脱。我脱到一半的时候，他竟然把我抱住了。他不行，后来还是我帮了他。好像他对这种事挺自卑的，事后还一直对我说好多个谢谢。谢谢个不停。从他的眼里，我还感觉到那种依恋。我心里想，靠，不会来真的吧？后来？后来就再没见过了。老的就问我昨晚的事。我说，昨晚？昨晚我都睡了，他才敲的门。我说你是谁？我都睡下了。他说他是我的一个朋友，开了门我就知道了。我说你真是我朋友，你往门缝里塞一百块钱，我就相信了。过了一下，我果然看见门缝下塞进一张崭新的一百元。我说再塞一张。他又塞了一张。我说，再塞，他干脆就塞进来一叠。于是我就把门打开了。

对啊，就是他。一开门我先吓了一跳，他蓬头垢面的，脸上的皱纹一道道的，像刀刻的一样。他没戴眼镜啊，可能进来之前就摘了吧。他一进来我就认出他了，对，那个瘸子。他说，晚了，对不起。我在他的眼里看到一种无助。不是，不是凶狠，是一种无助，像山里没书读的孩子那样的眼光。我怎么知道？我弟弟以前看着我的时候，眼里就是那样的光啊。我抱了抱他，闻到他身上一种馊味。我说，要不，你先去洗一下吧。他很听话，真的去洗了。水哗哗响半天，他还没出来，我就黑了灯，钻到被子里等他。他洗完澡，悄悄地摸上了床，钻到被子里面来。他冷得发抖，在我怀里钻了半天，才暖和起来。这次不同，他就像山里跑出来的一条狼，凶猛地往别人的菜园里闯。对，我还没准备好，挡都挡不住他。他一定是饿坏了，不然不会做起来这么不要命。他狠狠地往我身体里冲，好像整个人都要往我身体里钻，把我弄疼了。我说，哎哟，疼死我了，你能不能轻点。他听了，犹豫了一下，但还是拼了命地往里面冲。对，我想用手推推他，但看在那叠钱的面上，我还是忍了。后来？后来我觉得下面一阵钻心的疼，我就晕过去了。再后来？你问的怎么跟那老的一模一样啊？再后来我醒过来，就看见他们了。

你说我肚子是怎么回事？我也不知道啊。怀孕？不会吧？我昨天还是好好的呢。昨晚从新民路的"小元老"夜总会出来后，还和小邱去吃了夜宵呢。小邱是谁？说了你们也不知道。我喝了一大碗的鸽子粥，出来时觉得肚子圆圆的，但也没这么大啊？我怎么知道！

后来？他们不相信我说的话呗。对，是将信将疑。我说，你们要不相信，就再搜一搜。他们说，不搜了，我说，那你们好走哦，不送了。

医生，你轻点。什么？我真的怀孕了？真是撞鬼了！

现在，我住在一个女人的子宫里，感到挺温暖的。

五岁的时候，我就有过回母亲的肚子里的想法。每天傍晚，我蜷在小学的屋檐下，一边玩着泥巴，一边等着母亲回来。如果天要暗下来了，母亲还没有回来，我就到村头的樟树下去等。到樟树下去，要穿过一条弯弯曲曲的巷道，经过很多人的房前。记得有一次，我刚走过拐弯的那家土房，一条小狗就从屋里追出来，朝我汪汪地叫着，吓得我撒腿就往村外跑。我一跑，小狗就追上来了。追了一阵，它就停了下来，但我还是拼命地跑着，跑过那棵老樟树，跑过村头的玉米地，跑过河边的稻田，一直看到母亲从桥上走来，我才哇的一声大哭着扑进了她的怀里。那时候，我感到母亲的怀抱才是世界上最安全的。

出事的那天中午，老熊给我发了个短信，叫我赶快走人，说上面要对我下手了。我从办公室悄悄地溜出来，打了个出租车去跟母亲告别。母亲躺在躺椅上，她的脸上有刀刻般的皱纹。曾经走路腰板挺直、目不斜视的母亲，自从看到我跟那些人在一起后，腰再也挺不直了，她整天躺在躺椅上，再也起不来。妈，我轻轻地摇着她的手臂，但她没有反应。她躺在躺椅上，呼吸均匀，好像是睡着了。一直以来，我就喜欢看着母亲睡着的样子，那时她放下了严肃的面孔，显得更像一位温柔的母亲。小时候，母亲在离老家十多公里的公社工作，后来她又调到县里，而父亲一直在乡下小学教书。记得上小学的时候，学校一放假，父亲就锁好学校的门，牵着我的手去镇里搭一辆灰尘扑扑的班车，进城和母亲团聚。母亲总是扳着一张严厉的脸，她一下子要我改掉这个毛病，一下子要我改掉那个毛病，动不动就拿鞭子打我。有一次，听说我跟村里的孩子一起去偷了香瓜，被守瓜的人抓着了，她把我屁股都抽烂了。尽管这样，晚上睡觉的时候，我还是往母亲的怀里钻，偎在她的怀里，我才能睡得安稳踏实。

母亲常说，做人要厚道，要正直，自从我当上副市长，整天跟老熊待在一起后，她就不这么说了。母亲八十岁生日的时候，我给母亲订了一个大大的蛋糕。趁着母亲高兴，我开玩笑地对母亲说，要不，你再把我生一回，我一定能重新做人。母亲说，再生？再生我也不生你这样的孽子。母亲的愤怒我是理解的。从小她就对我寄予希望，但我总是让她失望。我去当兵的时候，母亲希望我在部队里待久些，因为参加过解放战争，她对部队有着深厚的感情。但只五年我就复员了。因为要打仗，我懦弱的那一面就表现出来了。我们在丛林里遭遇了敌人，两边展开拉锯战的时候，我朝自己手臂开了一枪，轻而易举地离开了战场。回到家乡，父亲希望我考大学，毕业后当个老师。父亲至死都认为，老师是天下最好的职业。而母亲希望我从政。于是我先顺从父亲的旨意，先去中学当了几天的体育老师，后来又服从母亲的安排，到县政府当秘书。我从政的道路几乎都是一帆风顺的，秘书、乡党委宣传委员、副书记、书记、副县长、县长、县委书记、副市长。别人从政，也许要跑很多门路，送礼，请客，但我却不需要这些，只要我的母亲还在，她即使不吭一声，他们都会买她的账。

记得我被提拔为县长时，有一段时间，我常在自己的办公室里发呆，甚至惶恐不安，不相信这个人口一百二十万的大县，就在我的掌握之中了。黄昏的时候，看到我办公室的灯光，会有许多人敲门。他们有许许多多说不清的事情找我。他们从门外探进半个挂着笑容的脸，恭恭敬敬地说，"县长，在加班啊？"他们不请就自己走了进来，在办公桌对面的那张椅子上坐下来。先是讲一堆好话，比如自从我当了县长以后，这个县发生了什么前所未有的变化，接着，开始谈自己的愿望，摆自己的困难。临走的时候，总是无意落下什么：一条报纸包着的烟，一个袋子装着的几瓶酒，一个装着人民币的大信封。但不到第二天，我就叫秘书把这些东西替我送回去了。人们都说，我是个好县长，也有人说我是一个胆小的县长。是的，我是有些胆小，但心里却相当坦然。后来？也许后来的事情都坏在老熊这个人身上，他从我当县委书记时就一直跟着我，直到后来我当上了马城市的副市长。

母亲一定有着猎犬一样的嗅觉，不然她怎能看出老熊这些人来？虽然他只是我的秘书，但他只跟我一年我就发现他是个魔鬼了：他跟上面有着千丝万缕的联系。记得北郊那块稻田开发的时候，许许多多的开发商找到我，都被我挡住了。但老熊常在我耳边说，这块地应该给谁，这是上面谁的意思；那块地应该给谁，这又是谁谁的意思。我感觉北郊的这块地其实是老熊开发的，他才是那片土地的主人。老熊第一次给我拿来那个大大的布袋的时候，我吓坏了，因为里面塞满了崭新的人民币。看到我脸上的惊恐，老熊坦然地笑着，他告诉我，这是上面谁谁谁叫他转交的。怎么说，我从政也有好些年了，官场的规则我是知道一些的，像这样上级给下级送钱的，还是第一次遇上，这让我无法拒绝。有了第一次，自然有第二次，虽然它们最终变成了一张张银行卡，藏在一个不为人知的地方，但它们却像一座座大山，压在我的心里，让我喘不过气来。

自从把那个布袋带回家，我感觉自己完了。每次在文件上签字的时候，我的手就会抖得厉害。我知道我这个副市长当不长了，果然，很快就有了风声。

那天，母亲就躺那里。曾经像一棵大树一样的母亲，此时干瘦得像一根枯枝。我摇了她两下，她真的是睡着了，呼吸也显得那样沉，似乎永远不会醒来。不知为什么，我往母亲手里塞了几张卡，里面的钱足足可以买得下半个马城，但那些卡一张张都从她手里跌落了。我知道母亲不会要它，但我还是转身走了。

一切都是老熊安排好的，我辗转几个城市，最后从南方边境的一个小镇出境。一个名叫阿水的外国人在那边接待了我，他是老熊的朋友。他每天弓着腰，眼睛滴溜溜地转着，不时地闪过一丝狡黠的光，仿佛随时都可能出卖我，这让我心里十分害怕。我不敢待在屋里，就去海滩。海滩上，人来人往，他们大都是国内来的游客。我戴着个大墨镜，害怕被游人认出来。甚至一看见异国的警察，我也吓得浑身发抖，担心他们是协助国内的警察来抓我的。我每天坐在异国海滩的长椅上，不断地喝着椰子汁，这样心里才会平静些。那椰子汁原本是咸咸甜甜的，但我喝下去总觉得苦，苦得我眼泪都淌下来了。在泪水里我突然看见自己胆小的人生，我看见自己在村道上奔跑，最后扑进母亲怀里的情景。自从父亲去世后，母亲整个人就垮下来了，我甚至想她躺在躺椅上，是否能醒过来。

没有一丝国内的消息，没有一点亲人的声音，我感觉自己被别人空降到一个荒岛上。岛上只有我一个人，那种孤独的感觉让我快要发疯了。有一次，我在海滩上听到两个说着普通话的女人在海滩上照相。我一直跟在她们的身后，贪婪地听着她们说话。直到她们拍完照，上到一辆旅行车上去。那时我心里冒出了一个念头，那就是回去，哪怕回到监狱里去，哪怕上断头台。这是我人生里一个最大胆的决定。这个决定让我兴奋，这种兴奋可能也惊动了阿水，他看我的眼光便有些怪怪的感觉。我感觉我离开的时候阿水是发觉的，但他装着什么也不知道。在海滩，我跟上一个国内的旅游团就走了。因为有钱，还有护照，似乎一切都很顺利。

但一回到国内，我心里又充满了恐惧。记得我刚当上市长不久，一天，我和老熊走在街上，看见一个肥胖的老人从眼前徐徐走过。老熊问我知道他是谁吗？我问，他是谁？老熊说，他就是我们以前的老副省长。他被关了十多年，现在放出来了。老熊跟老人打了招呼，还请他一起吃午餐。老人一边吃着口水鸡，一边摇着头，不断地叹着气，我不知道监狱的生活是怎样的，但十六年，足以把一个声名显赫的人，改造成一个对社会无用的老头了。我现在感觉自己就像那个老头，心中充满了悔意。

我拿着一本中国地图，从第一页翻到最后一页。当我的目光落在芒城市时，我想起了我的战友于开树。在部队里我们是最亲密的战友，从部队回来后我们还不时联系着。三天后，我出现在我朋友于开树工厂的大门。门卫看见我胡子拉碴，满脸污垢，挡着不让我进去。但当于开树在他的办公室的电话里听到我的声音时，他立即放下电话跑下楼来。他看见我的第一句话就是：克己，全世界的人都在找你呐。

于开树带着我去开了个房，给我换上了他的衣服，打上了他的领带。在美容美发店里，当剪刀伸向我的下巴的时候，于开树叫美发师打住了，他说留着吧。在美容美发店的镜子里，我看到焕然一新的自己，突然涕泪横流。于开树在旁边等我平静下来，他拍拍我的肩膀，递给我几张纸巾，然后带我去吃饭。

我在于开树的工厂待了下来，成为他工厂的总管。进材料，销售，管理员工，一切的事情都由我包揽，做这工作我觉得比当副市长轻松多了。但我还是尽量少在员工面前露面。有一次，一个调皮的打工妹跟我说，总管，你很像一个人哎。我紧张地说，什么人？她说，一个市长，我家乡的市长，我在电视上看见过他，太像了。我吓得差点尿裤子，差点失态，好在我还能装出镇定的表情，我说，你看我像个市长吗？你是哪里的人？打工妹说，邻省的马城市啊。我嘴巴张成大大的洞，只说了一声哦，就不敢吱声了。后来，那个打工妹被我找个理由开除了，许多来自马城的打工仔打工妹，最后都被我用各种各样的理由开除掉了。招新员工的时候，只要看见登记表写着"马城"二字，我立即在上面打个叉。

我越来越习惯饮酒。起初的时候在宿舍里喝闷酒，后来干脆去酒吧喝。我能喝十瓶啤酒或者三瓶二锅头。以前当县长和副市长时，我是从不喝酒的，到非喝不可的时候，办公室主任和秘书都会抢着帮我喝。而现在，我整天埋头工作、喝酒，变成了一个不爱说话的酒鬼。

有一天半夜，我躺在床上悠悠地醒来，看着窗外闪烁的灯光，感觉心里有某种东西活过来了，身体下面的器官也发出了呼应。我突然想起我的妻子来，当然，还有我的女儿。她们都是老实本分的人，记得我当上县长时，她们都吓坏了，每次我进家门，她们都胆怯地看着我，仿佛在我的身上看到了什么不祥。当我当上副市长时，我的妻子感觉自己受不了了。一听到敲门的声音，她都吓得躲到卧室里去，让我自己开门迎接那些前来拜访的人。最后我们还是离婚了。办完手续，她带走了女儿，从此我就没再见过她们了。我女儿离开我时有十岁，现在她应该有十五岁了。女儿长得像她妈妈，人们都说市长的女儿将来一定是个美人。

吃饭的时候，于开树发现我呆呆地盯着一个服务员，就问我是不是想女人了？他走出吃饭的包厢，不久带进来穿着吊带裙的小姐。他招呼小姐坐在我旁边，并嘱咐小姐，要好好款待我。小姐一定是个老手了，她搂了我的脖子，整个人坐到了我的大腿上，嘴里喷出热乎乎的气流，但我还是无动于衷。我对正要走出门去的于开树说，开树，我想家了，我想回去。

于开树停住脚步，关上门。他转过身来时，眼里满是惊愕。他对小姐挥挥手，说你出去一下。当包厢里只剩下我们时，他说，你想回马城？自首？我摇摇头，表示不是去自首。他说，那你干吗要回去，难道我有什么对不住你的地方？我摇摇头，说，我只想见见我的母亲、老婆和孩子，我忽然哭了起来。

于开树开着他的宝马车送我上路，汽车沿着珠江一路向西，在河道分岔的地方，于开树放下了我。他指着一条河的支流说，你沿这条河走上五公里，有一个小镇，镇上有开往马城的大巴，你从那里走吧。我下车，于开树也从另一边门下来，他把一个大信封交给我，说，拿去用吧，不够就打个电话给我。我看着他重新上车，倒车，然后把车往回开，在转弯的地方，他的车看不见了，我才迈开步子朝小镇走去。在小镇开往马城的快巴上，我竟睡着了，也许是因为离开马城近了，我心里反而平静了下来。这是我出逃几年来，睡得最香的一觉！

回到马城，我去找一个名叫卡巴的男人。卡巴和我青梅竹马，我当副市长时，曾帮他把老婆从县城调到马城，又帮他把妹妹安排到市工商局工作。当他母亲患上癌症时，我悄悄塞给他十万块钱，让他带母亲治病。但找过他，我就知道错了，因为从他家出来后，我发现街上的警察多了起来，每个走过我身边的人，都用怀疑的眼光看着我。虽然我与几年前电视上的那个副市长不一样了：我留着大胡子，戴着墨镜，还穿着一件浸满汗味的牛仔衣服，但我知道我的行踪已经暴露了。

我专拣小巷走。马城市被人们称为古城，是因为它还保存着许多古老的小巷，青石板小道，斑驳的墙壁，探出院墙的迎春花，让你感觉自己仿佛生活在另一个时代。有一次，我走到母亲居住的老屋附近，但我却没有勇气敲门。我知道我一敲门，迎接我的也许是冰凉的手铐，和黑乎乎的枪口。我面临的，也许就是那无尽期的监狱生活了。我不喜欢监狱，当县委书记时，我曾在春节时去监狱慰问狱警。他们对我毕恭毕敬，但一转身，就对犯人大声呵斥。我看到犯人在他们面前吓得面容失色。吃饭的时候，他们还跟我讲监狱里的事情，打架、斗殴，甚至还有同性恋，让我感觉里面就像一个黑社会。从那时起，我就暗暗发誓，即便被人一刀捅了，我也不到监狱里面蹲着。

我终于走出了城市。原来那条通往南边的青衣巷，它的尽头竟是一块菜地。菜地边有着一个大水坑，里面散发出畜生粪便的气味。在城郊的田野上，我胡乱地走着，田埂上长满了草，但草在秋天开始枯黄了。我感觉自己回到童年的村头，向远方眺望着母亲。但我的母亲不会再从河那边走向拱桥，向着我走来了。

有几天，我白天就在郊区的一个废弃的砖窑藏身，晚上则出去觅食。吃饱喝足，我坐在一个草坡上，向马城眺望，想着自己该何去何从。我甚至想，过几天，也许会风平浪静，我看望完母亲、妻女，也许该回芒市于开树的工厂。但那真是我的藏身之地吗？难道警察就不会找到那里？

　　闪烁着灯光的城市近在眼前，但我感觉它是那么遥远。无聊的时候，我痴迷地望着那迷人的灯光，想在那灯光里，分辨哪是我曾上过班的市政府大楼，哪是搞集会的人民广场，哪是古城区……眼前最近的地方，那幢黑黝黝的楼房是什么地方？我想了半天，突然想起了，那是农场的老楼。哪一次？一定是喝过酒吧，老熊说带我去玩玩。他开着车，把我带到农场楼前，把我交给四楼出租屋里一个名叫阿花的小姐，然后自己在楼下的车里等我。那个名叫阿花的小姐，她也许是世上最漂亮的姑娘吧？她的乳房、大腿、大眼睛，在我的眼前晃着……我不知不觉地站起来，走下草坡。走了好久，我才发觉自己是朝农场那幢楼走的。走到马路边，我还是犹豫了一下，但走到那幢楼前我就放心了，因为除了农贸市场前面的那盏灯，一切似乎都睡着了。没有可疑的车辆，没有来往的行人，甚至没有一点人间气息。我悄悄地摸上楼，站在四楼的那扇木门前。我确定那是阿花的门，因为上面贴着一张五谷丰登的年画，几年前它就在那里了，没想到几年后，它还贴在那里。我敲门，只敲了两下，屋里就有动静了。她问，谁？我说，一个朋友。她说，是朋友？你就往门下塞一百块钱，这样我就信你是朋友了。我连塞了几张，门真的开了，屋里温暖的气息迎面扑来，我感觉那是家的气息。

　　那个睡眼惺忪的女人，她叫我去洗澡，然后钻进被子里等我。一钻那温暖的被窝，我感觉自己像一只飞倦了的鸟儿，俯身扑到一片草地上。草地水草丰茂，气候宜人。那里有一个温热的洞穴，散发着泥土的气息。我感觉自己变成了一只野兽，在那片草地上拼命地冲撞，奔逃，耕耘。洞穴变得光滑湿润，我想那就是我的家了。我的耳朵里还响起了惊雷，刮起了大风，我想这也许就是土地的呼吸。那风抚在我的身上，头发里，我听见自己骨节松动的声音。继续……哎……一个声音说，那么遥远，像秋天对春天的呼唤；哦，继续……那声音不断地敲打着我，我拼了命地冲撞，感觉有什么挡住了我。但很快，我感觉自己伴着一声大喊，顺利地冲进了一个温暖的通道。我感觉泥土痉挛了一下，风平了，浪静了，眼前风和日丽，群燕翔飞。

你知道，现在我住在一个女人的子宫里，感到挺安全的。

| 创作评论 |

　　黄土路多数作品的骨架都是一个荒诞的情节，如一个被心爱的女人拒绝的男人，为了每天见到她，竟变作了她家门前的垃圾桶(《垃圾桶》)；一个被日常生活琐事搞得非常狼狈的作家得到一台可以洗去人记忆的洗衣机，从此改变了许多人的生活(《洗衣机》)；一位被人出卖的副市长，住在小姐的子宫里才觉得安全(《谁在深夜戴着墨镜》)；有一群人患了"多心症"，容易对别人产生感情(《赶往巴格达》)；小伙子捡回的田螺真的变成姑娘，与他结婚，生活在一起(《桂村的田螺姑娘》)……但如果作家只写荒诞的故事，而不是通过这种荒诞揭示生存的真相，是不可能触动读者的。黄土路写的这些故事，与其说是写生活的荒诞，还不如说是写生存的无奈，更是写那些改变生活的愿望如何造成了相反的结局："多心人"想赶往巴格达阻止战争的爆发，可当他们到达时，战争已经夺去许多人的生命；洗衣机让几个家庭成员改变了身份，同时让原先的家庭与生活记忆破碎，最后只好砍碎洗衣机；田螺姑娘并没有获得想象中的幸福，她不堪忍受村里男人的蹂躏，逃走途中又变成了田螺。

　　——张柱林：《文化记忆与现实关怀——广西少数民族青年作家创作鸟瞰》，

　　《文艺报》2014 年 4 月 16 日第 006 版

陪夜的女人

朱山坡

女人搭乘乌篷船来到凤庄。

这是一条很特别的船。除了特别扁小外，尖细而稍向上翘的船头，古香古色的船板和涂抹了桐油的竹篾船篷，还有断断续续引人发笑的马达声都引起了围观者的好奇。凤庄早就没有这种船了，由于航道淤塞，又由于无鱼可打，不说轮船，连渔船都已经很少见到。乌篷船从下游逆流而上，力气快用完了，速度越来越慢，宛若一个苟延残喘的人。

在人们的担心中，船总算在废弃了的码头靠了岸。船头摆满了炊具和其他日常生活用的物品，乱得像开杂货店。女人从船上跳下来，笨拙地拴好船，掸掸身上的暮气，然后神色镇静地往村子里张望。船里还钻出一个又矮又瘦的男人，病恹恹的，吃力地扛着一件东西。他是女人的丈夫，那东西是一张弹簧折叠床。男人把东西放在码头

作者简介

朱山坡（1973—），广西北流市人，与田耳、光盘合称为"广西后三剑客"。著有长篇小说《懦夫传》《马强壮精神自传》《风暴预警期》，小说集《把世界分成两半》《喂饱两匹马》《中国银行》《灵魂课》《十三个父亲》等，曾获得首届郁达夫小说奖、《上海文学》奖、《朔方》文学奖、《雨花》文学奖等多个奖项，有小说被译介到俄、美、英、日、越等国。现供职于广西文联，为广西作家协会专职副主席，江苏省作家协会合同制作家。

作品信息

原载《天涯》2008年第5期，《小说选刊》2008年第10期、《小说月报》2008年第11期、《新华文摘》2009年第2期转载；入选《2008中国年度短篇小说》(漓江出版社2009年1月出版)、《2008短篇小说》(人民文学出版社2009年2月出版)、《2008中国短篇小说年选》(花城出版社2009年1月出版)、《小说月报第十三届百花奖入围作品集》(百花文艺出版社2009年4月出版)、《21世纪短篇小说排行榜》(百花洲文艺出版社2010年7月出版)等，登上2008年中国当代最新文学作品排行榜，获得首届郁达夫小说奖，俄文译本收入俄国出版的《中国小说精选》。

的石块上，跟女人嘀咕几句，转身便开船离开。他的脚下，便是慧江，宽阔浩瀚，水流平缓，黄昏的江面像大海一样孤寂。那条船，很快便看不见，似乎已经沉入深不可测的江底。

迎接女人的是一群叽叽喳喳的孩子。女人异常高大，皮肤黝黑，浑身胖乎乎的，头发很短，但手臂很长，而且粗壮，本来需要肩扛的折叠床她只是用手夹在肋中，另一只手还抓着一张薄薄的棉被。

"我要去方正德家，"女人说，"你们前面带路。"

孩子们迅速分成两半，一半在前面热情地引路，一半在女人的身后暗中取笑她的大屁股。通往村庄的石板路还残留着夏天洪水浸泡过的痕迹，萧瑟的田野像江面一样空荡。女人的到来给村子增添了新的气氛，像来了一位远客，引起了一些骚动。踩着几声狗吠，从屋里走出一些老人和一个腆着肚皮的妇女。

"来啦？"她们笑脸相问。

女人回答得很干脆，来了。

她们如释重负地松了口气。她们也许觉得女人话不会多，女人的话却意外地多了起来："早上接到了两个电话，一个是金湾镇的，也是个女人，说我烦死了你一定得过来，但我还是答应来凤庄，方厚生跟我家的侄子在广州是工友，熟人嘛，总得优先照顾。"

腆着肚皮的女人是厚生的老婆，快生了吧，不是万不得已连石阶也不愿爬了，一来累，二来怕摔。厚生家有两处房子，一处在石阶下面，是三年前建的新房子，一层的平顶楼房；另一处在石阶的顶头，是祖屋，破旧得看看就忍不住要动手拆掉，厚生要父亲搬，但老人住那里已经上百年，惯了，不愿挪，他说房子倒塌就倒塌，顺便把他埋了最好。这座陡峭的石阶也是他家祖辈砌的，别人很少去爬。爬上高高的石阶，孩子们把女人引到老人的房间门外便一哄而散。为表明比其他孩子更勇敢一点，厚生九岁的儿子至善把女人带到了老人的窗前。窗是老式活动窗，能关上，关上后外面就看不到里面。至善踮起脚，颤巍巍地拉开窗棂，女人把脸贴着窗户往屋子里探望，里面只有一团难以打破的黑暗，但女人还是看到了一张有深蓝色蚊帐的床并闻到了迎面撞来的臭气。

"我阿公就在床上。"至善率真地说，"他就习惯这样，白天睡觉，晚上扰人。"

估计正德老人快睡醒了，睡醒就要吃饭。平常，饭是厚生家的给他送到床边，手一摸，就能碰到不锈钢饭碗，饭菜都在里面。老人像一个壮劳动力一样，每顿总得吃满满的一大碗饭，他每喊叫一声都有很足的底气，谁也听不出他是一个行将要死的人。

"我还没有死，你们进来吧，陪我一会。"老人在里面说。他醒了，也就是说，风庄漫长而烦人的夜晚开始了。

女人轻轻推开门进去，点亮了煤油灯。灯光首先照亮了自己，看上去女人有一张还算端庄的脸，样子很热情、虔诚、豁达，她四处张望空荡荡的房子，像出了趟远门的主人回到家里看看是否少了什么东西。

老人说，来啦？

女人说，来了。

老人说话的时候省气力，声若游丝，有些沙哑。屋子很宽阔，没有什么摆设，地面黑得发蓝，凹陷不平。女人先是瞅了瞅老人的床。是一张清朝老式木床，差不多有她家那条船大。老人盖着被子，枕着一只高高的光滑的木枕头，只露出被拧干水了的瘦瘪的脸，胡子比台风后的荒草还乱。女人说被子该洗了，臭味熏得蚊子也不愿来了。老人断然拒绝说，不洗，洗什么，人死后统统都要烧了，连床都要烧掉的。女人还是坚持要洗，明早，我帮你洗了再走。但老人死活不肯，紧紧地揪住被子，生怕一放松女人便要抢走。

"被子又不是你的卵，你揪那么紧干什么!"女人笑着说。至善觉得女人挺幽默、乐观的，也嘿嘿地跟着笑。

厚生家的腆着高高的肚皮送饭进来。她住在台阶下面的新房子，老人住的是祖屋，厚生家的对女人说，饭你不用管，他自己还能吃，屎尿平时就拉在床上，他也不让清理，像牛栏，我习惯了，都闻不到臭味。

女人说，你丈夫跟我说了，我什么都不用管，我只是来陪夜的，你知道陪夜吧，大多数病人都是在半夜里断气的，陪夜就是让他们断气的时候身边总算有个伴，不至于太寂寞。陪夜不是陪护，陪护得干很多脏活，我做不了陪护，看到别人的屎尿我也恶心，如果不是这样，我早到广州医院做陪护去了，干一天能赚七八十块，遇上大方一点的雇主能赚上百块，比在这陪夜强多了。

厚生家的把饭碗放在老人的床边，老人也不侧身，伸手抓起就吃，狼吞虎咽的样子让人觉得他是一条从煎锅跳到水里的鱼。女人说，你慢点，不要白白撑死，我还没赚够你们一天的钱呢。

老人说，我早想死了，就是死不了——到了我这个年纪，活着就是等死。

女人嗔怪道，胡说。

厚生家的对女人说，老家伙一过世，我就要去广州，连孩子我也要在广州生……烦死了。

老人边吃边咕嘟，快了，说不定今晚就死。这句话厚生家的听多了，并不以为然，也不想跟老人说话，转身走了。

女人告诉老人，从此以后，每天晚上我都坐船过来陪你。

老人沉吟说，其实我不怕黑夜，连死都不怕，我还怕黑吗！

女人把自己的床打开，摆在窗口下，离老人的床有三四米远。她试坐自己的床上，铁支架床发出尖锐的吱吱声。

老人说，我没有病，我跟我的祖辈一样，都是老死，自然死亡，像一棵老树，朽木，风不吹，自己也要倒——我的大限到了，我自己知道，厚生也知道的。

女人说，你的儿子还算孝顺，虽然没有回来服侍你，但舍得花钱。

老人突然来气，呸！我快死了，他还在广州干什么？

女人说，厚生他忙，你躺在这里不知道打工的难处，要拼命干活，还要看老板的眼色——现在城里到处都是人，找一份工作不容易……

老人被饭呛了一下，不断地咳嗽，突然一把将饭碗摔在地上。女人站起来捡碗，你不要动怒气，很多老人就是动怒死的，到了这年纪，你还跟谁怄气！

老人咳停，猛喘粗气。女人责备说，我给不少老头陪过夜，从没见过火气像你这么大的。老人的眼睛瞪得贼亮，突然张嘴大喊一声：李文娟！

女人想不到这个连说话的力气都凑不足的老头呼喊起来竟像船的汽笛那么洪亮、尖锐，底气十足，爆发力强，有振聋发聩之功。有两三个月了吧，老人每天晚上就是这样不知疲倦地呼喊着李文娟，差不多每隔一分钟便叫一次，把凤庄喊得鸡犬不宁，没有人能睡上一个好觉。厚生家的胆小，夜里不敢进老人的房间，甚至听到老人的呼喊心里也一颤一颤的。厚生回来过两三次，问老人，你嚷什么呀？我在广州都听到你嚷嚷，把人嚷烦了。老人说，我喊你妈——我快死了，身边没有一个人陪。厚生陪了他两个晚上，他便不叫，厚生一走，他又嚷了，嚷得理直气壮，像一个委屈的孩子呼喊他的母亲。女人觉得这个声音刺痛了她的耳，使她浑身不舒服。

"你嚷什么呀，厚生不是雇我来陪你了吗？"

老人又是呸一声，接着是更激烈的咳嗽，咳嗽的间隙大声嚷着："李文娟……"

厚生告诉过女人，李文娟是他母亲的名字。厚生也不知道到底是不是她的真名，反正有悬疑的问题还有很多，比如老人的年龄，有的说一百零一，有的说才九十九，厚生也说不准，父亲六十岁才结婚，母亲四十六岁那年生下他后便去向不明。厚生的母亲是跟随一艘运干鱼的货轮来到凤庄，嫁给老人的，第二年便生下了厚生。那年四川客商从南海贩运一船干鱼到重庆，途经凤庄时做了短暂的停留，停留的结果是，给凤庄留下了一个女人。那个女人是到凤庄里去找生姜治晕船，当找到生姜赶到码头的时候，船已经开走了。这个四十五岁的女人刚刚死了丈夫，要到重庆投靠亲戚，如果船上载的不是干鱼，太腥臊，她是不会晕船的，不晕船的话她就不会跑进凤庄要生姜，就不会留在这个人生地不熟的地方。也有人说她是被船家故意甩掉的，因为他们担心一个刚刚死了丈夫的女人会给船带来晦气。那天，她就在码头上哭，凤庄的人知道她刚刚死了丈夫，不愿收留她，甚至不愿给她一口饭。是方正德，不仅把家里最好的一块生姜慷慨地送给了她，后来还乘着夜色把她带回了家里，再后来就成了厚生的母亲。那时的人劝他说，正德，现在兵匪猖狂，你怎么能带一个来路不明的女人回家？凤庄的人担心她给凤庄带来不祥和危险，处处防着她，甚至有人悄悄报了官。其实，厚生的母亲是一个很好的女人，人长得好看，皮肤细嫩，唇红齿白，不像四十多岁的人。一听口音便知道是外地人，她说老家在陕西，凤庄从没有人到过陕西，因此不知道陕西离凤庄到底有多远。没几天，人们便发现厚生的母亲不是简单的女人，处事老练，说话得体，对谁都笑脸相迎，大家明白她是见过世面历过风雨的人。而且，她还比凤庄所有的女人都勤恳，家里家外收拾得整整齐齐，把一个死气沉沉的家盘活了，对厚生的父亲也好，连重活都不让他做。在凤庄，只有厚生的父亲不用干重活，都让厚生母亲抢着干了。厚生母亲说，她没给前夫生下孩子，要给正德生一窝。第二年春，果然生下了厚生。四十六岁了，还能生孩子，简直吓坏了凤庄的女人。但厚生父亲高兴呀，他逢人便说，他要生十个儿子，要成为凤庄生儿育女最多的人。厚生的母亲跟凤庄的女人不一样，她有长远打算，能谋划，她跟厚生的父亲说，明年春天她要在地里种上一大片生姜，到了秋天把生姜贩卖到重庆去，然后从重庆贩回药材，卖给城里的药铺……厚生父亲为娶到一个精明、贤惠的女人而对上天感恩戴德，那是上天赏赐给他的女人，他这一辈子呀，除了对自己的女人好，就是要对上天好，不能骂天。厚生父亲一辈子都没骂过厚生的母亲，也没骂过天。厚生母亲曾对厚生父亲说，正德呀，你六十岁才娶妻，你得活到一百岁，否则你对不起我。厚生的父亲说一定要活到一百岁，跟厚生母亲过一辈子，对她好一辈子。但厚生还没满月，差两天吧，他母亲竟突然跑了，从此销声匿迹，杳无音讯。四十多年了吧，厚生的脑子里早已经没有母亲的概念了，老人也很少提起她，甚至在他呼喊"李文娟"的时候，人们好久才想起，厚生的母亲就叫这个名字。

老人说，我眼睛一闭上，她就出现在面前，说明呀，她要带我走了。

女人说，那是幻觉，是人都会产生幻觉，有时候我也会。

"我活了上百岁了，也对得起她啦。"老人说。

女人说，她不该离开你，女人哪能随随便便离开自己的男人？

"你知道当年她为什么要离开凤庄？"老人自问自答，"她生厚生得了重病，她不想连累我——你想想，四十六岁了才第一次生孩子……"

女人说，危险，不容易。

老人一个人感慨万端。女人解开裤头，坐在屋角的尿缸上要撒尿的时候才发现窗户没有关上，揪着裤子尴尬地跑过来关窗。至善懂得害臊了，走下第五级台阶，还能听到哗啦啦的水声和女人埋怨尿臭的漫骂。

至善厌恶地捏住鼻子，夸张地对他母亲说，这女人，撒尿的声音比牛还响！

无论如何，这一夜，是凤庄多少天以来最宁静的一个夜晚，静得能听到远处江水流淌的声音。这天晚上，凤庄所有的人都听不到老人令人心烦的呼喊声，睡了一个安稳的好觉。第二天，有人小心翼翼地问，老人是不是驾鹤西去？厚生家的满怀歉意地说，还得等，还得多等几天——一盏残灯即使油料耗尽也不会马上熄灭。人们才知道，老人能还给凤庄宁静的夜晚，全是女人的功劳。

凤庄早起的人们看到女人天一亮就走了，头发也不梳理，脸还来不及洗呢。她说她男人和船在码头边等她，她得回去干活。女人家在江浦，离凤庄有二三十公里的路程吧，那边是姓齐人家，女人的男人也应该姓齐。女人说她家种了十几亩芭蕉，要除草、施肥，还得防台风，用柱子撑着芭蕉树，但台风来了一千根柱子也不顶用。女人埋怨，去年要不是一场台风把好端端的一地芭蕉毁了，我也不用给一个快要死的老人陪夜，陪自己男人不更好？

女人的男人果然已经在码头等待。他站在船头抽烟，高高瘦瘦的，腰有点弯，很孱弱的样子，对女人很殷勤。女人跳上船，男人递给她一条毛巾，女人浇浇江水洗脸，脸才洗好，船便开了。晨曦中船开得特别快，像是换了一条船似的，一会儿便到了江中，眨眼间消失在宽阔而沉静的江面上。

女人是个守时的人。黄昏，最迟也用不着到中央电视台新闻联播结束，她便会如期出现在台阶前，朝厚生家的房间里说一声，我来啦，便拾级而上，推开房门，高声地跟老人说话，把孤寂和恐惧驱散。每次进了老人的房间，女人都要往尿缸里撒尿，白天干活累了，撒完尿便要睡觉。老人睡不着，要跟她说话。女人干活累，要早休息。老人说，厚生是请你来陪我说话的，不是请你陪我睡觉的，你得说话。女人说，你说呗，我听就是了。老人说，你真要听。女人说，我用心听着呢。老人便说话。他成了凤庄唯一在深夜里说话的人。女人开始是真的用心听，偶尔还还上一两句，后来注意力不集中了，估计是想着家里鸡零狗碎的事情吧，最后干脆不知不觉睡着了。老人也不知道女人是不是真听他说话，也不知道她是不是睡着了，反正每天夜里都要说很多的话，要把所有的话一口气说完，仿佛不说明天就没机会说了。

女人刚来的时候，老人对她说，我呀，死过很多次了。女人说，大难不死，有后福呗。老人说不是这个意思，他是怕，年轻时对死很怕。厚生十岁的时候，老人轰轰烈烈地死过一次。那时候在凤凰岭上修水渠，老人负责放炮炸石头。他都干了一天一夜了，几个放炮的人都累趴下了，等他撤下来，他就是不撤。别人问他累不累，他说不累。其实他累得快不成了，他还要炸一口，再炸一口水渠就跟另一头接上来了，他硬是要多炸一口。结果炮响了，水渠两头连了起来，他却跑不及被泥石掩埋，大伙好不容易才把他扒出来，还没送到村卫生所便断了气。大队里紧急开会讨论，追认他为修水渠功臣，奖励他三十分工分。家里都为他准备后事啦，响器班把唢呐、牛角、箫笛吹得凄怆而热闹，抬棺材的人都要将他入殓啦，厚生的姑姑们哭得天昏地暗，厚生没有哭，厚生这小子不会哭，别人看不过眼，对厚生说，父亲死了，你装模作样也得哭几声呀。厚生就是不哭，仿佛他知道父亲还没有真死。"就这个时候，我活过来了，把所有人都吓了一跳。"老人自豪地说，那时候，这是一个天大的新闻，因为好多年没看到过有人死而复生了。小时候，我就曾看到方必富的祖父捕鱼失足跌落江底，被渔网缠住，从早上一直到中午才被人捞起来，身体冰冷，脸色死灰，大家以为肯定死了，便用破棉被一盖，准备第二天扛到山上埋了，但想不到半夜里他自己竟醒过来，到自家的厨房里找吃的，把他的老婆吓得魂飞魄散。这叫作假死，过去有人被埋葬了才活过来，但复活得太迟啦，自己爬不出来，活活闷死在棺材里。那时候，我就做了一个长长的梦，梦见各种各样的人，梦见很多陌生的地方，梦见自己走了很远很远的路，后来听到文娟骂我，她说，正德，厚生还小，你死什么呀，还轮不到你呢，你答应过我要活到一百岁的，你快回去……我就回来了。

女人说，你怎么老是想着这些……

老人说，那时候年轻，怕死，连广州都没去过就死，心有不甘，现在不怕了，还怕什么，都活了上百岁了，阎王不请自己也得去，再不去就成贼了。

女人说，长寿是福呗，现在活上百岁也不是什么新闻，宋庄的冯启蒙一百一十二岁了，还能撑船哩。

老人的身体原来是没有什么问题的，三年前，老人跟一只叼走了他的鸡腿的狗怄气，追打它，结果被几根稻草绊着摔了一个大跟头，从台阶上滚下来，从此便一直躺在床上。医生来了很多次，也没说什么，也不给开药，即使开了药他也不吃。老人说，没有病，吃什么药！油尽灯灭，水涸鱼亡，就等死呗。

老人以为女人瞧不起他，反复向她证明，死，我真的不怕，就当睡着了觉，就当出一趟远门……

女人笑了笑。女人知道，老人口口声声地说自己不惧怕死亡，事实上，不怕死的人是不存在的，黑夜来临，会使老人战栗，他在夜里呼喊"李文娟"就是对死神召唤的害怕。她的到来，像一盆冷水熄灭了他内心的恐惧。

老人说，他们已经五次把我背到堂屋，但每次我都没有断气，他们又得把我背回来——他们都烦透我了。

习俗是，人之将死，最后要躺的地方必是堂屋，死在堂屋，死在列祖列宗牌位面前，才死得安心，才死得不寂寞，死后才容易找到早逝的亲人。老人三番五次地濒危，三番五次地躺在堂屋的左侧（女人躺的是右侧），平静地等待生命最后一秒的来临，亲人和背他到那里的人也屏气凝神地在等待老人咽下最后一口气。然而，不再需要奇迹的时候，奇迹却三番五次地降临，老人的气艰难地又缓回来了，死人般的脸色由苍白、僵硬变成暗淡、温润，最后竟然恢复成肉色，像熬过了寒冬腊月的枯树又有了生命复苏的痕迹，顽强而故意地嘲讽着大地的一切。他们的脸上没有惊喜，全是一番徒劳后无奈的苦笑。厚生一次又一次从广州连夜赶回，想一劳永逸地送别老人，但一次又一次地紧急召回派去向亲戚报丧的人，一次又一次歉疚地跟已经准备就绪的响器班和抬棺佬悔约，成了别人茶余饭后的笑柄。厚生终于失去了耐心，叮嘱自己的女人，真死了，你才给我电话！这些日子来，他的女人好几次拿起了电话又放下来，她害怕说错了又要厚生白白跑一趟。

　　凤庄的妇孺最厌烦的不是老人从堂屋的地上一次又一次复苏过来，而是在夜里老人声嘶力竭的呼喊。声音不是野兽，困不住。凤庄人不多，但怨声载道起来却到处都能听见。开始的时候，小孩听不惯老人的呼喊，被惊吓得浑身发抖。后来不怕了，还没到深夜，还不睡觉的时候，他们有时在老人的窗口外往里尖叫或吹口哨，像挑逗一个失去法力的妖怪：老人被背到堂屋，他们还敢在门外探头往屋里张望、聆听，向大人报告老人是否还一息尚存。苟延残喘的老人也知道自己已经被凤庄所抛弃，招人嫌了，但他偏偏不愿嘴软，把好心好意来劝慰他的人都看作了恶意：你们把我活埋算了——你们，你们也有死的一天。后面那句话多歹毒呀。谁也不想被将死的人骂，那是不吉利的，所以没有人愿意跟老人说话，甚至对他产生了厌恶。他就在深夜里独自呼喊，让所有的人都听到像从坟墓里传出来的声音，都体会到深夜的寂静和黑暗的漫长。有几个老汉实在忍不住惊扰，站在老人的窗外责怪道，你嚷什么呀，没有人像你，存心要整个村庄的人都睡不了觉！面对指责，老人既不生气，也不答辩，仍然用冰冷的呼喊回应一切。老头们只能用三个字发泄对正德老人的无奈和不满：老不死。老人如此，厚生的女人便有压力，她不堪重负，便把压力转嫁到远在广州的厚生身上。厚生也想不明白老人为什么会这样，媳妇说，他要陪呗。厚生陪不了，他在那家韩国人开的电子厂里干得正有起色，照此下去年底便能加薪升职了，但韩国人管得严，稍不小心便要被炒掉。厚生是一个兢兢业业的人，到底是珍惜来之不易的饭碗。留在村里的男人越来越少，能出去的人都出去赚钱了，出去的女人也越来越多。老人濒危快不成了，只有一次是厚生背到堂屋，另外四次是不同的男人背的，他们都是因为家里有事正好从外面回来，就帮背一把。外出捞世界的人怕惹晦气，本来是不愿意背的，但没办法，村里只有你一个大男人，碰上这事，谁也逃不过，哪家没有老人，谁没有老死的一天？你总不会坐视不管吧。老人给人们带来那么多的烦恼，厚生觉得欠着凤庄人的人情，老人多活一天，欠的人情便越多。一次，厚生上医院，见识了一种叫"陪护"的职业，他才豁然开朗：只要舍得花钱，陪别人去地府的活也有人干。厚生便试着雇了女人。

女人的到来使凤庄大大地松了一口气。他们恢复了往日的从容和惬意，女人从她们面前经过的时候，她们会拉住女人的手说，你真的不害怕？万一老人半夜升天了……

女人说，害怕什么呀？不就是死人吗？除了不会睁眼说话外，跟活人没有什么区别。

女人的勇敢征服了凤庄的妇人，她们想不明白，一个女人怎么会不害怕死人呢？

"你是不是从家里拿来擦台布堵住了老人的嘴巴？"她们说。

女人说，怎么会呢？

她们说，那你肯定是把自己的乳房让他吮——老人像小孩，有奶就安静了。

没等女人回答，她们便笑得令各自的乳房剧烈地颤跳起来，凤庄洋溢着欢快的气氛。

厚生家的也尴尬地笑。女人说，我睡自己的床——一个快死的人怎么还会想到乳房？可她们笑得更放肆了，女人觉得被别人开了玩笑，又拿不出好的回击办法，只好说，反正，我有办法让他安静，即使用乳房，那也是我的本事。

女人知道自己之所以能让老人在夜里安静下来，是因为老人把她当成了李文娟。凤庄的女人是这么说的。厚生家的也这么说，你就充当一回厚生的母亲呗，反正吃不了什么亏。女人说，那也算不了什么，一个行将就木的老头难道还能强奸我不成？妇人们觉得是，突然没话可说了。

老人又不是她的父亲，凤庄的妇人们不相信女人一点也不害怕，没有男人的陪同，夜里连厚生家的都不敢踏进老人的屋子，因为谁都知道那是离死亡最近的地方。但女人一点不害怕也不可能，有一次，厚生家的就听到女人在半夜里发出了一声惊叫，虽然不是很尖锐，但那声音肯定是受惊吓才发出来的。厚生家的以为出了什么事，翻身下床，在台阶下面大声地问女人，老家伙去了吗？女人良久才回答，还没有。老人适时地打了一个重重的呻吟，像刚刚缓过气来。

厚生家的又说，要不要叫男人？凤庄没有男人了，我得到黄庄去叫。女人说，不用了，睡吧。黑夜又恢复了沉寂。没有人知道，那天夜里女人为什么会突然发出惊叫。凤庄的妇人们都听到了她的惊叫，知道她也会害怕，经此一吓，以为她可能不来了，但当天黄昏，女人还是来到了凤庄，只是比平时晚了一点点。

其实，那天夜里的那声惊叫确实是因为害怕而发出的。女人竟然不像她自己所说的那么勇敢、坚强。在她们意料之中的是，她果然也会害怕。

那晚，老人突然精神焕发，跟女人滔滔不绝地说起厚生的母亲。我这一辈子，故事多，遗憾也多，够说得上十辈子的，就一个李文娟，说到死我也说不完。老人说，在死掉之前，我就只说文娟。

"她是一个好女人，我从来没见过那么好的女人。"老人为了证实自己的话，举了很多例子，还用准确的数字说明问题，短短的一年时间里，文娟干了一万三千一百三十二件活，给我洗了八十二次脚，捶了两百一十五次背，她生孩子的那几天里，还给我修过两次脚指甲。她不让我干重活，她说那些重活呀你留着等厚生出了满月我再做，那时我还有力气，为什么不能干些重活？文娟说了，她的前夫就是干重活累坏了，丧失了生育能力，她不能再让自己的第二个丈夫累坏了……

老人说，她不让我干重活，连轻活也让我少干，捕鱼期村里的男人日夜不停地都在江里捕鱼，她呀，就不让我去，让我养好身体，我的身体除了胃肠不好喜欢拉肚子外没什么毛病。一个季节下来，男人们累得趴在地上起不来，我呀，养得胖乎乎的，皮肤又白又嫩，人们说我像衙门的人，对我妒忌得要死。结果，我变得越来越懒惰，很快成了远近闻名的懒汉。外面的人都想到凤庄来看看，陕西的女人是长得什么样的，竟然不用男人干活，一个女人也能把家撑起来！

"结果是她累坏了自己。坐月子还挑粪去地里培庄稼，还给渔场涮鱼，她涮的鱼比谁都多，都好，别的女人嫉妒她，说文娟，你不怕鱼腥啦？文娟说不怕了，那你还晕船吗？文娟不作声。正是她们刺激了她，使她想起了船，结果几天后便跳上乌篷船跑了。那是一条废弃了的船，不知道是谁丢下的，搁浅在沙滩上，在江边风吹雨打好多年了，没有谁愿意修补它，好几次洪水也没把它带走，如果知道它会带走文娟，我早就一把火将它烧了。那天临近黄昏，我正给厚生洗澡，有人从江边回来对我喊，方正德，你家文娟没洗完菜就跑了。我扔下厚生，从村子里追出来，沿着岸边拼命地跑，江面上灰蒙蒙一片，但我还是看见了那条乌篷船，船篷千疮百孔，船上只有她一个人，她就站在船尾摇船，我不知道她从哪里弄来的船桨，她把船划到了江中间，多宽阔的江面呀，像海一样。我大声喊，李文娟……但我这一喊，那条乌篷船一眨眼间便在江面上消失得无影无踪，像鬼船一样。她肯定看到了我，她不愿回头，连厚生也不要了。凤庄的人以为我欺负她，把她气走了——那时候只有我知道，她有病，旧病复发了，生厚生才复发的，那是一种治不好的病，她知道我家穷，不愿连累我……"

女人问，什么病呀？

老人不肯说。他宁愿以漫长的静默回应女人的好奇。

女人改口赞叹说，多好的女人！

"我到处找过她，要给她治病，即使把我自己卖掉也要攒钱给她治病——她一个人孤零零的，她要去哪里啊？她不是在外面等死吗？但我找了大半年也找不着，有人说那条乌篷船渗水，她走不远，也许还不到陆家庄就沉了……但我不相信那条船会沉，跑得那么快、那么稳，她绝对是一把撑船的好手，一条破船到了她手上也跟好船一样……后来她肯定在哪里上了岸，在哪里躲着我，最后，病死在哪里了……你看，她来了，她就在窗外，要带我走了！"

女人突然感到害怕。她不是轻易害怕的人，这时却压制不住自己内心的惊惧，哎哟地惊叫了一声，像闪电划过寂静的凤庄。

"她跟你一样身材高大，会说话，见过世面。"老人低声地说。这是老人把女人和厚生母亲作的唯一的一次对比。

那天早晨，女人的男人早早就开船在码头等她，但她硬是要把老人的被子先清洗了。女人说，你不知道我费了多少口舌老人才肯松开抓住被子的手。这张被子真脏，黑乎乎的像一张牛皮，把一江的水都洗黑了，如果江里有鱼，也会被毒死。女人就把被子摊在江边的芦苇上面晒，黑麻做成的被子像船帆一样远远就能看见。黄昏，女人下船，把被子收起来，走进凤庄。

厚生家的正在屋檐下等她，称赞她说，只有你才能说服老家伙把被子洗了，连厚生也说不服他，死倔。

女人说，我真想把他背到江边，彻底把身子涮干净……我说了，身体脏兮兮的去了那边，厚生的母亲会骂你邋遢，还要骂厚生不孝顺。

厚生家的神情骤然紧张，那无论如何得帮他洗一次澡。

老人洗了一生中最后一次澡。庞大的澡盆就放在床前，水气一下子弥漫满屋子，水里掺了一些草药，散发着淡雅的香气。女人对老人说，过去呀，只有皇帝才能洗这样的澡水。但老人死活不愿洗。"人都快死了，还洗什么！"老人气呼呼地说。女人又劝了一会，老人仍断然拒绝洗澡。厚生家的觉得没有办法，要撤走澡盆。女人说声不要撤，一把将老人抱起，旋即像婴儿一样塞进了澡盆。老人试图反抗，但没有力气，只好死死抓住自己的衣服，但衣服很快被女人强行剥落，赤条条一丝不挂。厚生家的害羞，转身走了。女人熟练而敏捷地把水浇到老人的身上，用毛巾使劲地擦拭，水很快变成了墨黑。老人反抗不成，便张开嘴巴呼喊"李文娟"，开始时声音很大，后来被水声压住了，最后竟温顺得像个孩子，静静躺在澡盆里并装出死人的样子，一动不动，让女人帮他洗完了这次澡。

凤庄的妇人们打听到了女人的很多情况。有些情况是从江南传过来的，有些情况是从厚生家的那里来的。厚生打过几次电话回来，厚生家的向男人表达了对女人的满意，同时也流露了一些猜疑。厚生也许知道的也不多，但还是隐隐约约地说了一些女人的情况。几天后，凤庄的女人对女人便另眼相看了。女人感觉得到她们异样的眼神，连孩子们也远远地躲开她。女人终于忍不住问至善，你们为什么躲着我？至善说，我没有。女人说，我是说她们。至善直率地告诉她，她们说你年轻的时候是个浪荡女，在广州做过"三陪"，现在是第四陪，陪夜。

女人的脸突然暗下来，抓着手提袋的手不断地颤抖。至善后悔说错了话。"她们是胡说八道。"至善想挽回，"她们之前还说过，我的阿婆是旧社会的妓女，在船上做皮肉生意，得了脏病才被船家甩掉的……"

女人手里的袋子终于脱落，几只番石榴、枇杷子从石阶上滚下来。女人并没有回头捡散落的果子，呆站在石阶的中间，抬头往正德老人的房间张望。她犹豫了很久，至善以为她会掉头跑掉，因为她沿着河岸，还能追上她丈夫的乌篷船。但她还是从容地登上台阶，走进屋子，点亮了灯。但这一次，至善没有听到女人撒尿的声音。

从此，女人变得郁郁寡欢，甚至变得有些羞怯。第二天一早看见别人也不怎么打招呼，匆匆忙忙地就走。厚生家的似乎意识到自己说错了什么，向凤庄的女人解释，厚生说了，女人过去也不专门做那种事，如果不是家里穷，她也不会……她的男人，几年前从脚手架上摔下来，听说已经是个废人，除了开开船，做点赚不了几个钱的小生意，干不了什么活。凤庄的女人一阵唏嘘，都后悔自己说了一些不该说的话。凤庄的女人们舌头是长了点，但实际上她们是很感激女人的，为表达她们的谢意，那天晚上，她们不约而同地准备了好些东西，糖果呀，瓜子呀，葡萄干呀，甚至还有奶粉，都是她们的男人从城市里带回来或寄回来的，看到女人来了，便热情地塞满了女人的双手和口袋，这东西，你夜里吃着解闷。汉光家的最大方，把压在箱底舍不得戴的祖传手镯借给了女人，这个血纹路清晰的手镯在汉光曾祖母的坟墓里待过，能避邪，汉光家的说，连鬼都怕它三分。女人说，那么贵重的东西我怎么敢借你的呢，万一弄坏了怎么办？汉光家的说，不要紧，人平安无事最重要，一个手镯算得了什么！汉光家的把手镯大大方方地戴在女人的手上，女人羞涩地笑笑，其实，我什么也不怕，不过，现在心里更踏实了。凤庄的妇人们看到女人都收下了她们的小礼物，心里也甚是踏实，好像女人已经原谅了她们。但过后的第三天，女人对厚生家的说，她男人的病又犯了，是旧伤复发，她不会开船，村里又找不到会开船的人，她只好在家护理男人两三天，这两三天，就不算钱。

厚生家的有点始料不及，但不好不同意。女人环顾一下散落在四处的妇孺，抹了一下头发，往江边匆匆走去。一会，有小孩回来报，开船的还是女人的男人。女人们的脸上布满了愧疚，断定女人是找借口开溜了。这天晚上，她们又听到了老人声嘶力竭的呼喊。李文娟，这个女人的名字又像鬼魂一样笼罩在凤庄的头上，缠绕在她们的耳边。宏发家的终于忍不住了，起来骂人，听起来是骂女人，实际上是骂老人。她一开骂，凤庄的人都睡不着，穿着睡衫聚在厚生家的院子里，你一句我一句的，开始是埋怨，后来是想办法。但想不出什么办法，夜狗不知疲倦地吠，老人依旧一声一声地呼喊着李文娟，只是那声音渐渐弱下去，像从很遥远的地方传来的，轻轻地抓着你的耳，然而正是这种听起来像垂死挣扎的声音让人更毛骨悚然和难以忍受。她们束手无策，那只有等女人快点回来。三天后的黄昏，女人终于又来到了凤庄，大家才松了一大口气。

三天不见的女人明显消瘦了许多，脸上结实的肉不见了，多了两块猪肺一样的雀斑。

"你家男人的病好了?"

女人说，好不了，卧床了，医生说再做一次手术看看，不成的话到广州的大医院试试……小儿子也凑热闹，发高烧，拉肚子，真会烦人。

妇人们关切的程度更深了，"你先把儿子的病治好，发高烧等不得……"

女人说，没大碍了，由邻居帮看着。

"你不在，夜里老人又叫开了。"

女人淡然道，这老家伙……其实我在的时候他也叫——他每时每刻都在呼喊李文娟，只是你们听不见。

妇人们觉得女人的话有些深意，像是一个读过些书的人。

平日里节俭得可怜的妇人们自觉地从深不可测的口袋里掏出一些面额不等的钱来，塞到女人的裤兜里。女人百般推却，妇人们要生气了，她才收下，说是借，将来一定还，然后爬上高高的石阶，走进老人没有房门的房间。看到老人房间的灯亮了，大家的心也亮了。但几乎与此同时，妇人们听到了老人一声严厉的斥喝：

"谁要说文娟得的是脏病，我做鬼也不放过她！"

这句话说得比平时重一百倍，像是积蓄了很久的力量才说出来的，甚至把女人也唬住了。很明显，这句话是说给石阶下的妇人们听的，是一个将死之人对活人的最后警告。妇人们的脸色刹那间全变了样，慌里慌张，随即争相向厚生家的否认自己说过李文娟的不是，我们都没见过她，已经是多少年前的事了啊！厚生家的连连澄清事实，谁说啊，谁都没说过。听厚生家的这么一说，妇人们才放下心来。一安静，便听到了女人不断抚慰老人的说话声。老人的气估计憋了很久，就等女人来了才发泄。女人语重心长地说，她们都说文娟是一个好女人，没有人说过她的坏话——她们也没有说我的坏话，我听到的全是好话。

老人的气一下子还缓不过来，不断地咳嗽。此后很长的时间里，妇人们再也听不到女人的说话声，听到的只是老人无休止的咳嗽。她们惊疑，到了这时候老人还能说出那么严厉的话，甚至声音还那么雄壮、凶悍。她们有点失望，心怀疙瘩各自散去。

这个夜里她们又听不到老人的呼喊了，宁静得好像要发生什么事似的，她们忽然不习惯这种宁静，心里痒痒的，想听到老人的声音，甚至希望老人突然用一声熟悉的、锐利的呼喊打破黑夜的沉闷，驱散她们心头的不安，让她们能安然睡去。这种等待一样也很漫长，她们辗转反侧，又凝神定气，耳朵都向着老人的方向伸。老人是在下半夜去世的。第一次鸡啼后，厚生家的迷糊里听到女人叫她，她惊醒了，侧耳一听，果然是女人在石阶上头大声地喊：老家伙不成了。整个凤庄都听到了女人的呼喊，凤庄提前醒了，到处传来长舒一口气的声音。厚生家的惊慌地爬起来，双手抱着肚皮走到石阶下面，对是否爬上去正犹豫不决。女人说，你不用上来了，老人不能说话了……厚生家的慌乱地说，那我马上去黄庄，叫谁家的男人背他到堂屋去。女人说，也不用了，我自己能背。在厚生家的惊疑之际，女人已经把老人从屋里背出来。老人耷拉着头，喉咙里发出咽、咽、咽的声音，像被骨头卡住了。厚生家的小心翼翼地问，老家伙留下什么话吗？女人说，没有，整晚他就只说过一句话，大家都听到了，就一句……

女人从石阶上一步一步探脚走下来，厚生家的既为女人担心，又感到恐惧，本能地往下退却，把路让给女人，甚至忘记用电筒为女人照路。当无路可退，女人从她身边走过的时候，厚生家的怯生生地问老人：大，你没事吧？

老人没有回答，紧紧地伏在女人的背上，双手松松垮垮地搭在女人的胸前，像一堆不可靠的烂泥。"人一死，就变重！"女人喘着粗气说，她的头发凌乱，没有穿鞋。"快叫至善，给老家伙送终。"女人说。至善已经躲在屋角的拐弯处，伸出半颗头。厚生家的说，至善，到堂屋跟阿公叩头。至善害怕，转身倏地消失在黑暗里。厚生家的远远地跟在女人的背后，一直来到堂屋。女人摸黑进去了，好像踢到了什么，她骂了一声。厚生家的说灯在中间的台上，有火柴。女人又踢到了什么，又骂了一声，这才把灯点亮。堂屋里的灯光像濒危的生命一样孱弱，厚生家的看不到女人的脸，也不敢靠近，只是站在堂屋的门外，等待女人从屋里传出话来。过了十几分钟吧，女人才从堂屋里走出来，轻描淡写地告诉厚生家的："天一亮，你就可以给厚生打电话了。"

天一亮，女人就收拾东西走了。但凤庄都忙于为老人办理后事，开始没有谁留意她的离去，直到有人突然说起，方学明的父亲癌症到了晚期，挨不了多久，开始哭苦喊痛，喋喋不休地唠叨先他而去的老婆，看样子也需要陪夜的女人，她们才想到女人。听说女人要走了，连手镯都还给了汉光家的。她们匆匆跑回家里，胡乱抓了一些东西，面条、粉丝、腌菜、腊肉什么的，有的看看家里没有什么送得出手的，焦急得四处去借，借不到东西干脆从米桶里飞快地装了满满的一袋米……那是要送给女人带走的，她毕竟给凤庄带来了好多个安静的夜晚。她们争先恐后地追到江边的时候，女人的乌篷船已经离开码头。令人难以置信的是，是女人自己开的船。她男人没有来。她原来不会开船呀，她却开船了。可以断定的是，昨晚她也是自己开船来的！

至善突然说了一声，她的船要翻了！妇人们狠狠地瞪了至善一眼，他的母亲甚至抡起巴掌要抽他的嘴巴。"我看她的船真的要翻了!"至善依然坚持自己的判断,也许是要亲眼证实自己并非信口开河,他沿江边追着乌篷船奔跑。

女人站在船头,手抓着方向盘,动作异常生硬、拙笨,不像是在驾船,而是在试图制服一条鲨鱼。船不听使唤,负隅顽抗,船体左右摇晃,最后向左侧明显倾斜,看上去就要翻了,把妇人们的心吊到了空中。妇人们屏气凝神,紧张得浑身是汗,直到船稍稍平稳,才小心谨慎地向女人晃动手中的东西,但依然不敢喊话,生怕一喊话便分散她的注意力,铸成悲剧。当她们觉得可以松一口气了,船已经到了江心,在晨曦中越去越远。方学明家的突然觉醒,想对着船呼喊,却连女人的名字也不知道,窘迫得满脸通红。转眼间,船消失得无踪无影,只剩下浩瀚的江水和四向逃逸的雾气。

"跑得真快,像鬼船一样!"

方学明家的悻悻地说。

| 创作评论 |

近年引起国内文坛关注的朱山坡,是一位有清醒文学原乡意识的慧心者。本名龙琨,却以生他养他的村庄朱山坡为笔名,这个农耕文明向工业文明过渡的城乡接合部的家乡,在他笔下成了"米庄",一个可以永远供养作者的精神原乡。于是,朱山坡在短短几年间发表的二十余部中短篇小说,以此书写着他的乡土经验,他的"米庄"系列有着浓郁鲜明的粤桂地域的文化色彩,充满了原乡况味和野性隐忍的小说气质。

——张燕玲:《从鬼门关出发——崛起的玉林作家群》,《南方文坛》2009 年第
　　5 期

对于乡村命运的深切关注,是朱山坡小说创作的核心所在。在城乡的交错地带构造独特的想象空间,其矛盾丛生的、异质混融的空间结构为叙事带来了多样

的审美可能性。

——黄发有：《边地乡村的宿命与寓言——朱山坡小说漫议》，《南方文坛》

2010 年第 1 期

他不是把你生活中的一个人写到小说中，而是创造一个人震撼你。这个被创作的文学人物确实跟我们不一样，但跟我们又有关系，好像是我们内心某种情愫的延续和赋形，又好像是那些我们不曾也难以看到的关于我们过去和现在某种可能性的未来，或者是那些存在却又难以辨认的陌生人。朱山坡是小说家中的诗人，跳跃是他的叙事节奏，简化是他的方法。他不像在模仿生活、虚构情节而后探讨问题的小说家，而是像那些用情感去创造人物进而理解生活的诗人。

——李一：《灵魂捕手——朱山坡论》，《南方文坛》2018 年第 3 期

| 作品点评 |

我稍稍多谈一点朱山坡。朱山坡的短篇我都看了，《爸爸，我们去哪里》《响水底》等等我都很喜欢。有两部作品，《陪夜的女人》，另一个是《灵魂课》，我认为是近年来中国小说的精品。尤其是《陪夜的女人》，我觉得这个小说非常地有张力，就是文章以外的东西比较多，也就是冰山一角，你说他写什么呢，他可能写人对死亡的恐惧，或者对死亡对寂寞的恐惧，但是他也写了生命的庄严啊，包括一个村子里面的人，这个村子里的人你可以说他们舌头长，是非多，很讨厌，但他们对生命还是尊重的，同时写了一种在现在还不多的那种伦理道德，我觉得是我们民族的一种很可贵的东西。当然这里面还有生命的坚韧和不屈，那个老人马上就要死了，但是一次一次又复苏了。非常有意思，整个小说给我的感觉就是，具象和抽象，形而下和形而上结合得非常好。他的很多语言修辞很好，比如写"他的头发比台风后的草还要乱"，一百岁的老人吃饭狼吞虎咽，我觉得也很形象生动，这个修辞都很棒的，因为他说这个老人天天晚上喊，喊得整个晚上都很烦，有一晚他突然不喊了，村子安静得可以听见远处江水流动的声音，过去这个声音

都被老人压下去了。小说的语言也很好，所以他这个设计里面老人的形象，就是说这个作品还是有现实的东西，他有一些因素，其中就是人物形象，刻画几个人物非常棒，第一个就是方正德老人，这个百岁老人的生命力极为顽强。第二个还有一个方正德老人呼喊的女性的名字李文娟，就是他的妻子，这个人物没有在文章中出现，但是在文本里面隐蔽的角色也很完整。再一个当然就是陪夜的女人了，原来是个"三陪"人员，但是她是一个勇敢的女人。有几个细节很棒，给老人洗被子，脏得已经像铁一样了，她去洗，老人不让洗她去洗，老人还说她很幽默，抓着它干什么，挺有意思的，但是她坚决把它洗了，更绝的是给老人洗了澡，我觉得这些东西只有人生中经过了才能知道，老人洗澡之后整个盆子的水都成黑汤了，多少年不洗澡了，我觉得很人道。所以这个陪夜的女人是很勇敢的女人，很了不起。我觉得这个作品写得特别好。它背后隐藏了一些中国乡土社会的伦理人情，还有一个就是生命，主题是写死亡的，死亡背后蕴藏了很深的哲理，所以我最推崇的还是这个作品。

　　——雷达等：《"广西后三剑客"：田耳、朱山坡、光盘作品研讨会纪要》，

《南方文坛》2016年第1期

　　《陪夜的女人》是朱山坡的重要代表作品，它同样以绝对陌生化和使人惊异的情境引人入胜。一个行将就木的老人，一直说要死却迟迟未能死去。他每夜在万籁俱寂的村庄里发出使人心悸的叫喊，扰得全村不得安宁，更使家人不胜烦躁。据作者说，写这篇小说最初的动机来自他对祖父的回忆。祖父也曾终日躺在病床上，白日睡觉，晚上反复呼喊亲人的名字，使人们精疲力竭，苦不堪言。这段往事，由一般人看来，只是生活中普通的不幸，朱山坡却在有一天意识到，那是"祖父对死的恐惧和对生的留恋"，埋藏着生活的秘密，于是开始构思作品。实际上，作者的这一发现非常重要，祖父的呼喊是一个人的生命走近尽头时对整个生命的回顾，发生在他灵魂生活中最绝望、最无助的一刻，是所有平常活着的人们难于领会的，也最具有撕心裂肺的力量。朱山坡抓住了这一刻。在创作中，他为

小说里的老人带来了一位陪护的女人。女人是儿子雇来的，儿子在城里打工，竟无暇回来为父亲送终，花钱用了一个替身代他尽孝。这个女人从河上撑船而来，每夜走进老人的房间，陪老人说话。老人常喊叫妻子的名字，给女人讲述妻子的往事，女人听着，也像亲人一样对待他，为他洗刷肮脏的棉被，还强迫他洗了一个热水澡。她的勇敢和善意，使老人平静下来，也改变了家庭和村庄的氛围。终于一天夜里，老人辞世西去，还是由女人将他从祖屋里背了出来。一切结束后，女人又像当年老人的妻子一样，在水上无声地漂荡而去。朱山坡对这个女人的设计，几乎是天才的，恰到好处的。她的出现激活了故事，使临终的老人有了倾诉的对象，使一个无所归依的魂灵找到了归宿，完成了一部浑然天成的作品。

——胡平：《朱山坡的创作优势——谈朱山坡的中短篇小说》，《南方文坛》2016年第2期

朱山坡2004年才开始发表作品，这一篇《陪夜的女人》使我们再次认定他的才华。这是个用短篇来写的、题材颇为独特的小说，写一个老不死的老人在村庄里夜夜撕裂人心的叫喊，以及一个雇来陪护他的船上女人。老人叫喊着弃他而去的妻子，灵魂迟迟不肯离去；在那些日子里，来陪夜的女人身兼了帮工和牧师。她干练、利索、善解人意，与老人陌路相逢，却成为他与这个世界最后的精神维系。这是个冲击和撕裂心灵的作品，精神性写作之范例。

——胡平：《衔华佩实的短篇园地——2008年短篇小说创作概观》，《文艺报》2009年4月16日第006版

王安忆：短篇小说我选《陪夜的女人》为大奖。小说虽然略嫌单薄，但透露出看人世特别的眼光。这名作者的其他小说《丢失国旗的孩子》《跟范宏大告别》等，似乎共同体现出某种良好的迹象，就是趋向于形成自己的写作世界，应当鼓励。

迟子建：这是一篇意象苍茫的小说。晚来早归的乌篷船，生命走到终点的老人的深夜呓语和呼喊，陪夜女人的隐忍和沉默，这一切使小说获得了艺术张力，

感染了读者。

袁敏：只有经过长夜痛哭的人，才会有这样博大深厚却又冷峻的爱。有了这样的爱和由此延伸的开阔包容的情怀，冷峻之下便升起了人性的温暖。

王德威(哈佛大学教授)：下层社会的迁徙和欲望，生死大限的庄严和不堪，由一个来历不明的女人缓缓引出。人物和情节在荒谬和温情之间来回摆动，极具张力。

格非：这篇小说中所有的次要人物都有自己的名字，唯独主人公没有。作者称她为女人。她的存在似乎没有来历，也显得十分轻微，但正是这种轻微托起了这个沉重的世界。作者很有洞察力，人物刻画也可圈可点，只是叙事过程略显平淡。

——郁达夫小说奖终评审读评委对《陪夜的女人》的评语，中国作家网 2010 年
9 月 1 日

鸟失踪

朱山坡

不是迫不得已，母亲是不会到城里来的。因为她对汽车尾气像对鸟毛一样严重过敏，而且，用她的话说，除非死了，否则在城里永远也睡不着觉。但对那只鸟痴迷的父亲就不同了。每当我要出差需要他帮我照顾那只鸟的时候，他会毫不迟疑，甚至会连夜赶到。邻居告诉我，父亲照顾那只鸟比女人照看婴儿还要周密，他把肉切成肉泥，用牙签一点一点地送到鸟的嘴边，而他的嘴呢，如果不是隔着笼子也快凑到鸟的身上了。夜里，父亲就拿着扇给鸟驱赶蚊子。鸟笼子干净得像刚换过新的一样；杯子里的水没有一点杂质；鸟的羽毛被梳洗得光亮如漆。父亲总是邀功请赏、喜形于色地告诉我，这几天鸟唱了多少回歌，说了几句话，甚至它的粪便有什么变化……我注意到了父亲对鸟的迷恋，他舍不得离开县城回家，整天就跟鸟在一起，甚至开始忌妒我向鸟靠近。我察觉到了父亲的怪癖。其实，晚年的父亲已经集天下男人所有的毛病于一身：酗酒、好赌、懒惰、几个月不洗澡和对老婆的傲慢，还不遮不掩地到陈村光顾一个四十多岁的贵州妓女的被窝。更有甚者，父亲要跟母亲离婚，异想天开地和贵州女人结婚。父亲觉得年过七十离婚并不值得大惊小怪，他总是拿死去多年的李家鹏为例说，九

作品信息

原载《天涯》2009 年第 3 期，《中华文学选刊》2009 年第 7 期、《青年文摘》彩版 2009 年 6 月转载，入选《2009 中国短篇小说年选》(花城出版社 2010 年 1 月出版)，有越南译本在越南《前锋》报发表。

十六岁的李家鹏弥留之际唯一的愿望就是跟比他小两岁的老婆离婚，不给予离婚就以拒不断气相威胁——用他的话说，不愿到了地府仍听到讨厌了一辈子的女人在耳边喋喋不休地唠叨。母亲对声名狼藉的父亲早已经忍无可忍，如果不是觉得彼此都已古稀早就把他撵出家门。母亲不止一次要求我拯救父亲，以免他死于酗酒，为了家族的最后一点尊严至少不要让他死在贵州妓女的床上。但母亲对我的期待实在太高，如果我能改变父亲的话，他就不是我的父亲了，他的固执、怪诞、神经质让他的所有优点都相形见绌。然而奇迹还是在无意之中发生了。父亲每次从我这里回家之后，母亲都会欣喜地发现，他似乎忘记了酒的存在，忘记了通往赌场的路，甚至忘记陈村有一个操着贵州口音的暗娼，而不时在别人面前提到我的那只鸟："多好的鸟，像我的另一个儿子。"

不过，隔久不到县城，父亲又会故态复萌，甚至失魂落魄似的，提着酒瓶，徘徊在赌场的周围，乞求谁借给他十元哪怕五元的赌资，更令母亲气愤的是，贵州女人经常上门索要父亲昨晚的嫖资……如果说要靠一只鸟才能拯救父亲的话，我没有什么理由不忍痛割爱。还不等母亲开口，我便请父亲来一趟县城，让他把鸟带回乡下。但没说送给他，只是说，爸，你把它带回乡下一段时间，跟更多的鸟在一起，让它更自由更开心一些。父亲如获至宝，生怕我后悔，逃也似的带着鸟跑回乡下。从此以后的半年，他再也没和母亲吵过架，也没嫌她唠叨，更没提起过弥留之际的李家鹏，什么地方也不去，整天跟鸟在一起。乡亲们都说，自从有了那只鸟，你父亲就像变了一个人，所有的恶习都离他而去，他的人生朝着好的方向发展。

然而，有一天早上，母亲气急败坏地闯进城来，撞开我的门，充满责备地质问我，你的电话为什么打不通了？我说都换号码了。看母亲的样子是有大事发生。

"你爸彻底失踪了，也许永远也不回来了。"母亲沮丧地说。

怎么能失踪了呢？父亲带鸟回去后，母亲告诉过我，父亲变得安分守己，经常带着鸟笼在山林里一待就是一整天，有时候竟然在山里过夜，开始是一天、两天，后来是三四天不回家，但最多也就一个星期，他肯定要回家一趟，母亲都习以为常了，没有什么可抱怨的。但这一次父亲已经一个多月不回家，母亲和乡亲们去周边的山里寻找过，却不见他的踪影。都一个多月了，他怎么过啊，在山里头。我意识到事态的严重，赶紧随母亲赶回老家。乡亲们对我说的第一句话就是："你爸变成了一只八哥，跟着一群鸟飞了。"他们指着村后的群山和看不到尽头的树林："你爸就在那里，但我们已经很久没有看见过他了。"

父亲从我那里带回那只鸟后的第一件事便是跋山涉水到高州的天堂山采回最好的花木重新编织了一只比原来大得多的鸟笼，用母亲的话说，那不是鸟笼，而是猪笼，大得可以装得下一头猪。后来的鸟笼子越来越大，一只鸟在里面显得空荡荡的，像一座巨大的宫殿里只住着一个人。父亲不愿意让鸟觉得孤单，开始是在鸟笼外逗鸟，有时逗呀逗呀就睡着了，他在打呼噜，鸟在歌唱。后来他做了一个更大更牢固的鸟笼，用他自己的话说那是一座鸟巢，宽敞得鸟可以张开翅膀进行超低空飞翔。最后他自己也钻了进去，跟鸟睡在一起，早上起来他的脸上全是鸟粪。母亲无法忍受鸟粪的腥臭和对鸟毛过敏带来的痛苦，叫父亲滚远一点，彻底跟他分居了，除了每天提供两顿饭外，母亲对他的事情一概不管，直到有一天突然想起世界上应该还有父亲这样的一个人，但一个多月没见了，她才着急起来。

那只鸟学会了说更多的简单的话，比如您好、再见、恭喜发财之类，作为奖赏，父亲要给那只鸟更大的自由。他不满足于让那只鸟待在鸟巢里，但他不敢贸然把它从笼子里放出来，怕它飞跑了，再也不回来。开始的时候，父亲把鸟从笼子里放出来，让它待在关闭的房子里，发现鸟有灵性，跟着他一起，不试图逃跑。后来，他小心翼翼地打开门窗，鸟也没有飞跑的意思，最后，把鸟带到地坪和晒场甚至更广阔的田野上，鸟都驯服地跟着他，只要他吹一个口哨甚至一个手势，它就会来到他身边，停在他的肩膀或头上，朝着路人不断地说"您好"。路人司空见惯地奉承两句，父亲便得意地说：

"多好的鸟，像我的另一个儿子。"

父亲放心了。他要带它到山林里去，让它听到同类的声音，闻到同类的气味，寻找自己喜欢的食物。有人警告过他，放鸟归林，一去不返。父亲对此嗤之以鼻，他相信自己的鸟。与鸟笼相比，那只鸟当然更喜欢山林，对回家越来越不愿意。父亲便纵容它，让它在山林里待上越来越多的时间，甚至和它一起在山林里过夜。母亲记得有一次，几天不回家的父亲失魂落魄地从山里回来，钻进厨房里狂吃那些过夜剩饭，浑身散发着说不清楚的臭味，用母亲的话说，把蚊子熏死了一堆。吃饭的父亲顾不上跟母亲说上一句话，吃完饭扔下碗筷又往山林那边跑了。远远看去，他就像一个野人。母亲对着他的背影愤怒地说：

"你死在山里算了，永远不要回来！"

此后，父亲回家的次数越来越少。有人在山里看见过他，他就躺在树上，那只鸟和一群形形色色的鸟在树冠上叽叽喳喳，热闹得像开生日宴会，老远就能听到它们说话与歌唱。乡亲们都说，自从父亲带回来那只鸟后，我们的山林从来没有那么热闹过，好像全世界的鸟都聚集在一起，都成为鸟的天堂了。母亲也曾经到山里找过父亲，别人告诉她，往鸟最多的地方去，肯定能找到他。起初几次，母亲还真能找到父亲，他在树上，鸟在他的身边，母亲叫嚷着，他就是不肯下来，也不跟母亲说话。后来父亲和那些鸟群离家越来越远，山林又恢复了往日的宁静和孤独，要见到父亲，则需翻过几座山才能偶尔见到一次。母亲有些担心，想把父亲拉回来，但他不肯从树上下来，也不搭母亲的话。母亲急了，花钱请来陈村那个贵州女人，让她千方百计恳求父亲回家，回了家，即使以后天天睡在贵州女人的床上也不管了，反正名声都臭了，还在乎更臭一点吗？贵州女人说了很多暧昧的话，但父亲对她已经没有任何兴趣，轻佻地怂恿她去找长着满嘴狗牙却有几个臭钱的韩十三。受人重托却一筹莫展，贵州女人要对父亲生气了，但一粒鸟粪落在她妖娆的脸上，便落荒而逃。谁也不能把父亲从树上劝下来，只有那只八哥离开那棵树，父亲才从树上下来，赶到另一棵树上去，乐此不疲。母亲对此已经厌烦透顶，发誓不再去找父亲，真让他死在山里算了。开始的时候，我以为父亲会回家的，因此，对母亲一次又一次的诉苦没放在心上。直到这一次，一个多月没有父亲的消息，我才真急了。

我拿出一笔钱，恳请身强体壮熟悉地形的乡亲们为我再次寻找父亲。收了钱的乡亲们带上柴刀、猎狗和干粮迅速消失在山林里，我和母亲朝着父亲最有可能藏身的方向跑去。

经过多年的封山育林，山里的树木和杂草已经异常茂盛，路轻易找不到，连灭绝多年的野猪、黄鼠狼都回来了，鸟更是像树叶那么多。这些山林本来我是很熟悉的，现在变得出奇的陌生，爬过的树彼此都不认得了，蓬勃的野草和无处不在的荆棘挡住了我的去路。我站在每一棵树下，仰起头，观察树上的动静，实在看不清楚就大声地呼喊父亲，但每一次呼喊，只能惊起一群鸟。鸟离开树，盘旋在天空。在陌生的山林里，我无法理解父亲。躲在绵延上百里的山林里怎样生活呢？吃什么？睡在哪里？病了怎么办？这也是母亲忧虑和疑惑的问题。但我知道的答案也许比母亲多一些。

父亲曾经是一个枪法极好的猎手，整天带着一条猎狗出没山林之间。如果不是野猪差点儿要了他的命和母亲把他彻底离开山林作为嫁给他的条件之一，他是不会把猎枪送给二舅，天天跟着母亲在地里春播秋收地消耗将近五十年的光阴。四十多年间，父亲唯一一次重新端起猎枪是因为我。受他的影响，小时候我对鸟异常痴迷，常常整天在山林里寻找自己喜欢的鸟群。因此我的学业一度几近荒废，父亲为此十分生气，因为不是我的亲生父亲，他不敢碰我一根汗毛——但即使他是我的亲生父亲，又即使杀了我也无法阻止我从学校逃到山林里去，然后带回形形色色的惊慌乱窜的鸟。为了让我洗心革面回到课堂上去，父亲决定把鸟赶尽杀绝。他从二舅那里拿回了那支以铁沙子为子弹的猎枪，每天都从山里带回来形形色色的鸟——血淋淋的死鸟，堆放在地坪一角，苍蝇和老鼠从四面八方围过来吸它们的血，啃它们的肉。他这一辈子就是那时候枪杀过鸟，看得出来他一点也不喜欢这样，因此他走神了，他光亮无比的左眼就是那时候瞎的。那支枪背叛了他，一颗铁沙子改变了前进的方向，离开枪筒后便直接进了他的左眼，血从右眼流出来。面对惨烈，我们都妥协了。我回到了课堂，父亲把猎枪还给了二舅。从此以后的三十年，父亲再也没进过山林，也没有碰过一根鸟的羽毛，却从此迷上了酒和赌博以及后来的贵州女人，与母亲像冤家一样过着没完没了的日子。我们在一起的时候，都小心翼翼地避开与鸟有关的字眼。

鸟突然闯进我的生活是三年前的一个下午，我在边城东兴出差，意外地看到了一个从越南过来的农民，他提着一只鸟笼，笼子里有一只八哥。那农民介绍说是越南品种，中国没有这种八哥。确实是这样，那只八哥比我所见过的体形都要健硕，毛色都要丰润，嘴巴也长一些，眼睛也大一些。关键是那只八哥在笼子里没有忧伤，对着我欢蹦乱跳，似乎有很多的话要跟我说，我把它买了回来，挂在屋檐下，每天给它喂饲料，听它唱歌——它不是唱歌，是在说话，说的应该是越南话吧，因为我听不懂，但我知道它是向我讲述山林、天空、自由的生活和甜蜜的爱情。我告诉它中国的故事，把不能对人说的话都跟它说，它总是侧耳倾听，我的世界一下子变得辽阔无边，对那只鸟产生了依恋，如果它是一个女人，我会毫不犹豫地和它结婚。但这只鸟对父亲更加重要，重要到让他失踪的地步。母亲似乎对我送给父亲一只八哥开始不满，说什么罪魁祸首，与当初持肯定态度完全不同。当然，我也懊悔，如果我坚决一点，那只八哥还会在县城里，一样过着无忧无虑的日子。

但父亲跟鸟一起失踪了。

我们像警察搜索罪犯那样，一路上不放过任何蛛丝马迹。从早上一直到下午甚至到第二天，才陆续传来一些让人欣喜的消息。有人汇报说，在梅花岭坳发现了父亲扔掉的香蕉皮，有人说在尖锋顶捡到了父亲衣服上的纽扣，有人说在枇杷沟踩到了父亲的大便，有人说曾看到一个蓬头垢面的人在围龙山的石堆上烤食老鼠……这些证据或许能说明父亲还活着，只是不知道现在他在哪里。更鼓舞人心的是，有人在人迹罕至的双头岭半山腰一棵古树上发现了一个巨大的巢穴，里面有一件蓝色衬衣。我和母亲赶到双头岭，母亲认出来那件衬衣是父亲穿过的，袖口上的补丁是她绣上去的，黑线，梨花状。我爬到树上去。那个巢穴建在四个树丫中间，是用树枝、树叶、野藤和毛茸茸的草构筑起来的，严严实实，密不透风，虽然昨天刚下过一场雨，但里面干燥而暖和。我从向南的唯一一个狭窄的门口小心翼翼爬进去，里面刚好能躺得下一个人，我仰卧着，稳固、柔软、宁静，没有睡在空中的战战兢兢，倒觉得异常舒服安全，还能感觉到父亲的体温和体臭。微风吹来，树轻轻地颤动，我很快便睡着，但很快便醒了。因为我梦到了父亲，他正在巢穴门口朝我笑。我叫一声爸，但除了吓了母亲一跳外，没有任何回应。我再仔细检查巢穴里的吃剩的野果核，断定父亲早已经离开这里，这个巢穴是他遗弃的家。

我赶到香梨坡。因为听说那里的一个牛贩子半个多月前曾见过一个类似我父亲的人。香梨坡属于另一个镇管辖的偏僻的小山村，只有十几户人家，通往山外只有一条像云梯的天路，翻越鸽子岭就是秀水县界了。被人破门而入的那户人家的主人是一个牛贩子。那天他从高州城回来得很晚，都快半夜十一点了吧，他像往常一样，推开厨房的门，要吃妻子给他留的晚饭。但厨房的门是虚掩的，牛贩子觉得奇怪，听到里面有些动静，以为是什么动物闯进来了，便抓起一根木棒，突然拉亮厨房的灯。是一个人！头发乱得像一只鸟窝，浑身散发着臭气，正蹲在地上吃饭。牛贩子大喝一声，你是什么人？那人并不惊慌，只是抬头看了一眼牛贩子，像在自家里一样继续吃饭。牛贩子说，你把我的饭吃了，我吃什么？那人满脸歉意地把吃剩的半碗饭递给牛贩子。牛贩子说，你吃过的饭恐怕连猪都不会吃了，你的臭味能把一头牛熏死！那人不说话，接着把饭吃完。吃完饭，把碗往灶台上一放，起身便要离开。

"你是什么人？"牛贩子以为是逃犯，警惕地操起手中的木棒恐吓他，不让他袭击自己。

那人并不理会牛贩子，从他身边走出去。

"你去哪里？"牛贩子大声地问，是给自己壮胆，他的妻子不断地咳嗽，邻居的灯亮起来了。

"我的另一个儿子带着一群鸟朝西飞走了，不见了，丢下我不管了，我要去找它。"那人很快翻过墙头，越过磨房，消失在黑夜里。

据牛贩子的描述，那人肯定就是父亲。我知道父亲是不会再回来了。他已经不再属于我们的世界，他已经属于山林。此后一个星期，我们往西上百公里，一直到陆川县境，但关于父亲的踪迹和音讯越来越少，乡亲们都已精疲力竭，也没有继续找下去的信心和耐心，给他们再多的钱也不愿继续折腾。其实我早就愿意放弃这种寻找方式，只是说不服母亲，她说活要见人死要见尸。如果不是摔了一跤把她摔得头破血流，并且瘸了右腿，母亲是不会放弃努力的。我们从四面八方撤回来，但我让乡亲们在各个路口、各个山坳，每一棵参天大树的树干上都贴上了防水的"寻父启事"和"致父亲的信"。在给父亲的信上，我写道："爸，鸟失踪了，你可以回家了。"而且，我还把寻父启事在广西各地的电台、电视台反复播放，希望奇迹出现。

大约又过了半个月吧，有一天，我突然接到一个从北海打来的电话。电话里说，有猎户在山里抓到了一个野人……我连夜驱车赶到北海，找到抓到了野人的猎户。但那猎户说，他把野人放了，因为野人会说话，他说自己是寻找另一个儿子的，他的儿子带着一群鸟朝西飞走了，不见了，丢下他不管了。猎户往背后指了指："他就是往西跑的，像飞一样。"

再往西，就是越南境内了。

猎户说，他是人不是野兽，我没有权利抓他，他是寻找儿子的，公安局也管不着——他操跟你一样的口音，如果你有这样的一个父亲，那他就应该是。

猎户还问我，你是不是还有一个兄弟。

是的，我有一个比我大十岁的哥哥，三十年前战死在越南凉山，虽然被追授了三等功，但直到现在尸骨还留在那里。

| 作品点评 |

《鸟失踪》以一种舒缓而感伤的语调，叙述了一位孤独的父亲对儿子的隐秘怀念。随着漫长岁月的淘洗，晚年的父亲终于过上了安静的日子，然而他依然无法

忘却曾经在越战中牺牲于他乡的儿子，只不过他无法诉说这种情感。所以，他选择了一种极端的生活来麻醉自己："酗酒、好赌、懒惰、几个月不洗澡和对老婆的傲慢。"不久，他又希望通过养鸟来排遣自己内心的孤独和思念，但仍以失败告终，以至于最后变成了一个"野人"，只为了寻找曾经的骨肉。这篇小说以一种特殊的方式，对战争遗留的人性之痛给予了深切的体恤，同时也将我们的遗忘置于拷问的位置上。

  ——洪治纲：《对抗消极的惯性写作——2009 年短篇小说创作巡礼》，《小说
   评论》2010 年第 1 期

  这是一个充满了浪漫的诗意的故事。这也是一个隐含了生命的痛苦的故事。然而，读者也许习惯于看见这个故事中的诗意的浪漫，而在不经意间忽视了这个故事中的生命的痛苦。

  ……

  如果从具体的人物心理动机考察，我们可以发现，虽然作者竭力地诗化了主人公的逃亡行为，虚化了主人公逃亡的心理依据，但从文本中依然可以寻觅到有关这种逃亡心理的蛛丝马迹。比如，父亲早年是一个优秀的猎手，整天出没于山林之间；父亲娶母亲是以放弃山林为代价的；父亲和母亲像冤家一样过着没完没了的日子；这一切都是父亲晚年沉迷于吃喝嫖赌的心理过激反应。从这个意义上看，父亲后来迷恋鸟，既是对俗世的厌倦，对山林的向往，也是一种变态的心理补偿。还有，作者暗示了"我"并不是父亲的亲生儿子，父亲还有个大儿子，三十年前战死在越南。注意到这个细节，我们就明了父亲为何总是说"多好的鸟，像我的另一个儿子"这句话的真实含义了。原来，父亲的恋鸟癖中隐含了他心底对早夭的长子的怀念，隐含了他失去亲人的痛苦，这种痛苦在不和谐的家庭生活中越来越深重，逐步演化成了一种变态的心理报复，最后又升华成一种诗意的逃亡行动。但作者没有正面去写这种复杂的心理痛苦，他不想写一篇现代的心理小说，他只想写一种情绪，一种精神，一种氛围，至于人物的内心生活，则被作者

隐藏在了文本深处。

  ——李遇春:《诗意中的痛苦——评朱山坡的〈鸟失踪〉》,《文学教育》(上半

  月)2009 年第 8 期

2010 年代

谁是眉立？

陈谦

这本书现在就摆在靠近门边的地上。

所有的窗子都敞开着。北加州仲春亮成赤白的阳光涌泄而入，直击到浅白的橡木地板上，在空阔的厅里折射出一片虚光。可雯套着纯白的背心，下身那条松垮得显出夸张的浅沙色麻质长裤被光影漂出隐约的月白，令她移动的影像呈现出几分黑白残片里断续间歇的虚幻。可雯光着脚丫穿过客厅时，忽然停了一下，特意绕出两步，从那本书上跨过。宽大的裤脚霸气地扫过封面上那团张扬四散的墨黑，让她生出短暂的快意。这也是一个仪式？就像将在九点正如约而来将它"叼走"的"大狼"所代表的那样？

可雯是在《旧金山记事报》(San Francisco Chronicle)的网站上寻看出租仓储间的广告时，撞到"大狼团队"的广告的。广告很短：

我们是一支由旧金山湾区各大学心理学专业的学生们组成的心理支持义工团队，免费服务于

作者简介

陈谦，笔名啸尘，20 世纪 60 年代生于广西南宁，广西大学工程类本科毕业，1989 年春到美国留学，获电机工程硕士学位，曾长期供职于芯片设计业界。著有长篇小说《爱在无爱的硅谷》《无穷镜》、中篇小说集《覆水》与散文集《美国两面派》等，《望断南飞雁》获 2009 年度人民文学奖，中篇小说《繁枝》获 2012 年度人民文学奖、《中篇小说选刊》2012—2013 年度优秀中篇小说奖及第五届《北京文学·中篇小说月报》奖，并入选中国小说学会 2012 年度"中国小说排行榜"，中篇小说《莲露》入选中国小说学会 2013 年度"中国小说排行榜"。

作品信息

原载《人民文学》2010 年第 9 期，收入林建法主编《2010 中国最佳短篇小说》(辽宁人民出版社 2011 年 1 月出版)。

社区。如果你有任何形成你心理负担的多余之物需要抛弃，请与我们联络。彻底清除不堪回首的往事的实证，是开拓前行通道的重要仪式。我们的'大狼'在周末时段将亲临府上叼走你的弃物，承诺你的生活一个全新的开始。请打热线：×××-×××-××××。

　　可雯立刻拨通了"大狼团队"的电话。"大狼团队。这是杰西卡。请问我们能帮你什么？"——非常清晰的年轻女声，殷勤亲切，果然训练有素。背景是喧嚣的人声车声，让可雯想到伯克利加大那座铜锈绿拱形铁门附近动感十足的街景，她甚至觉得自己听到了人行道上年轻学生们呼哧呼哧蹬着滑轮板的声音。啪啦，好像还有人摔倒了，可雯下意识地一惊。真像游戏，太游戏了，她有些犹豫起来。杰西卡在那边就又甜美地重复了一遍"大狼团队"的问候。哦，我看到你们的广告，很有意思。我这里有点旧物，想请你们帮忙处理一下，可雯回过神来，说。我们非常乐意能够帮助你！杰西卡应得非常干脆，一字一句的嗡嗡声，在可雯耳边果然震出狼声。可雯微蹙起眉，下意识地将手机从耳边移远了些。杰西卡随即记下可雯的姓名和地址电话，然后说，哦，可雯，能不能请你告诉我何时是"大狼"上门服务的最佳时间？可雯听她如此自然地称呼自己，微笑着想，到底是伯克利的孩子啊，随即就说，这个周六早晨吧，九点怎么样？——周日售房经纪人来代理签单，她将在周一飞往上海。

　　收线前，可雯忍不住问，你是不是在伯克利？杰西卡一个短暂的停顿，声音变得十分警醒：你是怎么知道的？我们的电话是转到值班生的手机上的。嗯，是的，我是伯克利加大心理系三年级的学生。可雯笑着说：谢谢！我是听出来的。你怎么能听出来呢？杰西卡在那边有些吃惊地问。可雯柔声说，哦，第六感觉吧。杰西卡便礼貌地停止了追问。两人又彼此客套了几句，就收了线。

　　可雯是伯克利加大哈斯(HAAS)商学院 MBA 出身。当年在硅谷老牌的国家半导体公司当逻辑电路设计工程师时，利用业余时间修下伯克利跟公司合办的在职 MBA 学位的近三分之一学分后，可雯如愿申请到哈斯商学院就读全职 MBA。她靠

自己当了三年多工程师所存下的积蓄和学校提供的小额资助，修完了最后两年的
MBA 课程。从此拥有了人们开玩笑说的在高科技界"完美搞钱"的履历：电机工
程硕士学位及业界三年芯片设计经验，外加名牌大学的 MBA。商学院毕业后，既
懂技术又会融资的可雯加入了硅谷著名的风险投资集团"金橡子"。入行不久，
她管的几个投资项目的收益都超过了公司预期，按行业术语，她一跃成为 track re-
cord(业务记录)极好的高科技风险投资新秀。一路走到今天，可雯成了硅谷小型
芯片设计公司"宏达科技"的财务总监。

到了这时，可雯和明飞在旧金山海湾边高耸入雾的绿林大厦三十八楼里的两
室一厅公寓已基本清空。"高耸入雾"是明飞向人说到他们住处时的调侃。这类
话题总会从明飞住着太太的房子转到旧金山的云来雾往，阴晴难定。作为"宏达
科技"的总裁，明飞近日按董事会决定，已将公司总部迁往位于上海浦东张江科
技园区的中国设计中心，自己也将长期坐镇上海。可雯将公寓里的家私杂物半卖
半送地基本清空，并联系好房地产经纪将公寓投放市场出售。这是可雯在硅谷一
天出六十几个百万富翁的网络泡沫时期，用自己在"金橡子"淘到的"第一桶
金"买下的。住在旧金山城里看万家灯火和海湾云雾，是可雯当年从奥斯汀德州
大学拿下硕士学位后到湾区找工作，第一次在海湾大桥上看到旧金山的水光山色
时突发的白日梦。虽然如今这楼价比它达到过的最高价位低了些，可比可雯买入
时的价钱还是翻了百分之三十，可雯决定放了它。明飞是对的，人生到了这个光
景，要懂得"放"。明飞跟前妻离婚后，卖掉了在硅谷的房子，将所有的积蓄都
砸到了产品研发中。遇到可雯之前，明飞一直租住在硅谷的公寓里，直到婚后搬
进可雯在旧金山的房子，才算重新又有了家。

其实，不仅要懂得"放"，还要舍得"弃"——这是可雯加的。

可雯如今夜里已睡在野营用的折叠气垫床上。两室一厅的空间里，只剩一些
零星杂物需要最后打进纸箱，放置到租赁的仓储间里，她就可以上飞机了。而这
本书，便是在这最后的最后里，从退无可退的墙角里跳出来，成了道上的一块砖。

可雯走到面朝海湾的落地窗前席地而坐，慢慢啜吸着咖啡。侧过脸，去看那

本书。

《又见棕榈又见棕榈》。八个有棱有角的砖红色印刷体字，等距横排在封面上方，对应着右下角覆在黑体"於梨华"上的那抹方正的砖红，在溢满客厅的赤白天光里，倔强地闪成细长火苗，灼着可雯的眼。长短交错的墨黑棕榈叶像前后叠加着的大小不一的手掌，无辜地摊着它们末端那些密密麻麻的细尖长指，将沙色的封面几乎填满。它们挽救了那些毫无设计感的字体的平庸。中央最尖锐的三条叶枝气势逼人地戳至页底，靠右的一枝将一个高挑的、留着西式分头、身着长风衣的黑色男人形体戳开，留下拎着一只小提箱的长臂，孤悬一侧。它像一滴流泻开的墨，结成一只长瘦的飞蝗粘牢在叶尖。可雯还记得，这是中国友谊出版公司一九八四年的版本，单薄粗糙的页纸，齐刷刷的黑色印刷体。

如果打开扉页，上面有一行斜长潦草、用纯蓝墨水签出的钢笔字：送给我的眉立——晓峰 1986 年 7 月 1 日于上海交大。可雯不记得自己最后一次是什么时候看读它了。这已经不重要，重要的是，它是紧拧在她心板上的发条，将她漂洋过海地一路催赶到这里。

我的眉立。很轻的男声，带着可雯如今再也说不准的纯正桂林口音，在脑后追击着，令她一个激灵，放下杯子站起来，有点急迫地走到门边蹲下，将书拎到手中。墨黑的尖叶刺到手心，在她眼里灼出焦红。撕掉它，撕掉。为什么不？那么多年了，它一直藏在她的物什里，等的就是一个仪式了。

可雯垂下手，书又掉到地上，响出沉闷的一声。她的目光锁牢在那些棕榈层叠交错的巨大手掌上，忽然就看到月白色的自己，瘦削的身子套在泡泡纱缝出的单薄套裙里，光着脚丫沿着邕江河堤高阔的台阶往上一直跑一直跑，脚底被粗粝的青石砖磕出的血滴连成细长的绸丝，循着她浮在风中的散乱长发飘舞。她的手里高高举着的正是这本书。面容愁苦的南国少年晓峰，在月下台阶的尽处戳出凄凉的一线墨黑。她越跑，那墨线越模糊，最后缩成一滴墨，在她终于抵达时蒸发而去。留下她站在午夜空旷的街市边，迎看那无尽的行道树旋转。全是棕榈。全是。一张张地击过来，左右开弓，一心一意要击穿她的梦。

可雯在一九八六年的夏天到来之前接到晓峰从上海交大寄来的这本书时，正在广西大学女生五栋宿舍 404 室里，偷用电炉煎着一排青尖椒。这是去食堂打饭的同寝室好友阿琴点的菜。按阿琴的要求，她最后还要在那青椒上浇酱油，再撒上大蒜。那本书和晓峰的信摊在她的膝上。晓峰在信中告诉她，刚拿到的 TOEFL 和 GRE 成绩都如愿考得不错。他已经申请了十来所美国大学，眼下焦心的是，每一所学校都要交二十美元的申请费。好在晓峰的导师邹教授刚从伯克利加大当了一年交流学者归来，作为国内大规模集成电路设计领域的权威，邹教授为他写了强有力的推荐信，同时通过自己在伯克利结识的几位美国教授，让研究生院同意免收他的申请费。看来很快就能到美国去了，比我想象的要快啊！晓峰在信末这样叹出一句，然后笔锋一转，说，寄上这本我正在读的书，台湾旅美女作家於梨华的《又见棕榈又见棕榈》。它是一本在我的同学中非常热门的书，读来令人百感交集。真要感谢於梨华，给我们注了一支强力预防针，让人对留学生活的艰辛有了心理准备。我绝对相信美国就是那样的，留学生活就是那样的。可雯，你知道吗，读着读着，我常常会想，你恐怕就是眉立了。我的眉立。

可雯在电炉上散发出的刺鼻辛辣里，单腿跪到宿舍粗糙的水泥地板上，急急地翻看那本封面由棕榈泼出墨黑的书，在页码中飞速地寻着"眉立"二字。合上书的时候，她的眼睛已经盈满泪水，让双手端着饭盒急匆匆踢门而入的阿琴撞个正着。

你能不能借我五十块钱？可雯抹着泪，冲阿琴伸出手。阿琴让满屋的焦辣味儿呛着连打几个喷嚏，急忙去拔电炉的电源，抽着鼻子再望向可雯，竟有了泪眼相向的意思。怎么回事？你要干什么？阿琴一边去拉抽屉，一边瞪着她那双以三眼皮著称的大眼，问。可雯不应，自顾爬上架床，从自己的箱里翻出活期存折，里面有八十三元存款。她接过阿琴站到床边递上的现金，跳下来，胡乱蹬上那双大红泡沫塑胶拖鞋，直冲到楼下马路对面，抢在储蓄所关门之前将八十三元全部提空。她靠在储蓄所门外的桉树下，捏着薄薄一沓票子数了几遍，铁了心明天一早就去上海。

她要立刻去当面告诉晓峰，她不是眉立，更不是他的眉立。在那本书里，眉立的名字在第一章里首次跳出。留学归来的天磊想起他在大学里和眉立恋爱的光景，他曾要在眉立手中之书的扉页上写下"眉立：牟天磊未来的太太"——"眉立不依，去抢他的笔，不知怎么一拉扯，笔里的水都给挤了出来，流在席子上。以后每夜睡在床上，天磊都把枕头推在一边，将脸贴在那一摊蓝印上，想着眉立生气时眼里闪着气恼而嘴角还挂着爱的样子。"她怎么会是眉立？她不可能是眉立。她要带上灌满她最爱的纯蓝色墨水的钢笔，去为晓峰写下"可雯：叶晓峰未来的太太"，填满他的心。她不要做不愿陪天磊离家的眉立；她要随了晓峰漂洋过海，一直走到天涯。她永远不要戴那些妇人的耳环，以免被晓峰用天磊那样的粗暴口气喝令她取下。更要留着晓峰喜欢的齐腰的长发。她绝不会在嫁作人妇、成了三个孩子的母亲之后跟晓峰去讲什么"我们有缘分在一起享受几年，没有缘分一辈子在一起，仔细想想，觉得这样也许是最好的。"不是的。她要的"最好"，是晓峰的一生一世，生生世世。

　　第二天一早，可雯捏着站台票，拎个小提包，爬上了从南宁开往上海的538次普快后才补了票。她让阿琴帮她去请假，说桂林家里出了急事；还让阿琴给晓峰发了电报，让他接站。阿琴的嘴唇半天都没有合上。马上就要期考了，阿琴回过神来开始劝。可雯说，大不了补考。她说完，提了包就离开了。可雯在通往学校正门的大草坪上急速奔行，身上是单薄的月白色泡泡纱套裙。她穿过晨曦里一片片的棕榈林时，忽然想，若回来被退学了，她就直接跟晓峰去美国好了。

　　站了两个多小时到黎塘，可雯才寻到座位。她正独自去一个她从未去过的遥远的地方，这个想法令她的腿一直在发抖。列车驶过桂林车站时，有个瞬间，可雯生出强烈的想要跳下站台的冲动。她已经弯腰去拿提包了，一下触到塞在边袋里的那本书，心忽然静下，像有一扇沉重的铁卷门，轰然垂落，将她隔出尘世。有很长一阵，她觉得自己失去了听觉。窗外桂林城里高高矮矮的黛绿色山峰扑面而来，可雯闭上眼睛，满眼闪过的都是晓峰那张神情忧郁得总要惹她心酸的脸。

　　电机系电子技术专业八一级男生晓峰，是可雯在桂林中学的高班学长。中学时代的晓峰在校园里总是独来独往，在恨不得一分钟也不能消停的中学胡闹男生群里，他的孤独自成姿态，引人注目。课外活动时段，他也总是独自坐在球场边的老桂树下，就算不看书，也宁肯在那儿安静地独自发呆，而绝少和大家混在一起嬉戏。可雯在初三时，很偶然地听老师说起，晓峰当年在工人医院做护士的母亲辛苦地将他这个遗腹子拉扯到五岁时，也得病去世了，从此晓峰就由外婆带着，随姨妈的孩子们一起长大。可雯从此就总是在学校里寻看他那张忧郁的脸，心里竟有隐约的疼。可雯从来不曾告诉过晓峰，自己选择来南宁，来同一所大学里跟晓峰读同一个专业，怕真是为了追随他的。他们这对中学校友，在大学里同一个专业碰上，很快就在当时不允许学生谈恋爱的校园里出双入对起来。晓峰在大学里同样还是疏离在群体之外，班主任找他谈过几次话，见他不听，就不再管他了，想来是因了他的成绩那么突出地好，让人无话可说。反倒是低两级的学生干部可雯，在被系里多次找去谈话后，干脆辞了系学生会学习部长的头衔。那么，我们就一起堕落了？晓峰得意地笑，却让可雯看出忧伤。她心疼他，忙不迭地点头。

晓峰请她到水塔脚下的学校冰室吃雪糕。晓峰自己没有吃，双手在桌下握着可雯湿漉漉的左手，看她一勺一勺地挖着塑胶杯里的冰，说，我手里是桂中最美的女生。可雯口里含着冰，错愕地看着晓峰，想原来他的眼睛也能闪出那么亮的光。只是，她从小生长在广西师大的校园里，周围长辈似乎有默契，怕小妹子们的心轻浮了不知上进，从不夸奖各家的女孩子漂亮。所以可雯在心里更愿意听晓峰说，他看重的是她聪明，知上进肯用功。这样一来，她的表情随即就有些黯了。晓峰马上捏紧她的手，摇了摇，说，在这里你也是。见可雯不响，他又加一句：你一点也不比土木系那个梧州靓女差的。可雯蹙了眉问，那又是谁？晓峰松开手，扶到她的腰际去绞她的头发，说，那个叫钟青的，不都说她是校花吗？她哪里有你的气质！可雯想起她们楼里三层那个总是穿各色明艳花布百褶长裙的修长身影，被阿琴唤作"百褶裙"的，竟由晓峰嘴里听清了名字。可雯印象最深的是那些裙下转出的一双双不同色调的草编底布面凉鞋，果然在这八十年代的校园里夺人眼目。她从来不曾想过要去跟那"百褶裙"比的。

你永远不要剪掉你这一头美发，晓峰的手指纠缠在她的长发间，拉扯得她头皮隐约地疼。可雯迟疑地笑笑，说，直到成了老太太吗？晓峰的眉挑起来，说，没人压得过你的。可雯不再响。她不关心压不压得过别人，她的心思只在他。

他们后来再同进同出，寒假暑假里一起回家、来校，在老同学和亲戚间往来，晓峰的神情果然愈发昂扬起来，惹得人们总是讲，晓峰跟中学时代比，真是换了个人似的。他那时在可雯耳边说得最多的是：你看他们都在看我们！可雯看不到那么多的"他们"，只想到似乎是自己撑住了他，心里生出欢喜。

晓峰一毕业就考到上海交大读研究生去了。国内那时研究生点还很少，交大这样的名校更难考，晓峰这样轻易地就考上了，让大家生出小小的意外。系里再没人提他大学期间高调恋爱那茬，都为他高兴。那真是一个全新的世界啊，晓峰在寒假里回到桂林，用他有了些改变的口音兴奋地说，让可雯想起大街小巷里此起彼伏的齐秦。果然是"外面的世界很精彩"？可雯心里有点点酸，为那个她不在其中的"外面的世界"。她的耳朵竖起来，从晓峰口中听来的却是一些她难以拼接的碎片。比如上海音乐学院边上的普希金铜像；比如泰晤士河岸般的外滩；比如南京路上由彼此间没有一丝空隙的黑压压人头汇出的黑海……

这些其实并不能让可雯生出多么了不起的好奇心来。他们在大学里说好的，将来一起回桂林去，就像北师大毕业的可雯父母那样，在山水甲天下的小城里教书做事，生儿育女，安然度过一生。可晓峰还要说，又比如他的导师邹教授拿到国家科委的一个奖，请他们去南京路上的梅陇镇下馆子庆贺。让他震撼的不仅是沪上老店梅陇镇的排场和菜肴，更是那些出席宴请的人们。其中有位来自美国MIT（麻省理工学院）电机系的美国教授。晓峰说，那教授穿得其实很普通，可上上下下就是有一种说不出的妥帖，头发理得特别齐整，给人最突出的印象就是干净。那教授年近六十，笑起来还有些羞涩的样子，很单纯，完全不是这片土地上历经磨难的同代人所能拥有的气质风度。晓峰叹出一口气，又说，那教授手上戴着一个粗大的戒指，样式非常繁复，特别显眼。大家聊得高兴时，有懂国外风俗的人问那教授，这是不是 MIT 的戒指？教授就将戒指取下来，让大家传看。教授说，他本科念的是加州理工，博士是从伯克利加大拿的，又在史坦福做了博士后，可他三十多年来戴的是中学母校的戒指。神奇吧？晓峰叹一声，又说，那教授讲，他那所位于罗得岛州的中学，对学生要求特别严，比他后来学习过的那些大学名校更严格。人人都要学拉丁文，高中毕业时，毕业生年鉴里的留言，很多是拉丁文古典诗句呢。中学打下的坚实基础，让教授终身受益。

听到这儿，可雯也跟着出了神，忽然又听得晓峰讲，为这位 MIT 教授做翻译的一个复旦物理系女研究生也很有意思，那手指摆出来，一看就是上海好人家里从小练着肖邦巴赫莫扎特长大的女孩。他们的出现，让桌上人们的音量比平时同类聚会低了十几个分贝，好笑吧？可雯不知如何应对这样的话，只是在回家的路上，忍不住好几次将自己的手伸出来，在昏黄的路灯下却看出一把的黯，赶紧缩回，捏成了拳。

晓峰跟她讲天外的天。那是时代的梦啊，在上海，人人都想出国，去不了美国欧洲，就去澳洲，去日本。晓峰终于告诉了可雯一个天大的秘密：他的父亲并不像他过去说的那样是病死的，而是六十年代三年大饥荒时逃去广东，随人游泳去香港时溺死的。他那从未见过面的父亲留给他母亲最后的话是：我从香港给你寄奶粉。这是压在晓峰心头最重的石块，从懂事起，他就为它的存在而透不过气来。说到这里，可雯看到晓峰的目光已经穿越过她，在她身后的远方空茫地四散。

在火车车轮无休止的噪动声中，可雯知道了，又见棕榈，又见棕榈——那目光其实是在远处锁定了她，让她摇身变为他的眉立。

可雯在上海初夏的黄梅天里从火车上下来，第一眼就看到了身穿白底细长蓝条短袖衫的晓峰，下身是一条洗得发白的牛仔裤。晓峰的头发留长了，额前的一把长发搭下来，脑袋一动就会挡住视线，他便不时要用手将它们拨到耳后。她觉得晓峰变了，却说不出什么变了。他接过她的提包，表情沉静得令她发慌。后来晓峰说，这才真像你呢，所以我不惊讶。

可雯随他上了公车，摇了一个世纪，才摇到徐家汇。上海在黄梅天里一片晦暗，跟她从小在桂林独秀峰下的王城一带走来走去看惯的街巷没有区别。她看不出外面世界的精彩。晓峰领着她穿过徐家汇成片低矮的棚户区，再转出去，便是城乡接合部污水横流垃圾成堆的小道，门脸窄小破败的小小商家连成一串。很快就看到菜地了，鼻子里一下灌满了农家肥的气味。可雯吃惊地看到，在她的家乡售价不低，被叫作"上海青"的青江菜苗，细细密密地生在那地里，竟是这样草根的模样。晓峰带她来到一处农家低矮的小平房，打开尽头的一扇房门，告诉可雯这是他师兄的屋子。师兄来自厦门，已婚，妻子在位于嘉定的上海科大读研究生，小夫妻在大上海的家，就安在了这间租来的农家小屋里。这段时间师兄的妻子去外地实习，师兄挤回研究生宿舍，将这小间让给他们。

我不是眉立。这是可雯在上海吐出的第一口痰。它混在车轮的噪音里，在她的喉咙里卡了近三十小时。她盯着黄梅天里满地泛出的水滴，想，这就是她心里的泪。可雯用脚尖将它们踩散，看它们淌出水，流开。晓峰坐在矮凳上沉吟着，好长一阵过后，才开始他漫长的陈述。他看到了导师从美国带回来的那些指甲盖大小的芯片；他们在夜以继日地拆看它们，琢磨它们。一层层剥开，试图还原人家的电路布线图，再倒推出逻辑电路设计。他们亲眼看到了自己跟世界的差距，用惊心动魄来形容一点不过分。你知道美国有个地方叫硅谷吗？那是美国，不对，那是全世界高科技最中心的中心。它不仅仅是高科技的发源地，更是科技转化成生产力的金矿。科学的创新可以让人成为百万富翁。百万美元啊！你想想，这是什么样的概念？特别对一个科技人员而言？我们邹老师他们，做了一辈子，到头来也不过为谁是国内的老大老二，跟清华搞来搞去搞不清爽，都不知道外面的世界已经走到哪里去了。人家硅谷，是发明家、科学家、工程师的乐园，是风险投资家的乐园，日新月异，几神奇。我那可怜的老爸，死在为我寻找奶粉的路上；可是我长到这么大，今天还要为二十美元的美国大学申请费到处求爷爷告奶奶。I'll not allow this damn thing ever to happen again to my kids(我绝不让这种恶心的事再发生在我的孩子们身上)！你看看，满街倒买倒卖的万元户就抖成这样！做导弹的顶不上卖茶叶蛋的。我要让他们看看，我怎么用自己的知识，赚出很多很多的钱。

可雯不知道"他们"是谁，为什么"他们"有那么重要。但她没回一句。她终于听懂了：那是一条漫长而艰辛的道路，也许要走几十年，甚至坐牢赔性命都有可能。如果你读了於梨华那本书，你就知道那有多么苦。我不能连累你。你那么美，那么聪明温顺，多少男孩子会爱你。我哪里舍得让你跟着我去吃苦。我不要让你成为於梨华笔下的佳利，在美国成为老妈子。你是眉立——说到这里，晓峰开始哭。后来可雯曾反复想，那是不是鳄鱼的眼泪，是不是？

她趴下来，也嘤嘤哭起来。泪水将师兄为她的到来而专门换上的崭新的浅橘底白花枕巾浸成深橙色。夜暗下去，她闻到了农家柴火的香气，微光从窗帘角漫入。晓峰坐到床边，俯身环上她，开始拉扯她的衣裳。可雯死抵着。我不是眉立。她咬着牙叫。他的手到哪里，她就抵死在哪里。我不是眉立！最后她在床中央坐起来，长发散乱地覆盖着她的脸，藏住了她微肿的双眼。他们曾有过无数次拥吻，但是他们都同意要等的，要等到她成了叶晓峰太太。你是的，所以我才会要，如果你不是，我会等的。晓峰再一次强力环住她的腰。她冷笑了，哼出一声，说，叶晓峰，不要让我看不起你。晓峰的手松开了。

他起来，拢顺她那些长发，去拧了毛巾进来给她擦脸。然后说，你先休息一会儿，我要回趟学校，顺便取些钱，夜里我带你到外滩去，你要住些天，我带你看看大上海。

可雯没有等。她在乎的已经不是大上海。晓峰前脚一走，她拎起装着那本书的提包，深一脚浅一脚地沿着田埂上的小道摸黑走出到街市上，一路问着，倒了几趟公车，终于看到了火车站灯火通明的大厅。她跳上最近一班去贵阳的火车，昏昏沉沉一路坐到柳州，再转往南宁。这一来一回不到四天，竟没有耽误参加期考。只是404室的全体女生，发现可雯从此成了个寡言的女孩。书桌上堆出一沓托福备考，GRE指南，日读夜读。她将那团面目漆黑的书压在枕头底下，只为提醒自己：我不是眉立。她要去美利坚，要去的，一定要去。

现在，她在这里。在旧金山海湾大桥边上的摩天大厦里，对着她的来路作别。完成仪式，然后回去，去上海。

海湾上空吹来的风将可雯一肩微湿的长发吹散开来，跟身边那幅薄纱窗帘纠缠在一起，在她的眼前脸上声东击西，令她不得不频繁起手招架。终于，可雯觉得她现在可以同意明飞一直说的了：你其实应该剪个短发的。到年龄了——明飞还会这么加一句。这话是可雯在年近四十的时候嫁给明飞不久，就时常会听到的。在明飞越来越频繁的催促声中，她的头发已经越剪越短，停在了肩下。可雯也注意到发梢已开始变黄，分岔越来越多。

　　明飞来自宁波，比她年长六岁。他个子不高，神情里有股可雯喜欢的坚毅。五年前，他们在硅谷美华工程师协会的活动中相遇，可雯忽然意识到自己终于可以不再那么忙了，该嫁人了。

　　明飞在那之前已开过两家 start-up（新创）芯片设计公司。第一家是头期风险投资用完后，未能筹到第二轮投资，公司只得关了。第二家公司走得稍远一步，已经圈进第二轮投资了，产品也已出来，但在调试和改进的过程中，遇到网络泡沫破灭，硅谷一下栽到谷底，遍野哀鸿声中，区区六十万美元的投产资金就是筹不到手。眼见着一个上过《华尔街日报》头版的高科技明日之星，瞬间陨落。明飞的婚姻也在此时，因他十来年不止息的"瞎折腾"而触礁。身为软件工程师的明飞前妻，随去东部念大学的女儿搬到了新泽西，在那里找到一份稳定的政府部门工作，开始了新生活。

　　明飞后来常说，可雯真是他命中的吉星。他们结婚后，可雯离开"金橡子"，帮明飞再次创业。明飞以自己专精的电源管理芯片为核心技术，创建了"宏达科技"；可雯出任财务总监。凭自己在风险投资界的口碑和人脉，可雯为"宏达"引进了关键的第一笔投资。草创时期，可雯日夜兼程为公司到处找钱的同时，还兼管内务，甚至亲自为加班的工程师们订晚餐消夜，收拾清理，常常是公司里最后一个离开的人，就连老美员工都跟着老中同事叫起她"老板娘"来。明飞得以腾出时间专心掌管技术，"宏达"在经济萧条下的硅谷经过三年的逆风行船，最新出厂的芯片已通过包括摩托罗拉在内的多家中国手机供应商的标准测试，即将投入批量生产。只是可雯已经看到，在今后两年内，公司若真的按计划争取到纳斯达上市，"宏达"将不再是一家私营公司，按华尔街的游戏规则，将不允许家庭成员同时出任公司 CEO(执行总裁)和 CFO(财务总监)两大关键职位。可雯必须从财务总监的位置上退下，如果明飞还要为"宏达"掌舵的话。在和明飞聊起这不可回避的选择时，可雯还未主动说出过自己的想法。她看到了那道坎：眉立。可雯有时还会想，眉立还有三个孩子呢。她心里便生出些遗憾来——可雯在跟明飞谈婚论嫁时，明飞一开始就说了，他的女儿已经太大了，他不想再要孩子。

可雯站起身来，心下忽然决定下午就去将头发剪掉，而且要剪得特别短。想象明飞在浦东机场第一眼看到她时的惊讶，可雯笑起来，随手将头发在脑后挽起，穿过客厅到厨房的吧台上抓起发夹，将头发在脑后挽上夹牢。转眼就看到自己在食品柜的玻璃门上的影子，一张脸在下巴处竟那么尖了，更显出双眼的深大。没有了长发的遮拦，一双耳朵赤白地亮着，有些刺目。它们需要配一副长坠的耳环，可雯想着，轻笑了一下。

这时门铃响了。可雯扫一眼微波炉上的钟，九点整。这"大狼"可真准时啊。她急步走向大门。"大狼"吗？她拉开门，一眼就看到一个全身套在平绒布料缝出的浅棕灰狼服里的瘦长身子，足足高出她大半个头来。"大狼"竖着两只尖而短的耳朵，颈圈下从胸前连到肚皮的是一片纯白绒毛，白面红唇，还故意在灰棕色的鼻下胡须里露出两颗装饰的狼牙。"大狼"的脸貌很善良，眼睛深陷在两团灰黑的眉毛下，让人看得到那灰蓝的瞳仁。见到可雯，"大狼"抬了抬右手，做了个笨拙的敬礼，说"腻号!"可雯给逗得笑起来，回说："你好!"将他往厅里让。"大狼"真是太高太细了，以致步态都有些不协调。进得门来，可雯注意到他左手握着一个搭在肩上的干瘪大口袋，也是平绒布缝制的，跟"大狼"身上的毛皮同色，全套很像"万圣节"夜里讨糖孩子的行头。

"大狼"站在那里，问：我能帮你叼走些什么？声音很嫩。可雯猜想他该是大学一年级的新鲜人，就笑着蹲下去拎起那本《又见棕榈又见棕榈》，双手握着递过去。"大狼"将书接过，往那大布袋里一塞，立着。可雯摊开手，说，这个仪式对我很重要，谢谢你帮我完成它。"大狼"说，这是我们的使命。很荣幸。那语速过于均匀，背书似的。可雯忍住笑，说，我要谢谢你。"大狼"迟疑起来：就这？就这本书吗？可雯给他问得也一愣。是的，就这本书了。

还有过很多的信；一些照片；一些礼物：绣着月牙花边的粉色手绢，小巧的折叠檀香扇，城隍庙街景的书签。她出发来美国之前，在学校女生五栋后面的苦楝树林里，由阿琴陪着全给烧掉了。阿琴如今住在东海岸的波士顿，在一所私立学院里教书，还要对付家里一对青春期的儿女。两人偶尔聊起过去的时光，关于晓峰的种种细节不曾再被提起。可雯想，她们肯定不是在刻意回避，只是日子过到今天，她们连分享彼此生活中的新鲜事情都得挤时间呢。

"大狼"安静地原地不动。就这了，它不是一本书，是一块砖。可雯轻声说。

"大狼"微微前倾下身子，浅浅地鞠了个躬，嗡嗡地说：但愿我帮助你卸下了它。可雯听得竟鼻子一酸。"大狼"拿出一式两份的收据表格让她填写。可雯领着"大狼"来到厨房里，站到吧台边上将表格填完，和"大狼"分别在表上签了字，各执一份。"大狼"小心地将表格折好收起，侧脸望向窗外，说，你这儿的风景真好，你很幸运。可雯笑起来，说，谢谢。你要不要来杯咖啡呢？"大狼"说，冰水就好了。可雯端来冰水，"大狼"孩子气十足地"咕咕咕"大声灌下，忽然像想起了什么事情似的，停下来，说，我能不能好奇地问一句，这是一本什么书呢？

可雯一愣，想了想，说，嗯，你知道台湾的，对吧？"大狼"说，知道一点，历史课上学的，台湾海峡两岸，一边是民族主义者（Nationalist，国民党在英语里的称呼），一边是共产主义者，我们课本上是这样说的。是吗？可雯笑笑，说，实际情况比这两个标签复杂吧。这书讲的是上世纪六十年代，那些国民党人的孩子们离开台湾到美国留学的故事。那时台湾政局很不稳定，人们看不到前途，年轻人中出现了"出国热"，借此离开台湾。这本书的男主角牟天磊大学一毕业，也随大流来了美国。他离开前，对着校门口的棕榈树立了誓言，要像它们的主干一样，挺直无畏，出人头地。他热恋中的女友眉立却没有跟他走。他来到美国后，非常辛苦，又很孤独寂寞，虽然拿到了博士学位，却没有寻到一点快乐，连婚姻都成问题。

"大狼"放下杯子，问，他那个女朋友呢？眉立？这种书都有套路的，她肯定很漂亮。可雯微笑着说，还好吧，这本书并不是类型小说，而是英语里讲的literary fiction(纯文学小说)。眉立留在台湾，嫁了别人。天磊再回台湾，见到她已成了三个孩子的母亲。家里给他介绍更年轻的女孩子，一个叫意珊的，却因为有代沟，谈得不顺利。这本书，讲的就是这些人的故事，简单说来，就是台湾没有根的那代人的故事，去美国不开心，留在台湾也不开心。

听起来很悲观——"大狼"下了结论。没等可雯答话，他又说，所以这个世界需要心理医生啊。可雯给逗得笑出声来，说，可不是吗？"大狼"笑了两声，站起身来，说，哦，你是从台湾来的吗？可雯摇摇头，说，我来自中国最南方，那里也有很多的棕榈。唉，这个故事太长了，它其实是一本送给眉立的书。"大狼"晃了晃脑袋说，哦，我有点明白你为什么说它是一块砖了。能为你搬走它，太荣幸了。无论如何，你现在看上去是开心，我为你高兴。说着，"大狼"走到窗前朝海湾方向又望了望，伸出五指，做了个"咔嚓"拍照的动作，说，真的很美。可雯说，是很美，可惜我就要离开了。"大狼"回过头来看她。可雯说，我要回中国去了。"大狼"点头，说，如今去中国发展可是潮流啊。可雯轻笑，说，发展对我来说已经不重要了。"大狼"说，我想象你这话听起来很像那书里的眉立说不要来美国时的口气呢。可雯一愣，说，是不是眉立也已经不重要了。"大狼"挺了挺他那细细的腰杆，说，噢，按心理学说的，你走到这步，就已经放下了。可雯忍住笑，想他还真是个新生，动不动"按心理学说的"，就说，其实，在生活中要能做些像你们这样的事情，能够帮助别人，让人高兴开心起来，多好啊。"大狼"一拍狼掌，说，耶！我们的教授常说，挣得人们的信任比挣钱更具挑战性呢！

可雯开心地笑起来，随"大狼"走到门口，忽然想起什么，叫住"大狼"，自己快步走去吧台上拿出钱包，掏出五块钱走过来，要塞给他。"大狼"急切地摆着手，说，我们是义工！是在学习怎样获得人们的信任，不是送外卖拿小费的小弟呀。可雯立刻停下手，说，对不起。天这么热了，你跑这么远。你要带点喝的吗？"大狼"说，不用不用！谢谢，那我走了。可雯忽然想起什么，问，你们怎么处理这些收去的东西？见"大狼"有点犹豫，她赶紧说，我只是好奇一问。"大狼"说，我们会将它们分类，如果还有用的，我们会整理好，分送各种慈善机构。如果是非常个人化的东西，比如信件，照片等，就会尽快处理掉。比如你这本书，很可能会送到大学的东亚图书馆，或中国城的图书馆去。可雯听到这里，说，其实我没有必要知道这些的。但非常感谢你告诉我。噢，能不能请你将书给我一下？"大狼"不响，将书从大布袋里掏出来，递给她。

可雯接过它，说，请等等。转身走到里屋，拿出纸箱上的那支黑墨画笔，翻开扉页，将那行纯蓝色潦草斜长的字，三下两下全部满满地覆盖完毕。原来这样容易啊。可雯住手时，吐出一长气。这种黑笔英文叫"Permanent Marker"——永久性画笔。想到"永久"二字，可雯嘘一口气，自语道：Yes！

可雯再一次将书递给"大狼"。"大狼"将书扔进背袋里时，可雯听到了清晰的一声"咚"，心静下来。她再一次说了谢谢。"大狼"点点头，走出大门，突然又回头说，噢，忘了告诉你，我们美国人都是无根的。我爷爷是波兰移民，我还没去过波兰呢。旅途愉快！

客厅里除了一地的光明，空无一物。可雯将那收据捏在手中，想了想，三下两下撕成碎片，走回厨房，扔到垃圾桶里。别过了，我的眉立——可雯在心中轻叹一句，转过头去。轻薄的窗纱被海湾上空吹来的风扬起，像两条妙曼的长旗在空空的大厅里纠缠，满目是窗外水天合成的迷蒙灰蓝。

视线中两艘食指般长短的远洋货轮在水面上拉出漫长的波纹，将海湾跟天空的质感分离出来，像极 2005 年的初秋，她站在香港科技大学的廊桥上，眺望到的清水湾的天光水色。

像极。

可雯当时正从香港科大电子及计算机工程系的会议室走出来，刚结束了和系里张教授及其研究团队的会议。可雯在"金橡子"负责投资的一家光纤公司，是几个在硅谷的香港工程师创立的，张教授他们是公司的技术合作方。可雯要去往启德机场，赶飞上海虹桥，参加她主管的另一投资项目第二天在上海的评估会。

可雯在廊桥上站下来，看到清水湾开阔的海面上的点点波光，心忽然很软。她折回去，找到一部投币电话，对着手里的掌心电脑，开始拨打前两年从桂中老师那儿拿到的晓峰电话。晓峰从伯克利加大电机工程系拿到博士学位后，多年来一直被母校桂中列为杰出校友。可雯听说，他这些年通过姨妈向桂中捐了不少款，却从未在校园里再次出现过。学校的老师还告诉可雯，晓峰如今定居香港，非常成功，回国都是坐的私人飞机，带着桂林的亲戚们飞来飞去到处旅游。可雯再问细节，人们又语焉不详，只由可雯从校友通讯录里抄下一串号码。很多年了，可雯频繁出入香港，每回飞机贴着九龙塘密密麻麻的高楼，如履薄冰般地下降时，她都有落地后马上去拨打那个号码的冲动。可当她的双脚一在香港的地面站稳，那在云端里生出的短暂冲动立刻烟消云散。

那年秋天的下午，可雯终于拨了那个号码。听到第一声振铃时，她紧张地想，若响三下没有人接就放弃。可直到响第五下，可雯才开始犹豫。当第六下响起后，她听到一个桂林口音浓重的男声，随着空洞的电波急速地穿击到她的耳膜：请问嘿兵果？(请问哪位?)——粤语。我是可雯——她的桂林话从胸腔里跳出来，她想象着那些词句像一把短小的飞梭，击中了他的喉咙，让他在那头闷出一节长长的哑声。你在哪里？在可雯的屏息间，他问。桂林话，跟她的一样，有些走调了。我在香港，正要去机场，傍晚飞上海。知道你在香港——我马上去机场，他在那边打断她。不用了，不用，真不用，谢谢了——可雯的声音高起来，带上了哭腔。要的，你在出发大堂的大看板下等我。我立刻过去，不见不散。他的急切打动了可雯，她报出了自己的航班机号和起飞时间。

当可雯拖着行李箱，在机场出发大堂熙熙攘攘的人流中穿行时，她看到巨大的液晶航班信息看板上，红色字码在频繁的移转中有如火焰迸起。她想起了什么，停下一步，抬手取下那副纯银的长坠耳环，小心搁到兜里。在视女性不戴耳环为有失礼节的美国，可雯早已习惯了在出门上班时将双耳用耳环装饰好。她顺手又将头顶的发卡扯下，任及腰的长发披散而下，覆满她细瘦的背。她来不及抹去嘴上的唇膏和眼影了，也未及换下身上那条风格正式的藏青裙装，步履就有些犹豫起来。

这时，可雯看到他微笑着从看板下朝她走来。很远，但她立刻读出了那笑里深深的、棕色的忧郁。他朝她扬着手。可雯见到看板上那些火焰在他身后高蹿而起，将他身上那件浅色的短袖衫映得通红。可雯拖着行李，退到看板旁边不碍人行走的大柱下立定，等着那抹火焰席卷而来，在她的眼前炸出火光。

你一点点都没有变，还是美艳如昔！他伸过手来，笑得非常由衷，好像他们之间，从来不曾有过那些泪水。可雯握住他的手，很温软。她想起他的掌心过去是有些坚硬的，还不时脱些皮，会划痛她的。她的手落在那温软里，她没有对他说同样的话。可雯看到他的皮肤有些深了，带着美国人喜欢的巧克力色。头发剪得很短，鬓角修得非常齐整，身上是一件极浅淡的灰蓝色 T 恤，质地精良，一看就是一丝不苟地浆洗熨烫过的；下身是一条沙白色精棉质地的西裤，腰里的皮带和脚上的鞋子都是真皮自然磨出的暗亮。他的脸色比过去亮了，眼睛里的光沉下去，整个人看上去干净儒雅，一派对外部世界没有脾气的样子，可雯有些回不过神来，说，真没想到，你如今做了香港人了。他笑起来，说，八年前早又做回大陆人了嘛，呵呵。他走近来，揽过她的肩，揽得亲密却不亲昵，很得体。她下意识地轻转了一下肩，他立刻敏感地松脱了手，去接她手里的拉杆，说，我们到咖啡厅里坐会儿？真的那么急着要走吗？可雯看看表，说，恐怕来不及了。他们就站在柱子旁说起话来。

他告诉她，他九二年拿到博士学位后，曾想过找她的。可雯一笑，说，那怎么又没找呢？无从找起，他说。可雯抬抬眉。那时她在德州奥斯汀，那个比南宁更为酷热潮湿的城市。大概是看出可雯的不自然，他很快就打住，说，你应该成个家的。可雯想，他是看到了她空空的无名指，就下意识地缩缩手。那时她刚认识明飞。他体贴地微笑，接着告诉她，他在 1993 年和在伯克利认识的香港女孩雪莉结婚后，回到香港接替了雪莉家里的建材事业。雪莉是家中独女，父母送她去哈斯商学院读 MBA，就是要她毕业后回去接班的。如今她事业做得很大，大陆经济在起飞，大兴土木，多少基建项目在上，建材市场前途无量。雪莉在广东云浮、佛山、南海等地开了大大小小十几家建材生产厂，独资、合资的都有，公司前两年还在香港上了市。可雯安静地听他说到这儿，问他能不能看一下他太太的照片。他从后裤袋里掏出一个鳄鱼皮质的钱夹。这个掏后裤袋的麻利动作，让可雯想到他到底是在美国待过的，微笑起来。

她从他手里接过一张彩色照片，上面是一个穿着深红色香奈儿套装，烫着时髦短发的中年女子，谈不上漂亮，五官却十分周正，肤色极白，气质非常好。两男一女三个孩子从左右中三个方向趴在她肩上，照片中的每一个人都笑容灿烂。雪莉双手交叉着放在胸前，轻松自信，并没有女强人的气势。可雯的目光盯在她那双修长的手上，问：她一定会弹肖邦巴赫莫扎特吧？他的目光也落到那照片上，笑着说，香港地，这种人家的女孩子，这还用问。可雯将照片递回去，说，孩子们真好看，你真是好福气。他将照片插回钱夹，说，谢谢！他们是我最重要的作品。可雯这时注意到他左手无名指上那只硕大的蓝宝石镶金戒指，忍不住笑了说，你的结婚戒指可真够大的啊。他将手伸过来，说，不是结婚戒指，这是伯克利加大的戒指呀，不过是专门订制的就是了。可雯看到戒指上繁复的伯克利标志，又听他说，蓝宝石是我的生辰石。可雯想起来，他是九月出生的。

他反手往后裤兜里塞着钱夹，可雯笑说，你看上去真有大教授派头了，如今在哪所大学高就啊？他很开心地笑起来，露出一口洁白整齐的牙。可雯走神想，他的牙矫正过了。就听得他说，我的教学任务，就是培养这三个小朋友啊。见可雯一脸的疑惑，他笑着说，我这些年全职在家给他们做 Home Schooling（居家学校）。雪莉对香港的教育系统完全不信任，像美国很多人那样要实践居家学校。还有比我更合适的人选吗？我可是自编教材，真正做到了因材施教，做了很多实践。小朋友都很厉害哦，在国际性的各种数理大赛中都拿很好的名次呢。经常上报纸，在香港很有名呢。

啊？可雯看到他背后的那些火焰飞蹿起来，将他吞噬而去。她摇头，他还在那儿说，香港是不接受这个理念的。我们在南加州有房产，算加州居民。三个小朋友每年夏天都回南加过暑假，在那里参加各种夏令营，专门跟家庭背景差异很大的孩子们混在一起，弥补居家学校学生在社交上的欠缺。他们参加美国学生能力标准测试的成绩一直非常好。反正将来要回美国读大学的，大部分美国大学如今都接受居家学校的学生了。

可雯很轻地问，那你不就成了眉立了吗？

他微微一愣，说，她叫雪莉。口气里带着浅浅的嗔怪。

可雯似乎自言自语地说，你成了眉立了。

他这回看来听清了，疑惑地问：眉立是谁？

| 文学史评论 |

陈谦小说有如下几个特点：

一是小说人物多为大陆中学名校学霸、大学名校精英，以优异成绩到美国后继续攻读学位，成为高科技人才，智商极高，经过打拼，获得了优越的生活境遇，实现了各自的美国梦。

二是小说人物多出身高级知识分子家庭，从小受过良好教育，树立了雄心壮志，充满奋斗进取精神。

三是小说人物貌似美满的婚姻大都存在问题。

四是小说人物多是在人生目标接近实现的时候，生活出了问题。

五是小说主要人物多有广西背景。

六是陈谦的小说充满哲理性的思考。

——黄伟林：《海外写作》，载刘硕良主编《广西现代文化史》，广西师范大学
    出版社，2016，第94—95页

| **创作评论** |

在北美华语作家中，陈谦的写作历史并不太长，作品数量也不算很多，但影响却不小，而且无论是她的叙事对象还是叙事方式，都具有自己的特点。在我看来，她的写作一开始就具有足够的力度和成熟度。比如她初期写作的中篇小说《覆水》的情节处理，很容易令人想起严歌苓的短篇《少女小渔》，这种为出国改变命运而不得不嫁个老年男人(无论真假，在女主人公的心理与情感上都经历某种冲突)的故事，在上世纪 80 年代的现实中不是孤例，但陈谦的叙事，似乎是从严歌苓笔下小渔所震惊的地方再往前走，走到了人物身体与灵魂的更深处了。正是从其叙述的不动声色中，我似乎可以感受到作者的某种"成熟"。

——宋炳辉：《陈谦小说的叙事特点与想象力量》，《中国现代文学研究丛刊》

2012 年第 8 期

解析陈谦的小说，会发现她具有一种天赋的功力，这功力一方面是来自理科学者特有的缜密逻辑，另一方面则是女性作家特有的抽丝剥茧的形象与细腻，而她突出的智慧是在于对"人性"奥秘的探照。在她的笔下，喜欢写红尘男女，让悲剧与激情同歌，让得到与失去共存，让苍凉与沧桑共舞，让苦涩与忧伤交响。但她最终要表达的就是人的灵魂在本质上无法逃脱的苦痛。这些灵魂的浴场，虽然如梦如烟，但只要轻轻触摸，就能丝丝见血。这正是"人"的内部存在方式，是在心理意义上如何活着的那种方式。这个方式充满欲望，充满梦想，也充满挣扎和绝望。

……

陈谦写小说，完全是一种爆发型的状态。一旦冲刺，她就赋予了自己神奇的能量。她的作品，绝没有专业作家的雕琢，遣词的技巧也并不在意，但是她似乎天然地具有一种抽丝剥茧的逻辑细腻，同时又灌注着丰沛的情感血肉。她对"生活的暗流"有着超乎寻常的感知，只要她的敏感触觉与自我内心的纤细灵性碰撞，就会熔铸出一道夺目的文学火焰。

——陈瑞琳：《向"内"看的灵魂——陈谦小说新论》，《华文文学》2013 年
第 2 期

她清楚地意识到，生活不是炫耀，也不是委屈，而是一条隐藏着无数潜流的绵长河流，人要有准备面对那些水下可能更深的漩涡。那个更深的漩涡，翻译出来，大概可以说是生活的真相。

——黄德海：《试走未行之路——关于陈谦的小说》，《南方文坛》2018 年第
3 期

| **作品点评** |

在陈谦的小说中，有不少跟那个特殊的时代有关，《谁是眉立》《下楼》《残雪》《我是欧文太太》等，都很难得地贯彻着自省意识。这样说，并非要把时代的责任全部反向地推卸到个人身上，而是提醒，在反思时代问题的时候，不要忘记了自己也是时代中的人。

——黄德海：《试走未行之路——关于陈谦的小说》，《南方文坛》2018 年第
3 期

双份老赵

东
西

老赵其实不老,"老"只是一个亲切的称呼,相当于"阿"。他长着二十多岁的头发,三十多岁的皮肤,却具备了一百岁的智慧。自打识字那天起,他的脸上就出现了思考的表情。这种表情一直保持到现在,如果不小心辨认,还以为来自他父母的基因,但实际上却是他勤于皱眉头的结果。

七年前,小夏亭亭玉立,说漂亮有漂亮,说气质有气质,是某家银行的职员。尽管追求她的男子排了长长一列,却没一个被她相中,原因是他们要么长得太白,要么显得幼稚,无法给她一种落地的感觉。直到老赵这张思考型的脸庞出现在窗前,她的心里才"咯噔、咯噔"。开始,老赵也不是来给她"咯噔"的,而是来存款,取钱。因为经常来,彼此由点头到交谈,渐渐地就混熟了。熟到差不多的时候,小夏劝老赵把钱全部存入本行。老赵说:"不能把所有的鸡蛋都放一个筐里,万一没拿稳,那就只剩下我这个蛋了,穷光蛋的蛋。"

这是排名数一数二的银行,哪怕所有的银行都倒闭了,也轮不到它倒闭。更何况老赵的那点钱就像沧海一粟,无论存进去或者取出来都不影响银行的总量。小夏觉得他多虑,甚至认为他不信任自己。老赵说:"我可以信任一个人,但不可

作品信息

原载《作家》2011 年第 1 期,收入《保佑》(长江文艺出版社 2017 年出版)、《我们的感情》(上海文艺出版社 2016 年出版)、《请勿谈论庄天海》(上海文艺出版社 2014 年出版)。

以信任一个集团。"而小夏偏偏把银行当亲爹，并用它来检验老赵的忠诚度。老赵问："难道喝一口茶，连杯也要一起吞下去吗？"

小夏说："单位就像我的衣裳，你不会只爱我的身体吧？"

老赵于是又存了一笔定期。小夏问他是不是把全部都存进来了，老赵气得直打喷嚏，忍不住给她上课："就像一个人不能只有一个信仰，否则，委屈的时候你都找不到安慰的理由。一家人不会同时上一条贼船，也不会同时坐一架飞机。为什么那么多人要找干爹？民间说法是保自己长命，而真正的原因却是多个干爹多条后路。"小夏被这剂猛药呛得连声咳嗽。她终于落地了，心像踩在水泥地板上那么踏实。不过结婚之前，她还得考验考验老赵。

小夏打开地图，指着最远的地方——麦哲伦海峡，说："怎么样？"老赵说："只要你开心，下个月就去。"小夏感动了，手指在地图上跳舞，舞着舞着，就舞到了夏威夷群岛。她说："偶心疼钱，还是选近一点的地方吧。"老赵一拍桌子，整个太平洋都倾斜了。他说："看不起人是不是？知道吗，你花谁的钱，谁就是交桃花运。"小夏的手指立即从夏威夷起飞，这回跳的是芭蕾。手指优雅地划过高山，越过海洋，像两只白天鹅落在桂林的山头。"就这儿吧。"小夏说。老赵被小夏变化的速度搞晕。他用一秒钟倒了倒时差，说："对我的钱包，请你务必做到浪费光荣，节约可耻。"小夏笑了："浪费你的，那不就等于透支我的未来吗？"

最后，他们选择了西部的一座山峰。那是个热门的景点，好多名人和有名字的人都去爬它。有位著名的董事长，每个季度都带着一群记者去爬，每爬一次，公司的股票就连续涨停三天。老赵和小夏也想让他们的感情股涨一涨，于是都跟单位请了假。登机之前，老赵为每人买了两份保险。小夏看在眼里，喜在心尖尖。她一坐上飞机，就把脸靠住老赵的肩膀，死心塌地做他的零件。渐渐地，靠的和被靠的部位都有些麻，但是，谁都舍不得动一动。他们只用一个姿势就完成了一千多公里的飞行。

到了山下旅馆，小夏惊呼："糟糕，我只预订了一间房。"老赵说："难道还需要第二间吗？""当然，我是有原则的。"说这话时，小夏把嘴认真地噘起来，不像是反话正说。老赵问总台还有没有多余的房？服务员说："房间都必须在十天前预定。"老赵双手一摊，耸了耸肩膀，恳请服务员为他在走廊上加张床。服务员说："不可以在走廊上加，但可以加在房间里。"老赵像领到结婚证那么高兴，扭过头来征求小夏的意见。小夏说："我一紧张就会失眠，一失眠就没力气爬山。"老赵说："出来就是想放松，你先别紧张，千万千万别紧张……"

晚饭后，老赵跟着小夏进了房间。他们一个坐在椅子上，一个坐在床头，面对面地聊了起来。老赵越聊越来劲，不仅语速加快，而且满脸通红，仿佛雄鸡高唱，仿佛要这么一直唱到天亮。但是，小夏却聊得很不专心，她在为老赵今晚睡什么地方而不停地开小差。老赵说："既然当时你只订一间房，那就说明你早已默认同吃同住这一事实。"小夏摇头，两手紧紧地抱住自己的双肩，忽地就缩小了，小得像只蚂蚁，让老赵和她的距离顿时变得遥远。老赵问："难道你真不希望我住在这里？"小夏的头立刻变大，它毫不含糊地点了一下。老赵又问："你确定？"小夏连连点头。凡事都问两遍，这是老赵多年养成的习惯。他说了一声"晚安"，便抬屁股，拉行李。小夏问他去哪？他说："睡觉。"小夏说："不是没房了吗？"老赵说："我就怕你在关键的时候讲原则，所以出发前也预订了一间。"小夏惊讶得眼珠子都快掉了。她佩服老赵，甚至崇拜。

爬山的时候，每人只带一瓶矿泉水。由于小夏没经验，每次饮水量明显偏多。还没爬到山的五分之一，她就把一瓶水全部喝干。老赵告诉她，凡是有爬山经验的人，只用水来润润喉咙，绝不能牛饮。小夏责怪他为什么不早说。老赵从包里掏出另一瓶："因为我早有准备。"爬到一处陡坡，小夏的手被带刺的灌木划破，裂开的口子渗出血来。老赵赶紧从包里掏出创可贴，封堵她的伤口。小夏说："你想得真周到。"老赵说："必须的。"

一路上老赵连扶带拉，总算把小夏带到了半山。到了这个高度，他们的视线就开阔了，野心也开始膨胀。看着周围被比下去的山峰，小夏一高兴，嚷着要爬到山顶。坡越来越陡，脚下打滑的次数越来越多。有时，他们的一只脚上去了，另一只脚却滑下去老远，仿佛要分裂身体，闹"腿独"。这样劈叉多了，小夏的裤裆便"嗞"的一声裂开。"还名牌呢，这么不经劈。"她发着牢骚，赶紧蹲下，一步也不敢移动。尽管小夏已多次领教老赵的细心与周到，但这一次她是再也不敢奢望了。万万没想到，老赵竟然从背包里掏出了针线。小夏一边缝着裤裆，一边想还有比他更可靠的男人吗？没有，绝对没有。

当晚，小夏就叫老赵退掉另一间房。他们终于合并了。高兴的事大都相同，这里只说一件不高兴的。临回程的前一天，他俩到商店购物。老赵花了五千元为小夏买了一只玉镯。小夏当场把玉镯戴到手腕子上，频频摇晃，似乎要从上面摇出一首歌来。但是，没等小夏高兴完毕，老赵就偷偷地折回去，又买了一只和她手腕子上相似的镯子，连价格都一样。小夏想多买的这只肯定不是送给他亲人的，否则他不会偷偷摸摸。那么，只能说他还有见不得光的女友？小夏压住心中的不快，计划在回去半月之后再审他。半个月的时间，他要是真有"见光死"，就会把镯子送出去了。到那时……哼，即使他的脑子转得比计算机还快，恐怕也很难狡辩吧。

旅游归来，老赵每三天就跟小夏提一次结婚，就像一只准时的闹钟。他一共闹了五次，小夏便说："坦白从宽，抗拒从严。你能不能先交代那只镯子？然后，再来跟我谈婚姻。"老赵的脸红得比闪电还快，仿佛偷东西被人当场拿下。小夏真以为自己抓住了窃贼，心有余悸地说："差一颗米我就嫁给你了，好险！"老赵额头上的汗"噌噌噌"地往外冒。小夏像猫看老鼠那样看着他，问："是不是送给前女友了？"老赵抹了一把额头汗，支支吾吾地说："从头到脚，我就这么一点秘密，你……能不能给我留住？"小夏说："要么爱秘密，要么爱我，A 或者 B，你只能二选一。"

老赵只好从柜子里拿出那只玉镯。小夏说："天哪，你怎么还没送出去？速度也太慢了吧。"老赵说："为什么一定要送人？"小夏说："难道就为了锁在柜子里？"老赵说："我是怕你的那只丢了，或者碎了，才又买了这只。如果你高兴，一只手戴一个，两只手可以同时漂亮。"小夏的脊背轻轻一颤，那是被感动的信号，但她仍然强迫自己保持足够的警惕，说："你骗人。"老赵把柜门敞开。小夏看见柜子里摆满物品，有小时候用过的布娃娃，有中学、大学的毕业证，有奖状、邮票、相册、移动硬盘、钥匙、存折、保险单、速效救心丸、相机和手表等等。凡柜子里的统统双份，只有手表是单身，因为另一只正戴在老赵的腕子上。小夏顿时结巴。她说："原，原来你喜，喜喜欢收，收藏。"老赵摇头，说："多年来，我像保护内裤一样保护这个秘密，没想到还是被你撬开了。我担心这些东西丢失，就多备了一份，这样心里才踏实。"

还用得着考验吗？小夏心里现在是踏实的双倍。冬天，他们把婚结了。由于老赵还保持着买双份的习惯，所以他们经常要像资本家那样，把多余的牛奶或者豆浆倒掉。小夏看着白花花的液体，仿佛看到了奶牛和挤奶姑娘，甚至还想到了弯腰种豆的农民，心里实在不忍，于是就咬牙喝下去。天天这么喝双份，吃双份，她不仅口腔上火，还感到胃胀。一次，她稍微把嘴巴开大了一点，胃就撑得像个气囊。她站也不舒服坐也不舒服，胃是越来越痛。老赵不得不把她送去急诊。吃了药，打了针，她的胃才慢慢愉快。胃一愉快，她就拍老赵的头，说："你想让我胃下垂呀？我是来跟你生活的，什么叫生活？不光是吃吃喝喝，还包括精神内容。我又没两个胃，你干吗天天买双份？你要是再这么买下去，我就不让你上床。"

老赵响亮地答应，果断地执行。但习惯毕竟是习惯，它经常让老赵情不自禁。有时回到楼下，老赵才发现自己犯错。于是，他把多买的那份菜呀肉呀什么的顺手送人，也不管认不认识，人家愿不愿意，反正他见谁送谁。因为送得不合情合理，再加上他的动作有点神秘，人家还以为他想用小恩小惠勾引正经女子。一天傍晚，四下无人，老赵提着一堆菜站在凛冽的寒风中不敢上楼。忽然，他看见一女的从楼门走出来倒垃圾，便把多买的那份菜不分青红皂白地塞过去。那人问："什，什么意思？"他说："帮帮忙，别让我老婆知道。"那人一跺脚，说："我就是你老婆。"老赵这时才看清，原来真是小夏，吓得手里的菜全撒在地上。

小夏跳脚拍墙，震怒。她没收了老赵的工资本，取消了他的购物权。老赵一下就消极起来，连幽默都存了定期。他衣来伸手，饭来张口，家务基本不做，每天就懂得感叹："还能有什么作为？"小夏说："你可以跑步。"老赵说："反正又跑不过刘翔，跑步干吗？"晚饭后，他躺在沙发上看电视。一个姿势，十个夜晚，皮沙发上留下了他臀部和肘部的凹坑。小夏说："你还想不想当爸？"他说："想呀，想得一听到有人叫爸我都答应。"小夏说："那还不赶快起来培育种子？"老赵一激灵，从沙发上弹起来，发现还有一件人生大事没完成，当晚就跑了两公里。一连跑了几天，老赵觉得不能光有良好的种子，还必须具备优质的土壤。于是，他把小夏拉出来一起跑。除了跑步，他们还打羽毛球，做俯卧撑、引体向上，冬泳，爬山，骑自行车，好像不是在为造人做准备，而是要参加奥运会的全能比赛。

他们选好孩子未来的星座，掐准孩子将来入学的时间，然后倒推八个月，用发射火箭那样的精准态度，锁定一个夜晚。他们就要播种了！但是，当双方的情绪都高涨难耐的时候，老赵忽然罢工，从床上坐起来。小夏说："是不是要我付小费？"老赵说："我不能只有一个孩子。"小夏说："计划生育，只准一胎。"老赵说："再准备准备，也许你能怀上双的。"小夏说："为什么非得双的？"老赵说："因为一个孩子太孤单，因为我不敢保证孩子将来不患绝症，不被误诊，不出车祸，不遇自然灾害，不被误伤，不被误判，不被强拆……所以，我需要双的。"小夏听得脊背发凉，紧紧搂住老赵，说："老公，我同意怀双胞胎，但今晚你必须把该做的事做完。"老赵戴上一个套子，想想，又戴上一个。小夏说："有必要同时穿两双袜子吗？"老赵说："谁敢保证戴一个不漏油？万一碰上次品，你就没怀上两个的机会了。"

除了继续锻炼身体，小夏还定时服用药片。资料表明，那些药片能促进排卵，增加激素，极可能为老赵同时提供两个靶标。但是，人不胜天。一年后，他们的孩子出生，不是双的，而是一个非常漂亮的女孩。老赵和小夏爱得不行，即使孩子睡觉也舍不得放到床上，而是轮流抱在怀里。从此，老赵不再买双份，而是尽量想法子把一块钱掰成两块钱来花。孩子犹如灵丹妙药，一下就把老赵的习惯治好了。

就像房价似的，孩子一天一长，天天长月月长，到她三岁的时候，原先可以买一套房的钱只能买一个客厅了。小夏指着孩子问老赵："你打算给她留点什么？"老赵满脸迷惘，说："还没到留遗嘱的时候吧？"小夏说："我是说房子，你能不能给她留一套房子？"老赵说："我想买房，但钱不答应。"小夏摊开手掌伸过来，像是乞讨。老赵的身子往后一闪，说："我真的没钱了。"小夏说："不是还有一本存折吗？我在柜里看见过的。"老赵说："你怎么不按常理出牌？我现在已经不买双份了，按理你应该把工资本还我才是。"小夏说："房价飞涨，我们再不整合资金，将来连一间厕所都买不起。"老赵像性饥渴的男女那样不禁劝，一眨眼就从手包里掏出存折。小夏把两个人的四本存折打了合计，然后递给老赵，说："选套房吧，不够部分到我们行去按揭。"老赵屁颠屁颠地选了一套现房，立即请人装修。他把新房的甲醛一放干净，就拿到了一张出租合同。合同上的收入正好填了按揭的窟窿。他们现在有收入，未来有投资，生活惬意，举止优雅，谁都不说粗口话，更不会骂房价上涨。

一天，小夏在打扫房间的时候，发现老赵柜子里的物品全都变单了，连那只玉镯也不见了。小夏问老赵："难道它们有脚，自个出门旅游去了？"老赵说："为了买房，值钱的都卖了，不值钱的都丢了。"小夏将信将疑，趁老赵不在家翻箱倒柜，寻找那些物品。越是找不到，她就越好奇越不服气，甚至连当侦探的念头都产生了。她把家里的抽屉全都拉出来，倒扣，发现一串崭新的钥匙被透明胶粘贴在底板背部。为什么要把钥匙藏在这里？显然是不想让我知道。为什么不想让我知道？肯定是有秘密。小夏一把扯下钥匙，反复地看了一会儿，转身冲出门去。

自从新房开始装修，小夏就没来过。她既是避甲醛，也是避噪音，更是因为照顾孩子没得空闲。现在，她急火攻心地来了，钥匙还没插进锁孔，魂已钻进房间。或许是着急的缘故，第一下，她手里的钥匙没把门扭开。她扭第二下，锁头不动。她真不希望锁头转动！但是，第三下，就在她准备高兴的时刻，门却"哒"的一声敞开。客厅里，所有的家具包括摆设都和她家里的一模一样，连窗帘、地板的颜色和款式都与那边的相同。不小心，她还以为自己碰上了那个家。她踮起脚后跟，轻轻地走进来。鞋柜一样，冰箱一样，厨柜一样，就连抽屉里装的东西也没多大区别。次卧一样。书房一样。小夏打开书房里的柜子，看见从那边消失的布娃娃、毕业证、奖状、邮票、相册、移动硬盘、钥匙、保险单、速效救心丸、相机和手表等全都摆在这边。原来，老赵偷偷摸摸地把家给复制了。主卧的门关着。小夏来到门前，叮叮当当地选择钥匙。门忽地开了。小夏惊得一倒退，发现开门的竟是自己。天哪，她长得就像是我的亲妹妹！她们相互打量，仿佛在照镜子。照着照着，她们的目光都分别落在了对方的左手腕子上。

老赵犯重婚罪，被判了刑，被关进了监狱。大部分的时间里他都不可能高兴，偶尔高兴了，他就对身边的犯人说："在这个世界上，至少有两个女人想我。如果我死了，起码有两个女人会哭……"

"呸！"有人打断他的话，骂骂咧咧地说，"别牛 B，恨你的人也有两个。"

| 作品点评 |

信任危机的出现是风险社会来临的一个表征。东西最近的几篇作品都着眼于对风险和不确定性的描绘与表达。《双份老赵》里的老赵，由于担心自己的东西会丢失，把他所拥有的东西都备了双份。他做什么事情都要未雨绸缪，留下后路，钱不肯存在一个银行里，买菜习惯买两份，甚至戴避孕套也要戴两个，怕一个会破掉不保险。因为"不敢保证孩子将来不患绝症、不被误诊、不出车祸、不遇自然灾害、不被误伤、不被误判、不被强拆"，所以他想让妻子生养双胞胎。生双胞胎的计划失败后，他另买了一套房子，装修得跟原来的住所一模一样，房中还另有一位女主人，长得跟妻子一模一样。这个充满夸张、讽刺的故事背后，是人们对未来的不确定感，所以力图降低风险的可能性。

——张柱林：《焦虑时代的精神表征——东西小说论》，《中国现代文学研究丛刊》2013 年第 8 期

下楼

陈
谦

这是丹桂回国任教的第一堂课。她在讲台边立定，看着梯形教室里那些表情兴奋的年轻面容在南国初秋明艳的光影里浮动。在比弹指更为短暂的恍惚间，"孩子们"这三个字一把替下她在心里嚼得烂熟的"同学们"，脱口而出。她清楚地听到了窃笑声——她自己未及不惑。丹桂微低下头，很快地又抬起。你们不知道——她的陈述从这里开始。无穷的未知。丹桂甚至都不能肯定地知道，自己选择成为创伤心理学者，今天又作为"他们自己的孩子们"之一站在这里，是不是出于偶然。

去美国之前，丹桂已经读下了广州中山医科大学脑神经学科的硕士学位。也正是从那时起，她开始意识到自己当年选学这样的学科真是出于误解。丹桂原以为，走进人类大脑的深部，打开并修正那些纵横密布的神经网络，可使很多人的人生通向坦途，包括自己的。可越往深走，那些愈加错乱纠结的网络变出更大的迷宫，歧途四布。让丹桂更为失望的发现是，它们其实不过是被动的反应机体，只能对外部的刺激源和操纵体做出最本能的生物性反应。而人在现实的世间得救还是毁灭，取决于另外的力量。那是什么力量？丹桂顺着现代医学世界提供的藤蔓，看向了一条通

作品信息

原载《上海文学》2011 年第 4 期，《新华文摘》2011 年第 12 期转载，入围第二届郁达夫小说奖，被汉学家罗福林教授译成英文，刊发于《人民文学》杂志英文版《路灯》2014 年秋季刊；入选洪治纲编《2011 中国短篇小说年选》(花城出版社 2012 年 1 月出版)。

向心灵处所的深巷。那里幽黑曲折，分岔重重，父亲的出路，可能在任何一个拐角上等着她。

丹桂对父亲毫无印象。她和他在尘世里的父女关系，被定格在几张小小的黑白照片里。在那里，父亲连相貌都是模糊的，唯有他圈牢她的手臂，在颗粒粗大的小纸头里像是救生圈，将她小小的脑袋安稳托牢，让她在想象中得到些许安慰。直到上世纪 80 年代早期的那个春天，她偷看到了父亲最后的遗墨。那是父亲用斜长字体画写在发黄日记本里一行大过一行的"吃人！吃人！吃人！！！"。这是父亲仿照《狂人日记》的呐喊？或是他受到惊吓后嘶声的悲鸣？还是在指说他见证过身边的人吃人？丹桂一头扎进了在深黑巷间与父亲不时猝然相遇的梦境。在梦中，她从来看不到父亲的脸，他总是在她几乎要扯到他的衣角时，突然消失在小巷尽头的一个铁盖下面。每一回，她都在撞不开小巷尽处黑沉的铁盖时惊醒。

丹桂相信，那铁盖是一个隐喻。十二岁那个早春第一次梦见父亲后，她跟外部世界联系的经纬被那个梦境切割得支离破碎。她成了一个背负着秘密的孩子。当丹桂意识到脑神经学科提供不了撬脱铁盖所需的力量，修读心理学便成了她心中一个朦胧的念想。

跨出中山医科的校门，丹桂连气都还没喘顺过来，一头就扎到冰天雪地的明尼苏达。由于专业对口的优势，像她那些在美国各大学生物生化相关专业里顺利拿到资助的大学同学那样，丹桂在双子城里靠当研究助理拿到了明大的资助，顺利读下了生物化学硕士学位。同学们多数选择在同一学科领域继续深造，丹桂却生出犹豫。她开始向生物公司寄发求职申请，希望由此进入一个缓冲地带，有更多时间来决定将来的道路。

总部设在西雅图的康达生物制药公司，很快给丹桂发来了面试邀请。丹桂利用学校的春假飞抵西雅图，走完了一整天的密集面试程序后，直觉告诉她，她该做好在秋天里搬到西雅图并开始新生活的准备了。

面试结束后的周四傍晚，丹桂住到了她当年在中山医科的学姐晓红家里。一直单身的晓红插过队，披着一肩跟自己年龄不很相称的蓬松长发，正在华州大学心理系拼终身教授资格。多年未见的她们，那天一直聊到深夜。当话题转到晓红如今的学业领域时，丹桂讲起了自己修读心理学的念想，那念想的来历，那来历间的种种困惑。晓红安静地听完，自语般地轻声说，如果你有这样的心志，你该见见戴比。

晓红应该是凌晨时分给系里刚从杜克大学挖来的新生代女教授戴比·斯特林博士发去电邮的。晓红告诉丹桂，戴比的研究方向是创伤心理学。作为学界新秀，戴比当时从美国国家健康研究院（NIH）申请到一笔相当可观的四年期研究基金。作为对新进教授的扶持，华大同时有相应资金跟进。丹桂到西雅图时，戴比正在积极招兵买马，着手创立一个自己的学术研究团队。

丹桂不曾听说过"创伤心理学"。她按晓红的指点，在网上点开戴比·斯特林的网页，随着一个个链接走进这个心理学科新兴支流的深处，立刻被吸引住了。有一刻，她蒙住了双眼，感觉那个关于父亲的梦就要回来了。网页上一条条的链接，都在指向那个黑巷路口沉重的铁盖。

戴比在周五一早，就给晓红写来了简短回信，说丹桂可以在当天下午两点到办公室来谈谈，并让丹桂直接跟她联系。丹桂立即给戴比写了一封电邮，小心地描写出自己不长不短的来路——中国；广西；武宣；万里求学的旅程。她在信中告诉戴比，她在中国"文革"的氛围中出生成长，其间的种种困惑，让她对心理学产生了浓厚兴趣。丹桂将"浓厚"这个词删去又敲出，再删去，最后还是决定必须由它来修饰她的志向。但她没有告诉戴比，她度过童年的武宣县对这"浓厚"的生成贡献过什么。她更没有告诉戴比，父亲是在她三岁那年吞下过量安眠药，沉入穿流县城而过的黔江自杀身亡——其时，距武宣"文革"中发生的震惊中外的吃人事件已有六年光景。

丹桂不知道父亲经历过什么——按母亲的说法，作为"文革"后第一批分配来广西的大学生，时任武宣县"革委"文教办年轻干事的父亲，除了童年被仓皇出逃台湾的父母留在福州深巷里，与孤寡的祖母靠糊纸盒度日时经历过的那些无依日月，再不曾有过更大创痛。母亲每每说到这里，总要叹息，然后说，你要做一个开朗的人，不能像你的爸爸那样钻牛角尖，最后连命都搭上了。丹桂越往大长，越难以接受母亲如此潦草的说法。如果不是难愈的重创，一个男人，在他未及三十的黄金年华里，怎么可能抛下三岁幼女和年轻妻子，自没于时光的苦海深处？父亲创口的瘀血汇入黔江，百回千转之后，在她十二岁那年灌入她的心底。她从此也成了一个有着创伤的人。深重的创伤。或许，接近戴比·斯特林，她就有了走出那个黑巷的可能？

晓红在领丹桂去戴比办公室的路上告诉她说，我比你年长好多，看过那么多的事情，晓得人最要紧的是看顾自己的心志。美国人讲那是"内心呼唤"。当它一旦发声，人最好不要错过它，不然会成为终生遗憾。人生很短暂，我们可以控制的事情，应该尽量不要让它变成遗憾。至少要试一试，对吧？见丹桂不响，晓红轻轻拍了拍她的手臂，说，不要紧张。心理学专业的资助可不好拿，再说你还不是这个专业的，就当是去碰碰运气。丹桂点头。晓红又说，戴比的学术能力和公关能力都非常强，有那种天生的明星气质，我真是很难赶上的。她如今刚到华大，一切正在起步，手里有研究经费，又很需要学生。而且她的专业方向真的很有意思，你如果能进去，一定可以学到很多东西。见丹桂听得表情凝重起来，晓红笑了笑，又说，见面谈话时，自然就好了。她们见过多少世面的呀，很少会误读的。

丹桂来到办公室门口时，戴比刚从课堂里出来。戴比个子很高，架一副无框眼镜，镜片后一双大眼睛有种特别的清亮，一头深栗色短发，在额前高高地用发胶固定出挑染过的短短一丛，晃着一对雀蓝印第安图纹的长坠耳环，胸前夸张的硕大银件饰物上有着同色调的珠饰，薄薄的嘴唇上涂着带荧光的浅色口红，熨得极为妥帖的纯白棉质长袖衫，一条纯湖蓝的薄棉质长裙，从一双布面麻编底的高跟拖鞋下露出刷成银灰蓝色的脚指甲。丹桂多年来习惯了素颜素面的理科女教授，一下撞上戴比，忍不住有点分神。丹桂在戴比这儿，看不到半点跟"创伤"有联系的痕迹，令她先前的些许紧张，和对自己选择的不确定所产生的焦虑，一下松懈下来。

戴比示意她坐下。丹桂是医学本科，脑神经和留美生物化学硕士的学历背景似乎让戴比很感兴趣，她开始问丹桂一些基础神经科的问题。可还未说上几句，电话就响了。戴比拿起电话，在简短急促的两三句对话间，脸上的表情就冻住了。丹桂屏着气迎上戴比冰凉的眼神，恍惚间看它在镜片上映出了一对白亮的"伤"，急忙甩了甩脑袋。戴比放下电话，起身一边收拾东西，一边急速地说，很抱歉，我必须得走。我在华大医学院看诊的一个病人出了紧急状况，有自杀企图，我必须马上赶过去。丹桂立刻站起身，说，你快去。戴比领着丹桂一路急步出来，连电梯都来不及等，一边急步下楼，一边说，晓红是我很看重的同行，她对你的评价很高，我对你的背景也很感兴趣，可惜就这样给打断了，真是很抱歉。噢，晓红说过你明天就要离开西雅图的。我会尽量争取在你走前能和你再见一下。丹桂说，你快忙去，我的事不急。戴比说，好，你等我跟你联系！没等丹桂回答，她就几乎是小跑着冲往停车场。

戴比在下午五点刚过，果真给晓红打来电话，请丹桂傍晚六点半到华大教工俱乐部餐厅碰面。晓红傍晚开车沿着湖滨林荫道将丹桂送到那里时，丹桂发现那餐厅是在一座紧靠华盛顿湖的楼里。车子靠着路边刚停稳，她们就注意到大楼开放式的前庭上站了许多人，靠近一层电梯口的地方更围出了一圈人墙。晓红让丹桂快过去看看发生了什么事情。丹桂一问，说是电梯坏了，正在抢修。丹桂回来告诉晓红，让她放心离开，留她等一会儿就好了。晓红看了看表，说，你别等了，马上就到点了，你快找楼梯走上去吧，迟到了可不好。丹桂应过，道了别刚走出一步，就被晓红摇下窗叫住。她停步，只听晓红说，戴比愿意为你花这么多时间，是很特别的。你好好往上走，等下楼的时候，肯定就是好消息！丹桂一愣，随即有些淘气地朝晓红回了个笑，挥挥手，转身去寻楼梯。

丹桂微喘着跨进位于六楼的餐厅时，餐厅里的酒吧已是人声鼎沸，电视里正在放橄榄球赛的实况转播，起哄和叹息声相互追逐，在有限空间里轰成噪音。戴比迎上来和她握了手。丹桂拉高了声问，你的病人没事吧？戴比迟疑了一下，表情有些犹豫地说，目前是稳定下来了，唉，还有很长的路要走啊。随即又说，今天下午真是对不起了，希望你喜欢这个餐厅。丹桂有些紧张地摆摆手，感觉不妥，又赶紧点头。戴比会心地笑笑，领着她往里走，一边说，今天是星期五啊，好在订了位。你要知道，我这样中规中矩的时候并不多的。

她们很快被领到窗边落座。从巨大的落地窗看出去，太阳正在下落，四周的水面一片通红。湖汊远处接往开阔的海湾。丹桂这时注意到戴比上衣的领口绣着一圈本色的曼陀罗花饰，让她想起荣格对曼陀罗的情有独钟，正想由此说开，戴比示意她一起先点菜。合上菜谱的时候，戴比忽然说，我看你在电邮里说，你的家乡就在中越边境上？丹桂点头，说，我来自中国的广西，那是中国与越南接壤的一个省份。准确地说，那是一个少数民族自治地区，那里住着中国人口最多的少数民族，叫壮族。戴比表情有些好奇地打量着丹桂，说，你确实长得跟我见过的大部分中国人不大一样。那你是壮族人吗？

丹桂答道：我母亲是壮族人，所以我是二分之一的壮族人吧。戴比表情认真地说，那么壮族人好看的。丹桂笑着道了谢。戴比深深地盯了她一眼，说，我见过的中国人，很少有你这样立体感的大眼睛的。丹桂咬着嘴唇，抬抬眉，没响。她知道自己的眼窝像母亲的那样，是有些深的。戴比又问，那你们当年对"越战"担心过吗？这样的话题，由戴比这样的美国人提起，听上去很有几分天真，让丹桂忍不住想笑，可出于礼貌，她得接下这个话题。她开始讲起小时候见过的那些防空洞，大人们总是说，它们是用来防范美国人从越南飞过来空袭的。说到这儿，丹桂想起初恋男友凯鸽跟她说过，他在防空洞周边度过的快乐童年，心里有些伤感。

丹桂点的冰茶正送上来。她喝着冰茶，看到静坐在夕阳余晖中的戴比，一身的色彩跟自己手上的冰茶融成一体，温暖安详得令人感动。她完全放松下来，手不停翻动，凯鸽那些防空壕里的蘑菇，青蛙，蛇，都变成了她的。看着戴比黄昏中越瞪越大的眼睛，她的故事愈发离奇。她被自己的故事打动了。戴比表情非常专注，眉毛随着她的语气和语调挑起，平落，或皱结。戴比最后果然拿出主持小组讨论的教授派头，双臂抱在胸前，哼了声说，噢，太好笑了！其实美国哪里有轰炸中国的意图呢！丹桂说，我说的是那时候的中国啊。那边戴比的脸色突然严肃起来，若有所思地点头，嗯，那就是共产中国了，还有"文化大革命"。我理解你们所有的经历。丹桂一愣，未必——她在心里接上一句，嘴上却说，这是为什么我对你的研究有兴趣。这是真话。只是她没有说，最要紧的是她给堵在梦中父亲出没的黑巷里冲不出去，她其实是想找一个可以突破的缺口。

　　戴比点点头，脸色有些庄严，说，我明白了。可你们国家闹"文化革命"的时候，你还很小啊。让我想想，你那时出生了吗？这时，她们点的蛤蜊汤和主菜上来了。丹桂刚想开口接戴比的话，戴比将手里那把正在往面包上抹奶油的刀停下，摇了摇，说，你等等。她的眉头皱起来。不到一秒钟，将餐刀搁下，说，你知道吗？那还是我在耶鲁的时候，有年秋天，九三年那样吧，我跟导师杰里·彼得森博士去上海开过一个国际心理学会的年会。杰里，噢，你知道杰里·彼得森？戴比问。丹桂赶紧点头，她这几年对美国心理学科的版图是下过点功夫跟踪的，杰里·彼得森是美国心理学的前辈大师级人物，沿革的是荣格学派，对东方文化跟西方心理学的交融有独特贡献。

　　嗯，杰里。他早年在苏黎世留过学，后来在哈佛完成他的教育。我是跟他到了上海才知道，他年轻的时候热恋过一个哈佛女同学康妮。康妮是个中英混血儿，学英美文学史的，她的博士论文你猜写的是谁？戴比盯着丹桂，问。丹桂摇头，等她的下文。戴比将奶油抹到一片面包上，递过来，笑笑，说，亨利·詹姆斯！哈哈，那个老头！丹桂不很明白这有什么可笑，便不吱声。戴比说，亨利·詹姆斯的老哥是心理学大师啊，这倒让杰里跟康妮有联系了，对吧？丹桂安静地喝着汤，听戴比接着说，可那个姑娘爱的是一个来自中国的留学生唐先生。唐先生是个好人家的孩子，非常聪明。他拿的是旧中国国民政府的钱，公费来美国留学的，是研究中国古代青铜器的专家。完啦，杰里的心碎了。他们念完书，那姑娘，噢，康妮随唐先生回中国，到了上海。唐先生在大学里教书，康妮做些文字翻译方面的事情，结婚生子。我看过他们的结婚照，很美的一对人儿。两人都穿着中国式长裙。丹桂听到这儿，"噗哧"一笑，说，男的那叫袍，长袍。戴比耸耸肩，说，袍！对不起，我总是搞不清。可怜的人儿，他们的好日子没过几天，接着就是红色中国几十年的隔绝。

戴比喝了口汤，又说，我们到上海时，杰里托接待我们的中方人士好不容易找到了他们的下落。你猜怎么了？丹桂心里一个"咯噔"，开口就说，他们自杀了？

咦，你怎么知道？戴比一愣，盯牢她看。丹桂轻搅着汤，说，猜的。戴比拧紧了眉，点头说，他们说，打听到那个唐先生，在"文革"中已经跳楼自杀了。丹桂听到这儿，身子就有些僵住，几乎就要脱口说，我爸爸也是在"文革"中自杀了，但话一出口，却变成：啊，中国那时自杀的人太多了。戴比听了摇摇头，眼睛微眯起来，表情看上去很痛苦，说，太可怕了。你还小吧，那时。好在你还小，感觉不到那种疼痛。

丹桂原来捏在桌边的手松开了，在桌下摊开，无法自制地有些抖。戴比注意到她的表情，问：你没事吧？我还要说下去吗？丹桂将喉头憋紧的一口气轻缓地呼出，点点头。戴比接下去说，我们就去看那位太太。康妮？丹桂轻声问。是，康妮。她住在上海市中心一条僻静的小街上，我记得是离美国领事馆很近的地方，街边有很茂密的梧桐树。走在那一带，你会在某些瞬间，根本想象不出自己是在共产中国了。那个太太那时该有七十出头了，打了条纯白的长辫，在脑后整齐地盘起来，高高的个子，身板挺得特别直，真是一个好看的老夫人。我印象特别深的，是她穿的那种粗布的衣服，样式很简单，几乎都是直线条，跟她那种很欧化的、轮廓分明的长相之间，有种特别的张力。她站在楼梯口等我们——她的儿女之前告诉我们，自从她的丈夫在"文革"中自杀后，康妮二十多年都没有再下过楼！你能相信吗？二十多年啊！二十多年再不曾下过那个楼梯！

丹桂正在吃沙拉，下意识地一下就咬住了叉子。她感到冰凉的铁叉在舌尖戳出一片刺痛。戴比摇摇头，说，难以置信吧？但那是事实。康妮的肤色很白。我见到她时，她老是老了，仍然很优雅，那双深陷的大眼很亮。康妮跟杰里在楼梯口紧紧地相拥着，两个老人都流了泪。康妮将我们迎进她的小屋里。那是一栋很老的西式洋房，似乎住着好些人家。她住在楼上一个小小的单元里。木头的地板都发黑了，家具不多，清一色的明代家具。康妮告诉杰里，那些都是唐先生的收藏。从美国回来后，唐先生只要有点余钱，就去收明代家具。"文革"给抄走了很多。也许是那些家具的颜色和风格吧，塞在那么陈旧的狭小空间里，让整个房子生出一种令人压抑的陈旧的暗。屋里最引人注目的是一台直立的老式斯坦威钢琴，我是在那上面看到康妮和唐先生的结婚照的。

那是深秋了，窗子大开着。窗外是梧桐，叶子开始掉落。寒气很重。我们坐着喝茶说话。康妮话不多，英文带很重的英国腔。说起她丈夫的离世，她转过身看着杰里，说，唐，那么温文的一个人，他自杀了四次才死成的啊！杰里握住了她的手。出来后，杰里告诉我，她的手冰得让他老想打战。康妮重复了好几遍：四次！前面都给抢救回来了。割腕，上吊，开煤气。他真笨啊，选的每一种死法，都那么痛苦。中国没法弄到枪，不然能像海明威、福克纳那样，他就不用吃那么多苦头了。丹桂想，她的父亲吃安眠药之后沉江了。他一次就成功了，应该没吃很多的苦头吧？这个想法让她得到些安慰。

戴比又说，你猜唐最后是怎么死的？他跳楼。说"跳楼"时，康妮指了指窗外，她的手在那个瞬间看着像玉一样。她朝窗外点了点。杰里很轻地问，从这儿？当然不是，他计算过的。从关他的楼里。他跟看管他的"红卫兵"说要上卫生间。他说腿实在不行了，蹲不住，那天要去大楼另一边有马桶的老式卫生间，他们就让他去了。他们看着他扶着墙一步一步挪过长长的走廊去。他一拐进那卫生间，就爬上窗口，一下就栽下去了。六楼。康妮说，她去看了现场。她平静地说，血倒还好，但那一地的脑浆！原来脑浆是那个样子的，一地的豆腐花一般。我才知道，人和物是可以这样转换的，唐，那么一个活生生的人，就那样，中国有句成语怎么说的，肝和脑掉到地上？丹桂的身子哆嗦了一下，知道那说的是"肝脑涂地"，就说，我知道的。戴比就接下去说，可你猜康妮怎么说，她说，在那个瞬间，她甚至觉得自己都解脱了——唐若是如此执意，他得到了成全。虽然她知道，作为基督徒，唐不应该选择这样的道路。你能想象吗？康妮说她站在那现场时，一滴泪都没有流。

康妮没有告诉我们，她从此就再也不肯下楼了。那么多年来，中国的"文革"过去了，她的子女亲友也一直在劝，说世道变了，变得好起来了，你要出去走走，亲眼看一看那个新世道啊。可就是劝不动她，后来只能放弃。她日复一日，每天就独自看书，长时间地冥想——没人知道她在想什么。她完全拒绝电视、收音机。日常的饮食家用，就靠子女亲戚和邻人帮忙捎买，后来年纪太大了，就请了保姆照顾生活。杰里问她是不是还弹钢琴。康妮说，那钢琴"文革"后还回来时，就已经坏掉不能弹了。它是唐送给我的结婚礼物，如今就是一件家具了。若不是亲眼所见，谁能相信这样的事情？

丹桂感觉眼睛无法聚焦，戴比在很近的地方散成光影。她将手里的刀叉放下，呼出一口长气，看到戴比领口那些繁复美妙的曼陀罗慢慢复合，围成洁白的花环。你还好吗？戴比轻声问。嗯，丹桂应着，想递个笑，没有成功。她等着自己的情绪安定下来，利索地拿起刚才搁下的叉子，掩饰地在沙拉盘里划拉起来。

戴比喝了一口冰水，又说，我怎么竟说起这些。嗯，我是想说，如果你想了解什么是心理创伤，那就是最典型的心理创伤的表现。杰里告诉我，可惜他没有机会给康妮亲自做治疗了。如果上帝给他机会，他愿意慢慢领着她走下那些台阶。而且我们都相信，这是心理学可以征服的领地。荣格甚至在很多很多年前就已经给我们做出了多次成功的示范。遗憾的是，到了那时，杰里能立刻做的，就是在离开上海前，给康妮买了台小型跑步机送去，他希望它至少能在提高身体素质方面对康妮有所帮助。

那个黄昏我们从小巷子里走出来，拐到大街上时，正碰上下班高峰时段。人流车流洪水一样地席卷而来。杰里在街边站住，看着街上的车水马龙久久发呆。我不敢打扰他，过了好一阵，他才转过头来跟我说，你看他们——他指着暮色中行色匆匆的人们，说，你抽象地想，他们每一个人其实都是从唐惨死的时代里熬过来的啊，那里面有多少的苦难，有多少的康妮？各种各样的康妮，会影响到身后几代人的人生。他们需要救治。可惜，我已经太老了，他们需要他们自己的孩子们来做这个事业。

说到这儿，戴比停下来，温和地说，你多喝些水。丹桂点点头，喝了口水，问，我想知道，创伤心理学具体能为康妮做些什么呢？戴比说，这个问题问得好。

这个学科如今在心理学领域有渐成显学的趋势，一下要将来龙去脉讲深讲透当然不行，它本身也有很多分支，理论和流派很多。好的，我们从杰里喜爱的荣格说起。

荣格的一个经典实验，是给石油大亨洛克菲勒那位患有恐旷症的女儿做治疗。那位富可敌国的洛克菲勒家族的大小姐的症状之一就是不能乘火车旅行，其实这跟恐高症是一样的道理。她在请不动荣格到纽约为她专门工作后，去了瑞士求助于荣格。荣格建议她沿着苏黎世湖连续不断地乘火车旅行。她的专列沿着湖岸的每个车站缓慢地开开停停。她的司机就开着劳斯莱斯轿车在每个车站等着，当她无法忍受时，就让她有离开那趟火车的机会。慢慢地，她有了进步，每天都能乘着火车走得更远些，最后成功地乘车到达了弗尔德巴赫。未等丹桂说话，戴比又说，这个案例是对创伤心理治疗理论的一个明晰注释：最要紧的是对创伤不回避。就像面对一个伤口，不要捂，要尽可能地让伤口暴露，身心会在这个过程中逐步适应，接受。说得具体点，比如康妮，最关键的是要让她讲出来，反复讲——倾听的人，比如心理学家，要能让她开口谈出来，最要紧的当然是得到她的信任。那肯定会是一个漫长而痛苦的过程。康妮的孩子就告诉我们，康妮站在丈夫自杀现场时的感受，连他们都是第一次听母亲谈起！我想这是因为她很信任杰里。这里有很多深刻的道理，我希望我这简单的回答对你理解这个领域有些帮助。

丹桂安静地点头，说，谢谢你。这确实对我很有帮助。心下随即又有些伤感，她竟从来不曾有机会跟人透彻地谈过自己死于非命的父亲。凯鸽听不下去，或是没有耐心听下去，他们分道前行。就连自己的母亲，都不愿意倾听她的困惑。从她十二岁那年起，她每一次向母亲问起，母亲都用"向前看"的高调将她拦截，然后潦草地将她抛回那条游窜着父亲幽灵的黑巷。

这时，丹桂又听到戴比有些断续的声音：我听到康妮去世的消息，那是我到杜克以后的事了。是杰里在电邮里告诉我的。康妮在丈夫自杀身亡后，再一次下那个小楼，竟是在她死后无可选择时，被人抬下去的。我给杰里打电话，想要安慰他。杰里的情绪很平静，他说，这对康妮是一种解脱。她到她的神身边去了。只是，康妮下半生无法消解的伤痛，让作为心理学家的我感到深深的愧疚。挂上电话前，杰里说，丽莎，就是康妮的女儿，给他说了一个细节，康妮遗体移去时，亲友和邻人，都哭着围在楼梯口强调，一定要将覆盖她的毯子披实盖牢，不能让她与楼下的那个世界直面相向，哪怕她不得不穿过它去向永恒。

丹桂双手把持到桌沿上，支持着自己挺直腰身，安静地听完戴比的话，脱口说，我多么愿意我那时就能做杰里的学生啊！戴比很轻地点点头，然后取下眼镜，用衣角小心地擦了擦，想了想又说，可惜太晚了。杰里如今已年过九十，住在佛罗里达的老人公寓，已经离不开轮椅了。戴比戴上眼镜，直视着丹桂，轻声说，如今火炬递到了我们手里。丹桂听到戴比用了复数"我们"，心情竟有些轻松起来，转念又想到自己的母亲。丹桂第一次意识到这个细节：母亲当年去给丈夫收尸了吗？母亲当时看到的是什么？她竟然从来没问过母亲。可就算她问了，母亲大概也不会讲的。她母亲走的是另外的一条路。她们小时在武宣，后来到南宁，都是住在平房或一层里，母亲推门出去，就是人世间了。母亲不仅没有退缩，反而在那里面不停地上楼，仕途通达，越升越高，到达了让丹桂难以理解的高度，变成压在暗巷深处黑沉沉的铁盖上的又一块重物。

你猜我在想什么？戴比忽然问。丹桂回过神来，摇摇头，等戴比的话。在听过我讲这个故事的人们里，你是反应最镇定的，这很特别——丹桂微低下头，很快地又抬起来，盯着戴比的眼睛，很轻，却很平静地说，因为我也曾经穿越康妮涉过的那条河。未等戴比反应，她又接上一句，我到过那里——我的父亲在我三岁的时候就自杀了。我其实对他没有一点印象，可他却永远不能被我的记忆清零。戴比抱紧双臂，将身体靠到椅背上，好一会儿，气色才慢慢活转过来，说，这真让人难过。也许将来，在适当的时候，你可以告诉我更多的细节。

戴比那夜将丹桂送到晓红家门外时，天已经黑透。临别时，戴比轻轻地拥抱了一下丹桂，说，我们保持联系。一个出色的心理学家，当然需要有同情心，有激情，更需要扎实的学术素养，在这之上，其实最重要的是有理性的心智。你到过那儿，但你仍然能从一个观察者的角度冷静地聆听整个过程，我从你身上看到了成为一个出色的科学家的潜力。你如果真有想要修学创伤心理学的打算，回去认真想想，还要跟学校的国际学生顾问尽早联系。我的一些国际学生常在转换入学所需的签证表格 1-20 时出麻烦，耽误了入学时间，要当心。丹桂点点头，说，我会做的。

和戴比道了晚安，丹桂转身走上晓红家门外的台阶，想起晓红傍晚在餐厅楼前放下她时说的竟是"等下楼的时候，肯定就是好消息"，一下站住了，转头望去，只见戴比车子的尾灯在幽黑的林荫道尽头忽闪成两只血红的泪眼，渐渐移远。丹桂安静地坐到台阶上，慢慢地擦净眼角的泪。

丹桂在那年暑假开始之前，果然拿到了华盛顿大学心理学系的录取通知。1-20 表上标示出戴比·斯特林博士将为她提供修读博士学位期间的全额资助。

| **作品点评** |

《下楼》是一篇充满叙事智慧的小说。它避开了对沉重历史进行正面强攻的方式，巧妙地通过一个中国留学生与一位创伤心理学教授的短暂交流，缓缓打开了沉重而又深邃的历史之门，并让人们意识到灾难之后的余伤远未结束。无论是丹桂、杰里还是黛比，他们如此地关注人类的心理创伤，既是自救也是拯救他人，拯救爱。它将中国的"文革"作为一种内心隐秘的创伤性记忆，扩张到世界性和世代性的命题之中，尖锐，缠绵，幽深。同时在叙事上，它又声东击西，化繁为简，耐人寻味。

——洪治纲编《2011 中国短篇小说年选》，花城出版社，2012，第 8 页

作者以小切口——中国留学生与创伤心理学教授的短暂交流，缓缓打开了沉

重而又深邃的历史之门。"文革"的创伤性记忆，隐喻于"下楼"的逃避与隐秘的惨烈之中，尖锐而温情、幽深而绵长，令人追寻。

——第二届郁达夫小说奖评委张燕玲评语，载《第二届郁达夫小说奖·短篇小说终评备选篇目及审读委成员评语》，《江南》2013 年第 1 期。

短篇小说《下楼》的叙述有三个层面：叙述的现在时，是主人公丹桂的课堂现场，这是她作为年轻的归国心理学者在所任职大学的第一次课堂讲授。她所面对的 90 后学生，在开放时代出生长大，身处信息爆炸时代，却对 30 多年前的重大历史场景和意义似乎全然不知。这是主人公的长篇心理活动也就是之后文本的整个叙述展开的触媒，这一场景虽只有开头的一段文字，但构成了文本叙述最外围的结构层面。

多年以前丹桂与戴比教授的第一次见面与对话，也就是丹桂在报考美国华盛顿大学攻读博士学位时的入学面试，则是故事的核心。它决定了丹桂后来终于成为一位创伤心理学者，并且使她最终完成心理创伤的自我疗救的关键，这是文本叙述的第二个层面。戴比教授与叙述者一样，对丹桂这个中国学生的考察（呈现），除了心理学专业能力以外，更关注的是专业选择背后的个人心理原因。她们之间的对话及心理活动（后者主要是丹桂），引出了两条叙事线索：康妮夫妇的"下楼"故事和丹桂的创伤记忆。"下楼"故事由戴比转述，而丹桂的创伤记忆则更多是由她的紧张的意识流动来完成："文革"中，她父亲在经受政治摧残后的自沉，在她的童年记忆中留下阴影，她最近所发现的父亲的绝笔，她的困惑、震惊与母亲态度的对照等，这些情节的叙事，都通过意识呈现来完成。

小说叙事的第三个层面，才是关于另一位中国女性康妮及其丈夫唐先生的"下楼"故事：一对具有家国情怀的夫妇，年轻时选择了学成归来，为新中国建设出力，但"文革"中遭受摧残，丈夫跳楼以死抗争，而妻子康妮则一辈子不下楼，直到死后才不得不被"下楼"。这是小说题目所提示的情节焦点，却是经戴比教授的转述（其导师杰里·彼得森的自述）而呈现的，如果再算上叙述者的话，这个"下楼"故事按理是作品最为关键的情节，却被作者一层层包裹得最深，它们包括：作品叙述者——丹桂在讲课现场的意识回闪——戴比教授在当年面试丹桂时的转述——耶鲁大学心理学教授杰里·彼得森在更早时候对学生戴比的自述。

这三个层面，构成了《下楼》类似故事套盒式叙事结构，又以各自的时空错位与对照，使作品具有多重的意涵张力。也就是说，这层层包裹式的结构，其叙述意涵并不仅仅由处于最内层的"下楼"情节来独立承担，作品的整体意义也不是这三个层面意义的并列或简单相加，而是在错位、矛盾和对位中，形成进一步的相互对照。比如：在华盛顿大学教授餐厅的那场入学面试，戴比的探问和陈述，与丹桂紧张的心理活动之间的对位；戴比所转述的康妮夫妇的"下楼"悲剧与丹桂意识流中呈现的父亲自杀故事之间的对位；康妮的死后不得不"下楼"与丈夫唐先生的"下楼"而死（跳楼）所形成的对位；康妮拒绝"下楼"的偏执与丹桂母亲在"文革"后以丈夫的蒙冤作为资本，谋求腾达与利益之间的"下"与"上"的对位；而丹桂的职业选择与安身立命的命运转折，又是在约见戴比，在教授餐厅的上、下楼之间得以完成。此外，在杰里、戴比与丹桂之间，不同历史背景与文化传统所导致的对"文革"悲剧的反思，在价值立场、理论依据与切入角度等方面的差异与相通的对比；小说一开始就借父亲的绝笔把忏悔的历史追索至鲁迅笔下的狂人对"吃人"的控诉，使"铁盖"与"铁屋子"意象遥相呼应，不仅把反思"文革"与五四新文化运动的批判传统相连接，也以具象方式溯源了现代文学史的叙述传统；而现在时态所叙述的主人公第一次走进大学课堂时的现场感受：新生代学子的"明艳""光影"里的"兴奋"与"窃笑"所显露的对历史记忆的茫然无知，正凸显了丹桂（或者叙述者，同时也是作者陈谦）对新时代进行"文革"反思的迫切感，以及对启蒙责任与身份认同。

这种同一层面和跨层面的人物、情节、意象与叙述方式的多重张力，构成了小说繁复多义、重叠交叉的种种复杂意蕴，它们又共同指向对个人创伤、历史悲剧以及相互关系的追问，因而在体现作者的叙述与结构的巧妙用心的同时，也强化和复杂化了这种历史追问与个人反思的精神内涵。这种在空间上跨越了中西方不同的文化和思想传统，时间上穿越了不同的历史阶段，同时又兼顾了个体与国族立场的历史忏悔与思想拷问，就有一种特有的深邃而可感的力量。

　　——宋炳辉：《陈谦小说的叙事特点与想象力量》，《中国现代文学研究丛刊》2012 年第 8 期

灵魂课

朱山坡

　　店铺位于民主路和普陀路交接一角偏左靠内的黄金地段。往东，是白沙长途汽车站，往西，是风景秀丽的灵山大道，路的尽头是殡仪馆。几乎就在店面的正面，高大的电线杆一侧，是 19、27、323、398 路公共汽车上落站。公交车方一停稳，一群乘客冲下来，另一群乘客挤上去，然后车门关闭，把他们往南湖菜市场和海洋公园方向带去。那些在这里下车的乘客，一部分越过马路对面闪进五月花小区或民族棉纺厂，另一部分便拐过店面从侧门进入肿瘤医院，这一部分基本上是患者，或者是去探望患者的，至少跟病患者有关，也许还有一些是去处理后事的，脚步匆匆，若有所思。他们的脸上鲜有笑容，即使偶现的一丝笑意也马上被尘埃、汽车尾气和福尔马林的气味凝结了。但这里毕竟算得上熙熙攘攘，川流不息，各店铺寸土必争，门门都摆满了应该摆放的东西，显得异常拥挤，行人倒也习以为常，脚尖绊着那些特别的物品也不会发出惊叫，从容、豁达、不动声色。他们中的一些人偶尔会抬眼看看头顶上的店名，本来波澜不惊的脸孔突然露出错愕的异样，甚至还悚然一笑，让人察觉到了他们虚无的表情。

　　这里一间挨着一间的大都是寿衣店，也有棺

作品信息

作品信息

　　原载《收获》2012 年第 1 期，进入中国小说学会 2012 年"短篇小说排行榜"，有日译本在日本《中国现代文学》2013 年第 11 期发表。

材店，还夹杂着花店、香火店和快餐店。我谋生的这间店铺，实际上是两间，上下楼，一楼是吉祥寿衣店，二楼是客栈，空间都很窄小，每间也就二三十来平方米的样子。我的老板娘是一个中年妇女，善良，精明，也有慈悲情怀，我很少看到她的丈夫，听说他在外面有了别的女人。寿衣店的生意比较忙，要招揽生意，看到神情哀伤的行人经过得以恰当的表情和言语让他们留下来，宽慰一番，然后再推介各种款式的衣裳。逝者是男的还是女的，瘦的还是胖的，身高、年龄、身份、生前喜好都要问清楚。大多数顾客都比较挑剔，而且脾气不好，得赔尽小心。而客栈则清淡得多，偶尔才来一两个顾客，来了，也是放下或取了东西便走，或者看一眼东西就放心离开，他们说话比我们还客气。卖寿衣有很多行话，很多禁忌，还得有专业知识，老板娘嫌我是新手，嘴巴不够滑，说话还不入行，就让我边干边学的同时主要负责接待客栈的顾客。

通常是，我领着客人沿着狭窄的楼梯轻手轻脚地爬上二楼。二楼也是一间房间，装潢十分典雅，暗红色的木地板，墙壁上贴满了薄荷绿的瓷片，上面画着宗教题材的图案，基督、圣母、天使和佛陀、罗汉、道士被和谐地安排在一起。瓦蓝色的天花板由灿烂的云彩和金碧辉煌的宫殿组成，打开灯，一道佛光笼罩着整个房间。只有薄薄的纱帐式的窗帘，即使不开灯，大厅里的亮度也恰到好处。我们把这间房间称为客栈。客栈虽小，却居住着三四十个客人，而且还不觉得拥挤。原因是，他们占的地方很少，整齐，稳当，也异常安静。他们来历不明，互不认识，却能和睦相处。他们就住在橡木架上，像一本本的书贴切地待在书架上。他们居住在泛着漆光的黑色盒子里，盒子上面有的雕刻着我所不熟悉的名字，有的什么标记也没有留下。每一个盒子都有两层，第一层装着一个人的灰烬，第二层安放着他(她)的灵魂——如果他(她)的灵魂愿意安息的话。

"当头这一个盒子是母亲的，她在这里三年了，跟他们一起有伴。"老板娘说，"她要等我父亲。我父亲十年前跟另一个女人跑了。她至死都相信父亲会回来的，即使等不来他的骨灰，至少他的灵魂会回到她的身边——一个人死后会懂得后悔，要回到被伤害的人身边忏悔。她要等到和我父亲一起在春天里埋葬，我父亲现在仍在青岛，还活着。当时这间房子是间杂物房，我母亲一手创建了这个客栈，她相信将来会有很多灵魂要暂且蜗居在这里，想不到她竟成为第一个。"后来，一些朋友一时无法安置他们的亲人，便把他们暂时搁在这里，渐渐地，这里便成了一个客栈。客栈是没有名字的，没有工商和税务登记，当然也不广为人知，性质上顶多像个地下旅馆，但熟知情况的人都把它称为灵魂客栈，是让漂泊的灵魂暂且安息、休憩的地方，他们迟早是要离开的。没有谁愿意死后仍留在异乡。

当然，我不必向客人介绍这些。因为它并不重要。重要的是，我通常得告诉客人，"我们说话要小心一点，不要惊醒他们，不要勾起他们的乡愁。"然后我轻描淡写地介绍一些客栈的基本情况和规矩，还着重提到比殡仪馆便宜得多的收费和浓厚得多的人情味。

客栈的租客，怎么说呢，都不是权贵和有钱人，他们大都不是本市户口，是漂泊在这个城市里的散兵游勇，他们送来的要么是亲人，要么是朋友，客死他乡，却不急着叶落归根的微不足道的灵魂。他们暂时把他们安放在这里，等到过年回家了，等到死者亲人的悲痛减轻了，或等到连低廉的房租都交不起了，才把他们带回乡下去。也有一些，生前就叮嘱，死后不要把他们带回乡下，花花绿绿的城里的生活还没过够呢，房子呀，车子呀，还没有买，我不甘心半途而废回到乡下去，被别人瞧不起，自己也难受。这部分人便成了我们客栈的长期固定"房客"。

客栈只是兼营，老板娘并不指望它能给她带来多少收益。事实上，客栈生意异常清淡，有时候好几天甚至一个月也没有光顾的人。偶尔有客人来，意味着这所客栈又增加了新的成员，我得按照规定给这个新房客贴上序号，安排他(她)一个体面的位置。客人一般不说什么，看到自己送来的盒子有了着落，便匆匆离开。我通常得叮嘱他们记住亲人或朋友的编号，还得善意地提醒，"别忘记每月替他交纳房租费。"客人捏着我递给他(她)的名片，上面有老板娘的银行账号和联系方式。我顺便告诉他们，"五年来，外面的房价飙升，房租费也是一月一个价地往上涨，更不用说殡仪馆的费用了。但我们客栈没提过一分钱。"

像城里人出租的房子那样，我们的客栈也有拖欠房租费的，有的一年半载没交过一分钱，打电话过去，要么是听到敷衍的话，要么是号码已经永远安息。老板娘是仁慈的人，并没有把那些被遗弃的"房客"的盒子扔掉，"如果他们还活着，一定不会拖欠我们的。"她还是要求我一视同仁，给那些盒子擦拭灰尘，让它们露出黯淡的有尊严的光泽。那时候，我已经在这个城市混迹了两三年，没找到一份像样的工作，变得越来越穷困潦倒，一直同甘共苦的女友终于离我而去，为了生计，我愿意在这里跟那些肉体已经率先离开了这个纷扰世界的人们待在一起，将他们的房租费部分地转为我的房租费，久而久之，他们跟我熟悉了，我甚至能聆听得到盒子间的窃窃私语，那些梦想呀，劳碌呀，遗憾呀，懊悔呀，不甘呀，无奈呀，都从他们安静的外表下溢出来，像尘埃那样轻轻地飘浮在空中。

有一天，来了一个特殊的客人。

那天我正在擦拭骨灰盒子，听到楼下老板娘大声地叫我的名字。我赶紧下楼去。在楼梯口，我首先看到一只白色的气球。一个上了年纪的老太太正在楼梯口下面等着我。她很矮小，却挂着一根比她高出一大截的拐杖，拐杖顶头系着一只半瘪的白色的气球，无规则地晃动着；满头脏乱的白发，面容枯槁，背有点弯了，似乎患了轻度白内障，眼睛要靠到我的身上了才把我看清，张嘴说话时口臭很浓，嘴里没有什么像样的牙齿了，空洞洞的，身上穿的暗灰色土布衣服沾满了泥污。

"小伙子，你带我上楼去找我儿子。"老妇说得很直接。我也明白她的意思。客人来看望亲朋好友的盒子往往就是这样直来直去的。

请跟我上楼吧。我说。

你得帮我。老人向我伸出另一只手，"这个楼梯不是让活人走的，拐杖也不管用。"

我迟疑了一下。楼梯虽然窄了一些，但还算平缓。

老板娘有点忙碌，正在和一个顾客说话，转过头来对我说："这位大婶从乡下走路来的，走了五六天，行了二三百里的路，累了，你得帮帮她。"

老人的鞋都破成那样了，泥垢把它包裹起来。看样子，老板娘的估计没有错。

我只好搀扶着她，但只上了两三个台阶她便气喘吁吁的动不了了，"一路上我的腿都用尽了力气，你得背我。"

我很不情愿地蹲下来让老人趴在我的背上。老人很轻，但浑身散发着臭味，让我很不舒服。

到了二楼。老人从我身上下来，站稳，盯着屋子里密密麻麻的盒子，嗡嗡地哭了起来。声音很微弱、干涩，听起来不像是哭，而是喊。

"大婶，你儿子叫什么名字呀？"我用充满宽慰的语气问。

"我儿子叫阙小安。你认识阙小安吗？"老人看着那些盒子问我。

我不认识。说实话，盒子里的人我一个也不认识，素昧平生，他们到了盒子里都变成了同一个模样，洁白，柔和，粉末状，支离破碎，盒子上也没有照片。

我说，我帮你找找。但我对阙小安的名字很陌生，没有一点印象。我翻了一下登记册，确实没有阙小安的名字。

"是他的堂兄弟送他到这里的。他们怕我承受不了，不敢把他带回家，不敢告诉我小安死了，但我知道，难道连我自己的儿子是死是活还不知道吗？"老人面带愠色，"即使他们不告诉我，我也能找到阙小安——我只有一个儿子，世界上只有一个阙小安。"

"他是不是安放在匿名盒子那边了？"我说。

前面已经说过了，这里的盒子大多数是有名字的。但也有一些没有名字的，送它来的人压根就没有告诉我们盒子里的人是准。"你不要问他是谁，你就按无名盒子让它待在这里就是了。"有的客人讳莫如深地嘱咐我，"他曾留下遗嘱，生前不能在城里安身立命，死后也要待在城里。没有名字，没有标记，谁也不能将它带走。"老板娘告诉过我的，那些没有名字的盒子，里面住着的都是不愿意离开城市回到乡下的年轻人。他们爱面子，喜欢城市，但年纪轻轻不是累死，就是病死，也有车祸死的，反正都是死于非命，可惜呀，只是他们早就没有叶落归根的想法啦。他们舍不得把骨灰撒掉，撒掉了，就灰飞烟灭了，什么也没有了。盒子上没有名字和标记，将来他们的亲人也无法分辨出他们是谁，他们就永远留在城里了。

"这里没有阙小安的骨灰盒子。他的身体早已经回到米庄。"老人说。

"那你还来找什么？"我疑惑不解。这只是一个客栈，旅客离开就离开了，不可能落下什么东西。

老人走到第二排架子前，轻轻地抚摸着9号位。那是一个空位置。"我儿子半年前就住在这里，那时候，这个房子里还没有那么多人，小伙子，我带走我儿子的时候，你也还没有来，如果你在，你就能认识他了，他长得比你好看，比你高，比你壮，你只是比他白净一点——男人不要太白净。"老人说，"我只有他一个儿子，他跟堂兄弟离开米庄前给我种了一地黄瓜，安装了自来水，还给我准备了整整一年的柴米……他说，我要到城里去了，先是帮别人建房子，然后自己买房子，找城里的姑娘结婚。妈妈，到那时你得帮我带孩子。我真后悔那时候没有答应他。我对他说，我不需要你到城里买房子，在乡下也能住得很好，你妈妈就在米庄住了五十年，只要你平安回来就好了。我跟米庄的人讲，我很后悔，我四十多岁了才生下小安，他就这样死了，我就一个儿子。"

我怔在那里，不知道说什么好。站在这里的客户，每个人都有每个人的哀伤。

老人唠叨着，反复抚摸着9号位，像抚摸一张脸颊。

我说，你儿子已经回家了……

"没有。"老人断然道，"他的灵魂还留在这里。"

我吃了一惊。

"小伙子，你知道灵魂吗？"老人说，"像你这么年轻，还不懂。等你到了我这个年纪，你什么都懂了。"

我敷衍地点点头。

"小安很调皮，小时候就经常跟我闹，躲藏在庄稼地、稻秆堆里不肯回家。他爸爸死得早，要不，他就会怕他爸爸，就不会那么调皮，他就会听他爸爸的话，跟我回家了。"老人说，"我知道的，他还在城里，就在这里。"

我耸了耸肩，老人以为我怀疑她说的话，有点生气，"你怎么不相信呢？我儿子的灵魂在哪里我知道的，等到你到了我这个年纪，等到你的儿子……你也会知道的。"老人说话被自己的口水呛了一下，变得激动起来。

我要劝慰老人，想告诉她这个世界没有什么不能相信的。

"我告诉你一些我亲身经历的事情。二十年前，有一天夜里，我在做梦，突然有人把我叫醒，我睁开眼睛，没有人呀，我朝窗外喊了声，谁呀？外面传来一个声音说，我是阙勇。阙勇就是小安的爸爸。我说，那么深夜了，你才回来呀？他说，我死了，死在遂河的第三个码头，现在已经漂流到旧磨坊了。那声音听起来跟平常不一样，微弱，伤心，像哭，但肯定是小安爸爸的声音。我开了门，外面什么人也没有。我就叫人，果然在旧磨坊河段找到了小安的爸爸，一条河都冒着酒气。"老人为了使我相信，还说起了另一件事情，"去年，我在家里晒衣服，我眼前的阳光突然没有了，有一个人的影子闪过，我一看，像我的儿子阙小安。我喊了声，小安！那人影转过身来，满面是血，那肉都模糊了。我喊，你是不是小安？我家那条狗跑过来叫了两声，那影子刹那间就不见了。我知道那影子就是小安，果然，第二天，就听到有人说，阙小安在城里摔死了。我四处打听那是不是真的，但他们都没告诉我实情。其实，我哪里用得着他们告诉我，我心里明白……呜呜。"

老人哭得干巴巴的，我开导她，世态无常，生死难测，请她节哀顺变。

"人死就死了，但灵魂要回家呀，在外头居无定所，孤魂野鬼的，哪能安息？"老人拭了拭并不存在的眼泪，"米庄村口有一口古井，上千年了，那儿的水清得可以当镜子用，哪家的亲人在外头死了，灵魂有没有回到米庄，从井里能看得出来。那口井能照得出亲人的灵魂！我天天去井口往里看，总没发现小安。说明他压根就没有回来，米庄的人都是这样说的。"

井水可能照见灵魂的事小时候我也听说过，因此那时候我们小孩子都不敢朝井里多看，生怕看到唬人的东西。

"你相信灵魂吗？"老人再一次拷问我。那倔劲不容我做出否定的回答。

"我当然相信。人是有灵魂的。人不管活着还是死了，都应该有灵魂。"我赶紧附和说。我妈妈五年前就已经去世了，我就知道她在天之灵一直看着我，她其他什么事情也不干，就每天鼓励我，监督我不要做坏事，做人要诚实，要吃苦耐劳，要孝敬父亲……

老人顿时高兴起来，"你年纪轻轻的也知道一些道理了。"

我说，这些道理，小安也会知道的。

老人满脸自豪，"小安每个月都给家里寄钱，那些钱我都给他留着，一分也没动，你看，从米庄到城里，我也舍不得花一分钱，那些钱，总有一天他还用得着。"

我说，小安比我好，这些年我从没给家里寄过一分钱，我父亲还给我寄过钱，他卖掉了耕牛，替我交过房租，还三番五次叮嘱我，一定要在城里出人头地，要衣锦还乡，在城里混不出名堂就别回去，别给你妈丢脸。我都好几年没回过家了——我爸不让我回去。

你爸是一个混蛋。老人抖了一下拐杖，天底下哪有这样的父亲？如果你妈还在，她不会让你……你怎么会在此？你一定看见过阙小安！

我，我没有。我说。

"你一个人在这里，不跟小安说话还能跟谁说话呢？你肯定跟他说过话，他是一个话篓子，他总是有说不完的话，听他的堂兄弟说，他就是一边说话一边干活才掉下来摔死的。"老人眼睛放着光，尽管黯淡，尽管让人恐惧，"他跟你说过什么话？说来听听。"

我说，怎么可能呢？我们互不相识，怎么可能呢？我们有什么可谈的？

"你们都是年轻人，都在城里，都有野心，花花世界，灯红酒绿，乱七八糟的，什么都可以谈的，你们有没有说到自己的母亲？小安怎样说我的？他埋怨过我年轻的时候名声不好吗？你母亲年轻的时候名声也不好吗？"老人的思维有些混乱了，语无伦次。

我母亲的声誉一向很好，死后还得到村里人的交口称赞。

"他是一个话篓子，谁见到他睡觉都听到他在说话，睡熟了也都要说话，现在我才明白，原来他是要用二十五年的时间把一辈子的话都说完。"老人说，"话还没说完，他就摔死了，他肯定还有很多的话要说，他回到家了，可是我没有听到他说话，我的耳根一直清清静静的，证明他的灵魂还没有回家。小安还赖在城里不愿意回去，我得亲自来找他。"

我把所有的灯都开了。房子里顿时明亮了许多。我能听到窗外嘈杂的汽车声音和人的声音，这些声音比什么都真实。

"你帮我劝劝小安，让他回家，他知道的，米庄。"老人突然恳求我，"城里有什么好，连死了都不愿意离开？花花绿绿的，乌烟瘴气，坏人比好人多，房价都涨到天上去了……"

也许小安并不在这里。我说。你看，如果他的灵魂还在这里，我们都能看得到的。

老人突然抓住我的手，让我去摸一下9号位。

"是不是还暖和？"老人说。我点点头。老人说："凳子还热，说明他刚才还在，看到我来了，他却跑掉了，躲起来了。他还太调皮，不愿意跟我回家。小伙子，你的眼睛好使，你看看，他往哪里跑了？他能跑到哪里去？"

他会跑哪里去呢？我又不认识他。我搪塞着。这个城市太大了，我也不知道它的边界在哪里。

他长得黑黑瘦瘦的，头发乱蓬蓬的，鼻子像他爸，嘴巴像我……我有他的照片，你看看。老人从口袋里摸出一张皱巴巴的照片，阙小安穿着夹克牛仔裤，朝我们微笑着，一副怡然自得的样子，他的身后有一颗巨大的闪闪发光的金元宝，一看便知道是在财富广场拍的，他的身边到处都是与他无关的游人。

"你带我去找找……"老人乞求道，眼眶里渗出了混浊的泪水。

可是我要工作。我去哪里寻找一个飘忽不定的乃至不存在的灵魂？

"你帮帮大婶。"老板娘从楼下上来，对我说，"她来一趟城里不容易，你就当陪她散散心。"

老人从怀里掏出一把钱递给我，"阙小安寄给我的钱，平时我舍不得用，我就知道总有一天能派得上用场，小伙子，我给你钱。"

我推托着。老人非要我收下不可，这些钱，我留着也没用，我不需要钱。

老板娘对我说，那你就收下吧，一路上总得花点。

我背着老人下了楼梯，指着照片对她说："我们去一趟财富广场，小安照相的地方。"

老人说，他就该在那里。

我们上了19路公交车。车上人满满的，有人给老人腾出了一个位。她一坐下，旁边的人马上便挪了位置，或捂住了鼻子。

"小安坐过这趟车。我闻得出来，他就坐在我这个位置。"老人大声说。旁人奇怪地看着她。

我劝老人别那样。小安看到你在城里出洋相他会不高兴的。

"他的堂兄弟说了，我家小安在城里很安分守己，没做过一件坏事。"老人环视了一下车内的人，自豪地说，"他除了调皮，没有其他毛病。"众人愕然。老人突然对司机说："司机师傅，我家小安乘车逃过票吗？"司机没有回答，或许没有听见，或许他根本就不愿意搭理。

老人感觉到了城里人的冷漠，显得不高兴，"我是来带我儿子的灵魂回家的，一找到他我马上就回米庄了，不占用你们的座位了。"

我站在老人身边，面对众人异样的目光我很尴尬，但我又不便表明这个老妇不是我的母亲，甚至不是我的什么人，是刚刚认识的，一个原"房客"的母亲，除此之外，跟我没有什么关系。老人的拐杖太长，周边的乘客都防着它，怕被它伤着，更怕不小心碰破了那只白色的气球而惹来意想不到的麻烦。我局促地向众人表达歉意，尽管大可不必如此。只希望老人少说一些话。她应该饿了，要不，至少口渴了，安静一些总是好的。

财富广场终于到了。我背老人下了车。老人很容易便站对了阙小安拍照时站立的位置。那时候，阙小安笑得很灿烂，好像身后的金元宝属于他一个人似的，他可以随时把它搬走。老人站在那里一动不动，风吹散了她本来就乱的头发。我跑到店那边给她买水和点心。回来的时候，发现很多人围住了她。她正用拐杖狠劲地打金元宝，拐杖被打开裂了，然而，那只平瘪的气球竟然依然平瘪着。

"阙小安回家！阙小安回家！"老人边打边大声呼喊。

有人劝老人，可是她不听，仍然一边喊一边打。

一个胖胖的保安过来了，一把夺过老人的拐杖，"你在这撒什么野？你是不是想把金元宝打碎了一块一块往家里搬？"

其实金元宝毫发无损，被痛打过的地方依然闪着耀眼的金光。

"我打我儿子。他不肯跟我回家。母亲打儿子也犯王法吗？"老人争辩说，她给保安展示了照片，旁人也看到了，"他的灵魂还在这里。你们懂不懂灵魂？等到你们像我这个年纪，等你们的儿子死了，你们就懂得什么叫灵魂了……"

"什么灵魂？莫名其妙，你再胡闹我就把你抓起来。"保安瞪着眼威严地吆喝着。一个城市的所有威严都在保安的脸上得到充分展示。

我赶紧向保安解释。

"她是你母亲？你为什么不管教自己母亲？"保安不怀好意地说。

"她不是我的母亲，我没有母亲了……我马上带她走……"我架起老人，对她说，"小安不在这里，我们走吧。"

"你怎么知道他不在这里？"老人挣扎着气喘吁吁地诘问，好像我是一个彻头彻尾的撒谎者。

我无法答上来。如果小安在此，看到母亲如此疯癫失态丢人现眼，如果他阻止不了，也早已经落荒而逃了。

"对，他应该不会在这里。"老人说，"我家小安不喜欢热闹的地方，不贪玩。人为财死，鸟为食亡，这块金元宝，阴气太重，会把人的灵魂摄进去。小安肯定不在这里，我们走。"

老人拉着我离开。老人手里抓着一张纸条，上面写着民主路时代大厦三号工棚。老人说，是小安给她寄钱时留下的地址。生前，他就住在那里。老人问，时代大厦在哪里？我往前面指了指。老人拖着我，往工人文化宫方向走去。过了工人文化宫，往右拐就是时代大厦。

一路上，老人不断地向我夸孝顺、懂事、勤快的阙小安，从她生他差点难产说起，说到怎样给他喂奶，他嫌母亲的奶味道不好，有股羊骚味，要吸别人的，"谁说我的奶有羊骚味？都是米庄的那些臭男人胡说的，吃不到奶说奶骚。我就不让自己的儿子吸别人的奶，自己的孩子得自己喂养，所以他从小就逆我，惹我生气。"他小时候多病调皮，曾经玩火把家烧得精光，他的父亲是一个酒鬼、赌棍，从不尽父亲的责任，小安五岁时，就醉酒跌落河里淹死了。她也说到了自己，年轻时她长得漂亮撩人，但在米庄声名狼藉，那是为了给小安吃得好一点。她点到了一串男人的名字，"那些男人比小安的爸爸好上一百倍，我宁愿小安有一百个爸爸。"

"小安回到米庄，别人会取笑他，说你还不叫谁谁爸爸？"老人说，"我对小安说，不要紧，你该叫就叫，多几个爸爸有什么可笑的？可是，小安一个也没有叫。他都好几年没回米庄了。那些取笑他的人有的已经死了，有的快要死了。那些要小安叫他爸爸的男人也差不多都死光了，连灵魂也不知道躲到哪里去了！"

时代大厦到了。这幢崭新的高楼富丽堂皇，是这个城市的一个标志性建筑。

老人仰望着大厦，她已经很用力了但似乎看不到顶头。

"他的堂兄弟说，小安就是从五十层高的楼上掉下来摔坏的……那么高的楼，从天上掉下来，他肯定被摔得魂飞魄散了。他的堂兄弟说，那时候他们已经请人给小安做了一场法事，给小安喊魂，把他破碎的灵魂从四面八方重新拼凑在一起。那时候，他们没有告诉我小安出事了，小安肯定怨恨我，为什么不早点来带他回家。我来迟了，他不愿意跟我回去了。他长大了，不再听我的话了。"

我们站在这幢庞然大物面前显得异常渺小，我也试图看看它有多高，但无论如何也看不到顶头。

"小安到底摔在哪里？"老人四下寻找小安留下的痕迹。

时代大厦已经不是阙小安当初往米庄寄钱时的样子了，他当初住的工棚已经拆了，变成了停车场。停车场干干净净的，整齐有序地停放着锃亮的高档轿车，看起来，像一只只形态各异的盒子……小安当初就是在这里建这幢楼宇，小安在它的面前也会显得渺小。那时候，他应该站在楼宇的顶层，像一只鸟俯视着地面，看到地面上的人像蚂蚁一样爬行，有一天突然啪啦一声，他离开了脚手架，俯冲而下。他听到了自己摔在地上的声音，然后什么也听不到了。后来，他的堂兄弟把他装进了一只小盒子，寄存在我们客栈9号位。我忽然感觉到自己站立的地方就是小安当初躺的地方，血肉横飞，魂飞魄散，像一颗爆炸开来的炮仗。我侧着身，想在小安躺过的地方慢慢躺下去……

老人硬是让我带着她找阙小安当初的住所，三号工棚。我拿着纸条，翻到背面，发现了一个电话号码，老人说，是阙小安的堂兄弟的，"他也在城里，但我早就不理睬他了，他是骗子，是他骗小安到城里的，又不负责把小安带回去。"我赶紧拨打过去。小安的堂兄弟接听了电话。我告诉他，阙小安的母亲来到城里了。小安的堂兄弟迟疑了一会说，那我过去吧。

过了十几分钟，一个又黑又瘦、满面尘土的年轻人赶到了，我快步迎上去，迫不及待地要把老人交给他。

"你是阙小安的堂兄弟吧？"我说。

"不是。我是阙小安。"年轻人若无其事地说。

我惊愕不已，脑子有点乱了，得迅速调整一下。

"你怎么会是阙小安呢？"我说。

"我本来就是阙小安。"年轻人好像受了委屈似的，理直气壮地说。

"米庄的阙小安？这个电话号码是你的？"我扬了扬纸条说。

年轻人瞧了一眼纸条点点头。

我指着老人说："她是不是你妈？"

"是呀。她怎么又来了？好烦。"年轻人无奈地说。

"你不是……"我说。

"我没有死。我正在中央广场建大楼呢，比时代大厦更高。"年轻人说。

我仔细瞧了瞧，他跟照片上的阙小安长得没有什么区别。他应该就是阙小安。

老人过来了，摸了摸年轻人的手，"小安，你到底有没有摔坏呀？"

阙小安面带愠色斥责道："你就天天想着我摔死！"

老人说："你的堂兄弟不是说你已经摔死了吗？"

阙小安甩掉老人的手，"你脑子坏了，你就不能待在家里？我都说过多少回了，摔死的是阙小飞，不是我。那骨灰盒里装的不是我，是阙小飞。"

老人似懂非懂地看着阙小安，像做错了事的孩子愿意接受最严厉的批评。

阙小安歉疚地对我说：兄弟，给你添麻烦了。

我说：没关系，就当你妈给我上了一次灵魂课。我把老人给我的钱交给他，转身要走。

阙小安一把拉住我，"兄弟，你相信灵魂吗？"

我错愕地看着阙小安，不置可否，"我在寿衣店上班。我是骨灰盒保管员。"

阙小安给我递上一支烟，自己也点上一支，"我知道那个地方。我的堂兄阙小飞在那里待过，是我亲自把他送过去的，本来他不愿意回米庄的，但他的母亲硬是接他回去了，还把我妈的脑子吓坏了，她天天都在臆想。"阙小安用夹烟的手指着自己的脑门，"我妈，这里坏了。"

"你妈很可怜的。"我说。

阙小安向上用力吐了一口烟，烟雾在空中形成了一个奇怪的烟圈，他指着烟圈说："我们米庄的人都相信这个。"

"灵魂？"我问。

"是的。"阙小安坚定地说，"也许你不相信。"

我想说相信，但没有说出来。

"我也不相信！"阙小安勉强地笑了笑。

老人拉着我的手，不让我走。阙小安粗暴地掰开老人的手。

"你的老板娘是个好人。"老人幽幽地对我说。"跟着她做事的，也都是好人。好人应该得到好报。"

我支吾着跟他们告别。老人突然上前一把又把我拉住，"我送你一只气球。"她飞快地从拐杖上端取下气球递给我，"这里装着一个人的灵魂，我送给你。"我左右为难，我怎么能接受如此虚无缥缈却又让人沉重的礼物？老人补充说："这是你母亲的灵魂，带着它，母亲就在你身边，她的灵魂才得到安息。"我迟疑着，盛情难却，但又毫无意义。阙小安又一次粗鲁地阻止了老人的荒唐行径，"那只是一只气球！"老人委屈地要与阙小安争辩，"你懂什么？里面明明装着一个人的灵魂！一个人的骨灰装不满一只盒子，一个人的灵魂也装不满一只气球。"不料阙小安一把抓过气球，往地上一掷，气球弹起来，他再抓住，将它按在地上，然后狠狠地踩上一脚，啪一声气球变成了一块看不见的橡胶，像魂飞魄散。老人惊惶失措地俯身寻找气球的残骸，顾不上我了，我终于脱身，赶紧快步离开。

我以为一切已经结束，但走出好远，仍听到阙小安厉声呵斥他的母亲。那声音把我镇住了。我在停车场出口的拐角处停下来，回头看他们母子。大厦的保安以为发生了什么事情，匆匆走过来，很多闲人不知道从什么地方冒出来，也围了过来，七嘴八舌的。阙小安拉着老人的手要离开，可是她死活不肯。众人劝老人，老人斥责道，你们知道什么呀？他是我儿子，到处都是高楼，他迟早会摔死！面对负隅顽抗的母亲和给他带来了难堪、羞耻的围观，阙小安愤怒了，猛力拖着母亲往外走。老人站不稳，一个趔趄跌倒在地，顺势挣脱了阙小安，双手藏到了肚皮里，不再让阙小安抓着。可阙小安并不罢休，一把抓住老人的右腿，继续拖着母亲往出口快步离开。老人双手胡乱抓着地面，试图抓住什么，但地面上什么也没有，只有她的肚皮、背、胳膊、左腿、头颅与水泥摩擦出的一道明亮的血痕。

"造孽啊，快放开我，你这个没有灵魂的东西！"老人恶骂着自己的儿子。

众人和保安都劝阻阙小安，可他没有听从，只是换了另一只手，更坚决地往外拖。老人的身体翻滚着，像一只拖把。众人在后面追赶着，但又束手无策，无能为力，甚至无法追上。

"救命呀！我要死了，我的灵魂要灰飞烟灭了！"老人声嘶力竭地呼喊着，那凄惨的令人战栗的声音穿透了午后热气腾腾的天空。

阙小安拖着老人从停车场的侧门出去，抱着她快步穿过宽阔的马路，然后不见了，只剩下若近若远、似有似无的惨叫声折腾着我的耳朵。

大概是半年后。

有一天，我在客栈里专注地擦拭着盒子，突然有一只气球在我眼前晃动。我抬头一看，竟然是老人。她的一只手挂着拐杖，拐杖的尽头依然系着一只白色的半瘪的气球，气球是新的，白得耀眼；另一只手捧着一只盒子，也是新的，那是一只常见的骨灰盒，洁净得一尘不染。

"小伙子，还认得我吗？"老人比上次更衰老了，衣衫褴褛，头发都乱得打了无数的结，只是拐杖也是新的，弯弯曲曲的，还是那么长。她竟然连鞋也没有穿，脚趾还有血迹，脚背上的伤疤还清晰可见。我不知道她是怎样爬上这楼梯的。

认得。我说，你是从米庄来的大婶。

"9 号位还空着吗？"老人蹒跚着走过来。

"还空着。"我说。我刚擦拭了一次那个位置。我几乎每天都要擦拭一遍所有的盒子和位置，因为只有干净才能显示出尊严。

老人用颤抖的手，艰难地将盒子举放到 9 号位，然后一丝不苟地将它摆正，直到认为稳妥了才松手。

"谁的？"我的心一沉。

"阙小安。"老人的脸上已经没有了悲伤，或者说她被皱纹和污垢覆盖的脸已经无法展示她应有的表情，"摔死了，粉身碎骨……他不愿意回家，死活要留在城里。就让他留在城里吧，反正他的灵魂我也带不回去。"

我将信将疑。但从老人的神态我完全看不出真伪。

"你将 10 号位留给我吧。过不了几天，我就来这里陪小安。我们母子终于可以天天在一起，他只有躺在我的身边才是最安全的。"老人从口袋里掏出一把钞票，乱蓬蓬脏兮兮的，面值不一，甚至还夹杂着五颜六色的冥币，"这是小安寄给我的钱，平时我舍不得用，我就知道总有一天能派得上用场。我告诉你一个秘密，小安终于在城里安家落户了，要娶妻生子了，要光宗耀祖了……这些，都需要钱。小伙子，我给你钱。"

老人把钱塞给我。我再三推辞着。老人突然将钱往空中一撒，愤怒地说："人留下了，钱我也留下了!"

钞票在屋子里飞舞，我要等它们落下来，捡拾起来交还给老人，但她却转身径直下楼梯。我怕她摔跟头，要背她，但被断然拒绝。她就坐在楼梯上，双腿往前，用屁股走路，一步一步地往下挪，用了好长时间才下了楼梯。

我要向老板娘报告情况。但店铺空无一人，老板娘去了哪里呢?

老人从花花绿绿的寿衣中穿过，拄着拐杖摇摇晃晃地走了。我追着她。但她走得出乎意料的快。她是决意要丢掉我。我怕她摔跤，便停下来了。她一直往西走。她被来来往往的行人淹没了，但那长长拐杖上头的白色气球一直在迎风飘扬，直到在马路拐角处，它才隐藏得无影无踪。

这是一个普通的午后。一只气球消失在空中。

| 作品点评 |

《灵魂课》的场景本身就是非同一般的:寿衣店的二层是客栈，客栈里住有三四十个客人，大多为死在城里又暂时无意叶落归根的打工者。他们占地很少，住在骨灰盒里，盒的上层住骨灰，下层住灵魂。阙小安的堂哥阙小飞因高空作业坠落身亡住在这里，阙小安也干高空作业，但他仍不顾乡下母亲的劝阻，坚决不肯回乡，最后也坠落身亡。母亲终于明白，青年人的灵魂留在了城里，是不愿回家的，于是也将儿子送进了客栈。这个客栈场景对于读者来说是陌生的，却给人印象强烈，颇富象征意味，映照出一批外来打工者的命运。也正是通过这样一个精心设置的场景，朱山坡以极经济的笔墨刻画出一些现代农村青年在生活的挤压下形成的畸形价值观。

——胡平:《朱山坡的创作优势——谈朱山坡的中短篇小说》，《南方文坛》2016 年第 2 期

当然另外一个就是《灵魂课》，这是 2012 年中国小说排行榜短篇小说的第二

名，大家的评价很高。让我也想起最近写灵魂的也不少，写鬼魂的，死无葬身之地，余华的小说里面，有些东西写得像新闻串烧，我也不太清楚，你比如说写鬼魂找不到归宿，不是说你死了以后就平等了，不是，人死亡的时候也不平等，他写的死无葬身之地写得不错。我觉得山坡写的《灵魂课》写得很精彩，他关注的就是精神性。我看了书背后有一句话，胡平写的一句话是打动了我，说这是一种精神性的写作，这个很好。他是精神性的。精神性是干什么的？就是关怀灵魂，不光是关怀表象，我觉得这是我对山坡印象非常好的一个原因。

——雷达等：《"广西后三剑客"：田耳、朱山坡、光盘作品研讨会纪要》，《南方文坛》2016年第1期

　　《灵魂课》是一个令人不忍卒读的短篇，它讲述了一个让人倍感沉痛的故事。在城市畸形发展、拜金主义盛行的时代，农村青年不顾亲人的阻拦，一意追求城市梦，结果一个个从他们为城里人建造的象征着财富和权力的高楼上摔了下来，粉身碎骨，魂飞魄散，然而他们的灵魂仍然不肯离开城市，不愿意回到生养他们的乡村，他们只有一个心愿，"生前不能在城里安身立命，死后也要待在城里"。城市里本来就没有他们的位置，尽管他们为城市的崛起献出了青春、血汗乃至生命，末了他们也只能成为飘荡在城市里的游魂。这是中国农民无法逃脱的宿命，是他们在这个城市高速发展时代里的悲剧。它是社会悲剧，也是人生悲剧。但是，《灵魂课》作者的用意不在展示一个农村人发生在城市里的丧失生命的惨剧，而是通过一个独特的视角揭示这个时代普遍存在的人在物欲中迷失的精神问题。

　　……

　　遍布象征、隐喻和暗示，现代诗一般阴郁的《灵魂课》，或许在这个农民工进城的惨剧里留下了更深沉的诘问：阙小安们背叛土地就意味着失去了灵魂，失去了自我，这是他们的人生悲剧，但是这个悲剧难道没有它的社会原因？从当年在剪刀差下勒紧裤带为工业化建设上交农副产品，到今天为城市化建设提供廉价劳动力，在城乡二元体制下的中国农民，何曾获得过自己？那么，半个多世纪找不

到自我的农民，被呼啸前进的现代化列车越抛越远，谁又能为他们招魂？

  ——毕光明：《失魂的悲剧——评朱山坡的〈灵魂课〉》，《创作与评论》2013
  年第 10 期

  这篇寓言性的小说，以一位母亲到儿子打工之城的骨灰客栈为儿子找魂切入，
演绎了一个乡村青年宁死也要将灵魂寄留城市的荒诞故事，深刻挖掘了当下中国
城与乡的灵肉分裂和荒芜。沉郁顿挫的笔锋，涂抹出一种令人震撼的文学力量。

  ——第三届郁达夫小说奖评委张燕玲评语，载《第三届郁达夫小说奖·短篇小
  说终评备选篇目及审读委成员评语》，《江南》2015 年第 1 期

鱼玄机的一生及柳上惠的一晚

吴虹飞

一、艳情与宿命

三岁那年，我们家有一株长着三片绿色宽叶子和一个粉色花苞的植物，它长在一个装满水的玻璃瓶子里。母亲每天都要给它换水，她说，等它开花的时候，父亲就会回来。于是我每天都盼望着它开花。我经常半夜醒来，默默窥视它；或者好几天假装已经忘记它，然后冷不丁地抬头看它。它始终摆在很高的柜台之上，叶子一直都是绿绿的，花苞一直是粉色的，不动声色。这样过了好几年。终于有一天，我失去了任何等待花开的幻想，而且在长到足够高的时候，我突然发现那个粉色花苞是塑料的！我有一种严重的受挫感，好几天都不肯说话。我觉得母亲欺骗了我。事实并非如此。只是她以为，既然"花苞是塑料的"是不言而喻的事实，我也理所当然地心知肚明。她说，那株水生的植物是不会死的，因为它叫"万年青"。她这么说了不久之后，万年青就死了。我的父亲一直没有回来。

作者简介

吴虹飞(1983—)，广西三江人，侗族，清华大学环境工程、中文系科技编辑双学士，现当代文学硕士。曾任《新京报》《南方人物周刊》记者。出版《小龙房间里的鱼》《阿飞姑娘的双重生活》《失恋日记》《征婚启事 阿飞姑娘的私人笔记》《木头公仔》《伊莲》《再不相爱就老了》《嫁衣》等作品。1999年创建幸福大街乐队，任主唱和词曲作者，2009年组建侗族大歌原生态歌队。

作品信息

原载《作品》2012年第4期。

我记得我和母亲蹲在昏暗的屋子里剥豌豆，母亲突然抬头，专注地看着我，用不容置疑的语气说，我儿，你和妈一样，长大后定然是一个苦命的人。

这是命，她说。我骇然。我不明白母亲为什么一定要这么说，因为那时我还不到四岁。我等着母亲进一步解释，但母亲是一个意简言赅的人，她没有就此事做任何解释。她想不到我会记得那么清楚，也不知道因为她说话不负责任，也许真的就会语出成谶。她不知从哪找来一个算命的瞎子，这个瞎子用瘦伶伶的手触摸我的印堂，他说，你太过聪明，恐有凶险，只有遁入空门，才可幸免于难。他说你将活到82岁。

表面上我还是一个腼腆，害羞的孩子。我在乏味的童年里临摹了很多字。我学会写诗，但这在当时对一个女孩子来说，除了遭到大人的训斥，没有任何用处。十六岁那年我认识了一个从外地来的小木匠，才使我苍白贫瘠的青春期稍稍增添了一点色彩。他比我大七个月零三天，呆头呆脑的。我总是待在他光线不足的作坊里，看他的刨子里不断涌出来的刨花落在地上。浓郁的木头气味幽幽地浮在空气中，我经常看到他露齿而笑。他可以把一块木头做得异常光滑，像我的皮肤一样。后来有人用十三亩地来我家提亲，要我给一个邻村的乡绅做小。在母亲犹豫的时候，我走进了一个挂红布的吊脚楼。它处在一个交通要道上，一个女人住在里面，用她的身体与过路的盐商、货郎、脚夫换取本地流通的银子，直到她七十岁为止。我上楼的时候她躺在一张吊床上，衣襟敞开着，露出干瘪下垂的乳房，摇着一把破蒲扇。她一看见我就明白了，像鹧鸪一样发出"咕咕"的笑声。她说，小女孩，我知道你想要什么。整个下午我都待在那里，喝她做的山楂茶，带着浓浓的土味，还有她用肉、土豆和蘑菇熬的黏稠的汁。她开始唱歌，可是我仍然感到万分惆怅。她说，好吧，小女孩，你回到你的木匠身边吧。她给了我一包赭红的粉末。我偷偷就冰凉的井水把药吞了下去，然后蹲在地上呕吐。第二天我的下身开始流血。到第十五天的时候，当我深夜起身在井边擦拭身体的时候，母亲发现了这个秘密。她说，真是造孽呀，你走吧，这里不能留你。她说，那个人是谁，他要遭天杀的。当天夜里，一个过路的盗贼从窗户翻进小木匠的堆满木屑的作坊里，用一把鞑靼用的弯刀在他身上捅了好几刀。他的肠子几乎全部流出来，血流了一地。他叫着我的乳名，天亮时才气绝。母亲自知自己的女儿是一个留不得的祸害，就决意把我送到一个遥远的道观。我在轿子里，晃了三天三夜。为了防止我偷偷沿旧路返回，母亲令脚夫蒙上我的眼睛。母亲和一个严厉的师太说了很久的话，最后母亲塞给她一锭银子，流着泪走了。从此我再没有见过她。

师太在母亲走后对我说了一句话：贱货！

十九岁的时候，我已经成了京师最负盛名的美丽女子。我不再是住在柴房里，而是住在"清心"道观——那是本城太守专门为我修建，为此动用了那一年敛集的香料税。我依旧穿着道姑的行头，不着脂粉，可是大街上那些不畏非议的新式女子总是模仿我的服饰、发型和举止，而我用的香料牌子总是被抢购一空。尽管我深居简出，那些文人、公子、大贾、京官还是不停地来到观里焚香，抚琴，吟诗，嬉戏松鹤，做各种时下认为最风雅的事情。他们常常用大量的银子换取我亲手写的诗，并且引以为傲。我集千万人的宠爱和嫉妒于一身，这样度过了最美好的韶华。

四十岁的时候，我深谙青春即将完全消逝，我开始刻意地去留住一些习惯于怀旧的老相识，但由于多年的奢华恶习，难免陷入拮据困顿。我只好遣散了所有的侍女，只留下一个名叫绿萍的丫鬟。她刚出生几天就被她的母亲装在一个篮子里放在道观门前。我于心不忍将她收留至今。这个小蹄子，虽然只是一个不识字的乡下小娼妇，却仗着自己的几分姿色，私下里网罗了几个相好。我装作什么也不知道，因为她毕竟于我还是有用的。最后她竟然因着她的年轻和妖冶，把与我信誓旦旦的最富有的慕容公子招为了她的裙下之臣，并且当着我的面也猖狂轻薄，打情骂俏起来。有一天晚上，送走了慕容公子，我仍旧命她替我打水洗脚，她竟然冷冷地说，主母，您太不自知了，现在已经不是当年了。

我勃然大怒，从墙上取下鞭子，劈头盖脸地鞭挞她。她惨叫着，主母饶命，饶命啊！

我知道，我已经老了，我自知无论我如何才华过人，风华绝代，也不能和一个年方二八的小娼妇相比了。绿萍的过错只在她竟然如此昭然地证明了我的衰老。对女人而言，这是最不能容忍的。一整夜我都无法停止鞭挞她的身体。她惨叫着，死去了。就这样，我杀死了使女绿萍。

我把尸体埋在了后花园(为什么又是后花园呢？这也是中国人传统的想象力，一切艳遇、偷欢和罪恶，地点都在长满花草的后花园)。我在上面种植郁金香。这些妖异的异国花草因为吸收了年轻女子的血肉而疯狂生长。尽管我天天去铲除它们，但它们仍然长成了一片骇人的滴血的鲜红，并招来了无数食肉的虫子和苍蝇。很快它们招来了戴红绡的捕快。

他们认为我犯了罪，这确实是他们说的。没有人替我说话，尽管他们都向往过我写的诗和我年轻诱人的身体，尽管我从不索要报酬，他们还是一掷千金以博我展颜一笑。知堂大人审判了我，尽管他曾经向我跪下，可怜巴巴地乞求一亲芳泽，但他还是打算秉公执法——他在床上的样子和现在是完全不一样的。作为一个父母官，这可能是他一生中唯一一次如此公正。他大声宣布我是一个淫妇，全城的人都同意了这个说法。我听到几万人的呼声在城市上空轰响：绞死她——绞死她——

我被判处绞刑。

行刑的那一天，全城的人，包括最足不出户的妇女和最小的孩子都纷纷从家里涌上街头，驻足观望。一个荡妇淫娃兼杀人凶手，还有比这更吸引人的事情吗？

囚车所到之处，我都听到妇女和儿童的叫好，污言秽语和各种垃圾向我劈头而来。那天我没有上妆，尽管我是荡妇兼凶手，尽管我苍白如纸，但我仍然美艳如花。我是这个城市淫乱的祸首，是所有男人心目中的尤物，因为我夺走了妇女们的长官、父亲、丈夫、儿子和情人，我赢得了她们的仇视，同时也赢得了她们的尊敬。我是宽容的，每个男人无论是高贵的还是卑下的，无论是绫罗还是布衫，都在我这里得到过安慰，甚至流下眼泪，因为每个男人都在这里看到了自己天性中脆弱的一面。我是他们的情人、保姆和母亲，我同时照顾他们的肉体和灵魂。

我将死矣，但无憾。

其实，我只活到42岁。后来我明白，命运虽然强大到可以安排一切，却无法预知更为乖戾的死亡。无论是母亲还是算命的瞎子，都没能预言我的死亡。我并没有像杜拉斯一样，在82岁那年死在情人的怀里。我的一生被富贵、耻辱和一根直径五厘米的绳索牢牢套住，直至气绝。

我的名字叫鱼玄机。我活在任何一段不知名的野史、逸事、笔记和谈资里。

二、柳上惠和下雨的夜晚

那天晚上一直在下雨。

柳上惠吃下最后一个烧饼。今天，他总共只能吃一个烧饼，因为这已经是最后一个。他没有借到银两。大家都不肯借银两给柳上惠——没有人笨到借钱给从来不还的人，尽管那时候才是春秋时代，尽管人们并不像现在那样天天盘算着兜里的银两够买几平方米的房。

晚饭已经吃完，柳上惠百无聊赖地坐在屋里，咕咚咕咚地喝开水。夜幕已经降临，他显然找不到别的消遣。他看了好一会雨，就像他小时候经常做的那样。他看见村里的孔丘和一个女孩子亲亲热热地拉着手飞快地跑过。嗤——柳上惠冷笑了一声：鲁男子，小小年纪就学人家谈恋爱，长大了一定不是什么好东西！

雨越来越大，大得有点不正常，恶狠狠的。攒了一整年的雨，把怨气往死里泼。

柳上惠决定去从事艺术工作了。用从别人那里蹭来的水彩颜料，在大白纸本上乱涂乱画——等哪天上了杂志，留个长发，不用簪子，就可以被人称为艺术家了。正当他打开大白本子的时候，有人敲门了。

从来没有人这样敲柳上惠的门，一下，一下，再一下，那么轻，那么小心，好像怕敲坏什么东西似的。柳上惠叹一口气，他其实很高兴有人来打扰他。他一直住在偏远的村子的平房里，总是见不到城里缤纷的糖果，也见不到穿丝袜、抹口红、笑得很大声的女孩子。现在终于有人来找他了。他却并不是那么高兴。第一，下这么大的雨不该有人来拜访；第二，如果有人来拜访，也不该在这样的雨天里来。所以直觉告诉柳上惠：他不应该去开门。开了门不管看到什么，一定不是柳上惠愿意见到的。但柳上惠还是太好奇了！有谁会在这个时候来找他呢？会是谁呢？

于是他走过去，用力打开了门。

多么神奇！他看到了一个——女孩!!! 她深蓝色的裙子已经湿透了，裹住了她小小的身体。她的头发被雨淋成一条一条的，湿湿地贴在头皮上、脸上。他注意到了她湿漉漉的脸上大大的眼睛——为什么陌生的女孩眼睛总是那么大呢？还有她头发上别着的银色的小蝴蝶，以及胸前翘起来的小小的乳峰的轮廓。她无助地看着柳上惠，一个衣着敝旧形如民工的人，用哀怨的声音说，请你帮帮我，帮帮我。柳上惠想他应该大喝一声：哪里来的妖孽！但他觉得她也可能是童话里不堪后母凌辱而出逃的公主。想到有被招为皇室东床的可能，柳上惠赶紧说，请进来吧。女孩站在屋子里，不停地发抖。她语无伦次。

我刚逃出来，从乌有乡的幸福巷。

我叫阿毛，我要死了。

有人要害我。

请不要赶我走。

我是好人，但是我要死了。

虽然她脸色煞白，浑身散发着雨的寒气，但她看起来仍然动人、健康、柔润。她的美是渺茫的。她光着脚，它们流着血，也许因为长途跋涉，也许是被路上的碎玻璃扎伤。狗突然在外面咆哮起来，阿毛跳起来，扑到柳上惠的怀里，紧紧抱住了他，尖叫着，不要，不要。柳上惠感到她的身体那么柔软，那么温暖，他叹了一口气，他从来没有拥抱过这么柔软的身体。他说，阿毛，你不要怕。一个男子，无论多么铁石心肠，到了一个特定的时候，他的心总会变得很软很软，就像一颗好大好大的棉花糖。

怀着一颗棉花糖一样的心的柳上惠于是花很大气力去照顾一个寒冷的、流血的、出逃的女孩子。现在阿毛已经换上了柳上惠唯一干净的衣服，头发擦干了，流血的脚也用绷带包好了。她开始变得活泼起来，说，阿惠，我饿了，你有没有东西吃。柳上惠惭愧地说，我没有东西吃，只有水。那就水吧，阿毛大度地说。她坐在床上，开始优雅地喝水。她不停地喝水，害得柳上惠只好不停地烧开水。她喝着喝着，脸越来越白，像玉一样，透明而光洁，几乎可以看到皮肤下青色的小血管。而她也越发变得美丽，眉眼间越来越渺茫——一种不可思议的脆弱的美。柳上惠又开始叹气。他站在屋子里，简直不知把手放在哪里才好。他跪在地上画画。这回不是想当艺术家，而是想把阿毛画下来。他开始担心永远见不到她。他画了很多张影影绰绰的脸，但阿毛的样子怎么也画不下来。阿毛坐在床上优哉游哉地晃她的脚，用娇娇的声音说，阿惠，你好脏！

柳上惠脸红了，好像欠阿毛很多银子似的。

阿惠，你知道吗——你长得好难看啊！

阿毛很没有礼貌地笑起来，唧唧咕咕的，脆脆的，很大声，村里最浪的女人也没有她笑得浪。她整个身体都晃动起来，还差点背过气去。忽然她停了下来，很乖地微笑着，嘴角微微上翘：阿惠，我好不好看？

柳上惠实在是忍无可忍了。他大步走到她跟前，抓住她的身体。他低下头来吻她，想把舌头伸进她的嘴里。她紧紧地闭着嘴，用力推他。可是她的力气那么小，这么做反而像是在嬉戏和挑逗。柳上惠把手伸进她的衣服里面，捏住了她的乳房。他感到自己的心像一尊玻璃雕像，哗啦一下子全碎了。他把她按倒在床上，他的手灵活地在她的乳房间游走，并顺着她的身体往下滑。而她只是拼命地挣扎。他看见她恐惧地瞪着他，好像瞪着一个鬼一样，脸都变了形。她出不了声，因为嘴被堵住了。他吻她，抚摸她足足有半个小时。最后她闭上眼睛，不动了。他以为她屈服了，但是他却看到她的眼泪从紧闭的双眼中滚出来，像虫子一样爬满了青玉般的脸。他害怕起来，放开了她，迭声说，阿毛，阿毛，不要哭了，我最害怕女孩子哭了，求求你不要哭。他想起了他的第一个情人，一个在大学里念书的17岁的女孩，个子小小的，眼睛大大的，笑起来那么天真，那么好看。她才认识他三天，他们就在校园里的树下做爱。然后她就哭了，那个小小的女孩。她没有抱怨过，但她从此就消失了。

阿毛还在哭，越来越大声，请不要那样，我不可以的。

柳上惠说，求求你，不要哭了。他也哭起来，又重新抱住阿毛：阿毛，和我做爱吧，我那么爱你。阿毛用力推开他，说，不可以，我不可以和男孩子做爱的。为什么，柳上惠说，你是愿意的，你那里全都湿了。阿毛说，求你，不要逼我。我不能做爱，即使我爱上一个人，也还是不可以。

为什么，柳上惠说，为什么。

我也不知道。阿毛的眼泪不停地流，流呀流，好像要把她喝过的水全都流出来。柳上惠说，你真可怜，你竟然从来不和自己爱的人做爱。

柳上惠觉得，不能和自己爱的人做爱的人，是世界上最可怜的人。

柳上惠于是觉得阿毛是世界上最可怜的人，因为她竟然不能和自己爱的人做爱。

柳上惠说，你睡这个屋，我睡另一个屋吧。他把被子让给了阿毛。被子虽然又脏又硬又冷，但那是柳上惠唯一的被子，他只好裹着军大衣到另一个屋去睡了。熄了灯，柳上惠看着月亮在地上画出窗棂的格子，静静地带着杀机。他怎么也睡不着。他对外屋喊：阿毛，阿毛。阿毛没有应。他于是从床上爬起来，跑到阿毛的床前，钻进了阿毛的被窝，抱住了阿毛，一股暖暖的肉感的气浪向他裹过来。但阿毛却突然醒了，她推开他，恳求他，那么无助和徒劳。他只好放手，躺在阿毛身边，不敢再去碰她的身体。他觉得在阿毛身边很温暖，他很快就睡着了。月光安静地移到他们的脸上，温柔地注视着两张年轻的脸。

阿毛的脸显得格外地苍白。

天亮了，柳上惠悄悄起床，洗漱，站在院子的阳光里，心情很好地看电线杆上的麻雀。他想去看看阿毛，转念又想，让她多睡一会儿。他于是就在阿毛睡的屋子里，跪在地上，在大白纸上继续画画——这次他放弃了画阿毛的企图。他画了很久，太阳的脚从屋里的一头慢慢地挪到了另一头，最后消失了，柳上惠的肚子饿了又饿，阿毛还是悄无声息地躺在被子下面。现在的姑娘真是懒啊，柳上惠想。最后他终于忍不住跑过去掀开了阿毛的被子，突然他僵住了，脸上的表情越来越诡异。

阿毛已经死了。

而且已经死了很久。

她的脸已经变成一种可怖的狰狞的蓝紫色，头发干枯地贴在脸上，衣服沾满了尘土，冒出死亡的凉气，可是昨天晚上，他还抱着她温暖柔软的身体，抚弄她光洁的乳，听她娇巧的，脆脆的笑。她那时候还是那么好，那么生动，充满活力。可是，多么不可思议，她现在是冰凉、干枯、丑陋的。死亡栖身在她的身上，霸占了她。柳上惠无数次描绘过死亡，但从来没有见过真的死亡是这样诡异，这样丑陋，令人难以忍受。柳上惠打了一个寒噤。他定睛看着阿毛——她确实是死了。

柳上惠想起阿毛反复说，我要死了。

柳上惠现在才知道阿毛说了谎：她不是快要死了，而是已经死了。

阿毛不知道自己已经是一个死人。或者是这样：阿毛骗自己还活着，她以为可以在春天开始一场具有真实生命的，有血有肉的爱情。

柳上惠只好把阿毛埋在了后院。他在阿毛身上盖了一层浮土，直至盖住了她的脸。深夜，雨又下了起来。柳上惠坐在阿毛坐过的地方，对着阿毛喝水用过的杯子发愣。狗突然又狂吠起来，柳上惠冲到后院，却发现土被翻开了，他找到了一只银色的蝴蝶，还有几点血斑。阿毛不见了。

阿毛走了。她又在雨夜逃了出去，双脚因为跋涉而鲜血淋漓。

柳上惠现在终于明白，阿毛为什么从来都只是在陌生男人的房间过夜，却从来不和任何一个男人做爱。她总是会死去，逃走，从一个房间逃到另一个房间，再死去，再逃走。反反复复，永无休止。

| **创作评论** |

关于写作,她说一年最多能写 2 万字的小说,是因为她确实没有别的消遣。她不想让人觉得自己是网络写手,却源源不断地制造一些没有回报的文字。畅销书作家也不是她的追求,她希望自己是一个严肃但是产量比较小的作家,从这个意义上说,她确实应该当作家,而不是歌手,不是靠宣扬让人知道,而是一些更内在的东西。她的作品包括《小龙房间里的鱼》和《阿飞姑娘的上班日记》等。在《灵魂卑微的人》等文中,她对自己进行了无情的剖析,而诸如此类的剖析几乎充斥了她所有的博客文字,也许有的读者会因此而远离她,但是会有一部分人始终记住她,尤其是那些兴趣横跨到音乐和文学的人。

卡夫卡在写给朋友的信中说:"我们只该读会咬痛、蜇刺心灵的书。书如果不能让人有如棒喝般震撼,何必浪费时间去读。好像你说过吧?人们会去读书因为书让人快乐。天呀,没有书,我们也同样快乐;让人愉悦的书,有急需时我们自己都能写。人们真正需要的书是读后令人遭遇晴天霹雳的打击,像失去至亲至爱;或让人有被放逐到荒郊森林,面对不见人烟的孤寂,就像自杀身亡。好书必须像一把冰斧,一击敲开我们冰冻的心海。我对此深信无疑。"我不喜欢读那些自以为是的作者,他们以为自己能给人答案,因此笔触之处无不传达出一种洋洋自得的优越感,那些"成才学"之类的读物更是一个登峰造极的例子,这类书因为充满了虚伪的说教而被我摒弃在视野之外。而吴虹飞的作品,则充满了自身的迷茫和疑问,敢于袒露自己欲念的挣扎或苦痛的心路,敢于让读者触到作者内心柔弱的那一部分,让人读了感同身受。

——陈恒汉:《文化与软实力漫谈:从大中华到地球村》,北京线装书局,

2013,第 97—98 页

操场

凡一平

操场上的狗加起来比在校的师生还要多，它们如团体观光的游客，早早地在荒寂的操场上集结和会合。太阳的光亮刚罩在河对岸的山头，像是一个裸睡的老人早晨起床，先把帽子戴上。老人穿衣戴帽的速度是很慢的，因此河这边的山要全身上下都穿上阳光的衣裳，时间还有很长。很显然这些赶早出动的狗不是为了来晒太阳的，它们看起来比那些绿茵场上的球员还要精神抖擞和斗志昂扬。

小学校长站在打开的门户里边往外看，心想这些狗真是嗅觉灵敏呀！它们绝大多数都是翻山越岭远道而来，因为绝大多数的狗，他都不认识，它们更多不是来自附近的屯子。小学校长感到十分新奇和茫然，就像新学年遇上一大堆求学心切而又无法接收的孩子，因为这些孩子都交不起读书的钱。但根本上狗是不同的，小学校长断然地想着，狗是不读书的。山里人养狗不需要花钱，连粮食都不需要，就像玉米的成长和培养，只要肥料就够了。因此这些远道而来的狗，一定会比交不起学费的孩子容易打发。小学校长自信地想，

作者简介

凡一平(1964—)，本名樊一平，广西都安人，壮族，曾任广西《三月三》文学杂志副总编辑，现为广西民族大学驻校作家、广西民族大学编导专业方向兼职教授，2017 年当选广西作协副主席。其小说大量改编为影视作品，成为文坛现象。著有长篇小说《跪下》《变性人手记》《顺口溜》《老枪》《上岭村的谋杀》，出版小说集《浑身是戏》《理发师》《撒谎的村庄》，散文集《掘地三尺》等。

作品信息

原载《民族文学》2012 年第 11 期。

只要阻止那条风骚的西洋狗继续窜到学校里来，操场上的狗也就自然而然地减少和分散了。

小学校长迈出门槛，走上操场。翘首以待的狗看见有人来到它们中间，纷纷将尾巴朝上摇摆。它们像机场上为贵宾挥动手臂、彩旗或鲜花的群众，把踽踽独行的小学校长捧得心头发热。他前进一步狗跟着动一步。不管他走到哪里，都脱离不了狗群的追踪和围拥。就在亦步亦趋的狗群中，小学校长看见自家的黑狗，也像同类或同伙一样争先恐后。"这个不长心眼的东西，就是它把西洋狗窜来学校的消息传出去的。一传十，十传百，满山遍野的狗都知道了。"小学校长心想，并忽然觉得他无意中成为狗群的先锋和向导。他原先把西洋狗堵在校外的计划或想法，像被泄漏题目和答案的考试，被迫取消。

西洋狗得以像昨日一样，窜到学校里来。

学校里没有学生，至少现在没有。比教室的窗多比操场上的狗少的学生，他们还在上学的路上。还有一名两天打鱼三天晒网的教师，恐怕现在还躺在自家的床上做梦。他已经两个星期不到学校来，因为他已经两个学期吃不到统筹的粮食了，而在他之前有三名教师早就辞职，他们的名字已像忘了收拾的粮食一样发霉。现在学校用两只脚走动的，只有小学校长。

现在看来，学校里的人和狗，人显然是多余的。

仿佛是天使出现在人的面前，西洋狗奇特美妙的音容体貌，令粗陋野蛮的土狗为之倾倒！

确实，山高水长的僻壤，在此之前，凡是长眼睛的，都没见过这样的狗：它娇小玲珑，毛发绒长而且纯正。如果不仔细看，会以为是降落到山底的一只白鹤。但这不是白鹤，小学校长看得很仔细。它分明是狗，但却是和山里的土狗有天壤之别的狗，就像富人和穷人同样是人但却是有千差万别一样。这样的比喻是很实际的，小学校长认为。他具备的文化素质能帮助他做出这样的思考和辨别，那就是这只狗是外国种，它或许生在中国但它的血统和渊源是在外国。这种狗虽然不能看家和打猎，但却无比高级和名贵。它是供人娱乐和玩赏的，只有富人才养得起这种狗。因此昨日当小学校长看见这样一只西洋狗窜来学校的时候，就知道是谁回来了。

事实上小学校长的嗅觉比狗更加灵敏。他虽然不能准确地判断西洋狗是外国名犬中的哪一个品种，但却能清楚地认定西洋狗的主人是韦正常家的女儿韦桂娥——小学过去的一名教师。操场像一个浴盆，赤身裸体的狗沐浴在光天化日之下，它们的性别表露无遗。公狗们对西洋狗的条件反射是极其迅速的，这些狗控制性冲动的能力真是很差，在这一点上，它们很不如人。比方说不如美院里的男生，他们长时间对着裸体女模特体察入微，不管在场人多还是人少，就是能够控制自己，并且自如地运笔作画。再比方说也不如少男少女对异性明星的崇拜。他们欢迎或看见明星的时候，不管多么狂热，始终都不会放浪形骸。因为狗没有廉耻，所以狗历来都被人看不起，被人打骂。小学校长这么一想，问题又出来了，那就是山里人随便，对自家的狗放任自流，让它们到处乱跑。可是，桂娥怎么也不管好自己的狗呢？她可不能还算是山里人，自从她在城里做了有钱人的太太或情妇后就不是了。况且，她的狗也与众不同呀！她应该用链条把它锁住，那么，即使一个上午她都在睡懒觉，狗也不能出门流窜。

现在天绝对是大亮了，尽管阳光还没有开始渡河，但是已经把对岸的山照得彻底。这个时候，趁着阳光还嫩和没有完全普及的机会，河两岸的农人，已经该干的活路干得紧迫。稻田里的水稻基本上是不管了，连续三个月的干旱使每一株禾苗失去了抽穗的能力，像被政策强制不能怀孕和超生的妇女。稻谷是没收成了。现在还有一线生机的只是玉米地里的玉米，它们像难民营里的难民等待人道的救助。所以玉米地里集中了所有能调动的人力，他们像护士对待伤病员一样细心地拔掉地里的草，以免它们和玉米争夺水分和肥料。然后把使用过的水，诸如洗菜洗脚用过的水，又担来玉米地里使用，准确地浇在玉米的根部。这样不轻易浪费一滴水的现象毫不夸张，尤其是离河岸很遥远的山弄里的居民，在这个干旱的季节，全都得到河里来挑水。相比之下，靠近河流的居民是够好的了，他们半个小时可挑回一担水，但是对山弄里的居民却要用上半天乃至一天的工夫。当天长久不能下雨时，河流显得如此重要，就像是人的血脉。而河流岸边的房子，就像是俯瞰虫鱼的鸟巢。从山脚或操场上面向河流，河水是看不见的，因为河谷很深而流量很小。但河岸上的房子是肯定能看得见的，它就像一辈辈娇生惯养的人，受现在的人羡慕和嫉妒的目光注视。但这样的房子其实又是很少，在过去年代里，直接把房子建在河岸的道边，被认为是败坏风水并且凶多吉少。它唯一的益处是赶圩和用水的时候少走几步路，此外可以说是祸患无穷。比如说它注定成为走水路和陆路的人落脚的地点。而过往的行人又是多么的复杂，就像林子大了什么鸟都有，他们密密地从家里进出，假如是善人不怕多，而恶人只要遇上一个就够了。因此选择在河岸的道边安家落户是聪明而且勤劳的先民所避讳的，而在此造房的祖先从来都被认为是好逸恶劳，他们的子孙也极少被人尊重，因为村屯里历来游手好闲的人，基本上是他们的后代，难怪人们不得不说这是遗传。然而自古以来人们的观念还是发生了改变。野兽居然也在灭绝，山泉尚且也会断流，那么还有什么东西不会停止或不发生改变的呢？风水是会转动的，就像人的气脉。福运如见异思迁的燕雀，从一家的屋檐飞往另一家的屋檐，从北飞到南。那河道边的房子，就像鲜亮的燕窝。那其实比燕子珍贵的西洋狗，就是从其中的一座房子里出来的。

学校仍然被狗盘踞，像是收罗散兵游勇的营寨。操场上很快发生为抢夺西洋狗或霸主地位的打斗，像是人类反动营垒或集团为了争抢美女和权力而发生的内讧。这基本上是公狗或雄性之间的事情。公狗们相互驱赶和撕咬，西洋狗和其他母狗被置在一旁，像是讨厌战争却热爱英雄的妇女，等待英雄的诞生。小学校长的黑狗毋庸置疑也投入了激烈的打斗。它为公平和保护西洋狗而战。"这是何苦呢？"小学校长心想。他的视线不停地被自家拼命厮杀的黑狗牵引、拉扯和揪住。

尘土和狗的吠叫在操场上飞扬。上学的学生来到学校。

小学校长的眼前隐现着一排小树，这排小树遮挡住少许丑陋和野蛮的事物。小学校长原来的目标，已被这排小树取代。尘土飞进他的两只眼睛，使他无法看明小树的真实面目和数目，但是他心中有数。"十一。"小学校长心想。他果然不是瞎猜。"立正！向右——看齐！向前看！报数！"他发出的口令很快就有了反应：

"1！"

"2！"

"3！"

"4！"

"5！"

"6！"

"7！"

"8！"

"9！"

"10！"

"11！"

"稍息。"小学校长说。

"立正！"小学校长又说。他的声音像锣鼓一样清脆，掺和进狗的吠叫中，像净水消失在脏水中。"现在，本来我们应该做第七套广播体操，像往常一样。但是今天情况特殊。我的收录机没有电池了！"小学校长撒了个谎。"所以请同学们现在就进教室去。听我的口令。向右转，齐步——走！一二一，一二一，一二一……"

目标在口令中行动，在行动中逐渐分明，在分明后一个接着一个消失。十一名求学的儿童隐进残陋的教室，像是为了逃避鹰隼，一窝小鸡躲进鸡笼。"不管怎么样，我得再洗一次脸。"小学校长心想。

他回到自己的宿舍，它其实就在教室的隔壁，准确地说是在有十一名学生的教室的隔壁。学校有五间教室，也有五间教师的宿舍，它们像五台配套而老化的机器安顿在山底，但现在启用的只有一台，其余四台空无一人并且充满尘埃、蜘蛛网和老鼠屎。它们曾经都充满生机。朗朗的读书声比机器的鸣响还要悦耳和动听。两百名学生和五个教师的学校曾经使小学校长心满意足和自得其乐。但如今这所学校只剩下十一名学生和他自己。小学校长多么失望和沮丧,像一个破败和没落工厂的厂长。他把十一名却分别为五个年级的学生集中到一间教室里,分门别类地教他们语文、数学、自然、社会、品德、音乐和美术,像一头既犁田又拉磨的黄牛。好在他岁数不大,刚过三十,这个年龄作为牛已经老掉牙了,作为女人也姿色渐衰,但是作为男人还身强力壮。小学校长又洗了一次脸后顿觉神清气爽、耳聪目明。刚才被操场上的尘土和聒噪感染引起的郁闷和困乏一扫而光,仿佛一场雨后浑浊的天地一派晴朗和明净。

几分钟后小学校长从宿舍里出来,粗略地望见狗还在操场上打斗,但是没有看出胜负,因为他只瞄了一眼就进了教室。

小学校长走上讲台,十一个学生却没有一个坐在座位上。他们全扑到对着操场敞开的两个窗口,手抓窗棂,咿呀叫唤,看上去很像一批小囚徒鸣冤叫屈,实际上是在为操场上一只漂亮的洋狗和为了洋狗而殊死争拼的土狗们激动和喝彩。

仿佛是溺爱这些孩子或仿佛这些孩子与自己无关,小学校长显得十分容忍和无动于衷。他没有动作,也没有声张,而是静默地站立,像一个旧时代同情革命的进步军阀。他的一反常态受到学生们的喜欢和尊重。在大饱眼福之后,学生们自觉回到座位上,全神贯注地看着可爱的老师开口说话:

"同学们好。"

"老师——好!"学校的学生回答。

"在上课之前,我想问一下同学们,刚才你们都看见了什么?"小学校长问。

学生们咧着嘴笑。

"看见了许多狗,是不是?"

"是——"学生们答应。

"那么,你们看见狗和狗之间有什么不一样的吗?"

"有!"有的学生说。

"讲一讲好吗?"

"狗有公的和母的!"一个学生说。

"对，还有呢？"小学校长说。

"有黄的、白的和黑的！"另一个学生说。

"对，还有呢？"

"有大的、小的，有老的和没有老的！"

"对，还有吗？"

"……"学生们面面相觑。

"还有吗？"小学校长深入询问，并加以启发："比如说狗毛的长度也不一样呀，有长的也有短的。"

话音刚落，一个学生脱口而出："我知道了，有吃屎的和不吃屎的！"

其余的学生哄堂耻笑。

"笑什么，我姑的狗就不吃屎！"被耻笑的学生说。

其余的学生还笑。

"操场上那只毛白白长长、漂漂亮亮的，就是我姑的狗，就是不吃屎！"被嘲笑的学生委屈地说，并求救地看着小学校长。

小学校长说："韦小宝同学说得对，狗有吃屎的和不吃屎的，比如他姑的那条狗是不吃屎的，为什么？因为那是一条洋狗。洋是什么意思呢？洋是外国。洋狗就是外国狗，是从外国带进中国的狗。洋狗为什么不吃屎呢？因为养狗的人都有钱。有钱人餐餐吃肉，也餐餐有肉喂狗吃，狗吃饱了肉，当然就不吃屎啦。另外有钱人都有工夫打理狗，有水给它洗澡，完了还用梳子梳它的长毛，所以狗才显得那么整洁、卫生和漂亮！我为什么要向同学们提问和解释这些？是因为我想说明这样一个事理，那就是狗和狗之间都不一样，那么人和人之间也是不一样的。在这个世界上，有很多种人，比如白种人、黄种人、黑人和棕色人种，在各个人种里又有好人和坏人，富人和穷人，等等。那么，我们是属于哪一个人种，又是那个人种中的哪类人呢？我们是黄种人，是黄种人里的好人和穷人。为什么这么说？因为我们的皮肤是黄的，心是红的，而吃的是苦。那么，做好人好不好？做穷人好不好？做好人是好的，而做穷人是不好的。我们不想受穷，但我们现在是穷人。那么，以后能不能成为富人呢？能。只要同学们胸有大志，认真读书并且让你们的家长坚持送你们读书，让你们读完初中、高中，再考大学，然后参加工作，领国家的工资。将来对国家的贡献越大，得到的报酬也就越多，那么也就越能成为富有的人。当然，致富的路子很多，不仅仅是当干部这条路，但是读书是很重要的。只有读书掌握知识，才能知道世界多大，才想到要到山外的天地去闯。你们都知道韦小宝的姑姑吗？我想四五年级的学生一定还记得，你们读一二年级的时候，她就是你们的老师。但是到你们读二三年级的时候，她就不是了，因为她到山外的天地闯去了。山外的天地很大，有许多许多的城市，韦小宝的姑姑就在城市里闯荡，很快就发达了，成为一个有钱人，在其中一个城市里过上了幸福的生活，养起了洋狗。刚才你们看见操场上的那只洋狗，就是她从城市里带回来的，让你们增长见识和大开眼界。"

小学校长的话一说就是一串，就像一个神童当堂把一篇作文一挥而就，并且在课堂上念读时被其他人听得入迷。十一个学生的脸像向阳的葵花朝着小学校长，他们的姿势态度更像是对前途充满希望的乘客。教室像停留在山沟里的破车，而小学校长却像一位热情洋溢的导游，他不能让已经少得可怜的乘客从他脸上看到阴影。

"下面，我们正式上课。"小学校长边说边翻动台面上的课本和教案，布置道："一年级写语文第七课生字。二年级预习语文第八课。三年级选一种你们最喜爱的动物画一张画。五年级做数学第……39页第一、二、三道练习题。四年级听我讲课。"

然后，教室里便有了各种各样的动作或行为，产生这样一番景象：有三个学生在写生字，有三个学生在预习课文，有两个学生在画画，有一个学生在做练习。那么，在听老讲课的，就只有两个学生。

小学校长用粉笔在黑板的中部上方写下三个大字：

中国石

这是为四年级的学生写的。两个十一岁的男童在他们的语文书上，翻见了这篇课文。他们坐在教室的左后方，一个管着一张桌子。最靠近他们的墙不见窗口，也就没有通风，所以每次上课他们总是最先得到老师的照顾，就像越是偏远的地方越是不被工作队确切地说不被计划生育工作队忽略一样。

写完"中国石"三个字，小学校长来到四年级学生的身边，用意是节制讲话的音量，尽可能减少声音对其他年级学生的影响。

照常规是要先把新课文念一遍，小学校长今天一如寻常。"驻守在戈壁滩上……"他开始念课文。这是一则描述戈壁滩上边防军战士精心对待一块石头的故事。他们将一块石头视为珍宝，因为这块石头像一只傲然挺立的雄鸡，而雄鸡酷似祖国版图，所以这块石头被战士们称为"中国石"。

"……回到哨所，大伙像看稀罕似的抢着看中国石。为了让我保存好这块石头，连长拿出了自己装军功章的盒子……"念到这里，小学校长掉头顾看了一眼其他年级的学生，当觉察到他们都正在分别做他布置的内容时，又回头继续念他的课文。

阳光此时不知不觉过渡到学校里来，像溪水一样涓涓流进窗口，泻在靠近窗边的学生身上。

韦小宝是最先沐浴到阳光的人。他和另一个同学正在画狗，所不同的是另一个同学画的是白狗，而韦小宝画的却是黑狗，因为韦小宝有足够的墨汁把狗涂得全身漆黑，而另一个同学的墨汁少得有限，所以画的狗是白的。白狗和黑狗被两个颇具灵性的学生认真地勾勒和涂抹着。模特是现成的，几乎不用做什么虚构。操场上的狗比比皆是，任由目光去挑选和捕捉。单说韦小宝所画的狗，首当其冲就是小学校长家的黑狗。它可真是一条勇猛而平易近人的狗，就像主人一样威严而可亲。韦小宝从来都喜爱这条黑狗，那种旷日持久的喜欢并不因为西洋狗的出现而有所改变。当然他也很喜欢姑姑的西洋狗，那毕竟是一种别开生面的美妙动物。但是当老师布置画一种喜欢的动物时，韦小宝还是选定画了老师的黑狗，这不全是因为韦小宝有使狗全身生黑的颜料，肯定还有别的。在日常生活里，韦小宝和老师的黑狗关系最好或最密切。黑狗在他心目中的地位是西洋狗无法取代的，因为等爷爷一死和出殡，姑姑又要走了，肯定把洋狗也要带走。而爷爷是活不了几天了。所以韦小宝不用心去和洋狗发展亲密关系是明智的，免得姑姑把它带走后让他心里难过，而且还与黑狗有了隔阂和疏远。因此韦小宝的创作乃至生活倾向和态度十分明显。他是动了心思才用笔墨去画老师的黑狗的。现在，他的眼睛在黑狗和黑狗之间转动。他的目光时而穿出窗外，观察操场上的黑狗，时而回落在纸上，把捕捉到的特征通过笔墨和手段，逐步变成黑狗的形象。但无论是看狗还是画狗，对韦小宝都十分艰难，因为老师的黑狗正在操场上与多于自己数倍的来犯之敌进行搏斗，而他拙劣的笔墨根本无法生动、逼真地描绘或表现出黑狗搏斗的姿态或情景。比如说黑狗正在奋勇地抵挡十几条狗的疯狂攻击，它是为了保护西洋狗不受侵害而遭到报复，就像一个好人为了救一名纯洁高贵的姑娘不被奸污和掠夺而遭到一群坏人的殴打。黑狗的处境十分危险，但是它非常顽强，像警察一样勇敢。它的身上在出血，就是说在黑色中又有红色。而且它搏斗的姿势或动作很多，没有一种是固定的。那么，十一岁的韦小宝如何能把这些画到纸上？

时间像声音一样无形或不可触摸，但是通过人的行为过程却可以觉察到它的流动和存在。它和小学校长的声音一道在教室里正常发挥着效率和速度。

小学校长念完课文，再叫四年级的学生念一次。然后提出两个问题，让他们思考。"'中国石'是什么样子的？为什么取名叫'中国石'？"他说。刚刚说完，小学校长忽然听到"哇——"的一声尖叫。

尖叫声发自三年级学生韦小宝的嗓子眼，因为小学校长掉头去查找发出尖叫的学生时，其他的学生都在注意着韦小宝。

他迅速来到韦小宝的面前，奇怪地看见韦小宝一双惊骇的眼睛和一张没有合拢的嘴像三个恐怖的墓穴在向他打开。韦小宝的嘴大开着，却再也不发音，仿佛是有大过他食道的食物在扩充他的食道。小学校长就说："韦小宝，告诉老师，发生了什么事？"

韦小宝努力了很久，才说出话。"老师，黑狗它……被很多狗咬住不放，它……它倒下去了！"

小学校长的目光穿出窗外，很快发现他的黑狗躺倒在地，因为操场上的狗骤然减少，或者说全部散开，使得操场上出现一条宽广的路，让小学校长的目光一眼就能抵达黑狗的身上。

小学校长通常看完手腕上的手表后，才宣布下课。但今天这一节课仿佛被他估算得很准。学生们意外地看不到老师看表，就被告知下课了。

第一个离开教室的，是小学校长。但是来到黑狗身边的，小学校长却是最后一个。他的学生谁都比他速度快，就像是跑向海边抓住船只的孤岛上的难民。

但是，学生们留出一个很大的空位，让给了老师。

小学校长清楚地看见被咬破喉咙的黑狗，平静地卧倒在地，已看不出有多大的痛苦。流在地上的血，其实也不是很多，再经过已变得热烈的阳光一晒，使血看上去已经不像是血，而更像是发烫的豆油。它的眼睛虽然还是睁开，但是已经失明，因为许多熟悉的面孔，都不被瞳孔吸收。

倒是那些散开在操场周边的狗，把默立的人们放在眼里。它们像随时准备逃窜的匪徒和匪属，对糟糕的局势做最后的观望。险恶的事态对它们显然不利。因为有了人的干预，它们所有的梦想和目的都不可能得到实现。现在，它们唯一的需求是如何保全性命，而不是寻欢作乐。那条风骚的洋狗就像人类挑起祸端的美女，被狠狠地隔离和疏远。它孤独地站在一个相对空旷的地面上，像一名被唾弃的女人独守空房、备受冷落。没有任何动物还愿意对它亲近和狂热，包括其实已经很熟悉和喜欢它的主人的侄子韦小宝。

韦小宝搂抱和抚摸着奄奄一息的黑狗，泪流满面地看着三四年前差点成为他姑父的老师，强硬地说："我要把这件事告诉姑姑，让她赔！"

小学校长蹲下来，轻轻地拍了拍韦小宝，说："小宝，你是个好孩子，但是别把这事告诉你姑姑。因为……很不值得。"

韦小宝两眼圆睁，那疑惑不解的神情，在课堂上听老师讲解深奥的题目时，有时候也会有。这个时候，气温是越来越高了。在酷热的阳光下，操场像一块巨大的煎饼，而人和狗就像煎饼上的芝麻、葱花或者大蒜，散发着咸淡的香味。这么大的煎饼，要等到夜晚，满天披挂黑色衣裳的神圣，才能吞吃。

| 文学史评论 |

凡一平的小说很少写重大的社会历史题材，作品的人物身上也没有鲜明的政治思想印记。他所关心的，主要是世俗生活，描写的是赤裸裸的人类本源性欲望，特别是情欲、物欲、权欲之类，并借这些欲望展现不同类型人物的生存状态和生命状态。凡一平的目的不是为了满足某些人的窥伺心理或为某些人提供欲望宣泄的道口，也不是为自己打造作品的看点和卖点，他的目的主要在表现一种积极健康的生存观念、生命观念、社会观念和伦理操守。

——李鸿然：《中国当代少数民族文学史论》(下)，云南教育出版社，2004，第 777 页

| 创作评论 |

凡一平小说中的人物充满了对金钱、权力和性的关注和追逐。其手段多与犯罪和腐败有关。他确有理由获得中国导演的青睐。以犯罪和腐败为手段展开的对金钱、权力和性的追逐，使凡一平的小说有扣人心弦的故事情节，有大开大阖的戏剧冲突，有与我们身所共处的后现代语境直接关联的复杂多元的道德体验，还有，他提供给人们的总是独具一格的人物形象。

......

如果不被导演的镜头误导(导演总是更迷恋凡一平小说中那些视觉性的元素，而牺牲凡一平小说已经建构的心理深度)，一旦认真考察凡一平的小说创作，我们会发现，凡一平为我们提供的，不仅是人物形象的陌生独特，更重要的是，他挖掘出了一种潜伏在这所有人物心中的一种身份焦虑意识并赋予其人物一种浑身是

戏的"变性"技法。这种身份焦虑和"变性"技法与当下中国人的集体无意识和社会文化语境有着内在的深刻的沟通,正是这种深刻的沟通,使凡一平的小说产生了一种奇特的力量,他吸引了中国当代导演的眼球,但不得不承认,迄今为止,似乎还没有哪一位导演能够把这种身份焦虑和"变性"技法以影视形象的语言传达出来。

——黄伟林:《"身份焦虑"与"浑身是戏"——壮族小说家凡一平小说论》,《民族文学研究》2007 年第 1 期

凡一平写出了中国乡村惊心动魄的性现实。他不仅写出了中国乡村现实中性资源的匮乏,而且写出了中国乡村妇女性意识、性观念的变化,写出了被隐秘性意识牵连着的乡村价值观、道德观的深层变化。由于性本身的隐蔽性质,凡一平实际上是通过性的描写,撕开了乡村那关得严严实实的帷幕,揭露了乡村的深层真相。"上岭村谋杀案"的告破,就像小说中所写:"在这个混乱的村庄,已经没有什么可能守可以守的秘密了。把什么都说穿了说破了也好,说穿了说破了反而就简单了,清楚了。"

……

比较《撒谎的村庄》《扑克》和《上岭村的谋杀》三部小说,可以发现,三部小说都试图写出乡村主人群像,写出中国农民群像,写出那沉默的大多数,然而,《撒谎的村庄》中的村民面目晦暗不清,性格暧昧不明,《扑克》中的农民性格偏执愚钝、形象难以理喻,他们承载的是作者的思想、理念,依靠作者的扶助和推动;只有到了《上岭村的谋杀》,虽然人物众多,然而,每个人物都鲜活生动,合情合理,他们有真实的感情、鲜明的性格,他们受伤害、受欺辱,有痛苦、有怨恨,但也有隐忍、有希望,他们承载着自己的血肉,有着自己的灵魂,张扬着自己的生命活力,散发着自己的生命气息,这是真正活着的中国农民,他们从作者的笔下站立起来,栩栩如生,震撼人心。

如果说《撒谎的村庄》因为被作者的故乡温情引导而回避了乡村的真相,《扑

克》因为过多纠结血缘身份与社会身份的冲突而导向伦理道德评判，那么，长篇小说《上岭村的谋杀》则超越了这两个中篇小说的局限：它真实，迄今还鲜有作品如此真实地呈现当下中国乡村赤裸裸的社会现实；它深刻，在这个作品中，凡一平没有被情感或者道德所遮蔽，他直抵社会的深处，言说人性的大彻大悟；它善意，在这个作品中，凡一平寄托了他对故乡、对乡村的大爱，这种大爱既是悲悯，也是关怀，还有拯救之心；它有力，有力的观察、有力的陈述、有力的分析、有力的追问、有力的开阖以及有力的思考贯穿了整个小说；它美，构思之奇崛、叙述之简洁、描写之传神、布局之周密、悬念之引人入胜、人物形象之鲜明生动，涉及问题之复杂深入，处处显示了文学之美。

——黄伟林：《论凡一平的新乡土小说》，《广西民族大学学报》2014 年第 2 期

| 作品点评 |

在《操场》中这一景观被锁定在上岭村内部，以一个寂寥的小学校长的视角，打量着乡村的一切，韦小宝姑姑韦桂娥——小学过去的一名教师，回乡带来的一只洋狗而带来了操场上狗类世界异样的气息和村人内心的波动，乡村发展变化和世道人心规则的改变。小说以幽幽的描述语言无声地倾诉着一种失落，一种凋落的无奈感，城市来的洋狗以及背后的韦桂娥是乡村少年朴素认知中的山外的大天地，操场上狗类世界的角逐中，黑狗为了保护洋狗豁出性命跟十几只野狗战斗，血腥而让人心寒。与其说这是一个写实的小说，不如说是一颗敏感细腻心灵的独白，她失落而苦苦支撑，岌岌可危到经不起再次的伤害、离别、对比等等。她在巨变的时代中感受着一切，无力地等待着对于乡村世界的公平和正义。

——项静：《灯火的彼岸：原乡叙事与新的症候——凡一平近期作品读札》，

《南方文坛》2018 年第 3 期

请勿谈论庄天海

东西

孟泥噘着嘴走进来，问：“小尚，我们是怎么认识的?”王小尚拍拍她的小脸，说：“你不会连这都忘了吧?”

“那别人为什么说我俩是庄天海介绍的?”

“庄天海是谁?”

“谁知道他是谁呀?我还以为你们认识。”

“不认识。我俩不是一见钟情吗?关别人什么屁事?”

“可大家都在说，没有他我就不会认识你，你也不会喜欢我，我们就不会恋爱，不会幸福。”

“拷，这泡泡也吹得太大了吧。”

“所以，我觉得奇怪。我们是怎么认识的我们还不清楚吗?”

“是不是他们认错人了?”

“不可能。他们说得有板有眼，连眉头都没皱一下，每个字都是牙齿咬过之后才蹦出来的。”

“那就让他们嚼呗。我就不信他们能改变事实。”

说完，小尚把孟泥揽入怀里。被亲热的孟泥忽然骂了一声“我抽”，小尚问：“骂谁呢?”

孟泥咬牙切齿地：“骂那个吹牛不要脸的庄天海。”

作品信息

原载《收获》2013年第1期。收入林建法主编《2013中国最佳短篇小说》(辽宁人民出版社2014年出版)。

第二天傍晚，当孟泥推开小尚的房门时，她瞬间石化。屋里除了一张光溜溜的床架，能搬的全都搬走了。连"喂"都没"喂"一声，他竟然就搬走了？孟泥仿佛灵魂被盗，痴呆了好几百秒。她掏出手机来，按王小尚的名字。手机响起"该用户并不存在"。她不相信，反复地按"王小尚"，声音反复地回荡，一次比一次虚幻。

房东进来，说："妹子，他说有一把钥匙在你手上。"

"哦，"孟泥回过神，"你知道他的去向吗？"

"不晓得。他没告诉你吗？下午来了一辆厢车和四个人，三下五除二就把房间腾空了。"

"我抽。"她骂了一声，把钥匙交给房东。

"别为这种男人伤心，不值得。"

"为什么要伤心？有这个必要吗？你看看他的鼻子眼睛，哪一个器官配得上我？再查查他的银行卡，连房子的首付都不够。才华算个屁呀。要不是中了言情片的毒，我早劈腿了。你不知道吧，他晚上睡觉磨牙，好烦人的……"

"那就好。"房东打断她，掂了掂钥匙，暗示要锁门了。她转身走出去，用整个脑袋来回忆王小尚的坏。但是回忆回忆，她忽然回忆起自己对他的好，硬着的鼻子一酸，眼泪忍不住流了出来。

分手不是孟泥的最痛，最痛是她不明白为什么分手？她想问个明白，放下身段到单位去找王小尚。单位负责人说："王八蛋辞职了。"

孟泥像平时那样上班，假装什么屁事也没发生。没有谁注意她眼角的血丝，也没有谁在意她食欲不振语速变缓，更别说她的例假不例了。在同事们的眼里，她依然是一位正在热恋的甜蜜的女人。

某天，外号叫"青春痘"的汪网约孟泥在酒吧见面，请她帮介绍一公的。孟泥迟疑了很久，说："你宁可叫我卖身，也别找我干这事。现如今，要找一可靠的公的比造一航母还难。"

"看来你是不想帮我了。但你可不可以介绍庄天海让我认识？"

孟泥的脑袋一下就大了。她问："庄天海是干什么的？"

"他干什么的你还不知道？你就装吧。"

"谁装谁是马桶。"

"其实，我就想找他帮介绍个对象。如果你怕我打扰他，就把他的手机号码给我，我只发短信不见人。"

"他是开婚介所的吗？"

汪网无语，站起来要走。孟泥拉住她："为什么只吐半截，能不能一次吐完？"

"你都不真诚，有什么好吐的？"

"我哪里不真诚了，是脚指头或是后脑勺？"

"你说你不认识庄天海。"

"凭什么我要认识他？是法律规定或是强制执行？我连它是动物或是植物都不清楚，凭什么你们就断定我跟它认识？"孟泥近乎咆哮，"告诉你，我跟王小尚是在地铁撞上的，和姓庄的没任何关系。"

"谁信呀。"

"不信，你问它去。"

"我要能问他，还用来找你？"

这次，轮到孟泥无语了。她整理情绪，调低音量："对不起，小网，我跟王小尚分手了。"

"不可能，凡是庄天海介绍的从不分手。"

"谁告诉你的？"

"都这么说。"

"那你就去找它吧。反正我不认识这个王八蛋。"孟泥把酒钱留下，起身走了。汪网看着她的背影，轻蔑地说："你竟敢骂他，真是忘恩负义。"

当晚，孟泥的住所被小偷光顾。她的手提电脑、数码相机以及半个纸盒的零钱被盗。男朋友刚刚不辞而别,手提电脑又不翼而飞,孟泥觉得自己真是从头到脚地倒霉。尤其是电脑,里面储存着私密画面,万一小偷把截图上传网络,即便不气死也会精神崩溃。

看过现场的陆警察告诉她,像这种不大不小的案件很难侦破,因为小偷都懂得戴手套了。孟泥为此失眠,甚至连微博都不敢看,生怕自己的身体冷不丁地从网上弹出,把眼睛炸瞎。为了催促陆警察办案,她 N 次短信邀约他下馆子,但他每天都挂着挡,没时间跟她应酬。

孟泥现在才知道什么叫折磨……

十天,二十天,三十天过去了,网上平安无事。孟泥早搏的心脏渐趋正常,睡眠质量也慢慢好转。她对爱情和电脑没什么指望了,整天抱着一堆饼干当主食,下完班就窝在沙发里看电视。

傍晚,门铃"叮咚"一声。她吓得从沙发上弹出,趴在门孔上看了半天,才想起外面站着的是陆警察。她拉开门。陆警察问:"这时候打扰方便吗?"

"无所谓。"

陆警察走进来,亮出身后的手提电脑。孟泥的眼珠子顿时活了。她接通手提电源,开机密码有效,电脑似乎还没被人破解,文件和画面都还健在。她终于松了一口气,问:"把它找回来,算不算奇迹?"

"算你运气好。我们是在查别的案件时,顺带查出来的。"

孟泥请陆警察吃饼干。陆警察不吃。孟泥为他冲了一杯咖啡,因为杯壁上有昨天的残渣,陆警察没端杯子。孟泥说:"你做了这么大的贡献,怎么连一口都不喝呢?"

"不渴。"陆警察掏出一个信封递过来。孟泥撕开,是她的房门钥匙。她问:"怎么会在你手里?"

"我们怀疑过王小尚,找他问过话。钥匙是他委托转交的,因为忙,直到今天才有机会。"

"他在什么地方？"

"本人答应为他保密。"

"我抽，"孟泥开始转圈，"他是不是以为我还有兴趣找他？我都把他扔垃圾桶了，他还这么防备，也太高看自己了吧。"

"知道他为什么离开你吗？"

孟泥摇了一下头，像个布娃娃那样定格，活着的眼珠子忽地死了。陆警察说："因为他有了新欢。听人说是庄天海叫他离开你的，条件是帮他介绍这个官二代。"

"你妹的，怎么又是庄天海？这条鼻涕到底是干什么的？"

"不知，但他这么做很不善良。如果你需要打架，可以电我。"

"我一个人就能抽扁他。"

陆警察起身告辞。孟泥说："谢谢。"

孟泥想在网上人肉"庄天海"，但她刚输入庄的名字，就看见自己的裸照弹了出来。她关闭一张，就弹出数张。照片越关闭越多，就像细菌似的翻倍增长。看着肉肉的自己在网上被快速复制转发，她绝望到拔线。

手机响了，是"青春痘"打来的。她说："平时看你像个淑女，现在才明白你是到淑女圈来卧底的。想干吗呢？进军娱乐圈或是找大款包养或是想做名人？没见过吗？凡是用这种伎俩成名的，基本上都是次品、烂菜叶。你干吗要去凑这个份子？不客气地讲，姐震惊了，惊呆了，要不是因为感到耻辱现在都还在呆惊。"没等孟泥解释，"青春痘"就把电话挂断。孟泥刚想反拨，另一个电话强行插入，是老妈的。老妈说："你想气死你爸吗？他现在已经站到阳台上了，暂时还没往下跳那是因为在等我。妹仔，我们家虽然不是很有钱，但也不至于靠卖照片谋生。你要是急着用大钱，妈就把房子卖了，立刻给你汇去……"

"不是钱的问题，"孟泥打断老妈的话，"你们先别急着上网，好好活几天再说。"

电话那头泣不成声。孟泥说"放心"就断了通话。她以为网上的照片会被人忽略，理由是自己一直都是个被忽略的人，更何况网上的信息那么博杂，却不料没有侥幸。她赶紧拨通网络警察，正在说明情况时，手机里不时插入"嘟嘟"声。报完警，她一看，机屏上显示十个未接来电，都是王小尚的。正要关机，他又来了。铃声中她犹豫，再犹豫，最终还是硬不起心肠，按了"接听"。

"你脑子是不是烧坏了？"王小尚劈头盖脸来了一句。孟泥没接招，屏住呼吸。王小尚继续："真没想到你会用这么下流的手段来报复我。但是，你也没占便宜。这相当于自杀性袭击，两人同时烧焦。知道你傻，但没想到你这么傻。其实，你只要把我俩的裸照直接寄给我女朋友就能达到目的，何必轰轰烈烈地挂到网上？"

"你 TM 给我闭嘴"孟泥用了最大的嗓门。

王小尚沉默了。电话里只有双方的呼吸。沉默啊沉默……沉默良久，孟泥啜泣。她说："你这只白眼狼，先拿到良心文凭再来骂我。我怎么就没想到报复？我真希望这就是我的报复。"

"有人告诉我，挂裸照是庄天海给你出的主意。"

"你妈才庄天海呢。你抱上了他的粗腿，还跟我说不认识，哄鬼呀？"

"我要哄你，就被车撞死。"

"你的新欢不就是他介绍的吗？"

"奶奶的，怎么我一交女朋友就是他的功劳？"

"你就装 B 吧。"孟泥掐了手机。

网警告诉孟泥，裸照上传地址在广州某网吧。而那个小偷既没打开电脑，也没离开本市。此案成谜。

孟泥辞职了，她实在不敢看同事们惊讶的表情，她甚至讨厌人类。每天，她都拉上窗帘，一头埋在被窝里。饿了，就起来泡方便面，或者吃几片饼干。如果食品断货，她就网购。

一天，孟泥戴上墨镜、口罩来到医院病房。床上躺着陆警察，他的右脚打着石膏。孟泥问："怎么会伤成这样？"陆警察说："那天从你屋里一出来，就在楼下栽了个大跟斗。我追小偷时在楼层跳来跳去都没摔坏，想不到会在平坦的路面骨折。"

孟泥打听："手提电脑追回之后，还有谁碰过它？"

"一直锁在保险柜里，除了我没谁碰过。"

"那就撞鬼了。"

"你不会怀疑是我干的吧？"

"怎么会呢。要怀疑就怀疑庄天海。他不是无所不能吗？"

"别迷信，也许他只是个传说。"

"郁闷。为什么在网上查不到他的信息？难道他不是名人吗？怎么连一点粪便都没留下？"

"你找他干吗？"

"就想问他几个问题。你能帮我找到他吗？"

"试试吧。"话音刚落，陆警察的脸就变形了。一阵剧痛从石膏包裹的脚踝开始，蹿上他的脊梁骨直达头部。他的额头渗出了汗珠，紧咬的牙齿都快崩裂。孟泥叫来护士。护士把陆警察推进拍片室。

医生举起刚刚冲出来的 X 光照片，嘴巴张得像衔了一枚核桃。他把前后照片全挂在灯箱上，说："你看这张，他的骨头是接对了的，而且长势喜人。但今天这一张，骨头却错开了，似乎有什么神奇的外力忽然让它错开。"

"那该怎么办？"孟泥问。

医生说："必须敲断骨头，重新对接。"

"那会很疼吧？"

"再疼也得重新来过，否则腿就瘸了。"

孟泥把医生的决定告诉陆警察。他说："为什么每次一见你，我就有麻烦？"

"是吗？"孟泥低下头。她受伤的自尊心又挨了一拳头，仿佛比陆警察第二次接骨还疼。陆警察发觉说重了,赶紧解释:"不是你的原因,也许是……是因为我们谈论了庄先生。"

"刚刚打击,又来安慰,谁信呀?"孟泥抹了一把眼角,低头离去。

门铃"叮咚"一响,送方便面的来了。这么多天,也只有送方便面的按过门铃。孟泥没有核实就把门打开,竟然是王小尚。他"扑通"一声跪下,说:"对不起,请原谅。"

"原谅你抛弃我?"

"那个官二代闪了,她是来耍我的,从来就没爱过我。"

"在她那里受伤,到我这里抓药,你脸是鳄鱼皮吗?"

"她姓庄,叫庄敏。我怀疑她是庄天海的亲戚。"

"那又能说明什么?"

"也许她是庄天海派来报复我们的。"

"你耍流氓还想找借口。我跟姓庄的无渊源,他为什么要报复?"

"想不透。也许我们得罪过他。"

"不可能。"

"没什么不可能。有时候我们已经得罪别人,自己却浑然不觉。至少我们谈论过他吧?"

"除非你叫姓庄的来核对,否则我不会同情你。"

"你不原谅,我就不起来,一直跪到八十岁。"

孟泥操起一小玻璃瓶,用拇指"嘭"地弹开瓶盖,像就义前的英雄举着手雷那样举着。王小尚以为是硫酸,吓得赶紧跑路。孟泥关上门,把瓶里的酒一饮而尽。迷糊中,她听到了警笛。

楼下的马路旁堆满了人。孟泥挤进来,看见几个警察站在警戒线里。一辆名牌跑车斜插在路中央,打着双闪。离车头五米处躺着一人,他的周围流淌着血。孟泥冲进去,那人果然是王小尚。她喊"小尚、小尚……"

警察把她拉开，说："省点力气吧，他已经听不见了。"

"小尚呀小尚，"孟泥抽泣，"你发誓说如果认识庄天海就被车撞死，现在，你真的被车撞死了呀……"

一年后，孟泥结婚了，男方是陆警察。对于往事，他们一概不谈论，孟泥除了上班，还包下了全部家务，把陆警察宠得就像个宠物。孟泥一心想生孩子，但两年了都怀不上。他们去医院检查，医生鉴定女方有怀孕能力，男方有使人怀孕的能力。既然都有能力，为什么怀不上？孟泥问："难道庄天海报复我们？"陆警察说："不是怀不了，而是我们打靶的时间不对。如果一辈子你都怀不上，那我就承认真有那么一个庄大爷。"孟泥拍了一下他的嘴巴。

终于，孟泥有了怀孕的迹象。医检确证她真的怀上了。陆警察兴奋得双手拍桌，一边拍一边唱，好像拍的是乐器。孟泥兴奋之余，经常手抚下腹嘴里喃喃："谢天谢地，您终于让我怀上了。"她的"喃喃"被陆警察听到。陆警察问："谢谁？"

孟泥"嘘"了一声，不答。

"为什么要谢别人？难道不是我让你怀上的吗？"

孟泥怕吵架，解释："我曾经祈祷，说如果他能保佑我怀上，我就天天默念他的恩情。"

"他是谁？"

"庄天海。"

"我抽，就连你怀孕他也有股份？"

"当时只一念，没想到一念就灵。"

"听着，别的别人都可以帮，唯独这怀孕我不喜欢与人分享。"

孟泥"扑哧"一笑。陆警察说："如果真有个庄大爷，那他就一定不会让你怀上，因为去医检那天，我们没少说他的坏话。"

"也许……也许是太多的失败拍扁了我的自信。"

"根本就没这号神人，他只不过是我们为失败找的借口。"

孟泥生下一可爱的儿子，幸福感开始在她的体内晃荡。但儿子到了该叫"麻麻"的时候，却叫不出来。医生诊断他患了语言障碍症。孟泥和丈夫让他听音乐，听鸟叫，给他做放松操，请专家训练发声，但他始终一言不发，铁心要让父母着急。

某个太阳天，孟泥把儿子放到公园的草坪上打滚。他一边滚一边伸手抓孟泥手里的糖。孟泥把糖闪开，教他说："妈妈、爸爸……"他不开口。孟泥用糖抹了抹他的嘴唇。他的嘴唇微颤。孟泥耐心地教："妈妈，爸爸。"教一次就在他嘴唇抹一次糖。忽然，儿子惊恐地看着她身后，嘴一张："庄、庄、庄爷爷……"孟泥飞快地回头，身后没有人，只见一阵风从草坪上掠过。她一激灵，全身顿时起了鸡皮疙瘩。

｜ 作品点评 ｜

东西笔下的庄天海虽有个世俗的名字，在整个叙述中却是一个"缺席"的在场者。……庄天海是无处不在，无所不能，却又不见踪影，总之不能谈论、质疑，更不可轻慢，稍有不敬，便会受到莫名的报应。这就使庄天海有一种神灵般的特性，因而其蕴含也凸显了象征意义，其意涵可以在"神明"与某种"极权力量"之间游移，不禁使人想起卡夫卡的《审判》与《城堡》来。

——宋炳辉：《短篇叙述中的当代现实及其话语的力量——林建法编〈二〇一三年中国最佳短篇小说〉》，《扬子江评论》2014 年第 4 期

人的行为受着神秘的力量控制，既无法知道这种力量来自何处，也不知道该如何掌握它。这一点以一种非常尖锐的形式反映在《请勿谈论庄天海》和《蹲下时看到了什么》中。在前者中，主人公孟泥每次听人提到庄天海这个名字，就会碰到

倒霉的事情：第一次，男朋友跟她不辞而别；第二次，小偷光顾她家，前来破案的警察一出她家就在平地上摔了个大跟斗导致骨折。更离奇的是，当他们在医院里一提及庄天海，警察已经接好的骨头竟然立即错开，必须敲断重接。最悲惨的，当然是孟泥的前男友王小尚，他来和自己的前女友讨论到底是不是庄天海在搞破坏，一出孟泥的门口就被车撞死了。谁也不认识庄天海，但庄天海这个名字仿佛代表着一种神秘的力量，既不可捉摸，也不能谈论。

    ——张柱林：《焦虑时代的精神表征——东西小说论》，《中国现代文学研究丛刊》2013 年第 8 期

父亲的后视镜

黄咏梅

父亲生于 1949 年。过去，他总是响亮地跟别人说，我跟中华人民共和国同龄。不过，很久没听他再这么说了。退休前，父亲是个货运司机，跑长途。那些年月，汽车司机是很红的，跟副食品店员、纺织工人合称"三件宝"。父亲跟人炫耀光辉岁月，总是说，他最远跑到过天路，"呀拉嗦，那就是青藏高原……"一说，肯定就要唱。天晓得父亲是哪个年代开到过天路的。别人要是问起，天路是一条怎么样的路？他无言以答，只顾哼"呀拉嗦"，一哼没个完，好像他记忆里那条天路，开不到尽头，还时常超速，把人撇在后视镜都看不见的拐弯处。

公路上拖着大皮卡的那些货车司机，敞开车窗，赤着膊，肩头挂根油腻腻的毛巾，边扭动方向盘边朝窗外吐痰，或者逆着风大声讲粗话。父亲跟他们完全不一样，他无论跑多远，都穿得整整齐齐的，第二颗扣子永远扣牢以支撑衣领的挺拔，皮带卡在第二或第三只眼上，坐再久也不松懈。90 年代初，发胶刚刚开始流行那阵，父亲的车上就一直备着一瓶，风从来吹不动他的大背头。人们说，父亲倒像一个开礼仪车的，后边那一大

作品信息

原载《钟山》2014 年第 1 期。入选吴义勤主编《中国当代文学经典必读·2014 短篇小说卷》（百花洲文艺出版社 2015 年出版），林霆主编《2014 年短篇小说选粹》（北岳文艺出版社 2014 年出版），贺绍俊主编《2014 年中国短篇小说排行榜》（百花洲文艺出版社 2015 年出版）。2018 年获第七届鲁迅文学奖短篇小说奖。

卡车的货物，就像一支仪仗队，父亲领着他们在盘山公路、国道上拉练。我记得很清楚，父亲的驾驶室上挂着一个小相框，倒不是常见的平安符之类的东西，也不是毛主席肖像，是他80年代在彩虹照相馆拍的4寸艺术照。所谓艺术照，也就是在黑白相片的基础上，涂上些彩色，眉毛加黑了，嘴唇微红，衬衫涂成了蓝色。坐在抖叽抖叽的驾驶椅上，父亲看看远方的路，又看看近前的艺术照，心里不知想到了什么，脸上露出了跟那照片一样的笑容，臭美地、轰隆隆地开向目的地。父亲的车开得并不快，他说，开得再快，也快不过前方那团云，一眼是这样，再下一眼，就跑样了，所以，着急啥呢？父亲不着急。父亲在路上跑的时候，感觉不到时光飞速，每次回家看看日历，摸摸脑袋，哎呀，这个月又穷啦？后来，我从物理课上学到了绝对运动定理，父亲在跑，时间在跑，父亲在路上的时间等于静止。

母亲在家守着我们兄妹二人，参照隔壁印刷厂工人老王一家五口的日子，时间就在做相对运动，跑得又快又漫长。母亲经常忧心忡忡地说："也不知道你们父亲在路上会遇到什么？"那个时候没有移动电话，全靠父亲从某个途中加油站，拨个电话回家报平安，有时候是清晨，有时候是深夜。后来我才弄明白，母亲最害怕父亲在路上遇到人。仔细想想，父亲每次出车，不仅自己穿得整洁，还把大卡车也擦洗得清爽，的确像一个出门约会的男人。母亲的担心不是没有缘由。事实上，父亲四十岁那年，他跟他的卡车的确开出过轨道。这事情无须隐瞒，在我们这条红石板街，只要住过些年头的人，都不会忘记父亲那次出轨。那个下雪的深夜，他们在梦里被一阵接一阵的汽车长鸣惊醒了，叫声既像一个人在发疯，又像是拉响的警报，听说有好几个人从床上蹦下地，出门打算要往防空洞逃了，后来发现竟然是一辆卡车，停在我们红石板街中央，在我们家楼下那片空地，瞪着大大的远光灯，厉声尖叫着。雪仿佛是被它从天上叫下来的，簌簌发抖着跌落地面。人们看着这不明来路的庞然大物，竟然不敢张口开骂，只是探出头去，像看到一只受了伤、不断哀号的野兽。

卡车不知道叫了多久，忽然便一下子安静了下来，同时远光灯也熄灭了，人们才看见，我父亲那辆卡车不知什么时候已经停到了近前。他们先是沉默着，车头顶着车头。后来，父亲的卡车发动起来了，发出嘤嘤的叹息声。父亲一点一点地逼近，那辆卡车开始一点一点地往后退，一直退出了我们红石板街，在大转盘掉了个头，朝城北开出去了。父亲的卡车安静地跟在后边，打着亮亮的远光灯，照亮了前边的道路。一前一后，他们开到国道上去了。

被灯光照亮过的雪，是有记忆的，结冰时就把光锁在了里边。两辆卡车留下的车痕，有时重叠，有时分开，每一段都特别深、特别亮，我母亲踩在车痕上，来来回回地走。天亮的时候，父亲回来了。如同他每次跑完长途回家一样，用热水把自己洗得干干净净，把大背头梳得亮亮的，然后倒到床上，睡了一个长长的觉。

人们再也没见到过那辆尖叫的卡车，他们总是不无遗憾地说，可惜那晚灯光太刺眼了，看不清车上那个四川婆。"四川婆"漂亮的吧？我母亲也常这样问父亲，父亲从来没正面回应过，在他看来，这问题就是公路上设的一个路障，他手握方向盘，绕了过去。

"不要总是老生常谈嘛，我们是新社会的人。我跟新中国同龄。"父亲理直气壮地越过这路障。

"新社会的人，就要做这样的荒唐事？"母亲眼眶就红了。

"好啦好啦，都过去了，已经开过十八道弯了，都过去了不是吗？"父亲就这么哄着母亲。

我们都没有见过"四川婆"，她是父亲远方的情人。

母亲生前也有一个情人，他总是在远方。父亲跑长途，远的地方，一趟七八上十天的，母亲就把父亲一件灰色的旧毛衣垫在枕头上，把手伸进袖口里，这样，她就躺在父亲的胸口上了，并跟父亲握着手。等到父亲出车回来，很奇怪的，那个远方的情人就消失了。她总是动不动就埋怨父亲，那种温柔的思念一扫而空。通常是吃过饭，把我们打发去做作业了，她就开始对着桌上的空碟、脏碗，责备起父亲来。归根结底，她是怨父亲不顾家庭，一个人跑到外边潇洒，留下她一个人在家拖儿带女。父亲也不逃避，安静地坐在母亲身边，用火柴将香烟点着后，花一点时间，用食指和拇指将火柴烧黑的地方捻掉，火柴变成了一根牙签，在父亲牙缝间进进出出。母亲那些唠叨在父亲耳畔进进出出，父亲像剔牙一样将它们剔了出来。

偶尔，父亲也不会绕开这些"路障"，会向母亲申辩。"你以为一个人在外边跑有多潇洒？我不累？你自己想想看吧？"母亲沉默一下，心里认输了，嘴巴还是要犟的："再累也没我累，我一个人，既要上班，又要照顾两个孩子，你一个人在外头，吃饱穿暖，全家不饿的……""我哪里是一个人了？我后边不是拖着一条大尾巴？"我母亲光联想到父亲坐在驾驶室疾驰的风光模样，她忘记了父亲身后那一车重重的货物。母亲无语了。父亲站起身来，拍着母亲的肩膀，柔声说："我哪里是一个人？我背后拉着一台拖拉机呢。"母亲彻底沉默了，肩膀慢慢地松懈下来。

父亲常说，他的身后拉着台拖拉机。母亲是车头，哥哥是左轮，我是右轮。

在我和哥哥的成长过程中，父亲经常缺席，他从来没有参加过一次家长会，他的签名从没出现在我们任何一本作业簿上。可是，父亲却为我们的求知欲付出过沉重代价。那一年，哥哥念初三，我念初一，我们不再满足从父亲捎回来的特产袋子上找课本里读到的地名了，我们缠着父亲讲那些地方。可是，父亲每每让我们失望。父亲抱歉地解释说，你们老爸天天坐在这个大玻璃罩子里，脚都不沾地，这些地方，多数是在镜子里看到的，你们知道，后视镜里看到的东西，比老王伯伯的风筝还飞得远，又远又小。是的，隔壁老王伯伯经常从印刷厂里拿回些彩纸，扎各种各样的纸风筝，星期天带上他们家三个女儿到运河边放，我们也会跟去。运河边空旷，北风南风全都不缺，风筝遇到风就会失控，线一松就往天空蹿，很快就远成一个点了。既然父亲在路上看到的风景仅仅是那样的一个个点，父亲又有什么好说的呢？可我们还是不甘心。我们趴在在父亲的卡车轮子边，用手摸着厚厚的轮胎，想要从那些粗糙的纹路里，找到父亲碾过的地方，张家界、桂林、南京长江大桥、嘉峪关……最后，我们钻进父亲的驾驶位上，吵闹着，让父亲带我们到公路上，到这个小城以外的任何一个地方去。父亲从来没有妥协过。运输厂纪律很严，别说是我们小孩子，就连母亲，都没坐过父亲的车出城，她最多坐过父亲的车到十里外的郊区农场买红茶菌。母亲恐吓我们说，别老缠着爸爸和他的卡车，要是爸爸饭碗丢了，我们这台拖拉机就报废了，到那个时候，拆掉你们这两只轮子，卖钱去。我们就再不钻进父亲的驾驶室闹了。

有一天，吃过晚饭，父亲从房间里拿出一沓照片，神秘兮兮地递给我们。我们一看，竟然全是父亲在路上拍的。原来父亲求厂里那个工会主席借了相机。这些照片拍下的多数是公路牌。很多地名我们听也没听说过：怀集、白沙、乐从、溧阳……也有我们知道的：桂林、长沙、武昌，天啊，竟然还有贺兰山。哥哥显摆地背起了那首诗："驾长车，踏破贺兰山缺，壮志饥餐胡虏肉，笑谈渴饮匈奴血。待从头，收拾旧山河，朝天阙！"父亲赞赏地看着哥哥，那目光让我嫉妒死了。母亲也凑了过来，一张一张去认照片上的地名。翻到一张"宁夏人民欢迎您！"的路标时，她激动了半天，说，哎呀，这就是宁夏啊。原来她读书时，有个要好的同桌，读了一年就跟着父母转学到宁夏，从此杳无音讯，似乎跑到西伯利亚那么远去了。所以，她对宁夏这个地名印象特别深刻。母亲像找到了老同学般激动。过后，我从书里找哥哥背的那首《满江红》，心里一阵郁闷，此贺兰山非彼贺兰山啊，当时，竟然没有一个人知道，就连开到过贺兰山的父亲也不知道。那么，父亲算不算到过这些地方？

逐渐地，我们不再满足看公路牌，我们吵着父亲要看风景。父亲只好拍些沿途的风景回来。一座奇怪的石头山，一排飒爽的钻天杨，一道有趣的倒淌河，以及一轮即将沉入群山的落日……父亲的拍摄技术不怎么样，他的取景器总是装不完那些美丽的瞬间，这时，父亲就会在旁边用话语补充给我们听，有照片为指示牌，父亲说得生动些了。

父亲拍回来的照片越来越多，也越来越好看，他被路上的风景迷住了。因为这些照片，我们觉得自己就坐在父亲的副驾驶位上，到了父亲所到的地方，看到了父亲所看到的风景，我们不再觉得父亲远得只剩一个点了。

我们开始记挂在路上的父亲，会看着街上任何一辆车，想，不知道这次，父亲又会拍回什么样的照片呢？我们这样记挂着，觉得时间慢得像蜗牛。那天，父亲回来了，脸色沉重，二话不说，只顾喝水。气氛严肃，我和哥哥便没敢吵着父亲要看照片。母亲更伤心，她只是一直重复着那句话："阿基，就是不能停啊，以后千万别停了！"父亲没作任何申辩，他垂着头，乖乖地重复着母亲的话："是啊，就是不该停的啊，以后千万不能停了……"原来，父亲这次开到贵州六盘水盘山公路，那地方刚下过雨，山与山之间正骑着一道彩虹，像年画里看到的那么美。父亲生怕这彩虹消失了，连忙停下车，抓起相机，跑到路边拍起来。没想到，父亲停车的地方是盘山路一个转弯口，迎面一辆货车看到父亲的卡车时，刹车已经来不及，两相对撞，货车翻了，父亲卡车上的货物也被撞得七零八落。万幸的是，人没事。父亲被厂里记过处分，还要负责赔偿货物损失。

　　父亲再也没有停下来拍照。那些地图一样的照片，一段时间被我夹在课外书里，当书签。

　　父亲拉着我们这台拖拉机，吭哧吭哧地进入了新世纪，好在，我们都算争气，哥哥念了一所理科重点大学，毕业后在一家著名的证券公司工作，他骄傲地对父亲说，我跟您一样，也抓方向盘啦，我的手一转，上亿金额从我的手里转进转出。哥哥成了业界颇有名声的操盘手，赚大钱了，给父亲在运河边买了一套公寓。我呢，则读了文科，在一家报社工作，比上不足比下有余。在买下人生第一辆车那天，我隆重邀请父亲这个老司机坐到副驾驶位。那时父亲已经退休在家，开始看时间参照自己在做相对运动，他认为时间比过去快多了，像一辆改装后提速的卡车。我们一直朝城北开去，上了新开通的一条高速公路。父亲刚开始对车的感觉有些保守，总是盯着我的脚底下看，似乎害怕我踩错了油门和刹车。在高速路上飘了一阵，父亲才有点兴奋起来，他说，你这样开车，真像那个女人。我愣了一下，才明白他在讲"四川婆"。那个女人开得一点都不端庄。父亲说，就像你现在这样，从这条车道窜到那条车道，我跟在她后边，净看到她的车屁股扭来扭去，野得很。父亲遇见那女人的时候，是想跟上她，教训她一下，对她说，车不能这么开，太危险了，刚才她超他的时候，差点撞上了他的车头。谁知道那女人一直没让父亲赶上，"扭着个大屁股，在我跟前晃啊晃的。"父亲暧昧地笑了笑，不知道是想起那女人还是那车的屁股了。父亲赌气地一路跟着她，那女人见甩不掉父亲，就那样保持着若即若离的距离。一直开到一个汽车旅馆，他们都停了下来。他们坐在一起吃饭，好像经过一路上的较量彼此已经熟悉。后来，父亲干脆请那女人喝起了酒，他们喝得很尽兴，每喝一杯就像在用手挂挡，一挡、二挡、三挡……他们加速度冲向终点。

我猜，父亲跟那个女人爱得很疯狂，那个下雪的夜晚，女人跟踪父亲来到我们红石板街，疯狂地撖响喇叭，母亲说，就像一只在雪地里撒泼打滚的母老虎。

父亲向母亲保证过，想要再跟那女人见面，除非母亲不在这个世界上了。不过，直到母亲去世，父亲也没再跟那女人联系。父亲说，怎么能开历史倒车呢？

父亲一辈子只会开车，也没有培养什么业余爱好。母亲去世后，他独自一人打发晚年生活。我们劝父亲学点什么，父亲都兴致不高，后来哥哥想起父亲曾经爱拍照，就给他买了架简易的莱卡照相机。父亲拿着相机在运河边转悠，将远景拉成近景，将天空的云图分成若干帧局部，将一朵花拆成几瓣，将运河搓成一根线……如此半年不到，父亲发现，从镜头里看到的世界，其实跟肉眼看到的也没什么区别。他不玩了，把莱卡相机放进柜子里。

六十岁那年，医生检查出父亲的脊椎变形、增生，是长期坐驾驶椅落下的职业病，晚年加重，压迫了神经，出现耳鸣、双腿发麻等症状。医生教父亲尝试倒着走路，可以锻炼脊椎，减轻疼痛。父亲很快喜欢上了这项运动，他做得很好。只见他双手握拳，双臂前后摆动，就像胸前摆着一只方向盘，父亲上下转动着它，一发动，便双膝微曲，左右、左右，一步步朝后退去。父亲倒行得很稳当，既撞不到朝前行走的旁人，也撞不到身后的树木、花丛、栏杆，仿佛他的身体左右各安了两只后视镜，背上装了只影像雷达，并且还发出了嘟嘟的警报声："倒车，请注意，倒车，请注意……"每天，父亲给自己定下了起点和终点，从稻香园小区出发，沿着河堤，倒行至拱宸桥底，再折返，参照那条一路向东流淌的运河，父亲顺流一趟，逆流一趟，如此往复，一日两次，服药般定时定量。这种有起点有终点的运动，让父亲找回了上班的感觉，少一趟他都会觉得浑身不舒服。

父亲倒行的本领日渐上乘，速度已经可以跟那些慢跑者相媲美，他就像车流中一辆逆行的车子，往往引来行人避让、侧目，父亲超过了这些人，并且跟这些人对望，他正视着他们，朝和善者微笑，朝埋怨者挤挤眼，直到把这些人远远地甩在他的正前方。有一次，由于手臂摆幅过大，父亲撞到了一个男人的脊背。男人停下脚步，朝父亲瞪大了眼睛，嘴里骂骂咧咧。父亲超过他之后，一边倒退着，一边朝男人作揖道歉，男人觉得父亲倒行作揖的动作实在滑稽，简直有点卓别林的效果，便转怒为乐，用手臂捅一下身边的女伴，两人指着父亲笑起来。父亲看着那对开心的男女逐渐从自己眼前远去，最终变成两只小点。父亲说，现在我才知道，原来后视镜里的小点是这样形成的，有趣。

父亲倒行遇见了很多有趣的事。那个漂亮的年轻妈妈拉着小儿子闪进灌木丛，不一会儿就传出了小孩哭声，父亲清楚地看到了她教训儿子的过程，她无声地揪着那孩子的耳朵，又无声地把作业本塞进那孩子的手上；那个跟在生气的姑娘身后的男孩，数次抬起手，虚拟着去敲姑娘的后脑，表情既无奈又解恨；那一对老头老太磨蹭地落在了晨运队伍后边，他们偷偷拉了一会儿手；那个拉着行李箱的少年后边，跟着个中年男人，他走一会儿，就将手背放到脸上抹一把，抹完还不忘东张西望……倒行不仅有趣，也使父亲的脊椎轻松多了，他在电话里对我说，就像有人在前边拉着自己走，一点都不用使力的，即使上坡也不用挂挡，哈哈。父亲神清气爽的样子，让我感到欣慰，也减轻了我对父亲的内疚，算起来，我已经有两个月没回家看过父亲了。

一个秋天的傍晚，父亲倒行至德胜桥底拐弯的一个小坡，竟发生了"车祸"。他的脊背重重地遭到了一下撞击，脚下一个趔趄，重心朝后倒，要不是刹车果断，他差点一屁股摔到地上。父亲随即听到了一声尖厉的"啊呀"，之后很快爆发了一串响亮的笑声。父亲掉转车头，察看"车祸"现场，只见一个女人先他转过了头，查明事故原因后，兀自先笑了起来。那女人原来也在做着跟父亲一样的倒行运动，因而接收不到父亲身后的雷达警示，于是——两背相撞。

父亲停下了，女人也停下了。彼此道歉，并不追究事故责任人。父亲和这位姓赵的女士，放弃了他们此次出车的终点，他们停留在各自的中间站，坐到运河边的长椅上，交流起他们的"行车经验"，聊得愉悦。自此，他们每每相约到德胜桥下的那张长椅，偶尔，也结伴倒行至武林门或者拱宸桥。那赵女士调皮地称父亲为"驴友"。当父亲头一回跟我说起这个词的时候，我还以为赵女士是位时髦的中年妇女。说实话，父亲孤零零的，我倒不拒绝父亲再找一个阿姨。

认识了赵女士之后，父亲生活变得丰富多彩，尤其晚上，他的手再也不去抓遥控器了，他抓住了赵女士的手。在横跨运河的那条潮王桥下，依着河堤的那只桥洞里，开有一间歌舞厅，名叫水晶宫，在运河一带是极其有"老人气"的，白天集中在河边运动的老人们，到了晚上会带着舞伴来这里娱乐。赵女士喜欢带父亲到"水晶宫"去"蓬嚓嚓"。刚开始，父亲不愿意去，他这辈子没跳过舞，跳舞对他来说是新事物，他的腿不懂得"前嗒嗒、后嗒嗒，蓬嚓嚓、蓬嚓嚓"，他的手从不会握着女人的手和腰，"左晃晃、右晃晃，蓬嚓嚓、蓬嚓嚓"。赵女士像唱歌一样念着这些口诀，培训着父亲。她说，"跳舞嘛，小意思，就是蓬嚓嚓、蓬嚓嚓嘛！"她边说着，用脚带着父亲，前前后后地舞了起来。赵女士跳起舞来，是真的很迷人的，父亲向我坦白过这一点。

据赵女士自己介绍，她今年五十有六，一儿一女都在外地生活，目前属于"空巢"一族，她跟她的老伴，呃，每每提到她的老伴，父亲总觉得她有满腹辛酸。起初，父亲倒不想太了解她老伴，横竖他和赵女士仅仅是"驴友"，即使像现在这样拉手握着腰"蓬嚓嚓"，也只限于纯洁的"驴友"友谊。可偏偏赵女士最爱讲的还就是她老伴，仿佛那个人是缠绕她一身的慢性病，生气起来如山倒，多数时候提起来又如抽丝。时日长了，父亲渐渐明白，赵女士早就不想跟老伴过了，无奈就是找不到离婚的契机。明白了这一点，父亲的心就像碾到了一块石头，咯噔地颠了一下。在与赵女士认识、交往的这一路上，父亲的路况极其不稳定，总是被这样咯噔、咯噔地颠着，父亲的心脏就有了反应，他先是同情赵女士，后来，就喜欢上了赵女士。

某天晚上，父亲约赵女士又到水晶宫，买了两张十元钱含茶水的门票。他捏着赵女士的手，"蓬嚓嚓，蓬嚓嚓"。这晚，他发挥得尤其好，自我感觉也非常佳。父亲的外形在水晶宫里是出挑的，尽管他的头发稀疏了，但长年保持的大背头依旧隆起，闪着发胶浇湿的光泽，他的皮带还毫不吃力地搭在第二格里，他跳舞的时候，脖子尽量伸得长长的，在蓝荧荧的灯光下，就像一尾俊美的白条鱼，而赵女士呢，父亲觉得她就像风情万种的美人鱼了。

几曲跳毕，他们坐到边上的圆桌喝茶歇息。他们置身的水晶宫，宫殿的穹顶就是桥身，在音乐停止的间隙，能听到桥上过车的轰鸣，感受到车轮碾过桥身的颤动，在这些熟悉的颤动中，父亲一脚油门到底，朝赵女士飙出了一句："离婚吧，跟我过！"这句话一脱口，父亲就感到头顶的桥身上，一辆重型卡车正隆隆驶过，凌空的重量仿佛要压向自己。赵女士并没有回答父亲，她只是站起身，优雅地朝父亲伸出一只右手，邀请父亲跳下一支快三。一被父亲揽住，赵女士才忽然变得羞涩起来，她服帖地倚着父亲，随着父亲的脚步，前进一步，后退两步……他们像两条优雅的鱼，欢乐、亲昵，在这幽暗的水晶宫里，游过来游过去。

隔三岔五地，赵女士就来跟父亲住。父亲先是觉得别扭，但又不愿意拒绝。赵女士生动活泼的生活作风，用父亲的话来说是——很有味道的。赵女士到家里来，改造了父亲的生活滋味，这滋味好是好，但细嚼起来也有那么点异常，父亲总觉得这样名不正言不顺的夫妻生活，实在是不成体统的，也心存隐恐，他说，哪天，老胡杀上门来，会宰了我们。尽管父亲从没见过老胡，也不知道老胡住在哪个小区哪间公寓，但在赵女士长期的描述中，父亲已当他是一位抬头不见低头见的邻居了。赵女士面对父亲的担忧却毫不在意，她总是说，老胡病恹恹的，拳头都握不紧，怕什么？再说了，我已经跟他分床住，等到春节，子女都回来后，我们就摊牌离婚。面对仍有疑虑的父亲，赵女士豪爽地说了一句："嗨，你怎么那么老派，现在都是新时代了，我们可是新时代的人啊！"父亲才想起，自己出生于1949 年，是中华人民共和国的同龄人哪。

这么看来，赵女士是位开放、大方的新派人物，事事显示出跟这个时代合拍的步调，可唯独在见家人这件事情上，赵女士表现出了不可突破的传统。当父亲要求把赵女士带给我和哥哥认识的时候，赵女士却坚持自己的原则，理由是时机还不成熟，见过家人，那就意味着要成为一家人了，目前，"我们还不能成为一家人"，父亲把赵女士的原话告诉了我们，我和哥哥顿时觉得，这位赵女士有热情，却不乏理性，绝对是操持家政的一把好手。一度，我们甚至把"成为一家人"当成了父亲余生的寄托，有这位"驴友"陪伴父亲同走人生最后阶段，也没什么遗憾了。

那年春节，注定是个不平常的日子，就连我那一贯运筹帷幄的哥哥也有点抓不准了，他给我打电话说，妹妹，会不会我们春节回去，家里就多了个新——妈妈？哥哥的心情跟我一样复杂。我更多地想起了我们的母亲，这个常年枕着父亲毛衣独自睡觉的女人，这个常年参照着隔壁老王家生活得又苦又漫长的女人。母亲没有跟进到这个越来越美好的新时代，她就是一台过时的拖拉机，永远停留在了那个埋头耕耘的年月。母亲真的没享到福。除旧迎新之际，往事历历在目，我想得泪流满面。不过，我又不得不宽慰自己，父亲跟赵女士结婚后，我就可以有理由长时间不回家了，我跟父亲的距离，就心安理得地处于一种远方的距离，而远方总是充满了想念，温柔、美好，我的父亲跟母亲就如同一张张旧照片，好好地珍存在我过去的某个远方了。

离大年三十还有五天，赵女士拎着一只新扫帚，几瓶玻璃水、油葫芦等清洁用品，风风火火地跑到父亲家，说要提前给父亲"扫垃圾"，因为两天后，她的子女回家，就没工夫管父亲了，她要处理离婚大事。父亲心里一阵温暖，将这个正扎着一块头巾用扫帚撩着蜘蛛网的女人认定为自己的妻子，并下决心跟她一起养老至终。

赵女士怕父亲被灰尘呛着，命父亲到运河边做做运动。出门前，父亲喝下了一杯浓醇的铁观音，他关上门的那一刻，隐约听到了赵女士欢快地哼起了小曲。父亲微笑着下了楼，散步到河堤，"预备，开始!"父亲轻快地往后迈出了第一步。北风吹得树叶哗哗地往一侧倒去。似乎在为运河当啦啦队，有旁观者助威，运河跑得比平日快，像一个志在必得的冠军选手。父亲在逆风中稳住了自己，他双拳紧握，上下摆动着胸前那只"方向盘"，步伐如此坚定，仿佛他是在朝前奔去，是迎着风，相反，运河则在他的视线里一点点往后退去。父亲想着，那种孤单凄清的晚年生活，即将像这运河一样，速速退出自己视线了。父亲百感交集。他的思维在一个又一个弯道里行驶。

父亲倒行一个来回后，神清气爽地回到家，只见屋内窗明几净，悄无声息，一缕冬阳正罩着桌上那杯喝剩的铁观音，好心好意地为父亲加热着。毫无迹象地，赵女士如灰尘般消失了。就像一个会变戏法的女巫，赵女士骑着那把扫帚飞走了。她还把父亲衣柜里那些值钱的东西都变走了，包括：两只夏家祖宗传下来的金元宝、一对母亲的玉手镯、一只瑞士老手表以及那架还装着风景的莱卡照相机。父亲找遍了衣橱、壁柜、床底，甚至每一只抽屉，赵女士都不在里边。

父亲坚决不承认赵女士是个女骗子，他为她做过许多设想，他想得最笃定的就是——赵女士被老胡抓走了，没收了手机，软禁起来了。那么，老胡在哪呢？这个一度被父亲当成邻居却从没出现过的人，随着赵女士的消失，遥远得成了一个没有形状的黑点，甚至，一个点都不是，是一团白色的浮沫，逐渐消散。我们劝父亲报警，父亲死活不同意。他说，这绝对不是入室抢劫，哪里会有这么一个贼，先帮主人打扫卫生，然后再拿东西的？赵女士不是贼。好在，父亲的损失并不算太严重，加起来不过几万块钱。赵女士没拿走父亲的存折，她知道，拿了也取不出来，反而成为一名大盗。

父亲没有报警，他在水晶宫门口守了好些个夜晚，他在运河一带来来回回地碰，期待能与他的"驴友"重逢。这些美好的念头一次一次从侥幸的身边擦肩而过。整个冬天过去了，春天来了，万物发芽的时候，父亲将那些美好的念头掐芽，他将它们制成茶叶，泡水喝。夏天即将到来的时候，父亲终于敢直面这次挫败，他向我们坦白，跟那个女人好的时候，还给过 4 万元让那女人代为炒股，也不知道她到底有没有炒。我和哥哥倒吸了一口冷气，像侦破一桩大案般，顺着父亲一点一点的交代,闪回了各种蛛丝马迹。哥哥说,遇到大盗了,这应该是一个有组织、有预谋的诈骗团伙,回过头看,父亲在德胜桥倒行的那次"车祸",就是那女人的一次"碰瓷"。马路"碰瓷"这类手法,对于长期在路上开车的人来说,往往一眼就能识破,父亲为什么轻易就上当了呢?父亲没作任何解释,他低下头,用手慢慢地捋着那一丛稀疏的大背头,反复说:"在那个地方,就不应该停下来的,不该停的,我真像驴一样蠢啊……"看着父亲这个样子,哥哥悄悄地对我说,我们的父亲真的老了,已经搞不掂这个时代了。我的心里一阵疼痛。

父亲再不乐意在路面上倒行了。他跟大多数老头子一样,在运河边散散步,坐在长椅上晒晒太阳。不过父亲还是跟大多数老头子不一样,他不爱扎堆聊天,木乎乎的,找僻静的一截河岸,坐在椅子上,看着离自己不到十米远的运河,以及河上稀稀拉拉的几艘货船,目送它们从下游的一个河湾处逐渐消失。父亲想起了很多遥远的事情,仿佛他的脑子里有无数面镜子,那些关于我母亲以及我们兄妹的往事,在镜子里成像清晰,他自个儿看得感慨万分,常常不管在上班时间还是午睡时间,拎起电话就给我或哥哥打,"小峰,你们小时候用石头去砸车厂的猪,人家都跑掉了,你还傻乎乎地站在那里看,害得我在厂里上了一个晚上的家长学习班……""小妹,你总是吵着妈妈给你买明星贴纸,妈妈不给,你就到我挂在门背的衣服口袋里翻,每次都有五毛钱在里面吧?那是我故意留在里边的……""唉,你们妈妈都没好好坐过我的车,她总是说,想坐我的车去宁夏看看,她最远到过哪里?……唉,你们妈妈最可惜了,都没享到福……"这些星星点点的事情,让父亲变得忧伤甚至消沉。我不得不鼓励他:"老爸,别老想着过去,你要往前看,吃好穿好,过好每一天,现在生活好了,想要什么就去买,我给你买……"父亲从来都乖乖应答,仿佛他是大病刚愈的患者。我讲得口干舌燥,心里其实很虚弱,我又能帮他做些什么呢?电话结束的时候,父亲说得最多的一句话是:"怪了,就像是昨天发生的事情……"

有一天上午,我接到父亲的电话,他兴致勃勃地告诉我,他决定开始练习游泳，他打算到运河里游一游。我吓了一跳，当即警告他，千万别做这事，这条肉眼看起来平缓的河水，实际上太危险了。在我的印象中，父亲从不会游泳。可父亲却丝毫听不进去，他很兴奋，向我说起老家乡下的那条河，他说他从小就是泡着这条河水长大的，不过他只懂得青蛙式，小时候一淘气，奶奶就会追着他打，一追，他就跳进河里，奶奶在岸上又气又急的……父亲说："我要把游泳捡回来，今年夏天到运河里走走。"电话里，我听到了一声清脆的船鸣，我猜父亲正站在河边，羡慕地看着这艘货船，仿佛运河是他即将启航的另一条公路。

父亲对运河游做足了准备。他到小区的游泳馆，花 800 元请了那个健硕的游泳教练，一对一地教他，并且只教一个动作——仰泳。父亲觉得仰泳这个姿势太优雅了。人像睡觉般仰卧在水里，头枕在水面上，双臂在身体两侧轮流滑水，双腿夹着水往后蹬，一往后蹬，人就往前飙出几米，这比在河堤上倒行优雅多了。

父亲练得刻苦认真，除了每天到游泳馆，教练利用午休时间一对一地训练他之外，他更多的时间是在家里自行练习。他穿着厚厚的羽绒服和棉裤，仰卧在客厅的木地板上，双手在身体两侧划着地面，双脚则配合地往后蹬。他先是在原地滑动，反复练习之后，他开始尝试着在地板上游。他顺着客厅往卧室的那条笔直长廊，来回地游。后来，他掌握了用髋部拐弯，就从客厅的长廊里游进卧室，再从卧室游进书房……父亲的方向感很强，他的脑袋就像一个舵，能准确地判断出，前方十点钟的位置是房门，左边九点的位置是一张茶几，右边四点的位置是一只拖鞋……父亲摆着舵，轻易地绕开了这些障碍物。

夏天还没真正到来，父亲已经可以仰躺在水面上，周游游泳池了。即使池子里人再多，父亲都不会撞到他们，就算那个埋头划着狗刨式的大块头，鲁莽地就要撞向父亲了，父亲都会调整好身体，脚掌一踩水，来一个侧滑，像一条无声无息的鱼，优雅地从大块头身边掠过。教练抱着双臂站在池子边，得意地看着他 64 岁的高徒，他对他的同事说："所以说，年龄根本不是问题，关键看怎么教，谁来教。"

那个午后，父亲从一场充足的午睡中醒来。他开始行动了。他穿上一件文化衫，在游泳裤外套上一条阔短裤，脚踏进一双拖鞋，再用一只塑料袋装上一条浴巾，精神抖擞地往河边走去。在文化广场的一个坡下，他找到了走下运河的那条阶梯。他站在倒数第四级阶梯，脱下了衣裤和拖鞋，将它们装进塑料袋里，放在地上，又犹豫了一下，返回坡上，在草丛里找来一块石头，将石头压在塑料袋上。做完这一切，父亲才放心地走向最后一级台阶。

父亲的脚一迈，重心就交付给了与他做伴几十年的运河。

跟父亲的理想完全吻合。他平躺在河面上，顺着流水的方向，不紧不慢地，两手划水，两脚蹬水，脑袋顶水，那丛大背头被浸湿了。坍塌下来，藤蔓般稀稀拉拉地攀在他头上。游着游着，父亲惊讶地发现，在这里游泳根本不费力气，比在木地板上、游泳池里省力多了。他开始放松身体，快乐地、轻盈地向前浮游，并不时扭头看两岸风景，路灯、长椅、花坛、六角亭、柳树、橙色的健身器械……他看到自己走了无数遍的那条堤岸，他朝岸边挥挥手，就像一个阅兵的首长。偶尔，父亲会停下来，身体静止在水面上，很享受地朝天空打个呵欠。远远看去，那样子真像是睡着了。

父亲优雅的游泳逐渐吸引了两岸的观众，他们倚着栏杆，站在树荫下看，其中有几个人，还迈起了碎步，一路跟着父亲，跟了一会儿，他们看到一艘装满黑煤的货船，远远地驶过来了。货船的船身被压得很低，破着深深的水线，笔直朝前开，仿佛稍微做个侧身都很困难。在距离父亲还有几百米远的时候，货船已经发现了水上这个障碍物，长长地鸣叫了几声，把岸上的人都吓了好几跳。

父亲丝毫不理会那噪音，他慢条斯理地继续直线朝前游，仿佛他的脚掌上安着两只后视镜，在货船还没叫喊之前，他就先看到了它，并且完全掌握了它跟自己的距离。

货船越驶越近，它已经不可能再为父亲调整方向了。这艘身上写着"湖州007号"的货船，主人是一对中年夫妻，他们着急地走出船舱，双手叉腰，朝前方的父亲大声嚷嚷。紧接着，他们养的一条大狼犬也站到船头来了，它朝父亲紧锣密鼓地示威嚎叫。岸上的人开始揪起了心，好像父亲很快就会被卷到船底下，有的人还甚至朝父亲呼叫、打手势，他们以为父亲是个聋子。

就在货船与父亲相距不到100米的时候，只见父亲双腿一蜷，身体一个侧翻，沉入水里，几秒之后，又浮出了水面，父亲脑袋朝下，背朝天空，张开四肢，像一只敏捷的青蛙，迅速地朝岸边游去，给货船让出了路来……

货船超过父亲的时候，那对中年夫妻惊魂未定，就像被捉弄了一番，恼怒地朝父亲大叫大骂，而那条大狼犬却无比安静，它警惕地看着远处的父亲，耳朵紧张地竖着，仿佛水中潜藏着一个威力无穷的不明危险物。

沉重的货船疲倦地朝前方开远了，风平浪静。父亲又回到了河中央，他安详地仰躺着，闭着眼睛。父亲不需要感知方向，他驶向了远方，他的脚一用力，运河被他蹬在了身后，再一用力，整个城市都被他蹬在了身后。

| 创作评论 |

在70年代出生的作家群中，黄咏梅是属于相当特殊的一类。她的小说创作历时不长，作品数量也不是很多，但是，它们却完全摆脱了以女性私密体验为依托的"极端个人化"的叙事倾向，明确摒弃了不断复制作家主体的自恋式审美表达。在她的小说中，我们很少看到与作家自身相吻合的人物形象，也很少发现与创作主体相印证的生存境域。她的所有小说，都是将叙事空间不断地推向都市生活的底层，推向日常生活的各种缝隙之中，并从中打开种种微妙而又丰富的人性世界，建立起自己特殊的精神想象和审美趣味。

我之所以这样认为，首先在于黄咏梅对远离自身经验的生活有着相当精确的感悟能力和捕捉能力。她不像其他的70年代女作家，叙事内核总是离不开作家自身的影子，而是恰恰相反，她的绝大多数小说都建立在异常陌生的市井化的现实之中，建立在那些生活于都市底层的人群之中。这种离远自我经验的叙事，无疑需要异常丰沛的艺术想象力，也需要十分健全的现实重构能力，但是，对黄咏梅来说，这些都显得从容舒缓，游刃有余。在面对各种市井化的现实叙事时，无论是有意还是无意,黄咏梅总是能够跳开单纯的世俗景象,撇开知识分子所操持的不自觉的价值判断,而以一种绝对平等的叙事视角,将市井中的庸常生活转化为人物骨子里的一种自足的存在形态。

——洪治纲:《卑微而丰实的心灵镜像——黄咏梅小说论》,《文学界》2005 年第 10 期

这位 70 后女作家黄咏梅出生于广西,成名在广东,虽说现居杭州,但可谓情系两广,其岭南岁月与城市经验还是深刻影响了她的写作,使得她的笔下沾染了岭南气息、南国风情。有学者曾概括:"黄咏梅的小说地理学基本由广州和一个与广州不远不近的小城所构成。她作品的主人公大都经历着从小城到广州的生活道路。小城是他们的出生地,故乡是他们抹不掉的心理和文化背景,而广州则是他们选择的舞台,梦想开始与破灭的地方。"确实如此,从文学地理学的角度看,作家的创作始终带有"出生地"和"异乡人"的心灵标签,然而,这个早慧的"少女诗人",从广西来到广东后便不再写诗,她找到了别样的文学表达方式。黄咏梅曾谈到自己在广州的转型创作原因,她坦言,在高度世俗化、物质化的广州,诗意诗性水土不服,诗歌的抒情表达方式难以为继,再加上城市的世俗万象、生活的市井气息等的影响,于是,黄咏梅便开始了都市小说的创作之旅,她关注都市小人物的遭遇,既不做冷冰的社会学分析,也不做居高临下的知识分子批判,她只是呈现普通人物群落的命运,打开他们细密的心境与人性的秘密,最终捕捉一种时代的异质表情与人心的哀伤。

——陈斯拉:《时代的异质者——从 70 后作家黄咏梅的创作谈起》,《文艺争鸣》2017 年第 10 期

阅读黄咏梅的小说总有一种大俗大雅的感觉,其俗在于她善于勾勒普通的世人世像,叙述表面平实理性;其雅在于小说蕴含着一股诗性气质,潜藏着作者内在心灵的激荡。俗世外壳与诗意内核的既巧妙融合又互为反差,使黄咏梅的小说

呈现出与众不同的魅力。而小说中萦绕的诗意，蕴含着作者对于时代生活、人性表现的独特感悟以及真实深切的生命体验。

——梁慧艳：《生命体验的诗意凝结——论黄咏梅小说的诗性叙事》，《小说评论》2012 年第 S1 期

| 作品点评 |

"父亲"这位当年的司机，其惯于在广阔国土上肆意驰骋的生命，最终却受困于当代都市的老年生活。在这个新的空间里，他显得无法适应、难以进入，甚至处处受骗。"与共和国同龄"的父亲曾经征服辽阔的地图，最终却在都市的内部空间里一败涂地。因为在这里，空间已被都市生存法则异化为狩猎的场所，看似鸟语花香，实则危机四伏。

——张柠、李壮：《后抒情时代的都市边缘人——黄咏梅近期中短篇小说研究》，《中国现代文学研究丛刊》2014 年第 12 期

在黄咏梅的近作中，对于"老年"和"死亡"题材有了新的布局，它们不再是终结，也非意外，而是开始，是常态，是镶嵌密布在人们生活中的纤维丝缕。《金石》和《父亲的后视镜》可以作为平行篇来读，两篇小说的男主人公都是古稀之年，虽有儿女妻室却倍感孤独，既无为父的尊严，也无为夫的体面。与其说他们是被家人嫌弃，莫如说是被社会通行的世俗原则所抛弃，他们于情、于利都是彻底的失败者。作家通过两个老年男人讲述了一个想象中的、但也不乏现实寓意的判断：老年的孤独是根本性的宿命。为了反抗这样的命定，主人公集中最后的力量一跃而起进行绝地反击，但这反击带来的是他们在财物方面的上当受骗和惨重损失。"反击"被证明为是可笑的闹剧和更加绝望的挫败。到终了，不独家庭和亲情无法依靠，就连生命本身也成了一件讨人嫌的累赘。在一天天走向枯萎和死亡的过程中，严重受挫、全面失败的老年主人公，只能在养老院孤独地聊度残生。

从黄咏梅写小说以来，我一直对她怀有期待。十五年来，我看到自己的期待并没有落空。如今，我期待于她的，是能够沿着《小姨》《父亲的后视镜》开拓的叙事道路继续往前走。一些久久之前沉淀在暗夜中、被封存于体面和谐表象下的真相，需要被重新发掘和展示出来。如果人到中年的"70后"都不想、不愿、不能承担起记录历史、时间与生命意识的责任的话，那就会在文学史上留下令人难堪的荒芜与空白。在这一点上，同为"70后"我愿意和黄咏梅一起保持着这份警惕与自省。

——曹霞:《黄咏梅论》,《小说评论》2017 年第 4 期

驮娘河记

黄佩华

驮娘泉

云贵高原南麓。桂西北高地。

这里原来森林如海，大树遮天，望不到边，大白天仰头能看见星星闪烁。

这里的土原本是黑的，攥一把在手里，有油从指间溢出。这里是曾经的鱼米之乡。

连年大旱，无休止的日晒风吹，使森林烧成了灰烬，土地也变成了红褐色。

火焰一样的风，干涸的河流，光秃的山峦，最后一棵仙人掌也倒下了。接连的饥渴夺走了无数的生灵。

余下的人们聚到一起，宰杀了最后一头牲畜，饮完最后一滴血，烤吃了最后一块肉。头领用乌黑的巴掌抹一下爆裂的双唇，嘶哑地吼了一声：

"找水啰！"

头领说，有水就会有一切。

失明的娘对儿子说："你走吧，找到水了你再回来接娘。"

儿子不舍，把娘背在后背说："娘，您要是渴得熬不住了，就咬儿的肩膀，儿身上有血。喝了血您就不渴了。"

作品信息

原载《民族文学》2015 年第 1 期。

儿子背着娘离开了村子，从北向南走。他们相信，南方有大海，有海必定有水，有水必定有河流。

他们越往南走，空气就越炽热，越湿润。离开家越远，云朵就越厚重。然而，他们走得越远，儿子的脚步就越迟缓。

娘听到了儿子身上的河流越流越小，呼吸也越来越虚弱。娘说："儿啊，歇一会儿再走吧。再走，你就走不动了。"

"娘，我看见鸟儿往前方飞了。"儿子兴奋地说，"有鸟儿的地方就一定有水。"

儿子没有停下脚步，他依然背着娘往南方走。他们爬过了三十三个山坡，越过了三十三道沟壑。儿子的双脚磨破了，他就用双膝一节一节地往前移。膝盖磨破了，他又用双手一掐一掐地往前爬。

不知不觉中，儿子背上的娘昏厥过去了。但儿子并没有察觉，他依然不顾一切地往前爬行。

一阵暖风吹来，娘醒过来了。娘说："儿啊，娘闻到水的气息了，水离这里不远了，你就把娘放下来吧。"

"娘，我不能把您放在这里。"儿子固执地说。

"儿啊，要是你背着娘一起走，我们娘俩都得死。要是你把娘放在这里，你先去找到水，喝饱了再回来背娘，那我们娘俩就都有救了。"娘迸出最后的力气，恳求地说。

儿子说不过娘，只好把娘从背上放下来，挪到一个阴凉处。他用石块在手臂上划开一个口子，凑近娘的嘴巴，让她吮了几口血液。娘枯井一般的双眼窝，陡然滚出两行晶莹的泪珠。

儿子不敢违抗娘命，他手足并用，拼命往前爬，又翻越了一座山岭，终于看见了山脚下一处绿荫，便连滚带爬地朝绿荫奔去。

果然，绿荫下有一缕细水汩汩而出，流出丈余远后又钻进沙石里。他用手刨出一个小洼，不一会儿便积起一窝清冽的水。

他将身体匍匐在水洼上，猛喝了几口水，力气又在身上长起来。接着，他脱下身上的衣带，全都浸泡到水里。然后，捧在怀里跌跌撞撞地往山上跑去。

儿子虽说喝到了水，但是体力却依然消耗巨大，他在上山的路上脚步渐慢，后来不得不再次手脚并用，一丈一丈，一尺一尺地往上爬。

当儿子爬到娘身边时，娘只剩下了一点游丝般的呼吸。尽管衣带里已经挤不出水了，但是湿润的衣物救活了娘。

后来，人们把儿子发现的这眼泉称为驮娘泉，驮娘泉流出来的水成了驮娘河的源头。

驮娘河，西汉称文象水，发源于云南省广南县底圩乡坝庄村（一说阿科乡坝美村）。源头称达良河，流向东北至广西境内，始称驮娘河。

句町王

三月初三。

禹聚众在驮娘河边宰杀了黄牛、黑猪和山羊，然后搭起帐篷，在河滩的草地上祭拜祖先。按照风俗设宴三十三桌，三桌请父老，三桌请宾客，余下请亲朋儿孙。桌上除了三牲三禽，还有鱼、米酒和五色糯米饭。这一吃，要吃三天三夜。

每年三月三的早上，禹都要在河边搭建高台，燃上高香，率句町九族头领祭拜天地，拜雷神河神，拜布洛陀诸神，拜先祖。

拜完天地神灵，禹还要到河中裸浴。这是他从先王毋波身上传承下来的习俗。先王认为，三月三春暖花开，万物复苏，正是男人祛阴补阳的时节。于是，先王每年此日都亲自带领家族男女下驮娘河裸泳，以强身健体。

先王毋波是句町九族的骄傲。汉昭帝始元元年（公元前86年）夏，益州廉头、姑缯、牂柯谈指、同并等地二十四县起兵反汉，汉军久攻不下，遂求先王支援。先王念汉武帝刘彻为人口碑不错，天下皆敬仰俯首，于是毅然率领九族支持朝廷平乱。先王亦因战功显赫而被封为一国之王。句町，从此名盖西南诸方国，成为朝廷忠良。

禹是毋波的长孙，父辈都牺牲在了前线。江山落到禹的手里时，八族的头领都不服气，要和他比武。

八宝族头领擅用双斧，禹以布条缠之，禹赢。

底圩族头领善于使枪，禹以铁锅抵之，禹又赢。

西平族头领剑法诡异，禹以牛角击之，禹再赢。

德峨族头领好使棍棒，禹以马尾鞭缚之，禹又再赢。

剥隘族头领爱打水仗，禹以潜水时间超长而胜之。

老山族头领强于火攻，禹以巫术高超取胜之。

金钟族头领弓弩了得，禹以弹弓精准而超之。

八达族头领喜爱攀爬，禹以跑步速度快而退之。

禹十六岁随父王征战，杀敌无数，若是没有武艺，禹早已是别人的刀下鬼。和先辈相比，禹比的不是冷兵器而是智慧。比武之后，其余八族头领不得不俯首称臣，把禹推为九族之王。而禹称王后干的第一件事，便是把国都从石山区搬到了驮娘河边。

每年春天，驮娘河水减河瘦，两岸稻田种不上秧，河床行不了大木船。禹率领族人在河上筑坝蓄水，建水车抽水灌溉。战时，禹能战且战，不能战即扒开水坝，乘船而下，敌人也奈何不得。

禹还四处搜罗冶炼兵具铜器的人才，在山脚下打造刀枪，用于装备部队，铸造铜鼓铜棺，用于安葬先祖烈士。

午时许，祭司一声吆喝，众人欢腾。

禹亲自指挥来自九族的九十九面铜鼓，一起演奏句町古乐。然后，带领九族歌手，演唱山歌。喝米酒，吃五色糯米饭。乐此不疲。

渔 王

渔王姓刘，小名刘獭，意思是抓鱼像水獭一般厉害。他全名刘志六。现年四十五岁。

渔王怕黑，喜欢在大白天打鱼。河边人都晓得，水里边游动的鱼是看得见水外物体的，若有动静，哪怕是一只小鸟，鱼都会马上躲藏，像人这么大的物体就更不用说了。

一年中的大多数月份，驮娘河水都是清澈的，只有在一些深潭，水才变成了深绿色，看不见底。

大白天，深潭里的鱼都会离开洞穴，或到水浅处觅食，或浮游到水面，寻找一些食物。到了晚上，大多数的鱼是看不清楚物体的，只凭感觉和嗅觉在水里游动，一不留神就游进捕食者的嘴里。

从某种意义上说，渔王在大白天捕鱼是比较公平的。对鱼而言，它们躲避逃生的机会比晚上大多了。对渔王而言，他需要的是更多的智慧。

老人们说，最早在驮娘河上捕鱼的人并没有工具，那时候的人都像熊一样徒手抓鱼。后来，人们学会了用鱼叉叉鱼或用刀斧砍鱼。再到后来，人们又学会了做鱼笼，架鱼梁，设鱼牢，安鱼罩。到了渔王这一代，人们使用最多的工具便是渔网。

从渔王的爷爷的爷爷那辈开始，刘家就会做渔网了。在驮娘河畔，渔网的制作技术可谓一绝，过程颇为繁杂细致。秋天，渔王要选上好的棉花，除去杂质，经过脱脂、漂白、洗涤、干燥等工序，加工成纤维柔软细长、洁白而富弹性的棉花，再纺成均匀细小的棉线，用于编织成长短大小不同的渔网。织好后的渔网，还要等到过年杀猪或者端午节宰牛时，用热乎乎的生血浸透，晒干，蒸熟，再晒干。这时候，渔网才算是制成了一半。

渔网的另一个重要部分是网脚。驮娘河渔网的网脚多是用铜铸成的，人们在浇铸网脚时，在黄铜中加入少量的铅锡，就制成了经久耐磨的青铜网脚。每到夜晚，数只独木舟燃起火把，在河上围渔，两个汉子一前一后站在船上，居尾的汉子撑篙，站在船头的汉子手里提着自制的渔网，威风凛凛。头船一声吆喝，众人齐声应和。船头的汉子奋力一甩一抛，渔网便带着风嗖嗖地在数丈开外绽开，铜铸的网脚在水面砸起一朵朵浪花，带着渔网迅速下沉，再灵巧的鱼也逃不掉。

渔王不喜欢围渔，他觉得那是毛头小伙们凑热闹的，没多少技术含量。渔王认为，大白天出来游玩的鱼才是聪明的鱼，而在急流浅滩里觅食的也才是品质最好的好鱼。因此，他撒网的地方往往无人能及，要么水深流急，要么水清滩浅，鱼情不好。

无论春夏秋冬，寨上的人都看见，渔王时常悄无声息地在河边出没，或早晨，或傍晚。他总是把长裤子盘于头顶，当成头帕，上下身都是赤赤的。唯一能遮丑的东西是绑于腰间的鱼袋，若遇上生人，他把鱼袋从腰后往前一转，便成了一个小帘子。鱼袋也是用棉线织成，经过血蒸之后，便与渔网同一个颜色了。据说，他如此装扮，主要是不让女人靠近自己。渔王相信，下河打鱼的路上，要是遇上女人和蛇都是不吉利的。至于为何，却没有人能解释个明白。

渔王眼尖，他站在河岸边的某个高处，俯瞰那些滩头。若有鱼群觅食，便会竞相翻起白肚皮，一闪一闪的。这时，他便猫一般跳下岸边，踮着脚尖，在沙滩上一步一步地小跑前行，手上的渔网虽然随身飘舞，却没一丝声响。

渔王通常是从鱼群下游涉入水中，然后慢慢地摸索着往上游移动，他这样做是不会在河面上漾起水花，把鱼群吓跑。而在下水之前，他就已经把渔网的各个部分均衡地分配到双手上。每当他在水中行走，接近鱼群的过程中，他的身体始终呈弓形弯曲，上半身几乎紧贴水面，只有头颅不时昂起注视前方。待接近目标了，他才突然将身体往后一转，然后用腰力和臂力向前猛然旋转。只听一声呼啸，渔网便飞到了鱼群上方，然后重重落下。一网下来，多的能打几十斤鱼，少则几条。

渔王晓得各种鱼的习性，在急流中活动的鱼往往比较精明，但它们的听觉和视觉都被水流破坏了，他可以涉入急流中靠近撒网。在滩头活动的鱼比较敏感，要想捕捉它们，必须是用猫捕麻雀一般的功夫，然后再施以猛虎扑食的劲头。而这样的技术活儿，驮娘河上唯有渔王一人能做。

寨上，一些女人听闻渔王撒网的姿势奇特而优美，便暗中争相一睹他的风采。于是，便有人预先躲藏在岸边的草丛里偷看，耽误了农活。男人们看不下去，便把河边草丛烧了个精光。

后来，寡妇刘花花想了一个办法，用野葛藤在岸竹上搭了个窝窝。想看渔王的时候，就自己悄悄爬上去等他出现。

铜鼓寨

民国二十三年、二十四年，国民政府先后颁布了《兵役法》和《兵役法施行条例》。规定，凡男子年满 18 岁至 45 岁，都有义务服兵役。那时候，所谓服兵役，其实就是抓壮丁。谁到了服兵役的年纪，就得参加抽壮丁签，谁抽到签谁就穿上军装上前线。许多壮丁，从此别离故乡，一去不回。

五百里驮娘河上下，人们最害怕的事情莫过于被抓壮丁了。

铜鼓寨不大不小，有六十户人家，近三百口人，男丁过半。按照政策，铜鼓寨的男人也是要被抽壮丁的，但是都几十年过去了，寨上并没有抓走过一个壮丁。因为，他们有一个肯动脑子的寨佬。

寨佬叫李卜暖，早前参加过白军，到右江河谷一带打过红军，后被俘虏。红军宽宏大量，没有杀他，还送给他少许银两，让他买几斤盐巴回家。在铜鼓寨一带，卜即父亲之意，李卜暖意味着李姓阿暖的父亲。

李卜暖育有三子，老大称李老大，老二叫李老二，老三喊李老幺。

李老大十八岁时，到了抽壮丁的年纪，突然得了一场大病，人变傻了，整天见人就爱笑，爱说傻话，钻牛角尖。县兵役局听闻后，遂派人下来查验，看他到底有多傻。

这天，官员骑马来到铜鼓寨口，看见一个外表俊秀的后生，正混在一帮小孩中间，朝他们哈哈大笑。官员莫名被取笑，便有些恼怒，指着后生问："我们有什么好笑？"

后生笑说："不是你们官员好笑，是你们的马好笑。"

官员还是奇怪："我们的马有什么好笑？"

后生笑说："别人的马四条腿，你们的马有五条腿，难道不好笑吗？"

官员听了，也忍不住笑说："笨蛋，马有四蹄，肚皮下面那条不算腿，难道你就是你爹第三条腿不成？"

后生又笑："官员说我爹有三条腿，那我就是我爹那第三条腿。我说官员的马有五条腿，官员就是马的第五条腿。"

官员恼羞成怒地喝问："大胆，你叫什么名字？"

"报告官员，我叫李老大，就是我爹那第三条腿。"李老大说。

"李老大？好啊，你敢跟本官斗嘴，说明你不笨，老子这次来就是要来抓你去做壮丁的，跟老子走吧！"官员说。

"官员你错了吧？不是我跟官员斗嘴，是我爹的腿跟马的腿斗嘴。如果你把我抓了，我爹没有腿怎么走路呢？"李老大说。

官员听了哈哈大笑说："奶奶的，我从来没见过这么像腿的人呢。这种人要是去到部队，部队都变成腿了，那咋个办啊？"

官员觉得李老大还不够傻，只不过爱耍贫嘴，他还想对他做进一步考察。

官员随李老大来到李家，随手把马缰绳交给李老大，让他把马牵到屋背后去放。

想不到，李老大牵马去了半天，没见回来。官员担心他把马弄丢了，便到屋后去看。却见李老大和两个弟弟正在忙着往房顶上搭桥。

官员错愕地问："李老大，你不牵马去吃草，在这里瞎忙什么？"

李老大委屈地说："官员，你不是叫我拉马到屋背后去放吗？"

官员先是一愣，而后便忍不住捂住肚子一阵大笑。笑毕，即开了一纸证明：

兹证明，铜鼓寨人李老大因智障（笨蛋、傻瓜），不符合抽壮丁条件，免于服兵役。××县兵役局。民国二十五年冬月。

李老大免了兵役，这让李卜暖终于舒了一口气。可是第二年，李老二又长到了十八岁，到了服兵役的年龄。

李老二和李老大情况不一样，老二长得身强力壮，头脑聪颖，用寨上人的话说，老二长得一点都不像是铜鼓寨上的人。眼看又到了抽壮丁的季节，李卜暖不想眼睁睁地把儿子送到前线去送死。

铜鼓寨四周群山环抱，野生动物繁多，尤其以野猪为最。每年夏秋季节，稻谷黄熟，五谷飘香，正是野猪四处出没肆虐的时候。于是，李卜暖开始组织寨上的人围猎撵山。他把男人们分为若干小组，每组分别配有火铳、砍刀、猎狗若干。

李卜暖说，打虎离不开亲兄弟，打猎舍不得亲父子。危险来临之时，只有兄弟和父子才肯出手相救。自然，他的这一组除了他自己，另外就是李老大和李老二了。

他们父子三人带上干粮上山，一去就是几个昼夜。回来时虽说爷仨没打到野猪，但是老二还是被野猪咬伤了手。经过县医院的治疗，李老二手的伤是治好了，但右手食指和左手拇指都残废了。

因为断指，李老二逃过了一劫，他的名字也就从兵役局的花名册上删除了。

和两个兄长不同，李老幺十六岁就到寨上黄家上门了。黄家女儿年方十九，长得狗见了都不敢吠。冬天过驮娘河，她脱下裤子往李老幺怀里一塞，身子稍微往下一蹲，把老幺放到了宽背上，噌噌噌就趟过了河。

转眼到了十八岁，这时候李老幺已经当爹了，孩子是个女儿。老幺便宽慰地想，女儿好，长大了不用抽壮丁。可是，他自己就没有这个福气。

铜鼓寨长期抽不到壮丁的情况惊动了县长，于是县长决定亲自来看个究竟。县长一干人马来铜鼓寨这天，正值寒冬腊月，天降牛毛细雨，石板路上湿滑无比。

县长的马队刚踏上村头，却见石板路上全铺上了被子，长长的直铺到寨佬李卜暖的家门口。县长纳闷地问："这是搞什么鬼啊？"

率全寨人跪地上的李卜暖大声回答:"县长大人,我们怕大人的马蹄子打滑,特地从各家各户收来被子铺到石头上面,这样子大人的马就不会失蹄跌倒了。"

县长听了哈哈大笑说:"狗鸡巴的王八蛋,本县还从来没见过这么蠢的人呢!"

兵役局长小声说:"大人,他们更蠢的事还在后头哩。"

县长大驾光临,不会是什么好事,李卜暖晓得不是为征税就是为了抽壮丁。他赶紧布置众人一边下河捕鱼,一边叫人杀狗。

云贵高原的冬天,水冷刺骨,一帮男人赤身裸体争相跳进驮娘河,不停地潜入水中倒腾,大半天了才捉到两三只甲鱼。

县长来到河边,疑惑地问:"你们这又是干什么啊?"

李卜暖说:"回大人,刚才大人在寨口说要吃王八蛋,我就命令他们下河去抓王八,准备侍候大人呢。"

县长听了,若有所思地点点头。

他又来到一户人家,看见几个男人正在侍弄一只公狗,正让狗吃一大盆食物。

县长又问:"这是干什么?"

李卜暖朝儿子使了个眼色,李老幺立即回答说:"报告县长大人,我们刚才在寨口听说大人要吃狗鸡巴,就准备把这条大公狗杀了。我们还要灌狗血肠哩,请大人尝尝。"

接着,李老幺等人当着县长的面把公狗宰了,割了狗鞭,拿去和甲鱼蛋一起炒了。他们又把从狗肚子里拿出来的狗肠子煮熟了,切成了一大盘狗血肠。

午饭开桌时,寨佬李卜暖一声吆喝,红烧狗肉和河水煮河鱼先上了桌。接下来,一盘叫狗鸡巴炒王八蛋的菜也端上了主桌。与此同时,一盘散发着奇臭的狗血肠也端了上来。

面对臭不可闻的狗血肠,县长赶紧用手帕捂住鼻子,把脸转到一边。这时他忽然心生一计,大声说:"既然你们说狗血肠好吃,那你们先吃给我看,看谁吃得多。"

没想到县长会来这一手，李卜暖当即叫来一拨青壮年，让他们比赛吃狗血肠。李老么当然不想放过表现的机会，率先一口气接连吃了三块，还装着好吃的样子。其他人不愿甘拜下风，都争相在县长面前表现起来。不一会儿，一盘臭不可闻的狗血肠便被抢吃了个精光。

从此后，铜鼓寨的男人们因为弱智，而被县里免于征召壮丁，直至1949年新中国成立。

李卜冷

李卜冷是李卜暖的堂弟，因为民国时念过两年私塾，读过一些之乎者也，所以被土改工作队发现，不仅参加了工作吃上了公粮，还官至副区长。

不曾想到，十多年后，李卜冷竟会因此成为"走资派"，即走资本主义道路当权派。这让他困惑不已，怎么也想不通。他始终认为，所谓当权派应当是拿公章的，能签字报销的，说话算数的。在区里，他既不拿公章，也不能签字报账，更是说不上什么重要的话。

那段时间，造反派占领了区公所，把原来区里的干部都赶到了村寨，接受贫下中农改造。李卜冷原本就是个泥腿子，让他回铜鼓寨还巴不得呢。

然而，他想错了。无产阶级"文化大革命"的"火炬"不仅燃烧到县里区里，还烧到了遥远的铜鼓寨。

一天，寨上忽然来了几个身穿绿军装，胳膊戴红袖章的年轻人，他们在大榕树上挂了高音喇叭，在路边贴了标语，白天教跳表忠舞，晚上开大会学红宝书。一下子弄得铜鼓寨鸡飞狗跳。

但是，让造反派始料不及的是，铜鼓寨并不是他们想象的那样，是一个很适合搞革命的战场。因为，寨上既没有"走资派"，也没有"地(主)富(农)反(革命分子)坏(分子)右(派分子)"。革命没有合适的对象，这让他们很头疼。

他们通过数天晚上发动群众，做思想政治工作，进行反复排查，终于得到了两个线索。

第一个线索是寨上的阿四。阿四是个孤儿，人有点迟钝，眼睛还有点斜，还爱痴笑，看似他盯着某个人笑，其实是对旁边另外一个人笑。阿四都三十六岁了，还是个老光棍，于是有些人就爱拿他取乐。

有人举报说，经常看见阿四在生产队的牛圈旁边转悠，肯定不安好心，他在打那些母牛的主意。于是，阿四便成了第一个被批斗的对象。造反派批判阿四，主要的罪名是他破坏农业学大寨。

造反派组织大家连续对阿四批斗了三个晚上，竟一无所获。无论别人怎么说怎么问，他始终都是笑，都是点头。人家高呼口号，人家愤怒，他还是笑，还是点头。

造反派没脾气了，只好放弃了阿四。他们把革命的枪口转向了李卜冷。

在铜鼓寨，李卜冷属于辈分最高人缘最好那种人，平时他虽然人在区里，但经常还有寨上人送野味干鱼之类的给他。造反派不知底细，突然把李卜冷列为批斗对象，这让李卜冷和寨上人都感到有些意外。

这天晚上，造反派在学校球场拉起电灯，贴上标语，高音喇叭高唱革命歌曲，气氛热烈而紧张。批斗大会开始，造反派头头大喊："把走资本主义当权派李卜冷押上来！"

众人循声望去，只见李卜冷头戴一顶猪笼制作的高帽，胸挂一块黑牌，由两名造反派一左一右夹住，从后台教室押到电灯下站住。

李卜冷表情镇静地环视一周，看见乡亲们一张张和善的脸庞和亲切的目光，顿时显得更加自信，昂首挺胸，养精蓄气，等待批斗。

头头凶神恶煞地说："李卜冷，你神气什么，低下你的狗头！"

话音刚落，李卜冷夸张地把身体和头颅朝前一倾，猪笼高帽往前一歪，掉了下来。众人忍不住哄然大笑。

"李卜冷，你要什么花招？你这样对待革命大批判，革命群众饶不了你！只有老老实实交代问题，才是你的唯一出路。"头头大声呵斥说。

站在他旁边的造反派赶忙把高帽捡起来，重新套到他头上，可是戴了好久还是戴不稳，后来干脆让他自己用双手扶住。

"李卜冷，根据革命群众检举揭发，你有以下几条罪行。第一，你是走资本主义道路的当权派……"

"报告领导，我没有走资本主义道路，你们领导走哪条路，我李卜冷也走哪条路。坐车走公路，骑马走马路，爬山有山路，没有哪条是属于我走的资本主义道路呢！"李卜冷申辩说，"我在区里分管农业，又没拿公章，也不管财务，哪里有权呢。"

会场上开始有人窃窃私语，不时嬉笑。

"李卜冷，你不要狡猾抵赖，欺骗革命群众。我问你，有一次你召集一帮反动技术权威开黑会，有没有这回事？"头头问。

"报告领导，会是开了好几次，但是我没有开黑会啊，我记得每一次开会都开着灯的啊。"李卜冷说。

下面哄地又一阵笑。

头头见状，恼羞成怒地说："李卜冷，你给我跪下来！"

随着头头一声吼，两个造反派从后面朝他膝盖部位一踢，他立马扑通一声跪到地上，头上的高帽又一次跌落下来。

"坦白从宽，抗拒从严！"造反派带头振臂高呼，会场响应寥寥。

"李卜冷，你不要以为自己高明，愚弄革命群众。我警告你，你只有低头认罪，老实交代罪行，否则我对你不客气！"头头有些气急败坏。

李卜冷说："报告领导，我是农民出身，有什么讲什么，请领导熄火。"

"什么，你叫我熄火？"头头火冒三丈。"你这个死不悔改的走资派，我放不过你！"

在铜鼓寨一带，说某人熄火或者熄灯，意思是这个人完了或者死了。

"李卜冷，你这个罪大恶极的走资派，你要老实交代，你当初是怎么混进革命队伍，打着红旗反红旗的？"头头继续审问。

"报告领导，我冤枉啊。我不是混进革命队伍的，是土改队张队长发现我懂点文化，叫我参加工作的。那天是我爹送我去的，从寨上到区里都是走路。天还下毛毛雨，到区里衣服都湿了。"

众人哄笑。

"你胡说。严肃点。我不是这个意思。"头头气愤地说。

李卜冷佯装回忆了一阵，又说："报告领导，我晓得领导的意思了。我回想了一下，以前'大跃进'的时候，我是扛过几次红旗，不过，我记得没有扛反呢。"

众人又一阵哈哈大笑。

"打倒走资本主义道路当权派！""打倒李卜冷！"

头头怒不可遏地带头高喊口号。

在稀稀拉拉的口号声中，李卜冷顺势应声躺倒在地。

瞬时，铜鼓寨笑翻了天，变成了欢乐的海洋。

此后几天，造反派又组织了两次李卜冷批斗会，但最终都被笑声中断。后来，造反派只好把批斗对象转为水烟筒，因为男人们在劳动时经常停下用水烟筒抽烟，耽误了劳作。

| 作品点评 |

《驮娘河记》是笔记体小说，写得很老辣，信手拈来，涉笔成趣。

——聂震宁：《人民性、民族性和反思性》，《民族文学》2015 年第 5 期

黄佩华(壮族)《驮娘河记》将神话传说和历史记忆交汇在一起，讲述了这块红土地上的千年沧桑，体现出作者对神话、传说、故事等民间文学样式的承袭，具有神话原型的叙事特点。在这个新民间故事里，儿子用自己的血为娘解渴的驮娘河传说，禹击退各方、成为九族之王的部落故事，渔王手艺的神奇，铜锣寨民众做狗血肠、设王八宴勇斗官府、免征壮丁的智慧，"文革"中将批斗化为笑话的

民间幽默等，集中体现了少数民族的仁孝、英勇、智慧和幽默。这是他们面对天灾人祸和历史非理性的精神资源，同时也是他们倔强的民族性格和诗性的生存方式。从叙事上看，小说采取笔记体，介于散文和小说之间，五个故事"缺少有机呼应，整体感略弱"。但不可否认，这种"新民间传说"是"对本民族文学传统的一种继承与贡献"。我们知道，"每一个族群的传统文化是这个民族有别于其他民族最本质的特征，凝聚着一个民族在它的历史自我生存发展中不断形成的智慧、理性和创造力以及自我约束力。它们在适应本民族特殊的自然环境和社会环境方面具有独特的品质和功能。这些曾经被现代理性文化所'嘲笑'的东西今天又开始发挥其独有的魅力和诗意的光辉，而且有可能成为治疗现代人精神痼疾的良药"。

  ——王鹏程：《2015 年少数民族文学：民族精神的现代书写与叙事传统的深度内转》，《民族文学研究》2016 年第 2 期

推销员

朱山坡

我刚钻进被窝里午休，忽然有人敲门。开始敲得较轻，我以为是风吹。后来敲的声音越来越大，越来越急促。我很不耐烦，而且有些生气了。我起来去开门。

是一个陌生的小青年。蓬乱的头发，瘦削的脸颊，穿一件单薄的黑色夹克，在寒风中瑟缩着。

"有事吗？"我警惕地开着半扇门，随时准备猛然关上。

"我是推销员。"小青年双手放到嘴巴呵了口气说。

"我不需要任何东西。"我要把门关上。但他用身子将门顶着不让我关。

"等等，请你先看看这个……帮帮忙。"小青年忙乱地从挎包里掏出一本书递到我的面前，谦卑地对我笑了笑，"诗歌，生活需要诗歌。"

我放松了警惕，把门开得更大。拿过书，看了一眼封面，是一本诗集，名《掩面而泣》。然后随便翻了一下，全是分行的文字。粗略看了几行，显得有些矫情。

我把诗集还给小青年说："是你写的？"小青年摇摇头说："不是，是我们公司的老板写的。""你公司老板是一个诗人？"我惊讶地说。小青年呵呵地笑："你就买一本吧，不贵，就一包中南海

作品信息

原载《雨花》2015年第3期。2017年获《雨花》文学奖，2018年获第七届鲁迅文学奖短篇小说奖提名。

的钱。"他从口袋里取出一包皱巴巴的中南海烟，递一支给我，很自信地说这是北京中南海产的，国家领导人也抽这牌子的烟。我暗笑，摇摇头拒绝了他的烟。他自个儿想抽一根，但犹豫了一下，又把烟插进烟盒，把烟盒塞回口袋。我说："我不读诗歌，我很少读书，几乎不读书了。"其实我喜欢读书，只是宁愿读一堆塞在门缝的恶俗小广告，也不愿意读一行不知所云的现代诗。诗歌早已经跟我的生活没有关系了，但对诗坛的混乱也略有所闻。我不喜欢诗人。小青年说："其他书我不敢说，这本诗集值得你一读，真的，不骗你，我公司的人都说写得好，写得太好了，肯定是中国最好的诗歌。"我说："你读过吗？"小青年说："我……我读不懂。""你们是什么公司？"我问。小青年说："荷……尔……德……林房地产开发有限公司，你住的这个楼盘就是我们公司开发的，还有银河花园、莱茵河畔、罗马国际、地中海……"

他扳着手指头报告楼盘的名称，我打断他："那你在公司是干什么的？"

"我是新来的员工……不过，还在试用期。老板说了，如果我能够让祥瑞楼每家每户都买他的一本诗集，就正式录用我。"小青年那副老实质朴的样子，容易让人相信他说的是真的。

我仔细端详了这本装帧印刷精美的诗集。作者：隋正义。价格：19.98元。

"祥瑞楼从一楼到顶层，一共24层48户住户，我已经推销46册，23层以下每户住户都买了一册。"小青年从挎包里取得一本登记册，向我逐一展示下面46户住户的签名。

"我们公司老板很严格，绝对不能弄虚作假。"小青年态度也很认真。

"你们公司老板是一个诗人，这也没有什么。"我说，"但他不应该把房子卖得那么贵。"

"两码事……诗歌和房价是两码事。"小青年一本正经地说，"我们新员工都必须经过推销诗集的考核。推销任务不完成，说明没有能耐，没有能耐就没有资格到公司上班，我老板说了，什么时候完成任务，什么时候正式上班。这是一道门槛。现在就差你们第24层的两个住户了。"

"几乎是不可能完成的任务……但你差不多完成了。"我由衷赞赏他。这个时代还有谁愿意掏腰包买一本诗集？不是舍不得花钱，而是根本不需要，正如谁会无缘无故买一块狗皮膏药贴在自己的脸上。

"我老板说，每一个员工都必须具备向爱摩……斯基人推销冰箱的能耐——推销诗集比推销冰箱容易得多了。大多数住户都理解我们新员工，住得起祥瑞楼的人都是讲人情明事理的人。我的一只脚都已经踏进公司的门槛里去了，你不会让我的另一只脚永远留在外头吧？"小青年很认真地看着我，眼神里又带着乞求。看得出来，他迫切希望尽快完成任务，成为公司的一名正式员工，从此过上体面的生活。

我也不是不讲人情不明事理的人。一个涉世不深、对未来充满想象的小青年到这个城市里混生活不容易。为了成全他，我愿意买一块狗皮膏药贴在脸上。

"先生，我看你也是一个知识分子……你们知识分子最难缠，12楼的住户是一个大学老教授，死活不愿意买这本诗集，严严实实是一个钉子户。他说我老板的诗写得狗屁不诵，就一堆文字垃圾。他怎么说话呀，即使是写得狗屁不通，好歹也是一本书呀，他书房里有那么多的书，增加一本诗集就像往水缸里滴一滴水，就像在一千万元钞票中掺杂一张假币，一点也不影响。可是他说，我老板的书不够资格上他的书架——他怎么那么尖酸刻薄呀，我觉得我们老板的诗集比他书架上所有的书都漂亮。"小青年憨态可掬，同时也露出了得意之色，"但是，凡事都可以商量……我们老板说推销虽要学会死皮赖脸、死缠烂磨，我每天都来帮老教授收拾乱蓬蓬的废纸堆，整理破破烂烂的旧图书，听他没完没了讲书本上的东西，我什么也没听懂，但我装出听懂了的样子，他很高兴，三天后终于掏20块钱买了一本诗集，在登记表上签上了自己的名字：赵鹏举。老家伙不缺20块钱，只是瞧不起我们老板，瞧不起诗歌。你们知识分子的心理，我也略懂一二。"

我刚想掏腰包，却又犹豫了。

"你懂什么？你对知识分子懂多少？"我没好气地说。

小青年愣头愣脑的，但反应蛮快，马上转为笑嘻嘻地说："不全懂，不全懂……"

我说："人家老教授说得对，不是什么样的书都可以随随便便上他的书架的，就像你们——我们乡下说的，鸡不能钻进凤凰窝。"

小青年说："这个道理我懂了。"瞧瞧四下没人，将嘴巴凑到我眼前悄声说："如果不喜欢读我们老板的书，你们可以一转身就将它扔到垃圾桶，没关系的。"

我故作生气，斥责道："读书人怎么可能将书扔到垃圾桶里去呢！"

小青年知道说错了话，赶紧改口说："对，你说得对，是我理解错了——看得出来，你是一个爽快的人，买一本吧。"

我故意犹豫不决。我是想让他今后说话注意一点，对知识分子有足够的尊重。

他看到我不爽快，脸上露出了失望、焦虑、不耐烦之色。

"这样吧，诗集你可以不买，20块钱我替你垫了，你只需在登记表上签上姓名，说明你已经买过书。这个忙，你总应该帮吧。"小青年说，"当然，你也可以像老教授那样顽固，知识分子……"

我真要生气了。但小青年突然可怜兮兮地说："我真的很需要这份工作，我爸爸撑不到春节了……你看你，住这么好的房子，什么都不缺了，就缺诗歌——你买一本吧。"

我心一软，叹了一声，转身取了40块钱给他："这样吧，我要两本，替对面住户也买了，省得你去骚扰人家。"

但小青年只收20元，给了我一本诗集。

"你不能替别人买的，如果可以，我早就完成任务了。"小青年说，"做推销这一行，得讲诚信，还得有耐心。"他是对的。是我错了。

我在登记表上规规矩矩地签上了名。小青年对我千恩万谢，转身去敲对面住户的门。我关上门回去午休。

可是，我刚躺下，就被一声断喝惊得跳起来。是对面住户发出的怒吼。

我悄悄地打开一道门缝，看到小青年面对一个暴怒的中年女人胆战心惊的，唯唯诺诺的样子。

"你已经敲了一整天了!"女人穿着厚厚的白色羊毛睡衣,从脖子一直包裹到脚,只露出她长长的臃肿的脸。

我搬进来有大半年了,还是第一次看见对面的住户。

小青年不断地道歉:"对不起,我不知道你午休那么早……我应该早一点来的!"

"你来要干什么?你是怎么进祥瑞楼的?"中年女人警惕地让小青年退后一些。

"我是……推销员。"小青年说,"我正在工作。"

"推销什么?现在什么世道,竟然到高档住宅上门推销了,物业是干什么的,我给物业打电话,把你轰出去。"中年女人咆哮如雷,把我都惊呆了。她发那么大的火,在我看来,只有两种可能,第一种可能是她刚睡着就被吵醒,第二种可能是做爱做到了一半被迫中断。但无论哪种可能,她的反应都有些过了。

小青年小心翼翼地递上一本书:"我不是推销保健品的,我是推销诗集的。"在他看来,推销诗集要比推销保健品理由更正当一些。

中年妇人愣住了:"你说什么?推销诗……集?"

小青年说:"是的,生活需要诗歌,屋子里摆上一本诗集,整个家就有了诗意,我老板说了,有诗意的地方更适合安居乐业——你的房子什么都有了,就只缺一本诗集。"

中年女人拿过诗集摔到地上,诗集滚了几下,在我的门口躺了下来:"太过分了,为了一本破诗集敲了我一整天的门!你不许再敲我的门!"

门啪一声关上了。小青年满脸挫败感,呆头呆脑地站了一会,低头捡诗集的时候看到了门缝里的我。

他羞赧地朝我笑了笑。我无话可说,只是向他耸耸肩。

"你能替我说说话吗?给她讲讲道理。"

我摇摇头。因为我不会无缘无故跟一个不认识的人讲道理。

小青年很沮丧,把诗集放回挎包里,摁了电梯。我把门关上。

第二天傍晚，在楼下被踢翻的垃圾桶里，我看到了两本《掩面而泣》躺在那些花花绿绿的小广告上面，想伸手去取出来，但敏锐地发现诗集封面上有痰，我迅速把手缩回来并暗自庆幸。回家，刚走出电梯，我便看见小青年坐在楼梯口的台阶上靠着墙壁打盹。

"先生，你回来啦?"他很机警，马上站了起来，习惯性地往口袋里摸出那包皱巴巴的中南海，但很快醒悟，又把它放回去。

我向他点点头。他穿得依然很单薄，嘴唇被冻成了紫黑色。

"就差她这一户了。"小青年说，"如果她签上名，下周我就可以正式上班了。"

我说："你继续敲她的门，精诚所至，金石为开。但敲门要轻一点。"

小青年说："敲过了，没人，她还没有回来——我等了一整天了。"

"那你再等等。"我进屋去了。大约过了十分钟，屋外面有了动静。我听到了女人的声音。

"你怎么又来啦?"

"这是我的工作……你帮帮我，小事一桩，举手之劳。"

"我为什么要帮你的忙?"

"大家都帮了，就差你了。"

"大家都帮，我就应该帮你了? 如果大家都死了，我是不是也要跟着他们死呀?"

"跟死没有关系，只是一本诗集……你就当它是一坨屎……"

"我为什么要花钱往家里买一坨屎?"

"我的比喻不恰当，你可以当它是一块垫子、包装纸……每次吃饭的时候，你还可以撕一页安放吐出来骨头，然后把骨头包起来放进垃圾袋。"

"别烦我，我不要什么诗集。你说是谁写的? 隋正义? 妈的一个混蛋，连自己的名字还写不端正，写什么诗!"

"你不能骂我们隋董事长。"

"我怎么不能骂他？全世界的房子就数他的最贵，一个车位也要我们二十万。他凭什么！我看他就是一坨屎。"

"我们董事长做过很多很多慈善……"

门开了，旋即又关上了。

敲门声又响了。我开了门。小青年犹豫着敲对面的门，动作很轻，轻得像是在抚摸。我示意他继续敲。

中年女人打开门，怒斥："我说过不买，你还想干什么！"

小青年说："我不需要你买诗集了，请你帮我签一个名，证实你已经买过了就行……帮帮忙，就差你了。"

小青年拿着登记册翻给中年女人看谁谁签过名了。中年女人说："我为什么要签名？我能随便签名的吗？"

小青年转身指了指我对中年女人说："对面的先生也已经签过了。"

我点点头。中年女人瞟了我一眼，对小青年说："他管不了我，我不签，你不要再敲我的门了。"

我忍不住对中年女人说了一句："你就签给他吧，他应聘工作需要你的签名，祥瑞楼就只差你一户了，年轻人不容易，能帮就帮个忙……"

中年女人有些不高兴，轻蔑地看了我一眼说："我不能凭你一句话就签名——我并不认识你。"

我心里很不舒服，要来气了，但忍住了，对小青年说："要不，你给她叩头吧。"

小青年愣了一下，似乎真想叩。

"你叩头也没有用。我有我的原则，不吃这一套。"

我自讨没趣，把门关上。为了消气，从饭桌底下取出那本诗集，仔细读了几首。每一首诗都很短，像警句。

比如：

春天，一只鸟停在窗台
向我控诉冬天有多坏

又如：

大海都已经平静
为什么我的心里依然波动汹涌

再如；

世界那么邪恶，而你那么善良
我朝你高高举起的屠刀
一忍再忍

我觉得这些诗句很好玩，忍不住又读了几首，一肚子的气果然消了。诗歌还是有用的。是我误解了诗歌。我不认识隋正义，他应该不是一个邪恶的人，相反，还有几分善良和意趣。诗集的勒口上有他简短的简介，上面毫不讳言他只有小学的文化程度，在搞房地产生意之前只做过一项工作，就是当了三十年的推销员，什么东西都推销过。本来我不愿意跟房地产商打交道，但会写诗的房地产商让我好奇。我有了认识他的冲动，但瞬间又打消了这个念头。

我出差了三四天。回来的时候，又看到了小青年坐在楼梯口的台阶上，寒风将他的头发吹乱了。他抬眼看了我一眼，没有哼声。

我说："这几天你都在等她？"

小青年郁郁寡欢，耷拉着头，抱着挎包，还是没有哼声。

"她不在家？"我指了指那扇冰冷的门。

小青年吱了一声："在，一家人都在。"

"她仍然不愿意给你签名？"

小青年的头轻轻地摇了一下。

"大年夜快到了，你先回家去，过了春节再来吧。"我说："明天，最迟后天，我也要回长沙跟亲人团聚了。"

小青年不回答。

我说："外头冷，到我屋里坐坐吧，我给你煮碗面暖暖身子。"

小青年伸了伸腰，半个身子要起来了，但又坐了下去。

我开了门，三番两次去拉他进我屋里去。但他不肯。我再拉他的时候，他眼里已经满眶泪水。

"我爸快不成了。"他说。

"那你不快点回去看你爸？"

他坚决地摇摇头。

我进屋去了。把行李安放好，然后进厨房。

面条还没有煮好，外面突然传来激烈的打闹声。我赶紧出门看。

楼道里一下子涌出四五个人。是从对面房子里出来的，四个男人，一老，一个中年，两个个头较高的青年。中年女人站在门口恶狠狠地骂。两个青年揪住小青年拳打脚踢。小青年退到墙角奋力抵抗，用微不足道的力量予以还击。那中年男人似乎怕两个青年吃亏，迅速加入了打斗，隔着两个青年挥拳打向小青年的头。那老男人颤颤巍巍站地门里，因为惊恐不断咳嗽。中年女人指挥着三个男人战斗。小青年满脸是血，很快失去还击和自卫之力。

我大喝一声："你们干什么！"

三人停止打人。小青年倒在墙角里，抱着头蜷缩成一团。中年女人说："这个小无赖天天骚扰我们，辱骂我们，还先动手打了我，你看看我的脖子，我一开门他就像疯狗一样扑过来抓了我一把，都出血了，我满身是血！"

她生怕我看不见，走到我的面前让我看。我看到了她的脖子上确实有一道明亮的伤痕。

"我没有冤枉他吧？他咎由自取，自作自受，我倒是被他枉打了，我要报警!"因为激愤，中年女人臃肿的脸扭曲着。她掏出手机，拨打电话。

我说："他只是一个推销诗集的孩子……"

三个打人的男人不怀好意地看着我。中年男人说："那你是不是觉得我们打错人了？是我们错了？"

我没有回答他的话。我过去要把那孩子扶起来，但他拒绝了我。依然蜷缩着，浑身发抖。他的手和头多处受伤，虽然是皮外伤，但足以让人感觉到痛心。

中年女人没有打通电话，对着小青年说："本来要让你坐牢的，但想想算了，算是便宜你……"

其中一个青年走近小青年狠狠地踢了一脚他的屁股，厉声警告："你再敢骚扰我妈，我打死你!"

门内那老年男人发出一声惊叫。中年女人赶紧回去，温顺地劝慰他："爸，不管他们，外面冷……"

打人的都回屋里去了。楼道里迅速恢复了宁静，仿佛什么也没有发生过。

我回到厨房里，面条已经煮熟透。我盛了满满一碗出来，却没有了小青年的踪影。地上除了零星的血迹，再也没有发生过激烈打斗的证据。

第二天，没见到小青年。第三天，我便回长沙过春节。

春节很快就过去了。在这个春节里，我给不认识的隋正义写了一封信，希望能正式录用负责祥瑞楼推销诗集的那个小青年，我保证他会成为一个好员工。回来后，我做的第一件事就是从一楼开始，挨门逐户地找户主在信上签名，结果只用了不到半天工夫便征集到了除了我家对面户主外的祥瑞楼户主的签名。在我准备把信给隋正义送去的前一天傍晚，我家响起了毫无规则的敲门声。

我打开门。也是一个中年女人。很矮小，毛发稀少，鼻子扁扁的，左脸上有一块醒目的褐色硬痂；穿着厚厚的土棉布衫，衣服很旧，但蛮干净。也许年纪并不特别大，但看上去显得憔悴、苍老，身体里似乎已经没有一丁点力气。

她肯定是一个来自乡下的村妇。城里没有人这样穿着打扮了。

"我是卢远志的妈妈。"村妇满脸歉意,但很淡定。肩上挂着一个挎包。我认得出来,那是装诗集的灰色帆布挎包,也很干净。

"我是替我儿子推销诗集的。"村妇说话很得体,不卑不亢。

村女从挎包里取出一本诗集递到我的面前。我客气地笑着说:"我已经买过你孩子的诗集了。"

"他说祥瑞楼第24楼还有一户不愿意购买。不是你吗?"村妇有点不相信我的话。

我指了指对面说:"是那户没有买。"

村妇愧疚地说:"是我记错了,电梯口的右边,楼梯口的左边——我是爬楼梯上来的,你的对面才是左边……打扰你了。"她转身去敲对面的门。好一会,门才开。又是那中年女人。她的门上张贴着红艳艳的"福"字,门两侧挂上了喜庆的对联。春天已经来了,站在她的家门口便能感觉到春意盎然。

"我是卢远志的妈妈。"村妇把诗集递到中年女人的面前说,"我是替我儿子推销诗集的。"

中年女人吃了一惊,很快便明白了,脸上迅速露出了警惕和不耐烦的神色:"我跟你儿子说过多少遍了,我不需要诗集。你怎么代替你儿子来烦扰我了?"

村妇挺了挺腰身,不温不火地说:"我儿子不在了。我儿子生前说过……就只差一户了。"

一阵风刮过,我心里一阵紧缩。

"他死了?"中年女人脸色大变,脸上有惶恐。她的脸比年前更加臃肿,让人担心多余的肉随时掉下来。

"死了。死在他爸前头。"村妇平静地说,"两父子凑到了一块。"

看不出村妇的脸上有悲伤,仿佛不应该有悲伤似的。我心里很慌乱。

面对个头比自己矮一半的村妇,中年女人终于低下了傲慢的头颅。

"村里的人都看过这本书,都说值20块。孩子他爸虽然不认识字,但也说值。你们为什么就说不值呢?"村妇叹息道。

中年女人惘然不知所措，突然扑通一声跪下来。

"我不是故意的。我……我错了!"

"跟你们没有关系。我不怪你们"村妇说。

中年女人还是惶恐不安。她没有穿那件厚厚的白色羊毛睡衣，身子在剧烈颤抖。

村妇把诗集放门槛上："我替我儿子送这本书给你。"然后从容地转身往楼梯口走去。

中年女人猛站起来，飞快地从口袋里摸出 20 块钱，手里扬着钞票追上去说："我签! 我给他签名!"

村妇迟疑了一会，但最终没有转身，只是淡淡地说："不用了。"

一切都如此措手不及。我不知道应该说点什么，我想问村妇一个问题："你儿子是怎么死的?"但说出来的却是："你可以乘电梯走。"

村妇走到了楼梯转角，依然没有回头，她回答我的声音依然很平静："不用了……我不能白白坐你们的电梯。"

村妇不紧不慢，一步一步地往楼下走。很快我便看不到她的身影。

当把目光从村妇身上收回来时，我才发现中年女人原来和我肩并肩地站在楼梯口往下张望。我们的目光瞬间对视了一下便随即分开。

她把诗集捡起，迅速把门关上。

我也只好把门关上。

| **创作评论** |

朱山坡的短篇小说，是 70 后作家在文学上的重要收获，总结起来，在三个方面值得关注：一是把小说的呈现层次从关注社会、关注社会中的人的层次，提升到关注人的灵魂层次，从而使得小说的表现力提升到了"普遍精神"的高度，把人的命运的呈现提高到了"灵魂"的高度，所有现实社会的命运遭际，也只不过

是这个"普遍精神"的现实化而已；二是对于底层书写的执着，这是朱山坡短篇小说人道主义情怀的体现，时代精神也恰恰是在无数个底层小人物灵魂的普遍部分中得以呈现的，朱山坡小心地内敛着自己的同情，把底层情态尽可能以混沌一体的原生态端呈在读者面前；三是对于想象的执着、把想象置于经验之上，从而使朱山坡的小说获得了巨大的象征性，这也是作为诗人的朱山坡对于小说的"诗化改造"。这三个特征使得朱山坡的短篇小说，多意，够味，耐看，并具有惊异的艺术个性。

> ——张厚刚：《为底层"灵魂"赋形——论朱山坡的短篇小说创作》，《山东青年政治学院学报》2016 年第 4 期

| 作品点评 |

《推销员》(《雨花》2015 年第 3 期)是一篇有着强烈寓言色彩的小说，充满着浪漫的想象与诗意的叙述。小说讲述的是主人公小青年(卢远志)为了能够进入房地产开发公司工作，于是遵守公司的录用条件挨家挨户推销公司老板的诗集，最终因为一个中年女人拒绝购买而没有完成任务的故事。小说中的人物、诗集、房产开发公司等的名称，都显示着作者的写作动机和意图。这家房地产公司的名称叫荷尔德林，这个名字无疑是借用了德国著名诗人荷尔德林。荷尔德林的诗句"诗意地栖居"经海德格尔的借用并赋予其哲学内涵后迅速成为经典名句。海德格尔所说的"诗意的栖居"，最终指向的是心灵得到安置和张扬的精神居所。小青年要推销的恰恰是诗集，而诗集的名称是《掩面而泣》。"掩面而泣"既是小说故事情节的结局，也暗含某种精神缺失的暗自悲恸。除了这些表层化的隐喻外，小说"推销诗集"的主题也充满着强烈的象征意味。在一个诗歌普遍边缘化甚至妖魔化的时代，一方面，诗歌本身已经是一个具有反讽色彩的文学体裁；另一方面，诗歌仍然是一种理想主义情怀和形而上的精神象征。所以，来自农村的青年卢远志向高档小区推销诗集的行为，就有着更为深刻的象征意味和寓言色彩。

......

《推销员》以简约的笔法勾勒了多个层面的城市群体面对诗集时的心态。"我"起初拒绝购买诗集，并为小青年对知识分子的一番评论颇为不满，但面对小青年的执着，尤其是小青年说到"我爸爸快不行了"后，还是心生同情而购买了诗集。作为年轻的知识分子，"我"刻意葆有着知识分子的自尊，却也并非顽固不化，不仅买了诗集，而且，当我读过几首后，"我觉得这些诗句很好玩，忍不住又读了几首，一肚子的气果然消了。诗歌还是有用的。是我误解了诗歌。我不认识隋正义，他应该不是一个邪恶的人，相反，还有几分善良和意趣"。为此，"我"还为小青年能成为公司的正式职工而写联名信；老教授赵鹏举起初也死活不愿意买，于是小青年死缠烂磨，帮老教授整理旧书，"听他没完没了讲书本的东西"，然后"装出听懂了的样子"，老教授表现得很高兴，终于也买了诗集。老教授是老一代知识分子的代表，固守着所谓知识分子的精神世界，渴望得到别人的理解，其实也许自己的这个世界在别人看来也不过是"装出听懂了"；中年女人则是把诗集摔到地上，狠狠地关上门，直到谩骂、群殴，最终使小青年"失去了还击和自卫之力"；当然，也许更多的人是买完诗集后很快就扔进了垃圾桶里。这些人物面对推销诗集的心态，反映出各自的价值追求和精神姿态，折射出人的异化感和疏离感。

　　——周根红：《无处栖居的诗意——读朱山坡短篇小说〈推销员〉》，《雨花》2015 年第 19 期

　　朱山坡的《推销员》塑造了一个崭新的推销员的形象。在现如今的时代，推销员往往是一个被人们所厌弃的角色，这个行业也通常被大众所歧视，这种情况主要跟推销行为的内容有关，在最初推销的内容一般是保险、楼盘、化妆品等等一类的东西，而推销员除了有三寸不烂之舌外，往往还有一种死缠烂打的本领，所以，推销成了一种含有贬义的词汇和行当。然而，在朱山坡笔下，推销员却被寄予强大的正能量，从推销的内容到推销的方式都有了崭新的东西，这个推销诗集的推销员是一个年轻、真诚又勇敢的孩子，尽管文化水平不高，套路式的推销语

言中偶尔露出一些无知，但他是真诚的，诚信的，他希望用自己的执着和努力敲开一扇扇充满警惕的大门，他几乎就要成功了，却在最后关头倒下了。跟"我"住同一楼层的对面住户里的女人，用一种歧视性的态度扼杀了青年人的希望甚至是生命，她居住在城市的富人区，精神却极度贫乏，小说最后，母亲的出现将一种纯朴的品质升华，在母亲与中年女人短暂而简单的对话中，我们不仅感受到两种身份的对比，更感受到两种精神的对峙，作者通过对人物身份与内涵的反转，重重敲响了警示之钟，在整个社会走向现代化的大道上，人文精神的匮乏可能并不只在某些偏远的乡村，而是在被寄予了厚望的城市丛林之中。

　　——崔庆蕾、张元珂：《关照现实 追问灵魂——2015 年短篇小说创作观察》，载当代文学年鉴中心编《2015 年中国当代文学年鉴》，百花洲文艺出版社，2016，第 162—163 页

汉阳的蝴蝶

林白

"明宇你会缝被子么？"王劲风的声音从头顶上方传来，夹杂着一丝细微的烟草味。有一种干燥暖和的感觉，一种异性感。

周日下午，宿舍里没有别人。十一月份，秋风乍起，干干的凉风在宿舍长窄的走廊里转来转去，明宇在宿舍里呆坐着正不知干些什么好，就听见有人从走廊的那边走来，脚步声奇怪地停在了寝室门口。王劲风。他站在门口，头差不多顶到了门框。他说：明宇，你没出去？明宇顿时呆了一下，大脑一片空白，一时不知如何应答。

王劲风跟女生打交道向来松弛，有的男生是见了女生就脸红，非但说不出话来，连正眼都不敢看一眼。王劲风是班长，东北人，会打篮球，也会写小说。明宇跟他几乎没有单独说过话。

"明宇你会缝被子么？"他在她头顶上方问道。嗯哦，她含糊地吱了一声，全然没有想到王劲风会找她缝被子。被子，贴身盖的，应该是由女朋友之类的人来帮忙才是。

怎么不找李小榴呢，他？

李小榴当然也不是他的女朋友，但也不能说

作品信息

原载《上海文学》2015 年第 2 期，《长江日报》2016 年 3 月 12 日转载，收入贺绍俊主编《2015 年中国短篇小说排行榜》(百花洲文艺出版社 2016 年 1 月出版)，林霆主编《2015 年短篇小说选粹》(北岳文艺出版社 2016 年 1 月出版)，《小说月报》编辑部编《小说月报 2015 年实力作家精品集》(百花文艺出版社 2016 年 1 月出版)，中国作协创研部选编《2015 年中国短篇小说精选》(长江文艺出版社 2016 年 1 月出版)。

不是。两人关系令人费解。谁都看得出，李小榴迷上了王劲风，王劲风无论在哪，不出十步，你总会看到李小榴。有人曾在宿舍的后山远远看见两人拥抱，在上个世纪80年代初，学校不准学生谈恋爱，这通拥抱非同小可。王劲风打球摔折了腿骨，他拄着一支木拐杖走来走去，拐杖结实专业，很有威风，是李小榴从部队医院弄出来的。小榴每天帮王劲风打饭，据说还喂过。

但李小榴真的不是王劲风的女朋友。

他在不同的场合解释过，他不能爱李小榴，因为他有女朋友了，也可以说是未婚妻。未婚妻是公交车上的售票员，条件远不如李小榴，所以他就更不能抛弃她。那小榴呢？谁爱谁都是自由，她天天找他，怎么办？再说，剥夺一个女生爱的权利是不道德的。"爱的权利"是十年"文革"的禁欲清肃之后，当时一篇小说的题目。光这四个字就够震撼人心。班里有人有半导体，放在宿舍书桌的中央，收音机里浑厚的男中音朗读着这篇小说，人人凝神屏气。

而李小榴也够得上是英勇无畏，的确！她像日本电影《追捕》里的真由美，蔑视人间乱七八糟的栅栏。这跟她是部队子弟的身份大概也不无关系。她以她特有的娃娃音说着电影中的一句著名台词"我是你的同谋!"一边把拐杖递给王劲风。很是有意思。

显然她周日回家去了，只有像明宇这样的外地学生还在学校里猫着。明宇心里一阵乱跳，突如其来的幸福感骤然涌上明宇的全身——她要帮王劲风缝被子了！缝被子，当然，她会，她愿意。在微微眩晕中她听见王劲风说：那过一会儿你就到楼顶平台去，在那儿缝！王劲风消失在走廊的那头。明宇开始找针线，她从来没有这些东西，自己缝被子是借同学的针，线是用商店里买的缝衣线，用双线缝。她老家不叫"缝"，叫"行"，把棉胎包在被面和被里中间，以行距大大的针脚固定起来。这边城市的同学是用一种专用的粗线，像细索一样，还用一种又粗又长的特大号钢针。城市生活处处不同，连行个被子都是特殊的。

找到了针线，又特意换了一条裤腿宽一点的裤子，这条裤子的裤型好，不像原来的那条，腿太瘦，看上去像个蚂蚱。她照了照镜子，把额头上的一绺头发弄下来变成刘海。她眼睛越发亮了——对镜子里的这个女生感到满意。

借来的针线装在一只扁扁的旧铁皮盒里，这盒子大概从前是装香烟的，上面有飞檐层叠的黄鹤楼图案。"昔人已乘黄鹤去，此地空余黄鹤楼。"明宇脑子里忽然冒出这两句古诗。唔，不如改成：小榴已乘公交去，此地空余……空余什么呢？空余大被子！明宇差点笑出声来。她带上门，脚步轻快，捏在手上的铁皮盒子似乎散发出某种微热，一直传到她的额头。她密着步子走过长长的走廊，像赴约会一样奔到了楼顶。

平台上没有王劲风，天阴着，灰色水泥的楼顶地面有些萧索。明宇心里一阵荒凉。她定了定神，看到十几米开外、靠近围栏矮墙处铺了一方草席，席子上胡乱堆着什么，班里年龄最小的男生正蹲在席子旁边探头探脑的。小男生从贵州农村考来，还不到十七岁，他不爱说话，还在长个，所有的裤腿都短着一截。

明宇这才明白，王劲风让她上来，是帮小男生缝被子。她却不甘心，吞吞吐吐之后凛然问道：那个、那个……王劲风呢？他叫我来缝被子，怎么不见人影？小男生很无辜地望着她：不知道啊，他可能叫别的女生去了，还有好几个男生的被子要缝呢。

从此罗明宇，她见了王劲风就总是眼睛看着别的地方。

过了两周，周六中午，在饭堂排队打饭的时候，王劲风排在她后面，他问：明宇，你明天有空吗？当着这么多人，明宇感到自己的脸顷刻热起来。她受惊似的瞪大眼睛看着王劲风，嘴里却不知说些什么。只听得他在头顶上方说道：我们明天一起去看电影吧。他说：让小榴叫上你一起去。他说：……他的每句话都把她震得不轻，以至于，他后来还说了些什么她都没听清。

星期天，明宇要和王劲风、李小榴三人到汉阳看电影《蝴蝶梦》，这使明宇那点不快烟消云散。而且是《蝴蝶梦》，外国片，虽然不知道内容，但无疑，必定会好看！更何况和王劲风李小榴一道！至于这俩人为什么要带上她，她不愿分析这个，这个懵懂的人，她很多年后才听说了"电灯泡"这个词，一对恋人的活动夹着的第三人，她得看着那两人的甜蜜而无动于衷，必要时还得充当掩护者和两人纠纷中的调解人,不过更多的时候她当个傻瓜就足够了。我们的明宇,她对自己充当的角色完全没有兴趣,令她大费脑筋的是王李两人的关系。真是让人备感困惑啊! 这个王,这个李。王说自己有女朋友,不,更正规,是未婚妻;但李却又爱王,两人同进同出。这种混乱的事情明宇想不清楚,她全班第二小,刚满十八岁。

小榴明宇也是喜欢的。她仗义,喜助人,她的这些侠女气跟她奶声细气的娃娃音形成强烈反比,这使明宇更加觉得有趣了。小榴给班里弄过两次内部电影票,两次都留了一张给边远小镇来的明宇。她用她特有的娃娃腔叮嘱说:小明宇,你可别跟别人说啊,没几张票的啊。洪山礼堂你会去吗? 要不要我带你? 一次是日本电影《啊,海军》,一次是苏联大片《解放》。这一次,小榴的娃娃音也是那样压得低低的:我们十点就动身,到汉阳去,两点的电影。明宇一时觉得,乱麻又把她缠住了——为什么要到那么远的汉阳去呢,对她来说,武汉三镇,武昌、汉口、汉阳,光武昌就够大的了,再翻山越岭过大江到汉阳去,简直跟到另一个城市没什么两样! 武昌这边也有电影院,洪山礼堂难道不放《蝴蝶梦》? 下午两点电影,中午在哪吃饭? 小榴没容她问七问八,一闪身就不见了。

十一月底,武汉终于也有些冷了,最低有零度,最高也只有十几度,天是蓝的,太阳照在身上令人愉快。三人并排走在学校林荫道的缓坡上,阳光透过高大的悬铃木叶的缝隙落在三人身上,圆圆的光斑旋生旋灭,美好得令明宇有些感动。王劲风走在最外面,他高大地挡着从身边擦过的自行车,下坡的车总是飞一样滑下来,有的男生还双手撒把,惊险得让女生吐舌头。小榴走在中间,明宇在最里头。小榴高个、长腿,她和王劲风步幅一致,总是没走一会儿,两人就把明宇落下了,总是小榴先停下来等她两步。看上去,明宇不但像一只十足的灯泡,还像一个流鼻涕的跟屁虫。虽然她没有鼻涕,但她个矮,辫子也梳得难看,硬是像极了拖着鼻涕的小孩子。

坐公共汽车,坐了一辆又换另一辆。过长江大桥了,一边是龟山,一边是蛇山,天高江阔,火车从大桥下层隆隆开过,江面上有两只轮船,烟囱喷着烟。太阳照在江面上，江水荡着许多金箔。明宇兴奋得嘴里发出嘶嘶声。

过了江就是汉阳。三人下车，由小榴带路，她手里拿着一张纸条，看看纸条又看看街上的门牌号，嘴里嘀咕着。虽然生在武汉，其实汉阳她也没怎么来过。

他们走进了一片地形复杂的棚户区，高高低低的房子挤着，外墙肮脏，红砖裸露。路忽大忽小，窄的地方勉强能过两个人，说是路，实在像迷宫中的小道——支岔、拐弯处极多，路中间还有水坑，正赶上做饭时间，各个门口的炉子冒着烟，油烟气一阵一阵的，明宇闻到一阵腊肉的气味，她使劲吸了好几口，跟家乡腊肉一样的味道，她好久没闻到过了。她听见自己肚子咕咕叫了起来。冷不防，正在洗衣服的人家往门口泼了一盆水，三个人的裤腿都溅到了几处脏水。

电影院怎么会藏在这里？明宇忽然想起来问。她老家县城的电影院是在公园的旁边，门口是很开阔的。小榴笑道，不是啊，是先去刘铁阳家吃饭，再一起去看电影，电影院就在他家附近。

他们有些迷路了，两次路过了同一个地方——那处矮墙画着一只令人费解的鬼脸。问了人，却又感到越走越远。一条狗垂着尾巴跟在他们身后，人走它也走，人停它也停。明宇知道这种狗最要防着，她便边走边回头看这狗。而这狗是有些狡猾的，它越发挨紧了这个慌张的女生。明宇这样一边走一边扭头，不一会儿右下腹就疼了起来。小榴说，是走岔气了，歇会儿。三人靠在裸露的砖墙上，听火车从不远处隆隆开过的声音，还有吹哨子的声音和重物撞击声。

后来他们穿过一条特别窄的墙缝，才总算找到刘家。刘铁阳正在门外伸着脖子使劲搓手，他咧着嘴，想说什么却又没有说出来。

刘家跟大多数棚户区人家一样，也是门口一小块空地上晒着几排蜂窝煤，干了之后也是垒在墙根下，上面再盖上一块脏兮兮的塑料布。也是临街放一只煤炉当街生火做饭，炉子上坐着一只砂锅，正冒着热气，明宇使劲闻了一大口，是莲藕骨头汤。

几人进了屋，屋子一下就有点挤挤挨挨的样子。进深很浅，一张方桌几乎顶到了门口。菜已经摆上，有腊肉炒红菜薹，一个珍珠丸子，一碟花生米，还有用大海碗装的炖莲藕。

刘家的女人进出几回，给每人盛了藕汤，之后她就在靠墙的一只矮凳坐下来。几个人跟她打招呼，她竟没有应声。刘铁阳说不用管，她耳朵一点都听不见的。女人也不上桌，在靠门的一只矮凳坐下来，找出一只线手套慢慢拆着，这种劳保手套是工厂发的，工人家庭谁都有，拆来织成衣服，很有用。明宇一气把热汤喝下去，肚子非但立即不疼了，且胃口大开，她像贪嘴的孩子猛猛夹菜，胳臂肘抬得老高。她的脸吃得红扑扑的，刘家的菜实在是——啊特别是那个红菜薹炒腊肉，同样是红菜薹，学校里大锅一煮，完全是猪食，刘家的红菜薹却炒得像另一个品种，紫红色的短茎一截一截亮晶晶的，既神气又端庄，仿佛有着深远的来历。腊肉虽然只有少少几片，却是肥瘦相间，肥的透明，瘦的深红，华丽而珍贵。

明宇很快吃饱了，这才扭头四处看。

这屋子看上去只有学校的半间宿舍那么大，或许经常停电，靠墙的一张旧条桌上放着一盏煤油灯，有一面旧镜子，是椭圆形的，宽宽的镶边上有凸起的云纹，很少见。最里面拉着一面蓝格子的布帘。屋子低矮，有阁楼，墙角有把活动的木梯子，用来上楼。刘家的女人一直坐在门边的矮凳上，盛汤添饭都由刘铁阳一人张罗。女人看上去只有三十多岁，皮肤白腻，眼睛细长细长的，额前别了一只白色的发卡，宛如白玉，形状有点像蝴蝶，又不太像，有一层包浆似的光泽，象牙白。整个人素净典雅，完全不像棚户区阶层。她是从哪里来的呢？

寻思间大家就都吃完了，似乎人人感到时间紧迫，谁也没有多费话，大家有些匆忙地，像一些饥饿状态的鱼，低着头，一个趋着一个出了刘家。

电影院令明宇失望，它甚至不叫电影院，而叫个工人俱乐部，跟所有会堂一样，前面有主席台兼舞台，台子上方有浮雕，中间是一轮太阳，四周长短相间的斜线代表太阳的光芒，太阳的左右都是葵花，一边五朵。舞台两侧的墙上是红色的宋体字，扁扁的，有些挤，一边是"大海航行靠舵手"，另一边，"万物生长靠太阳"。没有任何细节能显示大城市气派之处。

四个人坐成了一排。明宇的左手边是小榴，右手边是刘铁阳。电影还没开始，明宇冲右边愕然说道：你妈妈真漂亮啊，她是干什么工作的？这边还没接上话，左边的小榴就捅捅明宇，凑近她耳边道：别乱打听好不好。

片刻，刘铁阳却答道：她是我小姨。

仿佛暗藏了机关，话音刚落，灯光就熄灭了，空间骤然浓缩在一片黑暗中，随即，脑后的一柱强光匐地打到了正前方的银幕上。这个小姨仿佛是不同凡响的。

而电影中的黑白画面如水浪般源源淌来——烧毁后的庄园，荒凉的路，黑白片，神秘而静穆。女主角，女主角的话外音响起：我再也没有回去过……明宇被这些遥远的、异国的画面所席卷，她不再想起刘家那位优雅的小姨。她在电影里看到一个叫吕蓓卡的女人，这个女人始终没有出现，她长长的风衣、口袋里手绢上的口红印、她坐在那里写信的桌椅和笔和纸，还有那个处处让人难堪的女管家，吕蓓卡在每个角落里浮动，她处在黑暗中。某种凝固的黑暗。

大学毕业，很多年过去，明宇和王劲风刘铁阳他们再也没有联系。曾经听说，李小榴将近四十岁才结婚，在这之前的十多年，她靠王劲风的信过日子，每个星期六，王劲风的信如期而至，她把信随身带着，去饭堂打饭，去商店买东西。晚上，她慢慢看信，星期日，她的回信写好了，有很多页，之后她穿戴整齐，骑上自行车到邮局寄信，她单位的大门口不远就有一只邮筒，她不爱投到那，那像一个虚无的玩意儿——这种事只有上个世纪80年代才会有吧。听说王劲风不断地给她介绍对象，十年之后，她终于接受了其中的一个。

奥运会那年的四月份，回校聚会，这是毕业二十多年后明宇第一次见到同班同学，不过当年的班长王劲风没有来，听说他生病住院了，在深圳。他80年代末就去了南方，折腾得风生水起，又到美国去了几年，又回来，他累坏了。刘铁阳呢，也没有来，说是他家里有点事，他跟好几个同学都特意打了招呼。李小榴还是当年的娃娃音，她穿着黑衣服，端庄凝重，仿佛是某位权势者的遗孀。看见她，明宇骤然心惊。

叙旧，明宇说起当年三人一起去过汉阳看《蝴蝶梦》，小榴说，是啊那次。她想起了当年王劲风的样子，那时候，她说。然后她说，那次其实是，刘铁阳其实是王劲风大学里最好的朋友你知道吗？啊，明宇不知道，她也不会观察，大学四年她基本没有成长，始终是个懵懂人。她听小榴说，那次其实是，王劲风想撮合你和刘铁阳，想让你们俩好，所以拉你一起去汉阳看电影，还特意到他家吃了顿饭。明宇突然记起了刘的小姨，那个皮肤白腻，眼睛细长细长的女人，她额前那只象牙白玉发卡，那层包浆似的光泽。他的小姨肯定不是一般人。明宇再一次叹道。

五月份，明宇接到手机短信，说王劲风去世，就在北京人民医院。遗体告别。事情突如其来，"五一"的时候还好好的，大家都以为不久就能出院。明宇坐地铁去，在医院外面和同学会齐，见到了二十多年没见的刘铁阳，他没去聚会原来是跟王劲风有关。告别室里黑压压的人极多，看上去都是从深圳来，男男女女衣着体面，虽是一水的黑色，却都质地优良剪裁讲究，有几款甚似高档礼服。明宇第一次见到王劲风的妻子，她大吃一惊，这位遗孀完全不像她想象中的公共汽车售票员的样子，她身材高挑气质娴雅，和她那修身的黑色裙服相得益彰。她端立在一个令人瞩目的位置，接受众人慰问，非常压得住场面。而且她显得那么年轻，简直不像是原配。同学说，就是她。这位当年的公共汽车售票员。她不但是售票员，她还是他们省重点中学的校花；不但是校花，她还是省委领导的女儿。所以。

所以，事情都是隐藏在背后的。

王劲风躺在白色的鲜花中。他胖了一点，跟当年已经不太一样了，如果在街上遇到，不会认出来。大学毕业的当年，那时候，明宇还在她的边远省份广西，王劲风和刘铁阳一起来南宁开会，三个人到南湖划船。因为王劲风，明宇特别兴奋，她把木桨拍得到处是水花，大笑不已，还大声告诉他们，岸上那棵特别高、树干灰色的树就是著名的木棉花树。后来明宇离开本专业，跟同学就再没有联系。

满大厅都是陌生面孔，每人一支白色玫瑰，是仪式主持方发给的。绕遗体一周，把鲜花放到他的身旁。明宇和李小榴排在一起，小榴步子滞重，脸上看不出悲伤，在遗孀跟前勉强握了握手，不发一言。告别之后两人越过人群，走到过道。

小榴一下就靠倒在过道的墙上，她的脸扭着，哭了。明宇用一个别扭的姿势抱住小榴，她的身体跟这个她使劲抱住的身体一起抽动起来，她感到自己是那样悲伤，泪水涌出。而小榴也唔唔地小声哭出声来，紧硬的身体也随之变得舒缓一些。

又过了五年，离大学毕业过去了整整三十年。已经五十多岁的罗明宇到深圳看望在那儿工作的女儿，她已经提前退休，平日无事可做，有时候她会到图书馆翻翻报纸杂志。有一天，在图书馆阅览室里她遇见了刘铁阳。

铁阳多年前就跟着王劲风到深圳来了，一直没结婚，当然也没有孩子，现在是他在照顾王的妻子。他们在阅览室的角落里聊了一会儿。那时候真年轻啊，什么事情都是懵懂的。她回想起从高天阔江入到杂乱逼仄的棚户区那种明明暗暗的印象，狗、水坑、腊肉红菜薹、那面有宽边花纹的椭圆镜子、蓝色格子的布帘、墙角的木梯子，一个女人姣白的脸庞从这片幽暗中浮出，她眼睛细长，额头上别着一只象牙白玉发卡，她为什么始终没有说话？她从前是干什么的……

她问起这位小姨，刘铁阳沉吟良久，说，她这一辈子啊，你是不可能想象的。再次沉吟之后他又补了一句：我这一辈子，你也是不可想象的。明宇殷切地望着他，他却没往下说什么。明宇眼睁睁地看着这一珍贵的话题沉沉地坠入无边的黑暗中，如同一串珠宝掉进河里，你再也捞不起来了。刘铁阳最后只是说，小姨一直跟他在深圳，两年前去世了。

| **作品点评** |

爱情是文学常写常新的话题。有意思的是，2015 年让人印象深刻的关于爱情的短篇小说，其人物多具有一种"痴气"或执拗。尤其是在女作家笔下，爱情混合着某种阴郁的欲念或者固执的坚持，鲁敏的《坠落美学》、陈谦的《我是欧文太太》、林白的《汉阳的蝴蝶》、周洁茹的《离婚》、盛可以的《小生命》、夏烁的《蓼湖饭店》、文珍的《觑红尘》、金仁顺的《纪念我的朋友金枝》、祁媛《美丽的高楼》、于一爽《死亡总是发生在一切之前》、张慧雯的《夜色》等都是如此。其中《坠落美

学》、《我是欧文太太》和《纪念我的朋友金枝》都出现了让人始料未及的暴力甚至死亡。这样的处理固然是以某种刻意的方式增益了小说的情节，但好在其并非仅仅是解决情节危机的方便设计而是爱情在极端状态下被嫉妒和情欲催生的不可控因素，是人性中的幽暗和盲动面对"无穷无尽的恶意之洋"的过度防卫。此外，作者在讲述这些非常态、超强度的故事时，都试图以叙事的控制规避主旨的猎奇化。比如陈谦的《我是欧文太太》，小说读来令人疑窦丛生，丹文怎么变成了欧文太太，她的前夫是否被她所杀，小说并无坐实的暗示，不过丹文这个敢爱敢恨的形象却非常鲜活地在文本中建立起来。与之相似的是《汉阳的蝴蝶》，小说也是大量留白，王劲风和刘铁阳、刘铁阳和刘铁阳的小姨、李小榴和王劲风，几组关系全都语焉不详，只让读者觉得大学时的懵懂情事在二三十年后再去看，似乎杳不可寻又似乎坚贞无比。

——马兵：《倾听"孤独之声"——2015年短篇小说综述》，《当代文坛》2016年第4期

金刚四拿

田耳

我好几年没见着罗四拿，罗代本也这样。他俩是父子关系，具体说，罗代本是老子，罗四拿就只好是儿子。

刚进腊月，村里先有一头牛掉进老蛙田那眼天坑，后有一只羊掉进孩儿坟后面的天坑。掉牛当晚，村里果然又死一人。羊是郭金宝家的，他儿子见羊掉进坑，赶紧跑回村大声叫唤，找人帮他找羊。天坑不是每个人都能下去，要找火焰高的人，他们肩有双灯，哪都敢走。

罗瞻先气息奄奄地躺在床上，耳郭却罩得远，听见有人在说有羊掉进天坑了。过不多久，罗瞻先就发觉自己喘气变得浊重。他把罗代本叫来，说自己差不多了，要罗代本聚拢亲戚，给他接气，送他走最后一程。

罗代本当然要问他爹，那好，你先说说，为什么有这想法？

羊掉进天坑，必有人了命。罗瞻先喘着粗气说，算来算去，最该死的要算到我头上。

作者简介

田耳，本名田永，湖南凤凰县人，与朱山坡、光盘合称"广西后三剑客"。1999 年开始写作，2000 年开始发表作品，2004、2006 年两度获得台湾"联合文学新人奖"，中篇小说《一个人张灯结彩》获第四届鲁迅文学奖，长篇小说《天体悬浮》获第十二届华语文学传媒大奖"年度小说家"奖，短篇小说《金刚四拿》2016 年获第四届郁达夫小说奖短篇小说提名奖。作品入选《新世纪获奖小说精品大系》《2008 中国中篇小说年选》《21 世纪中篇小说排行榜》等多种文学选本。

作品信息

原载《回族文学》2015 年第 3 期，《文学教育》2015 年第 28 期转载，《新华文摘》2015 年第 18 期转载，获第四届郁达夫小说奖短篇小说提名奖。收入《小说月报 2015 年活力作家精品集》（百花文艺出版社 2016 年 1 月出版）。

是算出来的，还是真有不舒服？

罗瞻先好好体会一番，肯定地说，真不行，今晚要走，有人在耳边叫我。

我们打狗坳有这风习，人在将死之际，所有亲戚朋友围着他，和他说道别的话，送他最后一程，这叫接气。罗代本倒不急着叫亲戚，前面罗瞻先也说过自己要死，亲戚朋友全叫来，他却又活过来。一次两次，虚惊一场，大家心里还欣喜；但事不过三，次数一多，亲戚朋友纷纷感到烦躁。罗代本打电话去叫，对方会问一句，这回真的要走？你肯定？

罗代本没法肯定，只好先找豁嘴老覃讨主意。

村里有几个天坑，既深且陡，牲畜掉进去出不来，是凶事之兆。为什么是凶兆，只有豁嘴老覃知道。村里，每人都有专司的职事，老覃负责讲邪怪的事。你拎一壶米酒去问他，就掉一只畜生进天坑，怎么有凶事？老覃只摆故事，你要不信，他再摆一个。只要不断往他碗里续酒，他就不断跟你讲，直到你背脊蹿起阵阵阴风，一个劲发凉。罗代本想问他，掉一只羊和掉一头牛，凶险的程度是否一样？是否当天就死人？若非当天见效，前三后四死了谁就算应验，那岂不是扯淡？腊月正月，天寒地冻，不管有没有牲畜掉进天坑，也要隔三岔五地死人。

罗代本还没找到豁嘴老覃，四拿意外地将电话打来。四拿像传说中的游击队员，游击队打一枪换一个地方，四拿打一个电话换一张卡。一般情况下，罗代本也打不通四拿的电话，只好等他打过来，而他一年难得打来几次。罗代本将情况讲给四拿的电话，四拿不用歇下来想，眼一转就有主意了，跟他爹说，你回去告诉爷爷，村里马冬奎的儿子在外面打工，出车祸死了，电话刚打回家。

这话怎么能乱说？马冬奎又没跟我家红过脸。

那就郭忠全家的儿子，反正都几年不回去。

郭忠全，你怎么能说他儿子？你妈没奶，你还喝过他婆娘的奶！

——随你便，那你想一个红过脸的，我也没吃过他家奶的，反正是要救人，再说爷爷迈不出门坎，不管说谁，他都不会去找人对证。

罗代本一想，虽然是损招，好歹也算一招，眼下没别的办法，不妨试试。又嘱咐四拿，你爷爷有一天没一天，你却好几年不回来。趁这次过年，回来看看他。四拿说，要回来，昨天半夜醒来，我心里说不来的酸楚，我想我是在思念故乡。

故乡？罗代本感到一阵牙酸，纠正说，是老家，是罗家垭打狗坳。

四拿的办法非常见效，罗代本跟罗瞻先讲有人抢着死，在外面打工出了车祸，罗瞻先就放了心，很快活过来。再过几天，四拿也真的回到打狗坳。那天我们正铺路，村级路已连上了乡级路，一辆中巴车开过来，四拿探出脑袋，戴一副变色镜。虽然变色镜严重遮住了脸，我更确定是他，他每次回来都要搞一些新标记。

四拿！我朝他招手。

村长在我身畔，抬眼看见四拿很高兴，说，四拿你长高了哟。

四拿古怪地看他一眼说，村长，我坐着的。

村长说，来了就好，正缺人手。党的政策好，水泥都白给，我们只要有力的出力就行。你帮我们一块铺路。

四拿说，好的，我回去摆一摆东西就来。

我知道他不会来，这是明摆着的。他果真不来。村长还当他是几年前的四拿，我相信四拿比几年前有了更多见识，以及更远大的理想。

晚上四拿来找我，我备了酒，以及下酒菜，就在我家鱼塘边的茅棚。四拿老早就喜欢这地方，说这里可以当成我们的一个据点。他走进来，我就看出他是要找我谈理想。果然，他抿一口酒，恨其不争地说，田拐，你一辈子待在打狗坳不出去，简直就是 bao tian tian wu！我听不明白，我认得的怪词没有认得的狗多。他又说了一遍，暴珍天物，就是说，你把自己浪费了。我说，哪有什么好浪费！我是个拐脚，出去谁也不会请我干活。他就说，天生拐脚必有用，有些事情肯定是专门为你这种拐脚准备的。我说，那当然，你是说打狗。我一条腿比另一条腿短八厘米，天生如此，不怨爹娘，但我走路必须不断地下腰，狗见我就躲。

他喝两个二两五，就讲以前喝三个二两五才讲的话，比如一定把我带出去见世面，有钱一起花，有难他独挡，诸如此类。他讲的这些话，我早已习惯，当耳边风。这么多年，他只要在村里，就总要找上我，跟我闲扯。他个儿矮，村长每次见他都夸他又长高了，可能是好心，但他听在耳里却有说不出的酸楚。一同玩大的一帮人，都比他高半个头，只有当我右脚撑地，走路下腰时，和他一般高，所以他和我特别有亲近感。我也一样，在打狗坳，我一旦晓得事，想挤进孩子堆一同玩耍，别人老是不要我，只有四拿不嫌弃我。我觉得我俩亲如兄弟，慢慢发现，他不一定这么看。比如，他夸我，老用一个词，忠心耿耿。我一开始真以为是夸我，后来觉得不对劲，什么叫忠心耿耿？查了字典，这个词，主要用在仆人和狗身上。我也不声张这些发现，直到那天，他自己憋不住讲了。

那时候他十六岁，和我一样大小。那天我俩坐在油桐树上闲扯，我不惮于说出我的理想，进城，有间房，能上班下班。他嗤我一声，说他不但进城，还要干出点事业，雇几个城里人，长得有模有样。以后每年回打狗坳，都是前呼后拥，两个走前，两个走后，每人一身西装，戴墨镜，一只手自然下垂，一只手插进怀里……

我说，那是保镖。村里红事白事包夜场电影，经常放港产黑帮片。四拿这么一说，我分明有印象。

差不多是的。四拿也承认。说到这儿，他神思恍惚地看向某处，看了许久，忽又将眼光拉回，定定地看我。我被他看得发毛。他说，田拐，我这个人日后一定会发达，你必须相信，我发达一定有你好处。我点点头，信他一回并不吃亏。

他又问，真的信是不？他逼视着我，要我当即表态。我只好重重地把头垂下，让他直视无碍看向我后脑壳。

好的，他说，那你给我磕一个头。

什么？

你真信我说的，就给我跪下。四拿不是开玩笑，脸绷得像皮筋一样紧，每个字用力吐出来。又说，以后我有钱，你就是我家总管，一辈子跟我过好日子。

我扑哧一笑说，跪就算了，不习惯。

他失望，喃喃地说，你这家伙，要来真的，就不肯信我。

又一次，大概七八年前，四拿从广东打来电话到南货铺，叫老虾米传唤我接。

我去接，他便说，我这里有个职位，是部门经理。我认为你适合干这个。

为什么我适合？我都不知道是哪个部门的经理，具体要干什么。

你只管相信我。

我相信你，但我不认为我能当什么部门经理。

工资一个月四千起底。

吓死我了，赚这么多钱怎么花？

娶个老婆！

我学他的腔调，这实在是我人生规划之外的事情！

不要把我随便哪句话都当名言记下来！电话那头，他定然无奈地一笑。

他劝我有半小时，我反复跟他说有台水泵急修，他才想到结束。挂断前，他幽幽地说，你始终不肯信我。我能说什么呢？我对他的相信也只是点个头，而不是磕个头，心里有分寸。后来听说，本村和邻村有几个人被他拉到广东当部门经理，交了五千多块的保证金，干几个月没赚一分钱工资只好滚回来。滚回来的人，信誓旦旦地说，狗日的罗四拿，最好是不要回来。四年前，四拿回到打狗坳，那些人也没把他怎么样。他们邀成一群，找时间在四拿家里截住他。他便仰着脖子，别人只好勾着脖子，脸对脸，各自放了一通狠话。后面就无声无息了，见面照样打招呼，递纸烟。

那次他回来，我开始相信他已混成一个狠人，从外面学来一些狠劲。这种角色，哪天发达起来，还真不好说。

四拿回家两天，将铺盖再次卷成卷，来找我，要住进鱼塘边的茅棚。

又和你爹扯皮？

说来话长。他定睛看看我，又说，我要闭关一阵，想想以后的事。

我告诉他，我大爹从养老院例行回家过年，眼下也住那里。

没得事，我可以再开个地铺。大爹老熟人了，我们在一起正好搭伴。

他又住进我家茅棚。看样子，四拿还是当年的四拿。从前，他一旦和他爹扯皮倒毛，闹不痛快，就狗一样蜷进我家鱼塘边的茅棚，一睡一整天，躺在幽暗中，思考着一些别人无法想象的问题。以前我也陪他住茅棚，夏天一只一只地摁死花脚蚊，冬天拼命挤作一堆，听他逐一分析，附近几个村寨，哪个妹子尚有可能被我弄到手。

四拿要下榻我家茅棚，我在前面开路。走进去，是从光处进到暗处，里面的人先看清我们。大爹冲他喊，罗家老四？

他说，大爹，你老别来无恙？我看你像是回光返照，完全变年轻了嘛！

是四拿吗？大爹眼神不差，但耳朵产生了怀疑。

大爹，你以前掉柴刀，都是我去帮你捡。

是四拿！

大爹以前喝醉，就拎一把柴刀往外跑，我爹在后头跟，看他搞什么名堂。大爹以前娶过一个得脑膜炎的女人，女人给他生过一个胖小孩。后来女人跌死，埋往后山；小孩夭折，埋在村东头那片孩儿坟。大爹是往村东走，要给死孩子坟头除草，除得寸草不留，把那坟包伺弄得像新埋成一样。但柴刀总是一次次掉落在那片孩儿坟，坟茔不大，坟头坟间，草却过于繁茂，挤成一团一团。柴刀掉进草窠，很难找见。也怪，别人都找不见大爹的刀，大爹只好叫四拿去，四拿一次次轻易找见。

我看得见一道刀光！

四拿也喜欢把话往玄乎处讲，表情也配合得极到位。村里人公认，豁嘴老覃走后，指定是四拿接班。

次日听人说，四拿这次回来，又和他爹闹了一场严重的不痛快。以前他父子俩扯皮，事由摆上台面，村人各有倾向(小小的打狗坳，评理是最基本的集体生活)，有说四拿脑子缺根筋，找不痛快，也有人偏说，罗代本也够古板。比如一次，四拿把头发染黑，也惹他生气。四拿原本一头黄棕头发，看上去像染的，所以染黑，想让人以为他没染发。罗代本在村口嚷嚷半天，说小孩不学好，染完头发就会往身上纹鬼脑壳，然后拖一把马刀街面上砍人。大家就劝，四拿还没有一把马刀长，不会干那种事。这次父子俩扯皮，舆论难得地一边倒，都骂四拿不是东西，出去几年变了坏种。

这次，罗代本替人杀牛时将这事捅出来：这小杂毛，出去跑几年江湖，自以为有口才，回到家，当着面，想说服他爷爷，反正是死，不如早点死。

——那怎么行呢？所有听说的人都义愤填膺，打狗坳和别的地方一样，坏种总是层出不穷，但也没见谁干这大逆不道的事。

我进到茅棚，四拿心情不错，正跟大爹讲自己见闻，天南海北的事，还扯到叙利亚和伊拉克，仿佛都去转过。大爹兴致高，他一直不喜欢看电视，不相信"新闻联播"的主持人，只信乡里乡亲讲亲身的经历。

我等四拿歇气，问他，你真的劝你爷爷早点死？

四拿冷静地看着我，问，我爹到底怎么说的？我就跟他学起来。我嗓门老气，学年轻人学不好，学他们的爹讲话，学谁像谁。四拿听后只是冷笑，跟我们说，原话不是这样，我爹最喜欢诬陷我，你们又不是不知道。

那你怎么说？大爹愿闻其详，四拿讲什么他都有兴趣。

我只是跟他说，看样子去不去也就最近的事情，不如趁着过年跨出这一步。过年大家都回家，一个打狗坳还凑得齐八大金刚给他抬棺。要是正月十五一过，年轻人都出门，他再死，就只好用郭小毛的拖拉机拖走。我知道，这几年村里有谁死去，都用郭小毛的拖拉机拖。四拿又说，郭小毛的拖拉机，以前拖牛拖狗，现在拖人。我们都是人生父母养，父母死了，应该众人抬着，走最后一段路。

四拿话讲得铿锵，理也占得稳，我却忽然记起来，四拿很早的理想，就是成为村里八大金刚之一。

每个村都必须挑出八条汉子，是为八大金刚，专管抬死人。年轻人都想加入其中，八大金刚，就是一个村庄的颜面。死了人，丧堂上，八大金刚挤满一张八仙桌，好酒好肉伺候。别村的人来吊唁，免不了往这边瞟一眼，心里想，这村的八大金刚比我们村威风，或者是，这个村要凑八个人，都紧巴。很小，四拿便羡慕八大金刚吃酒吃肉、顾盼自雄的样子。这些壮汉，一喝酒就拼上了，喝到半夜，第二天一早抬人,却不耽误。时辰一到,道士就发令:四大天王各守一方!四大天王并不现身,道士煞有介事,大家也相信,云里雾里的四大天王可不敢怠慢。道士又喝一声:八大金刚各在其位!八条汉子即刻动手,一条龙骨,两根横杠,四根抬杠,麻利地榫接在一起。抬杠压住肩头,为首的金刚吆一声,嗨呀。众人就齐声回,嗨呀。那棺材就稳稳升起。

只十来岁,四拿就想当金刚,为这他还发狠地练身体,挑柴比别人霸得蛮,十五岁能挑一百三十斤,上山下坡,走了十里地,几乎瘫倒,心里得意。他还主动跟我说,田拐,你砍的柴我帮你挑。他是要让肌肉长横实,那时开始,就把自己一点一点变成金刚。但没想到,光有力气不行,身体一打横,就不往上长个儿。当他确认自己是条汉子,就去找八大金刚为首的石榜商量。榜大叔,我来跟你混,也当一条金刚。我晓得,郭万才腿脚有风,抬棺用不上力。对此你有什么看法?四拿攒钱买了好烟,整条地送,搞关系。石榜掂了掂烟,仿佛好烟比差烟压秤。他说,八大金刚不赚钱,抬人基本上白抬。四拿赶紧说,我那份以后都孝敬你。

没问题,你这家伙心眼子开窍。但要干这事,我对你有个小要求。

你说你说。

那我就说啦!石榜把烟扔回,这才说,等你再长高一个脑壳,可以来找我。

劝爷爷早死,经四拿一说,也有理由。但说来说去,这事情显然是有,并非罗代本诬陷。大爹在一旁听完,也要表明个态度,就说,四拿,这就是你不对。有些事情能劝,有些不能劝,虽然罗瞻先随时会死,但你不能推一把。不推是他自己死,推了就变成你害死的。是不是这个道理?

四拿说,人活着,要讲活得长久,但也要讲活的质量,要活得好。

在我看来,活得长久就是活得好!大爹也是打狗坳一张利嘴。

大爹,你能代表一部分人,甚至绝大多数人的看法,但是,死了没人抬,扔在拖拉机上拖走,总不是你愿意看到的吧?

活得长短,跟死后用车拖还是用人抬,是两回事。

你想到死后是用车拖着走,还有什么心情活个长久?

他俩拌起嘴，我只好主持大局，岔开了问四拿，是你自己想着当一回金刚吧？

他没否认，还跟我说，要是我家死人，八大金刚我来凑，钱开双份，由我打头，由我喊号。

但你个头——你要抬棺，别的金刚跟你不搭调。

这个问题，早就解决了。现在有一种鞋，叫增高鞋，它可以拉平所有人的身高差距。

我说，我知道，女的穿叫高跟鞋，男的穿叫增高鞋。

两回事嘛，他坚决反驳，严厉地告诫我，增高鞋就是增高鞋。

那年大年初三，有陌生女人跑进打狗坳，逢人就问罗四拿家住哪儿。大家纷纷指方向，还下意识瞟了瞟女人的肚皮。女人长相不赖，个头比村里女人都高，比罗四拿高半头。这种事，当然是重要话题。听人说，女人在罗家歇两晚，最后是被四拿撵走的。罗代本大骂罗四拿脑子进水，女人自己找上门，若是谈婚论嫁，他们家就不好意思高喊高要。再说这个女人，一看就是好劳力。

我和她感情不和！四拿这么跟他爹解释，而且，现在我心思也不在这上面！

你有什么资格讲感情不和？你又不是城里人，又没上大学读书。罗代本认定自己迟早要被这条崽搞疯掉，痛心地说，你那心思，是不是还想着你爷爷几时死？

所以年初三四拿又跑去茅棚找我大爹喝酒，把我叫去。我并没拒绝，这几天他事务繁忙，没空理我，现在正好问一问那女人的事。这么个须尾俱全，看似愿意白贴给他的女人，竟然不要，说明他在外面还认得更好的女人。要知道，当年窝在打狗坳，他跟我一样，相亲回回不中，瞄准了目标靶靶零环，每次拽着自己身影，灰溜溜滚回家。

——其实是个概率问题。

概率？你说说。我好歹也读完高中，知道概率怎么回事，想听听四拿怎么拿它跟女人扯上关系。他拿以前的事打比方，譬如有一阵，他帮着我打周边村庄女人的主意，看我这拐脚能不能娶上媳妇。经他周密策划，那事情还是落了空。为什么落了空？四拿说，你想想，周围四乡八村，看上去跟你有苗头的女人，顶多也就十来个。你就这么多选项，这个不答应，那个也不答应，你的好事就到头了。如果你出去走一走，混一混，会撞到多少选项？我跟你说，你出去，就会碰上整个中国的女人。那是多大概率？百货中百客，别说你是拐脚，就算你断了两只脚，也会撞上一个死心塌地跟你过日子的女人。

为什么？

为什么？大多数女人喜欢钱财，没关系，总有些女人，偏就喜欢励志。

我能励什么志？

跟一个拐脚过日子，竟还过得下去，就特别励志，特别激发人的成就感。

四拿能说，我跟不上他思路。

那年过年，四拿爷爷又挨过一道年关，我家大爹却觉得自己身体不行了。本来他还到处能走，见山能爬，遇水能涉，但年初四那天，大爹在村口转了几圈，就躺进茅棚不肯动，要我给他送饭。我想叫人把他背回家，他不肯，跟我说他有了预感，鱼塘边的茅棚是他最后的归宿。

怎么觉得自己就不行了？见他饭量丝毫不减，我难免有疑问。

我怕活不过年初七！大爹答非所问。

年初七？七不出门八不归，年初七以前，出外务工的人都还待在打狗坳。我明白了，问他，大爹，你是不是想死了有人抬你上山？

大爹竟嘿嘿一笑。我这一下又猜对了。四拿这次回家，没有做通他爷爷的工作，却无心插柳柳成荫，把我大爹说服，要死趁早，有人抬上山。我这才意识到，让他俩同住茅棚，日夜长谈，是巨大错误。四拿能说，大爹并不容易被人说服，按说不会中招。但四拿出去晃荡，毕竟多有见识。见识这东西，对付没见识的人，往往管用。在我岔神的一会儿工夫，大爹把饭菜吃净，还意犹未尽抹了抹嘴。他哪是一个要死的人？我坚信大爹只是中了四拿的蛊惑，好在我有爹，他一定能除蛊解惑。大爹年纪虽大，毕竟长期靠我爹照应，所以晓得看谁脸色。我爹赶到后就把大爹训斥一顿，你还好意思当我哥？你身体明明一点问题没有，来了管吃管喝，还有睡处，去了有关饷的地方(养老院一个月还有百把块钱补助)，怎么好意思想到死？你说，你对得起党和国家的好政策吗？对得起养老院对你的养育之恩吗？一通抢白，党国组织全扯上，在气势上就摧枯拉朽。大爹只好缩着脑袋认错。

还想不想死？

瞎说说。

死也是瞎说说？我爹趁热打铁说，你再好好活个几十年。你刚过七十，身体挺好的，该硬的地方都硬邦邦。我们也不是守旧的人，养老院男男女女一大堆，有合适的老婆子再找一个，也不是不可以。

我，我注意一下。

少和四拿这种人来往，他出去几年，搞不定入了邪教。

我也补充说，大爹，要珍惜生命，远离四拿。

你们才是我亲人。大爹目光炯炯，向我们保证，四拿再来，我叫他想死的话自己先死，缺人抬棺我算一个。

我爹放下心来，冲大爹交代，过完元宵，准时去养老院报到。

说来也怪，过了元宵大爹没走，不是不肯走，脚软，躺床上下不了地，嘴还呻吟，一声长一声短，那韵律，装是装不出来。我去给他送饭，看那气色一点点地垮下来，赶紧叫车拖到县医院，请医生给他看。医生按部就班，望闻问切听，测压测糖，验血验便，浑身筛查，都没问题。医生就说，怕是老病。

这显然在大爹意料之中，听完松口气并嘱咐我，你把四拿盯紧，看着他别出远门。

他跟你下药了？

他答应过的，我死了，会找一帮人抬我上山。

我说，大爹，你死了管他什么事？这事他要不承认，我能怎么办？

我相信他，他跟我打过保证。

打保证？谁反悔谁是狗？

不要那么说人家，你不信我信。

回了村，我去找四拿，没想到他还窝在家里没有外出。我把大爹的意思转达给他，提醒他要认账。他淡淡地说，好的，最近我不会离开，有些问题我必须在这里想明白。不离开当然好，同时我也请他不要去茅棚。他离开打狗坳，大爹心里不托底，说不定死得快；同样，他要是再去茅棚，给大爹加油打气，估计大爹也没几天活头。可以说，四拿好比一眼茅坑，近不得，离不得。

我等着四拿问一句为什么不要去茅棚，我会跟他拿茅坑打比，这厮没问。

那以后大爹一直没见好转，过了正月开始在床上抽风。把他抬回家，我和我爹轮班看护，但阻止不了他日薄西山的架势。我时刻去盯四拿，看他走了没有，回来就劝大爹安心，四拿虽然不讲人话，但还干人事，说不走就不走。大爹翻翻白眼，说他等着当一回金刚。

我并不看好这样的事，金刚要凑足八个，村里年轻人以及中年壮汉元宵之前都已走光，剩下老弱病残孕，据说还有代孕，都不是当金刚的料。邻村估计也好不到哪去，只要能走动的，都不好意思留在家里。以目前这状况，一个乡镇凑足八大金刚，都不容易。

过了清明，挨近谷雨，大爹真就死掉了。记得那天艳阳高照，一个孤老离开人世，并没有激起悲悲戚戚的心情。我没去找四拿，这不关他的事，虽然他跟大爹打过保证，但并没立字据打欠条。四拿自己找上门来，主动帮着料理后事。

灵堂打理好，我拉他到一边，说看样子你是说话算话的人。

你不要操心，金刚由我去找。他马上知道我要说什么。

这不是开玩笑。

我几时和你开过玩笑？他瞪我一眼，甩开我，又去放鞭炮。

道士看了日子，要摆五天，才等到吉日，好上山。坟地也选好，村东头棋盘坳，和那片孩子坟不远对山相望，爷俩好互有照应。村马路距坟地三百米，拖拉机爬坡厉害，可把棺材拖到墓穴旁边。车屁股朝向墓穴停稳，直接放绳垂棺，就像一种排泄，非常省事。大爹想有人抬着上山，四拿也答应帮他找人，但这事不能指望四拿。当然，若四拿真就找来了人，不妨当作意外的好事。四拿每天来灵堂，见缝插针地找事做，就想显得自己最卖力，但没见他提找金刚的事。我跟他开过一次口，不好再提醒。好在有罗代本，他找个场合，人不多，但也有两三个相熟的作旁证，所以这番话就传到我耳里。

人已经走两天了——你答应找人抬棺，他才走得这么急。罗代本说，现在这事你办到哪一步，电话总要打一打吧？

这个你不要操心。

我不想操心，可是恰好我是你爹。你抬抬屁股就走人，我还要在打狗坳活下半辈子。

我什么地方让你没脸做人？

八大金刚，你凑足一条腿了不？

既然你要操心，索性再教教我，怎么把人凑齐？

怎么凑齐？好的……罗代本掐起了手指，拇指是石榜，食指是郭宝海，中指是罗长平……以前的八大金刚，进城打零工有四五个，要打电话趁早，约好了，他们才能及时赶来。

四拿却说，打电话不是问题，价格谈到多少合适？

你自己想办法。你答应人家的时候，这些都应该想清楚。四拿，讲出的话就是欠下的账，怎么还，你自己考虑清楚。

我是负责找人，贴钱我可贴不起。

你这叫赖皮！

四拿一笑，只说，话别说早。经他爹提醒，他很快来找我，以及我爹，开口仍是叫我们不必担心，自打娘胎出来，他一直坚持用嘴说话，而不是用屁股。又说，村里原来的八大金刚，都是好劳力，现在城里打零工，有力气的一天赚三四百，再加误工费，来回车费，伙食，一个人少说要算到六七百块。一个六七百，是六七百，八个六七百，那就是五千多。而且，要是一个一个打电话，他们就容易自以为是，自抬身价，给他六七百，还摆出救苦救难雪中送炭的模样，花了钱，还欠下人情，摆明是亏本买卖……

我大概听出来，他讲一大堆，无非是三加二减五的意思。那些把话讲得很漂亮的人，你就怕他嘴里突然蹦出个"但是"。

我爹也不笨，索性问，你到底想说什么？

你们还是误会了，依我的经验，有些事，人越多的场合越能办成，因为有气氛，甚至是气场。这么说有点专业，我一下子没法跟你们讲透。而我，参加过三四千人的大会，那种激动人心的场面，我的妈，不管谁有资格站在中间讲话，只要不磕巴，都会得到热烈的响应，你想不自我感觉良好，想不要飘飘欲仙，都办不到！四拿说着说着，竟然进入回忆状态，忘了我们存在。

这跟找人抬棺有什么关系？我爹还是听不出来，我也是。

我是说，找抬棺的人，用不着一个一个请。这种事，好比买东西，拆零了买就贵，要打批发，批得越多越便宜。

哪里有八大金刚打批发？

话就只能说到这里了，说得太明白，效果可能打折扣。我只想问，灵堂哪时候人最多？

上山前一天晚上。

谁都知道，上山前一天的晚上，有一场最大的法事，到时道士打绕棺，唱通夜丧堂。以前，哪里道士丧堂唱得好，邻村有人找过来听。现在只怕人聚得不多，光有道士闹不起来，有钱人家还请一台草台班的晚会，唱歌跳舞小品，搞怪逗笑，极尽粗鄙之能事，都在上山前一天的晚上。

四拿又说，等道士打绕棺搞完，会吃夜宵，那时候人最多。你们只要稍微配合我，吃夜宵时支一张门板——不，要支两张，在整个灵堂最显眼的地方。

说来奇怪，上山前一天晚上，那餐夜宵，是让人记忆深刻的东西。

当晚，要将祭羊宰杀。祭羊白天牵去坟地，将一块土皮上的草啃净，晚上就杀它，肉还热得烫，就有一帮妇人快刀片成薄片，放进沸腾的酸汤锅，煮成汤粉的浇头。粉丝也要现做，浇上一瓢酸汤羊肉，那种异香……我们一致认为，"舌尖上的中国"不拍酸汤羊肉粉，简直徒有虚名！

大爹停灵的第四天，也就是上山前一天，四拿没有现面。我爹联系好了拖拉机，那拖拉机前轮小后轮大，前轮是抓手后轮是推手，简直专门用来爬坡。道士打绕棺时，人果然来得不多，快到夜宵的点，就陆续赶来。熟人见面互开玩笑。这个说，你来得正是时候啊。那个说，想不来，行吗？眼睛躲得了，鼻头躲不了。

我端一盆切的羊肉往那边赶，大锅下的柴棒子燃得噼啪作响。这当口，四拿又冒出来，肩上扛一捆短杠，一手拎着一个白胶壶，能装二十五斤酒的那号。他问我，门板支好没有。

就等你来，马上就支好。

不急，我还要折回去，还有两壶酒，一起提来。

这么多酒？

算好的，二十来条人，一条人三斤，应是差不多。

门板是很有用的东西，有时候摆死人，有时候当饭桌，有时候遮住自己以防丢人现眼。这大有用处之物，家家都有，我支一张是长条桌，支起两张就成方桌。我爹又将瓦数最大的灯泡拉在上面，晃人眼目。我放眼四周，已来了不少人，有的坐着吃，有的偏就蹲着吃，都在吃酸汤羊肉粉，吸溜汤粉的声音绵密厚实，经久不绝。现在碗小，一碗装二两粉丝，村里男人少说要吃三四碗。打狗坳最高纪录是十七碗，纪录保持者是——今晚躺进棺材那位。吃粉时，有人又提起这个，引发一阵唏嘘。

四拿走进人群，拍拍这个，叫叫那个，拉了一二十人围住那块门板，一起喝酒。拧开壶盖，喝起来酒味比啤酒还淡，甜味却浓，更像饮料。其实，这叫"神仙酒"，用糯米和拐枣酿成，还加话梅，加杂花蜜，加姜丝，放进大竹筒子煮热。喝着浑不觉，喝到一定时候就像被人下了蒙汗药，叫一声"倒也"，你就倒。有的色鬼，就喜欢拿神仙酒去弄女人。而现在，四拿拿来这么多神仙酒，吓不着围上来的二十多个男人。他们当然都被神仙酒放翻过，心里却不肯信，这水一样的酒，真的放翻了我？不信邪，那好，再试一次。

酒喝开以后，有人就问，四拿，你不是答应说要请人抬田黑苗(我大爹)上山的吗？怎么一个金刚都还没现身？有人跟着说，和活人开开玩笑，不能跟死人开玩笑，死者为大，要有报应。

我不骗田大爹，答应的事一定办到。四拿吸溜一口粉丝喝一口酒，显然也饿得不轻。又说，金刚我都请到了。

接下来，自然有人要问，在哪里？

四拿一脸神秘兮兮，将围桌的人都瞟了一圈，喝酒的就放下碗，知道四拿又要讲怪谈玄。豁嘴老覃这时也挤过来，扯起耳朵，想听四拿能讲出什么新花样。

真的请到了，这是当大事，开玩笑明天就落雷劈死哟。四拿又嘬一大口，说不要急的，金刚即使请到，也不是说来就来，他们那叫"现身"。要想他们现身，总要有些套路，总要敬些礼数。

怎样的礼数？心急的，自然还追问。四拿已得豁嘴老覃真传，知道如何一点一点吊起别人胃口。又说，酒喝完，我立马请金刚现身，让你们看个仔细。

桌上摆开下酒菜，有的再去要米粉，用米粉下酒。大几十斤水酒，不紧不慢地喝，也用不了多长时间。喝完，半数有了状态，有的开始说胡话，有的两两抱一起，抱得很紧，也有个别开始溜桌子。

有人还能记事，冲四拿说，四拿，少耍花样。酒壶把把都空了，你再不叫金刚现身，我们就捉着你打油槌。

——已经现身了。四拿嘬着最后一口。

众人面面相觑，愈加糊涂，又问，在哪儿，在哪儿？四拿，今天这番话兜不圆，小心田黑苗半夜带你一起走。

这不都看见了嘛。四拿嘿嘿哈哈，指指这个，又指指那个。

明白过来的人，有的冷笑，有的嚷嚷。这玩笑有些离谱。这一桌男人，大都是半劳力。八大金刚哪是随便凑得出来，棺材不是谁都有资格去抬。但是，四拿有种当这么多人开玩笑，又能把他怎么样？别的人不痛不痒说几句，便要忙别的事，罗代本认定自己一辈子待在打狗坳，他挂不住脸。生出这样的儿子，他只好一次一次挂不住脸。他摆出要发作的模样，冲四拿说，你有种，你今天敢在这里开玩笑！这里面哪个有金刚的体质？

我们都是金刚。四拿蛮有把握地说，为什么一定要是八大金刚？为什么不能是十六个？要找十六个人抬棺，我们个个都有资格！

十六个？

找八个找不出，就十六个，两个抵以前一个金刚，我看没问题。他又指指我，田拐都可以当金刚。我有一种鞋，他一穿两只拐脚就能变得一样长。他都可以是金刚。

噢，是的，抬棺的人越多，级别越高。最先呼应的，是豁嘴老覃，没准是四拿找好的托。他还说，两个人抬是滑竿，四个人抬是花轿，八个人抬是大官坐的官轿，十六个人抬，我看是以前皇帝才有的资格。

是的，不能等了。四拿什么时候站了起来，又把别的站着的人吆喝着坐下，只他一人站着，这才继续往下说。不能等了，要是老去等八大金刚，我们每个人都只好被车子，被拖拉机像拖死狗一样拖走。人生父母养，生下来是被人迎接，走的人也应该被大家手把手送走。

他喘喘气，旁边的人递烟，燃上。他狠狠地说，今天你不抬人家，明天也没人抬你。我们每个人，都必须是金刚。

场面上没了声音，每个人的表情都有些凝滞，想着，感受着，在自己死后，有人抬或是被拖拉机拖走，这滋味有多少差别。

稍后，有人问，怎么抬？

问得好！四拿早就等着有这一问，他掏出一根短棍说，这是一根杠。他比画着，龙骨一根，棺材就平行吊在龙骨下面；横杠垂直于龙骨，前后各一根；以前的抬杠四根，左右垂直于两根横杠。而现在，他又弄出八根短杠，前后垂直于四根抬杠。每根短杠各两个人抬，正好十六人。

这两天我一直在琢磨，怎么弄才抬着舒服，是加四根抬杠，还是在抬杠上面再加短杠。想来想去，在四根抬杠上加八根短杠，无疑是最省事的办法。

这是很简单的设计,大多数人明白,有个别人偏要说,四拿你再讲一遍。

好的,讲是讲不清楚,现在大家都站起来。四拿退后几步,走到较空旷的地方,手一挥,喝酒的人即使摇摇晃晃,都往那边走去。四拿见自己已开始掌控局面,又下了个指令,要所有人按高矮秩序排好。

有的人嘻嘻哈哈,郭麻子就说,罗四拿,你还捉着我们搞军训?

谁和你开玩笑?郭麻子,现在不是你说话的时候,快站好队!四拿的语气,忽然就变得严厉。郭麻子一看别人已经渐成队形,赶紧比着高矮,找自己位置。

不久,我也当上金刚,抬了一回死人。罗瞻先很快也去了,我去抬,一只脚穿自己的鞋,一只脚穿四拿借我的增高鞋,两只脚就一齐用上力。

大爹上山时,来送他的人很多,留在村里的男人,个个都变身金刚,围在棺材周围。十六个抬棺人可以随时被替换,因为都是老弱病残,谁体力稍有不支,吆喝一声,马上有人替他。一路不停地走,人不断地替换,喊号子的声音始终不绝于耳。整个队伍像在搞接力赛跑,像是火炬传递,人一多,自有一股热火朝天的气氛。一些人原本是旁观,看着看着,不知不觉,袖口一挽,拢上前来报名说,我来替一替。

大爹没有子嗣,所以我这侄儿要拦棺,要摔盆,充当孝子的角色。我爹在一旁监视着我。在他看来,这好比一次难得的彩排机会,下次该他走,我就可以很熟练地当孝子。要是他不盯得那么紧,我也想挤进抬棺的队伍,冲各位金刚说,来,我也替一把。

罗瞻先肯定是知道我大爹死得很风光。整个打狗坳还能走路的男人,都给他抬了棺,所以罗瞻先后脚跟着走,想有同等待遇。走之前,他特意交代四拿说,抬棺的事,你要当总指挥。四拿哪敢拒绝,胸脯一拍说,你放心,别人家的我都尽心尽力,你嘛我更是要弄得隆重气派,弄得轰轰烈烈。罗瞻先上山的时候我也当了一回金刚,要是没有四拿,我不敢想象我这拐脚,也能当一回金刚。我左脚穿着自己的平底鞋,右脚穿着四拿送我的增高鞋,抬棺走半里地,别人强行将我替下。

我决定出去看看，再不出去，我就只能一辈子待在打狗坳。四拿也是出去长了见识，才能变成一号人物。他自己也说，以前搞业务员，费尽唇舌，也没做成几单好生意，但嘴皮子到底是磨快了，回到打狗坳，竟然管用。我决定跟着他出去混，不一定赚着钱，只求开开眼界，改变心境。天下之大，不定还真碰到一个一心想嫁给拐脚的漂亮妹子。

我去找四拿，告诉他，我已经打定主意跟他出去，鞍前马后，忠心耿耿。他脸色犯难，跟我说，不行，兄弟，我已经决定留下来了。

当村长助理？

村里什么事也瞒不住，我知道村长要他当村长助理。这也是村里那些自觉得差不多活到头的老人强烈要求，他们相信，抬棺这事需要四拿主持，若没有四拿，换一个人主事，没准抬棺的人就凑不齐了。村长不是干部，每月有一千五百块的误工补助，村长助理每月一千二。

四拿跟我说他打算干这个。

一千二？

一千二。他用力地点点头。

为什么？

为什么？问得好！这几乎成为他口头禅。他抽着烟，仔细地想了一会儿，告诉我，出去十来年，我发现外面人不需要我，谁都不需要我。但这次回打狗坳，竟然还有人需要我。

需要你抬棺材。

那也是需要！需要我抬棺材，我才能变成金刚。

你已经把太多人变成金刚，所以，在我看来，似乎不缺你一个。我还是想有他带我出去混事，没有他，外面显得太大。

他拍着我肩说，田拐，所以你要出去，你出去转一圈，再回来，说不定就明白了。哪天我接了村长，你也可以来当我的助理。

　　我爹帮我看了个宜出门的日子,我拿着很少的行李上路,四拿也来送我。他把外套披在身上,双手反叉在胯骨上,让我想起很多年前焦裕禄的画像。道别后我没有回头,径直奔向三岔口,在那里搭车。我脚上穿着不同的鞋子,一只是平底鞋,一只是增高鞋。这增高鞋是四拿带回来的,现在送给我了。另一只,他也一把揣进我的怀里说,这只穿不上,也算是个纪念。

┃ 创作评论 ┃

　　田耳是讲故事的人,田耳戴着面具。他的故事通常不指向他自己,似乎他并非一个书写的中心,并非"作者",世上有无穷无尽的故事流传,杂乱飘零,而这个人,他抓住并且恰当地讲出他碰到的任一故事;似乎每一故事自有生命,将在无数次转述中生长,田耳不过是其中一个转述者。田耳的小说是田耳写的,但似乎也是若干个也叫田耳的人写的。

　　——李敬泽:《灵验的讲述:世界重获魅力——田耳论》,《小说评论》2008 年第 5 期

┃ 作品点评 ┃

　　《金刚四拿》却以一种略带戏谑的语调,演绎了一个乡村青年的内心世界。罗四拿并无一技之长,然而,常年混迹于都市的打工经历,使他在巨大的物欲诱惑之下,不断沉迷于某种成功的幻象之中。于是,回到乡村之后,他只能在自我吹嘘中显示自己的价值,在幻象中寻找自我的慰藉。面对坚硬的现实,罗四拿最终还是不得不走向幻象,成为抬葬的金刚。

　　——洪治纲:《短篇小说的"显"与"隐"——2015 年短篇小说创作巡礼》,《小说评论》2016 年第 1 期

　　在《金刚四拿》中,田耳变身为乡村"说书人",那些纷纭驳杂的传说、故事、

人事、风情给了他丰富的表达内容，更重要的是给了他对乡村的"信"与"根"的态度。他相信那些走出乡村的年轻人，那些南下打工、北上漂泊的梦想者，他们中的一些人也会像罗四拿一样，有一天一无所有却又脱胎换骨地回到故乡。

——曹霞：《"归来者"罗四拿——评田耳的〈金刚四拿〉》，《文学教育》(上)
2015 年第 10 期

进城与归来的故事，因为有了野气横生的四拿，而变得引人入胜。历经城市底层的血泪挣扎，四拿终于在家乡找到了存在感与生命尊严，即实现了从小立下的当一次抬棺的"八大金刚"，并在矛盾冲突中得以实现人生的蜕变。满纸的人间烟火、市井气息，民间智慧化为依稀的人性之光，渐次透射到现实与命运的幽暗深处，显现了田耳独异不凡的文学特质。

——第四届郁达夫小说奖评委张燕玲评语，载《第四届郁达夫小说奖·短篇小说终评备选篇目及审读委成员评语》，《江南》2017 年第 1 期

我是欧文太太

陈谦

丹文从那个曾追击我多年的梦魇里满血复活，踩着我的心跳一路前行而来的时刻，趁回国出差返家乡探亲的我，刚领着几位从深圳飞过来避暑度周末的老美同事在阳朔西街的肯德基店里坐定。

肯德基里凉飕飕的冷气扑面而来，让人精神一振。店里灯火通明，十足的快餐店派头，一点情调都谈不上。虽已是夜里九点多了，店里仍坐满了人，大部分的人都在喝冷饮，看来和我们一样，都是来蹭空调的。大家分头找位、买饮料。看同事们终于坐定，捧着大杯的冰镇饮料，孩子般地说笑起来，我吐出一口长气。

这时，我一眼看到一对身材高挑的母女说笑着闪进大门。"闪进"肯定是我的心理感觉，因为后来再回想，她们当时映到我眼里的影像竟是慢动作。一步一步，衣衫的边缘虚化起来。细长的手臂交错着甩开，闪成雪亮的光圈。两人都是一身的白，在阳朔西街尽头亮如白昼的肯德基店堂里，瞬时翻出漫天雪花。

一个熟悉的影像，一晃而过。我的身子"腾"地坐直了，目光首先落到那个高挑的女孩身上。她一头浅栗色的长发，在脑后高高地扎成个马尾，虽然个子很高，但脸上带着明显的稚气，应该只是十三四岁的年纪。女孩穿着月白色的长款针织

作品信息

原载《广西文学》2015 年第 4 期，入选中国小说学会"2015 年中国小说排行榜"及 2016 年"花地文学榜"。

背心，胸前有个银灰闪亮的大骷髅图案，一条带着毛边的超短款白色牛仔短裤，一双银白色厚底泡沫拖鞋，健康的浅棕肤色，长长的腿型非常好看，让我想到那些个没事就躺在海滩上晒太阳的加州少女。女孩的五官带着东方的圆润，一看就是混血儿。我的目光很快扫过她，在她身边的母亲身上停住，这一停不打紧，我忍不住轻叫起来："噢！我的天！丹文——"我一眼就认出了她。虽然已经隔了二十年的时光，虽然那个曾追击我多年的噩梦也已被时光的雪尘埋葬经年。

冰凉的可乐漫过手心，顺着手臂急速传遍全身。我感到地下有冰碴，下意识地低头看向双脚——裸露的双足，踩在雪地上星星点点的血迹上。那么冷，我回到了美国西北爱达荷腹地林海边缘的雪原上了。我下意识地往后靠了靠，定睛再看，我那些涂成石榴红色的趾甲在灰蓝的荧光下稳稳地踏在人字拖鞋里。

周边的桌椅开始悬浮。红蓝黄绿白的男女飘过，我再听不到他们的声音。只看到穿着白色无袖直身连衣短裙的丹文，侧过头来，望着我笑。她一头短短的酒红色短发，身材还是那么修长，看来二十年的光阴是从她身边溜过的。我晃了晃脑袋，发现她其实是在专注地望着她身边的女孩笑。她笑得太好看了，细长的眼睛几乎眯成两条长线，脸上的线条能让人感知那眼里闪亮的光。这是我最难以想象的画面——这些年来，在我的记忆里冒着风雪奔走的她，永远是一张悲苦决绝的面容。她倒像她的年纪了，却没有老。我在蒙大拿的风雪里遇见她的时候，她不过三十出头。前些年，每每想到她，我总会算算，然后叹一口气：如果她还活着，应该三十五了，应该四十了，四十五了……后来，我停止了想象，或许在潜意识里不愿意想见她老去。而在十五年前，当得知我当年的房东、丹文的前夫逸林在亚特兰大郊外的高速公路边离奇死亡之后，那些追击我多年的噩梦再也没有寻来。我无法解释这里面的因果，也不再想寻到解释。从爱达荷的风暴中出走，这二十年来，我已从满身青涩的年轻女博士，变成了典型的硅谷人。在一堆堆的经济泡沫里游泳、挣扎，频繁地跳槽，又尝试创业，做着功成名就的硅谷梦的同时，结婚生子，样样都不肯落下，好事都想占全，生活画板落得个杂色斑斑，层层涂写之后，不再为过去留下空隙。

真没想到，二十年前的风雪却在故乡的暑夜里突然卷土袭来。最要紧的是，丹文竟还活着，眼下竟近在咫尺。我将手中的饮料"啪"地搁在台面上，站起身来。年轻的老美同事们正在享受各自手中的冷饮，嬉笑着聊起当天各自撞到的趣事，没人注意我。

丹文当年留给我的最后一句话是："记住，你从来没有见过我，所有跟我有关的事情，都是一个梦境，你最好忘了它。"这么多年都过去了，我已年过不惑，却还是一如当年，没能管住自己。

这些年来，我从没跟人提起过，我曾有过成为一个女教授的理想，也曾有过实现理想的机会。我更不曾告诉过人，命运的改写，其实是与一个叫丹文的女子在美国西北的暴风雪中陌路相逢有关。我一直对那次相遇给丹文带来的灭顶之灾，怀着深深的自责。它曾作为我生命中的重大秘密，沉重地压在心头，变成噩梦，对我围追堵截。

有很长一段时间，我常常在梦中遇见丹文。她总是穿着那件跟我在蒙大拿的"灰狗"长途大巴上相遇时披在身上的半旧军绿色棉大衣，在雪地上一脚深一脚浅地跑着。梦境是黑白的，除了她棉大衣的军绿和脖子上那条围巾的一抹鲜红。她惨白瘦削的脸被狂风的手扭着，凌乱的头发急速地抽打着她的面颊，左眉间的那颗大痣，像一枚狠狠扎入皮肉的铁钉。我听不到梦里的风声，这让她看上去像无声电影时代残片中走投无路的女主角，命悬一线，却呼天不应，叫地不灵。我不愿意将这个梦境当成对丹文命运的暗示，虽然我已经接受了她的结局凶多吉少。

遇到丹文，是在二十年前的圣诞节前夕。我刚从美国西部腹地蒙大拿的冰山镇面试教职出来，因为多年不遇的大风雪，小镇机场停飞。为了赶回我所在的爱州莫城和在爱大任助理教授的房东逸林夫妇去往著名滑雪胜地太阳谷过圣诞，我选择了坐"灰狗"长途大巴上路。正是这个机缘，让我碰到了冒着横扫美国北部的大风雪、从纽约一程程地换车、千里寻夫而来的丹文。

"是前夫——"丹文在那一路的风雪里断断续续向我诉说自己的前尘来路时，

谈到她要去西北寻找的人，总是这样强调。遇到我的时候，一口京腔的丹文正好是从广州来到美国两年半。她在新泽西一所大学里念了个软件工程专业的硕士学位，半年多前，刚在纽约城里找到了工作，公司已开始给她办绿卡，在美国的生活算是安定了下来。可这朝九晚五的生活不是她来美国的目的。她的心情又变得时好时坏。她觉得必须要见到前夫胡力，只有听到他当面说出负她的真正原因，她才能从创伤里康复。提到胡力的时候，她优雅地用左手食指轻轻撩了一下右边的衣袖，将右手递到我面前。我看到她的右手腕上有一只狐狸的刺青。那狐狸的大尾巴高高翘着，栩栩如生，很是可爱。"所谓解铃还须系铃人啊。我付出了全部青春的感情，难道不值得讨回一个 Why？"丹文看向车窗外的茫茫雪原，悲戚地说。

胡力是丹文在大三的暑假里，第一次离开北京到在广州羊城大学任教的姨妈家度假时认识的。胡力比丹文大十来岁，当年在海南岛的建设兵团里割了十年的橡胶。那是部队的编制，但兵团战士的军装却没有领章帽徽。也许因为有过那段经历，胡力回城多年后，仍很喜欢穿军装。听到这里，我下意识地看了一眼丹文小心折好搁在座位下的那件军绿色棉大衣。

胡力"文革"后回城，因照顾重病的父亲，错过了前几届高考，后来进了羊城大学实验员班，留校成了化工原理实验室的实验员。他平日里一门接一门地旁听着本科课程。几乎是一张白纸的丹文，喜欢听胡力的青春故事，更爱听他悲凉的手风琴声。她在那个暑假里，总是泡在胡力的实验室里。第二年早春，丹文不顾家里的强烈反对，报考了华南理工学院的研究生，去了广州。到了那时，为了尽快在人生里追回一程，胡力决定直接申请去美国读研究生。他们编造了一份胡力的本科成绩单。胡力考下托福和 GRE 后，由他在香港的亲戚做经济担保，申请并得到美国新泽西大学的录取。正在这节骨眼上，丹文发现自己怀孕了。她背着胡力去做人流，术后的大出血让事情败露。因丹文已临近毕业，学校只对她做了留校察看的处分。丹文却觉得无颜见人，连到手的学位也没拿，自动退学后漂在广州。

"那真是我人生的最低谷了。随胡力去美国，成了前程里的一丝曙光。"丹文自语般地说。胡力临行之前，领着丹文去办了结婚登记。

胡力在美国只花了一年多的时间就读下了环境工程专业的硕士，转学到西雅图的华盛顿大学攻读博士。为了省钱，也为了看看美国，在那个冬天里，胡力在风雪中一程程地坐着"灰狗"，从新泽西去往西雅图。而丹文的探亲签证却屡屡被拒，她的情绪变得十分不稳，经常给胡力打对方付费电话哭诉，要求胡力中止学业回国："为了爱，这是值得的。"丹文哭着在昂贵的越洋电话里反复说。胡力说："我可以回去，但不是为了你说的那个爱。你的爱，就像一把刀爱它割出的伤口。"事情到了这份上，胡力再没有实际行动。他接着换了电话，并通过律师发来离婚协议书。丹文在离婚协议上签字的时候心情平静下来。健康地到美国去，要胡力当面给她个解释，成了丹文生活的新目标。

丹文的故事，在我们到达华盛顿州斯波坎时告一段落。我要从那儿再转一趟车回我所在的莫城。而丹文要去往城里的大学寻找胡力。我们站在候车大厅里道别时，丹文忽然问我想不想看看胡力长什么样。我没有忍住好奇，点了点头。丹文伸手去棉大衣里掏照片，竟掏出一把很小的勃朗宁"掌心雷"手枪，很快地又塞回另一个兜里。"你有枪！"我失口轻叫。她拍我一下："防身用的，嘘！"她接着拿出一张过塑的彩色照片递给我，我没有想到，那竟是我的房东逸林。照片里，逸林穿一件色泽很新，却没有领章的军衣，额前的长发扬起几缕，带着英勃的孟浪，跟如今终日若有所思的逸林大不一样。

我强抑着心里的震惊，将照片还给丹文。我意识到事情的严重性。如果丹文说的属实，那么逸林牵涉其中的还不仅仅是情事。他伪造学历那档问题，很可能会毁了他在爱大的前程，甚至他将来在美国学术界发展的前程。当然，那也许不是绝路。美国是如此现实的国家，逸林凭自己在美国的一贯优良业绩，也可能会逢凶化吉。可其间会有多少的沟坎、变数，只有天晓得了。我让自己镇定下来，劝她若到城里找不到胡力，就赶紧回到自己的生活里去——"未来才是我们活下去的理由。"我学着书本上的口气说。丹文点点她右手腕上的那狐狸刺青，冷笑一声："瞧你说得多轻松。我只有亲手将它抹去，才能获得真正的平静。听说他都当上教授了。他拿到来美国的签证那天，跟我说：'我成了一个新人了。'我要让他明白，如果一个人选择了做坏人，他将什么也不是。我甚至只用花一张邮票的代价，向学校告发他伪造学历的劣迹，就能让他建立在谎言和我青春血泪上的大厦轰然倒塌。我来美国后看到一个故事，说的是一个被负的女人，直到杀掉了负她的男人，将那男人的睾丸压成一对耳环，天天戴在耳边，她才获得了解脱。这个故事让我哭了——"丹文说到这儿，见我脸色大变，马上很轻地一笑："瞧你吓成这样，我在讲故事呢。"

按丹文的意愿，我们彼此没有交换联系方法。"如果有缘，我们就还会相见的。"她倒退着走出几步，像想起了什么，忽然站定下来冲着我叫："你也帮我留意你们学校，看那只老狐狸是不是在那儿，"说到这儿，丹文突然伸出右手，用大拇指和食指做出手枪的样子，朝我站立的方向一点："你如果见到他就告诉他，我在找他。"她说完，没等我回话，转身径自走了。

我在那个夜里，带着深深的焦虑回到莫城。逸林和许梅的房里一片死寂。我悄悄地从侧门进到了我租住的那依坡而下的半截地下室。我非常疲倦，却怎么也无法入睡，迷迷糊糊地翻来覆去，隐约感到窗帘四周有了天光时，才迷糊过去。一觉竟睡到了第二天近午。起来匆匆梳洗之后，赶忙往楼上客厅跑，想马上见到逸林。

客厅里非常安静，我绕到餐厅，一眼看到逸林压在餐桌上的字条——

阿兰：许梅母亲在加州摔断了腿，她已飞去。很抱歉，太阳谷之行只能取消了。我实验室里有些事还没弄完。你先好好休息一下，见面再聊。

——逸林

我失望地收起纸条，转身走回自己屋里，忽然电话铃声大作。我拿起电话，那头传来丹文冰冷的声音："真是老天有眼，怎么就让我碰上了你呢？""啊，丹文，你在哪儿？"丹文在那头冷笑一声，说："他居然还改了名字！太荒唐了！可狐狸再狡猾，也躲不过猎人的枪口。只要他还在喘气，我就能嗅着气味找到他！"我未及反应，丹文在那头又说："一看到他的照片，你就吓成那样，我怎么能错过这条线索。哼！他很快就要混上终身教授了？可他是心虚的，你看他照片上的那双眼睛！"听丹文的口气，仿佛她就站在我身边，正在给我指看逸林的照片。我汗毛倒竖，下意识地转过头去，快快地扫了一眼我的屋子。"可事情过去这么久了，它造成的伤害，已经成了无法改变的历史，放下它吧！"我将手摁在胸前，想让急速的心跳平静下来，断续地说。

丹文不耐烦地打断我："如果你不做了结，历史不会自动断裂。我必须走了。记住，你从来没有见过我，所有跟我有关的事情，都是你的一个梦境，你最好忘了它。"说完，她在那头就将电话给掐了。我顺着床沿滑坐到了地毯上，手里的话筒传出空洞而寂寥的嗡嗡声。胃有一阵短暂的痉挛，到了这时，我觉得至少应该让逸林知道丹文已经来到莫城。

那是没有手机的年代。我一遍遍地往逸林的实验室打电话，没有人接。我冒着雨雪，焦急地在小城里转着。圣诞节即将来临的大学城里一片静谧，我不时停下来抹抹脸上的雪水，印证自己不是在梦游，直转到天色已经完全暗下来，才往回走。逸林家门前自控的圣诞彩灯已经亮起，可逸林还没有回来。

风雪开始大了，呼呼的风声拍打着门窗。偶尔听到楼上客厅里的电话响几下，然后重新陷入长长的死寂。在风雪中跑了一天的我，很早就倒下睡着了，却一直无法睡踏实。直到下半夜听到了车库门开启的声音，知道逸林回来了，我才妥帖地入睡。

第二天一早醒来，我匆匆洗脸刷牙，换了衣服就往楼上走去。在通到二层的楼梯上，与神色凝重的逸林撞了个正着。他朝我点点头。逸林看上去好像瘦了一圈，眼睛都凹了下去，眼圈很黑，手里提着个小旅行箱。"逸林，我……"我刚开口，就被逸林立刻打断，他一字一顿地说："记住，你只是房客，什么也不知道。"我正要再说话，逸林一摆手，恶狠狠地说："别的不用再说了!"我呆在那儿。逸林往上走了两步，又停下来，转过身很轻地拍拍我的肩膀："我马上飞加州。许梅母亲病危了。这里没有你的事，好好过你的生活去吧。"他转过身去，疾步走进车库。我趴在起居室的大窗边，看着逸林的车子滑出车道。他那吉普的车身非常脏，满是雪泥飞溅留下的痕迹，像是在雪地里长途跋涉过的样子。

丹文和逸林应该是见过面了。丹文得到了她想要的回答吗? 她现在在哪里? 这样的念头在我的脑子里缠成一团乱麻，令人抓狂。我只得出门去找系里的中国同学打牌吃饭，直到夜里十点多钟，因不胜酒力，被同学送回家中。

我斜坐在椅子里，喝着解酒的茶。屋里静得令人害怕，我拧开电视，漫不经心地看向屏幕。这时，镜头一个切换，画面上出现了一辆陷在莫城郊外湖边峡谷雪中的车子。记者说，因为下大雪，通往这个谷地的路是架了封锁栏，今天下午几个到这一带越野滑雪的年轻人，看到了车子后厢盖边飘着的红色围巾，才意外地发现了这辆车子。"红围巾"这个词，一下抓住了我。我跳起来，凑近电视机看。电视镜头摇近了，那是一辆老旧的棕色 Toyota SR5 双门小跑车。那条被车后厢盖夹住、在寒风中飘摇的红围巾，是那么的眼熟。镜头拉得更近了，我看清楚了围巾两头中国灯笼式的须结，这分明就是丹文脖子上围着的那条!

血冲到脑门，一阵眩晕。电视镜头转到车厢里。车子的方向盘、仪表盘和座椅下，有一些由血冻成的红色冰块，前车窗上，还有些血点。电视里又说，由冰血的状态看，应该是打斗后草草处理过的现场。消息来源指出，这是一辆拆下了车牌的旧车，警方呼吁知道线索的民众报案。我跌回到椅子上，大气也不敢出，双手震颤着握到电话上，很快又放开了。看来丹文出大事了。是自杀，还是他杀? 丹文如果死了，她的遗体在哪里? 我屏住呼吸，感觉到身体绷紧起来，有股内力，在身体里游走，马上就要将我的身体撕裂开来。

当天夜里，我发热病倒了。躺在病床上，我最大的挣扎是该不该给警方打电话。整个事件带给我的震惊，让我失去了对各种细节真伪的判断能力。因为自己的率意而引来了丹文的这一教训，让我的神经变得十分过敏。以往听过的美国司法制度的瑕疵给当事人带来的伤害，被我在脑中无限放大，在意识到自己无法对整个事件和各当事人作出理性的思辨时，我选择了沉默。

在那个寒假结束之前，我决定飞去硅谷，投奔在那里的表姐。离开之前，我一直没能联系上逸林夫妇，只好将房租和钥匙留下。我在圣诞之后，婉拒了来自蒙大拿大学冰山分校提供的教职，留在了加州明媚的阳光里。那是长年无雪的地方，它隔断了我跟寒冷的联系。

只是丹文常常出现在我的梦中，我看到她光着双脚，在漫天大雪里奔跑，头发散开，最后仰面倒下。我总是在雪地漫出一片血红时惊醒。我再也没跟逸林、许梅联系过。早些年，从爱大来硅谷的同学那儿听说，逸林和许梅都先后顺利地拿到了爱大的终身教职。逸林发展得特别好，拿到了美国国家科学研究基金一笔数目可观的环保基金，拥有了自己的实验室，成了爱大的名教授。我忍不住想，看来当年丹文是还没来得及去告发，就遭遇了不幸。有时我又会想，当年就算爱大校方收到了丹文对逸林的揭发，逸林也未必就前程尽毁。美国之所以伟大，正是包括它永远给人机会，甚至第二次、第三次或更多次的机会。我也曾不时会查一下莫城警方的消息，却从没有获得那个红围巾血案侦破的消息。我也不曾在北美中文媒体上看到过任何相关的消息。我慢慢接受了丹文人间蒸发的事实。有时从梦中惊醒，我甚至会像自己曾看过的心理医生那样，怀疑我自己的记忆。我真的见过那个叫丹文的中国女子吗？她真的向我讲述过那一切？那会不会全是我的幻觉？

直到离开莫城五年之后的一个中午，我在硅谷一家中餐馆里等着朋友们一起吃午饭，随手翻看当天的北美读者最多的中文《世界日报》，突然看到一道黑体标题——"亚特兰大华裔男教授陈尸旷野；警方呼吁知情者提供线索"。对这类新闻下意识的敏感，让我一口气读了下去。说的竟是时任亚特兰大一所私立名校教授的胡逸林的遗体，在亚特兰大郊外高速公路边的花生地里被发现。报道说，死者身上并无明显外伤，现场也无搏斗痕迹。那报道很短，有一处久久地抓住了我的眼睛：死者遗体上盖着一件老旧的军绿色棉大衣，但他的家人和朋友从来没见他生前穿过它。目前警方正在展开调查，希望有线索的民众与警方联系。我之前并不知道逸林已经转到了亚特兰大，这时突然看到逸林曝尸南方旷野的消息，非常震惊。我拿起报纸，强迫自己将报道又读了一遍。逸林为什么离开了已经拿到终身教职的爱大？他到底扛不住内心自责的煎熬，终于做了自我了断，追随丹文而去？但这显然不大可能，他一路走来，经历了多少的风浪，不可能在功成名就的时候做这样的傻事。这里面的隐情，应该跟那件神秘的军大衣有关？它竟然盖在他的遗体上，这个意象，让我打着哆嗦，抬起头来，看到漫天雪花。我连忙离座去到卫生间里独自揩泪。这么多年来，虽然我从未再跟逸林夫妇联系，但我从不曾忘记，他们曾经是我最亲近的朋友，帮助我度过了在美国留学时代最初的艰难。我为逸林的离去感到了深切的悲伤，也为自己未能阻止这样的悲剧发生感到深深的痛心。再出来时，满桌的人已经到齐。大家热闹地说笑寒暄，没人注意我。

像当年在莫城一样，我再次选择了沉默。那个关于丹文的噩梦，又开始出现。奇怪的是，那梦境慢慢地不再是雪地，而是无边无际的沙滩，旷无人影，从白，变到金红，远远的，总有两个一前一后远行的身影。我的日子从此睡牢了。我就想，看来丹文和逸林都安息了。

我站到柜台边时，丹文母女已经拿到她们的奶昔和可乐，正在等店员找钱。我听到丹文用英文叫女儿快去找个座位，那声音很沙哑，好像患了重感冒一般。那乖巧的女孩拿好冷饮，转身走开了。

"丹文——"我站过去，很轻地叫了一声。我听到了自己急剧的心跳。

她的身子绷直了，像被人用枪顶住了腰。"丹文。"我再次将她的名字像石榴籽儿似的咬着，又一粒一粒小心地吐出来。她回头了，带着与人狭路相逢的野猫的眼神。她左眉间的那颗大痣不见了，原来那两道浓黑的长眉剃掉了，像时尚杂志上的女模特那样文出两条带拐角的细长眉线。眼角有了很多不长却很深的皱纹。肤色还是很白，却不再有当年那种细腻的光色。她左手无名指上戴着个白金婚戒，右手腕上戴着一条蒂芙尼银手链，上面串着许多小挂件，一动，就带出细弱的响声。让我惊讶的是，那刺青狐狸竟然还在！我差点叫出声来。只是那刺青已很淡，狐狸的大尾巴看上去有点像水墨画上洇出的小花。丹文显然注意到了我的目光，下意识地握了一下右手腕。

"我是阿兰。"我盯着她的眼睛，报上接头暗号。那是我当年告诉过她的名字。她很快地上下扫过我全身，眼神里带着隐隐的惶惑。作为一对少年儿女的母亲，与二十年前相比，我无论是身材还是容颜都发生了很大的变化，丹文认不出我，并不令人意外。"那年冬天，在蒙大拿——"我刚开口，就看见她的眉毛在跳动，眼睛里发出一道柔亮的光。我的鼻子一酸："我看到了那辆雪地里的车子，一眼就认出了你的红围巾……这么多年来，哦，对不起，除了祈祷——真没想到，你还——"我说到这里停住了，将"活着"两个字硬吞了下去，强忍着不让自己哭出来。丹文咬着嘴唇，一言不发，机械地接过收银员递过来的零票，手却摊着，好一会儿才想起什么似的，紧紧捏起。

站得那么近，我能清楚地看到她薄得好像透明的鼻翼轻轻地张合着，她低下头，铁青着脸，不响。这时，她的女儿走过来了，表情好奇地望望我，又望望她母亲。我赶忙抹了一下眼睛，努力朝她笑了笑："嗨！"小姑娘又看看她那回避着我的母亲，轻声用英文问："妈咪，怎么回事？你没事吧？"我看着那个漂亮的小姑娘，由衷地说："孩子都这么大了，多漂亮的姑娘啊，真为你高兴……"

丹文一把扯住女儿的手，面无表情地说："我们走吧！"

"丹文！"我追上一步，冲着她的背影叫。她停下来，想了想，对女儿轻声说了句什么。那乖巧的女儿拿着两杯冷饮，带着不安的神情，退出几步，站到门边等着。丹文这时向我走来。她的情绪明显地稳定下来。大厅里仍是人来人往，却没有人注意我们这对被清冷的灯光照出一身寒气的中年女子。

"你这些年一直在找的那个女人，"丹文开口了，沙哑的声音，我们站得那么近，我感到了她呼吸里的寒气——"如果你相信她还活着，却一直没有能找到，那就是她并不想再见到你。"没等我回话，她转过身去，朝站在门边的女孩摆摆手，示意那小姑娘起步。我冲着她的背影，射出一串子弹："你知道吗，胡力也死了。"我不知道自己怎么会说了"也"这个字。丹文这下站稳了，没有任何动作，她女儿轻蹙着眉，看向她。她转过头来，直视着我说："跟他纠缠过那么久，是那个女人一生最大的错误，最深的不幸。""丹文！——"我带上了哭腔。她向着我，走近两步，盯着我的眼睛说："对不起，我是欧文太太。"

我站在灯火通明的店堂里，眼巴巴地望着她挽上女儿，雪花一般飘出肯德基大门。当她们转到大窗边上时，我看到丹文，哦，欧文太太——我看到欧文太太侧过脸来，望向仍呆立在店堂中央的我，突然伸出右手，用大拇指和食指做出手枪的样子，朝我站立的方向一点，然后摆了摆手，没有笑，却带着友善。我再一眨眼，她们已经在视线中消失。我揉着眼睛，努力回想着刚才看到的那最后一眼，却怎么也不能肯定那挥枪的一点，是不是二十年前道别时的记忆被激活了。

这时，我的年轻同事围上来："你还好吗？""你的朋友走了？"他们漫不经心地问着。"是欧文太太，一个死去的朋友。"我轻声答着。"啊，你在说什么?!"见我不响，他们知趣地不再追问。

走出肯德基的大门，看到远处西街的霓虹开始稀落，通向霓虹的小道一片漆黑。

| 作品点评 |

陈谦的《我是欧文太太》同样也是叙述一个情感背叛的故事，但与《旅途》对时空进行内部扩张式处理不同，作者在时间和空间上进行了压缩式的处理，让时光在漫长的流失中，呈现情感背叛对一个女性的内心伤害，以及面对这种伤害的报复过程。小说的叙述者站在旁观的立场上，让两个置身异国他乡的男女因爱而恨，由恨而报复，并最终上演了一场场你死我活的仇杀剧。表面上看，一切风平浪静，而叙事的背后，却隐藏着尖锐的生死对抗。这些凶险的生死对抗，完全隐匿在叙事之外，等待读者去怀想和思索。

——洪治纲：《短篇小说的"显"与"隐"——2015 年短篇小说创作巡礼》，
《小说评论》2016 年第 1 期

病鱼

黄咏梅

8 块钱不打表，全程不到 5 分钟。出租车停在马王巷口，司机笑眯眯下车，打开后备厢，稳稳放下我的行李。这路程要是在广州，司机的脸会比锅底还黑。

从巷口进去，还有 500 米才到地质局宿舍。那只新买的拉杆箱，轮子被路面咯噔咯噔弄得很响。我的样子，像个游客，误闯入了不是景点的地方。这是黄昏时分，巷子几乎没什么人，坐在老房子门厅里的老人，在薄薄的暮光下，认不出这个老孙家的女儿。他们要等到次日才慢慢知道，老孙那个出去"捞世界"的女儿回家了。这里的人，但凡离开，都被认为出去"捞世界"，一度，他们还认为除了这个小城外，所有的地方都是"北方"，统统的外地人都是"北方人"。

就像出国回来的人要倒时差，一进这个小城我就要倒空间差。如同进入一个小人国，房子、街道、车，甚至人，仿佛微缩了一倍。前方走过来那个矮小的人，朝我挥着手，加快了脚步。是我的母亲。她似乎也小了一倍。

母亲在窗边听到了拉杆箱的声音。"我猜就是你。你爸还不相信。"她得意地笑了。当门那排雪白的烤瓷牙，是去年在广州过年装上去的。我用另外一只手，搂着母亲。

作品信息

原载《人民文学》2015 年第 12 期，《文学教育》2016 年第 2 期转载，获第五届汪曾祺文学奖。

"你爸真的越老越顽固，害你浪费那么多钱。"母亲不好意思地看着我。

"还好。"

几天前，我还在电话里冲她发火，埋怨他们不服从安排给我带来的麻烦，我甚至专找他们的痛处戳——你知道吗，国际机票退掉，要损失一半的钱！这两个老人，听到浪费钱，就像浪费生命一样心痛。

"你爸说今年不能跑了。他，呃，养了些鱼，哪都不能去……"母亲似乎有些怕我。是那通电话的后遗症。

离婚后我就执意不回家过年，团圆饭的桌子会让我如坐针毡。连续四年，我带着父母东跑西跑，第一年跟旅行团欧洲十国游，第二年在东北数着雪花听新年钟声，第三年在三亚的沙滩写下新年贺词，去年，是在广州我自己的家，在熙熙攘攘的花市里挨过了大年夜。今年，本来订好了去新马泰，后来父亲不干了。

母亲的表情弄得我有点沉重，加上倒空间差的那种心理感受，就没多说什么。

地质局宿舍门口，不堪一击的铁门象征性地闭着，隔宿的气味像猖獗的老鼠钻出来。门口那几级楼梯边上，人为地加出了一截钢管，J型，一直延伸到铁门。母亲下意识地扶着钢管登上了那几级楼梯。"五楼李伯伯儿子装的，李伯伯中风后，走路不方便……"几级楼梯使说话的母亲不那么流利。"装了不到一年，李伯伯就没了……"

就算闭着眼睛，我也能在这暗沉沉的楼道里找到家门。母亲却像主人领着客人一样，让我觉得不舒服。这是我拒绝父母去接站的原因。

打开门我就笑了。尽管母亲已经多次预告过，父亲弄了个鱼缸，但我没想到鱼缸这么大，是落地的那种。老房子空间狭小，加上光线又不好，这家伙如同外星人入侵地球的座驾，散发着蓝晶晶的光。

父亲从鱼缸的背后猛地闪了出来，就像小时候在拐弯处等着吓唬我那样。

"啊哟！"倒是母亲被吓了一跳。"老头子，发神经啊！"

从母亲喋喋不休的埋怨看来，在回家前，他们就已经开始争执。这气氛我并不陌生。我猜母亲更在意父亲把钱扔进这个大鱼缸里。

父亲一句没还嘴。他的热情全在这鱼缸上。我还没来得及脱掉鞋子，他就忙叨叨地开始炫耀这些鱼。

"小妹，你看，这些鱼，红得多漂亮，他们说，叫发财鱼……"

鱼就几种，那些红色的发财鱼居多，有几条黑的，几条五彩的。水草倒是不少，绿绿的漂在水中，跟真的一样。父亲好像认识它们，指着这条说，前几天还有点傻，不吃东西，今天倒精神了……这条最爱打架了……说着说着，母亲也加入了。她指着角落那条精瘦的发财鱼说，这个满崽，养不大的，肚子薄得像刀片。

"嗯，这个满崽，白吃了我们那么多。"父亲用手指敲着鱼缸。

他们叫它满崽。我爆发出一阵大笑。父母也笑了。满崽削尖脑袋正在撬石子底下的食物残渣，毫不知情。

说起来，满崽现在怎样了？

母亲没了笑容。"你还记得满崽？"

在我给他们换的那张皮沙发坐下去，父亲摆起了他那套工夫茶具。茶三酒四，一直像家训一样遵守。小茶盘上，三只小杯，三口人。

"小妹，满崽现在是孤儿了。"母亲一口喝光了那小杯里的茶。

我并不震惊。现在，天大的事都不能吓到我。在我看来，没有比离婚那天，在民政局门口，那女人揿着喇叭催我前夫上车那一幕更令人心惊肉跳。我的心肠患上了硬化病，痛症在父母身上扩散。不止一次，母亲抹着眼泪对我说："哪怕有个孩子，都不会那么容易被拆散。"我报以恶狠狠的反驳："我最讨厌看到你们这个样子，有孩子就不会离婚？离婚跟孩子有什么关联？"很多事情，发生得突然，没有任何由头，像母亲活了一辈子还在找由头的人，太无知了。我希望有谁来反驳我，那样我就可以趁机大吵一架。可那个最喜欢反驳我的男人，已经滚蛋了。

回家无非就是聊旧事，在这个一成不变的地方，我们聊起了那个满崽。

满崽是父亲老同事杨叔叔的儿子。父亲当年因为华侨成分不好，大学毕业后从江苏支边到这个小城的地质局。杨叔叔的命运也一样，他来自广东湛江。第八地质局。这是我认得最早的几个字，印在父亲每一件工作服上。杨叔叔比父亲大一些，老来得子，夫妇俩恨不得把身上的肉割给满崽吃。记忆中，满崽不爱吃米饭，他只吃肉和零食。那年月没什么可吃的，杨婶婶手巧，用各种水果和蔬菜腌成美味的酸，储在大大小小的醋坛子里，还会晒牛肉干、猪肉干、番薯干等等。他家阳台上长年高挂着一个藤篮子，里边总会晾有吃的，我和满崽像猫一样，伸着长长的脖子打主意。杨婶婶在床底藏有一个瓦坛子，捉迷藏的时候被我们发现了，我们一勺一勺地挖坛子里边的东西吃。杨叔叔下班回来，看到床边横竖卧着两个小人，酒气冲天，瓦坛倾斜在地，里边酿的甜酒糟，被挖得差不多了。

"那时才多大点？你 4 岁，满崽 6 岁半。"陈年旧事，讲不厌，也悄悄地消解了母亲和父亲的怄气。

"满崽就是老不吃饭，才会长成倭瓜丁的样子，他有没有一米六？"

"不会有，看起来比小妹还矮。"

早些年，杨婶婶生病去世，后来，杨叔叔也走了，剩下满崽。母亲说，他那形象，怕是一辈子再娶不到老婆了，可惜你杨叔叔一表人才，也没遗传下来……

杨叔叔的确一表人才，不过我知道母亲指的是他的外表，她一贯认为杨叔叔仅仅是个书生。上世纪 80 年代，国门开闸，华侨终于可以返乡探亲，偷渡到印尼打工几十年的杨爷爷，年近 80，夙愿就是来看看他的儿子。那年月，宿舍是那种统一分配的小两居室。杨叔叔硬着头皮找局长，想借用一楼那间值班房给老父亲住。老局长是退伍兵，最看不起杨叔叔这类书生，对他们一直沿用"臭老九"这个称呼，他没在"臭老九"杨叔叔的申请条上签字。杨叔叔只好求助于我父亲，让满崽到我们家阁楼借住几个月——我父亲在客厅搭了个阁楼，据说是预备老家来人住的，不过也没用几次，充当了杂物间。父亲看不下老局长的霸道，力劝杨叔叔继续争取，华侨归国探亲是国家政策，要给好的待遇，再说，老华侨看到儿子生活条件那么差，怎么能放心？杨叔叔犹豫再三，放下面子去求老局长，依旧遭了冷拒。父亲一气之下，拎起一张报纸闯进局长办公室。那张《人民日报》顶上有一篇文章，呼吁对高级知识分子的重视。父亲将这张报纸作为武器，威胁老局长。可是，那个大老粗没被《人民日报》唬住，再加上，山高皇帝远，政策的飓风刮到我们这个小地方早变成微风，哪里挡得住一个单位头头的威风？父亲失败而归。两个身世一般的哀兵在一起喝酒，喝得微醺，杨叔叔连喊了几句："以实玛利。"大学历史系毕业的父亲一听，酒醒了一半，才知道，杨叔叔竟然还是个基督徒，从小就抄《出埃及记》。父亲忙把杨叔叔的嘴捂紧。世事难料，一个信洋教的臭老九，保不准又会被打下十八层地狱。

还是母亲给父亲出了个点子——去跟局长说，要是不借，就写你大字报，揭发你擅自指挥地质局的车和职工为自己岳父搬家。这事情谁都不敢吭声。母亲说，一吓他，准保答应。果然，值班房的钥匙顺利到手。不仅如此，老局长从此再不敢当面呼他们"臭老九"，多少让这两个知识分子感到了"扬眉吐气"。母亲为此得意了一辈子，这是她的"战利品"。

父亲和杨叔叔也有"战利品"。地质局宿舍几次搬迁，那件"战利品"都没被遗漏。算起来，40多年的老东西了。在我一岁几个月大的时候，还没住进单元宿舍，地质局的房子散落在郊区的一座山腰上。我们住的是一间平房，屋门口有菜地，屋背后有山泉，父母上下班要爬半小时山路。外婆从老家来带我，兼种菜、烧饭。有一天，父亲下班后邀请杨叔叔来收获成熟了的葫芦瓜。走到菜地，回头朝屋里望一眼，两人顿时腿软——我独自坐在饭桌上，双脚垂落半空，离我不到5米远的门边，一条擀面杖般粗的金环蛇正昂起头，虎视眈眈，垂涎三尺。父亲说："那两条胖嘟嘟的小腿，在桌子下晃来晃去，我和老杨魂都吓飞了。"接下来父亲的描述，实在有点像给小孩子编睡前故事一样，很是离谱的。他说，他跟杨叔叔情急之下，只找到身边一把扫帚和一条做菜园篱笆剩下的长竹片。用这两件武器，竟把这条金环蛇抓住了，弄死了。"没有其他人帮助？""哪里敢喊，大气都不敢出一口。"父亲笨拙地比画着当时捕蛇的情景。要不是那条金环蛇40多年来都被囚在那个玻璃缸里，谁会相信，这两个手无缚鸡之力的书生，仅凭一把扫帚一根竹片就捕到了一条毒蛇？他们甚至连智斗都谈不上。那条泡在米酒里的金环蛇，已经不止擀面杖粗了，颜色还鲜亮，蛇鳞还泛光，盘踞得安详，眼帘紧闭，看上去就像在冬眠。杨叔叔生前跟父亲喝过无数顿酒，没钱的时候甚至喝过木薯酒，但却从没打过这坛酒的主意，他说："以实玛利。神听到了，神助我们，敬众神酒。"这坛蛇酒已经泡了四十多年，没喝一口，酒已下降一大半，倒是被时间偷喝了去。

讲起这段经历，母亲都会万幸我那时什么都不懂，要是懂得害怕，可能就没命了。"以实玛利，以实玛利。"杨叔叔经常挂在嘴边的这句话，因为顺嘴，也被母亲学了去，那口吻，就像在说"菩萨保佑，菩萨保佑"。

出于好奇，我问母亲，满崽现在做什么？

母亲隔了好一阵才说："无业游民，没读好书，又不懂什么技术，帮饮食店送送外卖也是有一搭没一搭，杨叔叔这辈子好没用，连儿子都帮不上……"

关于满崽的现状，母亲似乎不愿意多说什么。不过我也能想象得到。

晚饭的时候，大概因为自己一直引以为荣的女儿回家了，父亲脸泛红光，拍着母亲的肩膀，高兴地说："我呢，这么一个没用的人，能养出一个有出息的女儿，这辈子是很满足了。"母亲撇撇嘴。"当然啦，也有你刘利英一份功劳的。"父亲将酒杯碰了一下母亲桌前的那杯饮料。

还没到年夜饭，父亲就嗨起来了。我这个"有出息"的女儿，只好陪着父亲喝酒。我的酒量不比父亲差，跟前夫白手起家成立公司那一阵子，我们的酒量在各种饭局练得上乘。赚钱之后，那男人说给我父母买一套房，因为我父母一直倔强不肯搬离这个小城，没要，后来那套房子给了另外一个女人，我父母自责至今，在我提出给他们在小城买一套新房的时候，他们表现出了更为决绝的态度，受虐似的死守在马王巷。

深夜，躺在我睡过多年的那张旧床上，没什么心事，倒像是认床般难以入睡。辗转至后半夜，即将被睡虫咬痒之际，迷糊中看到床前一条黑影，窸窣挪近，我吓一跳，喊着坐起来。黑影也被吓出了声。原来是母亲。她怕我的被褥不够暖，想进来探探我的脚底。就像小时候那样。我亦记得这些细节。结果我们相互被吓着了。

"妈，以后再不要做这些，会吓着你。"

"哦。"

母亲讪讪地出去了。

我又彻底清醒。月光从窗帘的一角漏进来，悲伤也漏了进来。这些年独居，深夜里稍微一丝动静都会引起警惕。不知不觉中，我已经成为这样一个讨厌的中年妇女，穿戴着用疑心缝制的猬甲，皮肤上长满了长短不安的刺，即便住在家这个地方也不能脱下。

第二天早上，我陪父母去购买年货，在嘤嘤嗡嗡的露天菜市场，走几步路，就会有一个人热情地过来攀谈。"宝贝女儿回家啦""老孙，你女儿捞世界捞得很掂啊"。无一人直接对我发问，一如他们一贯对新鲜事物的态度——熟人的转述更可靠。当然，也有人会扫兴地问："女儿一个人回来？女婿呢？"父母从不告诉他们我离婚的事情，我猜那人多少已经知道。母亲天真地认为，他们对这里什么事都清楚，可对外边却一无所知。

在这个小城，除了回忆童年趣事会带来些许意思，当下，就如脚上所踏的地方，烂菜叶被脚碾压出的汁液和痰液搅拌在一起，黏糊得让人挑不起一丝好感。我无聊地站在一个鱼档口，等着老板杀我们买的那条桂花鱼。忽然，母亲扯了扯我的衣角，示意我看旁边那个鱼档。我望过去，那群正在鱼池选鱼的人边上，有个小矮人，一边朝人堆里挤，一边将一个夹子伸进一个人的衣袋里。不到一分钟，那夹子钳出了一叠钱。

不知道还有没有人看到这一幕。我张望一下，本能地想要喊出声，没想到父亲狠狠地拽了我一下，低声说："别叫。是满崽。"

是他？我的心一沉。

那个背影如少年一般的他，动作麻利，得手后还不忙着离开，他扯高了嗓子朝鱼老板嚷："给我一副鱼肠。"鱼老板无暇理会他，要是生意闲的时候，他会在篓子里，翻捡出几副肠肚，像打发叫花子那样扔出去，可眼下他没工夫，他连手套都没戴，两只长年被水浸泡得惨白肿胀的手，一直在鱼池里捞来捞去。

见没人理会，满崽才转身离去。这下，我看了到他的脸，挂着一抹得意的诡笑。就像对着一面布满水汽的镜子用风筒吹头发，不到几秒钟，那镜子就现出像来。偷摸出一小块牛肉干，或者发现了藏在米缸里的几只柿饼，满崽就会这样笑着，分给我一点吃。

几乎是一瞬间，我成了满崽的同伙。我一直盯着那个人看，尽管口袋的里布像舌头一样伸到了外边，他还毫不察觉。现在，他满意地挑到了一条白条鱼，那鱼挣扎着差点蹦出了他的双手。

我们没法继续按计划前往香烛店去买祭拜用的东西。也许这些东西并没那么要紧。父母不见得会信什么，但是，过年过节，他们会在阳台设个供桌，烧香燃烛，朝西天方向深深拜下去。父母的故乡都不在这里，他们祖宗的坟茔就是空茫无边的西天。每一次跪拜，母亲都会朝天上唠叨：请老祖宗来我们家吃饭，坐坐，山长水远，老祖宗多喝几杯，保佑我们一家平安……事实上，在我的记忆中，我家极少有亲戚来探望，过去有不少年节，我们跟杨叔叔家合过。

"妈，你知道满崽干这个？"走进马王巷口，周围得以安静下来，我问母亲。昨天我们聊起满崽的时候，不知基于什么心理，母亲并没提起。

母亲知道的。

其实满崽原先有工作。杨叔叔托人在医院给他谋了个急诊窗口挂号的工作。也曾试着找对象结婚，姑娘们都对这个看上去还没发育好的小矮子深表怀疑，拖拉到三十多岁，杨婶婶在菜市场托人在郊区找了个女人，年龄倒也相仿，就是，第一次见面就挺着个大肚子。将就着结了婚，户口也从郊区迁出来了。孩子生下来没到两岁，女人就带着孩子跟别人跑了。据杨婶婶说，那女人受不了满崽上急诊夜班，孩子白天是有爹了，女人晚上却没了丈夫。后来，不知道被谁带坏了，满崽开始搞那些名堂。工作也丢了。

"开始偷东西？"我很怀疑。我断然认为，一个人即使离婚，自暴自弃，也不至于沦落到去偷东西。

"吸毒。"母亲迅速地送出这两个字，好像怕这东西在她嘴里待久了。

"妈，你经常见到他？"

"偶尔。不过，这些买菜的人，口袋里不会装很多钱。"

已经走到地质局宿舍的铁门口了，那截 J 形的钢管，不知道被谁缠上了些喜庆的红纸，看上去却更像是在悼念谁。母亲没再往下说，去掏钥匙开门。我回过头想让父亲先走，却看到那个一路沉默地跟在我们身后的父亲，眼中已经蓄满了泪水。

铁门一打开，我抢先冲进了那暗绰绰的楼道。

大年三十早上，母亲在阳台摆起"供桌"。无非就是把茶几端到了阳台，铺上一块红布，上边放一只香炉，中间摆一只完整的白切鸡，两侧摆一碟水果，三杯茶，四杯酒。在茶几的下边，母亲特意用一只抱枕垫在小板凳上，那样，跪拜的人便不至于因为膝盖难受而草草了事。这一套，我闭着眼睛都能想起，这是我们这种离乡家庭，跟逝去的亲人唯一的联系方式。

摆"供桌"是各司其职的。水果、茶酒这些简单的东西，自然是父亲的任务。倒酒的时候，父亲叫我帮忙。他从杂物柜里抱出了那只玻璃缸。"今天破戒，给老祖宗尝尝这宝贝。"他把缸口那些已经快霉烂的布条，一圈一圈地松下来，费力地拔开塞子。奇怪的是，竟然没有浓烈的酒味蹿出来，是一种很奇怪的味道，比腥味淡，比酒味软，有点像古井里冒出来的石头的味道。

母亲也从厨房出来看，围观什么仪式似的。

塞子一打开，父亲就朝里边喊了一句："喂，老友，你还在睡呢？"他敲敲缸壁，抖抖里边的酒，就像对待一个俘虏。接着又跑到厨房去，拿了一根磨刀棒，悄悄从瓶口伸进去，轻轻敲了敲那家伙的脑门。

母亲笑着拍打一下父亲。

有那么一刻，我很担心，它会被父亲的恶作剧惹恼了，一个翻身，脖子一昂，吐信如飓风，就像神话那样，瞬间冲出，翻天覆地。

父亲让我把碗紧紧抵住缸口。"一滴都不能浪费，40 多年陈的大补酒哇！"父亲总是掩饰不住对酒的贪婪。

父亲的担心是多余的。这些酒，迟滞地，犹豫地从玻璃缸里逶迤而出。滑进碗里那些金黄色的，仿佛不是液体，而是一条蛇，以盘踞的状态，渐渐扭化为一摊。我呆望着这摊奇怪的酒。

父亲迫不及待用嘴去舔了一口。近乎本能地，我那套惯用的怀疑机制瞬间启动了，一下子把碗夺了过去。"别喝，可能有毒。"

"傻瓜，哪里会有毒。当年我跟你杨叔叔一起，费九牛二虎的力气，给这家伙拔牙，又用高度双蒸米酒泡，几十年了，毒还藏在哪里？"父亲要我把碗还给他。

"会不会，真有毒？是条毒蛇呢。"这么多年来，每隔一阵，母亲就会用布清洁这个玻璃缸，像给那条蛇洗澡，她却头一回想这个问题。

我把碗攥在手里。我没有研究过毒蛇泡酒是否有毒的问题，或许我得去查一下百度。但我怀疑。

我只能说："当年条件那么差，没有一套完整的工具，说不定毒素没清理干净呢。"

看上去父亲有些不高兴了。他一直试图说服我。

这些酒，分别匀到了四只酒杯里。"只能敬祖先。不许喝。"我强势地命令父亲。

在供桌前，父亲并没有跪到母亲垫上了抱枕的板凳上，他坐在了那上边。他坐了很长时间，直到我处理好几封公司邮件，一根蜡烛快要燃尽了。他跟母亲说，他把老杨夫妇都邀请回来了。母亲边烧纸钱边说："好啊。老杨，老姐姐，你们都回来啦。你们过得好吗？"父亲忽然笑了，他偷偷地瞄了我一眼，对母亲说："老杨刚才对我说了，那酒香啊，真带劲。他已经搞下两杯了，嘴里还黏着呢。"

母亲也笑了。"那你就跟老杨喝一口吧。"

父亲冲母亲点点头，看都没看我，就把桌上的一杯吸进了嘴里。杯子被嘬得响亮。

我没有阻拦父亲。我料到，这杯迟早是要喝下去的。

"嗯，真带劲，浓得嘴唇都黏牢了。老杨说的没错。"父亲心情畅快，是酒起的作用。

后来，父亲跪在了那椅子上，鸡啄米般拜了三下。

香火袅袅，加上母亲又在铁桶里烧起了纸钱元宝，一阵暖意腾了起来。我抬头望望远天，还是那种阴郁的天色。

不知是因为气温低的原因，还是水被污染了，鱼缸里一条发财鱼在一夜间，额头上长出了两个白脓包，而且左眼暴突。这个发现让父亲心情很不好。围着一条生病的鱼，父亲在鱼缸边转来转去。他说，这两个脓包很像他前些年做胃镜时看到的溃疡，要不给它吃点消炎药？母亲赶紧制止了他。鱼和人哪能一样？

水族馆卖鱼的那一家外地人，早早就打烊回家过年了。父亲大清早跑去敲门求助，房东告诉父亲，元宵节后才正常营业。这时，才年初四，窗外稀稀拉拉地还传来鞭炮声。

我在网上搜索给鱼治病的方法。过滤掉一些有广告嫌疑的答案，我找到了最为科学的方案：在水里加入福尔马林溶液，同时用药饵给病鱼喂服呋喃西林。父亲立刻说要去找药店。他拿着我写给他的那张条子，一趟一趟地跑出去。小城不大，药店就那么几家，过新年，药店的门口统一地贴着一张红纸条：东主有喜。这里的人，认为过年卖药，等于卖霉运。

最后一次，父亲说要到医院去碰碰运气。母亲听说父亲要到医院去，心里不情愿。我也立即阻止他。要不是看到父亲那么紧张，我对那条病鱼倒没那么上心，大不了扔掉再买。可是，父亲还是要往外跑。他抓起那顶绒帽子戴在头上，又跑出去了。这是今天他第五趟跑出门了，他甚至没有睡他雷打不动的午觉。

大约四点，我和母亲就听到了楼下的铁门响。我猜父亲肯定又空手而归。医院哪里会给一条鱼挂号？又有谁会给一条鱼开药？我这样想着的时候，门打开了，那个满崽像只瘦猴一样从我父亲身后蹿出来。

"嗨，刘阿姨。小妹。"满崽就像昨天才从这里走出去。实际上，父亲和母亲只有到菜市场才能遇到他。

母亲回过神后才小跑到门边的鞋柜，忙不迭地乱翻。翻出了一双男式棉拖鞋，犹豫一下，又放回去。她嘟囔着说，这双太大了，你穿小妹的吧。于是，又翻出一双粉红的。

母亲低头弯下身去，将那双粉红的棉拖鞋摆到满崽脚边。满崽不知所措地搓起了手。"不用不用，我赤脚，有袜子。"母亲制止了他。

事后我们才知道，父亲到医院给鱼挂号，碰巧看到满崽，他无所事事，在挂号窗口陪旧同事聊天，烤电暖器。听说父亲要开药，满崽积极地帮他找熟人，才开到了福尔马林药水和呋喃西林。在父亲身上，我终于理解什么叫"急病乱投医"。

"福尔马林一定要兑水配比例。"仅凭满崽这句话，父亲就毫不犹豫地把他领了回来。

满崽一直在小口小口地喝茶。我和他几乎没有对视过。自他从玄关走进客厅，我的心里就密密地长起了刺。

父亲和母亲不断逗满崽说话，就像他还是那个过家做客的小孩子。

"满崽，你们小时候真是很淘气的。你带着小妹，用火柴棍把孙大娘的门锁堵死了，她站在楼道骂了一个下午，她那口宁波话，没几句能听懂的……"母亲记性真好，"娘希皮的，娘希皮的。"母亲学得我们都笑了。

那些趣事，我和满崽听得有味，好像说的那两个孩子是别人。

父亲给满崽又斟满了一杯茶，顺手敲了敲他的后脑勺。"你这捣蛋鬼，放屁就爱站到人跟前，一抬手，一枪，大屁就响了。"

父亲的手做出一个手枪的姿势。

"是这样。"满崽忽然站起来，屁股一撅，左手叉腰，右手往天空举出一个"八"字，"卟!"他给屁配了个音。

这个即兴表演，让整个房间轻松了很多。

"我们还以为你将来会当兵呢。问你，长大了想当什么，十次有十次都说，要当兵，要当警察。"母亲笑着说。

说到这个，满崽忽然不笑了。

"我老爸死都不让我参军。高中毕业那年，我打算去街道报名，老爸把户口本锁起来了。那个暑假，我天天到西江钓鱼，差一点就跳了河了。我记得很牢。老头子脾气，死倔的。"满崽说完从衣兜里掏出一包烟，也没征求我们意见，"嗒"的一下，清脆的火苗就蹿了上来。火苗在空中颤动着，有那么几秒钟。烟点得不是很利索。

父亲从茶几底下，摸出一只小杯子——那是父亲平时一个人在家抿酒用的，放到满崽跟前。满崽顺手往杯里弹了一下。没成灰。

"你老爸老妈，这辈子最疼你了。"母亲叹了口气。

"哼。"满崽从鼻孔里哼出了一句。

我不明白为什么满崽会对参军这件事耿耿于怀。从他的表情看，他是在抱怨着杨叔叔。这种表情，我在公司员工的脸上看得多了，他们总是会抱怨别人，却从不在自己身上找原因。

"搞笑得很，你也太不切实际了，你什么体格啊？"自满崽进来之后，这几乎是我跟他说的第一句完整的话。

坐在身边的母亲碰了我一下。

满崽一声不响，又把烟伸进杯子里弹了一下。一截子灰掉了下来。

"满崽，要接受自己的命运，爱惜自己的命运。你老爸是个读书人，有见识，值得尊重。只是没能遇上好时候。"

"孙叔叔，什么才是好时候？"

我父亲摊开了两手，明明白白地告诉他："现在就是啊。"

"哼哼。"那是两声冷笑。

父亲接下去还想给满崽讲些道理，就像从前对我那样。不过，我认为父亲开场的方向就不正确。遇到这类人，我会先在他身上挑出一百个毛病，彻底打垮他，然后再帮他重新建立正确的人生路径和信念。在给员工培训时我总会说："命运本身就是一道错误的试题，人来到这个世界就是为了修改的。"这几乎是我的口头禅，也是给他们灌服的心灵鸡汤。

可是，满崽没给我们机会。"我老爸……没用。"满崽的声音忽然低了下去，低得像是在呻吟，又像是吐烟那么轻。他把那根没抽完的烟，搁到杯口上，转身走去看鱼缸里那条病鱼了。

那根烟自顾腾云驾雾，也没人敢把它掐灭。也不知何时燃尽的。

福尔马林的气味实在太刺鼻了。直到满崽将清水兑进脸盆，那气味才稍微减轻一些。

现在，满崽脱下了那件黑色的外套。那是一件仿皮外套，买它的人，大概只冲着它发亮的威风。他把毛衣袖子撸得高高的。鱼缸比他还高半头。父亲给他端来了木板凳。他踩上去，同时将鱼捞伸进去。没想到，那条恹恹的病鱼，在鱼捞伸进去的瞬间，立即开始振奋，它左右闪躲，拼命逃离。不仅仅是它，鱼缸的鱼都被动员起来了，四处乱窜。一度，我们甚至找不到那条病鱼。满崽只好将鱼捞取出来，等待机会。

我们站在鱼缸前，几乎屏住了呼吸。我瞄了一眼满崽，他的脸都要贴到水面上了。

鱼捞再次下水的时候，果断，准确，眼看就要罩住那条病鱼了，没想到，那条瘦小的满崽突然蹿了出来，直接撞进鱼捞里。鱼捞一抖，病鱼就趁机挣扎了出去。

哎呀。我们不约而同地叫。

"这个满崽！"母亲长叹一声。

"这个坏蛋！"父亲又加了一句。

满崽自始至终没吭一句，目不转睛地盯着那条满崽，仿佛眼睛里能伸出一只钩子，将它牢牢钩住。

在我们意识到尴尬的时候，鱼捞已经再次下水。那条满崽不知道受了什么刺激，一直跟在病鱼的后边，仿佛刚才自己的举动增加了它的好胜心。就像玩游戏一样，它使那条病鱼几次虎口脱险。最后一次，鱼捞直接朝满崽罩过去，满崽为求自保，一溜烟射箭一般躲到了假山背后，鱼捞一个回马枪，迅捷地反扑病鱼。失去保护神的病鱼终于受擒。

"哈哈，满崽！跟我斗？他妈的！"满崽将病鱼捞上来，狂妄地笑了。

父亲鼓起了掌。母亲也跟着。

我看着满崽脸上那得意的笑容，瞬间产生了一种胜利的轻快。

"满崽，你过得还好吧？"辅助满崽给病鱼喂药的时候，我没话找话说。

满崽将那颗呋喃西林掰成了两半，小心地塞进病鱼的嘴里。"嗯，马马虎虎吧，你呢？"他回答得有点漫不经心。

"我？嗨，一般般吧。"我故作轻描淡写，压抑着自己的那些优越感。实际上，这些年来，优越感就像我的口红或者眼影，掩饰着我的虚弱，它们不能缺少，出门前我总是会下意识地检查，有没有将它们遗漏在化妆桌上。

满崽抬起头来，扫了我一眼。

"你肯定很好。买这么豪华的鱼缸。"他又打量起了那只硕大的鱼缸，蓝晶晶，像外星人座驾的天外之物。

已经潜沉下去的那种紧张，忽然又升了上来。我没再继续这个话题。

喂好了药。满崽又检查了一下鱼的眼睛。"嗯，我想，应该给它这只眼涂点四环素眼膏。"那语气，倒像是个医生了。在这方面我开始相信他。我到药柜找出一管四环素眼膏给他。

这时，母亲在阳台叫了我一声。她正利用一只网袋，做一只简单的鱼篓。父亲在工具箱里找出了一根铜丝，绕成三圈，将网袋撑成椭圆形。现在，母亲要用线将网跟铜丝固定起来，需要我为她穿针。

"爸，你不该进去，呃，看着？"我一边穿针一边问父亲。

父亲侧过身朝客厅望了一眼，拒绝了我的安排。"没事，不是外人。"

母亲也顺势朝客厅张望了一眼。朝我摇摇头，示意我小点声。

我一直留在阳台。等到这只鱼篓做好，拿进客厅的时候，满崽已经穿上了那件发亮的黑外套，抱着双手赏鱼。

"啊？你把它放回去啦？"父亲和母亲几乎异口同声。

满崽不知道发生了什么，点点头，眨巴着小眼睛，望着我们三个。

"你怎么那么笨，那下次还怎么喂药？"我着急地嚷了一句。

看到母亲手上的鱼篓，满崽才明白过来。"你们，又不早说。"

"你真是没脑子，这还用说？"我像训斥公司里一个做错事的员工。

满崽没说话，小眼睛骨碌骨碌一直在转，好像在找自己的脑子。

父亲和母亲一直在为做了一个那么妙的鱼篓却派不上用场而感到可惜。

那条病鱼跟它的同伴会合，劫后重生般欢快。

空气里，有那么一些微妙。很多微妙的时刻，如果都能散发出福尔马林那股呛鼻的气味，我们怎么会忽略它？或者说，如果没有类似福尔马林那么刺激的气味，我们怎么会闻得到它？

满崽说要到厨房里洗手，那条病鱼弄得他手上黏糊糊的。他半晌都没出来。我蹑手蹑脚走近厨房门口，却被正要走出门的满崽撞了个正着。"你以为我会干什么？"满崽变了个人似的，冷笑着问我。

我一时反应不过来，愣在门口。

满崽盯着我看了几秒，忽然回转身，在灶台的刀架上，准确地抽出了一把刀。他的动作那么准确利落，仿佛此前经过了练习。

我本能地朝客厅奔去，没几步，我就被满崽控制住了。

"你以为我会这样，是吗？"

水果刀架在我脖子上，满崽另一只手绕住我的脖子。就像电视新闻或者警匪片里的那些劫匪一样。

我的叫声尖得像把刀。我得承认，这是我一生中，最为惊心动魄的一次经历，胜于任何一次。每当我闭上眼睛，回想那个情境，那种浓郁的恐怖很快就会遍布四肢。

满崽架着我，拉到客厅。命令眼前那两个簌簌发抖的老人，只要乖乖拿钱出来就好了。

我已经不听指挥的脑子，还能搜罗出钱放在哪个地方。"妈，床头柜里，我的钱包。"

大概是吓傻了，母亲一步都没挪开，她只是口中喃喃有词，眼睛一秒也不肯离开我。

"以实玛利，以实玛利。"母亲一定又在念了。我的双腿发软，嘴里再也吐不出一句话，我的力气只够我在心里喊："妈，不是这样的，只要拿钱就好了。神听不到的。"

"满崽，你想干什么，有话好商量。"父亲克服了他的恐惧，终于敢跟满崽谈判了。"满崽，你这样是犯法的，快放下刀。"父亲的话带着颤音，一点震慑感也没有。

不过，满崽竟然有些害怕。他一度将刀从我的脖子上拿开，在空气中胡乱挥舞。"不许说话，再说话我杀了她。"

我的脖子被他勒得很痛，其间，我还试图挣扎，越挣扎，他的力气越大。他其实并没那么矮，至少跟我一般高。

母亲从口袋里掏出一只红包。那是她刚才在阳台跟父亲一起准备的，当时她悄悄地对父亲说，满崽还单身，还是孩子，要给的。

满崽愣了一下。随即又挥了挥手上的刀。"蒙小孩吗？统统，都拿出来！"

这时，站在对面的父亲忽然开口了，他几乎是哀求着说："让我换下小妹，她去拿钱，行吗？"父亲不知道是朝谁哀求，他的眼光所看向的地方，是两双同样恐惧的眼睛。

父亲真的朝我们走过来了。我绝望地吼叫了一声，用尽了全身的力气，幅度很大地挣扎了一下。随即，我被一阵巨大的刺痛笼罩，那刺痛，砍断了我所有的神经。我挣脱了。不是我挣脱了。在医院里，那个来录口供的警察说："罪犯逃脱了，你们是认识的吧，你认为那家伙会躲到哪里？"

"差一点就刺到动脉了。"每天来送汤的母亲，说到这句都会抹眼泪。

实际上，拆线的时候，我看到了伤口，没那么危险，那把刀插进了我的肩膀跟脖子连接处，病历上称为"右斜方肌"。

"小妹，以后再遇到这种情况，千万千万不要挣扎。这次万幸了。"父亲一说这话，立即被我母亲打了一下："哪里还有以后？"

"我就是害怕啊，很害怕，很害怕。"想起那一幕，我哭得稀里哗啦的，就像是受了天大的委屈。

出院之后，我得在家继续休养一段。那天，父亲和母亲支支吾吾地说要出去看一个老朋友。我猜他们是要去看满崽。我坚持要一起去。

除了斜方肌那个五厘米深的伤口之外，他并没给我留下什么，也算不上什么阴影，就像开车被人追尾了，或者下楼梯不小心摔重了。我母亲说，就当逃过了一劫，因为这事发生得毫无由头，甚至有点无厘头。不是的，一贯擅于寻找由头的母亲，跟我一样清楚，要不是那条病鱼，怎么会发生这些？

我们的关系有点奇怪。父亲对那个把我们领到探视室的警察是这么说的："我们是他亲戚。"

说是即将要送到蒙山去。那里有个监狱，既服刑，又戒毒。

探视规定不超过15分钟。满崽的道歉多次堵住了父亲和我的嘴巴。我以为我们最终会以沉默结束这次见面。后来满崽说起了杨叔叔，冷场才缓解。

"老爸其实并不是那么……没用，他曾经勇敢过。"满崽咧开嘴笑了。

我母亲连声赞同。她替父亲简单讲了一下那个快讲烂了的捕蛇故事。

"嗯，我指的不是这个。老爸只跟我一个人说过，他跟老妈结婚不久，跟着单位造反派去斗一个人，他用了最大的力气，踹了那人一脚，踹到台下去了。他还学给我看，他是怎么踢的。"满崽的脚抽动了一下。"老爸说，要不是那一脚，我恐怕也不能来到这个世界上，我们家也就不存在了。"

椅子上的父亲整个身子战栗了起来，我们都没留意，他什么时候开始哭的。我听过很多关于父亲和杨叔叔的旧事，这一件我却从未听到过。父亲哭得一点预兆也没有，是否因为也记起了他伸出过的那一脚？我实在不敢往下想。

母亲却表现得出奇的平静，一直在轻轻拍打着父亲的背。

"以实玛利，真的有神，老爸说，神看到他那一脚了，所以，我注定成了这个样子……老爸给我讲这件事情，是为了跟我道歉。"满崽的眼睛红红的，嘴巴扁了扁，但是没有哭出来。

等到父亲好不容易平息下来，警察提示我们时间到了。我和母亲拉起了父亲。

警察没让满崽把我们送出门外。站在门边，他忽然想起了什么，对父亲追出了一句："孙叔叔，我曾经努力改变过的，那个，命运。"那两个字，命运，听起来是那么生涩，仿佛这是他最难把握的发音。父亲走在最末，不知道该对他说些什么，只是伸手跟他握了握。满崽拍拍父亲的手臂，说："孙叔叔，你们多保重身体。"那表情，就像在跟一个兄弟告别。忽然，父亲猛地一下子把满崽拉近，一下子把满崽抱了起来。这两个动作很连贯，但看得出来，是很费劲的。父亲喘着粗气说："我以前，经常这样抱你。"

被举离地面的满崽，脑袋伏在父亲的肩膀上，他全身耸动着，发出了奇怪的哭声。父亲在他的耸动下，彻底丧失了力气，他一点一点地让满崽滑了下去，滑到了他的胸前，直到满崽双脚落到地面。

仅仅喂过一次药，那条病鱼竟然就好了。父亲指着一条鱼，说，你看，它完全没事了。我不确定父亲是否指对了，那些病症消失了之后，这些鱼长得几乎一模一样。我能认出来的，只有那条满崽，腹部薄得像刀片。它经常落单，在一个固定的角落转来转去，偶尔也会追着一串水泡跑远一点。它那么瘦小，让人难以想象，在扑向鱼捞的那个时刻，曾经那么勇。那几乎是它最勇的一次了。

| 作品点评 |

我们也许就能够理解那些充塞在文本缝隙里的"我"对着故乡、父母、小城人事和满崽发出的评判。她的评判越是自视甚高，她被"命运"车轮碾过的痕迹和伤痛就越重。这个在小城人眼里"捞世界""有出息"的成功女士实则生活得千疮百孔，她和满崽一样都曾"努力改变"命运，但没有成功。他们败伏于无常的生活，父辈们则败伏于幽暗的历史意志。

……

在某种意义上，从一开始，"故乡"就决定了我们的"命运"。我们或喜悦或被迫放弃了深植在故乡的根，然后向着某个未知一路狂奔，在既非"此处"也非"彼岸"的飞地里潦草地处理着与生命相关的形而上问题。满崽在鱼缸底部为着撬食而做的全部努力，也许就如同命运之神看着我们在人生牢笼里无望地挣扎。

——曹霞：《故乡、"病鱼"与命运——评黄咏梅的〈病鱼〉》，《文学教育》2016 年第 4 期

总有一个怀抱

映川

肖夏睡觉有三样必备的玩意儿，耳塞、眼罩和闹钟。耳塞塞上，眼罩蒙上，一片混沌中睡个昏天黑地地老天荒。所以，她还需要被闹钟叫醒。今天她请了假，没有任何理由，只是不想去上班而已。闹钟是未被设定的状态。当被吵醒之后，她摊开如蜗牛般柔软虚弱的身体，用了好几分钟才分辨出是楼下的吵闹声把她唤醒的。

母亲汪楚兰能与汽车喇叭声抗衡的嗓子嚷的分明是，你们再不走，我打 110 了！然后有细细碎碎的哭声响起，是外婆，还有另外一个女人的哭声。肖夏弹簧般蹦坐起来，手在头发上胡乱理几下，上下扫一眼睡衣还算齐整，人趿着拖鞋立马冲下楼去。

院子里除了外婆、母亲、几名熟悉的房客，还有一对陌生男女。汪楚兰身边站着像靠山一般的房客，他们脸上的神色表明只要房东一声令下，他们会毫不犹豫拔刀相助。他们平时都巴结汪楚兰，因为在这里租房子的都不是什么有钱的主儿，没几个没拖欠过房租的，想不看房东的脸色少听房东几句冷嘲热讽，逮着不花本钱的机会总得跳出来表现一下。与他们针锋相对的是那一对男女。这对男女从气质上看就不像本地人，身材高大健壮，皮肤灰黑，衣着过时，惹人注目的是那女的，

作品信息

原载《小说月报(原创版)》2016 年第 3 期，收入《小说月报·原创版·2016 年精品集》(百花文艺出版社 2017 年 1 月出版)、《狩猎季》(广西人民出版社 2016 年 3 月出版)。

小腹隆起，看样子得四五个月的身孕了，半边身子躲在男人身后。外婆则站在两个阵营中间，身形短小，手里紧紧捏着一本蓝皮存折，眼睛泛红像个受气包。

汪楚兰看肖夏现身，像来了救兵，挥手说，夏，快过来，来看看，开开眼。汪楚兰递给肖夏一张字条，肖夏认得出是外婆的字迹，如小学生，一笔一画，方方正正。内容如下：我徐荣妹自愿承担孙艳每月 1000 元的安胎费，10 个月共计10000 元，生产孩子各项费用 10000 元，两项合计 20000 元。如果张志军、孙艳无力抚养孩子，本人愿意替他们抚养孩子。立字据人：徐荣妹。

肖夏再看一眼那女人的肚子，问了一句，你叫孙艳？孩子几个月了？女人脸上还挂着泪，点点头说，我是孙艳，孩子四个多月了。肖夏说，你们的孩子为什么要人家帮你养？男人抢着说，谁稀罕别人帮养？刚才我都说过很多遍了，我们本来不想要这孩子，要做掉的，是你家老人求我们把孩子生下来，我们没有能力养就不打算要，她求我们要，她付钱养天经地义，我们也没求她来着。男人嗓门不小，理直气壮。

肖夏相信男人话里没有编排，这在别人听起来绝对是一桩讹人的事件，但肖夏一点不怀疑她的外婆会做这样一件事，她相信母亲汪楚兰也能明白这一点。所以，肖夏问的是，你是张志军吧，我外婆没付你们钱吗？男人说，是，我是张志军，头五个月安胎费老人家给我们了，一共五千块。汪楚兰巴掌一拍嚷起来，听听，五千块拿走了，现在还要提前来拿那剩下的一万五，要不是我正好碰上，你外婆就给人家取钱去呢，存折都拿手里了。房客甲说，两万块，快抵我三年房租了，真他妈的黑。房客乙说，就是看老人家好骗，天打雷劈！

男人说，你们说话太难听了，我再把刚才说过的话给这位姑娘说一遍，这是因为我们要回老家了，孩子计划在老家生，我们也不打算回这里来了，所以才跟老人家商量要剩下的钱，老人也同意了。汪楚兰说，你们这赚钱的法子真牛，孩子还没生下来两万块就到手了，我怎么知道你们离开这里以后会不会把孩子打掉，害我妈空欢喜一场？老人家是菩萨心肠，你们这样做是造孽啊。男人说，这位大姐，我老婆不是母猪，我们不会拿生娃求财，这点你完全可以放心。汪楚兰说，这年头骗子满大街都是，我没工夫也没本事去辨别，算了，不和你们费口舌了，之前我妈给过的五千块就当她做善事，我不找你们要回了，可眼下你们再纠缠她老人家要钱绝对不可能，马上给我离开这里！房客甲说，阿婆是菩萨，大姐也是菩萨，你们识相就赶紧走人吧。房客乙说，我可没有这么好说话，恶人我来做了，我帮你们报警……男人气急败坏，拉扯老婆的胳膊说，行，你们人多，我说不过你们，我们走，我们上医院打胎去，孩子我们不要了！

一直不出声的外婆突然狠狠在地上跺了一脚说，汪楚兰，我用我的钱，和你没有关系，和你们谁都没有关系，你们现在住的是我的房子，房产证上是我的名字，这钱我心甘情愿给，你们管不着！一时间，院子安静了。汪楚兰尴尬地朝肖夏使了一个眼色说，妈，你冲我们发脾气干吗？我不图你留钱给我和肖夏，可你辛苦攒的也不能让人骗了去，善心让不善的人利用了，那可是会助长歪风邪气的。外婆不理会汪楚兰，对那对男女说，走，我们取钱去。肖夏说，外婆，我陪你一起去。外婆有些不太情愿，但此情景下也不再说什么，就让外孙女跟着了。汪楚兰看女儿跟去了，放下心，闭了嘴，让看热闹的散去了。

肖夏挽着外婆的手，那对夫妻落后一步跟在后面。外婆说，夏，你不会是替你妈拦我吧？肖夏说，钱是你的，我哪敢拦？我们都是你的房客。外婆拍拍肖夏的手说，刚才外婆说的是气话，你就别来诳我了，你妈那张嘴太毒，对人也苛刻，这点你比你妈好。肖夏说，先别说我妈了，后边那对夫妻你在哪儿遇上的？外婆说，他们夫妻是打短工的，这一两年都住在朝阳桥洞，我早认识他们了，前几个月我路过看孙艳在哭，打听才知道是怀上孩子了，她男的让她上医院打胎，她不愿意，正闹着呢，我就劝他们把孩子留下。

话说肖夏的外婆还算得上是个有家产的人，拥有一幢自家盖起来的五层小楼，一楼是外婆与汪楚兰住，二楼则是肖夏一个人独占，剩下的全外租。不过，这一带属于城乡接合部，房租不高，大多是付不起高房租的人群不得已的选择。十来间房，每间房租就五六百元左右。隔不远处有座朝阳桥，虽然叫桥，可桥底下早已经没有河水，就一条臭沟，因为靠近本市最大的水果蔬菜批发市场，有租不起房的人干脆在桥洞下面违规搭建的小棚住着，隔一两年小棚屋会遭城管清理一次，可不出一两个星期准会倔强地重建起来。

外婆几乎每天都到那一带溜达，手上提只塑料袋，袋里装的是剩饭菜。那地方游荡的野猫特别多，偶尔也有被主人抛弃的狗，这样的狗一般非老即病。外婆给它们送饭食去，有时还得出钱送它们上宠物医院治疗，钱应该没少花。肖夏不是很关心这些琐事，她想只要外婆喜欢就遂她的心愿，人老了不就找个可以解闷的活法吗？可外婆不仅喜欢跟畜生打交道，还喜欢跟陌生人打交道，比如住在朝阳桥洞里的那些人，说白了，大多是没有正经工作的，甚至是连暂住证都没有的外地人，外婆喜欢和那些人聊家常，给这家送米送油，给那家送果送菜。有一次外婆来跟肖夏讨要穿不着的冬衣，肖夏没细想，翻了好些出来给她。过了几天肖夏看到朝阳桥一带有几个女人穿着自己眼熟的衣服走动，才省悟外婆是拿她衣服送人了。虽说那些衣服她不会再穿，可看到那些陌生的女人穿着自己的衣服，带着自己的气息，她还是感觉有一丝不舒服。

肖夏是外婆拉扯大的，外婆做什么，她即便心里不是很赞同，却也不会反对。汪楚兰则牢骚不少，但那牢骚一般也只能冲着肖夏发。从母亲的牢骚中，肖夏了解到外婆和外公年轻时不是太和谐，两人时常吵架，一吵架外公就离家几日不回。外婆生下大姨、二姨和母亲后不愿意再要孩子，尽管外公盼个男孩，外婆还是坚决地把后来怀上的三胎孩子全打掉了。大姨和二姨都不长命，一个活到十六岁，一个活到十四岁，全都是莫名其妙得急病死掉的。外公在失去两个女儿后紧接着走了。孀居的外婆某日突然领悟，她之所以失去两个孩子是因为她的杀业，她杀了三个孩子，没了两个孩子，还欠一个。她将目光锁定到当时十二岁的汪楚兰身上，她害怕这最后一个孩子也会被带走。汪楚兰说，你外婆以前是怕我短命，现在我孩子都大了，她却是怕她不得善终，拼命赎罪呢。

汪楚兰抱怨最多的还是她自己的婚姻，她跟肖夏说，当年就是因为怀上你，我才不得已嫁给你爸，要是那时候我坚决打胎，也不会有今天。汪楚兰当年跟肖夏的父亲肖林婚前同居，后来发现肖林脚踏两只船，想把孩子打掉，是外婆下跪相逼一定要留下孩子才有了肖夏。肖夏说，即便打掉我，你的婚姻也未必是成功的，不嫁我爸，你以为后来就一定碰上个能和你过一辈子的人？汪楚兰叹一口气说，话是这么说，可头没开好，这一开始是求全，后面就只剩下委屈了。

走了将近两百米，有家建行。肖夏替外婆拿了号，外婆这下比较安心了，示意孙艳夫妻耐心等候。肖夏知道外婆手里其实没几个钱，这几年房租是母亲收的，外婆以前存下一些钱应该都花差不多了，这一下支取一万五，肖夏还是有些担心的。她轻声问外婆，他们现在要提前取钱，万一拿了钱又把孩子打掉，这可怎么办？外婆说，夏，你放心，孙艳这姑娘不会的，她本来也是想保这孩子的，只是经济上不允许，做妈的，心都软。肖夏说，要不我们生产费用先付给他们一半，等孩子生下来，让他们给你发个照片过来，我们再把剩下的钱给他们好不好？外婆说，夏，助人的事从来没有说还要留一手的，这心不完全敞开对人，得到的结果是完全不一样的。肖夏不是很同意外婆的话，但也不好再说什么。外婆取到钱，肖夏替她数了数，交到孙艳手上说，我外婆是善人，每一分钱都是辛辛苦苦攒下来的，你们为孩子积福吧。孙艳看了张志军一眼，张志军把脸调过一边。肖夏从那一眼里看出点什么来，她拉着孙艳的手说，妹子，我年纪估计和你差不多，可能比你还大一两岁，无论怎么样，孩子还是留下来的好，再大的难处，挺挺就过了。孙艳点点头。

回家途中外婆问，夏，都忘问你了，今天怎么没上班呢，不舒服？肖夏说，没有不舒服，就想待在家里睡觉。外婆说，好好一个姑娘，一身懒骨头，小心哪天给开除了。肖夏说，你外孙女是业务骨干，人家舍不得开除的。外婆说，谦虚一点，好好做事。肖夏说，反正我对得起付给我的薪水。外婆叹了一口气说，任性啊。

路过菜市场，外婆说，夏，想吃点什么？外婆给你做。肖夏说，水豆腐煮番茄。外婆说，嗯，好久没买水豆腐了，我也想吃了。肖夏说，买菜我就不陪你了，菜市那味道我最受不了。外婆说，行，你先回去吧，我可以好好挑挑，省得你嫌我磨蹭。

肖夏一个人回家，老远看到母亲守在院外的马路边，一看就是在等消息。看到肖夏一个人回来，汪楚兰赶紧迎上来，肖夏故意加快步子，把母亲甩后头，汪楚兰返身追上来说，死妹仔，钱到底取给人家没有？肖夏说，给了。汪楚兰说，给了？你一个搞财会的不会这么傻吧？肖夏在院里的石凳上坐下来说，你又不是不知道外婆这辈子最怕的是什么，她老了，有这个心就成全她，又没花你一分钱。汪楚兰说，好，你孝顺，你懂成全，我怎么没看你成全过你妈？肖夏说，我哪里不成全你了？我真恨不得你今天就嫁出去，是你自己不争气，算了，哪天得空帮你再介绍个大叔。汪楚兰说，呸，你能相中什么靠谱的人？别再给我乱扯。

说起这事肖夏就觉得对不起母亲，她眼神确实不太好。前几年有一个五十岁上下的老伯到这里租房，人看上去干净体面，精神矍铄，像这年纪一个人在外边租房的很少，而且听口音还是本地人。一般年轻人来租房子汪楚兰都喜欢刨根问底打听底细，可面对一个和自己年纪相仿的她突然不好意思起来，在肖夏跟前念叨了几次。肖夏洞察母心，找机会和那老伯接触。老伯叫赵刚夫，竟然是离异状态，目前附近有个球场请他做教练，他就到这里来租房了。肖夏探听他离异的原因，还很诗意。赵刚夫跟肖夏说，前妻爱的不是他，而是别人，现在退休了，他前妻要回老家了，那个人也在老家，他成全人家。肖夏说，您心真宽。赵刚夫说，到了这年纪有什么想不开的，不开心的还要自己寻开心呢。肖夏因此断定赵刚夫善良有情意，极力撮合他与母亲，经常邀他上家里一起享用母亲烹制的美食，顺带隆重推出母亲。赵刚夫是个明白人，对肖夏说，你还是个孝女啊。赵刚夫大大方方和汪楚兰处了一段时间，两人每晚上到附近广场上跳舞，耳鬓厮磨，渐入佳境。凭空的，某日有个女人带了一干人打上门，逮住赵刚夫要他还三十万元，说是赵刚夫借钱炒股赔光了，房子也卖了，人却躲起来了。汪楚兰惊慌失措面对这一变故，等众人架着赵刚夫走远才想起这几个月赵刚夫的房租没有收。肖夏赶紧向母亲检讨说调查不深入，光看人的外表了。汪楚兰叹口气说，总算没投入太深，否则就人财两空了。汪楚兰的眼里分明还有一丝不舍，肖夏觉得太对不起母亲了。

父亲早年出轨，母亲本来是想忍着不发作的，可人家还是想和新人过，最后离了。这么些年来，就盼着找个稳妥的人嫁了，老了相守。相处这么多男人，始终没有一个向她求婚。肖夏认为是母亲一厢情愿的热情助长了对方的傲慢，曾毫不留情地指出来。母亲说，那我能怎么办，你要我待价而沽？那份无奈，让肖夏无言以对。

肖夏拉着母亲一块坐下来说，妈，事情往好处想，外婆这次没准是帮人家一个大忙，做了一件大功德呢。汪楚兰说，你以为我只是心痛那钱对吧？我最怕的是你外婆哪天领回一个小孩来。肖夏笑了，真领回一个孩子你养着呗，以后多个人给你养老。汪楚兰说，你这没心没肺的，你外婆有些想法是万万不能纵容的。肖夏说，行了，别想太多了，后面真有什么事出来我来处理，你们把我养这么大，这么乖，我还不能替你们担些事？对了，你和那个叫何建的怎么样了，今天怎么没去给人家做饭？汪楚兰敲打她的头说，没大没小没正经。正说着汪楚兰的手机响了，她接电话的神情小女儿家似的，言语轻柔，好，我马上过去，中午想吃什么？行，等下我到范记给你买。肖夏故意面无表情地看着汪楚兰说，我也想吃范记馄饨。汪楚兰笑着说，咦，你今天没上班，陆城没有约你？你这么罩得住，想吃什么让他给你送过来不就行了？肖夏说，我又没有打算嫁给他，为什么要使唤人家，多不道德。汪楚兰说，趁年轻有些资本就使唤，不要等像你妈这样老了，只能让别人使唤，不过，也不一定，我女儿命好。

汪楚兰出门了，家里一下安静下来。肖夏想不起可以做什么，回屋翻看手机，果然陆城发了好几条短信。她给他说过，今天请假不上班，想好好休息，所以，他只敢发短信，问她休息好了没有，晚上有没有计划出去玩。这么听话的男人当真乏味呢。她和陆城这么有一搭没一搭的，像谈恋爱，又不像谈恋爱，有肌肤之亲却无夫妻之实，这种情形将近两年了，她不知道最后会不会以结婚收场。她觉得自己不是太爱陆城，否则她怎么可以和史无缺一见面就上床呢？

肖夏是半年前与史无缺认识的。那阵子她公休，计划到某古城游玩，上网订客栈，搜索出了无缺客栈。无缺客栈的推广词是单身美女住店半价。她问无缺店主如何界定美女，无缺店主说，对她不需要界定，因为已经从网络传过来的气场感觉到她一定是美女。两人在网上热聊了一段时日，肖夏如期上门住店。这无缺店主没有花无缺的容，可花无缺毕竟是纸上谈兵的美男，面前这个史无缺是个活生生的大男人，身材高大，笑容灿烂。史无缺热情招呼肖夏，说自己也是外地人，多年前来此闲居，觉得安逸，便盘下这一小店，与南来北往的游客打交道，过着散淡的日子。这番说辞让肖夏内心生起一丝敬佩，对某种境界的一种敬仰。当然她不会把这些浅薄地露在面上。晚上史无缺拿出自己酿的水果酒请她喝，两人在小楼的平台上看月亮，聊世情，笑声酒意升腾，夜半两人毫无悬念、毫无羞涩地滚了床单。肖夏白日游山玩水，夜里便与这叫史无缺的男人痴缠烂打，偶尔的，她会想起陆城，她知道对陆城她一辈子都不会有这样的激情。

离开古城那日，肖夏心中隐约期待史无缺说些亲密的离别情话。但史无缺只把她送到客栈门外，替她招了一辆的士，他说，无缺客栈的大门永远为你敞开。他的笑容如初见那日一样灿烂。那一刻，肖夏猛地觉得史无缺曾经这样送别过许许多多前来住店的女子，当然，也睡了。她闭上眼睛，重新睁开，盯着他，那又如何？她从来也不会像藤蔓一样缠在一个男人身上，也不希望一个男人像藤蔓一样缠着她。她今年二十九了，这个年纪很多女孩都在担心嫁不出去，她从来没有。她不会扼杀自己的任何欲望，但她和外婆、母亲不一样，她无所畏惧。她冲史无缺挥挥手说，保重身体，再见。

在紧接下来的一个月，她发现自己怀孕了，她选择了无痛人流，谁也没有告诉就做掉了。肖夏想，如果让外婆知道她也流过产，肯定要哭死了。可如今女人流个产算什么，满大街无痛人流的广告不都做给女人们看的？也许只有过去流产那种撕裂剥离的疼痛才能让人心生几分畏惧吧。

外婆在楼下唤，夏，饭好了。

一碟清炒上海青，一碟番茄焖水豆腐，菜色入眼愉悦，菜味入口清爽。肖夏平时在公司吃工作餐，油大，味重，难得在家吃饭，在家就喜欢吃这样清淡的饭菜。外婆吃得少，吃完饭碗里最后总剩下一点米饭，外婆说是省给猫的。这像一种仪式，那点剩下的饭是不够猫吃的，外婆还要另外准备。吃完饭，外婆用塑料袋装上一些饭食又往朝阳桥边去了，肖夏似乎都能听到猫呼唤外婆的声音。

今天特别闷热，一顿午饭吃下来肖夏的衬衣湿透了。她走到院子里，院子里风大，花草被吹得东摇西摆，一些房客扔的纸屑烟头也在地上打圈圈，她的衣服很快吹干。天上云层压得很低，灰不拉唧的颜色，要下雨了，这雨看样子小不了。肖夏从院角拿起扫帚开始打扫院子，一小堆垃圾在院子中央堆积起来，很快又被风吹散了，她四处寻找垃圾铲。一个人影悄没声息地从她身后飞快蹿过，却不留神踢到一只易拉罐。肖夏转身看到是汪楚兰奔上楼梯尘土飞扬的背影，如此诡秘，她扔下扫帚尾随而上。汪楚兰已经把房门关上。肖夏敲打房门说，妈，你怎么了？汪楚兰说，没啥，困了，我要睡了。依往常汪楚兰应该是到晚上才有可能回来，哪有刚出去两三个小时就转回头的，肯定是出事了。肖夏说，和何建吵架了？汪楚兰说，以后别提这个人，我和他分了。肖夏说，气话吧？放我进去，我们聊聊。汪楚兰把门打开。肖夏看到母亲的脸上有抓伤的痕迹，嚷起来，他打你？汪楚兰捂着脸说，不是，一个骚货挠的，不过，她比我惨。肖夏眼珠一转说，何建找小三了？汪楚兰说，我看着像，但他坚决不认，我也不知道真假。肖夏说，你和那女的打起来他帮那女的了吧？汪楚兰说，那当然，他说我无理取闹。肖夏说，我们好好来理一下思路，他向那女的道歉没有？如果道歉就说明他们关系较生分，他是站在你的立场，如果只有维护，他们还是有问题的。汪楚兰想了一会儿沉默了。肖夏说，有问题对吧？他如果不来跟你说清楚，就算了，这样的男人一把抓。汪楚兰踢了旁边桌腿一脚说，去死吧，这些不要脸的东西！肖夏说，你非得嫁出去啊，又不是没嫁过。反正我是会陪着你的，你别怕啊。汪楚兰说，说得轻巧，你总有一天拍拍屁股就走了，哪里还顾得上我们啊！行了，扫你的地去吧，我这偏头痛又犯了，要睡一会儿。汪楚兰说着就躺床上去了。肖夏只得替母亲把房门关上，转身看一楼道全是从阳台上吹下来的落叶和落花。外婆说，女人把花养好，会有花的容貌。外婆和母亲都喜欢种花，院子里阳台上天台上，一年四季，姹紫嫣红。花开得那般好，可种花的女人为什么活得这么委曲求全，似乎从来没有盛开过呢？外婆大半辈子小心翼翼总像欠了别人什么，母亲日日忧心没有一个忠诚的男人来托付终身。唉，好在她和她们不一样。她未曾对任何事情感到过后悔，不担心没人爱，不怕变老，不怕苦，不怕穷，还真是无所畏惧啊！优越感高速升腾之后，一个念头突然到达肖夏的脑海，她把小腰板挺了挺，决定给自己下点猛药，搞点事出来。她要辞职，对，她要辞职，她甚至不怕——没了工作。她是一家会计师事务所的高级会计师，成天面对一堆烂账，还要做得完美无缺。她有做得很完美的能力，所以经常拿到高额的奖金，但她讨厌这份工作，现在终于有一个充分的理由摆脱，她兴奋得就想大喊几声。

肖夏冲回房间打开电脑，这么个壮举得跟史无缺说说，只有跟他那样境界的人说才有意思，像陆城，没说的欲望。她在 QQ 上跟史无缺说，我要辞职了。史无缺说，受啥刺激了？她说，生活一潭死水，自己给自己找点乐，搅动一下。史无缺说，你这是受那谁的鼓舞吧？她问那谁是谁。他说，就是那个说"世界这么大，我想去看看"那个。肖夏说，屁，世界没有人心大，我哪也不想看，辞完职，我的主要任务就是睡和吃，等到山穷水尽日，看我如何应对。史无缺说，好，我支持你，要睡就睡我这儿来吧。肖夏说，有美酒？史无缺说，少不了，来吧，我正在组团去梅里雪山，来了你能赶上。

肖夏看一眼床头的钟，已经是下午三点半，现在写辞职信，下班之前送到公司，一切便在今日圆满。肖夏找出纸和笔，信上给公司留面子，说了感谢培养的话，说自己身体原因要休整所以辞职。不管领导信不信，她也是要辞的了。辞职信写好，窗外的瓢泼大雨从天而降。一阵冷雨随风灌进房里，受这阴凉的刺激，肖夏打了一个喷嚏，她盯着放在桌上的辞职信，在一个坏天气里去做一件疯狂的事情，双倍疯狂，她又打了一个喷嚏。她两三下把自己收拾干净，辞职信往包里一装，出门了。

每日肖夏上班坐的是地铁，但从家里到地铁站有两三里的路程，这段路没有公共汽车直达，所以肖夏骑电动车，到了地铁站，把电动车存起来再乘坐地铁。

眼下出门骑车子有点困难，雨一阵大一阵小，那风吹得人都站不稳当。肖夏决定走路到地铁站。她抄的是近道，穿过朝阳桥，折向左有一条早被封闭待拆建的巷子，不长，二十来米，穿过巷子只要走两百米就到地铁站了。那条巷子不知道因为什么事情扯皮，封闭了一年多却不见动工，周边住的人不耐烦，在封闭围墙处砸开一个人行的缺口。这大风大雨的天气在路上走的人不多，这条巷子更是没有人走动，肖夏闻到各个角落散发出的不洁气味，估计巷子比较隐蔽，不少人在这里行方便之事了。肖夏小跑起来，手中的雨伞用双手撑着挡住头脸，当她冲出巷子的时候有那么一股狠劲和盲目，她甚至懒得扭头左右看看有没有行驶的车辆。有辆在雨中奔跑的车子，也跟她一样不耐烦，眼见就要撞上她了，车主以为一定要撞上她了，已经在车里喊起来，其实车子只撞到肖夏手中伸出去的手和雨伞，顺势这么一带，把她往旁边冲飞了几尺远。肖夏听到一声钝响，她感觉像有一块石头砸进水塘里，而她坐着一只游泳圈，在水面上漂荡。那辆肇事的车子在前边不远处停了下来，车窗摇下，有人探头出来看了肖夏一眼，那人看到有鲜艳的血从肖夏的脸上流下来，全身一哆嗦，踩下油门，飞快地将车子开走了。

慢慢地，肖夏感到身子湿冷，她才真切地意识到自己正躺在地上，躺在雨水里，那一瞬间她的心脏抽搐起来，她快要呕吐了，她不知道自己身上是不是血肉模糊，是不是少了一条腿或是胳膊。她的手在身上摸索，摸索到完整的身体，她的心稍稍平静。她再努力去摸自己的挎包，只摸到了雨伞把子。她想稍微仰起脖子，一种过电似的酸麻让她放弃了努力。她平躺着，眯眼看着天空，天是灰的，雨像箭一样射向她的眼睛。她偏过头，眼睛的余光看得到马路旁边的树，这证明她不是躺在马路中央，而是靠近马路边上，但如果同时有几辆车过来，在这样的雨里未必会看得到她，或许就造成二次碾轧。这个想法让肖夏努力地将雨伞架到自己身旁，这样目标要大些。

一辆车飞驰而过，地上溅起的水灌进她的鼻子嘴巴，她两眼无法张开，她不知道人家是不是没有看到她。又一辆车经过，又一辆……肖夏是通过地上飞溅的水珠来判断那些经过的车是开得快还是开得慢，有些似乎开得并不快，应该可以看到她的，可为什么没有一辆停下来呢？一辆车不急不慢地经过她，她能感觉到那车停了，是的，停下来了。她努力侧身转过去，马路对面有一辆停下来的车子，她看到一个女人摇下车窗，那女人有着美丽的妆容，女人看到她了，她张开嘴喊了一个她能喊出的最大声音，"救我"——声音被雨声吞食了大半。女人在犹豫什么呢？肖夏看到车窗重新摇了上去，车子慢慢地滑出她的视野。

肖夏觉得地上的水快要把她淹没了，她正走在死亡的路上，原来，这就是死亡，这么孤单、可怜，没有人知道你正在死去，那些亲近的人、热闹的事和你一点关系也没有。肖夏浑身上下并没有疼痛感，她的心脏却被一种巨大的恐惧攫夺，她浑身战栗，然后是抽搐，她感觉自己缩成一个肉球。原来她害怕死亡，害怕孤独，害怕被所有人遗忘，与外婆母亲相比她有什么值得骄傲？她还不如她们，她那扬扬得意的无所畏惧早在这雨中溃败零落……

一辆的士，停在离她很远的地方，司机坐在车里打了一个报警电话，他放下车窗，扯着嗓子喊，姑娘，你再坚持一下，我已经报警了。说完，司机把车子开走了。

当警车和救护车到来的时候，肖夏的脑子无比清醒，做手术的时候也一样清醒。她没有一点睡意，她不想让自己在黑暗和无知无觉中被人动了手脚。她大腿缝了三十三针，下巴缝了十二针。医生说她颈椎有挫伤，腰椎有挫伤，二级脑震荡，建议卧床休息半个月。躺在病床上，她不和任何人说话。她觉得说话是要费力气的，现在她没有多余的力气，她的力气全用来思考她将来会怎么死。死在车轮底下，淹死在水里，压死在坍塌的楼房里，被雷劈死，被电梯夹死，被人杀死？她在一个个场景里死了一次又一次，每一次都无人相助，无论她如何撕破嗓子呼喊，如何挥动她的双手，踢腾她的双脚，从来没有人回应，没有人现身，她总是在绝望中慢慢死去。她以为把种种不幸想透了，她就不会怕了，但她还是害怕，她害怕的不是死亡本身，而是那深入骨髓的无助。

陆城每天都来看她。他拉着她的手，她让他捏着，不过，她没有看他，也不和他说话。汪楚兰把陆城拉到门外，他们关上门在外边谈话，她猜得出他们谈的是什么，他们一定认为她是吓傻了，魂丢了才会这样。陆城再进门的时候脸上充满了怜爱，他还是捏着她的手，她看着窗外，想这医院里每天有多少病人在无望中死去。陆城说，夏，和我说说话，别怕，事情过去了，以后都会好的，以后你上班我送你，不让你一个人走。她回过头看了陆城，静静地看着他，她想，这世上和她最亲近的男人就是这个了，起码他现在拉着她的手。

晚上趁着没人的时候，肖夏给史无缺挂了一个电话。电话响了很久才被接起来，那边传来无比欢快的音乐声。史无缺的声音还随着乐律跳动，他说，喂，宝贝，你在哪里，辞职手续办好了吗？她说，没有，想想还是不辞了。史无缺说，你们女人啊就是变来变去，这我早就料到了。她说，哦，是的，我后悔了。史无缺说，我们人齐了，明天就要上梅里，好多东西还没收拾好，就不跟你长聊了，再见。她说，好的，玩得愉快！

在医院一共住了七天，伤口拆了线，肖夏就搬回家住了。陆城买了很多花来摆在她的房间，祝贺她康复出院。她把下巴那条嫩红的伤口亮给他看，问，丑吗？他说，不怕，等过段时间找家整形医院，可以整没的。肖夏说，谁说我要去整？我打算留着它。陆城说，不整也关系不大，只要不把下巴扬起来看不到的。她说，这伤疤就是顶在额头，我也不会去整，嫌不好看你别看。陆城说，我心痛还来不及呢，哪会嫌弃呢？肖夏说，想娶我不？陆城说，想。肖夏说，发个誓吧，说无论何时何地，只要我需要，你都会在我的身边。陆城满脸喜悦地举起手发誓，无论何时何地，只要肖夏需要我，我都会在她的身边。肖夏说，好吧，你回家跟你妈商量结婚的事情吧。陆城说，你没开玩笑吧？肖夏说，愿意信你就办。

两个月后，肖夏嫁给了陆城。陆城原来是跟父母同住，家里房子不宽敞，所以结婚后搬过来和肖夏住在一块，相当于上门女婿。陆城没有寄人篱下的感觉，乐滋滋住着，每日打扫卫生做饭做菜，外婆丈母娘乐得合不拢嘴，他还帮房客们修电器捎东西，大家都喜欢陆城。肖夏觉得大家都喜欢这男人，她的决定应该错不到哪儿去。

肖夏很快回公司上班。当初写的辞职信她认真再看了一遍，然后收进衣橱和邮票明信片一块收藏，这真是个值得纪念的东西。她每天准时上班，凡她经手的账目一定小心翼翼查算一遍又一遍，怎么整都觉得有个错误像颗雷埋在那些数字中等她去踩爆，她怕。她为此竟然还经常加起班来，而因为她的敬业，公司给她升了职，让她当主管，薪水一下子涨了许多。她按揭买了一辆车，每个周末，固定的，夫妻俩载着外婆出去走走看看，吃顿饭，剩菜剩饭一定打包回来喂猫喂狗，肖夏陪着外婆一块去，在朝阳桥洞一带，她也认识不少人了，他们学外婆的口气叫她夏，听起来很亲切。

汪楚兰和家里人相处的时间越来越少，因为又交了一个男友，比她小上十岁。这位小男友和汪楚兰只处了一个月便求婚了，等了这么多年突然开出个大奖，母亲的态度却令所有人吃惊，她不但没有答应，反而让外婆把房子马上转到肖夏名下，等手续办妥后告诉小男友，她住的这一大幢房子和她一点关系也没有，让他努力挣钱买房子，她要搬出去住。肖夏跟汪楚兰说，他连个固定工作都没有，买什么房呀？人好就行了。汪楚兰说，日久见人心，我都等那么多年了，不在乎再等几年。男的答应汪楚兰倒是痛快，下定决心挣钱买房，可因为没有固定工作，汪楚兰先倒贴了一辆小货车，方便其在附近的蔬菜批发市场搞批发。肖夏跟外婆说，我妈要等那小爸的批发生意做大才嫁，估计要熬到您这岁数了。外婆说，随你妈折腾吧，不相欠的人这辈子碰不上。

一天傍晚，刚吃完晚饭的时间，外婆照例出门喂小猫小狗去了。肖夏夫妻俩，汪楚兰和刚收工回来的小男友，还有几个房客，大家坐在院子里嗑瓜子喝茶聊天。门外来了一男一女，男的手上提着一只大包，女的抱着一个包裹严实的孩子。他们径直打开院门，肖夏正想开口询问，男的兴冲冲走向肖夏说，你好，外婆在吗？过了一会儿肖夏才想起他们是谁了，是外婆给钱养孩子的那对夫妻，张志军和孙艳。肖夏说，你们回来了？张志军说，是，回来看看。他揭开女人怀里的包裹，一张娇嫩的婴儿脸露出来，他说，孩子五个多月了，带回来给外婆看看。肖夏赶紧推陆城一把说，去，快去把外婆找回来。肖夏凑到孩子跟前说，长得真好！汪楚兰也凑过来说，男孩女孩？女的说，女儿。汪楚兰说，女儿好啊，你们可别重男轻女。张志军说，啥年月了，没那事。汪楚兰说，你们之前不是说不回来了吗，这大老远的就为了把孩子抱过来给外婆看看？汪楚兰的警惕心又起来了，她最担心的是别人把孩子送过来让外婆养。张志军说，我们是专门来感谢外婆的。他从大包里掏出七八包东西说，这些都是我们那地方的土特产，有机的，你们在城里有钱也买不到。汪楚兰接过来说，哦，木耳、香菇，有心了，有心了。

外婆几乎是小跑回来的，嘴里喊着，阿弥陀佛，阿弥陀佛，我要上香去了，快，让我抱抱孩子。孙艳乐呵呵迎上前，把孩子递给外婆说，这孩子能到这世上来完全是您老人家的功劳，没您的善心，我们可能早挺不住把孩子打掉了，现在一切都好了。张志军说，是啊，现在一切都好了，说实话，去年外婆给的钱我们是拿去应急了，参加我们家乡那边的一个集资项目，当时急着用钱，正好外婆又劝咱们留下孩子，我们走一步算一步，确实是利用了老人家的菩萨心肠，真不好意思，幸亏村里的项目不错，才半年不到就给咱分红了，孩子也顺利生下来。孙艳一直念外婆的好，我本来说写封信寄张照片过来完事，可她坚持要买车票过来让外婆看看孩子，我们就坐火车过来了。听到这汪楚兰的心才真正是放下了，她说，你俩可别怪我当初不够礼貌啊，见到你们全家我也很高兴。张志军说，不能怪，你们都是好人。孙艳说，我们祝老人家长寿，早早抱孙。外婆听了这句话转头看着肖夏说，你和陆城什么时候要孩子啊？肖夏大大咧咧地说，我又没有避孕，说不定现在都怀上了呢。陆城说，真的吗？肖夏只是随口说说，说完想起似乎月经期已经过了，她跟陆城说，赶紧买根验孕棒去。陆城屁颠颠跑到附近药店买回验孕棒，一测，真中了！

晚上这院里可是热闹了。肖夏他们把孙艳夫妻留下来住，顺便讨教养胎经。第二天孙艳夫妻他们要回去，把他们送上火车，回来全家人的注意力集中到肖夏身上，各种分工开始了。

肖夏在知道自己怀上的那一刻，便觉得身子里面有个憋着的东西开始松劲了，孩子是她的血脉，她的依靠，她底气足了。她不再加班，又开始隔三岔五地请假，在家里研究吃喝，上胎教课程，由陆城护航每日做孕妇运动。

肖夏三十岁生日那天，陆城给她安排在郊区一个农庄过生日。外婆和汪楚兰都说让他俩过两人世界，没有同去。肖夏准备了好几件衣服，带上相机，说是要拍准妈妈写真。陆城说，一般人拍这个都是不穿衣服的。肖夏说，笨蛋，不穿衣服的可以在家里慢慢拍。

农庄离城二十多公里的路程，陆城提前考察过，开着车子一路奔驰。在路上，看时间过了十点，陆城跟肖夏说，这时间，鸡汤已经煲上了，保证是现杀新鲜的土鸡。再走了几里，陆城又说，这会儿柴火鱼也该焖上了，保证是刚从河里捞上来的。肖夏说，好像这一趟来只为了吃似的。陆城说，你现在是大进补的时候，吃当然重要，我跟那餐馆老板说好是十二点准时开饭的。肖夏说，行了，别再说了，说得我都流口水了，这一天天吃这么多，不知道以后体重怎么减得下来。陆城说，是啊，孩子生下来又不用你照顾，估计要瘦太难，不过，我不会嫌弃你的。肖夏说，行，你得意吧，你。

在他们的前面有一辆大概有十来座的中巴车，开得不紧不慢，但一直占着快车道。陆城说，算我脾气好，要不早摁喇叭了。肖夏说，我们又不赶时间，这路上风光也蛮好的，慢慢开吧。他们说话间，前面的中巴车突然像被谁踹了一脚似的，左右摆动，竟然一个大拐冲下公路去了。陆城和肖夏都不相信自己的眼睛，他们互相看了一眼，才大声叫唤起来，车子掉下去了！陆城把车子停靠到路边，马上拨打报警电话，说明出事地点。打完电话，他把车子重新发动起来。肖夏说，咦，你干什么？陆城说，走啊，难道你还要在这里等救护车来啊，你现在这样子，看这种场面不好。肖夏说，谁说的？我不但要看，我还要下去救人。陆城说，行了，行了，以后再发扬风格吧，我们这不是冷漠，实在是情况特殊。肖夏说，我必须去。陆城说，听话，那车子这么冲下去，说不定等会儿还会爆炸的。肖夏不等他说完，打开车门下车，快速地往出事地点小跑。陆城吓得熄了火，赶紧下车，跟在后头喊，肖夏，你一个大肚婆，较什么劲，到底是那些人重要，还是你肚子里的孩子重要？肖夏站在公路边上，指着下边喊，陆城，在那群人里，你就不怕有一个人是我，而你就这么和我擦身而过，却没有听到我的呼救？陆城说，这说的哪跟哪啊，你疯了吧，给我站住。肖夏说，你就当我疯了吧。说完她从先前车子撞开的豁口出溜下去了。

这坡并不是十分的陡峭，中间山石很多，那辆中巴车被卡在半山腰。肖夏笨拙地往下走，大肚子成了她的障碍，有时候她干脆坐下来，用屁股唑溜往下滑。陆城站在公路边往下看了几分钟，看肖夏挺着大肚子一颠一颠的，他是又惊又怕，急得直跺脚，再唤肖夏，肖夏当没听见，他无计可施，只得顺着原先肖夏往下走的路线，磕磕碰碰一路小跑冲到肖夏身边。肖夏侧脸看他说，哼，总算对得起你发过的誓。陆城气喘吁吁地说，我早晚要被你这个疯婆子气死。肖夏上前亲了陆城一口说，亲爱的，不会的，我爱你。

车子往下冲的时候可能翻了几个筋斗，好些人被摔出来，躺在树丛里岩石上，发出疹人的惨叫声。肖夏说，我们先把车里的人弄出来再说，说不定等会儿车子还会往下滑，再滑就掉河里去了。陆城一听头皮发麻，再看肖夏根本不像一个怀了七个月身子的女人，几乎是从杂草和碎石中跑过去，头探进车子里，大声喊叫——谁还能动的努把力自己爬出来，谁脑子还清醒动不了的吱一声，我们帮帮你。肖夏看到一个年轻的女人颤颤地举起一只手，女人怀里抱着一个孩子。旁边还有几个人呻吟着。肖夏对陆城说，我先救那个女的，其他人交给你了。肖夏从一面破碎的车窗钻进去，玻璃划破了她的裤子，血马上洇出来。她根本没发现自己出血了，她迅速地爬向那女子，近前的时候发现女人的头上有一个不断冒血的洞，眼神已经逐渐暗淡。女子虚弱地说："救我的孩子。"肖夏被强烈的母爱冲击着，忍着泪从女人的怀里把孩子抱过来，她对女人说，放心，孩子没事。肖夏把孩子抱着爬出车窗，到外边检查孩子全身上下并无伤口，可这孩子怎么瞪着眼睛没有一点声响呢，突然，孩子发出一声尖利的哭声，听到这哭声肖夏放心了，她轻轻地拍打孩子的背部说，好了，好了，宝宝，别怕，妈妈在这。

车上有七八个人互相搀扶着慢慢地爬出车来，陆城也陆续把两三个昏迷的抱出来。肖夏把孩子交给其中一个人抱着说，看好孩子，我再去看看。肖夏再一次进入车内，从每个座位边爬过，发现还有一两个是喘气的，和陆城一道把人移出车子。有些还能行动的人，也加入了救援。后来车里还幸存的活人就剩司机一人了，司机的双腿被车头挤压了，无法移动。在大家无计可施时，车子突然开始往下滑动。大家齐声惊呼，跑离车子。肖夏说，能动的人都起来，大家找大石头，顶在车子下面。大家把找来的石头一块块垒到车身下边，慢慢地，车子停止了下滑。

有警车鸣笛的声音从远处传来。大家欢呼起来，陆城也兴奋地抱着肖夏亲了一口。肖夏推开陆城的怀抱说，让我躺一躺，累死了。肖夏双脚一软瘫躺在地上，她清楚地听到自己心脏咚咚跳动的声音。面朝着天，天蓝蓝的，有一丝丝轻飘的白云在跑。多长时间没这么轻松惬意地看天了，真是个出游的好天气。肖夏用手轻轻抚着隆起的肚皮，刚才的剧烈活动，孩子有些抗议了，用脚使劲踢她。她说，好了，好了，宝贝，妈妈是不是很勇敢？其实妈妈什么也不怕。

| 创作评论 |

对一位 70 年代出生的女作家而言，杨映川的故事体会是独特的，她没有一般的女性写作中那种对个人琐事的过多缠绕，而相对缺乏一种形而上的思考，缺乏对现实生活的批判力度和对未来生活的诗性憧憬。相反，杨映川的笔触犀利而灵动，她是在以一位女性特有的细腻及独具慧眼的灵魂，穿透故事时空，寻找并思索生命(尤其女人)的尊严。这种寻找由于现实社会、人类自身对生命尊严的藐视(犹如丘一凌所遭遇的)，显得特别具有几分批判力度和悲剧意味。

——张燕玲：《广西当代作家丛书·张燕玲卷》，漓江出版社，2002，第
100—101 页

| 作品点评 |

《总有一个怀抱》(初刊《小说月报》原创版 2016 年第 3 期)也是一次遭遇切身

的体验改变了肖夏对自我与他人的态度。她在风雨中被车剐倒在马路上，躺在那里，车来车往，不知有多少人从面前经过，她喊破嗓子也无人回应，那种无助深深地震撼了她。以致在后来遇到同样的场面，我们想象不到这个小女人的力量，她身怀六甲却不顾所有人劝阻，挺着大肚子，冲下山沟，毅然救人。她对劝阻她的丈夫说："在那群人里，你就不怕有一个人是我，而你就这么和我擦身而过，却没有听到我的呼救吗?"一己扩大为众人，个人、他人与世界便肩膀挨着肩膀。

    ——周立民:《有的只是厌倦，哈欠连连——映川小说阅读札记》,《南方文坛》2018 年第 3 期

回来

红日

一

　　唐虎赶着羊群下山，他看见一个人沿着盘山公路爬上来。唐虎觉得这人有些固执，明明弯道之间就有便捷的小径，可他偏偏就沿着公路走。唐虎认为就是那只顽固的老公羊也不这样固执。唐虎在一棵榕树下清点羊群的时候，背后有人干扰一声，唐虎！唐虎转过身来，见到大口喘气的堂兄唐象。唐虎说你回来啦？唐象点头，他的言语被胸腔不断喷涌的气浪淹没。唐虎进到屋里，绑在腰上的刀鞘还没解下来，就对昏暗里黑黢黢的影子说，唐象回来了！又补充了一句，走路回来的。那个黑黢黢的影子是他的父亲唐豹。唐豹在酿一锅芭蕉酒，屋里飘着酒的芳香，夹着一股水果味。这种混合型味道，体现了这锅酒的本质特征。唐豹在火塘边直起身体，你讲什么？埋头给另一个火塘生火的唐虎没有反应。唐豹又追问

作家简介

　　红日（1963—），本名潘红日，瑶族，广西都安人。曾就读于广西右江民族师专中文系，后进入鲁迅文学院第十二届中青年作家高级研讨班学习，中国作家协会会员、广西作家协会副主席、河池市文联主席、《河池文学》主编，有长篇小说《述职报告》《驻村笔记》，小说集《黑夜没人叫我回家》。《报废》《报销》《报道》合称为"文联三部曲"，中篇小说《报废》入选《小说月报·原创版·2011年精品集》和《中国作家协会鲁迅文学院高级研讨班学员作品集》。

作品信息

　　原载《花城》2016年第3期，《小说月报》2016年第7期转载，收入《鲁迅文学院精品文丛·恰同学芳华·钓鱼》（敦煌文艺出版社2016年7月出版）。

道，唐象走路回来了？唐虎就站了起来，你不是听见了嘛。唐豹正往锅里添水，他手中的葫芦瓢停在半空，唐象他真是走路回来的？

唐豹走近唐象家，手电筒光朝那个停车场扫过去。每次回来，唐象的"路虎"就停在那里。"路虎"这个名字是唐虎告诉他的，他原以为只有人类才取这样的名字，没想到汽车也有这样叫的。看来野兽都是宝贝，尤其是穷凶极恶的野兽。唐豹在停车场没发现"路虎"，只闻到"路虎"往昔的油味，于是他相信了唐虎的话，唐象确实走路回来了。唐豹掐灭手电筒光，敲了唐象家的门。屋里没有动静，唐豹推了一下门。门虚掩着，一推就推开了。伙房里灯火灰暗，唐象在煮一锅面条，灶台上弥漫着麦子的味道。唐豹咳了一声，一口痰涌上来，堵住了犹豫在喉头那里的一句话。

二伯！唐象转过身子，见到了唐豹。

喔！唐豹还盯着唐象看，似乎他要说的那句话就悬在唐象的脸上。唐象的脸仿佛一块黑板，上面写着各种各样的答案。唐象有些憔悴，脸瓜子比清明节回来时瘦了一圈，两只眼睛凹进去了。唐豹把视线移到灶台上，终于说出一句话来，锅里的面条干了。唐象急忙用一个汤盆把面条盛起来。唐豹说，到我家去吃吧。唐象婉拒道，改天吧，今天太累了。这话不假，唐象整个人看上去的确很累，器官累、神色累、说话也累。这种累不是一天两天的累，而是累了相当一段时间。这个世界上，没有谁比农民更了解累，没有谁比农民更清楚什么叫作累了。

唐豹返回家里，堂屋里已坐了几个人，他们是前来参加唐氏家族理事会议的理事。今晚会议的议题有两项：一项是对唐氏族谱第三卷作最后审定，如果没有错误和遗漏，就送去印刷厂付印；另一项是唐氏祠堂的选址方位，要尽快明确下来，以便破土动工。理事们边抽烟边审阅唐氏族谱第三卷清样，都很认真、专注和负责任。唐虎往餐桌端上一碟腊猪头皮、一盆腊野猪蹄、一碗腊山羊肉、一锅黑豆煮野菜，大伙就围着餐桌坐了。这样的例会有点类似于国外的早餐会或午餐会，只不过他们属于晚餐会。唐豹没有像以往一样把整坛酒搬出来，只是给每人各斟了一大杯。唐豹开宗明义道，今晚少喝点，一是天气太热，喝酒是要看天象的；二是今晚要议的事项很重要，大家需要保持清醒的头脑，酒能兴事，也可乱事。话是这样说了，就在大伙都把主攻方向瞄准那些腊味时，唐豹自己却干掉了满满的两大杯。这两大杯酒是今天刚酿出锅的芭蕉酒，还带着热度，加上空腹而饮，酒的威力很快就在他的脸上呈现出来，是豁出去的神态。一桌人明白这是唐豹有话要说，是发表重要讲话的前兆。果然唐豹说，你们只管吃你们的，支着耳朵听我讲就是了。说罢就把筷子搁到碗上，我有个建议，本次例会的议题暂时不议，我们议另外一个话题。大伙跟着把筷子搁到碗上，嘴里还在不停地咀嚼。唐豹示意大家都拿起筷子，照吃不误，然后说一句，唐局长回来了。

哪个回来了？

有人没反应过来。不止一个，而是除了唐虎以外所有的人都伸长脖子盯着唐豹看，不明白他说的是谁。这是怪不得他们的，他们这个村的人历来自负，使唤他人都是直呼其名，甚至绰号。这个世界上值得他们叫官名的只有一人，这个人叫毛主席。唐豹只好遵循习惯，他说唐象回来了。

众人一听，重新拿起筷子，烟火的味道被他们嚼得脆响。

这哪是话题？就算是话题，也不是什么新鲜话题。唐象他哪年不回来？他的父母虽然不在了，可他一年都回来几趟。唐象回来，跟学生从学校放假回来，跟打工妹从东莞卸妆回来，有什么区别？没有！再说唐象今晚回不回来跟他们没有任何关系，唐氏族谱第三卷的审定、唐氏祠堂的选址问题，是他们这些理事说了算，轮不到唐象来拍板。唐象虽然在市里当财政局局长，但在唐氏宗族协会中连理事都不是，他连列席会议的资格都没有。唐豹又说了一句，音量比前面一句降低了些许，屋子里的人却都听见了，唐豹说，唐象是走路回来的。

一桌人这又搁下筷子，把身子靠到椅背上去了，嘴巴也不动了，都停止了咀嚼。有一张椅子忽地往前滑了出去，差些撞翻了餐桌。这一滑就滑出灵感来了，滑出联想来了。这就让人想起了轮子，想起了唐象脚下的轮子。哦，原来唐象的脚底下是装着轮子的，原来唐象是属于轮子上的人，就像北方的汉子是属于马背上的人一样。是啊！以往唐象回来，哪次不是开车回来的？哪次不是浩浩荡荡车轮滚滚地回来的？

唐象的车是不是抛锚了？

幼稚！

唐象的车是不是报废了？还是幼稚！

屠夫唐蟒两个幼稚的问题，先后被老中医唐驼断然否定。老中医唐驼是过去村里大地主唐燊的独子，他的父亲大地主唐燊生前每次运动都要挨批斗，每批斗一次他的膝盖就要脱一层皮。唐驼就上山采药给父亲敷伤口，无师自通的他，后来成了远近闻名的中医。老中医唐驼这些年专给人治疗癌症，所有投医者他没有治好一例，但所有投医者吃了他的中药直到咽下最后一口气都没哼过一声、骂过一句，他们都是安乐地离开尘世。老中医唐驼长年订阅的《中医报》，不只登载医疗信息，还有时事政治，这就大大地丰富了他的知识面。

唐豹把左腿架到右腿上，他说在你们到来之前我去看了唐象，唐象给我明显的感觉是，他的灵魂被抽走了，举一个简单的例子，当年我家唐虎从瓦斯爆炸的矿井逃回来时，就是这样一副模样，当然，唐象他一辈子没挑过煤。

全桌人没有一个作声，都一脸的肃穆。

事实上唐豹说完这句话，一个共同的观点已在每个人的脑子里诞生了，定型了，关键是谁先把它挑出来，这就像一桌严肃的宴席，人人都拿起了筷子，就看哪个人先吃第一口菜——这需要勇气，需要胆量，需要气魄，甚至需要阅历。

有人咳了一声，是屠夫唐蟒在咳。大伙以为唐蟒有话要说，却见他从裤袋里摸出一包烟，分给抽烟的人，自己也点上一支。

屋里烟雾缭绕。

唐象这孩子八成是出事了！

老中医唐驼终于拨开云雾，他说以我经验，出了事情的官员和癌症患者的神态特征是一致的，他们都很恍惚，很绝望，就像唐豹你所说的丢了魂魄那样。当然我还没见到唐象，我是依据唐豹你刚才的描述得出这个初步结论，这个结论是否站得住脚，还需要大家商榷或者推敲。

唐蟒掐灭烟头，说这有什么大惊小怪的，这年头官挨抓和猪挨杀一样正常，我天天杀猪，也捉摸不透哪头该杀哪头不该杀，哪头该留做猪种，哪头该活到春节，不过，凡是瘟猪我都劝主人家及时杀掉，尽量把损失降到最低限度……

唐蟒你不能这样说话！

老教师覃剑教育他，你讲这话不厚道不文明，人是人，猪是猪，肃贪和杀猪怎能相提并论呢？另外，我还要批评你，你让人吃瘟猪肉不但缺德而且犯法。老教师覃剑不是唐氏家族成员，但他在村里代课了二十九年，唐氏家族已把他当作本族成员之一，还聘请他为唐氏族谱第三卷的执行主编。

我说两句吧。

道公唐善举刚张嘴立时搁了舌头，他伸出左掌摊在膝盖上，拇指从小指开始一节一节地数着指头。连续数了两遍指头后，唐善举分析道，唐象是辛卯年寒冬腊月出生的，按照县处级领导干部任职年限规定，他还没到退下来的年龄，他至少还可以干一届，会不会是其他什么原因提前从局长岗位上退下来了？改任非领导职务了……

老中医唐驼当即接过话题，就是"改非"了，也还是有公车可用的，市绩效办那个黄主任退下来当调研员那么多年了，回来还不照样开那辆"帕萨特"，上个星期刚接我去给他老岳母看病……

我话还没讲完呢！

道公唐善举说，唐象肯定是出事了，不过据我分析，唐象的事情应该不是很严重的事情，他可能只是被撤职或者降职了，顶多是被开除了公职，因为他还能够回来，尽管是走路回来，如果他被判刑了、被关仓了，他还能回来吗？不可能回来了，依我分析，他应该是软着陆了，这年头官员能够软着陆已经不错了，是最好的结局了。唐善举把他的手指收拢成为一只拳头，他说，我们整个家族要正确对待唐象回来这件事情，不能因为他回来了就抹杀我们唐氏家族的历史，就否定我们整个宗族的荣耀，应该肯定，我们整个唐氏家族队伍的主流是好的嘛，我们很多孩子还在外面做事嘛，还在建设国家嘛，我们正在做的事情要继续做，接着做，努力做，我们的族谱该怎么写，还得怎么写，不能因此影响整个家族的各项建设。

屋外响起一阵噼里啪啦雨打芭蕉叶声，没有人再说话，仿佛都在听雨，其实都在想着唐象回来这件事。大伙觉得这次唐象回来有些意外，也没有什么意外，就像屋外这场雨下得有些仓皇，但也下得情有可原，下得顺理成章，下得天经地义，这个季节不下雨下什么呢？这个季节就是下雨的季节嘛。

唐豹把左腿从右腿上放下来，他说时间差不多了，各位理事还有什么意见没有？有意见请继续发表，如果没有意见，我就强调三点，第一点，要扮好我们的脸，唐象是回来了，但他是我们唐氏家族成员这一点没有改变，我们不能冷眼看他，歪脸对他，要给他信心和勇气，人活着靠一口气，人死是没了气；第二点，要管住我们的嘴，人言之所以可畏，是因为它是一把刀，在这里我要特别提醒唐蟒，你历来说话语似锋芒，言如利刃，容易伤人；第三点，要伸出我们的手，如今唐象一无所有，没了权没了职，没了父母没了家，我们就是他的靠山，大家能帮就帮能扶就扶，哪家的饭菜煮熟了，推开窗户喊他一声，不就是添一张凳子多一副筷条嘛，当然也不能东一顿西一餐吃到老，归根结底还得他自己养活自己，自立自强。唐豹把话说完，屋外的雨也停歇了。众人走罢，唐豹吩咐唐虎道，你给唐象送一床棉被过去，他家的被子从清明到现在没翻晒过，怕是霉烂了。

二

天蒙蒙亮，老中医唐驼扛一副木梯来到唐象家，他把梯子架到屋檐上，就去敲了大门。唐象开门先闻到一阵奇异药香，又见一副木梯架在屋前，接着就见到弓着身子站在木梯下的唐驼，是你呀！驼叔，你来修瓦啦？唐驼弓着身子攀上木梯，边往上攀边往下说，你家屋子起码有五年没修过瓦了，五年没修过瓦的屋子是不能住人的，你昨夜睡不了，是吧？唐象急忙过去扶住木梯，仰头回道，昨夜家里漏得到处都是水，都装了好几个脸盆，幸好蚊帐顶上没漏水。唐驼说如果我没记错的话，上一次你家修瓦应该是你回来给你爸妈立墓碑的那一年。唐象说没错，就是那一年，也是驼叔你来修的瓦。

唐驼在屋顶上说，你进屋去吧，我要扔废瓦片了。

唐象离开木梯转身进屋，却见唐虎挑了一担瓦片过来。修瓦就得换瓦片，唐虎把自家明年修瓦的备用瓦片挑过来了。唐虎放下担子说，你要是闲着没事，就攀木梯去给老驼递瓦片。

唐象捧着瓦片攀上木梯，堆好瓦片就趴在那里看唐驼修瓦。唐驼不是蹲着，而是蜷曲身子伏在那里，把那些移位和开裂的瓦片一块一块地复位或更换。在唐象的印象中，唐驼的身子就没挺直过，一辈子他都是弯腰走路。那一夜，母亲得了急病，鼻子不停地流血。唐象打着火把到唐驼家去求医，唐驼二话没说，背起那只自制的药箱弓着身子就来了，一副膏药贴到母亲的肚子上，母亲的鼻血就止住了……唐象眼前一阵模糊，他抬头望了一眼天空，天空阴沉着脸孔。

你的脸色不是很好！

唐驼冷不防说了一句。

唐象忙说是的，我最近刚做了体检，问题比较严重。

你主要是哪些问题？

血压高、血糖高、血脂高。

唐驼说，你这是典型的"三高"，我听说现在又流行"新三高"。

唐象问道，哪"新三高"？

唐驼说，就是中央高度重视、百姓高度关注、官员高度紧张。

唐象哈哈了两声。

唐驼说，人吃五谷，谁个没病？就是我们这些给人治病的人同样也有病，我的血压就是临界的，当然，在我这个年龄段临界属于正常的范围。我总结过了，人害病啊！就跟你们当官一样，当官不要当重要部门的官，害病不要害重要部位的病。

唐象说，你这句话有意思。

唐驼说，你不要介意，我只是在医言医，没别的意思。

唐象说，没什么的，我想听你讲呢。

唐驼说听我的话，不要太在乎你的"三高"，虽然你的"三高"从临床来看是比较严重的，但远不像那些人到了病入膏肓的地步，你的"三高"是可以控制的，生活还在继续，你要开朗乐观，心态很关键，心态好了，免疫力就出来了。

唐象你下来！下来！

有人在房子下面喊道。唐象转身往下看，见唐蟒把两顶藤帽叠在一起戴在头上，正站在屋檐下面，打着手势叫他从木梯上下来。

唐象问他，你今天不杀猪？

唐蟒没有直接回答，而是把唐驼数落一番，他说唐驼啊唐驼，你是一只钳了毛的老鸟，你把人脉可以，你把天脉不行，修瓦不是想修就修，是要看天象的，你看看这天象，乌云翻滚，迫不及待，怕是憋不到傍晚了。唐蟒攀上木梯，他说我要是不来，老驼鸟他一个人修到明天下午都修不完，唐象你信不信？反正我是相信的。唐蟒又说，今天我帮你修瓦，明天你帮我杀猪。唐象说好，我明天去帮你杀猪。唐蟒攀上屋顶，把头上的一顶藤帽摘下来，朝唐驼扔过去，别以为你是医生，就可以把太阳当作月亮。唐驼接过藤帽戴到头上，原来你这个拿刀子的也有软心肠的时候。

唐虎挑来最后一担瓦片，他叫唐象去给唐豹当帮手。唐豹在灶房里炸扣肉、煮腊肉，一条毛巾搭在他那黝黑的脊背上。唐象打了招呼，二伯！唐豹嗯了一声，问他们都上屋顶了吧？唐象说都上了，我来时唐虎也上去了。唐豹说晚饭上桌的时候，他们应该收工了。唐象说我家修瓦，却让二伯你劳神费力。唐豹抬头看唐象一眼，说劳神费力谈不上，担心倒是有点，昨夜雨下一夜，我也一宿没睡好，耳边尽是雨水滴在锅里盆里噼啪作响的声音。

唐象心里禁不住打起一个热浪头，他说二伯我能帮你什么忙？唐豹说不用，你就坐在那里跟我说说话，我干活的时候最希望有人在旁边跟我说话。唐象坐到火塘边，拢了几十把柴火，随时添进火塘去。唐豹说你家屋子的瓦该修了，有条件再把房子翻修一新，不过，不要着急，一步一步来，眼下首先是把房子的瓦修了补了，再给祖宗立个神龛，家里没个神龛，祖宗就没有立足之地，你还别小看这个神龛，这个神龛放到国际上去就相当于一个大使馆、总领馆，没有大使馆、总领馆，你连寻求庇护或者抗议交涉的渠道都没有……没有神龛我们就没有依靠，就无法获得祖宗的庇护，失去祖宗的庇护，我们就做不成任何事情，即使做了也是有始无终，有始无终，你明白我的意思吗？

唐象想了一下回道，二伯，我家里有神龛的。唐豹哦了一声，你是说那个木箱吗？那不算是个正规的神龛，拿你们机关来讲，只能算是个办事处，像驻京办一样，过去你的身份你的地位不允许你在家里设立神龛，现在形势不同了，你也回来了，不存在任何顾虑了。唐豹忽然问道，彩旗在美国念完书了没有？彩旗是唐象的女儿，高中就到美国去读了。唐象回道，彩旗在洛杉矶工作了。唐豹又问道，那秀萍呢？秀萍是唐象的老婆，早些年提前退休去陪读。唐象犹豫了一下回道，也在那边。唐豹听罢不再追问，心想估计是不会回来了，除非像赖昌星那样被遣返或者引渡。

三

晚餐唐象喝了不少的酒，回到家里倒头就睡，一觉醒来看见唐豹在清扫头天修瓦时落下的碎瓦砾和树叶。唐象急忙爬起来抢过唐豹手里的笤帚，说二伯怎么能给你来扫呢？一看抢也是白抢了，老人家早已把屋子里打扫得干干净净。唐豹问他，你不是答应去帮唐蟒杀猪吗？他在家里等你。唐象说我哪敢杀猪啊！我跟他说着玩的。唐豹说你说着玩，人家唐蟒可是当一回事的，连我这里都请示汇报了。当即就从八仙桌上拿一把刀递过来——一把剑鱼状的杀猪刀，凉飕飕地闪着寒光。唐象望了那刀一眼，手臂上的汗毛就竖了起来，嘴里嗫嚅道，二伯，我给唐蟒当帮手可以，这刀我拿不了。唐豹瞪他一眼，你这是去杀猪而不是去调研，杀猪不拿刀怎么杀？唐象战战兢兢地接过刀。唐豹在背后鼓舞他，把袖子挽起来胆气就出来了。

唐蟒站在猪圈那里，等待唐象到来。

唐象望了望四周，问了一句，就我们俩？唐蟒说那你认为应该需要几个人。唐象疑惑道，我们两个怎么杀得一头猪？

平时就我一个。

啊！唐象既惊叹又不大相信。

唐蟒进到屋里，背一只电瓶出来，手上连着一根电棒。唐象一看就明白了，你这样太残忍了吧？唐蟒说我不残忍，别人也会残忍，我们都不残忍，大家就没猪肉吃了，其实我这个手段一点都不残忍，而且是最文明的，也是最人性的，都跟国际接轨了。唐蟒打开猪圈栏栅，赶一头猪出来，是一头丹麦猪，估摸有五百斤重。唐蟒把"丹麦"赶到一个平台上去，"丹麦"很听话地往前走，原来平台那里有一口潲锅，在引诱它前行。"丹麦"刚把头往潲锅里伸进去，唐蟒手上的电棒猛地戳到它的屁股上，它哼都没哼一声就趴下了。唐蟒朝唐象挥舞手臂，拿刀子上来啊！唐象端着"剑鱼刀"走向平台，哆哆嗦嗦来到"丹麦"旁边。唐蟒用电棒指着它脖子上的一个部位命令道，对准这个地方捅进去！

唐象像害了疟疾一样浑身发抖，我，我不敢！唐蟒吼道，快！快点捅进去，让它缓过气来就麻烦了。唐象哆嗦着手，把刀尖对准唐蟒圈定的部位，闭着眼睛捅了进去，一股鲜血从猪脖子喷出来，唐象一屁股瘫到地上。

唐蟒拿着水管往猪身上洒去，却见唐象还坐在那里喘息，他说你起来呀，水漫过去会湿了你的裤子。事实上唐象的裤子已经被淋湿了，鲜血从猪脖子喷出来的刹那间，一泡热尿也从裤管流了下来。唐象遮遮掩掩地站起身子，撞上唐蟒一缕意味深长的笑。这意味深长的笑令唐象狼狈不堪，一看自己衣服裤子上溅了不少的血水，自认为有了一种掩盖，料想他唐蟒也看不出什么破绽来。

吃罢饭走出唐蟒家门，唐象摇摇晃晃地打着酒嗝。唐蟒拎一块猪头皮追出来递给唐象，说你今天操刀，这块猪头皮差点忘了给你。唐象搓着手，没有接住，那块猪头皮噗地掉到地上。唐豹弯下腰去把猪头皮捡起来，对唐蟒说，我把它腊起来吧。唐蟒话里有话地说道，那就对不起了，它在我这里是上不了灶台了。唐象没听明白，仿佛他俩交流的是暗语。

唐豹今天也喝了不少酒，但拎在手上的猪头皮一点也不晃悠。快到唐象家时唐豹停下脚步，目光从头到脚把唐象扫了一遍，最后落在他的裤腿上。唐象一下子感到羞愧难耐，不自觉地朝自己的腿上瞄去，但见浅灰色裤子上的血迹已经暗淡，而从腿根往下洇出的几行尿渍格外醒目。唐象紧盯唐豹的嘴唇，担心他说出一句什么话来。唐豹说，后天晚上唐善举有个法事活动，你去给他当帮手。唐象呼出一口气来，连忙表态，后天晚上我就跟他去。

四

唐善举要做的法事，是给一位老板过"油锅"。这位老板在外地打拼，离开家乡已经几十年了。这次突然回家乡来，请道公唐善举过去，目的是把混进他家里的"凶神野鬼"请出去，以便排除干扰，扫清障碍。老板家所在的那个峒场，有两个小时左右的路程。本来老板说好了要派一辆车来接的，道公唐善举却拒绝了，他向来夜间不在山区公路上坐车。唐象在唐豹家借了个手电筒，跟着唐善举上路了。路上唐象提出一个要求，不要暴露他的身份。唐善举安慰他，放心！人家要是问了，我就说你是我带的一个研究生，再说这位老板早年就出去打拼了，不认识你的。

唐象问道，你还真带研究生啊？

唐善举说，徒弟就是研究生嘛，我今年就带了八个，其中就有退休干部和教师的，你也不要小看我这个行业，我现在的出场费是这个数……唐善举伸出一只巴掌来。

五百？

再加上一个零。

唐象说，这么多啊！

唐善举说，还要看对象看场合，像今晚这场法事是两个巴掌。

唐善举说一个大牌教授的出场费，恐怕也不过如此，当然，道公也不是个个都能当的，就像干部也不是个个都能提拔一样，都要经过严格考核，层层选拔。

说是两个小时的路程，他们走了三个小时才到老板的家。唐象一进家门，累得差些趴下了，不等老板家人端过茶水，他自己找到暖壶，一连喝了两大碗水这才缓过气来。唐善举汗都没擦一下，就在八仙桌那里铺开物件，开始工作。他先画了一张画符，然后叫唐象照着他画，一连画了十几张。唐善举拿来糨糊，叫唐象把画符贴到大门的门楣上。唐象从凳子上下来，站在那里望着那一张张画符，觉得那些从门楣上垂下来的画符，就像一个个方向提示符号，多余地提示主人，门在下面！细看那画符又像一支支箭头，让人感到从门下经过时随时都会被射中的恐怖。

老板过来递给唐象一支烟，唐象道谢，我不抽烟。老板说，我好像在哪里见过你。唐象指着唐善举道，我是他徒弟。唐善举在一边说，老板你真健忘，上次你回来安神龛，就是他跟我过来操办的。

唐善举把一个铁锅摆到神龛下，往锅底倒入桐油，用纸浸入点燃，嘴里含了一口清水，猛地喷到铁锅里面去，火苗呼地蹿起来。唐善举坐到神龛前，手里摇着一只小铃铛，一边摇一边念道，今日我主选定吉日，着安龛堂，着装香火，礼敬祖先，奉请东方十一金轮赵大元帅，南方忽火雷霆邓大元帅，西方五昱灵官马大元帅，北方护国武安关大元帅，应我弟子，为我名师，敬放清油三勺，荡涤我主家室牛栏猪圈邪气……唐善举把铃铛递给唐象，小声吩咐道，照我这样摇。

唐象接过铃铛摇起来，叮叮叮，叮叮叮。伴随着铃声，唐善举接着念道，祈求本龛诸神、祈求各路精灵，呵护我主，阴保阳安，造钱钱来，造财财旺，凶神野鬼，不得入内，魑魅魍魉，善去善回……铃声戛然而止，取而代之的是一阵均匀的鼾声——唐象歪头在那里睡着了。唐善举无奈地摇了摇头，一把从唐象手里拿过铃铛，自己摇着往下念道，日宫太阳是我父，月府嫦娥是我娘，我奉霹雳将军急急令，手执利刀快剑斩妖魔……嘴里再含一口水，喷到铁锅里面去，朝门外的老板招呼道，请进门来，不要回头。

"油锅"仪式做完，唐象还歪在那里睡，直到吃夜宵时唐善举才把他叫醒。唐象睁开惺忪的睡眼，唐善举以为他会四处搜寻一样东西——那只小铃铛，可是唐象居然一点记忆都没有，估计他已把刚才做过的事情忘得一干二净，或者说他根本就没把他刚才做过的事情当一回事，他站起来直接朝餐桌走过去，这让道公唐善举感到无限的失望。

老板不停地给唐象夹菜、敬酒，他对唐善举说，你这位徒弟是太累了。唐善举顺水推舟道，他最近连续跟我赶了几场，目前还在试用期，还在适应阶段。老板说我真佩服你们干这一行的，坐着也能睡觉，我躺在床上吃了半瓶安眠药也没睡进去。唐善举说坐着睡算什么，我站着也能睡，只是不能随便睡罢了。

返回的路上，唐善举问唐象，你们平常在会场开会是不是都打瞌睡？唐象并不回避，他说如果都像你这样念叨，会场里所有的人个个都会睡过去。唐象这个态度让唐善举心里很窝火，他说我念《二十四孝》时，全场的人都竖着耳朵听的，都听得泪流满面。

五

一连几天，唐象都是在唐豹家搭伙。说是搭伙，其实是帮厨，是唐豹叫他过来帮忙的。唐豹这几天很忙，年前他砍下几棵苦楝树，本来是想换下祖屋的几根老柱子，现在他临时决定锯成木板给村小学打制一批课桌椅。这让老教师覃剑很感动，覃剑每天放学后就过来当帮手，用砂纸打磨已经做好的课桌椅。覃剑在村小学代课二十九年了，转公办的机会已经很渺小，可他心里还有些不甘，不甘心离开这三尺讲台。前天，唐豹跟他谈了一个想法，覃剑欣然同意，但他强调必须试讲，这是程序，也是手续。

覃剑进到厨房来，对唐象说道，明天你给孩子们讲个课。

讲课？讲什么课？

唐象感到很唐突。

覃剑说，随便讲嘛。

唐象说，我哪会讲课呀？

覃剑说，你讲励志嘛，励志你应该能讲的。

孩子们一大早就来到学校，一到三年级五十多个学生挤在一间教室里。覃剑把唐象做了一番介绍，他说唐象伯伯是你们的校友，是从我们村走出去的，是从我们这个学校走出去的，是你们的骄傲，是你们学习的榜样……覃剑介绍到这里就打住了，他请唐象登台讲课。

唐象虽然有些憔悴，但状态还是不错的，他两手往讲台上一撑，精神气就出来了。他说同学们，感谢覃老师的盛情邀请，今天来到母校，来到我曾经学习的地方，感到很高兴。今天在这里，我给大家讲讲历史，讲一个历史人物，这个历史人物，名叫李大剑……覃剑心里咯噔一下，李大剑？只听唐象说道，这个李大剑啊！他很了不起，在白色恐怖的环境里，他同敌人展开英勇的斗争，他被逮捕以后，残暴的敌人拔掉他的指甲，他也没有当叛徒，最后他为解救苦难的老百姓献出了宝贵的生命……唐象每说一句"李大剑"，覃剑就觉得身子被一把利剑狠狠地戳一下。唐象讲完课的时候，覃剑感觉自己已经百孔千疮、遍体鳞伤。他最后可以说是仓皇地扯着唐象离开教室。出了教室门口，他还往黑板上扫去一眼，幸好唐象没有在上面留下一个字。

唐豹扛课桌椅来到学校时，覃剑拉他进宿舍，把唐象试讲的情况告诉了他。唐豹听罢不以为然，他说你肯定他讲错了吗？你翻阅档案了吗？你查阅党史了吗？你能排除他讲的这个人物不是一个历史人物吗？说不定这个人物就是那个李什么的哥哥呢？你再给他讲一堂看看，说不准下一堂课就讲到弟弟了呢！

覃剑一脸苦笑道，这不是开玩笑的事情，我现在还在想，明天怎么跟孩子们纠正。唐豹说这有什么困难呢？这不是很简单的事情吗？你就跟孩子们解释，这是我们的方言嘛，通俗易懂嘛！据我所知，很多地方还用方言上课呢，再说孩子们还小，他们哪懂得李大剑是谁？覃剑一脸严肃道，他们今天不懂，总有一天他们会懂的，这批课桌椅我替孩子们收下了，但我不能把孩子们交给他，他可以给干部做报告，他给孩子们上不了课。

六

转眼间唐象回来已经十天时间了，唐豹认为唐象家的神龛还是早些安上去为好，就把自己的建议说给唐象。唐象没有意见，于是就敲定了一个日子。唐象把堂屋正墙下面的一个樟木箱子搬出来，之前他把祖宗的神龛装到这个箱子里。现在这只不显山不露水不动声色的神龛，将要被一面堂堂正正的神龛代替。唐豹把打制课桌椅剩下的木板扛过来，钉到堂屋正墙上去。还在隔壁村做法事的唐善举被唐豹提前召回来，让他先念唐象家的"文件"。老教师覃剑趴在八仙桌上，捏着毛笔书写列祖列宗名位。唐蟒和唐驼负责厨房的活儿，两人为一只香猪的品种不停地打嘴仗，但丝毫不耽搁业务。

黄萍娟是在祖宗牌位上墙的时候来到的，那时候唐象正跪在神龛前给列祖列宗敬酒，站起身来时见到了黄萍娟。唐象一惊，像被魔法定在原地一样一动不动了。黄萍娟先开了口，你回来了？唐象这才回过神来也打了招呼，你怎么知道我回来了？黄萍娟说寄爹昨天托话给我的，说你家里今天有事，让我过来帮忙。黄萍娟说的"寄爹"是唐豹，也是黄萍娟和唐象当年的媒人。唐象那年当干部后和黄萍娟分手了，有人说是唐象喜新厌旧把黄萍娟抛弃了，也有人说是黄萍娟主动提出分手的，她不想影响唐象的前程。黄萍娟后来嫁给一个乡干部，不久丈夫下乡出车祸去世，她就没有再嫁。没有再嫁的原因，据黄萍娟说是没有碰上像唐象这样的男人。唐蟒在厨房里听到黄萍娟的说话声，出来对她说，你来得正是时候，刚拔出来的萝卜还带着泥，劳驾你洗洗了。

宴席半夜方散，出门时，唐豹提醒黄萍娟，神龛下面的炭火不能熄了。

黄萍娟回道，寄爹你放心。

黄萍娟收拾碗筷后，抹了手坐到火盆前。白日天气燠热，夜间变得清凉，这盆炭火给两人带来阵阵暖意。黄萍娟埋头拨弄火炭,对唐象说,累一天了你早点休息吧。唐象盯着她的脸看,没有生养的黄萍娟还是当年的模样,还是那样的清纯,只是添了些许成熟或沧桑。两人坐在那里一时无话,良久,唐象对她说,那我休息了。

半夜里,黄萍娟往火盆里添上几块木炭,就拉了灯爬上堂屋的一张床去,那是平时接待客人的床。床上,黄萍娟哈欠连天,却不敢闭眼。

黑暗中,黄萍娟迷迷糊糊地听到脚步声由远及近,最后停在她的床前,她的心怦怦直跳。

萍娟,你睡着了吗?唐象小声问道。

黄萍娟不敢出声。

萍娟,你睡着了吗?唐象再次问她。

黄萍娟还是不敢出声。

唐象在床前逗留了一下走了,黄萍娟急忙扯过枕巾盖住自己的嘴巴,长长地呼出一口气来,睡意也消退得一干二净。

突然,"咚"的一声,屋子里传出一个巨大的声响。黄萍娟急忙跳下床来,一把拉了电灯开关的绳子。地上,唐象一头栽倒在那里,一张小凳子侧翻在他旁边。唐象一双惊恐的眼睛慌乱地望着她。黄萍娟抬头一看,神龛附近的横梁上吊了一根绳索,绳索上打了一个圆圆的圈。

黄萍娟一把将唐象扶了起来,呵斥他道,你这是怎么了?唐象抱住她的双腿泣不成声,萍娟,我出事了,出大事了。

黄萍娟问他,出什么事了?裤袋的事还是裤裆的事?

唐象说,都是!然后就号啕大哭,我不想活了!

黄萍娟说,出事了你就不想活啦?

唐象哭着说,我没脸活下去……

黄萍娟一巴掌狠狠地扇到唐象的脸上,死了你就干净了?死了你就有面子了?死了你就解脱了?黄萍娟用力将他扶了起来,你说!你现在就对神龛上的列祖列宗说，说清楚了你再上吊，我不拦你，真没出息！那些被判了死刑的人还乞求法官多活几天呢。

唐象扑通一声跪到神龛前，连连叩了几个响头，各位祖宗，我对不起你们，对不起你们啊！黄萍娟点燃神龛上一根蜡烛，将横梁上的那根绳索烧断，一把将它扯了下来。

七

唐象在家里摆了三桌酒席，除了堂弟唐虎道公唐善举外出缺席外，整个家族的人都来了。老教师覃剑本来也是被邀约了的，但他去乡里上示范课了。大伙进桌后，唐象宣布一件事情，他说我公休结束了。听唐象这么一说，闹哄哄的场面倏地寂静下来。

公休？

唐蟒嘀咕一声。

老中医唐驼小声道，你一个屠夫懂什么公休？

唐蟒白了他一眼，你懂？你休过没有？老中医唐驼说我当然休不上，只有干部才有公休。唐蟒回道，照这么讲，你这位远近闻名的老中医把脉也没把准，人家只是回来公休嘛。

唐象挨桌给大伙敬酒，他说感谢各位叔伯兄弟的关心和关照，公休十多天来我吃东家喝西家，把整个家族的饭碗都端遍了，这餐饭算是我给大家表示一个心意。他先给唐豹敬一杯酒，说二伯，神龛的确应该立了，家里没有神龛那是对祖宗不孝敬。唐豹利索地移开椅子，直起身子，端起酒杯招呼大伙道，喝酒！大家喝酒！唐象往杯子里添了酒，接着给老中医唐驼敬酒，驼叔，难得你这些年来一直为我家修瓦。唐驼说，哪年你回来把祖屋翻修成别墅，我就没机会了，我的手艺也就失传了。

唐蟒端着杯子主动给唐象敬酒，他看上去醉醺醺的，舌头在嘴里打转，好！

很好！你还当局长就好，如……如果你不当局长了，你回来什么事都干不了。

唐蟒，你废话！唐豹打断他道。

唐蟒说我没废，我清醒得很，我跟你讲唐象，你要是不当局长了，回来你能干什么？杀猪你尿裤子，当道公你熬不了夜，代课你代不了，你说你还能干什么呢！你说？除非让黄萍娟把你包养了，你好好珍惜吧，千万别把手上的饭碗给砸了……叭的一声，唐豹一记巴掌响亮地扇在唐蟒的脸上，你以为你是纪委书记，这话是你能讲的吗？你有这个资格吗？唐象默默地站起来，屋子里所有的人也跟着站起来，空气在瞬间凝固，却见唐象搂着唐蟒的肩膀和他碰杯，仰起脖子一口把酒干了。

唐豹亲自送唐象出村，送到山坳口。一辆警车已经停在那棵榕树下，车门两边各站着一个人。唐象转过身来，说，二伯，我走了。唐豹朝他挥了挥手，你安心走吧，回来的时候，要是我还活着，就在这个坳口等你。

| 创作评论 |

　　曾经长于以喜剧性的语言书写乡村看似荒诞的事件来表达对民间现实深切体认的潘红日，三年前从鲁院学习归来便少了原来的油滑，多了叙述的真诚，他把原来的嬉戏化为含泪的笑。他新近的中篇小说"三报"（《报废》《报销》《报道》），是一幅幅栩栩如生的市井百态图，颇具讽刺意味。潘红日以他惯常的洒脱幽默的文笔，述说着社会边缘化的单位——文联一系列被同化与异化的故事，无常无奈。他深入生活的洞见、自我戏谑的民间智慧，写出了一个时代的文化溃败和文人的无奈与沧桑。《报废》书写文联一辆破旧公车艰难而复杂的报废故事，《报销》是市文联主席章富有为了报销拖欠的账单而疲于奔命的过程，《报道》则是宣传报道中的无谓无奈。都是日常生活片段，潘红日于寻常处发奇崛，把整个文联系统内的喜剧闹剧反转剧等等鲜活上演，在他含泪的笑里读者领略了《儒林外史》之遗风，更感受到他直指世道人心的绵里藏针，步步问心，尖锐而宽厚，以及以同情之理

解的审视与批判，颇有善意与人性关怀。潘红日一直擅长写民间小人物，我们能从中听到他们从土地深处长出来的破土的声音，能感受他们讲述的民间故事、歌谣、谚语的隐含魅力。

  ——张燕玲：《值得期待的广西少数民族青年作家》，《文艺报》2013 年 7 月 5 日第 007 版

子弹飞哪儿去了

光
盘

陈宇四岁那年，母亲带着他嫁给养父。养父有一个三岁的儿子，叫林亚洲。兄弟俩相处得不好，老打架。不管谁对，母亲一律护着陈宇。长大后，两人基本不说话，林亚洲早陈宇结婚，一结婚就搬出去了，不再来往。林亚洲对陈宇母亲一向不好，从未叫过一声妈，就连阿姨也不叫。陈宇理解。母亲对林亚洲也不好么。那是一个几乎没有温暖的家。

养父林收明几天前去世了。这些个晚上，陈宇脑子里老闪出生父的形象。生父是模糊的。生父像天上的云，不断地变幻。陈宇最后离开生父那年还是懵懵懂懂的。生父没有给陈宇留下太深印象。生父给他留下来的只有一句话："子弹飞哪儿去了？"那天生父带他去电影院看电影，是场什么电影陈宇记不得了。电影里的一群军人朝天空开枪。生父突然大声问，子弹飞哪儿去了？观众聚精会神地观看影片，没人回答父亲这个愚蠢的问题。电影散场，回家路上生父还在自言自语，子弹飞哪儿去了？许多年后，陈宇也思考过生父的这个问题，朝天鸣枪，子弹飞哪儿了？它不可能像烟雾一样消散，它飞得再高，最后还得落到地面。那么，在人口密集的街上，子弹最终会不会砸到人的头上？

作品信息

原载《长江文艺》2016 年第 7 期，《小说选刊》2016 年第 8 期转载，收入中国作协创研部选编《2016 年中国短篇小说精选》(长江文艺出版社 2017 年 1 月出版)。

几十年来，陈宇未见过生父一面。陈宇隐隐约约知道，父母离婚了，生父跟另外一个女人过去了。子弹飞哪儿去了？子弹飞到生父脑袋上，打得生父脑袋开花了！小时候陈宇脑子里埋下的是这种仇恨的种子。这些天，他老想生父，做梦也想，陈宇被折腾得脾气暴躁。也许这是某种预兆或者一种信号。按民间的说法，是一种心灵感应。

关于生父的现在，陈宇一无所知。他曾经试着向母亲打听，母亲总是装聋作哑，要不就是警告说，不许提起他！生父姓甚名谁，陈宇不知道，陈宇随母亲姓。离开母亲的帮忙，陈宇无从打听。生父那边的亲戚，陈宇也一个不知道。其实，生父就像从来没存在过一样。着魔一般，现在陈宇竟悄悄打听起生父的消息来。搜索儿时的记忆，陈宇应该有一个姑妈，姑妈家住城南一带。陈宇来到城南，儿时的影子不复存在，高楼大厦替代了过去的一切。他甚至连过去的方位都寻不到了。

星期天，陈宇回到母亲的家。母亲早养父半年去世。母亲去世后陈宇没再回过那个家。养父是在医院病逝的。养父住院多年，他在医院里度过了最后的岁月。陈宇婚后搬出那个家，有一种逃离的快感。他相信林亚洲更是如此。

你在寻找亲生父亲吗？有一天夜深，陈宇耳边竟然响起母亲的声音。这自然是幻觉。

陈宇极力否定，没有，根本没有的事。那个没人性的家伙！离婚虽是大人的错，但离婚就该抛弃自己的骨肉吗？陈宇根本无法想象生父那种无情无义的铁石心肠。陈宇是母亲一手带大的，四岁以前也是。印象中，生父老是不在家，不是出差就是在单位开会，没完没了。陈宇对生父的仇恨压在心底许多年了，眼下生父从心底浮上来，仇恨成倍放大。

陈宇在整理母亲的遗物时，于箱底翻出一本土里土气的离婚证书。陈宇打开来。这是母亲跟一位叫黄志强的人的离婚证。他们离婚于 1980 年 1 月 3 日。不用怀疑，生父名字就叫黄志强。离婚证上没有照片，当年也许不需要照片。就算有照片也没用，几十年后人的变化该有多大。离婚证上有黄志强的工作单位（由离婚证上记录的住址推测出来的),是林业机械厂。陈宇一打听,林业机械厂早倒闭了,当年的档案材料都存放到国资委。有人告诉他,黄志强应该在厂子倒闭前调离了。几十年时间里,黄志强有可能换好几个单位,也许从单位里下海做生意,早成为社会人。看似简单,调查起来并不容易。

调查了两三个月,陈宇终于找到一点线索。但此时陈宇开始怀疑寻找生父的目的和意义。这段时间的傍晚,他爱去附近的广场散步,是因为有线索说,黄志强时常出现在这里。

广场不算太大,四周绿地却很大,天气好的黄昏,周边的市民们都来休闲,大妈和少量大爷们随着音乐跳广场舞。环境很吵,陈宇心里却很安静。他注意到那对一老一壮年,是因为他们已经沿着广场散步三圈了。老的腿脚不便,像是中风后遗症。壮年伴在老者左边,半扶着。最后这对男子坐在陈宇旁边休息。陈宇对这对男子发出善意的微笑。壮年男子友好地递给陈宇一支香烟。陈宇不吸烟,但壮年男子的热情陈宇不好拒绝。壮年男子帮陈宇点上香烟。

你父亲?陈宇说。壮年男子说,是啊,前年中的风,恢复得还不错。陈宇说,儿子孝顺,老人心情愉快,康复得就快。聊不到几句,陈宇借口离开。他不习惯这种场合,两个不认识的人没话找话说他受不了。陈宇沿着广场边缘散步。太阳落山有一段时间了,天还没黑。广场四周的绿化地带布满了人。这个广场建成前,这一片是些建于上世纪六七十年代的低矮楼房,不止这一片,整个一大片方圆几十公里都很破旧荒凉。陈宇家的商品房买得早,赶上了好时机,正好是商品房价格的拐点。那时,房价低,缘于房地产热还没到来,缘于偏僻。陈宇买房是被迫的,单位没分上房,租人家房子处处受限制,一咬牙就东凑西借弄了个首付。那时候人的观念还没有改变,都想等着单位分房,更无贷款的意识。陈宇买房没向养父要过一分钱,他不想欠养父的,而且一旦林亚洲知晓,问题会弄得很复杂。母亲倒是偷偷塞过些钱,陈宇没要,老婆王荫私下要了。好几年后陈宇才晓得的。王荫并没因此感谢母亲,两人关系始终无法改善。

陈宇老是与这对父子不期而遇。因为那支烟的关系,碰上了都要打招呼。那壮年自称姓张。陈宇就称他为老张。老张称陈宇为老陈。有一天陈宇带来一些食品请他们父子吃。陈宇对老人说，张伯你身体越来越棒了。老张打断说，我父亲不姓张姓黄。陈宇说，你跟母亲姓？老张说是的，确切说，他不是我亲生父亲，是我的养父。他拿我当亲生儿子养，他比我的亲生父亲还亲。母亲说，我生父因公牺牲的，那时我才一岁多，什么都不懂。三年后换了个父亲也仍然不懂，那时候以为他就是我的生父，是从远方回来了。

你父亲叫黄志强吗？陈宇冷不丁说。

是啊，你怎么知道？老张兴奋起来。

黄志强对陈宇点头笑着。黄志强的语言表达能力还不行，嘴里含混不清地说着什么。陈宇沉吟了一会儿回答老张说，名叫黄志强的人非常多，我是脱口而出的，因为我认识好几个黄志强。黄伯没有亲生孩子吗？老张说，应该没有。长这么大，从来没听他和我母亲说起过。

他应该有亲生孩子的。

为什么？

叫黄志强的都有自己的亲生孩子。

什么逻辑？老张笑着说。也对，我就是他的亲生儿子。

陈宇百感交集，他靠近黄志强，左手做成一把手枪，朝天空啪啪啪地连"放"数"枪"。子弹飞哪儿去了？陈宇接着说。黄志强顺陈宇的"手枪"看天空。黄志强傻笑着，双手比比画画，呜里哇啦地说话。

初步判定，那个中风后的黄志强正是自己的生父黄志强。陈宇从黄志强身上看到了自己的影子。老张也不经意说过，陈宇跟他家老爷子长得有几分像，真有缘分。陈宇对黄志强嗤之以鼻，私下，陈宇已经用"手枪"将黄志强枪毙过好几回了。黄志强真不是人，自己亲生儿子不管不顾，却去倾力抚养别人的孩子。老张抢走了陈宇的父爱，陈宇也讨厌他。他不想再见到那对父子。随着寻找生父工作的完结，他不再去广场。

　　第二天晚上有个饭局。饭局结束，还不到九点。陈宇决定从饭馆步行回家，他走得慢，一路观风景看美女。可是，走到家附近的广场，也才十点半，陈宇在广场坐下来。步行了一个多小时，也该坐下休息了。广场上有一丝风，停下来时，空气凉爽许多。广场上人员稀少，相当安静。留下来的大部分人坐着，无语或者轻轻说话。夜幕往往让人的声音得到控制。

　　老陈。陈宇不经意间坐在老张父子旁边。陈宇闷声闷气地回应一句。老张自我解释说，我父亲年纪大了，睡眠少，与其在床上折腾，不如陪他到室外走走。

　　陈宇说，你天天陪吗？

　　老张说，也不是天天，有时候我儿子陪，有时候我老婆陪。但大部分时间是我陪。

　　陈宇说，你妈呢？

　　老张说，去世多年了。

　　陈宇说，黄志强不是你亲生父亲，你的孝顺过头了。

　　老张笑起来，说，你说话可真有意思。

　　陈宇说，你应该把他交给养老院，或者抛弃。

　　老张说，你这就大错特错了。我有条件赡养老人，为什么要送到养老院？抛弃？杀我三遍，我也不会这么做。

　　陈宇向另一端走去。他在一张椅子上坐下来。他能看到老张父子。灯光下，那对父子面容模糊，轮廓却分明。黄志强大半个身子靠在老张身上，像儿子躺在父亲温暖的怀中。陈宇看不下去了，他朝那对父子走过去。接近他们时，陈宇说，黄志强根本不配享受亲情，老张你不该享用别人的父爱。

　　陈宇回到宿舍小区，他坐在亭子里，发现脸上有泪。时间过零点后，他回到家。王荫已入睡。陈宇有意把声音弄得很响，王荫一句责怪的话都没有。陈宇气不过，他用力拍打枕头。王荫笑起来，说，魔鬼附身了么？

　　单位里又来了个新领导，一把手。铁打的"衙门"流水的官。陈宇经历过好几任一把手了。新领导与众不同，他来的第一把火是想把"企业文化"烧旺，企业文化建设的第一步是在全单位全系统搞征文比赛。陈宇他们单位是差额拨款的事业单位，事业不像事业企业不像企业，既然是差额，当然就允许经营创收。差额也有差额的好，弄到钱可以发奖金，不像机关或者全额事业单位，只有死工资。陈宇他们这样的单位，各县区也有相应的单位，共同组成一个庞大的系统。单位大了，抓企业文化建设真的很重要。征文的主题是"我的父亲"，要求真人真事，情感真挚，字数最低不少于三千，最长可达一两万。单位里的人大部分是高中写作文那点底子，别说三千，就是三百字，能完整写下来的也没几个。同事们有说法有议论有反对，但都无效，一个月后，必须人人交文章，并与奖励目标挂钩。不交的扣发奖金，如果是敷衍的，当缺失处理。征文设特等奖一名，一等奖三名，二等奖十二名，三等奖二十名，优秀奖若干。奖金丰厚，特等奖二万，一等奖一万，然后是六千二千。陈宇去找新来的一把手，他说双手拥护征文，但主题应该改为"我的母亲"。领导否定了，说一个连父亲都不关心的员工不是好员工。陈宇说，我没有父亲，只有养父。领导说，养父不是父亲？你没有父亲，难道是石头缝里蹦出来的？母亲主题，也是要写的，但那是下一步。

没有商量的余地。同事们就硬着头皮写了。还有规定说，一旦发现抄袭，取消资格，并且严厉处分。大部分同事是写不出的，尽管都有父亲。都说自己的父亲太普通了，找不到亮点。为了让大家对写作父亲有一个思路，办公室人员汇编了一本描写"父亲"的经典范文。通过泛读和精读，一部分人摸到了一点写作的门道，有所开窍；但也有一部分人理解不到经典的精髓。他们私下里找作协会员代笔，找报纸记者编辑代笔。但这条路早已让领导封堵。领导早料到这一招，他跟各报社领导通了气，坚决杜绝代笔。领导还主动要求给报社一笔钱当作形象宣传。报社召开了大会，规定了纪律。编辑记者们都忙，犯不着为了蝇头小利而受处分出丑。陈宇单位领导是个文学爱好者，据说还是市作协理事，因为当官的缘故，下届有可能当副主席甚至主席。为了帮助大家提高，单位领导以作家的身份给员工们上辅导课。还别说，读了，听了，员工们写作真的有了一定提高。一时间，单位以及全系统读书写作热情高涨。

陈宇当年的作文一般，要硬写作文也能应付。他所纠结的是，到底以哪个父亲为原型？他跟养父若即若离，这种状态他把握不了，况且写这个题材风险大。通常写父亲都是赞美的，写一种游离的感情，写一种相互掩盖和演戏的父子之情，显然不合主流。重要的是领导那里根本通不过。黄志强呢？难道写对他的仇恨？

王荫提醒他说，你就不知道虚构？陈宇说，征文要求完全真实。王荫说，谁知道你虚构了？他们拿什么来证明你是虚构的，只要不离谱，怎么虚构都行。陈宇说，我写哪个父亲呢？虚构不是不可以，但是，我写哪一个父亲都下不了笔。我脑子里无论闪出哪一个父亲，都会全身难受。

同事们都在议论征文的事。有一些传闻说，有人花钱找本地作家代笔，还有人通过网络与外面的写手勾结上了。还有传闻说，特等奖一等奖早就内定，一般人写得再好也夺不了。陈宇认真听着同事们的议论。末了，他们问陈宇写得怎么样了？陈宇说，还没动笔呢。同事们不信。他们都在放烟幕弹，自认文笔差的不求夺奖，只求过关。想起征文的事，陈宇心里堵得慌。

趁王荫还没起床，陈宇下楼来到广场。这时候还很早，天都还没亮，属于黎明前的黑暗。广场上锻炼的人少，绕圈跑步的以中青年居多。广场西北角有三五个人在舞枪弄棒。陈宇承认来早了点，这时候难以碰上黄志强父子。刚这么认为，那对父子竟然就出现了。陈宇举起"手枪"啪啪啪地放，子弹飞哪儿去了？陈宇声音刚落，黄志强手舞足蹈起来。他的话别人听不懂，他很着急，却不气恼。老张说，我父亲肢体活动恢复得快，语言慢，这可能与性别有关。你为什么喜欢做那样的动作？这个，对我父亲来说太复杂了，他表达不了自己的看法。黄志强嗯嗯啊啊地点头。他的意识可能是清楚的。

陈宇说，你写过父亲的文章吗？

老张说，好像没有。我学的是工科，从没写过作文，没有写作的冲动，也不写博客。但对我父亲，我有写不完的话。

陈宇说，你能写你的父亲吗？

老张说，行啊，但这几天不行，我得出差。

陈宇说，二十六号之前写好行吗？

老张想了想，说，应该可以。

陈宇说，你随便写，多长都行。

老张说，可能长不了，我没那水平。你要我写父亲的文章干什么？

陈宇说，实不相瞒，我单位搞征文比赛，必须交。

老张说，你自己写呀，我写我的父亲跟你不是一回事。如果你想让我的父亲冒充你的父亲，这不行。

有一个妇女过来，是老张的老婆。她来替老张。老张要出差，赶早班飞机。老张走了，就没什么可说的了。陈宇又朝天空放了数枪，然后"枪口"对准黄志脑袋，啪！老张老婆生气了，说，你不能这样拿我家老爷子开玩笑！你必须向我们道歉。

陈宇消失在人群中。

陈宇琢磨征文如何写。想了一会儿，一个标题突然跳进他的脑海：我曾有个父亲。是啊，陈宇确实曾有一个父亲，一个四岁前的父亲。陈宇打开手机写字板，记下这个标题。

母亲跟养父没有举行婚礼。好像是突然一天，他跟着母亲去了养父家。母亲给大家介绍陈宇小名时，母亲说叫小宇。从此他的小名就改为小宇。以前他不是叫小宇的，叫什么来着，现在陈宇已经记不清。养父家里大人对陈宇母子表示了欢迎，林亚洲却是敌视的目光。在养父的父亲家住过一段时间，他们就搬到养父单位的房子去了。养父父亲家是一个大家庭，房子小，很拥挤。陈宇与林亚洲挤在一张小床上，为了争床位，两人你推我踢互掐脖子。养父单位的房子是三间平房，陈宇跟林亚洲总算有一间房了。他们的床是上下铺。陈宇被分配在上铺，因为他年长。林亚洲给陈宇上床设置多种障碍，比如把垫脚给削掉，用布条捆着伪装。陈宇不知，脚踏上去时，人就坠了下来。陈宇没有告状，他设想告状的后果，他害怕牛高马大的养父。陈宇便往林亚洲被窝里塞死老鼠。两人的争斗，被母亲发现了，她先是打林亚洲巴掌，然后破口大骂，末了还添盐加醋地向养父告状。养父却当众批评林亚洲，做出要揍的样子。而事后，养父私下恶狠狠地对陈宇说，你也不是什么好东西！林亚洲仗着有父亲，总是得意扬扬。陈宇说，我也有父亲，我父亲还有枪，他时常朝天空开枪，子弹满天飞。林亚洲说，我不怕，我父亲也能搞到枪。那时候，陈宇天天站在街头盼望着父亲出现，最好把他接走。可是，他一天天一年年地失望，直到埋下仇恨的种子。他不再跟林亚洲比父亲，他没有资格了。后面的年月，养父对陈宇表面上更好了，母亲是知道的，养父并没有真心。母亲时常以恶行对待林亚洲，以此对养父的虚伪进行报复。

陈宇在手机写字板上写着：我曾有个父亲，他叫黄志强，他在我四岁那年抛弃我们母子，去别人家帮人养孩子。他现在还活着，但是中了风，行动不便，说话含糊不清。不知道为什么他在我再次见到他的时候仍然活着，他应该让我永远见不着。他的养子自称老张，老张有一个长得富态的老婆，她不允许我"枪毙"她家老爷子，很可恶。老张夺走了我的父爱。那对父子欠我很多很多，大海都盛不下，宇宙都装不了。黄志强是我的仇人，老张也是，他们全家都是。我恨他们，恨，恨，恨……

写到这里，陈宇写不下去了。这才不到二百字，即便可以这么写，也离三千字相差甚远。除非在后面加上两千八百个字的"恨"。

王荫发现他在写文章，不解地说，你写他干吗？都四十多年了，你亲生父亲不值得你写，就是批斗都弄脏了你的嘴。

陈宇没说话。陈宇后悔找黄志强。其实他已经放弃寻找了的，可上天就是要安排他见到黄志强。找到黄志强，没有任何好处，倒是把深埋的仇恨挖出来再承受，是愚蠢行为。黄志强养子的出现，更增加了陈宇对黄志强的仇恨。

征文离交稿时间越来越近，大部分同事都胸有成竹，陈宇除了那二百来字，没再写出过一个字。两个父亲都不好写，一个禽兽不如，一个虚无缥缈，他们都无法落到陈宇的纸上。他心里着急。王荫嘴上说得好，实际操作起来也是狗屁不通。她倒是帮陈宇写了两千六百字，按理再加点废话就能凑够三千。可是，这是什么文章，假大空，不着边际，与征文要求相差甚远。王荫不服气，但她答应重写。陈宇对王荫不抱希望。搞这种征文真是强人所难。陈宇又把希望寄托在老张身上。黄志强是他养父，陈宇也有个养父，老张的文章可以拿来替代。黄昏时，陈宇来到广场。他行走差不多一圈后发现了黄志强父子。

你别过来！老张伸出手阻止说。

陈宇并没有停下来，而是继续走过去。他说，为什么？

你对我父亲不恭，你居然对他老人家"放枪"！老张大声地指责说。

陈宇说，我没有呀，我哪来的枪！我手做动作，是逗老爷子开心。陈宇说着，对准自己脑袋放了几"枪"。

老张说，你毙你自己我不管，你不能把"枪"对着我父亲。

陈宇说，我错了还不行吗？

陈宇说了一大堆好话，最后得到老张的原谅。陈宇为了求得文章，居然对黄志强也道了歉，心里直骂自己贱。老张让陈宇坐下，他们三人坐在圆形石桌上。陈宇得以近距离地长时间地观看黄志强。陈宇想，黄志强人皮包着颗兽心。双方聊开心了，时机已成熟，陈宇问老张，那篇父亲的文章写好了吗？老张说，写是写了个初稿，有一万多字，但是不一定好。陈宇说，能让我拜读吗？老张说，我没带在身上，明天我给你行吗？陈宇说，就别等到明天啦，等下我就去你家取。老张想了想，说，这样吧，我叫我老婆打印好，送下来。

半个小时后，老张那个富态老婆下来了。怎么是他？老张老婆说，对我家老爷子不恭的就是他！

老张说，我知道，他已经道歉了，我也原谅他了。

还有三天就是征文截稿时间。同事们都还没交，他们谁都不愿第一个交。交早了，"天机"就泄露了。单位办公室的人他们信不过，评委会成员他们也信不过。为了体现公平公正，打消大家的顾虑，领导决定三天后中午十二点准时收稿。这就像考试一样，铃声一响，全体起立。这下大家没意见了。陈宇决定铤而走险，剽窃老张的文章。老张的文章,陈宇很满意。同样作为养子,老张的经历,换成陈宇的,单位同事完全相信。文章质朴感人,如果不是亲历,很难这么抓人。老张不是在写文章,是在回忆自己的幸福生活。陈宇嫉妒老张。陈宇偷偷在街上请人打成电子文档。陈宇守着打字员打的,打字员打得快,一万多字不到一个小时就打完并且校对好了。原稿陈宇收回了,文档他亲眼见打字员删除并从回收站清理掉。这文稿不可能外泄。陈宇把文稿拷贝进办公室电脑里,改头换面,署上自己的名。他把 U 盘带回家,请王荫指点。王荫看后,惊奇不已,说,你真能写出这么好的文章?而且还这么长!陈宇说,当然,要是怀疑我是抄袭的,你可以上网查。王荫说,天下写父亲的文章多如牛毛,我查得过来吗?陈宇说,既然天下文章那么多,单位领导查得过来吗?我是说,肯定还有别的同事抄袭。王荫哈哈大笑。陈宇意识到说漏嘴,就承认了。但他说文章是一个朋友代劳的。王荫说,这文章要改。我来改。王荫花了一个晚上帮他删改好。陈宇重读时,觉得确实更好了。第二天早晨,他去会黄志强父子。他直接向老张提出,买下老张文章的版权。老张说,我把文章卖给你?写我父亲的文章你也买?陈宇说了实话。既然只是应付单位里的征文,又能卖钱,老张就答应了。多少钱呢?陈宇打听过现在的稿费行情,就说,现在稿费通常是千字五十到一百元,那就一口价,一千吧。陈宇想这么好的文章,不得个奖才怪。就算得优秀奖,也有二千元,净赚一千。哪怕不得奖,过了征文关,年终目标奖保住了。总之,是很划算的事。由于事情顺利,陈宇对黄志强笑了笑,举起"手枪"。黄志强跟着伸起手掌,做了一把变形的"手枪",朝天空"啪啪"开了两枪。老张感慨地说,家父跟你学会了这个无聊的游戏。

单位"我的父亲"征文大赛收稿十天后,评选结果出来了。全局上下一片哗然。陈宇一万多字的文章荣获特等奖。

老张写的与黄志强的情感文章,陈宇看了多遍,他从中了解了黄志强部分的过去。老张把黄志强写成一个旷世好父亲,陈宇不知道该不该相信。这么好的一个父亲为什么会抛弃妻儿?如果不是一个好父亲,他跟老张的父子情为什么又那么深？陈宇想不明白。

冬天到来之前，有一位挂着拐杖的老太太来找陈宇。她说她是陈宇的姑妈。说得明白点，她就是黄志强的姐姐。姑妈身体每况愈下，她预感到留在这个世界上的时间不多了，她要把陈宇的东西交还给他。陈宇开车随姑妈去到她的家。姑妈翻出陈宇小时候的照片，黑白的，有个人照，也有跟姑妈和黄志强合影的。无论是姑妈还是黄志强，现在的相貌都与照片相差甚远。看到姑妈和黄志强以前的照片，陈宇脑子里那些模糊的记忆有的慢慢清晰起来。那时候他们住在姑妈家隔壁，姑妈的家就是陈宇的家。是平房，大门半夜也不会上锁。有一天母亲骂了他，他赌气去找姑妈，推开门就进姑妈家了。姑妈热情地接纳了他。那些无忧无虑的日子不久就终结。突然有一天，母亲就带着他离开这里，嫁给了养父林收明。之前父母之间没有惊动邻居和亲朋的争吵，母亲离开得顺利而且平静。他只记得姑妈骂他母亲，骂她太不像话。姑妈过来抱陈宇，母亲紧紧护住。好像姑妈说了句，你可以走，孩子留下。黄志强过来劝开姑妈，他说，姐，这事你就别管了，我们之间的事你不知道的。姑妈说，什么叫不知道，你太软弱啦。陈宇的记忆仍然不太清晰，这些话和场景都是他合理地"还原"的。不过当年那个紧张的场景，陈宇记忆非常深刻，姑妈对母亲凶恶的样子成为陈宇童年的阴影，后来只要见到人跟母亲吵架，他就非常害怕。姑妈应该有个女儿。表姐比陈宇大两到三岁，那时候他总是跟在表姐屁股后头。表姐的相貌，他同样也想不起来了。姑妈家里的墙上有一张成年女子的照片，姑妈说，那是你的表姐。陈宇仔细看了，他根本辨别不出来。这是表姐35岁时的照片，那年，表姐当上了全市劳模。很光荣的事。姑妈把表姐的照片放大挂在家里，供亲友分享。

姑妈说，你母亲不是人。姑妈拐杖咚咚咚地敲着地板。你母亲生活作风很不好。你别见怪，你不爱听我也要说。你还那么小，她就跟林收明好上了，执意要跟黄志强离婚。你离开后我时常想你。你们住的地方远，我去一趟不容易，可是你母亲硬是不让我见你，她总是把我挡在门外，我只能在外面听听你的笑声或者哭声或者调皮捣蛋的声音。儿童节时，黄志强给你送礼物，第一回你妈替你收下了。以后就再也不收了。自从你离开，黄志强一次也没能见到你。不管你母亲收不收，黄志强总是在你过生日及儿童节时给你礼物。礼物无法送到你手上，他就把礼物寄存在我这里，希望我能替他送出去。他的礼物一直送到你十八岁。

陈宇随姑妈进到一间小客房，里面有各种玩具和衣服，还有学习用具。陈宇蹲下去，一件件地拿起来观看。

几十年来，你见不到亲生父亲，不是你父亲的错。姑妈补充说。

我是他的亲生儿子，他要看望我，谁能拦得住？陈宇怀疑地说。

理论上是这样，可是，硬是让人拦住了。姑妈说。

陈宇看着姑妈。姑妈说，你母亲贪图金钱权势，林收明那时候就已经当了副科长，最后当上了局长。东西都在这里了，你都拿走吧。

陈宇只选择了那把玩具手枪。他说，剩下的，你处理吧，我不要了。

姑妈给他描述了另一个母亲和黄志强，颠覆了他对母亲和生父固有的印象。陈宇脑子混乱不堪，分不清孰是孰非。

确切说已经不是黄昏，因为天已经黑下来，路灯已经点亮。黄志强在老张的陪同下正走在回家的路上。黄志强步子仍然不够稳健，身子似乎比从前晃得更厉害。陈宇手持那把玩具仿真手枪，拦住黄志强父子俩的去路。陈宇举起"手枪"，啪啪朝天空放枪。

子弹飞哪儿去了？陈宇大声叫喊。

陈宇的喊叫惊扰了路人，所有人随着陈宇的喊声举头仰望天空。

天空黑麻麻的，什么也看不见。

| 创作评论 |

大致而言，光盘小说的关注维度主要集中在两个层面：其一是对现代都市中普通人物的生存状态、思维方式和价值取向的深入剖析与追问；其二是作者以一个瑶家后人的身份对瑶山沱巴人在历史变迁中的生存境遇的描述和对瑶家文化的

现代思考。作为一个在现代主义文化语境中成长起来的小说家，光盘擅长以灵动的笔触，幽默的叙述在不无荒诞的故事演进中透视人物心灵深处的隐秘创伤，在看似极度荒诞的故事背后却潜藏着作者对人类生存困境和心灵伤痛的深度思考。

  ——杨荣：《荒诞背后的生存之痛——瑶族作家光盘小说论》，《民族文学研究》2009 年第 2 期